Michael Peinkofer
Die Könige

PIPER

Zu diesem Buch

Ein neues Zeitalter bricht in Erdwelt an – die Ära der Könige. Sie kündet vom Kampf der Orks und der Menschen gegen ihren bislang mächtigsten Feind ... Ein kalter Schatten liegt über Erdwelt. Die Reiche der Orks und Menschen wurden von dem Zwergenkönig Winmar und seinen grausamen Schöpfungen unterworfen, metallenen Kolossen, die überall Tod verbreiten. Unterdrückung und Schrecken beherrschen das Land und seine Bewohner. Der menschliche Thronfolger Daghan, geblendet und von seiner geliebten Aryanwen getrennt, verbirgt sich in den Weiten der Wälder vor Winmars Häschern. Doch das Schicksal und ein geheimnisumwitterter alter Prediger halten andere Aufgaben bereit – für Dag ebenso wie für die letzten Helden der Orks ...

Michael Peinkofer, 1969 geboren, studierte Germanistik, Geschichte und Kommunikationswissenschaften und arbeitete als Redakteur bei der Filmzeitschrift »Moviestar«. Mit seiner Serie um die »Orks« avancierte er zu einem der erfolgreichsten Fantasyautoren Deutschlands. Seine Romane um »Die Zauberer« wurden ebenfalls zu Bestsellern. Mit »Die Könige« führt Michael Peinkofer in ein neues Zeitalter von Erdwelt.
Weiteres zum Autor unter: www.michael-peinkofer.de

Michael Peinkofer

DIE KÖNIGE

Roman

PIPER

Von Michael Peinkofer liegen bei Piper vor:

Die Zauberer
Die Zauberer. Die Erste Schlacht
Die Zauberer. Das dunkle Feuer
Das Zauberer-Handbuch
Die Rückkehr der Orks
Der Schwur der Orks
Das Gesetz der Orks
Die Herrschaft der Orks
Die Ehre der Orks
Unter dem Erlmond. Land der Mythen 1
Die Flamme der Sylfen. Land der Mythen 2
Splitterwelten
Die Könige (Die Könige 1)
Kampf der Könige (Die Könige 2)
Sieg der Könige (Die Könige 3)
Tote Helden. Die Legenden von Astray 1

MIX
Papier aus verantwortungsvollen Quellen
FSC® C083411
FSC
www.fsc.org

Ungekürzte Taschenbuchausgabe
Juni 2017

Umschlaggestaltung: Guter Punkt, München
Umschlagabbildung: Dirk Schulz
Karte: Daniel Ernle
Satz: C. Schaber Datentechnik, Wels
Druck und Bindung: CPI books GmbH, Leck
Printed in Germany ISBN 978-3-492-28001-3

Dramatis Personae

Menschen

Daghan von Ansun, genannt Dag	Erbe von Ansun
Lavan	König von Tirgaslan
Aryanwen	seine Gemahlin
Osbert	Dags Vater
Alured	Vertrauter Dags
Gorwyn	Krieger Ansuns
Gladwyn	sein Bruder
Terric	Bogenschütze
Henquist	ein Veteran
Anghas Ca'Dur	Clansherr, Lord von Tarnag
Catriona Ca'Dur	seine Tochter
Cailan Ca'Dur	sein Sohn
Ferghas Ca'Dur	sein Bruder
Dugay	Clansmann
Eidard	Clansmann
Thinon	Lordrichter von Tirgaslan
Dermot von Camory	Ritter des Reiches
Acha	Mutter des Elfenhains
Mila	Hebamme des Elfenhains
Fulk	Hauptmann der königlichen Wache

Zwerge

Winmar von Ruun	König von Erdwelt
Vigor	Oberhaupt der königlichen Geheimpolizei
Ansgar	oberster Hofalchemist
Dalfin	Rebell
Bertin	sein Bruder
Dado	dessen Freund
Besso	Kapitän der königlichen Kriegsflotte

Orks

Krushak	Handlanger Vigors
Rammar	ein Ork
Balbok	sein Bruder

sowie

Dwethan	ein alter Druide

Prolog

Der Stollen war fertiggestellt – und es war kein Zufall, dass seine Erbauer ihm den Namen »Zor« gegeben hatten.

Zor stand für das dunkle Ende.

Es war die letzte Rune im zwergischen Alphabet.

Das letzte Zeichen.

Die letzte Warnung.

Nie zuvor war ein Stollen dunkler gewesen, nie zuvor hatte Zwergenhand dem Jahrtausende alten Gestein eine tiefere Wunde beigebracht, nie zuvor hatte ein Pfad weiter ins Innere des Berges geführt. Viele Hundert Klafter tief reichte er in die abgründige Schwärze, hinab zu den Fundamenten, die einst von den Riesen der Vorzeit gefügt worden waren und auf denen nicht nur die Gipfel und Klüfte des Scharfgebirges, sondern ganz Erdwelt ruhte. Der Stollen führte ins dunkle Herz des Kontinents, nach Gorta Ruun.

Es hatte lange gedauert, ihn in den Fels zu treiben, und zahlreiche Opfer waren dafür nötig gewesen, unzählige Sklaven, die man zur Arbeit in der taglosen Tiefe verurteilt hatte. Und es waren Rückschläge zu verkraften gewesen: Einstürze, die vieler Wochen Arbeit innerhalb weniger Augenblicke zunichte gemacht hatten; Schichten harten Gesteins, das selbst den härtesten Werkzeugen zähen Widerstand geleistet hatte; Höhlenwürmer, die nach Blut der Arbeiter gedürstet hatten; und schließlich eine Springflut, die den noch unfertigen Gang überschwemmt hatte.

Nun jedoch war der Bau vollendet – und kein anderer als Winmar, der Herrscher des Zwergengeschlechts, würde der Erste sein, der in den Stollen einfuhr. Denn nur aus einem einzigen Grund war diese bislang tiefste Kerbe in den Berg geschlagen worden, nur zu einem Zweck waren all die Mühen aufgewendet und Opfer gebracht worden: Damit der Zwergenkönig endlich das tun konnte, wonach die Stimme in seinem Kopf seit Monaten unablässig verlangte, bei Tag und Nacht, mit immer noch wachsender Beharrlichkeit.

»Komm zu mir!«

Vielleicht hätte sich Winmar dem Ansinnen der Stimme verweigert, hätte sie ihn nicht zu dem gemacht, was er war: Die Stimme war es gewesen, die ihm den Weg zur Macht geebnet und ihm schließlich die Zwergenkrone eingetragen hatte.

Sie hatte ihm gezeigt, wie er sich das Vertrauen seines Vorgängers Reginald von Ruun erschlich; sie hatte ihm Mut gemacht, als es darum gegangen war, den Dolch zu nächtlicher Stunde in Reginalds Herz zu senken; und sie hatte ihm neue, mächtige Waffen an die Hand gegeben, damit er die Menschen besiegen und Herrscher über ganz Erdwelt werden konnte.

Dies alles hatte die Stimme ihm versprochen. Und sie hatte ihren Teil der Abmachung erfüllt – nun würde Winmar seinen erfüllen, der Furcht zum Trotz, die er tief in seinem Inneren empfand.

»Komm zu mir …«

»Es ist alles vorbereitet, mein König.«

Ansgars näselnde Stimme riss Winmar aus seinen Gedanken. Der Hofalchemist, der die schwarze Robe seiner Zunft trug, verbeugte sich tief. Für einen Zwerg war Ansgar ungewöhnlich hager, mit kantigen, schädelhaften Gesichtszügen und tief liegenden Augen; seine Haut hatte die Farbe von Asche, und ihm war anzusehen, dass er lange kein Tageslicht mehr gesehen hatte.

Winmar bemühte sich erst gar nicht, seine Abscheu zu verbergen. Er mochte Ansgar und seine Gefolgschaft, die sich in dunkle Roben hüllte und beständig in Rätseln zu sprechen schien, nicht besonders. Gleichwohl sah er ein, dass sie ein notwendiges Übel waren, denn aufgrund ihrer Fähigkeiten waren sie in der Lage, das verbotene Wissen, das die Stimme ihm offenbarte, nutzbringend umzusetzen.

Die Kaldronen waren auf diese Weise entstanden, jene eisernen Kampfmaschinen, vor denen ganz Erdwelt zitterte. Und *Winmars Zorn*, die furchtbare Waffe, die den Krieg mit den Menschen auf einen Schlag beendet hatte, weil sie in der Lage war, Häuser, Mauern und Türme im Bruchteil eines Augenblicks zu zerstören. Und auch jene neueste Erfindung, die Winmar in kürzester Zeit in die Tiefen des Berges hinabtragen würde, stammte aus den dunklen, rauchverhangenen Grüften der Alchemie. Winmar konnte nicht behaupten, dass er ihr voll und ganz vertraute, aber er hatte keine Wahl, denn die Stimme wurde immer drängender.

»Komm«, verlangte sie wieder.

»Worauf wartest du noch?«, fuhr er Ansgar mit dünner Stimme an, die in seltsamem Widerspruch zu seinem mächtigen Körper zu stehen schien. »Bringt mich zum Einstieg. Ich bin bereit, die Reise anzutreten.«

Ansgar klatschte in die Hände, und die Träger nahmen die königliche Sänfte wieder auf, trugen sie durch den Stollen in das angrenzende Gewölbe. Hier huschten, von Lichtsteinen beleuchtet, noch mehr in dunkle Roben gewandete Alchemisten in hektischer Betriebsamkeit umher. Der Vergleich mit einer Meute Höhlenratten drängte sich Winmar unwillkürlich auf.

In der Mitte des Gewölbes stand die Maschine, die ihn in die Tiefe tragen sollte. Auf den ersten Blick sah sie wie eine Kaldrone aus, eine jener kugelförmigen, gepanzerten Kampfmaschinen, die auf jedem Schlachtfeld Angst und Schrecken verbreiteten; mit dem Unterschied, dass diese keine Beine hatte, sondern wie ein Minenwagen auf Schienen lief. Zudem war das Innere, das einem Zwergenkämpfer Platz bot und für gewöhnlich sehr schmucklos gehalten war, samtbeschlagen und mit Kissen ausgepolstert, damit der König es auf seiner langen Fahrt bequem hatte.

Das metallene Ungetüm rasselte und zischte, so als befände sich eine kleine Schmiede darin, dichter Rauch wölkte hervor. Winmar verstand das Prinzip nicht, das diese Maschine antrieb; aber er war überzeugt, dass etwas, zu dessen Bau die Stimme ihm geraten hatte, für ihn nur von Vorteil sein konnte.

Die Träger setzten die Sänfte ab, und Winmar erhob seinen massigen Leib und schritt zu der kleinen Treppe, die man errichtet hatte, damit er das Gefährt mühelos besteigen konnte. Langsam erklomm er die Stufen, genoss die Bewunderung, die die Alchemisten ihm dafür zollten – die meisten von ihnen hätten ihr Leben dafür gegeben, mit ihm zu tauschen. Denn was ihn am Ende dieser Reise erwartete, war genau das, wonach diese kriecherischen Gelehrten ihr Leben lang strebten.

Erkenntnis.

Wissen.

Wahrheit.

Der Zwergenkönig verfiel in selbstgefälliges Gelächter, während er sich auf den gepolsterten Sitz fallen ließ. Die beiden Hebel, die davor angebracht waren, dienten der Steuerung. Der eine war dazu da, die Fahrt zu beschleunigen, der andere, um sie wieder zu verlangsamen. Eine mit Leuchtgestein gefüllte Laterne, die wie ein großes Auge inmitten der Stirn des Wagens angebracht war, würde im Dunkel des Stollens Zor für Helligkeit sorgen.

»Komm!«

Winmar von Ruun, der Herrscher von Erdwelt, war dabei, die letzte Grenze zu überschreiten. Er würde erfahren, was es mit jener Stimme auf sich hatte, die ihn seit so langer Zeit begleitete, und was ihr wahrer Sinn und Ursprung war – und seine Macht, das hatte sie ihm geweissagt, würde sich daraufhin ins Unermessliche steigern.

Er nickte seinen Helfern zu, worauf sie das gitterförmige Visier des Gefährts schlossen. Durch die Stäbe blickte Winmar nach draußen, sah, wie die Alchemisten die kapuzenbedeckten Häupter beugten und ihren Respekt bekundeten. Dann fasste er sich ein Herz, rammte den einen Hebel nach vorn und zog den anderen zurück. Mit einem Schnauben, das sich wie das Seufzen einer lebendigen Kreatur anhörte, setzte sich der Wagen in Bewegung. Die eisernen Räder, die unterhalb seines ausladenden Körpers angebracht waren, begannen sich zu drehen, noch langsam zunächst, dann immer schneller. Er durchquerte das Gewölbe und fuhr in den Stollen ein – und schon im nächsten Moment hatte die dunkle Röhre den Zwergenkönig verschlungen.

Die Gelehrten fielen hinter ihm zurück, und sosehr ihn die Anwesenheit des kriecherischen Packs eben noch angewidert hatte, wurde Winmar bewusst, dass er nun allein war und auf sich gestellt. Er würde der Einzige sein.

Der Einzige, der den Ursprung der Stimme erblickte …

»Komm zu mir. Jetzt!«

Selbst über das Stampfen der Maschine und das Rattern der Schienen hinweg konnte er die Worte hören, die Einladung und Befehl zugleich waren, Verheißung und Drohung. Alles, was er war, verdankte Winmar der Stimme. Sie war die

Quelle seiner Kraft, das Elixier seiner Macht, und er hoffte, dass er sich dort, am Ende dieses Stollens, nicht mehr nur mit einzelnen Schlucken dieses Elixiers würde zufriedengeben müssen.

Er wollte mehr.

Wollte alles.

Unverwundbarkeit.

Unsterblichkeit …

Das Zischen der Maschine erfüllte den Tunnel, durch den der Wagen jetzt mit immer größerer Geschwindigkeit raste. Das Gefälle tat das Seine dazu, dass er immer noch mehr Fahrt aufnahm, und schon bald musste Winmar das Tempo wieder drosseln, damit das Gefährt nicht aus den Schienen sprang. Vorbei an bizarren Felsformationen, die im Schein der Laterne vorüberwischten, ging es ratternd immer weiter in die Tiefe, unaufhaltsam … und plötzlich überkamen Winmar Zweifel.

Was, wenn die neue Kraft versagte und die Maschine ihn nicht mehr zurück an die Oberfläche trug? Oder wenn der Tunnel einstürzte und ihm den Rückweg versperrte, was dann? Instinktiv griff er nach dem Hebel, um die Fahrt abermals zu verlangsamen, als er erneut die Stimme vernahm.

»Nicht mehr lange«, sagte sie. *»Der Augenblick der Wahrheit steht bevor …«*

»Ich komme, Meister, ich komme zu Euch«, erwiderte Winmar beflissen, nun nicht mehr der mächtige König, unter dessen Herrschaft Erdwelt erzitterte, sondern der willfährige Diener.

Ob es sein eigener Wunsch war, der ihn antrieb, oder ob er einem fremden Befehl folgte, wusste er nicht zu sagen, und es machte auch keinen Unterschied. Winmar diente der Stimme. Er brauchte sie, so wie er die Luft zum Atmen brauchte, und er war begierig darauf, ihr endlich von Angesicht zu begegnen. Macht wartete dort in der Tiefe auf ihn, grenzenlose Macht – und womöglich noch mehr.

»Komm zu mir!«

Die Gier des Zwergenherrschers steigerte sich in körperliches Verlangen. Winmar hatte in seinem Leben viele Frauen gehabt, Sklavinnen, die ihm zugeführt worden waren, um seine königliche Lust zu befriedigen, aber nicht eine von ihnen hatte er auch nur annähernd so begehrt wie diese Zusammenkunft. Er wollte es ergründen, dieses letzte Geheimnis, das die Welt für ihn noch bereithielt, und wenn er seinen Grund und Ursprung erfahren hatte, sollte es ihm gehören, ihm ganz allein!

Wie lange die Fahrt in die Tiefe dauerte, wusste der Zwergenkönig nicht zu sagen – jedes Gefühl für Raum oder Zeit war ihm abhanden gekommen. Als aber der Lichtschein der Laterne das Ende des Stollens erfasste, betätigte er die Steuerung, wie Ansgar es ihm gezeigt hatte. Sofort verlor die Maschine an Fahrt und wurde langsamer, kam schließlich zum Stehen.

»Komm zu mir!«

Mit bebenden Händen und Knien erhob er sich, entriegelte das Visier und schob es nach oben. Dann hob er seine Leibesfülle aus dem Steuersitz und verließ das Gefährt. Mit weichen Knien schritt er zum Ende des Schienenstrangs. Es war heiß hier unten, und die Luft war durchsetzt von giftigen Dämpfen. Lange würde er nicht bleiben können, das stand fest. Aber hoffentlich lange genug, um zu erfahren, was er wissen wollte.

Winmar sog nach Luft, als er an der Felswand, die das Ende des Stollens bildete, eine dunkle Gestalt erblickte – nur um sich einen Augenblick später einen furchtsamen Narren zu schelten, denn es war sein eigener Schatten, den der Schein der Grubenlaterne warf. Der Zwergenkönig wankte seiner Silhouette entgegen, die immer größer wurde, je weiter er sich ihr näherte. Dabei breitete er die Arme aus, am ganzen Körper zitternd vor Erwartung, bereit, sich der Stimme zu stellen und zum Ursprung ihres Geheimnisses vorzudringen.

Hierher hatte sie ihn gelockt, an den tiefsten Ort des Reiches. Hier wartete sie auf ihn.

»Komm zu mir, mein Diener.«

»Aber ich bin bereits hier, Meister.«

Er hörte die Stimme nicht nur, sondern hatte auch das Gefühl, ihrem Ursprung ganz nah zu sein. Was auch immer ihr Ausgangspunkt sein mochte, es war in der Nähe …

»Ich bin bereit«, versicherte Winmar. »Zeigt Euch mir, Meister, damit ich Euch endlich sehen kann!«

Sein Weg endete vor der Felswand, deren Gestein so hart und dicht war, dass weder die Hände der Sklaven noch das Pulver der Alchemisten mehr etwas hatten ausrichten können. Was man dem Fels abgetrotzt hatte, waren allenfalls einige Handbreit gewesen – weiter ging es nicht.

Hier war der Stollen Zor zu Ende.

Winmar blieb stehen und wandte sich um, ließ seine Blicke durch das von der Laterne beleuchtete Gewölbe schweifen. »Wo seid Ihr, Meister?«, fragte er verunsichert. »Zeigt Euch mir!«

»Schließe deine Augen«, forderte die Stimme ihn auf. *»Öffne deinen Geist!«*

Winmar tat, was von ihm verlangt wurde. Er schloss die Augen, während er die Arme ausgebreitet behielt, so als wollte er herzlich willkommen heißen, was immer hier unten in der dunklen Tiefe lauerte.

Längst schon empfand der Zwergenkönig keine Furcht mehr. Es hatte eine Zeit gegeben, da ihn die Stimme in seinem Kopf geängstigt hatte, doch dies lag hinter ihm. Sein

Verstand hatte die Reise in den Abgrund angetreten, noch lange bevor sein Körper ihm gefolgt war, und so konnte er dem Grauen, das seit Jahrtausenden hier in der Tiefe wartete, ohne Furcht begegnen. Mehr noch, er verzehrte sich danach mit allen Sinnen seines Körpers – und sein Verlangen wuchs, je näher das Fremde ihm kam.

»Kommt näher, Meister!«, rief er in freudiger Erregung. »Ich bin bereit! Verbindet Euch mit mir! Gebt mir, Eurem ergebenen Diener, Eure ganze überwältigende Macht!«

Er spürte Kälte.

Schneidende, tödliche Kälte, die entsetzlich und faszinierend zugleich war, und er hatte das Gefühl, dass etwas nach seinem Körper griff und ihn erfassen wollte.

Dies war seine Bestimmung!

Alle Macht auf Erdwelt in sich zu vereinen und bis in alle Ewigkeit zu herrschen, unverwundbar und unsterblich! Er wusste, dass er kurz davor stand, diesen Zustand zu erreichen, mithilfe der Stimme zu einem Wesen zu werden, wie es noch keines in Erdwelt gegeben hatte. Er, ein Zwerg, würde selbst Elfen und Riesen übertreffen, und der Triumph, den er darüber empfand, ließ ihn in heiseres, sich überschlagendes Gelächter ausbrechen, das von den Stollenwänden hundertfach zurückgeworfen und verstärkt wurde.

Doch plötzlich ließ das Glücksgefühl nach.

Im ersten Moment wollte Winmar es nicht wahrhaben, aber die fremde Präsenz – oder was immer es sein mochte – entfernte sich wieder von ihm, statt sich mit ihm zu vereinen.

Das Gelächter des Zwergenkönigs verstummte jäh.

»Nein!«, schrie er verzweifelt. »Neeeeiiiiin!«

»Komm zu mir«, verlangte die Stimme in seinem Kopf noch immer.

»Ich bin hier, Meister! Ich bin hier! Ich habe alles getan, was Ihr mir aufgegeben habt!«

»Komm«, sagte die Stimme dennoch. *»Komm noch näher!«*

»Ihr … Ihr wollt, dass ich noch näher komme? Aber der Stollen ist hier zu Ende …«

»Komm zu mir!«

In seiner Verzweiflung warf sich Winmar gegen die Felswand, begann, mit bloßen Händen darauf einzuschlagen und daran zu kratzen, bis seine kurzen Finger bluteten.

Aber es half nichts.

Die Stimme entfernte sich noch weiter von ihm – und mit ihr auch das Geheimnis ihres Ursprungs und ihrer Macht.

»Neeeiiiin!«, brüllte Winmar noch einmal, schrie seine Enttäuschung und seine hilflose Wut laut hinaus.

»Komm«, erwiderte die Stimme nur.

BUCH I

Vermächtnis

I

Es war seltsam.

Manche Dinge, die einem im Leben widerfuhren, verloren sich bereits kurze Zeit später wieder im unsteten Fluss der Erinnerung. Andere hingegen, selbst wenn es sich um Kleinigkeiten handelte, um unbedeutende Wahrnehmungen am Wegesrand, blieben über Jahrzehnte hinweg im Gedächtnis haften.

So wie die Begegnung mit dem Spielmann.

Dag erinnerte sich, dass vor vielen Jahren, als er selbst noch ein Junge gewesen war, ein alter Spielmann in Ansun haltgemacht hatte. Das Licht seiner Augen hatte den Alten längst verlassen, dennoch hatte er, zum höchsten Erstaunen des gesamten Hofstaats, seiner Laute Klänge zu entlocken vermocht, die wunderbarer und mitreißender waren als alles, was je zuvor in der herzoglichen Burg zu hören gewesen war.

»Wie machst du das nur?«, hatte Dag voller Staunen gefragt, und die Antwort, die der Alte ihm gegeben hatte, hatte er in all den Jahren nie vergessen.

»Weißt du, Junge – das meiste von dem, was die Menschen allgemein als wichtig erachten, ist in Wirklichkeit mit den Augen nicht zu erkennen. Man vermag es lediglich mit dem Herzen zu sehen.«

Diese Worte hatten Dag begleitet, auch dann, als er längst damit aufgehört hatte, am Ende der Tafel auf dem Boden zu sitzen und den Spielleuten bei ihren Gesängen zuzuhören, und aus dem Knaben ein Mann geworden war. Die tatsächliche Bedeutung jedoch war ihm erst einige Monate zuvor schmerzlich bewusst geworden – nach jenem schicksalhaften Tag, an dem er sein Augenlicht verloren hatte.

Eines allerdings hatte der Alte ihm damals nicht gesagt.

Dass auch ein Herz verstümmelt und blind werden konnte …

»Verdammt!«

In einem jähen Wutausbruch warf Dag die Schüssel von sich, sodass der Inhalt nach allen Seiten spritzte. Vergeblich hatte er versucht, rote Beeren von blauen zu trennen. Nun war seine Geduld am Ende.

»Das war unser Abendessen«, sagte jemand neben ihm. »Jedenfalls der Teil davon, der nicht giftig war.«

»Ich kann es nicht!«, beschwerte sich Dag lauthals. »Ich werde es niemals lernen, verstehst du?«

»Weil du keine Geduld hast.«

Die Stimme neben ihm seufzte. Dann konnte Dag es rascheln hören – der andere hatte sich gebückt, um die am Waldboden verstreuten Beeren wieder aufzulesen. Dennoch empfand Dag noch immer ohnmächtige Wut, die Auslass begehrte …

»Du hast leicht reden!«, fuhr er seinen Begleiter an. »Du kannst alles sehen! Den Himmel, die Sonne, das Grün der Bäume!«

»Eigentlich nicht«, kam es schnaufend zurück. »Der Himmel ist wolkig, und der Wald ist heute dunkelgrau.«

»Du weißt, was ich meine«, zischte Dag. »Jedenfalls fällt es dir leicht, rote Beeren von blauen zu trennen.«

»Und dir sollte es inzwischen auch leichtfallen. Die blauen sind etwas größer und weicher, die roten hingegen …«

»Ich weiß, ich weiß.«

»Es ist wichtig, dass du sie unterscheiden lernst. Nur die blauen sind essbar – verschluckst du eine von den roten …«

»Ja doch!«, herrschte Dag ihn an.

Der andere verstummte.

Lange Augenblicke verstrichen.

Augenblicke, in denen Dag hören konnte, wie sein Begleiter zwischen den Farnblättern herumkroch – und in denen sich fast ebenso plötzlich, wie ihn der Zorn überkommen hatte, ein schlechtes Gewissen einstellte.

»Es tut mir leid«, sagte er nach einer Weile.

»Natürlich«, kam es gleichgültig zurück.

»Es tut mir wirklich leid«, betonte Dag. »Du hast nicht verdient, dass ich dich so behandle.«

»Nein«, sagte der andere und richtete sich auf, »das habe ich nicht. Schließlich hätte ich dich nicht bei mir aufnehmen müssen, als du damals vor meiner Höhle lagst, hungrig und zerschunden und blind wie ein Maulwurf.«

Dag musste lächeln. »Blind bin ich immer noch, Tiff.«

»Und hungrig auch, wenn du nicht damit aufhörst, unser Abendessen wegzuschmeißen«, gab der Einsiedler mit einem hörbaren Grinsen zurück. »Lass uns zur Höhle zurückkehren, es wird bald regnen.«

»Einverstanden.« Dag erhob sich von dem Felsen, auf dem er gehockt hatte, und streckte eine Hand aus. Schon im nächsten Moment fühlte er den festen Griff des eigenwilligen Freundes, den er sich der Stimme nach anfangs als kleinwüchsigen, leicht untersetzten Burschen vorgestellt hatte – in Wahrheit war Tiffor, der als Einsiedler in den östlichen Wäldern lebte, ein Koloss von einem Mann, dessen gutwilliges, bisweilen kindhaftes Gemüt jedoch in krassem Widerspruch zu seiner Erscheinung stand. So viel zur Wirklichkeit, die man angeblich mit dem Herzen zu sehen vermochte.

Der Weg zurück zur Höhle war ein Irrweg, so wie immer, ein Marsch voller Gefahren und Stolperfallen für jemanden, der nicht in der Lage war, seine Umgebung zu sehen. Zwar setzte Dag alles daran, seine verbliebenen Sinne zu schärfen, doch inmitten des schier undurchdringlichen Waldes wollte es ihm nicht recht gelingen. Zu verwirrend waren die Geräusche, die bald von dieser, bald von jener Seite drangen, zu vielfältig die Gerüche, die nach würzigen Pilzen, bald nach süßem Honig und dann wieder nach Verwesung schmeckten. Und dennoch hätte Dag an keinem anderen Ort sein wollen als hier, inmitten des dunklen Waldes, in den er sich verkrochen hatte wie ein verletztes Tier, um seine Wunden zu lecken und zu vergessen – aber es gelang ihm nicht.

Fast zehn Monde waren seit jenem Tag vergangen, an dem er die Welt zum letzten Mal gesehen hatte.

Zehn Monde ...

An sich eine lange Zeit. Aber nicht, wenn die Wunde noch immer schwärte, wenn die Erinnerung an die Vergangenheit in jeder Nacht wieder auflebte, in grässlichen Albträumen, die Dag bis in den Wachzustand verfolgten, und bisweilen darüber hinaus.

Vergeblich hatte er versucht, die Vergangenheit zu überwinden, denn Schwärze war alles, was er sah, seit die Truhe geöffnet worden war und er den verderblichen Inhalt erblickt hatte. Fortwährend hatte er diesen grässlichen Moment in seinen Gedanken, während er sich mit Vorwürfen marterte und sich immerzu fragte, ob er es hätte verhindern können.

Nein, sagte er sich dann.

Es war unausweichlich gewesen.

Und dennoch fand der mit Blindheit geschlagene Krüppel, zu dem er nach seiner Ansicht geworden war, vor ihm keine Gnade.

Dag war erleichtert, als sie endlich den Höhleneingang erreichten. Er spürte es, weil der Boden unter seinen Füßen fester wurde und die Bäume hier weniger dicht standen, sodass die Dunkelheit um ihn herum ein wenig nachließ. Außerdem vernahm er das Rauschen der Quelle, die ganz in der Nähe entsprang. Es war das Erste gewesen, das er nach seinem Erwachen wahrgenommen hatte, kurz bevor Tiffor ihn gefunden und in seine Höhle mitgenommen hatte.

Doch an diesem Nachmittag war etwas anders.

Dag nahm es deutlich wahr, der Verachtung seiner verbliebenen Sinne zum Trotz. Obwohl er nichts sehen konnte, war ihm klar, dass sich etwas verändert hatte, und noch ehe er sich fragen konnte, woher diese Empfindung stammte, hörte er, wie Tiffor neben ihm scharf nach Luft sog.

»Wer bist du?«

»Habt keine Angst«, sagte eine Stimme, die weder bedrohlich noch feindselig klang. Sie schien einem alten Mann zu gehören, und aus denselben unerfindlichen Gründen, aus denen er die Anwesenheit des Alten gespürt hatte, hatte er das Gefühl, diese Stimme schon einmal gehört zu haben.

In seinem früheren, seinem anderen Leben …

»Wenn du ein Räuber bist, dann fürchte ich, hast du dich in der Tür geirrt«, beschied Tiffor ihm. »Wir sind Einsiedler, die von dem leben, was der Wald ihnen schenkt. Bei uns gibt es nichts zu holen.«

»Das habe ich auch nicht angenommen.« Es raschelte. Der Alte, der auf einem der beiden Felsen gesessen haben musste, die den Höhleneingang säumten, schien sich zu erheben. »Es mag euch überraschen, aber ich habe auf euch gewartet.«

»Auf mich?«, fragte Tiffor verwundert.

»Eher auf deinen Begleiter, mein unbedarfter Freund.«

»Warum? Was wollt Ihr von mir?«, fragte Dag. Wie er es hasste, mit Leuten sprechen zu müssen, die er nicht sehen konnte, während sie ihn vermutlich von Kopf bis Fuß musterten.

»Was immer du zu geben bereit bist«, erwiderte der Fremde, und noch ehe Dag auch nur fragen konnte, was der alte Mann damit meinte, fügte dieser hinzu: »Du hast dich lange genug verkrochen. Es wird Zeit, dass du dich der Vergangenheit stellst, Daghan, Sohn Herzog Osberts von Ansun. Ja, ich weiß, wer du bist – und ich kenne deine Bestimmung.«

2

Wieder hier zu sein, an dem Ort, an dem sie aufgewachsen war und den größten Teil ihres bisherigen Lebens verbracht hatte, hätte Aryanwen eigentlich mit Trost erfüllen sollen. Doch es fühlte sich an wie Hohn.

Der Thronsaal des Palasts von Tirgaslan erstreckte sich noch immer in ungeahnte Höhen, über denen sich die gewaltige, einst von elfischen Baumeistern erdachte Kuppel wölbte; noch immer säumten die prächtigen Säulen die Wände, noch immer sickerte das Licht in bunten Schäften durch die hohen, vielfarbigen Fenster, und noch immer stand der Elfenthron auf dem aus Marmor gearbeiteten Podest, das die Mitte des weiten Runds einnahm.

Doch während früher zumindest noch eine Ahnung der glorreichen Vergangenheit den Thronsaal erfüllt hatte, war er inzwischen nicht mehr als eine leere Hülle, bot die Staffage für ein schlechtes Theater. Es war, als hätte man eine Esse mit Kohlen allein angefacht – ohne Glut und ohne Feuer.

Zwar hatte das Menschenreich von Tirgaslan nach der vernichtenden Niederlage gegen die Zwerge einen neuen König bekommen, doch war dieser nur noch ein Schatten jener Herrscher, die seit den Tagen König Corwyns auf dem Thron gesessen hatten. Denn Lavan, wie der neue König hieß, war nur eine Marionette und hatte das zu tun und zu lassen, was der mächtige Zwergenherrscher ihm vorgab – und Aryanwen war die Frau an der Seite der Marionette.

Wäre es nach ihr gegangen, wäre Aryanwen lieber gestorben, als diese Schmach zu erdulden, zumal Lavan einer jener Lehnsherren gewesen war, die sich gegen ihren Vater König Tandelor verschworen und ihn mit quälender Langsamkeit vergiftet hatten; um das Leben ihres Geliebten Daghan zu retten, hatte sie jedoch eingewilligt, Lavan zu ehelichen. Sie musste die Königin an seiner Seite mimen, um seine Herrschaft vor dem Volk zu rechtfertigen. Dennoch war in den vergangenen acht Monden kein Tag vergangen, an dem Aryanwen nicht an Dag gedacht hatte. Winmar hatte ihn blenden lassen und als blinden Krüppel ins Exil geschickt. Was weiter mit ihm geschehen war, wusste Aryanwen nicht, sie konnte nur hoffen, dass er am Leben war.

Es war der Tag nach dem Vollmond, was bedeutete, dass der König nach alter Sitte über seine Edlen zu Gericht saß. Vergehen, die Lehensherren gegen die Krone begangen hatten, wurden vor den König gebracht, der allein über Verurteilung oder Freispruch zu befinden hatte. In der Vergangenheit hatte dieses Hofgericht dem Erhalt des Friedens und der Gerechtigkeit im Reich gedient, denn die Herrscher von Tirgaslan hatten stets weise und mit Augenmaß entschieden, ohne ihre Macht zu missbrauchen. Unter Lavan jedoch war das Gericht zur Farce verkommen, denn der König fällte seine Urteile nicht im Interesse des Reiches, sondern auf Weisung des Zwergenherrschers, und es war Aryanwen unerträglich, dass sie jedes Mal dabeizusitzen und gute Miene zum bösen Spiel zu machen hatte.

»Wer ist der Nächste?«, erkundigte sich Lavan, der auf dem Elfenthron saß, offenkundig aber sehr viel größeres Interesse daran hatte, den Jagdfalken auf seinem linken Arm mit kleinen Fleischbrocken zu füttern. Wie sehr Aryanwen diese aufgedunsenen, selbstgefällig lächelnden Gesichtszüge verabscheute!

»Dermot von Camory, Hoheit«, entgegnete Thinon, der Lordrichter von Tirgaslan, der dem Hofgericht als Zeremonienmeister vorstand.

»Was wird ihm zur Last gelegt?«

»Er weigert sich, seine Steuerschuld zu begleichen, insbesondere die zusätzlichen Entrichtungen an das Zwergenreich.«

»So«, machte Lavan nur und wartete, bis der mit einer ledernen Kopfhaube versehene Falke das nächste Stück verschlungen hatte. »Herein mit ihm«, verlangte der kahlhäuptige König dann, der in dem blauen Seidengewand, das sich über seinem feisten Körper spannte, wie ein Geck wirkte.

Thinon stieß seinen Richterstab geräuschvoll zu Boden, worauf die Tür des Thronsaals geöffnet wurde und vier Gerichtsdiener erschienen, die einen dunkelhaarigen Mann hereinführten. Er mochte an die dreißig Winter alt sein, aus seinen Augen sprach unverhohlener Zorn. Man hatte darauf verzichtet, ihn zu binden, jedoch hatte man ihm seinen Umhang und sein Schwert abgenommen, sodass eine leere Scheide an seinem Gürtel hing. Dennoch verriet jede seiner Bewegungen unbeugsamen Stolz.

Vor dem Lordrichter blieben die Gerichtsdiener stehen. »Dermot von Camory?«, wollte Thinon der Form halber wissen.

»Ja, Herr.« Der Ritter nickte.

»So tretet vor. Erklärt Euch, und Euch wird Gerechtigkeit widerfahren«, entgegnete Thinon dem Protokoll gemäß und führte den Angeklagten an den Mitgliedern des versammelten Hofstaats vorbei vor den Thron.

»Ritter Dermot von Camory, Hoheit«, erklärte Thinon dann, worauf Dermot die Knie beugte und seinem Monarchen Respekt erwies.

»Mein König«, stieß er hervor, was ihm einigen Widerwillen zu bereiten schien. Und obwohl das Protokoll es nicht vorsah, neigte er sein Haupt auch in Aryanwens Richtung, die neben ihrem Gemahl auf einem weniger prunkvollen und auch etwas kleineren Thron saß. »Meine Königin.«

»Ihr weigert Euch, die Steuern zu bezahlen?«, schnappte Lavan, ehe Aryanwen etwas erwidern konnte. Auf einen Gruß verzichtete er. »Insbesondere die Wiedergutmachung, die wir aufgrund des verlorenen Krieges an das Zwergenreich zu entrichten haben?«

Dermot erhob sich wieder. »Keineswegs, mein König«, sagte er laut und deutlich.

»Wollt Ihr mir frech ins Gesicht lügen?« Lavan beugte sich abrupt vor, was den Falken auf seinem Arm erschreckte. Das Tier schlug mit den Flügeln. »Sind meine Eintreiber etwa nicht mit leeren Händen zurückgekehrt?«

»Doch, Herr«, räumte Dermot ohne Zögern ein, »aber nicht, weil ich meine Zahlungen nicht entrichten wollte, sondern weil ich es nicht konnte.«

Der König ließ sich wieder zurückfallen. »Wollt Ihr mir weismachen, da wäre ein Unterschied?«

»Mein Lehen befindet sich im nördlichen Grenzland, Herr. Und wie Ihr wisst, ist der Norden stärker als jeder andere Teil des Reichs von den Verheerungen betroffen, die der Krieg angerichtet hat.«

»Und?«

»Herr, wir haben uns noch längst nicht von den Folgen des Krieges erholt. Viele Gehöfte wurden zerstört, zahllose Bauern fanden den Tod oder sind von ihrem Land geflohen. Die Felder sind verwüstet oder liegen brach, und noch immer ziehen Banden von Ork-Söldnern plündernd durch das Land.«

»Und? Wollt Ihr behaupten, ich trüge Schuld daran?«

»Nein, mein König.« Dermot schüttelte den Kopf. »Aber … Ihr unternehmt auch nichts dagegen.«

»Was fällt Euch ein?«

»Es ist ein offenes Geheimnis, dass die Orks als Söldner in den Diensten des Zwergenkönigs standen oder es noch immer tun. Seit dem Ende des Krieges kommen sie in immer größerer Anzahl über den Fluss, um zu plündern und uns auch noch um den letzten Rest unserer Habe zu bringen. Weder können wir uns ihrer erwehren, noch unsere Felder bestellen – und da sollen wir auch noch Abgaben entrichten?«

»So wie es Eure Pflicht als treuer Lehensherr wäre«, bestätigte Lavan unbarmherzig. Die feisten Backen hingen missbilligend herunter. »Stattdessen tretet Ihr vor mich mit wilden Anschuldigungen gegen den erlauchten Herrscher unseres Reiches.«

»Das sind keine Anschuldigungen, Herr. Ich spreche die Wahrheit.«

»Könnt Ihr das beweisen?«

»Nein, aber …«

»Wie, Dermot von Camory, könnt Ihr es dann wagen, hier zu stehen und gemeine Verleumdungen zu äußern, die doch ganz offenkundig nur das Ziel haben, Eure Faulheit und Unfähigkeit zu rechtfertigen?«

Man konnte sehen, wie sich die Züge des Ritters verfärbten. Zorn schoss ihm in die Adern, und er holte tief Luft, setzte zu einer Erwiderung an, die ihn vermutlich nicht nur sein Lehen, sondern auch sein Leben gekostet hätte – deshalb ergriff Aryanwen rasch das Wort.

»Mit Verlaub, mein Gemahl«, wandte sie sich an den König, »ich gebe zu bedenken, dass dies nicht das erste Mal ist, dass wir von solchen Vorgängen hören. Ob dies mit dem Wissen oder gar auf Weisung des Zwergenkönigs geschieht, entzieht sich unserer Kenntnis, jedoch treiben sich nördlich des Grenzflusses offenbar noch viele herrenlose Ork-Krieger herum, die auf der Suche nach Beute nach Süden gelangen.«

Lavan hatte offenbar beschlossen, ihren Einwurf zu ignorieren. Statt sich Aryanwen zuzuwenden, hatte er sich wieder mit dem Falken befasst und ihn gefüttert. Als aus den Reihen des Hofstaats jedoch zustimmende Laute zu hören waren, schien er seine Meinung zu ändern. In unendlicher Trägheit wandte er sich von seinem Falken ab und sah Aryanwen aus seinen kleinen grauen Augen an. Wären seine Blicke in der Lage gewesen zu töten, so wäre sie mit durchbohrter Brust vom Thron gesunken.

»Dennoch kann es nicht sein, dass die Zwerge Schuld daran tragen«, beharrte er unwillig und mit bebender Stimme.

»Warum nicht, mein Gemahl? Weil es nicht sein darf?«

»Die Königin hat recht, Majestät«, stimmte Ritter Dermot ungefragt zu. »Solange immer noch mehr Orks über den Grenzfluss kommen, die unsere eben erst wieder aufgebauten Gehöfte zerstören und unsere Ländereien verwüsten, werden wir nicht in der Lage sein, unseren Pflichten nachzukommen.«

Lavan hob eine Braue. Wie er so auf dem Thron saß, die Augen zu Schlitzen verengt, hatte er etwas von einem lauernden Raubtier. Einem recht feisten allerdings. »Wie darf ich das verstehen, Herr Ritter? Wollt Ihr Euren König erpressen?«

»Aber nein, Herr, das liegt mir fern«, versicherte Dermot und trat einen Schritt zurück, so als wäre ihm jäh klar geworden, dass er sich auf gefährliches Terrain begeben hatte. »Ich stehe hier, weil ich Eure Hilfe brauche, sowohl im Kampf gegen die Verlorenen Krieger als auch beim Wiederaufbau der Grenzlande. Und ich stehe damit nicht allein. Alle Lehensherren des Nordens teilen meine Haltung.«

»Sieh an.« Lavan schürzte die Lippen. »Was wollt Ihr mir damit nun wieder sagen?«

»Ich bitte Euch nur, etwas zu unternehmen.«

»Seid versichert, Herr Ritter, dass ich das werde«, entgegnete Lavan nickend, während er seinem Falken einen weiteren Fleischbrocken hinhielt, den dieser gierig aus seinen Fingern schnappte.

»Dann werdet Ihr mit König Winmar sprechen? Euch bei ihm für unsere Belange einsetzen?«

Lavan lachte auf. »Ganz sicher nicht.«

»Herr?«

»Erwartet Ihr allen Ernstes, dass ich den eben erst geschlossenen Frieden einiger unfähiger Lehensherren deswegen gefährde? Das werde ich sicher nicht tun, ganz gleich, was für Lügen Ihr hervorbringt.«

»Das sind keine Lügen!«, widersprach Dermot. »Die Königin hat doch auch gesagt, dass …«

»Die Königin weiß es nicht besser, sie ist einem Irrtum erlegen«, fiel Lavan ihm ins Wort. »Sie ist wie Ihr noch in altem Denken gefangen, statt nach vorn zu blicken und die Bitterkeit des Krieges endlich hinter sich zu lassen. Nicht wahr, meine Gemahlin?« Er wandte sich Aryanwen zu, sein Blick war kalt und stechend.

Aryanwen biss sich auf die Zunge.

Es hätte viel gegeben, das sie hätte sagen wollen, aber sie tat es nicht, wollte weder Dermot gefährden noch sich selbst noch … »Wenn Ihr es sagt, mein Gemahl, dann verhält es sich ohne Zweifel so«, stieß sie zähneknirschend hervor.

»Da hört Ihr es, Herr Ritter«, beschied Lavan dem Angeklagten daraufhin voller Genugtuung. »In Zukunft werdet Ihr Euch nur noch um Eure eigenen Angelegenheiten kümmern und nicht mehr um das, was jenseits des Grenzflusses geschieht.«

Dermots Züge erstarrten, sein Brustkorb hob und senkte sich heftig unter dem roten Waffenrock. »Um nicht zu sehen, was dort geschieht, müsste ich auf einem Auge blind sein, Herr«, schnaubte er.

»Tatsächlich?« Ein grausames Grinsen schlich sich in Lavans schwammige Züge. »Das bringt mich auf einen Gedanken …«

Aryanwen hielt den Atem an. Sie kannte diesen Ausdruck im Gesicht des Königs inzwischen gut genug, um zu wissen, dass er nichts Gutes zu bedeuten hatte. Als sie jedoch begriff, was ihr Gemahl vorhatte, war es bereits zu spät.

»Schlag ihn!«, raunte Lavan dem Falken auf seinem Arm zu, riss ihm die Kappe vom Haupt und schleuderte ihn dem wehrlosen Ritter entgegen.

Aryanwen sprang auf. »Nein!«, rief sie entsetzt, dass es von der hohen Kuppel widerhallte, doch der Falke war nicht mehr aufzuhalten.

Wild flatternd und mit gespreizten Krallen stürzte er sich auf den Angeklagten, der instinktiv sein Schwert ziehen wollte – und ins Leere griff. Mit bloßen Händen suchte er sich daraufhin zur Wehr zu setzen, was allerdings vergeblich war. Das Flattern und Kreischen des Falken erfüllte die Kuppel, begleitet von Dermots entsetzten Schreien. Schließlich kehrte der Raubvogel wieder auf den Arm seines Herrn zurück, während Dermot auf dem steinernen Palastboden zurückblieb, leise wimmernd, die Hände auf das linke Auge pressend. Blut trat zwischen seinen Fingern hervor und troff zu Boden.

Aryanwen stand noch immer, nicht weniger fassungslos als der übrige Hofstaat, der entsetzt und eingeschüchtert auf den geschlagenen Ritter starrte. »Was … was habt Ihr getan?«, stieß sie hervor.

Lavan grinste nur und streichelte das Brustgefieder des Falken. »Ist ein weiterer Lehensherr des Nordens unter uns, der Ritter Dermots Meinung ist?«, erkundigte er sich.

Niemand antwortete.

Aryanwen eilte die Stufen des Podests hinab und kam Dermot zur Hilfe, der noch immer auf dem Boden kauerte.

»Es … es tut mir leid«, brachte sie hilflos hervor, den Tränen nahe, »das wollte ich nicht!«

Dermot löste eine Hand aus seinem blutüberströmten Gesicht, sodass sein verbliebenes Auge sie ansah. »Ihr … Ihr könnt nichts dafür, meine Königin«, versicherte er. »Ihr wolltet nur helfen …«

Der kostbaren Anar-Seide ungeachtet, aus der ihr Kleid gefertigt war, riss Aryanwen kurzerhand einen Streifen von ihrem Ärmel ab und verband damit notdürftig die frisch geschlagene Wunde. Dass sie sich dabei über und über mit Blut besudelte, war ihr gleichgültig. Dann erhob sie sich und wandte sich um, blickte zu ihrem Gemahl hinauf, der dort auf dem Thron saß, den Falken auf dem Arm, fettbäuchig und selbstgefällig.

»Ja, meine Gemahlin?«, erkundigte er sich grinsend. »Wolltet Ihr noch etwas sagen?«

Aryanwen biss sich auf die Lippen.

Dann wandte sie sich ab und stürzte zu dem Ausgang hinaus, der sich hinter dem Thron befand und dem Königspaar und seinen Bediensteten vorbehalten war. Weder wartete sie auf ihre Entlassung noch bezeugte sie dem König ihren Respekt, was für ein Raunen unter den Edlen sorgte – und offenbar auch dafür, dass die zur Schau gestellte Überlegenheit ihres Gemahls jäh verpuffte.

An den plumpen, schwerfälligen Schritten, die hinter ihr durch den Gang dröhnten, konnte sie erkennen, dass der König ihr folgte. Offenbar war er nicht gewillt, die Sache auf sich beruhen zu lassen.

An einem Fenster, durch das sie auf das scheinbar endlose Meer aus Türmen, Dächern und Kaminen blicken konnte, das sich jenseits der Mauern des Königspalasts erstreckte, blieb sie stehen. Das Trampeln folgte ihr, bis es dicht hinter ihr war.

»Was fällt dir ein, Weib?«, blaffte Lavan sie an, keuchend vom raschen Laufen.

Sie wandte sich um, taxierte seine feiste Gestalt. »Wo habt Ihr Euren Falken gelassen?«, stichelte sie. »Ich staune, dass Ihr es wagt, mir ohne ihn gegenüberzutreten.«

»Du hast mich beschämt«, schnaufte er weiter, wobei Blitze aus seinen kleinen Augen zu schlagen schienen. »Vor den Augen des gesamten Hofstaats!«

»Nein, mein Gemahl«, widersprach sie kühl, die formelle Anrede beibehaltend, »beschämt habt Ihr Euch ganz allein. Statt Gerechtigkeit und Milde walten zu lassen, habt Ihr Euch ungerecht und grausam gezeigt. Ihr seid ein schlechter Herrscher!«

»So? Findest du?« Lavan fasste wieder Atem. »Der Ansicht bin ich nicht. Nur verschließe ich anders als Ihr meine Augen nicht vor der Wirklichkeit, sondern tue alles, was nötig ist, um das Reich zu erhalten.«

»Euer Reich«, spottete sie.

»Das Reich der Menschen«, verbesserte er. »Oder glaubst du, all das hier« – er deutete durch das Fenster auf das Häusermeer – »würde noch existieren, wenn ich nicht gehandelt hätte? Wenn ich Tirgaslan nicht gerettet hätte?«

»Ihr?« Aryanwen hob die Brauen. »Ihr habt Tirgaslan gerettet?«

»Gewiss – meinst du, Winmar hätte die Stadt verschont, wenn ich nicht gewesen wäre? Oder vielleicht dich? Wir alle können von Glück sagen, dass die Dinge so gekommen sind – und wir sollten nichts tun, was dies gefährden könnte.«

Aryanwen atmete tief ein und aus.

Sie konnte sich nicht erinnern, jemals zuvor in ihrem Leben einer größeren Ansammlung von Ruchlosigkeit und Verlogenheit begegnet zu sein als diesem Mann, der sich König schimpfte. Übelkeit stieg in ihr empor. »Ja«, bestätigte sie dann mit verächtlichem Lächeln, »Ihr seid in der Tat ein wahrer Held unseres Volkes! Seid unbesorgt, der Platz in den Geschichtsbüchern ist Euch sicher!«

Lavan stand unbewegt.

Ihre Verachtung schien ihn zu treffen, denn seine fleischigen Hände ballten sich zu Fäusten, und einen Augenblick lang war er offenbar versucht, seinem Zorn freien Lauf zu lassen. Dann aber entkrampfte er sich wieder, und ein Grinsen huschte gar über seine bleichen Züge.

»Du magst reden, was du willst«, beschied er ihr, »mich vermagst du nicht zu provozieren. Denn so widerspenstig du dich auch geben magst, eines ist doch sicher: Du bist das Behältnis, in dem mein Erbe und Sohn heranwächst.«

Damit ließ er sie stehen und ging gemessenen Schrittes in den Thronsaal zurück.

Aryanwen blieb zurück.

Schweigend blickte sie an sich herab, auf die deutliche Wölbung, die sich durch den blutbesudelten Stoff des Kleides abzeichnete.

3

Ist alles bereit?«

»Gewiss, mein König.«

General Vigor verbeugte sich tief – tiefer, als er es zu früheren Zeiten getan hatte, und das war notwendig.

Einst war das Verhältnis zwischen dem Zwergenherrscher und dem Anführer des königlichen Geheimdiensts geprägt gewesen von Vertrauen und gegenseitigem Respekt. Inzwischen war es vor allem Vorsicht, die man an den Tag zu legen hatte, wenn man am Hof von Gorta Ruun bestehen wollte; und die Bewunderung, die Vigor einst für seinen Herrscher empfunden hatte, war blanker Furcht gewichen.

Furcht vor Winmars Macht, die seit dem Ende des Krieges ins Unermessliche gewachsen war. Furcht aber auch vor den unberechenbaren Launen des Zwergenherrschers …

»Dann lasst uns gehen.«

Vigor nickte den Dienern zu, jungen Zwergen, in deren Gesichtern noch kaum Bärte sprossen. Winmar hatte sie zum Dienst am Hof berufen, damit sie ihrem König dienstbar waren. Nicht nur bei Tag, wie Vigor vermutete, sondern auch bei Nacht.

Indem alle acht Diener gleichzeitig Hand anlegten, gelang es ihnen, Winmars ausladenden Körper aus der goldenen Wanne zu heben. Das tägliche Bad in heißem, salzhaltigem Wasser, das aus tiefen Kavernen heraufgepumpt wurde, war ein weiterer Einfall jener Berater, mit denen Winmar sich neuerdings umgab und die dafür verantwortlich waren, dass Vigors eigener Einfluss beträchtlich geschwunden war.

Was, beim Bart seines Vaters, tat er hier?

Statt wie zu früheren Zeiten mit dem König zu Rate zu sitzen und ihn über die Lage im Reich in Kenntnis zu setzen, musste er mit gewissem Abscheu dabei zusehen, wie sein splitternackter Potentat aus dem Bad gehoben, abgetrocknet und mit Essenzen aus dem Sekret von Höhlenwürmern eingerieben wurde. Sie verströmten einen strengen Geruch, waren dem körperlichen Wohlbefinden jedoch angeblich förderlich – jedenfalls, wenn es nach all den Heilern, Wahrsagern und Alchemisten ging, die Winmar um sich geschart hatte und die ihm wie Schatten folgten.

Auch jetzt waren sie zugegen, standen aufgereiht wie Sintersteine an der Rückwand des königlichen Gemachs, gedrungene Gestalten in schwarzen Kapuzenmänteln, die außer Bärten und blitzenden Augenpaaren kaum etwas erkennen ließen. Wie immer hielten sie sich im Hintergrund, schweigend und scheinbar ohne Teilnahme. Aber Vigor war klar, dass sie mit der Aufmerksamkeit einer Schlange alles beobachteten, was vor sich ging – und bereit waren, jederzeit zuzubeißen …

»Das tut wohl«, verkündete Winmar, nachdem die Diener ihn angekleidet und seinen schwarzen Bart getrimmt hatten, den er nicht geflochten, sondern spitz zugeschnitten trug und der sein bedrohliches Äußeres noch unterstrich. Die saphirfarbenen Augen blitzten kalt unter der Zinnenkrone, als Winmar die Goldzähne zu einem Grinsen bleckte. »Nichts geht über ein belebendes Bad am Morgen, General.«

»Wenn Ihr es sagt, mein König.«

Vigor verbeugte sich abermals, während Winmar die Sänfte bestieg, die die Diener schließlich aufnahmen. Und begleitet von seinen Ork-Leibwächtern und dem schweigenden

Pulk der Gelehrten setzte sich der königliche Tross in Bewegung.

Die Hallen von Gorta Ruun mit ihren hohen Gewölben und steinernen Säulen, ihren Brücken und Balustraden waren prunkvoller denn je. Allenthalben prangte das leuchtend rote Banner mit dem Axtsymbol, das Zeichen des Hauses Ruun, das inzwischen für das ganze Zwergenvolk stand. Die Unterwerfung der Menschenreiche von Tirgaslan und Ansun hatte Winmar mächtiger werden lassen als jeden anderen Zwergenherrscher vor ihm, und die Tributzahlungen, die aus allen Teilen seines neu gegründeten Reiches eintrafen, füllten seine Schatzkammern. Der Triumph der Zwerge war vollkommen, Gorta Ruun war zum Mittelpunkt Erdwelts geworden, genau wie Vigor es sich für sein Volk und seine Heimat stets erträumt hatte.

Doch etwas schmeckte schal an diesem Wirklichkeit gewordenen Traum …

»Wie viele sind es diesmal?«, wollte Winmar wissen.

»Achtzehn, Euer Hoheit.«

Vigor brauchte sich nicht umzudrehen, um zu wissen, dass der König ihn anstarrte. Er hatte das Gefühl, als würden sich die Blicke des Potentaten in seinen Hinterkopf bohren.

»Nur?«, lautete die vorwurfsvolle Frage. »Vergangene Woche waren es über vierzig, wenn ich mich recht entsinne. Ebenso in der Woche zuvor.«

»Das ist richtig, mein König«, stimmte Vigor zu.

»Und? Lässt die Aufmerksamkeit deiner Spitzel nach?«

»Nein, mein König.« Nun wandte sich Vigor doch zu Winmar um. »Seid versichert, dass in dieser Festung nichts geschieht, ohne dass ich davon Kenntnis erlange.«

»Wie erklärst du dir dann, dass es diese Woche so wenige Aufrührer sind?«

»Die Maßnahmen greifen«, erklärte Vigor nur. »Die Stimme des Widerstands verstummt.«

Winmar ließ ein Schnauben vernehmen. »Wenn es doch wahr wäre, was du behauptest! Dabei weiß ich genau, dass hinter jeder Säule und in jeder dunklen Nische ein Verräter lauert! Diese Bastarde sind wie der Kopf eines Höhlenmolochs – sobald man einen abschlägt, wächst ein weiterer nach. Meine Wahrsager haben mich davor gewarnt.«

»Tatsächlich?« Vigor hob die buschigen roten Brauen. »Mein König, wenn Eure Wahrsager so genau wissen, was zu tun ist, wollen Sie es ja vielleicht auch übernehmen, Euch die Namen der Verräter zu nennen.«

»Höre ich da einen Hauch von Neid? Oder gar von Aufsässigkeit? Du solltest vorsichtig sein, mein Freund. Die Tatsache, dass ich dich zum General befördert habe, sollte dich nicht übermütig werden lassen. Schließlich willst du nicht enden wie diese hier.«

»Nein, mein König«, kam Vigor nicht umhin zuzugeben, »das will ich nicht.«

Sie waren dabei, die Brücke zu überqueren, die hinab zum Kessel führte. Unermessliche Tiefen erstreckten sich jenseits des steinernen Geländers, das abwechselnd von kunstvoll gearbeiteten Lichtstein-Laternen und von Statuen gesäumt wurde – bizarren Skulpturen aus Zwergensilber, von denen manche annähernd menschliche Formen aufwiesen, andere die gedrungene Gestalt von Zwergen. Wieder eine andere sah wie ein Unhold aus, der die Arme emporgeworfen und die Fratze zu einem lautlosen Schrei aufgerissen hatte.

Allen Statuen war gemeinsam, dass sie aussahen, als wären sie der Fantasie eines im Geiste kranken Bildhauers entsprungen. Und gewissermaßen, dachte Vigor düster bei sich, waren sie das auch …

Als sie den Kessel erreichten, kämpfte er die Übelkeit nieder, die in ihm hochkriechen wollte und von dem beißenden Gestank rührte, der schwer und träge über dem Boden lag. Der Kessel war eine riesige Höhle, deren Form einem gewaltigen Trichter glich; die umliegenden, schräg abfallenden Felswände waren von Steinmetzen zu Rängen umgearbeitet worden, auf denen sich die Zuschauer drängten. In den alten Tagen waren die Zwerge zu Tausenden in den Kessel geströmt, um dort Steinhauer-Wettkämpfen beizuwohnen oder dem Vortrag der Barden zu lauschen – Winmar hatte die Arena einer neuen Verwendung zugeführt.

Ork-Söldner hatten um den Grund des Kessels Stellung bezogen und bewachten die achtzehn Gefangenen, die dort standen, sieben Menschen und elf Zwerge. Sie alle trugen nur noch Fetzen am Leibe und eiserne Fußschellen, durch die sie aneinandergekettet waren. Ihre Körper waren ausgezehrt, ihr Haar wirr und verwahrlost, und ihre Blicke verrieten, dass sie finstere Qualen durchlebt hatten. Sie alle waren in Vigors Kerker zu Gast gewesen, und der General hatte jeden von ihnen einer ausführlichen Befragung unterzogen. Manche hatten bereits beim Anblick der Folterinstrumente ihr Schweigen gebrochen, andere erst, nachdem Vigors Orks mit ihrer Arbeit begonnen hatten. Früher oder später jedoch hatte jeder von ihnen geredet wie ein Wasserfall, hatte Verbündete und bisweilen sogar die eigene Familie verraten. Die öffentliche Hinrichtung der Verräter war nur noch eine Sache der Form – jedenfalls, soweit es Vigor betraf. Winmar hatte daraus ein Spektakel der besonderen Art gemacht …

Fanfaren kündigten das Eintreffen des Königs an. Die Gespräche auf den Rängen verstummten schlagartig. Gebanntes Schweigen breitete sich im kesselförmigen Rund der Arena aus.

»Ihr alle«, sagte Winmar schließlich in die Stille, »habt Euch des Hochverrats an der Krone schuldig gemacht.« Der Zwergenherrscher sprach nur leise, in jenem singenden Tonfall, den er immer dann an den Tag legte, wenn er verärgert war. Dennoch waren seine Worte bis zum letzten Rang hinauf zu hören. »Ihr seid hier, um mit dem Tode bestraft zu werden für die Verbrechen, die ihr begangen habt – sowohl am Volk der Zwerge als auch an eurem König!«

»Ich habe keinen König!«, entgegnete einer der Gefangenen prompt, ein Zwerg, der einst stark und voller Lebenskraft gewesen sein musste, inzwischen jedoch nur noch ein Schatten seiner selbst war. Gesicht und Haare waren blutverschmiert, sein linker Arm auf groteske Weise verformt. »Lieber sterbe ich, als einem Reich zu dienen, das von einem Schwein auf zwei Beinen regiert wird!«

»Das genügt!«, rief Vigor aus. »Wachen! Bringt ihn zum Schweigen!«

»Nicht doch!«, gebot Winmar den Orks Einhalt, die sich auf den Gefangenen stürzen wollten, um ihn mit ihren *saparak'hai* kurzerhand in Stücke zu hacken. Die Stimme des Zwergenkönigs war bemerkenswert freundlich geworden, ein Lächeln spielte gar um seine schwarzbärtigen Züge. »Tragt mich zu ihm«, wies er seine Diener an, worauf sie die Sänfte näher zu den Gefangenen brachten.

Der Zwerg, der die frevlerischen Worte gesprochen hatte, stand inmitten der Reihe. Anders als seine Mitgefangenen trug er sein Haupt nicht gesenkt, aus seinen kobaltblauen Augen schlugen Blitze des Widerstands.

»Wie heißt du, mein Junge?«, wollte Winmar von ihm wissen.

»Dalfin, Sohn des Drogo«, stellte der andere sich vor.

»Drogo.« Der Zwergenkönig nickte und schien zu überlegen. Dann hellten sich seine Züge auf. »Natürlich«, sagte er leise und fast freundlich. »Dein Vater war ein großer Steinmetz. Er war es, der das Antlitz meines Vorgängers Reginald im Stein der Sieben Säulen verewigte …«

»… und du hast ihm dafür gedankt, indem du ihm beide Hände abhacken ließest«, fügte Dalfin hinzu und spuckte aus. »Ich weiß nicht, was du bist, Winmar von Ruun – aber ein König bist du ganz sicher nicht. Vermutlich noch nicht einmal ein Zwerg.«

Ein Raunen glitt über die Ränge. Selbst die Wahrsager und Alchemisten steckten die vermummten Häupter zusammen und tuschelten. Dass ein Gefangener es wagte, so zum König zu sprechen, war noch nicht vorgekommen. Vigor war entschlossen einzugreifen, doch Winmars goldberingte Rechte hielt ihn erneut zurück.

»Dann verrate mir, Dalfin, des Drogos Sohn«, erkundigte er sich mit hämischem Grinsen, »wenn ich kein Zwerg bin, wie du behauptest, was bin ich dann?«

»Das will ich dir sagen«, entgegnete der Gefangene, ohne mit der Wimper zu zucken. »Du bist ein Wahnsinniger, der Schande über uns und das Zwergenreich bringt. Du bist es nicht wert, auf dem Thron der Äxte zu sitzen!«

»Ich bin es nicht wert?« Winmars Stimme war nach wie vor ruhig, doch sie bekam einen bebenden Unterton. »Bin ich nicht der mächtigste Herrscher, der je auf diesem Thron saß? Habe ich nicht ganz Erdwelt unter meiner Krone vereint?«

»Das hast du«, räumte Dalfin ein, »und einst habe ich an dich geglaubt, so wie mein Vater und viele andere es taten. Aber wir haben uns alle geirrt. Du bist ein Schwein, Winmar von Ruun, und ich schäme mich dafür, von dir Untertan genannt zu werden!«

In der Arena war es totenstill geworden. Banges Schweigen war eingekehrt, niemand wusste, wie der König auf eine solche Beleidigung reagieren würde.

Winmar jedoch blieb gelassen. Von seinem Thron herab starrte er den Gefangenen eine endlos scheinende Weile lang durchdringend an. »Nun gut«, sagte er endlich in die Stille, »da du dir so lautstark Gehör verschafft hast, Dalfin, des Drogos Sohn, gewähre ich dir ein Vorrecht.«

Dalfin sah unsicher auf. Gar ein schwacher Funken Hoffnung lag plötzlich in seinen Augen.

»Es soll dein Vorrecht sein, als Erster für deine Überzeugung zu sterben«, enthüllte Winmar mit breitem Grinsen.

Dalfin stöhnte auf.

Der König nickte Vigor zu, worauf sich dieser an die Wachen wandte. Zwei Ork-Söldner traten vor, lösten die Fußfesseln des Gefangenen und schleppten ihn in die Mitte des Runds. Ein Gitterrost war dort in den Boden eingelassen, der von schimmerndem Zwergensilber überzogen war.

Dalfin wehrte sich nicht, als die Orks ihn auf das Gitter stellten und daran festketteten. Er schien sich damit abgefunden zu haben, was ihn erwartete, so wie es jeder der Zuschauer wusste, deren bange Blicke sich auf ihn richteten.

»Lehrt diesen meinen Untertan Respekt«, verlangte Winmar, »und tut es langsam, denn ich fürchte, er ist schwer von Begriff.«

Die Wachen zogen sich zurück. Trommeln wurden geschlagen, zu deren dumpfem Klang sich das Klirren von Ketten gesellte. Vigor blickte hinauf, nur um das große stählerne Behältnis zu sehen, das von der Decke des Kessels herabgelassen wurde und von dem silbrig glitzernder Dampf aufstieg.

Erneut ein Raunen über den Rängen. Einige Frauen und Kinder wandten sich ab, obschon es ihnen verboten war. Der Befehl des Königs lautete, dass alle Untertanen mitansehen sollten, was mit Verrätern geschah.

Dalfin stand nur da und wartete. Weder schrie er vor Angst noch winselte er um Gnade, was Winmar nicht zu gefallen schien. Die Züge des Zwergenkönigs entglitten, wurden zu einer hasserfüllten Fratze.

»Weg mit ihm«, befahl er und machte eine wegwischende Handbewegung – und der Behälter, der nun unmittelbar über dem Gefangenen schwebte, neigte sich.

Einen entsetzlichen Augenblick lang herrschte eisiges Schweigen im Kessel. Die Zeit schien stillzustehen, während Dalfin nur dastand, die Augen geschlossen und die Arme ausgebreitet wie jemand, der ein Geschenk empfangen sollte.

Dann ein fürchterliches Zischen – und aus der Nase, die der Rand des Behälters formte, ergoss sich ein Strahl flüssigen Silbers. Weiß und glühend schoss es herab und traf den Gefangenen an der Schulter, so heiß, dass sein Haar und die wenige Kleidung, die er noch am Leibe trug, sofort Feuer fingen. Einen entsetzlichen Augenblick lang behauptete sich Dalfin, des Drogos Sohn, gegen die grässlichen Qualen, dann brach ein weiterer Schwall flüssigen Verderbens herab und erstickte nicht nur die Flammen, sondern auch den furchtbaren Todesschrei, der den Kessel erfüllt hatte.

Folterknechte kamen von allen Seiten heran und schütteten Eimer mit Wasser auf das Gebilde, das in der Mitte des Gitters stand. Dampf stieg zischend auf und hüllte den Grund der Arena für einen Augenblick ein. Als er sich wieder legte, stand in der Mitte des Runds eine bizarre Skulptur aus Silber – eine weitere, die die Königsbrücke säumen würde und die einst eine lebende Kreatur gewesen war.

»Das nenne ich wahre Kunst«, kommentierte Winmar genüsslich und an Vigor gewandt, während die Folterknechte die nach verbranntem Fleisch stinkende Skulptur davontrugen. »Findest du nicht auch, dass dies ein besonders gelungenes Stück ist, General? Eines, das einen Ehrenplatz in der Sammlung verdient?«

»In der Tat, mein König«, bestätigte Vigor tonlos.

»Ich denke, ich werde es mit mir nehmen, wenn ich Gorta Ruun verlasse.«

»Wenn Ihr Gorta Ruun verlasst?« Vigor sah seinen Herrscher an. »Was meint Ihr damit?«

Winmar hob eine schwarze Braue. »Sollte ich dir das noch nicht mitgeteilt haben? Ich werde Gorta Ruun den Rücken kehren und meinen Königssitz nach Tirgas Winmar verlegen.«

»Nach Tirgas Winmar?« Vigor starrte weiter, bis ihm klar wurde, dass er einen ziemlich einfältigen Anblick bieten musste. »Ihr … Ihr wollt der Stadt Eurer Väter den Rücken kehren? Dem Sitz der Könige?«

»Allerdings will ich das. Gorta Ruun war nie dafür gedacht, Mittelpunkt eines Großreiches zu sein, dafür ist es viel zu weit nördlich gelegen. Tirgas Winmar hingegen hat alles, was ein Herrschersitz braucht. Die Stadt ist weiter südlich und am Wasser gelegen, zudem ist das Wetter milder und meinem Befinden sehr viel zuträglicher. Und überdies«, fügte er grinsend hinzu, »ist die Stadt nach mir benannt. Könnte es noch einen besseren Grund geben, sie zu meiner Hauptstadt zu machen?«

»A-aber mein König«, stammelte Vigor hilflos, während vor den Augen der schweigenden Masse der nächste Hochverräter seiner Bestrafung zugeführt und mit flüssigem Metall übergossen wurde. Dass der Mann bereits beim ersten Schwall zusammenbrach und sich am Boden windend ein elendes Ende fand, bekam der Anführer der königlichen Geheimpolizei kaum mit.

Trotz der Behauptungen Winmars konnte er sich keinen Grund denken, der einen Zwergenherrscher dazu bewegen würde, Gorta Ruun zu verlassen, den angestammten Wohnsitz aller Söhne und Töchter des Berges. Hier war die erste Zwergenkolonie gegründet worden, hier stand der Thron der Äxte, von hier erhoben sich die Sieben Türme über die Gipfel …

»Mein Entschluss scheint dir nicht zu behagen«, stellte Winmar fest.

»Mein König«, wandte Vigor prompt ein, »bedenkt die Traditionen …«

»Ich gebe wenig auf Traditionen, das solltest du bereits wissen«, beschied der Zwergenkönig ihm knapp und mit leuchtenden Augen. »Was vor mir gewesen ist, interessiert mich nicht – *ich* bin die neue Tradition, nach der sich alles andere zu richten hat. Hast du daran Zweifel?«

»Nein, mein König«, bestätigte Vigor, während die formlose Skulptur des Hochverräters davongetragen wurde. »Wie könnte ich?«

Sein Blick glitt zu Ansgar und den anderen Gelehrten. Wie immer hielten sie sich im Hintergrund und verbargen sich unter ihren dunklen Kapuzen, doch er zweifelte keinen Augenblick daran, dass sie es gewesen waren, die Winmar zu diesem Entschluss bewogen hatten.

Die Frage war, aus welchem Grund.

4

»Woher wisst Ihr, wer ich bin?«

Die Frage, die Dag die ganze Zeit über auf den Lippen gebrannt hatte, platzte endlich aus ihm heraus. Dem Gesetz der Gastfreundschaft folgend, hatten sie den seltsamen Alten, von dem keine Bedrohung auszugehen schien, in ihre Höhle gebeten. Während Tiffor an der Feuerstelle die karge Abendmahlzeit zubereitete, die aus Wurzeln und Blaubeeren bestehen würde, saßen Dag und der Fremde auf hölzernen Schemeln an dem groben, aus dem der Länge nach halbierten Stamm einer Tanne gefertigten Tisch.

»Ich weiß manches, mein junger Freund«, gab der Alte mit ruhiger, sonorer Stimme zur Antwort. »Bisweilen weniger, als ich gerne wissen würde – meist jedoch mehr.«

»Ihr seid ein seltsamer Kauz«, stellte Dag fest.

»Und du bist reichlich unverschämt. Hast du denn keinen Respekt vor dem Alter?«

Dag lauschte den Worten nach, konnte jedoch keine echte Gekränktheit darin erkennen. »Ich habe vor gar nichts mehr Respekt, alter Mann«, entgegnete er.

»Das glaube ich gern«, gab der Alte zurück, und plötzlich schwang Bedauern in seiner Stimme mit. »Nicht einmal vor dir selbst, nicht wahr?«

»Was geht Euch das an?«, fauchte Dag. Wenn man ihn verspottete, weil er blind war, war das eine Sache. Noch unerträglicher jedoch war ihm das Mitleid von Menschen, die nicht den Hauch einer Ahnung hatten, was er durchlebte …

»Du solltest dich sehen«, fuhr der Alte unbeirrt fort. »Verwahrlost am Äußeren wie im Inneren. Die Kleider in Fetzen und stinkend wie ein Schwein.«

»Sonst noch was?«

»Du erinnerst mich an jemanden, den ich einst traf, vor sehr langer Zeit. Ein wenig war er wie du. Große Talente, aber auch sehr viel Zorn …«

»Und, wurde er ebenfalls ein Einsiedler?«, fragte Dag ohne echtes Interesse.

»Er wurde ein Held.«

Dag schnaubte geräuschvoll durch die Nase. »Helden gibt es nicht. Nicht in einer Welt wie dieser.«

»Es gab eine Zeit, da hast du anders gedacht …«

»Woher wollt Ihr das wissen?«, fragte Dag, und dabei fiel ihm ein, dass der Fremde noch kaum ein Wort über sich selbst verloren hatte. »Überhaupt habt Ihr uns noch immer nicht gesagt, wer Ihr seid.«

»Weil es keine Rolle spielt«, sagte der Alte so voller Überzeugung, dass man ihm kaum widersprechen konnte. »Namen kommen und gehen. Für dich ist nur von Bedeutung zu wissen, dass ich dich beobachtet habe, über lange Zeit hinweg. Deshalb weiß ich, wer du einst gewesen bist – und wenn ich sehe, wozu du geworden bist, dann erfüllt mich das mit tiefer Trauer.«

»Das tut mir außerordentlich leid, wenn Euch nicht gefällt, was Ihr seht«, sagte Dag und schnitt eine Grimasse. »Wenn Euch mein Anblick deprimiert, dann geht. Ich kann Euch versichern, dass Ihr nichts verpasst – Tiffs Wurzelsud schmeckt so abscheulich bitter, dass er ohnehin kaum zu genießen ist.«

»He«, drang es vom Feuer her, »das habe ich gehört …«

»Du denkst, ich bin gekommen, weil ich hungrig bin und Obdach suche?« Leiser Spott war jetzt aus den Worten des Alten herauszuhören, was Dag nur noch mehr ärgerte.

»In diesen Tagen wäre mancher froh, wenn er eine warme Mahlzeit und ein Dach über dem Kopf hätte.«

»Aber nicht ich bin es, der von uns beiden hungrig ist und ein Obdach braucht. Du weißt es nur nicht.«

»Wovon schwafelt Ihr da?« Dag starrte blicklos in die Richtung, in der er den Alten vermutete. »Ich habe, was ich brauche!«

»Wie ich schon sagte – du weißt es nicht.«

»Was wollt Ihr damit sagen? Ihr sprecht immerzu in Rätseln, und die habe ich langsam satt!«

»Nein, mein Junge«, drang es ruhig zurück. »Das Rätsel bist du. Die vergangenen zehn Monde haben dich verändert. Ich will dich an das erinnern, was du gewesen bist. Wo sind deine Ideen geblieben? Wo die Ideale, an die du einst geglaubt hast? Hast du nicht stets auf ein besseres Morgen gehofft? Auf eine friedliche Zukunft? Hattest du nicht Visionen von Schiffen, die durch die Lüfte schweben und alle Völker Erdwelts miteinander verbinden?«

Dass der kauzige Alte ihn zu kennen, mehr noch, dass er nach ihm gesucht zu haben schien, war an sich schon seltsam genug. Aber dass er von Dingen wie diesen wusste, war beunruhigend. »Woher wisst Ihr das alles, alter Mann?«, verlangte Dag daher zu wissen.

»Wie ich sagte – ich habe dich beobachtet.«

»Es gibt nur eine Handvoll Menschen, denen ich je von diesen Dingen erzählt habe. Um davon zu wissen, müsst Ihr folglich mehr getan haben als nur beobachtet.«

»Kaum. Die Kunst, mehr zu wissen als andere, besteht lediglich darin, in den entscheidenden Momenten hinzusehen.«

»Damit habt Ihr wohl recht, Meister«, rief Tiff vom Feuer herüber und lachte albern dabei. »Bedauerlicherweise weiß man nie, wann ein solcher zu erwarten ist.«

»Das ist wahr«, schmunzelte der Alte.

»Jetzt reicht es!« Dag schmetterte die Faust auf den Tisch. »Habt ihr beiden euch nun genug auf meine Kosten amüsiert? Ihr solltet Hofnarren werden, alle beide!«

»Hast du das Gefühl, wir hätten uns über dich lustig gemacht?«, fragte der Alte nur, jetzt wieder ernst.

Dag biss sich auf die Lippen. Die Wahrheit sah eher so aus, dass ihn jede Form von Heiterkeit ärgerte, seit er sein Augenlicht verloren hatte. Der Grund dafür, dass er sich in dieser Höhle verkrochen hatte, war nicht zuletzt der, dass er vor den Menschen geflohen war, vor ihrem Lärm, ihrem Geschrei – und ihrem Gelächter …

»Du bist verbittert«, stellte der Alte fest.

»Ist das ein Wunder? Wenn Ihr tatsächlich wisst, was mir widerfahren ist, dann kennt Ihr auch den Grund für meine Bitterkeit.«

»Was genau meinst du? Dass dein Vater, Herzog Osbert von Ansun, nie ein offenes Ohr für deine Visionen hatte? Dass er dich für einen Träumer und Schwächling hielt? Oder dass es dir nicht gelungen ist, den Konflikt zwischen dem Herzogtum und dem König friedlich beizulegen? Dass das Reich von Ansun dem Ansturm der Zwerge zum Opfer gefallen ist? Dass dein Vater in die Gefangenschaft König Winmars geriet?«

»Genug«, knurrte Dag, der unter jedem Punkt dieser Auflistung zusammenzuckte wie unter einem Fausthieb.

»Liegt es daran, dass du auf Geheiß König Winmars geblendet wurdest und dein Augenlicht verloren hast?«, fragte der Besucher, der tatsächlich alles zu wissen schien, dennoch unbarmherzig weiter.

»Genug«, wiederholte Dag, lauter diesmal.

»Oder liegt es am Ende daran, dass deine Sehnsucht unerfüllt blieb und deine Liebe Aryanwen, die Königin von Tirgaslan, Lavan geheiratet hat, den Marionettenkönig von Winmars Gnaden? Wenn sie dich so sehen könnte!«

»Genug damit!« Wütend sprang Dag auf und beugte sich über den Tisch, so als könnte er den Alten, dessen Züge er sich nur ausmalen konnte, tatsächlich sehen. »Wagt es nie wieder, ihren Namen auszusprechen, hört Ihr?«

»Warum nicht? Was willst du tun, Daghan von Ansun? Mich zum Schweigen bringen? Gegen mich das Schwert erheben? Das dürfte dir schwerfallen.«

Der leise Spott, den Dag zu hören glaubte, ließ ihn vollends die Beherrschung verlieren. Seine Hände schossen vor wie zwei hungrige Schlangen, um den Fremden am Kragen seines Gewandes zu packen und emporzureißen – doch der Besucher, so alt und womöglich gebrechlich er sein mochte, wich Dags Händen mühelos aus, der Griff ging ins Leere.

»Wie ich sehen kann, ist doch noch Kraft vorhanden«, anerkannte der Alte.

»Was wisst Ihr von Aryanwen?«, schrie Dag in hilfloser Wut.

»Ebenso viel, wie ich von dir weiß, denn auch sie habe ich beobachtet.«

Dag spürte einen schmerzhaften Stich in seinem Herzen. Sein Zorn ging ins Leere wie zuvor sein wütender Griff und wich tiefer Trauer. »Wenn es so ist, wie Ihr sagt … wie geht es ihr?«, stammelte er.

»Sie ist wohlauf. Den Verhältnissen entsprechend. Sie lebt am Hof von Tirgaslan als Gemahlin eines Mannes, den sie nicht liebt.«

»Es gibt keinen Grund, mich daran zu erinnern.« Dags Fäuste ballten sich, dass die Knöchel weiß hervortraten und die Fingernägel sich ins Fleisch der Handflächen bohrten. Den Schmerz, den er dabei verspürte, genoss er, denn er fühlte sich richtig an.

Gerecht.

Verdient …

»Dich selbst zu hassen, hilft ihr nicht«, sagte der Alte, als könnte er geradewegs auf den Grund von Dags Seele blicken. »Du magst dir dafür die Schuld geben, aber Aryanwen hat ihre Entscheidung, Lavan nach Tirgaslan zu folgen, aus freien Stücken getroffen.«

»Aber sie tat es, um mein Leben zu retten!«, widersprach Dag in Erinnerung an jenen schicksalhaften Moment, der ihrer beider Schicksal besiegelt hatte.

Nach der verlorenen Schlacht um Ansun hatte Winmar, der siegreiche Zwergenkönig, Dag töten wollen. Aryanwen hatte ihn davon abgebracht, indem sie in die Ehe mit dem verräterischen Grafen Lavan eingewilligt hatte, der fortan als Winmars Handlanger über das Reich von Tirgaslan herrschen würde. So war Dag gerettet worden, aber zu welchem Preis …

»Aryanwen wusste sehr wohl, was sie tat«, bekräftigte der alte Mann.

»Das konnte sie nicht«, widersprach Dag leise. »Denn kaum war der Handel geschlossen, hat Winmar die Regeln geändert. Zwar tötete er mich nicht, jedoch ließ er mich blenden, damit ich ihm niemals wieder gefährlich werden könnte. Aryanwen hat also ihre Ehre geopfert, um einen wertlosen Krüppel wie mich am Leben zu erhalten. Kommt Euch das richtig vor?«

»Du solltest dich schämen«, sagte der Alte nur.

Dag blickte überrascht auf – eine Geste, die ihm geblieben war, auch wenn sie ihren Sinn verloren hatte. »Was meint Ihr?«

»Indem du dich selbst so gering achtest, machst du Aryanwens Opfer zur sinnlosen Tat. Was sie getan hat, tat sie aus Liebe zu dir – du jedoch trittst all das mit Füßen.«

»Was soll ich denn sonst tun? Seht mich doch an! Ich bin nur noch ein Schatten des Mannes, der ich einst gewesen bin!«

»Das ist wahr – aber nicht, weil du dein Augenlicht verloren hast, sondern den Glauben an dich selbst. Sonst hättest du dich wohl kaum hier verkrochen, fernab vom Geschehen der Welt.«

»Von welchem Geschehen sprecht Ihr, alter Mann? Für die Menschen gibt es kein Geschehen mehr! Die Zwerge haben Erdwelt erobert, das Zeitalter der Menschen ist zu Ende!«

»Wenn du das glauben willst, was Winmar und seine Schergen euch einreden wollen, dann ist das deine Sache. Es gibt allerdings auch welche, die das anders sehen.«

»So? Und wer?«

»Im Westen erheben sich freie Orks gegen die mit den Zwergen verbündeten Gnomen«, erklärte der Alte. »Und hier im Osten weigern sich einige Clanlords, die fremde Vorherrschaft anzuerkennen.«

Dag schnaubte verächtlich. »Die Hügelclans sind untereinander zerstritten wie zu allen Zeiten.«

»Und das wird auch so bleiben, wenn niemand etwas ändert.«

Dag lachte freudlos auf. »Wer sollte etwas ändern, alter Mann? Ihr vielleicht?«

Die Frage verklang, aber Dag erhielt keine Antwort. Nur das Knistern des Feuers war zu hören und das ferne Heulen der Wölfe, die in der Dämmerung den Wald durchstreiften. Doch auch das Schweigen machte Dag klar, worauf der fremde Besucher, der ihn so überaus gut zu kennen schien, hinauswollte …

»Ihr … Ihr meint mich?«, ächzte er fassungslos.

»Du solltest deinen Beitrag zu dieser Welt leisten«, kam prompt die Bestätigung. Auch wenn nichts darauf hindeutete – Dag hätte schwören können, dass der Alte dabei lächelte.

»Ich habe versucht, meinen … Beitrag zu leisten«, versicherte er, »und schändlich dabei versagt. Glaub mir, alter Mann – die Welt ist besser dran, wenn ich mich von ihr fernhalte.«

»Und Aryanwen?«

Dag zuckte erneut zusammen. »Was soll mit ihr sein?«

»Um ihretwillen solltest du ins Leben zurückkehren und aufhören, dich hier zu verstecken.«

Dag schüttelte resignierend den Kopf. »Auch sie ist besser dran ohne mich, das hat sich doch deutlich gez…«

»Sie erwartet ein Kind.«

»Was?«

Hätte sich eine Faust in seine Magengrube gebohrt, die Wirkung hätte kaum verheerender sein können. Dag fühlte Übelkeit in sich emporsteigen. Seine Beine wurden weich, kraftlos sank er auf den Schemel zurück.

Mit vielem hatte er gerechnet, nur nicht damit. Er hatte versucht, sich von der Welt fernzuhalten, sich der Vergangenheit zu entrücken, so gut es ihm möglich gewesen war, um sich vor dem Schmerz zu schützen, der ihn aufzufressen drohte – aber in diesem Augenblick konnte er das nicht mehr. Tränen schossen ihm in die Augen, Tränen der Verzweiflung und des Zorns, während er hilflos den Kopf schüttelte.

Nahmen der Schmerz und die Demütigungen denn nie ein Ende? Wie viel musste er noch erdulden?

»Es ist wahr«, versicherte der fremde Besucher unbarmherzig. »Die Königin von Tirgaslan erwartet ein Kind – und bevor du dich weiter darüber grämst: Es ist nicht von ihrem Gemahl.«

5

»Nein!«

Der Schrei, mit dem Winmar von Ruun aus dem Schlaf schreckte, war heiser und gepresst. Der König fuhr in die Höhe und riss die Augen auf, in der festen Überzeugung, dem Tod ins grässliche Antlitz zu sehen – aber da war nichts.

Dunkelheit umgab den Monarchen, aus der sich erst ganz allmählich Konturen schälten. Die reich verzierten Pfosten seiner Bettstatt … die halb geschlossenen Vorhänge … jenseits davon sein Schlafgemach, in dem einige Leuchtkiesel für behagliches Halbdunkel sorgten.

Winmar schnappte nach Luft. Sein breiter Brustkorb hob und senkte sich unter hektischen Atemzügen, sein seidenes Nachtgewand klebte schweißnass an seinem Körper. Erst ganz allmählich sickerte die Erkenntnis in sein Bewusstsein ein, dass es nur ein Albtraum gewesen war – die Todesangst jedoch war echt.

»Hilfe!«, hörte er sich selbst im nächsten Moment brüllen. »Verdammt, helft mir …!«

Kein Lidschlag verging, bis die Tür des Schlafgemachs aufgerissen wurde und die vertrauten Silhouetten der beiden Leibwächter erschienen, die davor postiert waren. Auch die Diener, die ihr Schlaflager im Vorraum hatten, waren sofort zur Stelle.

»Majestät, was fehlt Euch …?«

»Ich verlange Ansgar zu sprechen, sofort!«, schrie Winmar, der sich in seinem Bett wie ein riesiger, auf dem Rücken liegender Käfer wand. »Und schickt nach General Vigor! Ich verlange ihn augenblicklich zu sehen!«

»Verstanden, Majestät.«

Zwei der Diener huschten davon, während die übrigen alles unternahmen, um ihrem Monarchen die Zeit des Wartens zu verkürzen. Vigor hatte sie beizeiten wissen lassen, dass er zur Unduldsamkeit neigte – einem Diener, der einen Krug Bier verschüttet hatte, hatte er kurzerhand einen Fuß abhacken lassen, damit er in Zukunft eine Rechtfertigung für sein Ungeschick habe. Und da auch der Hofalchemist und der Anführer der königlichen Geheimpolizei um diese Eigenschaft ihres Herrschers wussten, dauerte es nicht lange, bis beide vorstellig wurden. Sich gegenseitig misstrauisch beäugend, traten sie an das Fußende des Bettes und verbeugten sich. »Ihr habt nach uns schicken lassen?«

»In der Tat, das habe ich.« Mit einer Handbewegung, mit der man Fliegen verscheuchte, wies er die Diener an, das Gemach zu verlassen. Nachdem sie die Tür hinter sich geschlossen hatten, fuhr er leiser fort: »Ich hatte ihn wieder, diesen ...«

»Ihr sprecht von dem Traum?« Vigor hob eine rote Braue. »Dem Traum, der immer wiederkehrt?«

»Genau der.« In der Hoffnung, damit den schalen Nachgeschmack loszuwerden, den der Albdruck hinterlassen hatte, spuckte Winmar in den Napf, der neben seiner Schlafstatt bereitstand. Vergeblich ...

»Träume können mancherlei Bedeutung haben, wie Ihr wisst«, näselte Ansgar in seiner gewohnt kriecherischen Art. »Wenn Ihr es wünscht, werde ich einen Heiler bestellen, der Euch einen Schlaftrunk ...«

»Nein, verdammt«, blaffte Winmar. »Ich will keinen Quacksalber, der mir ein Gebräu aus euren dunklen Grüften kredenzt! Mich verlangt nach anderen Maßnahmen – Vigor?«

»Mein König?« Der General trat an die Seite des Bettes.

»Es war wieder derselbe Traum«, berichtete Winmar flüsternd. »Derselbe …«

»Der Traum von dem Kind?«, hakte Vigor unerbittlich nach. »Von dem Menschenkind?«

Der König nickte keuchend. Schweiß stand ihm noch immer auf der Stirn, und ein fetter Kloß wanderte seinen kurzen Hals hinauf und hinab. Allein die Erinnerung an den Traum ließ ihn erschaudern. »Ich sitze auf dem Thron von Gorta Ruun und bin ganz allein, von euch Speichelleckern verlassen …«

»Aber mein König«, wollte Ansgar einwenden, doch Winmar ließ ihn nicht ausreden.

»… als sich plötzlich wie von Geisterhand das Eingangstor öffnet und das Kind den Thronsaal betritt«, fuhr er mit bebender Stimme fort, während er die schrecklichen Bilder wieder vor Augen sah. »Es sagt kein Wort, aber es kommt auf mich zu, und während es sich mir nähert, sieht es mir genau in die Augen.« Schaudernd wandte er den Blick, sah zuerst den Alchemisten, dann Vigor Hilfe suchend an. »Seine Augen sind blau wie Stahl … und so dunkel wie die Nacht.«

»Und dann?«, wollte Ansgar wissen. »Was geschieht dann?«

»Ich rufe nach meinen Wachen, aber niemand kommt. Und plötzlich steht das Kind vor mir. In seinen Händen hält es einen Gegenstand, ein Buch … Ich verlange von ihm, mir das Buch zu geben, und es sieht so aus, als wollte es mir gehorchen … und dann fühle ich den Stich. Ich blicke an mir herab und sehe, dass das Buch in Wahrheit ein Dolch gewesen ist, der bis zum Heft in meiner Brust steckt. Das ist der Moment, in dem ich erwache. Wieder und wieder …«

»Bisweilen«, sagte Ansgar, »spricht im Traum die Vorsehung uns.«

»Das beruhigt mich nun gar nicht«, sagte Winmar.

»Ein Traum ist wie eine Stimme, die wir hören …«

Winmar erschrak. »Von was für einer Stimme redest du?«, fuhr er den Alchemisten an.

»Von der des Schicksals, mein König«, erwiderte der Gelehrte gelassen und trat an die andere Seite des Bettes. »Womöglich spricht es durch diesen Traum zu Euch.«

»Schicksal?«, spottete Vigor. »Seit wann glaubt Euresgleichen an etwas wie Schicksal?«

»Die Alchemie versteht sich als die Kunst, die Elemente zu beherrschen, das ist wohl wahr«, räumte Ansgar ein, »und wir haben auf diesem Gebiet große Erfolge errungen – jedoch nur, weil die Vorsehung es so wollte. Alles auf dieser Welt ist miteinander verbunden, General. Selbst ein Krieger wie Ihr sollte das wissen.«

Vigor schnitt eine Grimasse. Er machte keinen Hehl daraus, dass er nichts vom Gerede des Alchemisten hielt, und wenn Winmar ehrlich zu sich war, musste auch er sich eingestehen, dass er keine Ahnung hatte, wovon Ansgar sprach. Dennoch fürchtete er, dass der Gelehrte womöglich recht haben könnte, was seine Deutung des Traumes betraf. Schließlich hatte Winmar es schon zuvor erlebt, dass fremde Stimmen zu ihm sprachen …

»Angenommen, es ist, wie du sagst«, knurrte er. »Eröffnet mir dieser Traum die Aussicht auf meinen Tod?«

Ansgar strich die Kapuze zurück. Das kahle Haupt kam zum Vorschein und die schmalen, aschfarbenen Züge. Das dunkle, fast schwarze Augenpaar richtete sich auf den König. »Ich denke, er ist eine Warnung, nicht mehr und nicht weniger«, eröffnete er schließlich. »Ich habe es Euch schon gesagt, und ich sage es wieder: Das Kind aus Eurem Traum kann nur das Menschenkind sein, das die Hure Aryanwen in sich trägt. Es war ein Fehler, sie am Leben zu lassen.«

»Und ich sage, was ich immer sage«, erwiderte Vigor, noch ehe der König antworten konnte, »Ihr mischt Euch in Dinge, die Euch nichts angehen! Die Entscheidungen des Königs habt Ihr nicht infrage zu stellen! Beschränkt Euch auf Eure Giftmischereien, Ansgar!«

»Und Ihr solltet Euch damit bescheiden, in Euren Folterkellern wehrlosen Gefangenen nutzlose Geständnisse abzuringen, General«, konterte der Gelehrte.

»Nutzlos?«

»Ist es Euch etwa gelungen, die Flamme des Widerstands zu ersticken?« Ansgars Stimme wurde kreischend. Sie schmerzte in Winmars Ohren.

»Das werde ich noch. Die bisherigen Ergebnisse sprechen für sich.«

»Tun sie das? Ich weiß nur, dass …«

»Genug davon!«, brüllte Winmar mit lauter Stimme, die die beiden Kontrahenten sofort verstummen ließ. »Genügt es nicht, dass Albträume mir den Schlaf rauben? Müssen meine obersten Berater sich auch noch gegenseitig bekriegen?«

»Verzeiht, mein König«, bat Vigor. Zu sehen, wie beide die Häupter senkten und einen Schritt zurücktraten, besänftigte Winmar ein wenig. »Ihr seid Maden, einer wie der andere, aber ich benötige euch beide, so wie ich beide Hände benötige.« Er hob die fleischigen Pranken mit den goldenen Ringen, die er auch zum Schlafen nicht ablegte, und ballte sie. »Ich will, dass Abhilfe geschaffen wird, habt ihr verstanden?«

»Nichts leichter als das«, beschied Ansgar ihm kaltschnäuzig. »Holt Euer Versäumnis nach, und Ihr werdet wieder Ruhe finden, davon bin ich überzeugt.«

»Mein Versäumnis nachholen? Du meinst, ich soll das Menschenweib töten lassen?«

»Wenn Aryanwen nicht mehr ist, hört auch das Kind auf zu existieren – und mit ihm die Bedrohung. Das verspricht mir einen ruhigen Schlaf.«

»Das Kind stellt keine Bedrohung dar«, wandte Vigor ein.

»Es ist Tandelors Enkel«, widersprach der Alchemist, »und das Blut von Corwyns Geschlecht fließt in seinen Adern!«

»Sein Vater aber ist Lavan, und er hat König Winmar die Treue geschworen!«

»Und das glaubt Ihr?« Ansgar lachte auf. »Seid Ihr wirklich so naiv, General? Muss ich ausgerechnet Euch an die unzähligen Versprechen erinnern, die von Menschen gegeben und nicht gehalten wurden? An die ungezählten Verträge, die geschlossen und gebrochen wurden?«

»Keineswegs«, wehrte Vigor schnaubend ab. »Ihr wisst, dass ich kein Menschenfreund bin, mein König. Aber bedenkt – wenn Ihr Aryanwen töten lasst, wird das im Reich für Unruhe sorgen. Im Osten weigern sich die Clansherren, Eure Herrschaft anzuerkennen, und es gibt noch immer Verräter in unseren eigenen Reihen. Wir brauchen nicht noch einen Unruheherd. Und zu einem solchen wird Tirgaslan werden, wenn Ihr Aryanwen einfach so hinrichten lasst.«

Ansgar holte Luft, um erneut zu widersprechen, doch Winmar gebot ihm zu schweigen. Einen Augenblick lang überlegte der König, wog die Worte seiner Berater gegeneinander ab – und plötzlich kam ihm eine Idee, die dafür sorgte, dass sich ein Grinsen in seine bärtigen Züge schlich.

»Wer sagt, dass ich sie hinrichten lasse?«, überlegte er laut. »Was, wenn sie eines plötzlichen, tragischen Todes stirbt, und ihr ungeborener Bastard mit ihr?«

»Besser noch«, näselte Ansgar, »wartet Ihr bis zu ihrer Niederkunft. Sie wäre nicht die erste Königin, die sich aus dem Kindbett nicht mehr erhebt. Sicher wären ihre Untertanen zutiefst betrübt, aber jeder würde es als unglückliche

Fügung betrachten, und Ihr würdet von jedem Verdacht unberührt bleiben.«

»Das ist nicht gesagt«, gab Vigor zu bedenken. »Wenn etwas davon nach außen dringt ...«

»Ihr müsstet eben jemanden mit dieser Aufgabe betrauen, der Euer vollstes Vertrauen genießt, mein König. Jemand, der sich auf die hohe Kunst des Mordens ebenso versteht wie darauf, die Wahrheit zu verschleiern ...«

Winmar blickte in die schwarzen Augen und das graue Gesicht des Alchemisten – und konnte nicht anders, als einen Anflug von Bewunderung zu empfinden. Und plötzlich, ohne dass er hätte sagen können, woher sie gekommen war, stand ihm die Lösung deutlich vor Augen.

»Vigor?«

»Ja, mein König?«

»Ich will, dass du gehst.«

»Mein König?«

»Ich will, dass du nach Tirgaslan gehst und die Sache erledigst«, wurde Winmar deutlicher. »Du selbst, hast du verstanden?«

»Ich?« Die Blicke des Generals glitten zuerst zu Ansgar, wo sie nichts als ein selbstgefälliges Grinsen sahen, und dann zu Winmar, der sie mit grimmiger Entschlossenheit erwiderte. »Aber mein König, Ihr braucht mich hier am Hof!«

»Du selbst hast gesagt, dass die Hinrichtungen der Aufständischen Wirkung zeigen«, konterte Winmar. »Außerdem werde ich ohnehin nicht mehr lange in Gorta Ruun weilen.«

»Aber die Reise nach Tirgas Winmar, die Vorbereitungen ...«

»Seid versichert, General, dass meine Gelehrtenbrüder und ich dem König mit Rat und Tat zur Seite stehen werden«, versetzte Ansgar mit unverhohlener Genugtuung. »Euer Platz scheint in diesen Tagen hingegen an einem anderen Ort zu sein. Dort könnt Ihr Eurem König am besten dienen.«

Vigors gedrungene Gestalt straffte sich. Noch einmal schien er zu einer Erwiderung ansetzen zu wollen, aber dann schien ihm die Aussichtslosigkeit des Unterfangens einzuleuchten. Seine Miene wurde steinern, während er langsam nickte. »Sieht ganz so aus«, sagte er nur.

»Du wirst schon morgen aufbrechen«, wies Winmar ihn an. »Geh nach Tirgaslan und warte dort ab – und wenn das elende Balg zur Welt kommt, dann tu, was getan werden muss. Als Beweis schicke mir das Herz des Kindes, hast du verstanden?«

Vigors Miene verriet keine Regung. »So sei es, mein König.«

»Ist deine Mission von Erfolg gekrönt, so werde ich dich reich belohnen. Versagst du jedoch, wird es keinen Ort in ganz *durumin* geben, an dem ich dich nicht finde, um dich zur Rechenschaft zu ziehen. Das Kind und seine Mutter müssen um jeden Preis sterben – und mein Albtraum mit ihnen. Sonst, mein lieber Vigor, werde ich zu deinem Albtraum werden.«

6

Es tat gut, allein zu sein.

Aryanwen genoss die Stille, die sie umgab, wenn sie sich in ihrem Gemach befand – auch wenn diese Stille durchsetzt war von Trauer und Selbstvorwürfen und Stimmen, die aus der Vergangenheit zu ihr sprachen.

Nach ihrem öffentlich zur Schau gestellten Ungehorsam hatte Lavan sie in ihren Gemächern unter Arrest gestellt. Bis auf Weiteres, wie er gesagt hatte, und zu ihrem eigenen Schutz.

Aryanwen war es gleichgültig.

Ohnehin war sie machtlos gegen das, was im Thronsaal vor sich ging – so brauchte sie es wenigstens nicht zu ertragen, musste nicht mitansehen, wenn Grausamkeit und Willkür regierten, wo einst Güte und Milde geherrscht hatten.

Vom Hofstaat war keine Hilfe zu erwarten. Der Adel hatte sich damit abgefunden, dass ein neuer Herrscher auf dem Thron saß; nach den Wirren der Kriegsjahre ging es den meisten nur noch darum, ihren Besitzstand zu sichern. Die vielen Entbehrungen, die die Bevölkerung zu erdulden hatte, wurden stillschweigend in Kauf genommen. Vergessen schien all das zu sein, was das Reich von Tirgaslan einst groß und mächtig hatte werden lassen, die Tugenden und Ideale, die die Menschen von den Elfen übernommen hatten. Gerechtigkeit, Weitsicht, Harmonie – von all diesen Dingen war nichts mehr zu spüren.

Ein neues, eisernes Zeitalter war angebrochen, in dem das Recht des Stärkeren regierte. Und stark war in diesen Tagen, wer mit dem Zwergenkönig und seinen Stellvertretern paktierte.

Aryanwen schämte sich.

Nicht nur für das, was sie selbst getan und unterlassen hatte, sondern auch für ihr Volk. Schon während des Krieges hatte sich abgezeichnet, dass die Menschen gleichgültig geworden waren, dass sie ihre Ideale verloren hatten und sich lieber in das Vergessen der »Schwarzer Lotus« genannten Droge flüchteten, statt ihrer Verantwortung für die Welt gerecht zu werden. Nun jedoch hatte diese Gleichgültigkeit eine Größenordnung erreicht, die Aryanwen niemals für möglich gehalten hätte. Nicht nur, dass sich die Menschen aufgegeben hatten und widerstandslos taten, was ein fremder Wille ihnen vorgab. Sie hatten auch ihren Glauben an das Gute verloren, an das Licht und daran, dass die gerechte Sache am Ende obsiegen würde. Und das wog schlimmer als alles andere.

Auch Aryanwen selbst hätte vermutlich jede Hoffnung aufgegeben, aber es gab etwas, das sie aufrecht hielt, allen Widrigkeiten zum Trotz. Etwas, das in ihr heranwuchs und das sie mit ihrem Leben schützen musste.

Als sie die Schritte hörte, schwerfällig und arrogant, musste Aryanwen nicht raten, von wem sie stammten. Auf einem mit reichen Schnitzereien verzierten Stuhl aus Kirschholz sitzend, der einst ihrer Mutter gehört hatte, war sie dabei, eine Stickerei anzufertigen. Den Rahmen in der einen, die Nadel in der anderen Hand, tat sie so, als würde diese Arbeit ihre ganze Aufmerksamkeit in Anspruch nehmen, während sie sich innerlich gegen das wappnete, was jeden Augenblick über sie hereinbrechen würde.

Noch bevor Lavan selbst erschien, konnte sie bereits den säuerlichen Geruch seiner Körperausdünstungen wahrnehmen, der ihm wie ein unsichtbarer Herold vorauszueilen pflegte. Dann stand der König persönlich vor ihr, breitbeinig, die purpurne Königsrobe über der Schulter und die Rechte so haltend, dass der königliche Siegelring daran deutlich zu sehen war.

»Nun?«, erkundigte er sich. »Hat sich das hitzige Gemüt meines Weibes wieder beruhigt?«

Aryanwen stickte weiter, brachte einige weitere Kreuzstiche an, die sich zu einer winzigen Blüte zusammensetzten.

Sie ahnte, was folgen würde.

Gewöhnlich betrat Lavan ihr Gemach nur aus einem einzigen Grund, nämlich um sein Recht als Ehemann einzufordern. Zu Beginn hatte sie sich ihm verweigert, was nur dazu führte, dass er sich mit Gewalt nahm, was ihm seiner Ansicht nach zustand. Also hatte sie ihren Widerstand aufgegeben, nicht um ihretwillen, sondern um das neue Leben in ihr zu schützen. Wenn es geschah, so entfloh sie mit ihren Gedanken an einen anderen Ort und in eine andere Zeit, sodass ihr Körper nur mehr eine Hülle war, woran sich der König allerdings nicht zu stören schien. Ihr einziger Trost war es, dass Lavan – sei es aufgrund seiner Korpulenz oder wegen des Lotusses, den er gelegentlich zu sich nahm – nicht allzu oft dazu in der Lage war, sich ihrer zu bemächtigen …

Sie seufzte und ließ das Stickzeug sinken.

»Was wollt Ihr?«

»Kannst du dir das nicht denken?« Er hielt ihrem durchdringenden Blick stand. »Mir will scheinen, du hast etwas an mir gutzumachen.« Ein schmutziges Grinsen erschien auf seinen bleichen Zügen.

»Das denke ich nicht«, widersprach Aryanwen gelassen. »Vielmehr rate ich Euch, Eure Begehrlichkeit zu einer Eurer Hoftänzerinnen zu tragen, denn ich fühle mich nicht wohl.«

Er zuckte zusammen, als hätte sie ihm eine schallende Ohrfeige versetzt. »Du willst dich deiner Pflicht entziehen?

Nachdem du mich wie einen jämmerlichen Idioten hast aussehen lassen?«

»Jämmerlich wirkt Ihr auf Euer Volk auch ohne mein Zutun«, stellte Aryanwen klar.

Lavans kahler Schädel nahm die Farbe seiner Robe an. »Du elendes Geschöpf!«, blaffte er und holte mit der rechten Hand aus. »Dafür werde ich dich …«

»Auch das solltet Ihr Euch gut überlegen, mein Gemahl«, versetzte Aryanwen, »es sei denn, Ihr wollt Euren Sohn und Erben gefährden!«

Lavan gefror in seiner Bewegung – an das Kind schien er in seiner Rage gar nicht mehr gedacht zu haben. »Schlange«, zischte er.

»Ich bin die Gemahlin, die Ihr verdient.«

»Oh nein«, widersprach er, »das habe ich nicht verdient! Du verachtest mich! Jedes einzelne Wort von dir ist blanke Verachtung!«

Aryanwen widersprach gar nicht erst. »Könnt Ihr mir das verdenken?«

»Ich verdiene deine Anerkennung, undankbares Miststück!«, fuhr er sie an. »Wer ist es gewesen, der dein jämmerliches Leben gerettet hat? Wer hat diese Stadt vor der Zerstörung bewahrt?«

Sie lachte freudlos auf. »Glaubt Ihr eigentlich selbst, was Ihr da sagt? Wenn ich mich recht entsinne, wart Ihr maßgeblich an der Verschwörung gegen meinen Vater König Tandelor beteiligt …«

»Weil ich keine andere Wahl hatte!«

»… und wart unter den Verrätern, die ihn vergiftet haben.«

»Davon hatte ich keine Kenntnis! Die Barone Savaric und Ruvon haben eigenmächtig gehandelt, ohne mein Zutun und mein Wissen!«

»Das will ich Euch sogar glauben – weil Ihr unterdessen bei unseren Feinden in Gorta Ruun weiltet.«

»Jemand musste etwas unternehmen«, rechtfertigte sich Lavan. »Euer Vater hatte das Königreich an den Rand der Vernichtung gebracht. Ich ging an den Hof des Zwergenkönigs, um zu retten, was noch zu retten war.«

»Nein – Ihr gingt, um Eure Mitverschwörer zu verraten und Euch die Herrschaft über Tirgaslan zu sichern, als Winmars Büttel und Diener!« In ihrem Zorn hatte Aryanwen sich erhoben. Ihre Wangen hatten sich gerötet, ihre Brust hob und senkte sich unter heftigen Atemzügen, während sie in Lavans schwammige Züge starrte.

Schnaubend wie ein Stier stand der König vor ihr, die Hände zu Fäusten geballt, und einen Augenblick lang sah es so aus, als würde er doch noch die Beherrschung verlieren – dann entkrampfte er sich plötzlich wieder. »Die Erregung steht dir«, stellte er fest. »Vielleicht wirst du eines Tages doch noch deine Leidenschaft für mich entdecken.«

»Wartet nicht darauf«, riet sie.

»Warum nicht? Immerhin trägst du bereits die königliche Saat in dir.«

»Aus diesem Grund solltet Ihr gut auf mich achten.«

»Keine Sorge, das werde ich.« Er streckte eine fleischige Hand aus und strich ihr eine Haarsträhne aus dem Gesicht. »Aber wenn du erst niedergekommen bist, werde ich dich an deine Pflichten erinnern. Und dann, mein hingebungsvolles Weib, beginnt ein neues Spiel.«

Mit einem bösen Grinsen verabschiedete er sich, dann wandte er sich um und verließ das Gemach mit denselben trampelnden Schritten, die ihn hereingetragen hatten.

Aryanwen blieb allein zurück, noch immer schwer atmend und mit weichen Knien. Unwillkürlich glitt ihre Hand auf ihren Bauch, und sie konnte fühlen, wie sich das Kind darin bewegte, so als hätte es den Gefühlsaufruhr seiner Mutter gespürt.

Aryanwen gab sich keinen Illusionen hin.

Dieses Kind war alles, was sie vor Lavans Nachstellungen und vor seiner Willkür schützte. Nur dieses Kind verschaffte ihr im Augenblick Verschonung, denn ein Erbe war das, was Lavan mehr als alles andere brauchte. In seiner grenzenlosen Selbstüberschätzung träumte der Marionettenkönig davon, eine eigene Dynastie zu begründen und es damit den großen Herrschern der Elfen und Menschen gleichzutun, von Sigwyn dem Eroberer bis hin zu Corwyn dem Großen.

Zwei Dinge durfte er niemals erfahren.

Zum einen, dass das Kind in ihrem Leib nicht seines war.

Zum anderen, dass der wahre Vater des Kindes kein anderer war als der Mann, den sie über alles liebte.

7

Dalfin. Guter Dalfin.«
Bertin stand wie vom Blitzschlag getroffen.

Es gehörte viel dazu, sich vorzustellen, dass jene bizarren Formen, die das Geländer der Königsbrücke säumten, einst gelebt und geatmet hatten. Mehr noch, dass eine davon einmal sein Bruder gewesen war. Lange Tropfen erstarrten Silbers hingen von ausgebreiteten Stümpfen, die einmal Arme gewesen waren, die einst so heiteren, rundlichen Züge waren zu einer grotesken Fratze mutiert. Wie, so fragte sich Bertin, konnte jemand derart grausam sein?

Das Gesicht des jungen Zwergs war totenbleich, Tränen brannten auf seinen Wangen. Er brauchte nur die Augen zu schließen, um Dalfin vor sich zu sehen, lebendig und lebensfroh, wie er einst gewesen war, gut gelaunt und stets zu Scherzen aufgelegt. Bertin erinnerte sich gut an die gemeinsamen Ausflüge, die sie als Kinder unternommen hatten, um in entlegenen Höhlen Pilze zu sammeln, Höhlenwürmer zu jagen oder in aufgelassenen Stollen nach Gemmen zu suchen. Ihre wahre Leidenschaft jedoch hatte von jeher der Steinmetzkunst gehört.

Beide waren bei ihrem Vater Drogo in die Lehre gegangen, der ihnen von Kindesbeinen an die Liebe zur schönen Form und den rechten Umgang mit dem Werkzeug beigebracht hatte. So hatten sie beide eine glückliche Kindheit und Jugendzeit erlebt – bis Winmars Willkür zugeschlagen und ihren Vater seiner beiden Hände beraubt hatte.

Ihrer Lebensgrundlage beraubt, war die Familie verarmt. Um zu überleben, hatten Dalfin und Bertin als Minenarbeiter geschuftet, für einen Hungerlohn und unter der ständigen Überwachung der königlichen Aufseher. Eingeschüchtert und verängstigt hatte Bertin den Kopf eingezogen und gehofft, dadurch dem grässlichen Schicksal zu entgehen, das ihr Vater erlitten hatte.

Nicht so sein Bruder.

Dalfin hatte sich nicht einschüchtern lassen und im Verborgenen den Kampf gegen den Tyrannen aufgenommen. Zusammen mit anderen jungen Zwergen, die nicht länger zusehen wollten, wie Unrecht und Willkür in Gorta Ruun regierten, hatten sie begonnen, Widerstand zu leisten. Anfangs nur im Kleinen, dann in immer größerem Umfang. Aus dem Hinterhalt hatten sie Ork-Söldner angegriffen, hatten Kaldronen sabotiert und hier und dort einen Minenzug überfallen, und eine Weile lang war alles gut gegangen. Dann jedoch hatten die Schergen der Geheimpolizei zugeschlagen und ihnen eine Falle gestellt. Dalfin und seine Kameraden waren gefangen genommen worden – und sie alle hatten auf Winmars Befehl im Kessel ein grausames Ende gefunden.

Bertin war dabei gewesen.

Von einem der Ränge aus hatte er verfolgt, wie sein Bruder gestorben war. Er hatte miterleben müssen, wie das flüssige Silber seine Kleider und sein Haar entzündet hatte, hatte den entsetzlichen Schrei gehört, mit dem Dalfin aus dem Leben geschieden war, unter unsäglichen Schmerzen. Niemals, niemals würde er diesen letzten Schrei vergessen.

»Bertin.« Jemand stieß ihn in die Seite. Es war Dado, sein Freund und Gefährte, der neben ihm auf der Brücke stand und sich nervös umblickte. »Es ist Zeit. Wir müssen gehen, ehe die Patrouille kommt.«

Bertin nickte. Es war gefährlich, die Königsbrücke zu betreten, die allein Winmar und seinen Hofschranzen vorbehalten war. Dennoch hatte er unbedingt hierher kommen, hatte er seinem Bruder diese letzte Ehre erweisen wollen – auch wenn das bizarre Gebilde, das dort oben auf der steinernen Balustrade stand, nichts mehr mit Dalfin gemein hatte.

»Wir müssen gehen«, mahnte Dado wieder. Die Mundwinkel des Freundes, um die noch kaum ein Barthaar spross, zuckten ängstlich. »Wenn man uns hier schnappt und herausfindet, wer du bist, ist es mit uns vorbei.«

Bertin nickte.

Er hatte ohnehin genug gesehen.

Ihm war klar, dass die Brutalität, mit der Winmar gegen seine Feinde vorging, der Abschreckung dienen sollte. Aber der Zwergenkönig hatte eines nicht bedacht – dass sie auch das genaue Gegenteil bewirken konnte.

Er blickte an sich herab, auf den Hammer, auf den er sich stützte. Der Kopf war mit feinen Ziselierungen versehen, der Griff mit der Rune der Steinmetzzunft. Seit vielen Generationen befand sich dieser Hammer im Besitz seiner Familie. Er war geschmiedet worden, um Kunstwerke aus nacktem Stein zu befreien, und hatte nicht nur seinem Vater gute Dienste geleistet, sondern auch schon dessen Vater, und dessen Vater zuvor. Bertin jedoch würde den Hammer einem neuen Zweck zuführen – denn er eignete sich auch vortrefflich dazu, die Schädel von Feinden zu zerschmettern.

Bertin hob den Hammer, streckte ihn Dalfin wie zu einem Abschiedsgruß entgegen – und schwor beim grässlichen Anblick seines in Zwergensilber erstarrten Bruders, dass er seinen Tod rächen würde.

»Sie kommen«, hörte er Dado zischen.

Bertin blickte zur anderen Seite der Brücke – tatsächlich war stampfender Gleichschritt zu hören, die Patrouille rückte an. Mit einer fließenden Bewegung streifte er sich den aus starkem Leder geflochtenen Riemen über, an dem der Hammer befestigt war, dann huschte er seinem Freund hinterher zur Balustrade. Dado kauerte bereits auf der Mauer, hielt mit beiden Händen das Seil umfasst – und sprang im nächsten Moment in die Tiefe.

Ohne Zögern setzte Bertin ihm nach, fasste ebenfalls sein Seil, dessen anderes Ende um den Sockel einer der Brückenlaternen geschlungen war. Ebenso geschickt wie lautlos glitt er daran in die Tiefe, während über ihnen die Schergen des Königs vorüberstampften.

Schon bald, dachte Bertin grimmig, würde er zurückkehren. Dann würde Blut fließen.

8

Schweigen war eingekehrt.

Stille, die schwer auf Aryanwen lastete, und in deren bedrückender Leere sie sich immer wieder dieselbe Frage stellte: Sollte sie es tun?

Hatte sie ein Recht, Gundryd diese Last aufzubürden?

War es reine Selbstsucht, wenn sie es tat?

Oder nur die Sorge einer Mutter um ihr Kind?

So lange Aryanwen auch darüber nachdachte, eine Antwort fand sie nicht, und so saß sie weiter schweigend auf ihrem Stuhl aus Kirschholz und bearbeitete den Stickrahmen, obwohl sie jedes Interesse daran verloren hatte. Ihre Hände zitterten, sodass sie Mühe hatte, die Stiche richtig zu setzen, mehrmals hatte sie sich die Nadel schon in den Finger gebohrt.

Gundryd, die neben ihr auf einem Schemel saß und ebenfalls stickte, schien ihre Unruhe längst bemerkt zu haben. Immer wieder sah sie von ihrer Arbeit auf und bedachte ihre Königin mit fragenden Blicken, die Aryanwen aus dem Augenwinkel wahrnahm. Dennoch reagierte die Königin nicht darauf.

Durfte nicht darauf reagieren …

»Was habt Ihr, Herrin?«, ließ Gundryds sanfte Stimme sich plötzlich vernehmen.

»W-was?«

»Ich kann sehen, dass es Euch schwerfällt, Euch zu konzentrieren«, bekräftigte die Zofe. »Etwas scheint Euch zutiefst zu bedrücken. Dabei«, fügte sie mit Blick auf Aryanwens gewölbten Bauch hinzu, »sollte dies eine Zeit der Freude für Euch sein.«

»Meine treue Gundryd.« Trotz ihrer Anspannung konnte Aryanwen nicht anders, als zu lächeln. »Schon als ich noch ein Mädchen war, warst du mir mehr Freundin als Dienerin – inzwischen wüsste ich nicht mehr, was ich ohne dich anfangen sollte.«

»Ihr ehrt mich, Herrin«, erwiderte Gundryd, die nur zehn Winter älter war als Aryanwen selbst. Ihr dunkles, zu einem strengen Zopf geflochtenes Haar war jedoch bereits ergraut und ihre Züge von Sorgenfalten gezeichnet. Ihr Ehemann war in der Schlacht um Ansun gefallen, ein Verlust, der sie schwer getroffen hatte. Aryanwen erinnerte sich an Zeiten, da sie gemeinsam in den Gärten von Tirgaslan spazieren gegangen waren und einander die Gesänge Lindragels und anderer großer Elfendichter vorgetragen hatten. Diese Zeiten, so schien es, lagen unendlich lange zurück …

»Es ist die Wahrheit«, versicherte Aryanwen. »Immer bist du für mich da gewesen, wenn ich dich brauchte. Schon als kleines Mädchen hast du mich getröstet, wenn mein Vater mich gescholten hatte, und mich wieder aufgerichtet, wenn ich mutlos war.«

»Dann lasst mich Euch auch heute aufrichten«, bat die Zofe und legte ihre Rechte auf Aryanwens bebende Hände. »Ich kann sehen, dass Euch etwas Angst macht, Herrin. Wollt Ihr es mir nicht verraten?«

»Das würde ich gerne«, versicherte Aryanwen, »aber das kann ich nicht, denn an diesem Hof ist es sehr gefährlich, zu viel zu wissen.«

»Dessen bin ich mir bewusst. Dennoch frage ich Euch: Gibt es etwas, das Ihr Eurer Dienerin und Freundin sagen wollt? Ihr wisst, dass Ihr mir vertrauen könnt.«

»Das weiß ich«, beteuerte Aryanwen, und einen Augenblick lang verspürte sie tatsächlich den schier unwiderstehlichen Drang, ihr Schweigen zu brechen und Gundryd alles zu erzählen, was sie bedrückte. »Aber ich werde es dennoch nicht tun«, hörte sie sich selbst sagen, »um deinetwillen und um dich zu schützen.«

»Wovor, Herrin?«

»Vor Lavans Zorn«, entgegnete Aryanwen flüsternd. Zwar war außer ihnen niemand in ihrem Schlafgemach. Laut zu sprechen, wagte sie aber dennoch nicht.

Die Dienerin lächelte schwach. »Glaubt mir, Herrin – was mir im Leben etwas bedeutete, das wurde mir bereits genommen. Der falsche König macht mir keine Angst.«

Aryanwen legte den Finger auf den Mund. »Du musst vorsichtiger sein.«

»Geht es um das Kind?«, fragte die Zofe unvermittelt.

Aryanwen schreckte auf. »Woher …?«

Erneut lächelte Gundryd. »Was sonst sollte Euch so aufwühlen? Was ist mit dem Kind, Herrin? Stimmt etwas nicht? Fühlt Ihr Euch nicht wohl?«

»Doch, Gundryd. Es stimmt alles mit dem Kind. Die Sache ist nur …« Sie unterbrach sich erneut, brachte es nicht über sich einzugestehen, dass das Kind, das sie in sich trug, in Wahrheit nicht von ihrem Gemahl stammte, sondern …

»Es ist *sein* Kind«, sagte die Zofe. »Daghans Fleisch und Blut.«

Aryanwen erschrak, Schamröte schoss ihr ins Gesicht. »Nein«, behauptete sie reflexhaft. »Was bringt dich nur auf einen solchen Gedanken?«

»Die Schwangerschaft scheint mir bereits weit fortgeschritten für eine Frau im siebten Mond«, erwiderte Gundryd leise. »Und ich habe beobachtet, dass Ihr vor allem immer dann über Euren Bauch streicht, wenn Ihr Euch von Eurem

Gemahl unbeobachtet wisst. So als wäre Eure Liebe zu dem neuen Leben, das in Euch reift, etwas Verbotenes.«

Aryanwen sog scharf nach Luft. »Glaubst du …?«

»Seid unbesorgt. Ich denke nicht, dass es sonst jemandem aufgefallen ist. Ich hingegen kenne Euch so lange, dass mir kaum etwas verborgen bleibt.«

»Liebste Gundryd.« Aryanwens Augen füllten sich unwillkürlich mit Tränen. »Ich wollte nicht, dass du davon erfährst. Ich wollte dich dieser Bürde nicht aussetzen.«

»Ein Geheimnis mit Euch zu teilen, ist für mich keine Bürde, Herrin.«

Aryanwen nickte. Plötzlich überwog die Erleichterung, endlich offen sprechen zu können. »In den letzten gemeinsamen Tagen, die uns in Ansun vergönnt waren«, begann sie, »habe ich von Dag ein Kind empfangen. Ich wusste es nicht, als ich Lavan mein Wort gab und ihm nach Tirgaslan folgte. Dass ich schwanger war, wurde mir erst einige Zeit später klar.«

»Und Ihr seid ganz sicher, dass Lavan nicht der Vater ist?«

Aryanwen nickte. »Meine Blutung blieb aus, noch bevor er zum ersten Mal mein Lager aufsuchte.«

»Ich verstehe.« Gundryd legte ihr Stickzeug beiseite und beugte sich zu ihr herüber. »Nun endlich begreife ich, was Euch solche Sorge bereitet, Herrin.«

»Wenn der König jemals von diesen Dingen Kenntnis erlangt«, flüsterte Aryanwen, »bedeutet das sowohl mein Todesurteil als auch das des Kindes. Und da du nun in das Geheimnis eingeweiht bist, würde es vermutlich auch deinen Tod bedeuten.«

Wenn die Zofe eingeschüchtert war, so ließ sie es sich nicht anmerken. Ein spitzbübisches Lächeln spielte stattdessen um ihre sonst so ernsten Züge. »Dann sollten wir besser vermeiden, dass er davon erfährt.«

»In der Tat – aber was, wenn es sich nicht länger vermeiden lässt? Wie du schon sagtest, ist die Schwangerschaft bereits weiter fortgeschritten, als es der Fall sein dürfte, wenn Lavan der Vater wäre. Was wird sein, wenn es zu früh zur Welt kommt? Was, wenn es das schwarze Haar und die dunklen Augen seines wirklichen Vaters hat? Was dann, Gundryd?«

»Ihr habt recht«, stimmte die Zofe zu. »Selbst ein Dummkopf vom Schlage Lavans wird dann wohl Verdacht schöpfen.«

»Ich setze alles daran, den Augenblick der Wahrheit so lange wie möglich hinauszuzögern«, versicherte Aryanwen. »Ginge es nach mir, würde ich dieses Kind niemals in diese kalte und grausame Welt entlassen. Aber es liegt nun einmal nicht in meiner Hand, und der Tag der Niederkunft nähert sich.«

»Nur ein Narr würde versuchen, Dinge zu ändern, die er nicht ändern kann«, zitierte Gundryd ein altes elfisches Sprichwort. »Aber wir könnten dafür sorgen, dass Euer Gemahl nicht zugegen ist, wenn das Kind zur Welt kommt.«

»Wie das?«, fragte Aryanwen.

»Am besten wäre es, Ihr brächtet Euer Kind nicht in Tirgaslan zur Welt, sondern an einem anderen, am besten weit entfernten Ort.«

Aryanwen schüttelte den Kopf. »Lavan wird es niemals zulassen, dass seine königliche Saat, wie er das Kind zu nennen pflegt, an einem anderen Ort zur Welt kommt als …« Sie verstummte plötzlich.

»Was habt Ihr, Herrin?«

»Mir kam gerade ein Gedanke – und es entbehrt nicht einer gewissen Ironie, dass Lavan selbst mich auf diesen Gedanken gebracht hat.«

»Was für ein Gedanke, Herrin?«

»Elfenhain.«

»Elfenhain?« Gundryd hob die Brauen. »Seid Ihr Euch da auch wirklich sicher?«

»Es ist die Geburtsstätte von Königen von Alters her.«

»Das mag richtig sein. Aber nichts geschieht ohne Gegenleistung. Die Frauen von Elfenhain haben stets einen Preis verlangt für das, was sie tun.«

»Dann werde ich diesen Preis eben bezahlen«, erwiderte Aryanwen entschlossen. »Elfenhain ist die Antwort, nach der wir gesucht haben.«

9

»Ich bin bereit.«

Dag verzichtete auf einen Morgengruß. Die halbe Nacht über hatte er wach gelegen und sich auf seinem harten Lager hin und her gewälzt, hatte fieberhaft nachgedacht, was zu tun war. Doch je länger er überlegt hatte, desto deutlicher war ihm aufgegangen, dass er keine andere Wahl hatte.

Er musste gehen.

Sosehr er in der Vergangenheit auch versagt haben, so zwingend seine Gründe, sich in die Einsamkeit zurückzuziehen, auch gewesen sein mochten – wenn es tatsächlich sein Kind war, das Aryanwen erwartete, war keiner davon gut genug.

Der alte Mann, der zusammen mit Tiffor am Tisch saß, wo sie ein karges Frühstück einnahmen, antwortete nicht sofort. Er schien Dag von Kopf bis Fuß zu mustern. »Du hast dich entschieden, mir zu vertrauen?«, erkundigte er sich schließlich.

»Dazu habe ich keinen Anlass«, stellte Dag klar. »Ihr tretet ungefragt in mein Leben und steckt Eure Nase in Angelegenheiten, die Euch nichts angehen.«

»Aber?«

»Ihr wisst von Dingen, die nur sehr wenige Menschen wissen, deshalb bin ich bereit, Euch in dieser Sache Glauben zu schenken – unter einer Bedingung: Ihr werdet mir verraten, wer Ihr seid und woher Ihr das alles wisst.«

»Wenn du einen Namen brauchst, so nenne mich Dwethan. In der Sprache der alten Welt bedeutete dies …«

»… Weiser. Zauberer«, ergänzte Dag nickend.

»Natürlich. Ich hatte vergessen, dass du des Elfischen mächtig bist.«

»Ein wenig«, bestätigte Dag. Was er von der elfischen Sprache wusste, hatte Aryanwen ihm beigebracht, die eine Nachkommin Königin Alannahs war, der letzten Elfenkönigin, die über Erdwelt geherrscht hatte, vor fast fünfhundert Jahren. In den vergangenen Monaten hatte er es nicht gesprochen. Einerseits, weil kein Anlass dazu bestanden hatte, andererseits, weil jeder Laut und jede Silbe mit Erinnerungen verbunden waren, und jede einzelne davon tat weh. »Aber ein Name erklärt noch nicht, weshalb Ihr von Dingen wisst, die sonst kaum jemand weiß. Seid Ihr ein Spion? Oder ein Wahrsager?«

»Weder noch«, lautete die lakonische Antwort, »aber ich kann dir auch nicht offenbaren, was ich tatsächlich bin. Noch nicht – denn die Tatsache, dass ich viel über dich weiß, bedeutet nicht zwangsläufig, dass ich dir vertraue.«

»Aber Ihr erwartet es andersherum!«

»In der Tat – und mit diesem Widerspruch wirst du leben müssen, wenn du Frau und Kind retten willst.«

Frau und Kind.

Wie ein Echo klangen die Worte in Dags Bewusstsein nach. Er biss sich auf die Lippen, versuchte das Durcheinander seiner Gedanken zu ordnen. Gestern noch war er in seinen Augen nichts als ein Versager gewesen, ein törichter Narr, der den Tod mehr verdient hatte als das Leben. Ein Narr war er noch immer, jedoch hatte er erstmals seit sehr langer Zeit wieder das Gefühl, etwas Sinnvolles tun, etwas bewirken zu können. Mehr noch, er *musste* etwas unternehmen, denn wenn Lavan gewahr wurde, dass Aryanwens Kind nicht seines war, würde er beide töten lassen. Dag hatte also keine Wahl, als in die Bedingungen des Alten einzuwilligen, was immer dieser im Schilde führen mochte.

»Also gut«, erklärte er sich deshalb bereit, »ich werde Euch in dieser Sache vertrauen müssen. Ich gebe mein Einsiedlerdasein auf und gehe nach Tirgaslan.«

»Nach Tirgaslan? Um was zu tun?«

»Was wohl? Um Aryanwen zu befreien und sie und ihr ungeborenes Kind zu retten«, erklärte Dag schnaubend.

»Und du glaubst, dass du das könntest? Ganz allein?«

»Nun«, bekannte Dag einigermaßen verwirrt, »ich hatte angenommen, dass …«

»Was? Dass ich dir helfen würde?«

Dag kam sich wie ein Idiot vor. Nach allem, was der Alte wusste und gesagt hatte, war er tatsächlich davon ausgegangen, dass er ihn nach Tirgaslan begleiten würde. Da das nicht der Fall zu sein schien, wandte sich Dag reflexhaft in die Richtung, in der Tiffor am Tisch saß und geräuschvoll an einem Stück vertrockneten Brotes knabberte.

»Mich lass dabei bitte aus dem Spiel«, stellte Tiff jedoch augenblicklich klar. »Ich habe dir geholfen, als du in Not warst. Ich habe dein Geheimnis gewahrt und dich in meine Behausung aufgenommen, als du ein Obdach suchtest. Aber ich tauge nicht zum Helden. Es gibt einen Grund, warum ich in dieser Höhle hause.«

»Verstehe.« Dag ließ den Kopf sinken.

»Du musst Geduld haben«, beschied ihm Dwethan. »Ich bin gekommen, um dich aus deiner Lethargie zu reißen und dich daran zu erinnern, wer du bist – aber ganz sicher nicht, um dich zur Schlachtbank zu führen. Wenn du jetzt nach Tirgaslan gehst, ist dein Ende so gut wie besiegelt. Lavans Schergen werden dich fassen und in Stücke hacken, ehe du auch nur in Aryanwens Nähe gekommen bist. Vergiss nicht, dass sie die Königin ist. Was du brauchst, ist Hilfe. Mächtige Hilfe.«

»Ach ja? Und von wem sollte diese Hilfe kommen?«

»Von denen, die sich dem Zwergenkönig und seinen Schergen nach wie vor widersetzen – den Hügelclans.«

»Alter Mann.« Dag seufzte. »Ich habe Euch doch schon gesagt, dass die Clansherren ...«

»... untereinander uneins sind, ich weiß«, versicherte Dwethan mit fester Stimme. »Dennoch brauchst du ihre Hilfe, wenn du Aryanwen aus Tirgaslan befreien willst.«

»Und wenn sie mir ihre Unterstützung verweigern?«

»Du wirst es darauf ankommen lassen müssen, junger Freund. Andernfalls sind die Königin und ihr Kind schon jetzt verloren.«

Dag schürzte die Lippen. Schon wieder hatte der Alte recht. Er selbst hatte bislang nur versagt und alle Menschen enttäuscht, die ihn liebten. Es war an der Zeit, auf den Ratschlag anderer zu hören – und zu seiner eigenen Überraschung ertappte er sich dabei, dass er dem kauzigen Fremden mit dem seltsamen Namen tatsächlich zu einem gewissen Maß Vertrauen schenkte. Womöglich lag es nur daran, dass ihm die Stimme des Alten vertraut vorkam. Oder weil er sich hilflos und verloren fühlte und einen Freund nötig hatte.

»Übe dich in Geduld, junger Freund«, bekräftigte Dwethan noch einmal. »Noch ist Zeit.«

»Woher wollt Ihr das alles so genau wissen?«

»Ich *weiß* es«, erwiderte der Alte mit derartiger Überzeugung, dass es Dag tatsächlich ein wenig besänftigte.

»Wenn ich zu den Clansherren ginge, um sie um ihre Hilfe zu bitten«, fragte er daraufhin, »würdet Ihr mich dorthin begleiten?«

»Das würde ich«, bekräftigte Dwethan.

»Warum? Was versprecht Ihr Euch davon?«

»Es ist der Weg, der uns beiden bestimmt ist«, entgegnete der Alte schlicht, »nicht mehr und nicht weniger.«

»Ich werde aus Euch nicht schlau, aber es ist mir inzwischen einerlei.« Dag zuckte mit den Schultern. »Und du willst wirklich nicht mitkommen, Tiff?«, wandte er sich erneut an seinen Gefährten – der Gedanke, allein mit jenem seltsamen alten Kauz zu reisen, erschien ihm wenig verlockend.

Doch Tiffor gab keine Antwort.

Stattdessen war plötzlich ein seltsames Geräusch zu vernehmen. Ein leises Stöhnen, das sich anhörte, als würde jemand Schmerzen leiden.

»Tiff? Alles in Ordnung …?«

Das untrügliche Gefühl, dass etwas nicht stimmte, ergriff von Dag Besitz, noch bevor er den beißenden Gestank roch. Unwillkürlich wich er zurück und stieß gegen die Höhlenwand. In diesem Augenblick hätte er alles gegeben, um sehen zu können.

»Tiffor?«, rief er hilflos. »Dwethan? Was geht hier vor …?«

Er hatte die Frage kaum ausgesprochen, als das Reißen von Stoff zu vernehmen war. Dann ein Zischen, wie keine menschliche Kehle es hervorzubringen vermochte – und Dwethan sprang auf und stieß eine Verwünschung aus.

»Was … was ist los?«, wollte Dag wissen.

»Glaub mir, Junge«, gab der Alte zur Antwort, »das willst du nicht wissen.«

Dann war ein entsetzliches Fauchen zu hören, wie von einem Raubtier – und im nächsten Moment traf Daghan ein harter Stoß und riss ihn von den Beinen.

10

Du … du willst Tirgaslan verlassen?«

Obschon die Blicke, die ihr aus den Augen des Königs entgegenschlugen, geradezu vernichtend waren, hielt Aryanwen ihnen stand. Aufrecht stand sie vor dem Thron, die Hände auf ihren gewölbten Bauch gelegt. »Nur für die Niederkunft«, versicherte sie. »Ich werde nach Elfenhain gehen.«

»Elfenhain«, wiederholte Lavan, der gebeugt auf dem Thron saß, seine bleiche Miene voller Abscheu. »Eine Enklave im dunklen Wald, wo Einsiedler und Hexen hausen.«

»Es gibt dort keine Hexen«, stellte Aryanwen klar. »In den Tagen des Alten Reiches war Elfenhain ein Hort der Muse und der Wissenschaft, der Künstler und Gelehrten. Die Frauen dort versuchen, zumindest etwas davon in unsere Zeit zu retten.«

»Und deshalb soll ich dich einfach ziehen lassen? Du vergisst, dass es mein Nachkomme ist, den du in dir trägst!«

»Das vergesse ich keineswegs«, versicherte Aryanwen. »Aber unter den vielen Künsten, die in Elfenhain gepflegt werden, nimmt jene der Hebammen einen besonderen Stellenwert ein. Dort könnte unser … *Euer* Kind das Licht dieser Welt in Sicherheit und Geborgenheit erblicken.«

»Das kann es hier ebenso. Lass nach den Hebammen schicken, wenn dir so an ihrer Anwesenheit liegt.«

»Sie würden nicht kommen. Ihre besondere Kraft können die Hebammen nur in Elfenhain entfalten, wo ihnen ihre Arzneien und heilenden Essenzen zur Verfügung stehen. Es gibt einen Grund dafür, dass fast alle Könige der alten Zeit dort geboren wurden. Königin Alannah war die Letzte, die ihr Kind …«

»Verschone mich mit alten Geschichten von den glorreichen Tagen des Reiches«, knurrte Lavan und wedelte mit der Rechten, als wollte er ein lästiges Insekt verscheuchen.

»Es ist ein alter Brauch«, beharrte Aryanwen dennoch. »Das Volk wird es wohlwollend zur Kenntnis nehmen, wenn Ihr diese Tradition wiederbelebt und Euer Sohn und Erbe in Elfenhain das Licht der Welt erblickt. Es wird dazu beitragen, Eure Macht zu festigen.«

»Unverschämtes Weib.« Lavan schürzte abschätzig die fetten Lippen. »Glaubst du, meine Macht müsste gefestigt werden? Wenn das Volk es wagt, sich gegen mich zu stellen, werden Winmars Kaldronen augenblicklich zur Stelle sein, um jeden Aufstand im Keim zu ersticken. Und da willst du behaupten, ich wäre auf das Wohlwollen dieser Bauerntölpel angewiesen?«

»Natürlich nicht«, räumte Aryanwen ein – und spielte ihren letzten Trumpf aus, in der verzweifelten Hoffnung, dass er stach. »Aber was, wenn es bei der Geburt Schwierigkeiten gibt? Was dann, mein Gemahl?«

»Wenn schon«, schnaubte Lavan. »Diese Hexen sind nicht die Einzigen, die in der Heilkunst bewandert sind. Ich werde Boten nach Gorta Ruun schicken und König Winmar um Hilfe bitten. Er wird uns seine besten Ärzte und Alchemisten schicken.«

»Das wäre fatal.« Aryanwen lächelte gequält. »Das Zeug, das Winmars Giftmischer zubereiten, werde ich ganz sicher nicht trinken – und Ihr solltet das auch nicht wollen. Bedenkt wohl: Welches Interesse sollte Winmar daran haben, dass Euer Nachkomme wohlbehalten zur Welt kommt?«

»Was meinst du damit?«

Aryanwen schüttelte den Kopf. »Ihr seid schon so lange König von Winmars Gnaden, dass Ihr vergessen habt, wie ein freier Mann zu denken.«

»Hüte deine Zunge, Weib!«

»Glaubt Ihr denn, Winmar jubelt, wenn Ihr einen Sohn und Erben in die Welt setzt, der ihm womöglich eines Tages gefährlich werden und den Thron streitig machen könnte?«

»Er hat keinen Grund, sich über derlei Dinge zu sorgen. Ich habe ihm den Treueid geleistet.«

»Ihr habt auch meinem Vater den Treueid geleistet – was Euch nicht daran gehindert hat, Euch gegen ihn zu verschwören. Meint Ihr, Winmar hätte das vergessen?«

»Keineswegs, Weib.« Lavan dachte darüber nach. »Aber der Zwergenkönig ist klug genug, um einen Verbündeten von einem Feind unterscheiden zu können. Und ich habe alles getan, um ihm klarzumachen, dass ich auf seiner Seite stehe.«

»Das habt Ihr in der Tat«, erwiderte Aryanwen trotzig. »Gegen Euer eigenes Volk.«

»Fangt nicht wieder damit an!« Lavan erhob sich von seinem Thron, die Hand mit dem Siegelring zur Faust geballt.

»Was wollt Ihr tun, mein Gemahl? Mich züchtigen? Wie Ihr schon sagtet – ich bin das Behältnis, in dem Euer Erbe heranwächst, und Ihr solltet alles unternehmen, damit es keinen Schaden nimmt.«

»Das werde ich – und zwar hier in Tirgaslan.«

»Das wollt Ihr riskieren?« Aryanwen sah ihn herausfordernd an. »Was, wenn sich das Kind in meinem Bauch nicht dreht? Was dann, mein Gemahl?«

»Das würdest du nicht wagen.«

»Glaubt Ihr denn, darauf hätte ich Einfluss?«

»Das weiß ich nicht«, schnaubte der König. »Doch sei versichert: Wenn sich das Kind nicht dreht, werde ich die Heiler anweisen, das zu tun, was auch bei Kühen und Pferden getan wird. Nur das Leben des Kindes zählt – du bist mir gleichgültig.«

Aryanwen stand wie vom Donner gerührt.

Ihr war immer klar gewesen, dass ihre Ehe ein Zweckbündnis war und sich Lavans Zuneigung zu ihr auf den körperlichen Aspekt beschränkte. Seine Haltung überraschte sie folglich nicht, doch seine Ruchlosigkeit verschlug ihr die Sprache.

Sie fühlte Panik in sich aufsteigen.

Nicht so sehr wegen der Vorstellung, ihr Leben womöglich für das ihres Kindes geben zu müssen. Sondern weil sie dann nicht da sein würde, um ihr Kind vor dem Zugriff des Mannes zu beschützen, der sich für dessen Vater hielt …

Aryanwen spürte, wie ihr schwindelte. Sie wankte, griff sich an die Schläfe.

»Was ist das denn jetzt?«, rief Lavan vom Thronpodest herab. »Was soll das Theater?«

»Kein Theater«, versicherte sie. »Ich fühle mich so …«

»Und du glaubst, darauf falle ich herein?« Der König lachte freudlos auf. »Das ist die letzte Waffe, zu der ihr Frauen greift, wann immer euch klar wird, dass wir euch in jeder Hinsicht überlegen sind.«

Aryanwen hörte seine Worte nur wie aus weiter Ferne. Das Kind in ihr hatte sich zu regen begonnen, und es fühlte sich an, als ob es mit den winzigen Fäusten gegen die Innenseite ihres Bauches hämmerte. Offenbar spürte es ihre Angst und ihre Verunsicherung, und es reagierte auf seine Weise …

»Wenn dir nicht wohl ist, dann ziehe dich in deine Gemächer zurück«, höhnte Lavan weiter. »Dort magst du weiter deine Ränke schmieden – hier verfangen sie nicht.«

»J-ja«, erwiderte sie nur und wollte sich abwenden – als ein Stich in ihren Unterleib fuhr.

Der Schmerz kam überraschend und war so heftig, dass sie einen Schrei ausstieß. Gleichzeitig brachen ihr die Beine unter dem Körper weg, und sie sackte nieder.

»Weib!«, schrie Lavan, ob im Zorn oder vor Entsetzen, war nicht festzustellen.

Noch einen Augenblick lang tobte der Schmerz.

Dann war er wieder weg, so plötzlich, wie er gekommen war, und auch das Kind schien sich wieder beruhigt zu haben.

»Nichts«, stieß Aryanwen zwischen zusammengebissenen Zähnen hervor und wollte sich wieder erheben, »es geht schon.« Wütend wollte sie zu Lavan aufblicken, der statt ihr zur Hilfe zu kommen oder zumindest einen Diener zu rufen, noch immer dort stand und auf sie herabstarrte.

Da sah sie, wie sich die feisten Züge ihres Gemahls veränderten. Krater schienen sich in seinen Wangen zu bilden. Die Kinnlade fiel ihm herab, sein Blick wurde stechend.

»Du … du blutest, Weib«, entfuhr es ihm.

Einen Augenblick lang blieb Aryanwens Blick noch auf ihn gerichtet. Dann, zögernd, weil sie sich vor dem fürchtete, was sie vielleicht sehen mochte, blickte sie an sich herab.

Und sah den schreiend roten Fleck.

11

Dag hatte keine Ahnung, was ihn getroffen hatte, aber der Aufprall war so stark gewesen, dass er das Gleichgewicht verloren hatte und gestürzt war. Wutentbrannt wollte er wieder emporfahren – als er merkte, wie etwas über ihn hinwegpfiff. Nur um Haaresbreite verfehlte es ihn und schlug in die Höhlenwand, offenbar dort, wo er noch einen Lidschlag zuvor gestanden hatte.

Dann erneut ein grässliches Zischen, und wieder war Dwethans alte, aber feste Stimme zu hören: »Zurück, zurück! Verschwinde in das Loch, aus dem du gekrochen bist!«

Dags Gedanken jagten sich.

Was spielte sich dort ab, nur wenige Armlängen von ihm entfernt, ohne dass er es sehen konnte? Er hörte nur das unablässige Zischen, roch den beißenden Gestank von roher Wildheit. Dann ein lautes Krachen – und der massive Tisch, der die Mitte der Höhle eingenommen hatte, zerbarst. Was immer ihn getroffen hatte, musste verdammt groß und schwer gewesen sein!

»Ist das alles?«, hörte er Dwethan spotten. »Ist das deine ganze Zerstörungskraft?«

Wieder ein Krachen, Bersten und Splittern. Dag, der noch immer am Boden kauerte, eingeschüchtert und auf schreckliche Weise hilflos, merkte, wie etwas auf ihn herabprasselte, und schirmte das Gesicht mit den Armen.

Die Geräusche, die daraufhin zu vernehmen waren, waren noch grässlicher als die zuvor und ließen keinen Zweifel daran, dass ein heftiger Kampf in der Höhle tobte. Etwas schnellte durch die Luft und prallte auf Felsgestein, dann war ein heiserer Schrei zu vernehmen. Beides wiederholte sich, bald hier, bald dort, sodass Dag schon nach wenigen Augenblicken die Orientierung verloren hatte und nur noch hoffte, es mochte möglichst bald enden. Ein Kreischen war zu vernehmen, das wie eine bizarre Nachahmung menschlichen Gelächters klang – und plötzlich schien sich der alte Mann in Bedrängnis zu befinden.

»Weiche zurück!«, hörte Dag ihn mühsam hervorstoßen. »Weiche, elende Kreatur …!«

»Dwethan!«, brüllte Dag in seiner Hilflosigkeit und wandte sich alten Reflexen folgend gehetzt um. Aber um ihn herum war nur Schwärze.

Und Gestank.

Und Gelächter …

Dann, plötzlich, ein anderes Geräusch – ein Rauschen wie von einem Gewitterblitz, und für einen Moment hatte Dag das Gefühl, als würde etwas durch die ihn umgebende Dunkelheit zucken. Ein grässliches Kreischen und Schmatzen war die Folge, dann drang erneut beißender Gestank in seine Nase, aber ganz anders als zuvor.

Diesmal stank es nach verbranntem Fleisch!

Das Kreischen endete mit einem dumpfen Schlag. Dichter Rauch schien die Luft zu tränken, Dag würgte und musste husten. Als sich sein Husten endlich legte, hörte er irgendwo neben sich jemanden keuchend nach Atem ringen.

»Wer …?«, fragte er gehetzt und raffte sich auf die Beine. »Dwethan, seid Ihr das?«

»Ich bin hier, Junge«, ließ sich der Alte vernehmen, der erschöpft, aber unverletzt zu sein schien. »Es ist alles in Ordnung.«

»I-in Ordnung? Soll das ein Witz sein?« Dag machte einen Schritt nach vorn, wobei er mit dem Fuß gegen etwas stieß, das vor ihm auf dem Höhlenboden lag. »Was ist passiert?«

»Dein Gefährte«, erwiderte Dwethan schlicht. »Er wollte uns töten.«

»Wer wollte uns töten? Tiff?« Vor Dags geistigem Auge tauchte das Bild des gutmütigen Einsiedlers auf, den er sich seiner etwas einfältigen Stimme gemäß stets als ein großes Kind vorgestellt hatte – die Vorstellung, dass er etwas in böser Absicht getan haben sollte, war völlig abwegig.

»Nein. Der ursprüngliche Bewohner dieser Höhle, der echte Tiffor, dürfte schon lange tot sein. Diese Kreatur hier hatte lediglich seine Gestalt angenommen.«

»Seine Gestalt angenommen?« Dag konnte kaum glauben, was er da hörte.

»Ein Wechselbalg, ganz recht«, bestätigte Dwethan.

»Aber es gibt keine Wechselbälger!«

»Sag das dem, der dort vor dir liegt«, erwiderte der Alte.

Dag erinnerte sich an das Hindernis, gegen das er gestoßen war. Langsam ließ er sich nieder und begann zu tasten. Er schauderte, als er Gliedmaßen fühlte, die von ledriger Haut überzogen waren und in grässlichen Klauen endeten – und er fuhr zurück, als seine zitternden Hände ein fratzenhaftes Gesicht fanden, ein mit Reißzähnen bewehrtes Maul …

»Nun? Überzeugt?«

»Wer sagt mir, dass Ihr die Wahrheit sprecht?«, verlangte Dag dennoch zu wissen. »Ich kann nicht sehen, was um mich herum vor sich geht.«

»Dann achte auf deine anderen Sinne. Willst du behaupten, dass du es nicht gefühlt hättest? Dass dir die Veränderung, die Störung im Gleichgewicht der Natur nicht aufgefallen wäre? Die Bosheit, die von dieser Kreatur ausging?«

Dag antwortete nicht. Wenn er ehrlich war, musste er eingestehen, dass er tatsächlich etwas gespürt hatte, aber er hätte niemals angenommen, dass …

»Du musst lernen, diesen Empfindungen zu vertrauen«, belehrte ihn der Alte, »sonst wirst du immer mit Blindheit geschlagen bleiben.«

»Habt Ihr es auch gespürt?«, fragte Dag. »Ihr scheint nicht besonders überrascht zu sein …«

»Nicht sonderlich«, gab Dwethan zu, während er in der Höhle auf und ab ging. Offenbar vergewisserte er sich, dass die Kreatur – wie immer sie aussehen mochte – tatsächlich tot war. »Erinnere dich an gestern, bevor wir uns trafen. Ich hatte euch beobachtet, dort draußen auf der Lichtung, als du versucht hast, diese Beeren zu sortieren.«

Dag nickte. »Es wollte mir nicht gelingen.«

»Das wundert mich nicht weiter – denn es waren nur blaue Beeren in der Schüssel.«

»Nur blaue Beeren? Aber das bedeutet, dass … dass …«

»Diese Kreatur hat mit dir gespielt, mein Junge, die ganze Zeit über. Offenbar sollte sie dich überwachen. Und für den Fall, dass du diesen Wald jemals wieder verlassen willst, hatte sie den Auftrag, dich zu töten.«

»Von wem?«, fragte Dag schaudernd. Der Gedanke, dass der Gefährte, mit dem er sich über so viele Monde das Obdach geteilt hatte, in Wirklichkeit ein blutrünstiges Monstrum gewesen war, ließ ihn erschauern. »Winmar?«

»Das bezweifle ich. Du überschätzt den kleinen König, wenn du denkst, dass er über Kreaturen wie diese gebieten könnte. Um einen Wechselbalg zu rufen, bedarf es größerer Macht, als der Zwergenkönig sie jemals haben wird, so von Bosheit zerfressen er auch sein mag. Die Magie, die dazu benötigt wird, ist um vieles stärker als er.«

»Magie?« Dag schüttelte verständnislos den Kopf.

»Winmar ist stets nur eine Spielfigur gewesen, mein junger Freund«, fiel Dwethan ihm ins Wort, »eine Marionette in einem Theaterstück, dessen Ziel und Ausgang er nicht kennt.«

»Was ihn nicht davon abgehalten hat, darin eine Hauptrolle zu spielen«, bemerkte Dag.

»Das ist wahr. Doch Winmar ist es nicht, der mir Kopfzerbrechen bereitet. Der tatsächliche Konflikt, der Erdwelt bedroht, reicht sehr viel tiefer und ist sehr viel älter. Und es geht dabei um sehr viel mehr.«

12

Es war die Zeit, die Winmar am meisten fürchtete. Wenn die Tagesgeschäfte erledigt waren; wenn die Routine getan war und die Nacht sich herabsenkte; wenn sich der Zwergenkönig aus dem Thronsaal zurückzog und seine Gemächer aufsuchte, um unbehelligt von allen Hofschranzen und Speichelleckern Ruhe zu finden.

Winmar brauchte den Schlaf.

Seit er den Thron von Erdwelt bestiegen hatte, schien etwas an ihm zu zehren, beständig an seinen Kräften zu nagen. Ohnehin waren die Tage, in denen er ein junger Zwergenkrieger gewesen war, kräftig und berstend vor Tatendrang, vorüber; doch in letzter Zeit verspürte er eine Erschöpfung, die ihre Ursache mehr in seinem Geist zu haben schien als in seinem Körper. Den Grund dafür ahnte er, doch er gestattete sich nicht, darüber nachzudenken, denn ihm war klar, dass nicht nur sein Handeln beobachtet wurde, sondern auch seine Gedanken.

So wie Winmar seine Untertanen bespitzelte, wurde auch er selbst bespitzelt. Zu keinem Zeitpunkt konnte er sich unbeobachtet fühlen, stets lastete der Blick des unsichtbaren Auges auf ihm. Es gab keine Möglichkeit, diesem Blick zu entgehen, und in jenen Stunden, in denen der Zwergenkönig allein in seinen Gewölben weilte, spürte er ihn stärker als sonst auf sich lasten. Der Blick erinnerte ihn daran, dass der Herrscher von Erdwelt nicht nur kontrollierte, sondern dass er auch kontrolliert wurde – von etwas, das außerhalb seines Begreifens lag …

»Nun?«, meldete die Stimme sich.

Winmar holte keuchend Atem. Früher hatte sie nur gelegentlich zu ihm gesprochen, und dann meist, um ihm hilfreich zur Seite zu stehen. Inzwischen lauerte sie in seinem Kopf, wann immer er allein war, und ihr Tonfall hatte sich merklich geändert, war fordernd geworden, ungeduldig, drängend.

»Die Vorbereitungen für die Abreise werden bereits getroffen, Meister«, erstattete der Zwergenkönig Bericht, leise, damit die Wachen und Diener vor der Tür nichts von der Unterhaltung mitbekamen. Es war nicht von Vorteil, wenn sich im Palast verbreitete, dass der König des Nachts zu sich selbst sprach … »Mein Thron wird künftig nicht mehr in Gorta Ruun stehen, sondern in Tirgas Winmar, so wie Ihr es befohlen habt.«

»Sehr gut. Du musst wissen, dass die Stadt in den alten Tagen Kal Anar hieß. Sie war überaus mächtig und weithin gefürchtet.«

»Das wird Sie wieder sein, Meister«, versicherte Winmar beflissen. »Ihr könnt Euch auf Euren Diener verlassen.«

»Das hoffe ich, denn wir haben keine Zeit mehr zu verlieren. Es muss ein Weg gefunden werden, der uns zueinander führt, denn unsere Feinde sind bereits dabei, sich neu zu formieren.«

»Welche Feinde? Von wem sprecht Ihr, Meister?«

»Ich musste eine Erschütterung im Gefüge meiner Pläne bemerken«, grollte die Antwort. *»Osberts Sohn hat seine Zuflucht im Wald verlassen.«*

»Was? Woher …?« Winmar unterbrach sich. Es war sinnlos, die Stimme nach der Quelle ihrer Informationen zu fragen oder sie auch nur einen Augenblick lang anzuzweifeln. Wenn die Stimme sagte, dass es geschehen war, dann war es auch geschehen. »Warum hat der Wächter ihn nicht daran gehindert?«, erkundigte er sich stattdessen.

»Der Wächter wurde getötet.«

Der Zwergenkönig merkte, wie sich etwas in ihm verkrampfte. »Wie konnte das geschehen? Sagtet Ihr nicht, Euer Wächter wäre unüberwindbar?«

»Für Menschen, ja. Offenbar hatte der Gefangene Hilfe.«

Winmar wusste nicht, was er darauf erwidern sollte. Schon so lange hörte er diese Stimme in seinem Kopf, aber zum ersten Mal hatte er das Gefühl, dass sie sich veränderte. Gerade so, als wäre zum ersten Mal etwas geschehen, das nicht dem Plan der Stimme entsprach.

Wäre es nach ihm selbst gegangen, so hätte er Daghan von Ansun und Aryanwen von Tirgaslan, die Kinder seiner beiden mächtigsten Feinde, töten lassen, als er die Gelegenheit dazu hatte. Die Stimme jedoch hatte angeordnet, sie am Leben zu lassen, und nun sah es fast aus, als hätte sie sich geirrt. Was sollte er davon halten?

»Und nun, Meister?«, unterbrach er rasch seinen Gedanken, um sich nicht zu verraten.

»Wir müssen noch entschlossener handeln«, lautete die Anordnung. Von Verunsicherung – wenn sie überhaupt je da gewesen war – war nichts mehr zu spüren. *»Du wirst alles Nötige veranlassen, um den Umzug in die neue Hauptstadt voranzutreiben. Die Alchemisten werden dich dabei unterstützen.«*

»Und Ihr, Meister?«

»Ich werde mich um Daghan von Ansun kümmern. Der Wächter mag nicht mehr am Leben sein, aber es gibt andere Diener, die mir zu Gebote stehen. Es ist an der Zeit, sie aus ihrem Schlaf zu wecken.«

13

Vigor hatte keine Ahnung, wie das Kaff hieß.

Es war eine Ansammlung von Häusern, irgendwo auf dem Weg nach Tirgaslan. Unendlich viele dieser Dörfer schien es in den Menschenlanden zu geben, selbst der Krieg hatte daran nichts geändert. Diese Siedlung unterschied sich von anderen lediglich dadurch, dass es ein Wirtshaus gab, das hungrigen Reisenden eine Mahlzeit und eine Zuflucht für die Nacht bot. Vorausgesetzt natürlich, man war nicht anspruchsvoll.

Vigor hatte bereits zwei Nächte unter freiem Himmel verbracht, und er hatte nicht vor, diese erniedrigende, in seinen Knochen schmerzende Erfahrung zu wiederholen. Zumal sich den Nachmittag über dunkle Wolken am Himmel zusammengebraut hatten, die sich nun in einem heftigen Regenguss entluden. Sollten Krushak und die anderen Orks, die Vigor begleiteten, ruhig draußen nächtigen – der Anführer der königlichen Geheimpolizei hatte etwas Besseres verdient. Ob er es hier bekommen würde, war allerdings zweifelhaft.

Das Wirtshaus trug den Namen »Zur Gastfreundschaft«, aber das erschien wie blanker Hohn. Der Schankraum war ein finsteres Loch, an dem ausgemergelte Gestalten vor kargen Mahlzeiten hockten; die Zimmer waren wenig mehr als Viehställe, und die Betten bestanden aus strohgefüllten Säcken – ganz sicher nicht das, was Vigors Amt und seinen Ansprüchen entsprach. Das Einzige, woran er sich einigermaßen erfreuen konnte, war die Aura von Furcht, die er in dem Augenblick gespürt hatte, da er seinen Fuß über die Schwelle des Wirtshauses setzte.

Die Gespräche an den Tischen waren augenblicklich verstummt. Vigor hatte es genossen, von verstohlenen Blicken beäugt zu werden, während er den Schankraum mit bedächtigen Schritten durchmaß, wissend, dass es nur eines Pfiffs bedürfte, und seine Orks würden zur Stelle sein, um jeden Gegner in Stücke zu hacken.

Nachdem er sein Zimmer aufgesucht und sich ein wenig ausgeruht hatte, kehrte er in den Schankraum zurück und setzte sich an einen der schäbigen Tische. Der Wirt kam vorbei, ein hagerer alter Mensch mit bartlosem Gesicht und grauem Haar, der so wirkte, als wäre er unter eine Kaldrone geraten. Geschäftig wischte er sich die Hände an der schmutzigen Schürze ab, während er sich unablässig verbeugte.

»Womit kann ich Euch dienen, hoher Herr?«

»Mit einer ordentlichen Mahlzeit. Ich wünsche ein Stück Hammelbraten und einen großen Humpen Bier!«

»Verzeiht, Herr«, sagte der Alte und verneigte sich abermals, »aber ich fürchte, dass ich Euch diesen Wunsch nicht erfüllen kann.«

»Wieso nicht?«

»Weil wir kein Hammelfleisch haben.«

»Dann eben Braten vom Schwein. Oder vom Ochsen. Ich bin nicht wählerisch.«

Die Gesichtsfarbe im runzligen Gesicht des Alten wechselte, wurde blass. »Hoher Herr«, hauchte er kaum hörbar, »ich fürchte, auch das ist nicht möglich. Die Vorratskammer ist leer. Es gibt kein Fleisch. Für niemanden hier …« Der Wirt machte eine ausladende Handbewegung, die den Schankraum mitsamt der traurigen Gestalten, die darin hockten, einschloss. Tatsächlich löffelten die Gäste an den anderen

Tischen wässrige Suppe oder stocherten in Portionen von gesottenem Gemüse herum, das einen wenig anregenden Geruch verströmte.

»Ein paar Tagesmärsche nördlich von hier war das Vorratslager des Wirtes aber gut gefüllt«, widersprach Vigor. »Er setzte mir feinstes Wildbret vor.«

»Nun, der war wohl ein Zwerg«, mutmaßte der Wirt.

»Was soll das nun wieder heißen? Willst du unverschämt werden?«

»Nein, Herr! Bestimmt nicht!«, versicherte der Alte mit wachsender Verzweiflung. »Es ist nur so, dass der Krieg und die Plünderungen durch die Söldner …«

»Willst du behaupten, ich trüge daran Schuld?«

»Nein, hoher Herr! Natürlich nicht!« Die grauen Augen des Wirts rollten in ihren Höhlen, Schweißperlen traten ihm auf die Stirn. Es amüsierte Vigor, dem Alten dabei zuzuhören, wie er sich um Kopf und Kragen brachte – zumindest dieses Vergnügen war ihm in diesem ungastlichen Landstrich vergönnt.

Solange er sich nördlich des Grenzflusses befunden hatte, war er mit großer Bequemlichkeit gereist. Die Dächer der Herbergen waren dicht gewesen und die Betten weich und warm, und die Wirte in den Tavernen hatte Berge von Fleisch, dunklem Brot und würzigem Bier aufgetragen. Hier hingegen waren die Brotscheiben und der Gerstensaft ebenso blass und dünn wie die Bewohner des Landes selbst.

»Bitte«, flehte der Greis, »ich habe sieben Enkelkinder!«

»Warum erzählst du mir das? Willst du sie mir etwa vorsetzen?« Vigor setzte jenes erbarmungslose Grinsen auf, mit dem er in der Folterkammer schon zahllosen Gefangenen den Rest gegeben hatte, und auch diesmal verfehlte es seine Wirkung nicht. Die knochigen Hände des Wirts begannen zu zittern, seine Furcht steigerte sich in Panik. Seinen stärksten Trumpf jedoch hatte Vigor sich noch aufgehoben. »Es gibt also kein Fleisch«, hakte er genüsslich nach.

»Nein, Herr.«

»Das schwörst du. Beim Leben deiner sieben Enkelkinder.«

Der Alte zögerte kurz. »J-ja, Herr«, beteuerte er dann.

»Schön.« Vigor nickte. »Ich frage mich nur, weshalb ich vorhin im Stall etwas schnattern gehört habe.«

Die Augen des Wirts weiteten sich erschrocken. In einer flehenden Geste hob er die Hände. »Das ist … nur eine Gans … die letzte, die wir haben.«

»Und? Ist das etwa kein Fleisch?«

»Das Tier ist alt und zäh und hat kaum Fett auf den Rippen. Das wenige brauche ich, um meine Familie durchzubringen. Mein ältester Sohn wurde im Krieg getötet, die anderen beiden schwer verwundet. Wie sollen sie wieder zu Kräften kommen, wenn ich nichts zu essen für sie habe?«

»Du gibst also zu, dass du Fleisch im Haus hast«, beharrte Vigor lauernd. »Obwohl du soeben noch das Gegenteil beschworen hast, beim Leben deiner Enkelkinder.«

Der Gastwirt begnügte sich nicht mehr damit, sich fortwährend zu verbeugen, sondern sank auf die Knie, sodass er mit dem sitzenden Zwerg auf Augenhöhe kam. »Bitte, hoher Herr, verzeiht mir diese Unwahrheit. Ich habe es nicht für mich getan, sondern nur für meine Kinder.«

»Schweig«, wies Vigor ihn an, worauf der andere sofort verstummte. »Hör mir gut zu«, sagte er dann. »Du wirst jetzt sofort in den Stall gehen und dem verdammten Vogel den Hals umdrehen, und dann wirst du mir zwei saftige Gänsekeulen zubereiten. Tust du das nicht, werde ich meine Ork-Söldner hereinbitten, und ich könnte mir vorstellen, dass sie weniger nachsichtig sind als ich. Hast du mich verstanden?«

»J-ja, Herr.«

»Dann geh jetzt«, beschied Vigor ihm flüsternd. »Ein zweites Mal findest du mich nicht in so großmütiger Stimmung.«

Der Alte erhob sich ächzend und entfernte sich, wobei er Vigor das Gesicht zuwandte und sich abermals verbeugte. Erst als er den Vorhang erreichte, der die Küche vom Schankraum trennte, wandte er sich um und verschwand.

Mit einem Grinsen der Genugtuung blickte Vigor ihm nach. Ihm war klar, dass in diesem Moment aller Blicke auf ihm ruhten, und das machte das Ganze noch befriedigender. Hauptsache, der Schankwirt und all diese armseligen Gestalten hatten ihre Lektion gelernt – so wie Vigor seine Lektion gelernt hatte.

Er hatte die vergangenen Tage dazu genutzt, über sich nachzudenken, und je länger er nachgedacht hatte, desto unglaublicher und unwahrscheinlicher war ihm vorgekommen, wie alles sich entwickelt hatte. Als glühender Anhänger Winmars hatte er sich in dessen Diensten emporgearbeitet, war vom einfachen Kundschafter zum Anführer der Geheimabwehr aufgestiegen, die er selbst begründet hatte. Von Anfang an war es seine Überzeugung gewesen, dass nur derjenige erfolgreich regieren konnte, der die dazu erforderlichen Werkzeuge besaß. Die Zwergenherrscher der jüngeren Vergangenheit, so Vigors Überzeugung, waren alle daran gescheitert, dass sie eben diese Werkzeuge nicht besessen hatten. Wehrlos waren sie den Launen der Zeit und den Intrigen ihrer Gegner ausgeliefert gewesen und entsprechend zum Spielball fremden Willens geworden. Vigors Ziel war es gewesen, dem Zwergenreich zu neuem Ruhm und Ansehen zu verhelfen, und er hatte geglaubt, in Winmar all das verkörpert zu finden, was einst die großen Herrscher ausgemacht hatte.

Entschlossenheit.

Kühnheit.

Eisernen Willen.

In der Überzeugung, dass Winmar dazu auserwählt sei, den alten Glanz des Zwergenvolks wiederherzustellen, hatte Vigor ihm mit ganzer Kraft gedient. Er hatte seinem Herrn die Informationen beschafft, die dieser brauchte, um sein Amt auszuüben, und hatte dafür gesorgt, dass es niemand wagte, sich gegen den König zu erheben. Furcht, so Vigors Überzeugung, war der Schlüssel zur Macht. Er hatte sie studiert, so wie die Alchemisten die Elemente studierten, und wusste genau, was sie zu bewirken vermochte; dieses Wissen hatte er eingesetzt, um Winmars Macht zu festigen und zu mehren, und der König hatte es ihm mit einem hohen Amt gedankt. Vigor war zum Berater und zur rechten Hand des Zwergenkönigs geworden, ja es hatte sogar eine Zeit gegeben, da er sich als dessen Freund bezeichnet hätte.

Bis Winmar sich verändert hatte.

Anfangs waren die Veränderungen klein und scheinbar unbedeutend gewesen, doch dann hatten sie sich gehäuft, und Vigor hatte zusehen müssen, wie sein König ein anderer wurde. Bei Antritt seiner Herrschaft war Winmar lediglich von Machtgelüsten getrieben gewesen, von der Gier nach Reichtum und Besitz, die vielen Söhnen des Berges innewohnte. Im Lauf der Zeit jedoch hatte diese Gier immer bizarrere Formen angenommen, und Vigor hatte feststellen müssen, dass er nicht der Einzige war, dem der König Vertrauen schenkte. Mehr noch, dass der Einfluss jener anderen, unbekannten Macht um vieles stärker war als sein eigener – und dass sie ihre eigenen Pläne verfolgte.

Lange Zeit hatte Vigor sich geweigert, es sich einzugestehen. Er hatte zugesehen, wie Winmar neue Waffen bauen ließ und sich mit kriecherischen Gelehrten umgab. Er hatte hingenommen, dass sich der König nicht scheute, mit Menschen zu paktieren. Und er hatte den entrückten Ausdruck bemerkt, der sich immer häufiger in Winmar von Ruuns Züge schlich. Doch erst Winmars Ankündigung, Gorta Ruun verlassen und das Reich künftig von der nach ihm benannten Stadt Tirgas Winmar aus regieren zu wollen, hatte Vigor die Augen für die schreckliche Wahrheit geöffnet: Ein Wahnsinniger saß auf dem Thron der Äxte.

Und er, Vigor, hatte ihm zur Macht verholfen.

Als wäre dies noch nicht schlimm genug, hatte Winmar ihn vom persönlichen Vertrauten zum gemeinen Meuchelmörder degradiert. Zugegebenermaßen war dieser Auftrag heikel und erforderte ein gewisses Geschick, und womöglich hätte es Vigor zu früheren Zeiten geschmeichelt, dass sein Herrscher ihn persönlich dazu ausersehen hatte; inzwischen jedoch gab er sich keinen Illusionen mehr hin. Die Alchemisten hatten den Kampf um die Gunst des Königs gewonnen. Ansgar hatte ihn ausgestochen und die Gelegenheit genutzt, um den Rivalen loszuwerden – und er, Vigor, war blindlings in die Falle getappt.

Die Frage war, was er nun daraus machen würde …

Eine endlos scheinende Weile saß er an dem schäbigen Tisch, nippte dünnes Menschenbier und brütete über seinen Plänen. Irgendwann fiel ein Schatten auf ihn. Es war der Wirt, der eine eiserne Pfanne brachte. Darin lagen zwei brutzelnde Gänsekeulen.

Wenigstens dem Geruch nach.

Denn was dort in der Pfanne briet, war so dürr und verschrumpelt, als hätte sich das Tier bei der Schlachtung bereits im Stadium fortgeschrittener Verwesung befunden.

»Was wagst du, mir zu bringen?«, fragte Vigor entsprechend gereizt.

»Eure Gänsekeulen, Herr. Wie Ihr es befohlen habt.« Mit einer beflissenen Verbeugung stellte der Wirt die Pfanne auf den Tisch und zog sich klammheimlich zurück.

Vigor stieß eine Verwünschung aus. Er zückte seinen Dolch, säbelte ein Stück Fleisch von einer der Keulen, schob es sich in den Mund und kaute darauf herum.

Lange.

Sehr lange.

»Elender Hundsfott!«, wetterte er, als er den Brocken schließlich mit einem weiteren Schluck Bier hinuntergewürgt hatte. »Das Ding ist zäh wie Leder!«

»I-ich weiß, Herr«, gestand der Wirt aus sicherer Entfernung ein. »Wenn Ihr die Güte haben mögt, Euch zu erinnern – ich habe es Euer Gnaden gesagt.«

»Deswegen schmeckt es auch nicht besser!« Vigor steckte sich einen weiteren Bissen in den Mund, den er jedoch nicht bis zum Ende kaute, sondern in hohem Bogen wieder ausspuckte. »Du setzt mir einen solchen Fraß vor? Erwartest du, dass ich das esse?«

»Ja, Herr … ich meine, nein, Herr!«

»Was nun?«

»Die Gans war alles, was wir hatten. Wenn sie Euch nicht mundet, bedauere ich das zutiefst, aber …«

Nun hatte Vigor endgültig genug.

Wütend sprang er vom Stuhl, nahm die Pfanne mit den Gänsekeulen und schleuderte sie von sich. Mit einem metallischen Geräusch krachte sie gegen die Wand und fiel lotrecht daran herab. Was übrig blieb, war glänzendes Fett, das in dünnen Rinnsalen am Mauerwerk herabtroff.

»Aber Herr …!«

»Ich werde euch lehren, was es heißt, einen Zwerg zu verhöhnen«, beschied Vigor nicht nur dem Wirt, sondern auch allen anderen Gästen, die sich eingeschüchtert über ihren

Tischen duckten. Er stieß den Stuhl zurück, der ohnehin zu groß für ihn war, und stampfte wütend zum Ausgang. Die bangen Blicke, die ihn dabei verfolgten, vermochten ihn nicht zu besänftigen.

Durch die morsche Tür platzte Vigor nach draußen in die Nacht. Am Dorfbrunnen lagerten Krushak und die übrigen Ork-Söldner. Als sie ihren Anführer kommen sahen, sprangen sie auf.

»Befehle?«, knurrte Krushak.

»Zündet die Bude an und brennt sie bis auf die Grundmauern nieder«, beschied Vigor ihm schnaubend. »Vielleicht werden diese elenden Menschen auf diese Weise lernen, wie man eine halbwegs genießbare Mahlzeit kocht.«

14

Sie waren eingetroffen.
Kurz nach Einbruch der Dunkelheit.

Auf verborgenen Wegen, damit niemand sie sehen sollte, wurden sie in den Palast von Tirgaslan geschleust und in die Gemächer der Königin geführt.

Nachdem Aryanwen im Thronsaal zusammengebrochen war, hatte Lavan seine unnachgiebige Haltung aufgeben müssen. Von Sorge um seinen Nachkommen getrieben, hatte er einen Boten zu den Frauen von Elfenhain geschickt, und die Hebammen waren dem Hilferuf gefolgt, so rasch sie es vermocht hatten.

Eigentlich hätte Aryanwen darüber triumphieren müssen, aber sie konnte es nicht. Denn heftige Schmerzen peinigten ihren Körper, und, was noch ungleich schlimmer war, sie spürte das Kind nicht mehr.

Ihr Kind.

Dags Kind …

In ihrem Bett liegend, hörte sie die beruhigend leisen Stimmen der weisen Frauen, so wie sie das vor Aufregung krächzende Organ Lavans hörte, der die Gesandtschaft aus Elfenhain vor dem Schlafzimmer abgepasst hatte.

»Ihr werdet doch helfen können?«

»Wir werden sehen, Herr. Ist die Königin bei Bewusstsein?«

»Das ist sie. Aber sie ist schwach, sehr schwach. Und sie hat Schmerzen. Was hat das zu bedeuten?«

»Wir werden sehen«, sagte die Hebamme wieder. »Hatte die Königin in den letzten Tagen mehr Aufregung als sonst?«

»Was meint Ihr?«

»Gab es etwas, worüber sie sich sehr erregt hat? Derlei Dinge können eine Schwangerschaft ungünstig beeinflussen.«

Ein Augenblick des Schweigens.

Dann die unwirsche Antwort.

»Natürlich nicht, was soll die törichte Frage?«

Die Frau aus Elfenhain blieb gelassen. »Wie Ihr schon sagt, Herr – es war nur eine Frage. Wollt Ihr uns jetzt zur Königin vorlassen?«

»Natürlich, geht. Aber ich warne Euch …«

»Herr?«

Ein Schnauben war zu vernehmen, das sich mehr nach einem Schwein als nach einem Menschen anhörte. »Es ist mein Erbe, den die Königin unter dem Herzen trägt, mein Fleisch und Blut. Ich würde Euch raten, alles zu unternehmen, um sein Leben zu retten. Und sollte es nötig sein …«

»Was, Herr?«, hakte die Hebamme nach.

»Sollte es nötig sein, zwischen dem Leben der Königin und dem meines Erben zu entscheiden, so habt Ihr ihm ohne Zögern den Vorrang zu geben.«

»Die Schwestern von Elfenhain dienen dem Leben, Herr«, gab die Hebamme zurück, »nicht dem Tod.«

»Das ist mir klar. Doch solltet Ihr versagen, werdet Ihr allesamt auf dem Scheiterhaufen enden und bei lebendigem Leib als Hexen verbrannt. Habt Ihr das verstanden?«

»Gewiss, Herr«, sagte die Hebamme nur. Dann konnte Aryanwen hören, wie sich leise Schritte näherten, und durch den Schleier, den die Tränen über ihre Augen gelegt hatten, konnte sie sie schemenhaft erkennen.

Vier Gestalten, in graue Roben gehüllt, deren Kapuzen sie nun zurückschlugen. Schmale, durch enthaltsame Lebensweise geformte Züge kamen darunter zum Vorschein, und langes Haar, das offen über ihre Schultern wallte.

Zwei von ihnen trugen lederne Beutel über den Schultern, die dritte eine Schale mit Rauchwerk, das sie entfachte. Der süßliche Duft, der davon aufstieg, schlich sich in Aryanwens Nase und legte sich über ihr Bewusstsein, warm und beruhigend.

»Sei gegrüßt.« Die vierte Frau aus Elfenhain – offenkundig die Anführerin der kleinen Gruppe – war an Aryanwens Bett getreten. Ihre hageren, von grauem Haar umrahmten Gesichtszüge wirkten angespannt, der Blick ihrer grünen Augen verriet unverhohlene Besorgnis.

»Mutter Hebamme«, sprach Aryanwen sie mit ihrem offiziellen Titel an, wobei sie über den krächzenden, kraftlosen Klang ihrer eigenen Stimme erschrak. »Ich danke Euch, dass Ihr gekommen seid.«

»Hoffentlich noch rechtzeitig«, gab die Hebamme zurück. »Auch die Frauen von Elfenhain vermögen keine Wunder zu wirken, aber wir werden tun, was wir können. Mein Name ist Acha, Genyra.«

Genyra ...

Das Wort hallte wie ein Echo in Aryanwens Bewusstsein nach. Es stammte aus der alten Sprache, die unter den Frauen von Elfenhain bewahrt wurde, und bedeutete »die Gebärende«. Es war Bezeichnung und Titel gleichermaßen, der einerseits Achtung und Respekt zum Ausdruck brachte, andererseits aber auch verdeutlichte, dass im Kindbett alle Frauen einander gleich waren, unabhängig von ihrer Herkunft oder ihrem Stand.

»Hast du Schmerzen?«

Aryanwen nickte krampfhaft. Ihr dunkles Haar klebte in schweißnassen Strähnen, ihre Hände hatte sie auf ihren Bauch gepresst, während sie zusammengekrümmt in ihrem Bett lag.

»Aber das allein ist es nicht«, flüsterte sie. »Ich spüre das Kind nicht mehr …«

Acha erwiderte etwas Unverständliches und befühlte ihre Stirn. Ihre Berührung war sanft, ihre Handfläche angenehm kühl. Dann schlug sie die Bettdecke zurück und nahm Aryanwens Unterleib in Augenschein, befühlte sanft ihren Bauch. Bange Augenblicke verstrichen, in denen die Hebamme kein Wort sagte. Dann wechselte sie einige Worte mit ihren Begleiterinnen. Obwohl Aryanwen immer geglaubt hatte, die alte Elfensprache zu beherrschen, verstand sie kein Wort. Unruhe ergriff von ihr Besitz, das Gefühl, dass man ihr etwas verschwieg.

»Was ist los?«, fragte sie verzweifelt. »Sagt es mir!«

Acha trat zu ihr ans Kopfende des Betts und sah sie durchdringend an. »Es ist so weit«, sagte sie nur.

»Was … soll das heißen?«

»Dass sich die Pforte zum Leben öffnen wird.«

»Was?«, hauchte Aryanwen entsetzt.

»Das Kind ist wohlauf«, bekräftigte die Hebamme leise, »es befindet sich auf dem Weg in die Welt. Die Schmerzen, die Ihr fühlt, sind Wehen, Genyra.«

»Aber … das kann nicht sein«, widersprach Aryanwen voller Furcht. »Es ist noch zu früh.«

»Das Leben ist bereit, wenn es bereit ist«, entgegnete Acha. »Es lässt sich weder beschleunigen noch verlangsamen. Ihr hättet früher zu uns kommen sollen.«

»Nein, Ihr versteht nicht«, hauchte Aryanwen. »Es ist zu früh, Mutter Hebamme«, flüsterte sie und sah flehend zu Acha auf. »Viel zu früh …«

Die Hebamme blickte auf sie herab, Unverständnis sprach aus ihren schmalen Zügen.

»Es darf nicht geschehen«, bekräftigte Aryanwen deshalb, die die Tränen nicht länger zurückhalten konnte. »Nicht jetzt und nicht hier, hört Ihr?«

»Die Reise nach Elfenhain dauert wenigstens zwei Tage«, entgegnete Acha hart. »Das wirst du nicht überstehen, Genyra. Und dein Kind ebenfalls nicht.«

»Doch, das werden wir«, versicherte Aryanwen. Sie biss die Zähne zusammen und richtete sich halb in ihrem Bett auf, um ihre Entschlossenheit zu demonstrieren.

»Du bist bereit, dein Leben zu riskieren? Und das des Kindes ebenfalls?«

Aryanwen saß auf der Bettkante. Eine weitere Wehe krampfte ihren Unterleib zusammen, sodass sie nicht sofort antworten konnte. Dann blickte sie auf und sandte der Hebamme einen düsteren Blick. »Ich kann es Euch nicht erklären, Mutter«, flüsterte sie, »weil ich Euch nicht zur Mitwisserin von Dingen machen möchte, die Euch schaden könnten. Aber wenn wir in Tirgaslan bleiben, sind mein Kind und ich stärker gefährdet, als wenn wir uns auf die Reise nach Elfenhain begeben, das müsst Ihr mir glauben.«

»Es ist keine Frage des Glaubens, Genyra.«

»Könnt Ihr mir nicht etwas geben, das die Wehen unterdrückt und das Kind zurückhält?«, fragte Aryanwen, zuerst an Acha, dann an die anderen Hebammen gewandt, die sich noch im Hintergrund hielten. »Ich bin noch nicht so weit, versteht Ihr? Ich kann das Kind noch nicht zur Welt bringen!«

Die Frauen wechselten daraufhin Blicke und sprachen erneut einige fremdartig klingende Worte.

»Also gut, Genyra«, sagte Acha. »Wir werden es mit einem Extrakt von Bitterkraut versuchen. Damit sollten sich die Wehen zunächst beruhigen. Aber ich warne dich, Genyra – die Wirkung wird rasch nachlassen. Wenn es geschieht, während wir noch unterwegs sind, wirst du dein Kind im Wald zur Welt bringen müssen, und ich brauche dir nicht zu erklären, was das bedeutet.«

»Nein, das braucht Ihr nicht«, hauchte Aryanwen, während sich fast reflexhaft Bilder in ihrem Kopf einstellten.

Dunkelheit.

Wildnis.

Kälte.

Gefahren.

»Lieber dort als hier«, versicherte sie dennoch, »wenn nur er nicht dabei ist.«

»Der König.« Acha nickte, und als Aryanwen der Hebamme diesmal in die Augen blickte, hatte sie das Gefühl, dort Verständnis zu finden.

Mehr noch, für einen Moment kam es Aryanwen so vor, als könnte die weise alte Frau bis auf den Grund ihrer Seele blicken und dort die Wahrheit erkennen. Die Wahrheit über das Kind – und über seinen Vater.

»Ich verstehe«, sagte sie leise, dann gab sie ihren Begleiterinnen einige Anweisungen in der Sprache der Gelehrten. Die Hebammen öffneten daraufhin ihre mitgebrachten Beutel und entnahmen ihnen einige Gegenstände, Phiolen und kleine Dosen, und gingen daran, in einem Mörser etwas zuzubereiten. Außerdem warfen sie neue Kräuter in die Räucherschale, sodass sich der Geruch schlagartig intensivierte und Aryanwen sich plötzlich schläfrig und müde fühlte, unendlich müde …

»Es ist gut, Genyra«, sagte Acha und drückte sie sanft, aber bestimmt auf ihr Lager zurück. »Es ist gut.«

Aryanwen hatte das Gefühl, für einen Moment eingeschlafen zu sein, als man etwas an ihre Lippen setzte.

»Trink«, forderte jemand sie auf, und sie tat, wie ihr geheißen. Der Trank war lauwarm und schmeckte bitter, und für einen Moment hatte sie das Gefühl, sich übergeben zu müssen – doch schon im nächsten Augenblick schien die Wirkung einzusetzen, denn die nächste Wehe, die ihren Unterleib durchlief, war nicht mehr ganz so heftig wie jene zuvor.

Und so ging es weiter.

Der Schmerz flaute ab, und Aryanwen sank zurück in jenen schwebenden Zustand zwischen Traum und Wachen, in den der Kräuterduft sie lockte.

Sie bekam nur am Rande mit, wie sie angehoben und hinausgetragen wurde und ihnen auf dem Gang eine Gestalt entgegentrat, groß und unförmig.

»Was habt Ihr vor?«, hörte sie Lavans Stimme wie von weit entfernt.

»Wir werden Tirgaslan verlassen und nach Elfenhain zurückkehren. Die Königin nehmen wir mit uns.«

»Aus welchem Grund?«

»Weil wir ihr nur dort helfen können.«

»Helfen? Was ist mit dem Kind? Wie geht es meinem Erben? Ist er wohlauf?«

»Das werden wir in Elfenhain herausfinden.«

»Dann werde ich mit Euch kommen.«

»Nein, Herr. Kein männliches Wesen darf Elfenhain betreten.«

»Willst du mich verhöhnen? Ich bin euer König!«

»Auch Könige haben sich zu allen Zeiten an diese Regel gehalten, Herr, seit Sigwyns Tagen. Ihr mögt damit hadern und uns die Rückkehr verweigern – Eurem Kind jedoch werdet Ihr damit nicht helfen. Habt Vertrauen, Herr. Lasst uns unsere Arbeit tun und tut Ihr die Eure.«

Stille kehrte für einen Augenblick ein.

»Dann geht«, ließ sich Lavan schließlich vernehmen, und die Hebammen setzten ihren Weg fort. »Doch wehe, es gelingt Euch nicht, mein Kind zu retten.«

Aryanwen spürte, wie sie unsagbare Dankbarkeit durchströmte und ihr geschundener Körper sich entkrampfte.

Dann schlief sie endgültig ein.

15

Beständig setzte Dag einen Fuß vor den anderen. Die rechte Hand auf die schmale Schulter Dwethans gelegt, der ihm vorausging, ging er Schritt für Schritt und musste aufpassen, dabei nicht über offen liegende Wurzeln zu stolpern oder sich im Gestrüpp zu verfangen. Sehen konnte er den Wald nicht, den sie durchquerten – aber er hörte ihn umso deutlicher.

Das Rascheln des Laubes.

Das Zirpen der Grillen.

Das Klopfen eines Spechts.

Den Ruf eines Sperbers.

Und Dag roch den Wald: den Duft der Tannen, die Süße von Baumharz, den würzigen Geruch von Moos und Pilzen.

Je weiter sie gingen, desto mehr intensivierten sich die Gerüche, so als bewegten sie sich immer tiefer in den Wald. Auch dass es den Tag über merklich feuchter und kühler geworden war, schien darauf hinzudeuten.

»In welche Richtung gehen wir eigentlich?«, wollte Dag wissen.

»Nach Osten«, gab Dwethan zur Antwort.

»Aber die Hügelclans leben im Süden, jenseits des Hammermoors.«

»Nicht alle. Einer der Stämme, die sich Winmars Herrschaft nicht beugen wollten, ist im östlichen Hochland beheimatet, jenseits des Waldes, in den Ausläufern des Gebirges. Dieser Stamm ist unser Ziel – ein Clan wagemutiger Kämpfer, der nicht kapituliert hat und den Kampf gegen die Zwerge fortsetzt.«

»Davon habe ich nichts mitbekommen«, meinte Dag.

»Wie auch?« Der Alte lachte auf. »In den vergangenen Monaten hast du dich doch keinen Deut um das geschert, was in Erdwelt vor sich ging. Außerdem sind die Angriffe der Clans, so beherzt sie auch vorgetragen werden, nur Nadelstiche im Gesäß eines Ilfantodons, wenn du den Vergleich gestattest. Die Krieger des Hochlands sind wackere Kämpfer, aber sie sind uneins, deshalb bleibt ihr Widerstand ohne größere Wirkung. Bislang.«

Dag schnaubte. »Ihr glaubt immer noch, dass ich daran etwas ändern könnte. Warum nur?«

Dwethan blieb stehen und ließ ein tiefes Seufzen vernehmen. »Du wirst nicht aufhören, mir Fragen zu stellen, oder?«

»Erst, wenn ich Antworten bekommen habe, alter Mann.«

»Das dachte ich mir. Auch damit erinnerst du mich übrigens an jemanden, den ich einst kannte. Er hat mich ebenfalls unentwegt mit überflüssigen Fragen gelöchert und mich einen alten Mann genannt.« Er unterbrach sich für einen Moment, und es kam Dag vor, als würden die Gedanken des Greises für einen Moment in die Vergangenheit schweifen. »Dennoch muss es dir genügen, wenn ich dir sage, dass jedwede Kreatur der Schöpfung eine Aufgabe zu erfüllen hat – und deine ist noch nicht erfüllt.«

»Und was macht Euch da so sicher?«

»Das werde ich dir sagen, wenn es so weit ist«, erwiderte Dwethan und setzte den Marsch fort. »Die Zeit bis dahin solltest du damit zubringen, herauszufinden, wer du bist. Ein weiser Mann hält maß und nutzt die Zeit, die ihm gegeben ist.«

»Ein weiser Mann ...«, wiederholte Dag flüsternd – als ihn die Erkenntnis mit der Wucht eines Hammerschlags traf. »Jetzt weiß ich es!«, rief er aus und blieb abrupt stehen.

»Schon?« An der Art, wie Dwethans Stimme sich veränderte, merkt Dag, dass sich der Alte wieder zu ihm umwandte. »Du hast nur ein paar Augenblicke gebraucht, um herauszufinden, wer du bist?«

»Um herauszufinden, wer *Ihr* seid«, verbesserte Dag. »Eure Stimme kam mir die ganze Zeit über merkwürdig bekannt vor, aber ich wusste nicht, woher. Aber jetzt ist es mir eingefallen.«

»Nun?«

»Es liegt fast ein Jahr zurück, auf einem Brunnenplatz in Tirgaslan ... Ihr hieltet eine Rede.«

»Strafpredigt trifft es wohl besser.«

»Es ist also wahr«, stellte Dag fest. »Ihr wart dieser Wanderprediger.« In den Tiefen seiner Erinnerung suchte er nach einem Gesicht, aber er wurde nicht fündig. Der Prediger damals hatte ein weites Gewand getragen, und seine Züge waren von einer Kapuze verhüllt gewesen.

»Ich habe versucht, das Meine zu tun, um die Menschen von ihren Irrwegen abzubringen«, gab Dwethan zu. »Aber sie haben nicht auf mich hören wollen.«

»Mehr als das«, erinnerte sich Dag. »Die aufgebrachte Menge wollte Euch in den Brunnen stürzen, aber plötzlich wart Ihr entkommen.«

»Einfältige zu täuschen, ist nicht weiter schwer«, gab der Alte zurück und Dag hätte schwören können, dass er dabei grinste. »Sie mögen ihr Augenlicht noch besitzen, aber ihre Blindheit reicht weit tiefer als ...«

Plötzlich verstummte er.

»Was ist?«, fragte Dag.

»Schhh«, machte Dwethan nur – und tödliche Stille schien ringsum wie ein Vorhang herabzufallen.

Die Geräusche des Waldes verstummten schlagartig.

Kein Nager raschelte mehr durchs Unterholz, kein Vogel schrie. Auch der Specht hatte sein Tagwerk aufgegeben, und selbst das Zirpen und Summen der Insekten war nicht mehr zu vernehmen. Der Geruch, der die feuchte Luft tränkte, hatte sich ebenfalls verändert; statt der süßen Würze des Waldes roch Dag nur mehr den beißenden Gestank von Fäulnis und Verwesung.

»Was …?«, wollte er flüsternd fragen, doch eine knochige, von Falten zerfurchte Hand legte sich auf seinen Mund und versiegelte ihn.

Dag blieb reglos stehen. Sein Herzschlag beschleunigte sich, er hörte das Blut in seinen Adern rauschen. Was in aller Welt hatte das zu bedeuten?

Da spürte er es.

Es war dieselbe Art von Veränderung, die er auch in der Einsiedlerhöhle wahrgenommen hatte, kurz nachdem Tiff … nachdem der Wechselbalg seine Tarnung abgelegt und seine wahre Gestalt angenommen hatte. Die Bosheit, die in der Luft lag, war beinahe körperlich zu spüren, ein Gefühl eisiger Kälte und tödlicher Gefahr.

Dwethan packte ihn am Ärmel und zog ihn mit. Nicht wissend, welche Beschaffenheit der Boden unter seinen Füßen hatte, stolperte und taumelte Dag dem alten Mann hinterher, bis sich seine Füße in Schlingkraut verhedderten und er das Gleichgewicht verlor. Mit einem Keuchen ging er zu Boden, landete inmitten großer Blätter, die sich raschelnd über ihm schlossen. Sofort wollte er wieder hochfahren und sich auf die Beine raffen, aber der Alte hielt ihn zurück.

»Schhh«, machte Dwethan noch einmal, diesmal unmittelbar neben Dags Ohr. Und obwohl es nur ein tonloses Zischen war, glaubte Dag, eine Spur von Furcht darin zu erkennen. Was, bei den glorreichen Tagen König Corwyns …?

Plötzlich ein Schrei!

Ein Kreischen, durchdringender und grässlicher als alles, was Dag je zuvor aus der Kehle einer Kreatur gehörte hatte.

Dann der Flügelschlag.

Fauchend und mächtig erklang er über ihnen. Dag war sicher, dass das Geschöpf den Himmel verdunkelte, auch wenn er es nicht sehen konnte. Einen endlosen Augenblick schien es unheilvoll über ihnen zu schweben, ehe es endlich weiterzog.

Noch einen Moment lag Dwethan reglos.

Dann richtete er sich langsam auf.

»Er fliegt gen Westen«, stellte er fest. »Vermutlich an den Ursprung unserer Reise.«

»W-wieso?«, stammelte Dag, der sich ebenfalls vorsichtig wieder erhob. »Was war das gerade? Verdammt, warum muss ich mit Blindheit geschlagen sein? Wieder einmal habe ich nichts gesehen!«

»Niemand hat bislang solche Kreaturen in Erdwelt gesehen«, verbesserte Dwethan. »Jedenfalls nicht seit den Tagen des Ersten Krieges.«

»Seit den Tagen des Ersten Krieges?«, wandte Dag ein. »Aber das ist Tausende von Jahren her!«

»Was sind tausend Jahre angesichts der Ewigkeit? Die Geschöpfe der Alten Zeit sind niemals fort gewesen, sie haben nur geruht und die Jahrtausende überdauert – ob im ewigen Eis oder in der Glut der Tiefe, wer vermag das schon zu sagen? Und nun«, fügte er hinzu, und seine Stimme klang dabei so unheilvoll, dass es Dag nackte Angst einflößte, »sind sie wieder erwacht.«

16

Winmar von Ruun war schlechter Laune.

Und nicht einmal die Tatsache, dass am Morgen erneut zwei Verräter hingerichtet und der Sammlung seiner Statuen hinzugefügt worden waren, konnte daran etwas ändern.

Auch wenn der Zwergenherrscher die Wurzel seiner schlechten Stimmung nicht genau benennen konnte, so saß sie doch zu tief, als dass ein wenig Kurzweil sie hätte zerstreuen können. Und wie immer, wenn Furcht und Unsicherheit ihn überkamen, suchte er die Nähe der Stimme, in der Hoffnung, dass sie ihm wie all die Male zuvor Zuversicht und Selbstvertrauen schenkte.

»Habt Ihr Osberts Sohn gefunden, Meister?«

Es war weniger eine Frage als eine Feststellung. Winmar zweifelte keinen Augenblick daran, dass die Stimme von ihrer offenkundigen Allmacht Gebrauch gemacht und Daghan von Ansun entweder tot oder bereits wieder gefangen war.

»Noch nicht«, lautete die ernüchternde Antwort.

»Wie ist das möglich?«

»Meine Diener verfügen noch nicht über ihre volle Kraft. Noch sind sie nicht stark genug, um gegen das helle Tageslicht zu bestehen. Noch sind die Stunden der Nacht und der Dämmerung ihr Element, aber auch das wird sich bald ändern. Und wenn es so weit ist, werden sie Osberts Sohn finden und vernichten.«

»Wir hätten ihn nicht am Leben lassen dürfen.«

»Und ihn so zum unsterblichen Helden küren? Nein, mein einfältiger Diener – es war richtig, ihn zum Krüppel zu machen und vor aller Augen zu erniedrigen. Nur so konnten wir ihn zerstören.«

»Dennoch sollten wir ihn rasch finden«, beharrte Winmar.

»Was fürchtest du? Dass er hierher kommen und dich zur Rechenschaft ziehen könnte?«

»Natürlich nicht!«, behauptete Winmar. Sein Mund war so trocken, dass ihm die Stimme brach. »Aber ich will nicht, dass sich noch mehr Widerstand formiert. Die Menschen erweisen sich als unbeugsamer, als ich es erwartet habe, vom Widerstand unter meinen eigenen Leuten ganz zu schweigen. Es vergeht kein Tag, an dem Vigor mir nicht die Namen neuer Verräter bringt.«

»Vigor«, grollte die Stimme wie ein dunkles Echo. *»Habe ich dir nicht gesagt, dass du ihm nicht trauen kannst?«*

»Das habt Ihr, Meister«, gab Winmar zu. »Aber ich kenne Vigor seit langer Zeit. Er hat meinen Aufstieg zum Thron begleitet und kennt mich wie kaum ein anderer …«

»… was bedeutet, dass er auch deine Schwächen kennt wie kaum ein anderer«, folgerte die Stimme unbarmherzig. *»Eine Zeit lang mag er ein nützlicher Diener gewesen sein, nun jedoch ist er ein Risiko geworden. Die Alchemisten hingegen verdienen dein Vertrauen. Sie sind dir treu ergeben.«*

»Ich weiß, Meister«, versicherte Winmar. Dass er Ansgar und seine Gelehrten insgeheim verachtete, verschwieg er geflissentlich. Er dachte es noch nicht einmal.

»Und sie sind auch mir treu ergeben«, fügte die Stimme hinzu.

»Meister?« Winmar horchte auf.

»Du hast richtig gehört.«

»Soll das heißen, dass … dass die Alchemisten von Eurer Existenz wissen?«

»Sie kennen mich – wenn auch auf andere Weise und unter anderem Namen. Und sie wissen von unserer Verbindung. Aus diesem Grund dienen sie dir, so wie sie mir dienen.«

»Ich verstehe, Meister«, behauptete Winmar, auch wenn er sich in Wahrheit weder sicher war, ob er alles verstanden hatte, noch ob er es verstehen wollte. Von einem Augenblick zum anderen jedoch hatten Ansgar und seinesgleichen einen anderen Stellenwert im Weltbild des Zwergenherrschers.

»Hast du Vigor nach Tirgaslan gesandt, so wie es die Alchemisten dir geraten haben?«

»Ja, Meister. Aber eines verstehe ich nicht: Wenn Vigor nicht mehr zu trauen ist, wie Ihr sagt, weshalb beauftragen wir ihn dann mit einer so heiklen Mission?«

Die Stimme erwiderte nichts, doch im Nachhall seiner Frage dämmerte Winmar die Wahrheit von ganz allein.

»Ihr … Ihr rechnet nicht damit, dass er den Auftrag erfolgreich zu Ende bringt?«

»Nein. Beim Versuch, das Kind und seine Mutter zu ermorden, wird Vigor entdeckt und getötet werden.«

Winmar staunte ob der Endgültigkeit dieser Aussage. »Aber, mein Meister, was macht Euch so sicher, dass Vigor scheitern wird? Abgesehen davon, dass er nichts von der hohen Politik versteht, ist er ein schlauer Fuchs, dessen Durchtriebenheit mir gute Dienste geleistet hat. Wieso, glaubt Ihr, wird Lavan ihn durchschauen?«

»Weil der König von Tirgaslan gewarnt wurde.«

»Durch wen?«

Die Stimme lachte, ein Donnergrollen, das Winmar innerlich erbeben ließ. *»Glaubst du, du wärst der Einzige, zu dem ich in Gedanken spreche? Auch Lavans Geist ist für das empfänglich, was ich ihm zu sagen habe – und deshalb fürchte ich, dass General Vigor bei seiner Mission kein Erfolg beschieden sein und er nicht nach Gorta Ruun zurückkehren wird.«*

»Und … das Kind?«, fragte Winmar.

»Das Kind muss leben.«

»Aber was ist mit den Albträumen, die mich quälen? Mit den schrecklichen Vorahnungen, die ich habe?«

Erneut lachte die Stimme. *»Wer, glaubst du, schickt dir diese Träume?«*

Der Mund des Zwergenkönigs klappte mehrmals auf und zu, wie bei einem Fisch, der auf dem Trockenen lag. »Soll das heißen«, ächzte er schließlich, »dass Ihr …?«

»Es geschah zu deinem Besten.«

Winmar erwiderte nichts. Seine Lippen wurden zu einem dünnen Strich und verschwanden in seinem schwarzen Bart, und seine Saphiraugen funkelten, während ihm manches klar wurde. Deshalb also hatte sich Ansgar so vehement dafür eingesetzt, dass Aryanwen und ihr Kind getötet werden sollten – sie hatten es im Auftrag der Stimme getan, um sich Vigors zu entledigen. Alles war ein abgekartetes Spiel gewesen, von Anfang an.

»Aber zu welchem Zweck, Meister?«, wollte Winmar fassungslos wissen. »Wenn Ihr Vigor aus dem Weg haben wolltet, wieso habt Ihr es mir nicht gesagt? Ich hätte nicht gezögert, ihn als Verräter zu brandmarken und mit flüssigem Silber zu überziehen …«

»… und damit für nur noch mehr Unruhe gesorgt. Oder glaubst du, Vigors Ork-Krieger würden es einfach hinnehmen, wenn ihr Anführer hingerichtet wird?«

Winmar schluckte hart. An die Söldner hatte er nicht gedacht. Krushak und die anderen Orks, die in den Diensten der Geheimabwehr standen, hatten Vigor Bluttreue geschworen. Wenn sie Verrat witterten, konnte das für ihn tödlich enden.

»So hingegen wird Vigor einfach verschwinden«, folgerte er staunend, »in treuer Pflichtausübung und ohne Aufsehen zu erregen.«

»Genauso ist es.«

Winmar nickte. Nach und nach begann er das Ausmaß der Intrige zu begreifen, von der er noch nicht einmal etwas geahnt hatte – und plötzlich kannte er die Quelle seiner schlechten Laune ganz genau.

Es war eine Angst, die tief in seinem Inneren gärte und der er sich erst in diesem Moment bewusst wurde.

Denn wer vermochte zu sagen, ob nicht auch um seinen Hals längst eine unsichtbare Schlinge lag, von der er noch nichts ahnte?

17

Die Wehen hatten sich wieder gelegt.

Eine innere Ruhe hatte von Aryanwen Besitz ergriffen, wie sie sie lange nicht mehr verspürt hatte, und das lag nicht nur an den bitter schmeckenden Elixieren, die Acha ihr zu trinken gab, und an den streng riechenden Essenzen, mit der die alte Hebamme mehrmals täglich Aryanwens verhärtete Bauchdecke einrieb. Sondern auch an der beruhigenden Gegenwart der Frauen aus Elfenhain.

Obwohl die Reise auf dem von Eseln gezogenen Karren beschwerlich war und der sie umgebende Wald dunkel und unheimlich, fühlte sich Aryanwen dort hundertmal mehr geborgen als innerhalb der schützenden Mauern Tirgaslans, die ihr von Kindesbeinen an vertraut waren. Der Grund dafür ließ sich einfach benennen, denn er trug einen Namen.

Lavan.

Jede Meile, die Aryanwen zwischen sich und ihrem Gemahl wusste, beruhigte sie und ließ ihren Mut wieder ein wenig wachsen, und dies umso mehr, da die Arzneien, die Acha ihr verabreichte, zu wirken schienen. Ab und an hatte Aryanwen das Kind sogar wieder fühlen können, wenn auch nur zaghaft. Es schien ebenso müde und erschöpft zu sein wie sie selbst.

Um Elfenhain möglichst rasch zu erreichen, waren sie die halbe Nacht und den ganzen darauffolgenden Tag unterwegs gewesen. Im Schein der Fackeln, die die Frauen trugen, waren sie dem Verlauf der Handelsstraße gefolgt, um dann auf eine der Nebenrouten abzubiegen, die quer durch den Wald nach Westen führten. Und obwohl der Wald von Trowna nur noch einen Bruchteil seiner einstigen Größe besaß, war er doch noch immer ein gewaltiges Gehölz, das sich im Westen bis an die Ausläufer des Schwarzgebirges erstreckte. Und wie in den alten Zeiten gab es noch immer viele Mythen und Legenden, die sich um den Wald rankten – und um jene, die darin lebten.

Im Schutz eines umgestürzten Baumes, der von Schlinggewächsen überwuchert war und auf diese Weise eine natürliche Behausung formte, schlugen die Hebammen ihr Nachtlager auf. Bevor auch nur eine von ihnen daran dachte, sich nach dem stundenlangen Marsch durch den Wald auszuruhen oder zu stärken, bereiteten sie ein bequemes Lager aus Moos und Reisig, auf das sie Aryanwen betteten – das Wohl der Genyra stand für sie an oberster Stelle.

Mila, die Jüngste der vier Frauen aus Elfenhain, hatte die erste Wache übernommen. Oben auf dem umgestürzten Stamm hatte sie Posten bezogen, während sich ihre Schwestern schlafen gelegt hatten. Nur die alte Acha setzte sich ans Feuer, das sie im Schutz einer Grube entfacht hatte, Aryanwen gegenüber.

Die Flammen knackten, Funkenglut stob in die Dunkelheit. Ein Kauz schrie irgendwo, und ein Wolf heulte, sodass Aryanwen auf ihrem Lager zusammenzuckte.

»Sorge dich nicht, Genyra«, sagte Acha gelassen. »Hier sind wir in Sicherheit.«

Erneut das Heulen eines Wolfs, näher diesmal.

»Seid Ihr sicher, Mutter Hebamme?«

»Allerdings.« Acha lächelte. »Denn ich weiß, dass uns etwas umgibt, das uns schützt.«

Aryanwen hob die Brauen. »Ihr sprecht von … von einem Zauber.«

Acha lachte in sanftem Spott. »In deinem Alter solltest du nicht mehr an derlei Dinge glauben. Was ich meine, ist der Ruf, der uns vorauseilt, wohin auch immer wir kommen. Die Frauen von Elfenhain sind als Dienerinnen des Lebens bekannt. Niemand würde ihnen je ein Leid zufügen – selbst die Kreaturen des Waldes achten dieses Gesetz.«

Aryanwen widersprach nicht. Weder war sie sich ganz sicher, ob die alte Frau es ernst meinte, noch war sie überzeugt, dass sich eine Meute hungriger Wölfe vom Ehrenkodex der Hebammen aufhalten lassen würde. Aber der Gedanke gefiel ihr, und er hatte zumindest etwas Beruhigendes.

»Darf ich dich etwas fragen, Genyra?«

»Natürlich.« Aryanwen nickte.

»In Tirgaslan, als du mich anflehtest, das Kind noch nicht in die Welt zu holen, sah ich nackte Furcht in deinen Augen, und die ganze Zeit über frage ich mich bereits, woran das gelegen haben mag.«

»Ich war verzweifelt«, erklärte Aryanwen schnell. »Mein Gemahl, der König, drohte, nach Heilern aus Gorta Ruun zu schicken, und ich wollte nicht, dass …«

»Wer ist der Vater?«, fragte Acha unvermittelt.

»Mutter Hebamme?« Aryanwen glaubte, nicht recht zu hören.

Ein sanftes Lächeln schlich sich in Achas faltige Züge. »Meine Augen mögen mich bisweilen im Stich lassen, aber manche Dinge sehe ich im Alter klarer als je zuvor. Willst du es mir also verraten, mein Kind?«

Mein Kind …

Die Tatsache, dass Acha auf die offizielle Titulierung der Genyra verzichtet hatte, legte nahe, dass sie nicht in ihrer Eigenschaft als Hebamme gefragt hatte.

Sondern als Vertraute.

Als Freundin.

Aryanwen hatte plötzlich das Gefühl, ihr die Wahrheit schuldig zu sein, wenigstens einen Teil davon. »Euer Blick hat Euch nicht getrogen«, gestand sie leise. »König Lavan ist nicht der Vater meines Kindes, aber ich werde Euch den Namen des tatsächlichen Vaters nicht nennen. Nicht, weil ich Euch misstraue, sondern weil ich Euch nicht in Gefahr bringen will.«

»Das spricht für dich, Kind. Doch ich frage mich, wie du diese Täuschung aufrechterhalten willst. Je älter das Kind wird, desto deutlicher wird die Wahrheit zutage treten. Irgendwann wird der König davon erfahren – und ich habe nicht den Eindruck, dass er ein Mann ist, der leicht verzeiht.«

»Nein«, erwiderte Aryanwen und starrte in die Flammen. »Ganz sicher nicht. Er ist ein böser Mann, Mutter.«

»Dann war es richtig, nach Elfenhain zu kommen.«

Aryanwen sandte der alten Hebamme einen Blick und konnte nicht verhindern, dass sich ihre Augen mit Tränen füllten. »Bitte«, flüsterte sie. »Helft mir, mein Kind gesund und wohlbehalten zur Welt zu bringen. Es ist alles, was mir von meinem Geliebten geblieben ist.«

»Wir werden alles tun, was dafür notwendig ist«, versicherte Acha ruhig.

»Ich weiß.«

»Dann weißt du vermutlich auch, dass die Frauen von Elfenhain ihre Dienste nicht verschenken.«

»Das ist mir klar«, versicherte Aryanwen. »Ich werde bezahlen, was immer Ihr verlangt!«

»Um Geld und Gold geht es uns nicht. Wir haben alles, was wir brauchen.«

»Was begehrt Ihr dann?«

»Eine Genyra, die ihr Kind in Elfenhain zur Welt bringt, ist dem Orden der Hebammen für den Rest ihres Lebens verbunden«, erklärte Acha. »So ist es seit den Tagen der alten Könige gewesen.«

»Verbunden? Auf welche Weise?«

»Durch eine Schuld, die es einzulösen gilt. Eine Gefälligkeit, eine Information – was auch immer.«

»Wann wird das sein?«, wollte Aryanwen wissen.

»Zu gegebener Zeit«, entgegnete die Hebamme ausweichend. »Vielleicht schon sehr bald, vielleicht auch erst in vielen Jahren. Bist du damit einverstanden?«

»Ja, Mutter Hebamme«, bestätigte Aryanwen ohne Zögern – sie hatte ohnehin keine andere Wahl.

Acha nickte zufrieden. »Bei Tagesanbruch werden die Wehen wieder einsetzen, und diesmal werden sie sich nicht mehr aufhalten lassen. Dann müssen wir rasch aufbrechen und das letzte Stück Weg hinter uns bringen. Das Kind wartet nicht länger. Sobald wir Elfenhain erreicht haben, wird es mit aller Macht ins Leben drängen.«

»Ich bin bereit«, versicherte Aryanwen gefasst.

»Ich weiß, dass du das bist, Genyra. Nun schließe die Augen und schlafe ein wenig. Der neue Tag wird dich viel Kraft kosten.«

»Was er wohl bringen wird?«, fragte Aryanwen bang, die sich in diesem Moment inbrünstig wünschte, dass Dag bei ihr wäre, um ihr beizustehen.

»Schmerz«, lautete die ernüchternde Antwort, »und unendliche Freude. Ein neues Leben zur Welt zu bringen, ist mit nichts zu vergleichen, was du je zuvor erlebt hast, Genyra. Und wenn du das Kind – dein Kind – erst im Arm hältst, wirst du von einem Gefühl der Liebe überwältigt werden, das alles andere verblassen lässt. Du wirst das Leben von einer Seite kennenlernen, die dir bislang verborgen blieb, und es wird dich auf eine Art mit Glück erfüllen wie nichts zuvor in deinem Leben. Und vor allem«, fügte sie hinzu, wobei Aryanwen einmal mehr das Gefühl hatte, als würde die alte Hebamme sie bis ins Mark durchschauen, »wirst du wieder etwas haben, wofür es sich zu leben lohnt.«

18

»Welch unerwartetes Vergnügen.« Die feisten Züge König Lavans verzerrten sich und straften seine Worte ganz unverhohlen Lügen. »Was verschafft mir die Ehre Eurer Anwesenheit, Oberst Vigor?«

»*General*«, verbesserte Vigor mit derselben offen zur Schau gestellten Falschheit. »Dringende Geschäfte im Auftrag seiner Majestät König Winmars führen mich nach Süden. Und natürlich wollte ich es nicht versäumen, dem Hof von Tirgaslan einen Besuch abzustatten.«

»Natürlich – und bei dieser Gelegenheit ein wenig herumzuspionieren«, fügte Lavan freudlos lächelnd hinzu.

»Aber nein, wo denkt Ihr hin? So etwas würde mir doch niemals in den Sinn kommen.«

Sie saßen einander an einer kurzen Tafel gegenüber, die in einem der Audienzräume des Palasts stand. Einst waren diese Räume dazu angetan gewesen, jeden Besucher tief zu beeindrucken: Die Decke war reich verziert, ebenso wie der Kamin, in dem ein wärmendes Feuer flackerte; Statuen schmückten die Ecken, Boden und Wände waren von prächtigen Teppichen bedeckt, die Darstellungen aus der bewegten Geschichte Tirgaslans zeigten, von seiner Gründung bis zu den Tagen König Corwyns und Königin Alannahs.

Jedenfalls war das früher so gewesen.

Jetzt war der Boden kahl, und wo einst die Wandteppiche gehangen hatten, prangten nur noch helle Flecke – eine Folge der Wiedergutmachung, die Tirgaslan infolge seiner Niederlage an den Zwergenherrscher zu leisten hatte und die, da die Kassen leer waren, in Sachgütern entrichtet wurde. Winmars Eintreiber hatten alles mitgenommen, was nicht niet- und nagelfest war und irgendwie wertvoll erschien. Nur die Decke und der Kamin waren geblieben. Und die Statuen, die eine Beleidigung für jedes Zwergenauge waren, denn selbst die besten Steinmetze der Menschen konnten es bei Weitem nicht mit der Kunstfertigkeit der Zwerge aufnehmen.

Am späten Nachmittag war Vigor eingetroffen, froh darüber, endlich am Ziel der Reise angelangt zu sein. Wie er hatte feststellen müssen, hatte sich Tirgaslan seit seinem letzten Besuch kaum verändert. Noch immer war es jene schäbige, von Schutzwällen durchzogene Ansammlung von Häusern, die sich von der Bucht im Süden bis an die Ausläufer Trownas erstreckte, auch der Krieg hatte daran nichts geändert; und der Königspalast erhob sich noch immer wie eine Rose auf einem Haufen Mist, ein letzter Nachhall alter elfischer Baukunst, obschon der Zahn der Zeit beträchtlich daran genagt hatte und unmissverständlich klar machte, dass die große Zeit dieser Stadt vorüber war.

»General«, wiederholte Lavan und schürzte anerkennend die Lippen. »Wie es aussieht, ist Euch der König gewogen. Als wir uns zum ersten Mal begegneten, wart Ihr noch Obrist.«

»Und Ihr noch ein ehrgeiziger Lehnsherr in den Diensten Tandelors«, konterte Vigor ungerührt. »Es hat sich viel geändert seit diesen Tagen.«

»Darauf wollen wir trinken«, sagte Lavan und hob seinen Becher. »Wein aus dem Südreich, süß wie Honig.«

»Gewöhnlich bevorzuge ich Bier«, stellte Vigor klar und griff ebenfalls nach seinem Gefäß, »aber zu besonderen Anlässen soll es mir recht sein. Auf Euer Wohl, Lavan, König von Tirgaslan.«

»Auf das Eure, General – und auf meinen Erben und Sohn«, fügte Lavan hinzu, wobei seine kleinen grauen Augen zuversichtlich leuchteten.

»Gewiss«, bestätigte Vigor mit einem Grinsen.

Und beide tranken.

»Und nun«, sagte Lavan, wobei er den Becher zurück auf den Tisch stellte, »sagt mir, weshalb Ihr tatsächlich gekommen seid.«

Vigor betrachtete sein Gegenüber mit geübtem Blick. Weder entging ihm das Zucken in Lavans Augenwinkeln noch die Schweißperle, die auf die fliehende Stirn des Barons getreten war. Der König von Winmars Gnaden war unruhig, und tatsächlich hatte er auch allen Grund dazu.

»Ihr wollt die Wahrheit erfahren?«, fragte Vigor.

»Allerdings.«

»Dann«, entgegnete der Zwerg und deutete zum Eingang, wo zwei Wächter in den Farben Tirgaslans standen, »schickt Eure Wachen hinaus. Was ich zu sagen habe, ist nur für Eure Ohren bestimmt.«

»Ihr wollt, dass ich meine Wachen fortschicke? Erwartet Ihr im Ernst, dass ich Euch so weit vertraue?«

»Was fürchtet Ihr? Ich bin nur ein Zwerg.«

»Ihr seid weit mehr als das.« Lavan fuhr sich über das kahle Haupt. »Von allen Gegnern, die ich jemals hatte, seid ihr bei Weitem der Durchtriebenste.«

»Gegner? Wer sagt, dass wir Gegner sind?«

Lavans Augen verengten sich. »Was führt Ihr im Schilde?«

»Schickt Eure Wachen hinaus, dann werdet Ihr es erfahren. Andernfalls …«

Einen Augenblick starrte Lavan ihn durchdringend an. Dann schien seine Neugier zu obsiegen. »Also schön«, knurrte er und wies die beiden Wachen an, den Saal zu verlassen. Kaum hatten sie die Tür hinter sich geschlossen, wandte er sich wieder seinem Besucher zu. »Und nun erklärt Euch«, verlangte er.

»Wie Ihr wünscht.« Vigor nickte und lehnte sich auf seinem Stuhl zurück, die kurzen Beine auf der Sitzfläche ausgestreckt wie ein Kind. »Ich wurde geschickt, um Euer Weib und Euren Sohn im Augenblick der Geburt zu meucheln und es wie eine tragische Fügung aussehen zu lassen.«

Die Worte verhallten unter der hohen Decke, und einen Augenblick lang saßen die beiden Männer einander nur gegenüber und starrten sich an.

Dann brach Lavan in schallendes Gelächter aus.

Einen Augenblick lang wusste Vigor nicht, wie er darauf reagieren sollte. Fassungslos saß er da und schaute zu, wie sich der König von Tirgaslan ausschütten wollte vor Lachen und wie seine Leibesfülle unter dem seidenen Gewand dabei in Bewegung geriet. Und da ihm keine bessere Idee kam, fiel er schließlich in das Gelächter ein.

So saßen sie einander gegenüber und lachten, und ihr Gelächter fachte sich noch gegenseitig an wie eine Feuersbrunst die andere. Und dann, so plötzlich, wie es sie überkommen hatte, verstummte das Gelächter wieder.

»Was, wenn ich Euch sagte, dass ich es bereits wusste?«, fragte Lavan unvermittelt.

»Ihr blufft.«

Lavan lächelte. »Vor wenigen Tagen«, erklärte er dann, »hatte ich einen Traum. Gewöhnlich gebe ich nichts auf Träume, aber in diesem Fall war es anders. Eine Stimme sprach zu mir und warnte mich, dass jemand kommen würde, um meinen Erben zu töten – und als Ihr heute eintraft, gehörte nicht viel dazu, sich auszurechnen, wer dieser Jemand sein würde. Ihr habt Winmar schon immer die Drecksarbeit abgenommen.«

»Ich bin General der königlichen Armee und Oberhaupt der Geheimpolizei«, stellte Vigor klar, »und kein gemeiner Meuchelmörder.«

»Aber habt Ihr mir nicht gerade das anvertraut? Aber bemüht Euch nicht erst, Vigor – Ihr werdet weder mein Weib noch mein Kind in diesen Mauern antreffen.«

Vigor schnaubte verächtlich. »Glaubt Ihr denn wirklich, dass ich vorhabe, meinen Befehl auszuführen? Wäre es so, hätte ich Euch wohl kaum von meinem Auftrag berichtet.«

»Zugegeben.« Lavan nahm einen Schluck Wein, wobei er sein Gegenüber nicht aus den Augen ließ. »So klärt mich auf, was Ihr stattdessen vorhabt.«

»Um das zu verstehen, müsst Ihr wissen, was in Gorta Ruun vor sich geht.« Vigor sprang vom Stuhl und begann, in dem Zimmer auf und ab zu gehen. Das Kaminfeuer dehnte seine kurze, vom Umhang umwehte Gestalt zu einem langen Schatten.

Lavan hob eine Braue. »Und was, bitte sehr, geht in Gorta Ruun vor sich?«

»König Winmar ist dem Wahnsinn verfallen. Er findet Gefallen an irrwitzigen Dingen und hört nur noch auf den Rat dieser Speichellecker, die sich Heiler und Alchemisten nennen, in Wahrheit jedoch nichts als Zauberer sind. Mit ihrer dunklen Hexenkunst haben sie den Verstand des Königs benebelt.«

»Ich verstehe«, stellte Lavan gelassen fest. »Ihr habt Eure Vormachtstellung beim König eingebüßt – und nun sucht Ihr einen Schuldigen.«

Vigor blieb stehen und zeigte mit einem kurzen Finger auf Lavan. »Nicht ich war es, der den Tod Eures Kindes wollte, sondern die Alchemisten!«

»Sieh an. Dann habe ich wohl einen Grund, sie ebenfalls zu hassen. Und nun?«

»Das ist die Frage, nicht wahr?« Vigor nickte und strich sich über den roten Bart.

»Warum erzählt Ihr mir all das?«, fragte Lavan. »Wenn ich es nicht besser wüsste, würde ich sagen, Ihr wollt … auf meine gewisse Erfahrung zurückgreifen.«

»Und wenn es so wäre?«

»Dann würde ich sagen, dass sich Eure kurzen Beine auf sehr dünnem Eis bewegen, Herr Zwerg. Schon der Gedanke an Königsmord ist Hochverrat, wie Euch bekannt sein müsste.«

»Dennoch wart Ihr unter denen, die sich gegen Euren Vorgänger Tandelor verschworen und ihn ermordet haben.«

»Weil es das Beste war für das Reich – und für mich«, gestand Lavan ohne Zögern.

»Und für das Zwergenreich wäre es am besten, wenn Winmar von Ruun nicht länger auf dem Thron der Äxte säße«, entgegnete Vigor, jedes einzelne Wort betonend.

»Und das aus Eurem Mund.«

»Nicht wahr?« Vigor nickte. »Ich habe stets an Winmar geglaubt, fast mein ganzes Leben habe ich in seinen Diensten zugebracht. Ich war davon überzeugt, dass er ausersehen sei, das Zwergenvolk nach Jahren des Niedergangs zu neuer Größe zu führen, und ich habe alles getan, um seine Macht und Herrschaft zu festigen.«

»Und? Hat er das nicht?«

»Durchaus«, gab Vigor zu. »Aber dann gab es Veränderungen.«

»Welcher Art?«

»Winmar selbst hat sich verändert. Er trifft Entscheidungen, die ich nicht verstehe, und tut Dinge, die ich nicht gutheißen kann. Statt wie früher auf meinen Rat zu hören, umgibt er sich mit Magiern und Alchemisten und vertraut ihren dunklen Künsten. Sie waren es auch, die ihm eingeredet haben, dass Euer Sohn eine Bedrohung für ihn darstellt.«

»Und Ihr denkt das nicht?«

»Ich denke«, wich Vigor der Frage aus, »dass Ihr ein wertvoller Verbündeter sein könntet.«

»Für wen?«

»Für mich«, eröffnete Vigor rundheraus – und provozierte damit einen weiteren Heiterkeitsausbruch Lavans.

»Schneid habt Ihr, das muss man Euch lassen«, anerkannte der König von Tirgaslan zwischen zwei weiteren Schlucken Wein. »Es ist noch nicht allzu lange her, da haben wir als erbitterte Gegner um Winmars Gunst gebuhlt.«

»Seither hat sich viel geändert. Ich habe erkannt, dass es zwischen uns mehr Gemeinsamkeiten als Unterschiede gibt.«

»Nämlich?«

»Wir sind beide Männer mit Visionen«, eröffnete Vigor, »und wir sind bereit, uns mit Leidenschaft für das einzusetzen, was wir wollen. Wir wurden beide hintergangen«, fügte er ein wenig leiser hinzu, »und pflegen beide einen gewissen Hang zur Rachsucht.«

»Tun wir das?« Lavans Grinsen signalisierte Vigor, dass er den richtigen Ton getroffen hatte. »Und was haben wir davon?«

»Wenn wir unsere Kräfte vereinen, können wir gegen Winmar bestehen«, erwiderte Vigor. »Wäre ich davon nicht überzeugt, würde ich mich Euch nicht anvertrauen, sondern den Befehl, der mir erteilt wurde, einfach ausführen.«

»Es fiele Euch schwer«, entgegnete Lavan gelassen, »denn mein Weib hat Tirgaslan auf eigenen Wunsch verlassen, um meinen Erben an einem entlegenen Ort zur Welt zu bringen. Aber nehmen wir an, Ihr hättet recht. Nehmen wir an, wir verbündeten uns, und es gelänge uns tatsächlich, Winmar zu beseitigen – was dann? Wer würde sein Nachfolger?«

»Jemand, der dieser Aufgabe würdig ist«, antwortete Vigor ohne Zögern. »Der nicht an sein eigenes Wohl denkt, sondern an das des Zwergenvolks, und der sich nicht dunklen Künsten verschrieben hat.«

»Lasst mich raten – Ihr sprecht von Euch selbst.«

»Nicht, weil ich es will«, stellte Vigor klar, »sondern weil ich mich meiner Pflicht nicht entziehen kann. Ich hatte nie ein Problem damit, meinem Herrscher zu dienen, solange er dem Reich diente. Doch Winmar dient nur noch Winmar, sein Denken kreist nur noch um sich selbst. Es ist an mir, die Ehre des Zwergenvolkes wiederherzustellen!«

»Schöne Worte. Aber Ihr wisst doch genau, dass der Adel das niemals hinnehmen würde. Er steht treu zum König.«

»Die Edlen des Reiches fürchten sich vor Winmar und sind eingeschüchtert, das ist alles.«

»Und die Magier, von denen Ihr sprecht? Wie es scheint, verfügen sie über einige Macht ...«

»Damit wird es bald vorbei sein«, stieß Vigor angewidert hervor. »Wenn Winmars Herrschaft beendet ist, werde ich meine Orks auf das elende Pack hetzen und es in Stücke hauen lassen.«

»Natürlich, Eure Orks.« Lavan nickte. »Gefährden sie Eure Pläne nicht mehr, als sie ihnen nützen? Vergessen wir nicht, dass die Schlacht von Ansun für Winmar nicht zuletzt deshalb siegreich ausging, weil die Ork-Söldner von Tirgaslan und Ansun ihren Dienst verweigerten.«*

»Das vergesse ich nicht, keine Sorge«, versicherte Vigor. »Und Ihr solltet nicht vergessen, dass Eure Königsmacht mit einem Zwergenherrscher steht und fällt, der Euch wohlgesinnt ist.«

»Und das wollt ausgerechnet Ihr sein?« Lavan lachte freudlos auf. »Unter allen Zwergen Erdwelts dürfte es kaum jemanden geben, der uns Menschen mehr verabscheut als Ihr.«

* nachzulesen in DIE HERRSCHAFT DER ORKS

»Damit mögt Ihr recht haben«, gab Vigor zu und strich sich einmal mehr über den geflochtenen Bart. »Aber noch mehr hasse ich das, was Winmar aus dem Zwergenreich gemacht hat – einen Hort dunklen Zaubers und unheilvoller Mächte.«

Lavan schürzte die Lippen. »Ich hätte nie gedacht, dass Ihr abergläubisch seid.«

»Mit Aberglauben hat das nichts zu tun. Wann seid Ihr das letzte Mal in Gorta Ruun gewesen? Man kann die Präsenz der Dunkelheit dort bereits fühlen. Winmar und seine Alchemistenbrut ziehen sie an wie der Dung die Fliegen. So kann und darf es nicht weitergehen.«

»Ich verstehe.«

»Also?« Vigor blickte dem Menschen direkt ins feiste Gesicht. »Ich habe mich Euch offenbart, Lavan, nun trefft Eure Entscheidung, auf wessen Seite Ihr künftig stehen wollt. Und bedenkt, was dabei für Euch auf dem Spiel steht.«

»Das tue ich schon die ganze Zeit über«, versicherte der König von Tirgaslan. »Wie es aussieht, bin ich auf Euer Vertrauen nun ebenso angewiesen wie Ihr auf das meine – das ist doch der Grund für den Verlauf dieses Gesprächs.«

»Was meint Ihr damit?«

»Kommt, Vigor, beleidigt mich nicht. Glaubt Ihr, ich wüsste nicht, was Ihr damit bezweckt? Meint Ihr, ich kenne nicht die Geschicke, mit denen man auf einen schlichten Geist Einfluss nehmen kann? Nach allem, was Ihr mir gesagt und eröffnet habt, kann ich doch gar nicht anders, als mich mit Euch zu verbünden, nicht wahr? Nachdem Ihr mich zum Mitwisser Eurer verräterischen Pläne gemacht habt.«

Vigor kniff die Lippen zusammen. Lavans herablassender Tonfall verunsicherte ihn ein wenig, aber er ließ es sich nicht anmerken. Die Hauptsache war, dass sich der falsche König seinem Willen fügte, alles andere war im Augenblick zweitrangig. »Wie ich sehe, habe ich Euch unterschätzt«, ließ er sich gar zu einem Kompliment herab.

»Das habt Ihr«, versicherte Lavan und erhob sich, sodass er plötzlich auf seinen Gast heruntersah, »und zwar in zweifacher Hinsicht. Ehe ich einem Mann vertraue, der in seinen Folterkellern schon unzählige Menschen zu Tode gequält und dabei unverhohlenes Vergnügen empfunden hat, versuche ich mein Glück lieber mit König Winmar – bei ihm weiß ich wenigstens, woran ich bin.«

Vigor sog nach Luft, seine dunklen Augen weiteten sich. »Aber Winmar ist Euer erklärter Feind! Er wollte Euer Weib und Euer Kind ermorden lassen!«

»Weil er an meiner Loyalität zweifelt«, war Lavan überzeugt. »Dies wird sich jedoch grundlegend ändern, wenn ich ihm aus freien Stücken einen Hochverräter ausliefere. Wachen!«

Das letzte Wort war kaum verklungen, als die Tür bereits aufflog. Die beiden Wächter, die draußen gewartet hatten, stürmten herein, gefolgt von einem halben Dutzend weiterer Bewaffneter – ganz offenbar, dachte Vigor verdrießlich, hatten sie nur auf das Signal gewartet.

Er verzichtete auf einen Fluchtversuch, es wäre ein hoffnungsloses Unterfangen gewesen, das er vermutlich mit dem Leben bezahlt hätte. Also blieb er reglos stehen, während Lavans Leute ihn einkreisten.

»Ihr habt mir eine Falle gestellt«, stieß er hervor.

»Wie ich schon sagte – ich war gewarnt«, beschied Lavan ihm mit einem Grinsen, für das Vigor ihn am liebsten gevierteilt hätte. »Werft ihn in den Kerker«, wies der König von Tirgaslan seine Leute dann an, während er sich wieder an den Tisch setzte und sich Wein einschenkte. »Ich werde später entscheiden, was mit ihm zu geschehen hat.«

»Das werdet Ihr bereuen!«, rief Vigor, während die Wachen ihn bereits hinausschleppten.

»Armer General Vigor.« Lavans Mundwinkel fielen in gespieltem Bedauern herab, während er dem Gefangenen hinterherprostete. »Einmal in Eurem Leben fasst Ihr Vertrauen – und werdet so bitter enttäuscht.«

19

Und noch einmal, Genyra! Mit aller Kraft!«

Aryanwen hörte Achas Worte, aber sie wollte es nicht tun.

Nicht noch einmal pressen, nicht noch einmal das Gefühl haben, ihr Unterleib würde bersten, nicht noch einmal den grässlichen Schmerz. Alles in ihr sträubte sich dagegen, vielleicht auch, weil sie wusste, dass diese Welt nichts als Entbehrung, Unrecht und Kälte für das Kind bereithalten würde. Aber sie wusste auch, dass sie keine Wahl hatte.

So lange wie möglich hatte sie die Geburt ihres Kindes hinausgezögert. Mit eisernem Willen hatte sie durchgehalten und die Reise nach Elfenhain überstanden – doch nun, da die Königin und ihre Begleiterinnen die Siedlung im Wald erreicht hatten, die aus einem alten Tempel der Elfenzeit und einigen umgebenden Blockhütten bestand, gab es keinen Weg zurück mehr.

Sie biss die Zähne zusammen und presste noch einmal, spürte, wie der Schweiß an ihren Schläfen herabrann. Zwei Hebammen knieten hinter ihr und stützten ihren Rücken, während Acha und Mila darauf warteten, das neugeborene Kind in Empfang zu nehmen.

»Gut so, Genyra.« Achas Stimme klang beherrscht und ruhig wie immer. Aryanwen klammerte sich daran fest wie ein Ertrinkender, um im Sog der Schmerzen nicht unterzugehen. Sie atmete schnell und heftig, dankbar für die kurze

Pause, die ihr vergönnt war. Aber noch war es nicht überstanden. »Jetzt, Genyra! Noch einmal!«

Aryanwen presste. Und mit einem Mal war es ihr egal, wie heftig der Schmerz sein oder ob ihr Unterleib dabei zerreißen mochte. Alles, was sie wollte, war, das Leben in ihr endlich zur Welt zu bringen.

»Gut so, Genyra! Ich kann den Kopf bereits sehen!«

Aryanwen presste noch einmal.

Und noch einmal.

Ihren Schmerz brüllte sie laut hinaus, sodass es weithin hörbar durch die Hallen des Lebenstempels scholl – und im nächsten Augenblick lösten sich all der Druck und die Pein, die Furcht und die Verzweiflung auf.

»Es ist geschafft, Genyra!«

Aryanwen verstummte jäh – und statt ihres schmerzerfüllten Schreis war ein anderer Ruf zu vernehmen. Einer, der zunächst noch heiser und zaghaft klang, dann aber immer lauter wurde und von einem neuen Leben kündete.

»Es … es ist ein Mädchen, Genyra!«

Aryanwen wusste nicht, was sie empfinden sollte.

Sie war nicht fähig zu sprechen. Erleichterung, Freude, Dankbarkeit, all das brach gleichzeitig über sie herein und erfüllte sie mit einer Wärme und Zufriedenheit, wie sie sie noch vor Augenblicken für unmöglich gehalten hätte. Sie schloss die Augen, zugleich erschöpft und unsagbar glücklich. Dann streckte sie die Arme aus.

»Hier, Genyra.« Acha trat zu ihr, ein kleines, in weiße Tücher gewickeltes Bündel im Arm. Sie lächelte, als sie es Aryanwen überreichte. »Gut gemacht, Manam.«

Manam.

Mutter.

Erstmals so genannt zu werden und gleichzeitig das Kind, das sie die ganze Zeit über in sich getragen hatte, in ihren

Armen zu halten, war so überwältigend, dass Aryanwen ihre Tränen nicht länger zurückhalten konnte. Dennoch kämpfte sie dagegen an.

»Sei unbesorgt«, raunte Acha ihr zu. »Nichts von dem, was im Lebenstempel geschieht, wird den Lebenstempel je verlassen. Hier brauchst du keine Königin zu sein, nur eine liebende Mutter.«

Die Worte ließen alle Dämme brechen. Ungehemmt rannen die Tränen über Aryanwens gerötete Wangen. Die Erschöpfung und der überstandene Schmerz entluden sich ebenso darin wie Aryanwens Dankbarkeit und ihre Erleichterung. Und als sie mit bebenden Händen das Tuch zurückschlug und ihr Kind zum allerersten Mal erblickte, schien alles andere plötzlich bedeutungslos zu sein.

Sie sah nur das kleine, vom Schreien gerötete Gesichtchen und die Unschuld, die aus den dunklen Augen sprach, und alles, was sie empfand, war Liebe. Von einem Moment zum anderen war ihr klar, dass sie bis zum letzten Atemzug für dieses winzige Wesen da sein, dass sie alles unternehmen würde, damit es in Frieden und Geborgenheit aufwuchs. Und dann begriff sie, an wen sie die edel geschnittenen Züge und die hohe Stirn erinnerten.

Der Gedanke an Dag versetzte ihr einen Stich, aber sie empfand keine Bitterkeit. Sie wusste, dass Daghan sich immer eine Tochter gewünscht hatte, und es kam ihr wie wunderbar ausgleichende Gerechtigkeit vor, dass es kein Junge geworden war, wie Lavan überzeugt gewesen war. Wie hätte der falsche König es auch wissen sollen? Es war schließlich nicht sein Kind, das sie zur Welt gebracht hatte.

Nicht einmal der Gedanke an ihren finsteren Gemahl konnte Aryanwens Freude trüben. Im Augenblick war Lavan weit weg, und ihre Gedanken und ihre Liebe gehörten allein ihrer noch jungen Familie, ihrer kleinen Tochter und ihrem

Vater, und alles, was sie sich wünschte, war, dass Daghan in diesem Moment hier hätte sein können, um das Glück mit ihr zu teilen …

Mit einem Aufschrei fuhr Dag aus dem Schlaf.

Er fand sich am Boden kauernd, wie immer von abgründiger Dunkelheit umgeben. Wo war er? Alter Gewohnheit folgend, blickte er sich gehetzt um. Erst, als er das Knacken des Lagerfeuers hörte und den Schrei eines Kauzes, wurde ihm klar, wo er sich befand, und die Erinnerung kehrte zurück.

Er entspannte sich ein wenig und wärmte sich an den Flammen. Doch die Bilder, die er im Traum gesehen und die ihn aus dem Schlaf gerissen hatten, blieben vor seinem inneren Auge bestehen, so verwirrend, wie sie gewesen waren.

»Du hast es gefühlt«, sagte Dwethan, der die erste Wachschicht übernommen hatte und ihm auf der anderen Seite des Feuers gegenübersaß.

Dag legte die Stirn in Falten. »Was gefühlt?«

»Es ist geschehen«, sagte der Alte. »Die Königin hat ihr Kind zur Welt gebracht.«

Dag erwiderte nichts, starrte nur mit offenem Mund in die Richtung des Alten. Genau das war es gewesen, was er geträumt hatte. Das Kind war zur Welt gekommen, in einem Wald, diesem nicht unähnlich, inmitten eines schützenden Hains.

»Was ist? Freust du dich nicht? Du bist soeben Vater geworden. Und Mutter und Kind sind wohlauf.«

»Doch, natürlich freue ich mich«, versicherte Dag und kam sich vor wie ein Idiot. »Aber woher wisst Ihr …?«

»Es geht ihnen gut, das ist alles, was du wissen musst«, erwiderte Dwethan, den Dags Verwirrung zu amüsieren schien.

»U-und ist es …? Ich meine …«

»Es ist ein Mädchen. Du bist stolzer Vater einer Tochter, ich gratuliere.«

»Ei-einer Tochter«, echote Dag – und fühlte unendliche Erleichterung.

Sosehr er sich darauf gefreut hatte, dereinst Kinder zu haben, sosehr hatte er sich davor gefürchtet, dass es ein Junge sein und er ebenso unter dem väterlichen Ehrgeiz leiden könnte, wie er selbst es stets getan hatte. Sein ganzes Leben lang hatte Dag versucht, seinem Vater ein guter Sohn zu sein und ihn mit Zufriedenheit und Stolz zu erfüllen – und war kläglich gescheitert. Bei einem Mädchen jedoch sah er diese Gefahren nicht, zumal er die Einsicht gewonnen hatte, dass Frauen Männern in jeder Hinsicht ebenbürtig und auf manche Weise sogar überlegen waren. Dennoch …

»Was hast du?«, fragte Dwethan, als er merkte, wie Dags Miene sich eintrübte.

Dag schüttelte den Kopf. »Ich habe mich nur gerade gefragt, ob ein Mädchen in dieser Zeit und Welt überhaupt eine Chance hat.«

Der Alte wirkte amüsiert. »Hast du vergessen, dass die Geschichte Erdwelts auch von Frauen geschrieben wurde?«

»Nein, das habe ich nicht. Aber in diesen Tagen kann nur bestehen, wer mit dem Schwert in der Hand zu kämpfen vermag.« Dag biss sich auf die Lippen. Er hasste sich für die Worte, denn sie hätten ebenso gut von seinem Vater stammen können. Aber hatte der alte Osbert nicht recht behalten? Hatte sich die friedliche Welt, von der Dag stets geträumt hatte, nicht als Täuschung erwiesen? Als haltloser Traum? War er nicht genau der weltfremde Narr gewesen, als den sein Vater ihn stets beschimpft hatte?

»Nun«, meinte Dwethan leise, »dann hast du jetzt einen Grund mehr, dafür einzutreten, dass sich die Dinge verändern – schon um deiner Tochter willen.«

»Meine Tochter.« Dag lachte auf. »Selbst wenn es uns gelingt, die Aufständischen zu finden, und selbst wenn sie mir helfen, Aryanwen und das Kind aus Tirgaslan zu befreien – ich werde meine Tochter nie mit eigenen Augen sehen können!«

»Mit den Augen vielleicht nicht«, räumte Dwethan ein. »Aber mit deinem Herzen.«

»Was sagt Ihr da?« Dag horchte auf.

»Unter Weisen ist es eine allgemein bekannte Tatsache, dass vieles von dem, was die Menschen als wichtig erachten, mit den Augen nicht zu erkennen ist«, erklärte der Alte. »Man vermag es lediglich mit dem Herzen zu sehen – so wie die Liebe eines Vaters zu seinem Kind.«

»Ich habe diese Worte schon einmal gehört«, sagte Dag leise, dessen Gedanken um viele Jahre zurückwanderten, zu einem blinden Spielmann, dem er einst begegnet war.

»Vermutlich, weil sie wahr sind«, nahm der Alte an.

»Und Ihr seid sicher, dass Ihr nie in der Burg von Ansun gewesen seid?«, hakte Dag nach.

»Nicht, dass ich wüsste. Warum fragst du?«

»Nur so.«

»Wenn du erlaubst, würde ich mich jetzt ein wenig schlafen legen«, sagte Dwethan. »Du bist dran mit Wachen.«

»Ich?« Dag deutete auf seine Brust. »Aber ich …«

»Auch ich vermag nicht zu sehen, was jenseits des Feuers in der Dunkelheit lauert«, erwiderte der Alte leise, während er sich bereits niederließ. »Aber anders als ich hast du die Ohren eines Luchses und den Geruchssinn einer Schlange.«

»Aber …«

»Du musst wieder lernen, dir zu vertrauen und an dich zu glauben, mein Junge«, murmelte der alte Prediger, während der Schlaf ihn bereits zu umfangen schien. »Andere tun es nämlich längst.«

20

Was ist das?«

Vom Thron der Äxte herab starrte Winmar von Ruun auf das kleine, metallbeschlagene Kästchen, das ihm der Diener entgegenhielt.

»Dies wurde soeben von einem Boten aus Tirgaslan gebracht, Herr«, erklärte der Diener geneigten Hauptes.

»Aus Tirgaslan«, echote Winmar und schickte den Gelehrten, die sich um das Thronpodest scharten, einen fragenden Blick. »Was hat das zu bedeuten? Vigor?«

»Möglicherweise.« Ansgars grauen Zügen war anzumerken, dass ihm der Gedanke, sein Rivale könnte die Mission allen Widrigkeiten zum Trotz erfolgreich zu Ende gebracht haben, ganz und gar nicht gefiel.

Auch Winmar verspürte Unbehagen. Der Zwergenherrscher hatte sich neugierig auf dem Thron vorgebeugt, wagte jedoch nicht, nach dem Kästchen zu greifen. »Mach es auf!«, wies er stattdessen kurzerhand den Diener an.

Der Diener nickte, drehte das Kästchen in seinen Händen und schickte sich an, das Siegel aufzubrechen.

»Los doch!«, drängt Winmar. »Worauf wartest du? Ich habe nicht den ganzen Tag Zeit!«

Der Diener fasste sich ein Herz und öffnete den Deckel. Als er sah, was sich im Inneren befand, sog er nach Luft und verzog angewidert das Gesicht. Offenbar verströmte der Inhalt des Kästchens einen wenig erbaulichen Geruch.

»Was ist es?«, fragte Winmar ungeduldig und aus sicherer Entfernung.

»I-ich weiß es nicht, Herr.« Der Diener griff in das Kästchen und zog ein dunkelrot gefärbtes Stück Stoff hervor. »Hier ist etwas eingewickelt.«

Mit den Fingern fischte der Diener den Stoff aus dem Kästchen. Was danach übrig blieb, reichte er an Winmar weiter, der einen vorsichtigen Blick hineinwarf.

Zuerst sah er nur Blut.

Dann wurde ihm klar, was das blutige, fleischige Etwas war, das in dem Kästchen lag.

Es war ein Herz.

Ein kleines Herz.

Das Herz eines Kindes!

Winmar schnappte nach Luft – nicht des grausigen Fundes wegen. Sondern weil er bedeutete, dass Vigor seinen Auftrag erfolgreich ausgeführt hatte! Lavans Kind konnte ihm nun nicht mehr gefährlich werden.

Im ersten Moment verspürte Winmar Erleichterung. Dann wurde ihm klar, dass dies alles änderte. Wenn Vigor erfolgreich gewesen war, bedeutete das, dass sich die Stimme geirrt hatte. Zum allerersten Mal war das, was sie vorausgesagt hatte, nicht eingetroffen, entsprechend groß war Winmars Verunsicherung. Fragend, fast Hilfe suchend spähte er zu den Gelehrten.

»Darf ich es sehen, Herr?«, fragte Ansgar daraufhin.

Winmar nickte, und der Hofalchemist trat vor und nahm dem Diener das Kästchen ab. Der Diener schien darüber erleichtert zu sein und zog sich rasch und unter fortwährenden Verbeugungen zurück, während Ansgar das Herz in Augenschein nahm. Ungerührt betrachtete er es, roch daran und stocherte mit einem dürren Finger hinein. Dann trug er es zu seinen Kumpanen, die einen Kreis dunkler Roben darum schlossen und dabei leise flüsterten.

Sosehr Winmar auf ihren Ratschlag hoffte, sosehr hasste er es, wenn sie das taten. »Was gibt es da zu tuscheln?«, fragte er scharf.

Der Kordon der Roben löste sich wieder auf, und Ansgar trat vor, das Kästchen noch immer in den Händen. »Mit Verlaub, mein König«, sagte er, »dies ist nicht das Herz eines Menschenkindes.«

»Ach nein? Was ist es dann?«

»Das eines Tieres«, gab der Alchemist zurück. »vermutlich das eines jungen Fuchses oder Welpen.«

Winmar sah Ansgar verblüfft an. »Vigor hat versucht, mich zu täuschen«, flüsterte er fassungslos.

»Wir haben Euch gesagt, dass er ein Verräter ist, mein König«, sagte Ansgar. »Wenn Ihr bislang noch an unseren Worten gezweifelt habt, so habt Ihr nun den endgültigen Beweis. Als Oberhaupt Eurer Geheimpolizei ist Vigor ein Meister der Intrige. Doch seine Täuschung wurde durchschaut, und was immer er auch im Schilde geführt haben mag, ist nicht mehr von Bedeutung.«

»Vigor«, wiederholte Winmar. Sein Pulsschlag beschleunigte sich, sein Blick wurde getrieben, während er sich argwöhnisch im Thronsaal umblickte. »Ich bin von Feinden umgeben«, flüsterte er, »wohin ich auch sehe …«

»Das ist der Preis der Macht, Majestät«, entgegnete Ansgar gelassen. »Doch es gibt auch Diener, die treu zu Euch stehen.«

Winmars gehetzter Blick traf den Alchemisten. Er erinnerte sich an das, was die Stimme über die Gelehrten gesagt hatte – und sah sie plötzlich mit anderen Augen.

Nicht mehr als notwendiges Übel, das man in Kauf nahm wie Blutegel, die angesetzt wurden, damit sie eine Krankheit aussogen, sondern als Verbündete.

»Ich weiß, dass Ihr mit Verachtung auf unseren Stand blickt, mein König«, sagte Ansgar in seltener Offenheit, »und womöglich habt Ihr recht damit, denn die Dinge, mit denen meine Brüder und ich uns befassen, sind oft von niederer Natur und gewähren uns Einblicke in das Wesen der Welt, die andere zutiefst erschrecken würden. Dennoch stehen wir treu zu Euch und Eurer Krone, denn wir haben einen gemeinsamen Verbündeten.«

»Die Stimme«, flüsterte Winmar. Die Alchemisten wussten also von ihr …

»Die Stimme, wie Ihr sie nennt, hat uns befohlen, Euch zu dienen, da Ihr dazu ausersehen seid, über Erdwelt zu herrschen. Allerdings nicht von hier aus, sondern von jener Stadt aus, die Euren Namen trägt. In Tirgas Winmar werdet Ihr vor den Nachstellungen Eurer Feinde sicher sein.«

»Gut.« Winmar nickte. Wenn er noch einen letzten Rest inneren Widerstands gegen den Umzug in eine neue Hauptstadt empfunden hatte, so war er nun verschwunden. Vigors Einwände, das hatte sich jetzt gezeigt, waren falsch und verlogen gewesen. Winmar musste an sich denken und an seine Sicherheit, alles andere hatte ihn nicht zu interessieren.

»Und was werdet Ihr deswegen unternehmen?«, fragte er, auf das Kästchen mit dem Herzen deutend, das Ansgar noch immer in den knochigen Händen hielt.

»Darüber macht Euch keine Sorgen, mein König«, versicherte der Gelehrte. »Meine Brüder und ich haben bereits alles Notwendige veranlasst.«

21

»Wundervoll, nicht wahr?«

Aryanwen nickte. Gemeinsam mit Acha saß sie auf einem Felsen, von dem aus sie gen Norden auf den Wald von Trowna blickten. Der wärmende Schein der Sonne ließ das Grün der Bäume leuchten, weißer Dunst sorgte dafür, dass der Horizont mit dem Himmel verschmolz.

»Ja«, stimmte Aryanwen leise zu. »So muss es einst gewesen sein, als der Wald den gesamten Süden Erdwelts bedeckte. Frieden und Harmonie, wohin man auch blickte.«

Sie hatte einen Träger ihres Kleides gelöst und gab ihrem neugeborenen Kind die Brust. Zwar entsprach dies in keiner Weise den Gepflogenheiten einer Königin, die gewöhnlich auf die Dienste einer Amme zurückgriff, jedoch hatte Acha sie dazu ermutigt, es selbst zu tun, und Aryanwen hatte es nicht bereut. Das Glück und die Zufriedenheit, die sie dabei empfand, waren unbeschreiblich.

»Wie soll deine Tochter heißen?«, fragte Acha.

Aryanwen sah sie an. »Ich … weiß es noch nicht. Dag ist nicht hier, ich kann ihn also nicht fragen. Und ich selbst habe noch keinen passenden Namen für dieses wundervolle Geschöpf gefunden.«

Acha lächelte. »Der Name wird zu dir kommen, Manam.«

»Meint Ihr?«

»Ganz sicher. Aber deswegen hast du mich nicht hierhergebeten, oder?«

Aryanwen fühlte Achas prüfenden Blick, und wie so oft hatte die alte Hebamme recht. So lange wie möglich hatte Aryanwen den Zeitpunkt ihrer Rückkehr nach Tirgaslan hinausgezögert. Acha und ihre Hebammen, die sie und ihr neugeborenes Kind liebevoll umhegten, hatten Aryanwen nicht zur Abreise gedrängt, und so war sie geblieben, hatte sich von der kräftezehrenden Schwangerschaft und den Strapazen der Geburt erholt und die Stille und Geborgenheit Elfenhains genossen. Auf diese Weise hatte sie wertvolle Zeit gewonnen – Zeit, die nötig war, um Lavan glauben zu lassen, dass es sein Kind wäre, das sie in Elfenhain zur Welt gebracht hatte.

Doch Aryanwen war bewusst, dass sie die Geburt des Kindes nicht ewig verheimlichen konnte. Die Zeit der Rückkehr in den Königspalast rückte unaufhaltsam näher und drängte sie zu einer Entscheidung.

»Ich muss Euch um etwas bitten, Mutter Hebamme.«

»Ich weiß.« Die alte Frau nickte.

»Ihr – wisst es?«

Acha lächelte schwach. »Es gehört nicht viel dazu, sich zu denken, worum du mich bitten willst. Allerdings kann ich deiner Bitte nicht entsprechen.«

»Tut Ihr es nicht, so weiß ich nicht, was werden soll«, erwiderte Aryanwen leise und betrachtete das Mädchen, das an ihrer Brust sog und sie dabei mit großen Augen ansah, mit einem liebevollen Blick. »Dieses Kind ist alles, was mir geblieben ist. Ich möchte, dass es in Frieden aufwächst, unberührt von den Intrigen und Ränken am Hof von Tirgaslan.«

»Also?«, fragte Acha. Das Kind hatte zu Ende getrunken. Sie nahm es entgegen, damit Aryanwen sich wieder vollständig ankleiden konnte.

Aryanwen bedeckte ihre Blöße. Dann schloss sie die Augen, die sich mit Tränen zu füllen drohten. Es war schwer, es auszusprechen, unendlich schwer … »Also, Mutter Hebamme«, überwand sie sich endlich, »bitte ich Euch, mir zu erlauben, das Kind bei Euch in Elfenhain zu lassen.«

Es war ausgesprochen.

Aryanwen fühlte sich erleichtert und elend zugleich.

»Wie stellst du dir das vor?« Acha hob die schmalen Brauen. »Was wird der König sagen?«

»Der König wird es nie erfahren. Ich werde nach Tirgaslan zurückkehren und ihm mitteilen, dass das Kind die Geburt nicht überlebt hat. Wenn er erfährt, dass es ein Mädchen war, wird er ohnehin keine weiteren Fragen stellen.«

»Und wenn die Wahrheit doch ans Licht kommt?« Acha betrachtete das Mädchen in ihrem Arm. Dünnes dunkles Haar umrahmte ein rosiges Gesichtchen, aus dem schwarze Augen blickten und in dem sich eine kecke kleine Nase erhob. »Solch ein vollendetes kleines Wesen«, stellte sie fest. »So viele Kinder habe ich schon zur Welt gebracht, und doch verharre ich stets in Ehrfurcht vor dem Wunder des Lebens. Und du willst es aus den Händen geben?«

»Nicht weil ich will, Mutter Hebamme«, versicherte Aryanwen leise. Sie hatte sich vorgenommen, ihre Gefühle so weit wie möglich aus dem Spiel zu lassen, aber es gelang ihr nicht. Allein der Gedanke, sich von ihrem Kind zu trennen, ließ ihre Stimme beben und trieb ihr Tränen in die Augen. »Sondern weil ich keine andere Wahl habe«, fuhr sie flüsternd fort. »Selbst wenn es mir gelingt, ihre wahre Herkunft zu verheimlichen – Lavan wird eine Tochter niemals als Erbin akzeptieren. In Tirgaslan wäre sie stets der ungelittene Spross – hier hingegen könnte sie in Sicherheit aufwachsen, in der Geborgenheit der Frauen von Elfenhain.«

»Du verlangst viel«, stellte Acha fest. »Zu viel.«

»Ich verlange nichts«, widersprach Aryanwen und senkte ehrerbietig das Haupt. »Ich bitte Euch. Von Mutter zu Mutter.«

»Ich danke dir für dein Vertrauen, Manam«, erwiderte die alte Hebamme, »und, nun, da ich deine Not fühle und die Tränen in deinen Augen sehe, würde ich deiner Bitte wohl nachkommen, wenn ich es noch könnte – doch es ist nicht mehr möglich.«

»Nicht mehr möglich?« Aryanwen sah sie fragend an. »Was bedeutet das?«

»Ich habe eine Botin nach Tirgaslan gesandt, kurz nach Eurer Niederkunft«, eröffnete Acha.

»Ihr habt *was* getan?«

»Ich habe den Vater über die Geburt seines Kindes in Kenntnis gesetzt, wie es Brauch ist von alters her.«

Aryanwen war so fassungslos, dass ihr die Worte fehlten. »Aber Ihr kanntet doch die Wahrheit, wusstet, dass Lavan nicht der Vater ist!«

»In der Tat – so wie ich ahnte, dass wir hier sitzen und ebendieses Gespräch führen würden, Manam. Es gehörte nicht viel dazu, sich auszumalen, dass Ihr die Frauen von Elfenhain abermals um Hilfe bitten würdet. Also tat ich, was nötig war, um meine Mitschwestern und mich zu schützen.«

»Ihr habt vollendete Tatsachen geschaffen«, stellte Aryanwen fest.

»Nicht nur deinetwegen, sondern auch, um mich davon abzuhalten, einen Fehler zu begehen. Du selbst hast gesagt, dass der König ein rachsüchtiger Mann ist. Ich kann nicht um eines einzelnen Kindes wegen die Existenz des gesamten Ordens aufs Spiel setzen.«

»Das … verstehe ich«, versicherte Aryanwen stockend.

»Du warst bereit, dein Kind aufzugeben, damit es in Sicherheit und Geborgenheit heranwächst. Größere Liebe gibt es nicht, und wäre es um mich allein, so hätte ich deiner Bitte entsprochen. Aber ich muss auch an die anderen denken, an die Zukunft, und deshalb ...« Sie sprach nicht weiter, sondern reichte das Kind an Aryanwen zurück, die es zärtlich entgegennahm und in den Armen wog.

Sie war der alten Hebamme nicht böse, konnte ihre Beweggründe gut verstehen – doch sie hatte auch Angst, nach Tirgaslan zurückzukehren. »Dann weiß Lavan also, dass es ein Mädchen ist?«, fragte sie.

»Nein.« Acha schüttelte den Kopf. »Ich wollte, dass der König das Kind sieht, wenn er es erfährt. Schon manches harte Herz ließ sich durch das Lächeln eines Kindes erweichen.«

»Ihr kennt Lavan nicht«, sagte Aryanwen tonlos. »Ich glaube nicht, dass ...« Sie unterbrach sich, als sie sah, wie sich die Falten auf Achas Stirn schlagartig vertieften. »Was ist, Mutter Hebamme?«, wollte sie wissen.

»Riechst du das nicht?« Die Alte sog noch einmal prüfend Luft in die Nase. »Brandgeruch!«

Plötzlich schmeckte auch Aryanwen den bitteren Odem von Rauch, und im nächsten Moment überstürzten sich die Ereignisse. Mila, die ein Stück weit entfernt gewacht hatte, damit sie sich ungestört unterhalten konnten, platzte auf die Lichtung. Blankes Entsetzen sprach aus ihren Zügen.

»Mutter!«, rief sie entsetzt. »Elfenhain ... brennt!«

»Was?«

Einen Moment lang wirkte die alte Frau, als hätte sie einen Schlag vor den Kopf erhalten. Dann sprang sie auf und eilte den schmalen Pfad zum Fuß des Felsens hinab, wo Mila wartete. Aryanwen folgte ihr, wenn auch etwas langsamer, da sie noch immer geschwächt war und sich zudem um ihr Kind zu kümmern hatte. So schnell sie es vermochte, eilte sie den beiden Frauen hinterher, über die Lichtung und durch eine

Reihe eng stehender Bäume bis zu der Abbruchkante, von der aus man über die Wipfel der Baumkronen hinweg nach Elfenhain sehen konnte.

Der Anblick war erschütternd.

Dichter Rauch lag über dem Wald und hüllte die große Lichtung ein – und dort, wo sich inmitten schützender, Jahrtausende alter Bäume der Tempel des Lebens erhob, schlugen grelle Flammen in den Himmel.

»Oh nein!«, entfuhr es Aryanwen entsetzt. »Wie konnte das nur geschehen?«

»Ich weiß es nicht, Kind«, hauchte Acha tonlos, während sie auf das Bild der Zerstörung starrte. Mila begann hemmungslos zu weinen. »Jetzt ist nicht die Zeit für Trauer«, ermahnte die Mutter Hebamme sie. »Wir müssen unseren Schwestern helfen!«

Ohne Zögern begann sie zu laufen, schneller und sehr viel ausdauernder, als Aryanwen es einer Frau ihres Alters und ihrer zerbrechlich wirkenden Postur zugetraut hätte. An der Kante entlang ging es zu dem Pfad, der zurück nach Elfenhain führte, quer durch den Wald. Rauchschwaden hingen zwischen den Bäumen, und je näher die drei Frauen dem Lebenshain kamen, desto deutlicher konnten sie die Schreie hören.

Schreie des Entsetzens.

Schreie der Qual.

Schreie des Todes.

»Was ist das?«, rief Mila panisch. »Ehrwürdige Mutter, was geht dort nur vor sich?«

»Was wohl? Das Gebot des Lebens wurde gebrochen!«

Aryanwen, die im Laufen ihr Kind fest an sich presste, hörte grässliche Kriegsrufe. Gleichzeitig stach beißender Gestank in ihre Nase, der sich zum Brandgeruch gesellte und keinen Zweifel offen ließ.

Orks!

Weiter reichten ihre Gedanken nicht, denn in diesem Moment erreichten die Frauen den Rand des Waldes, wo der Pfad die Bäume verließ und sich zwischen den Blockhütten hindurch zum Lebenstempel schlängelte. Einst war das filigrane, aus dem Holz uralter Bäume geformte Bauwerk, das sich kühn in den Himmel schraubte, ein Wahrzeichen elfischer Kultur und Baukunst gewesen – nun stand es lichterloh in Flammen!

Rauch war überall und hüllte die kleine Siedlung ein, und hier und dort sah Aryanwen leblose Körper in grauen Ordenskutten in ihrem Blut liegen.

»Nein!«, schrie Mila entsetzt und stürzte zu einer der Toten, fiel bei ihr nieder. »Nacaia! Bitte ni…!«

Das Wort blieb ihr im Hals stecken, als sich plötzlich ein gefiederter Schaft in ihren Hals bohrte – ein Pfeil, der aus kurzer Distanz abgegeben worden war.

Entsetzt starrte die junge Hebamme auf das Geschoss, das in ihrer Kehle stak, dann brach sie über dem Leichnam ihrer Mitschwester zusammen. Und noch ehe Aryanwen schreien oder ihrem Entsetzen sonstwie Ausdruck verleihen konnte, sahen Acha und sie den Urheber des Mordwerks – einen hünenhaften Ork mit hassverzerrten grünen Zügen und leuchtend gelben Augen. Sein rabenschwarzes Haar hatte er zu einem Schopf gebunden, sein nackter Oberkörper war mit grässlichen, obszönen Symbolen bemalt. Als er die beiden Frauen erblickte, schürzte er abschätzig die Lippen und grinste dann breit.

»Zurück!«, zischte Acha, die stehen geblieben war und den Stock einer getöteten Mitschwester vom Boden aufgelesen hatte. »Du musst fliehen, rasch!«

»Ich bleibe!«, widersprach Aryanwen trotzig.

»Du musst fliehen!«, beharrte Acha. »Rette dein Kind!«

Jäh wurde Aryanwen bewusst, dass sie das kleine Wesen in ihren Armen für einen Augenblick völlig vergessen hatte. Acha hatte recht! Sie war eine Mutter und musste an ihr Kind denken. Ihm hatte ihre Sorge zu gelten und niemandem sonst …

»Geh schon, worauf wartest du?«, blaffte Acha, während sie dem Ork, der sie an Körpergröße um zwei Köpfe überragte, mutig entgegentrat, den Stock erhoben.

»Danke, Mutter Hebamme«, stieß Aryanwen noch hervor – dann wandte sie sich um und begann zu laufen, zurück in den Wald. Nur einmal blickte sie zurück, um zu sehen, wie der Ork mit einem unförmigen Kriegshammer ausholte.

Dann ein entsetzlicher Schrei – und Aryanwen wusste, dass die alte Acha nicht mehr am Leben war.

Schluchzend und mit Tränen in den Augen rannte sie weiter. Das Kind auf ihrem Arm spürte die Unruhe seiner Mutter und begann ebenfalls zu weinen und laut zu schreien. Vergeblich suchte Aryanwen es zu beruhigen, während sie immer weiter in den Wald lief, fort von den brennenden Überresten Elfenhains und hinein in das dunkle Dickicht von Trowna – und plötzlich war sie nicht mehr allein.

Durch die Tränenschleier sah sie die beiden grünen Gestalten, die vor ihr den Weg versperrten – und brach kurz entschlossen zur Seite aus. Hals über Kopf rannte sie, setzte über Wurzeln und abgestorbene Bäume hinweg im verzweifelten Bemühen zu entkommen. Doch die beiden Orks hatten ihre Verfolgung aufgenommen – und sie brauchten nur dem Geschrei des Kindes zu folgen, um ihr auf den Fersen zu bleiben.

»Schhhh, schhhh!«, machte Aryanwen, während sie immer weiter rannte, doch das Mädchen wollte sich nicht beruhigen. Der beißende Rauch, die Schreie, die hektischen Atemzüge der Mutter, all das hatte ihm Angst gemacht, und so schrie es um sein junges Leben, während Aryanwen alles tat, um den Verfolgern zu entkommen.

Für einen Moment blieb sie stehen und lauschte. Als sie die Schritte der Unholde hörte und das Rasseln ihrer Rüstungen, änderte sie kurzerhand die Laufrichtung und rannte weiter, nur um nach einigen Hundert Schritt erneut eine andere Richtung einzuschlagen. Auf diese Weise gelangte sie noch tiefer in den Wald. Es wurde kühler und es wurde dunkler – und endlich beruhigte sich auch das Kind.

Nur mehr ab und zu entfuhr ihm ein Wimmern, ansonsten begnügte es sich damit, die winzig kleinen Fäuste an die Schläfen zu pressen.

»Schhh«, machte Aryanwen noch einmal, ihrer eigenen Furcht und Panik zum Trotz. »So ist es gut … Hab keine Angst, hörst du? Hab keine Angst …«

Sie zitterte am ganzen Körper, hätte vor Entsetzen laut schreien mögen. Doch ihre eigenen Empfindungen galten ihr nichts in diesem Augenblick.

Alles, was zählte, war das Kind.

Ihr Blick fiel auf einen umgestürzten Stamm, den ein Blitzschlag ausgehölt hatte und der nun einen natürlichen Unterschlupf bot. Kurz entschlossen kroch sie in das modrige, dunkle Loch, in dem Schlangen und anderes Ungeziefer hausen mochten, und verbarg sich darin. Auf den Knien kauernd, vornübergebeugt und ihr Kind an sich pressend, verharrte sie, während sie die Worte jener alten Weise flüsterte, die ihre Amme ihr bisweilen vorgesungen hatte:

Schlaf ein, mein Kind, und träume nicht
von Trollen und von Zwergen,
die sich in Nacht und Dunkelheit
im Hinterhalt verbergen.

Schlaf ein, mein Kind, und träume nicht
von Wölfen und von Gholen,
die sich aus der Menschen Wiegen
ihre Beute holen.

Schlaf ein, mein Kind, und träume nicht
von Orks und wilden Drachen,
von Dolchen und von Klauen
und von feuerigen Rachen.

Schlaf ein, mein Kind, und träume wohl,
denn auch in dunkler, tiefer Nacht,
schützt und schirmt dich wunderbar
der Liebe reine Macht …

Sie hatte die vierte Strophe kaum beendet, als sie die Schritte hörte.

Schwerfällig und bedrohlich, im feuchten Waldboden schmatzend … und sie kamen näher.

Näher.

Noch näher.

Bis sie den hohlen Stamm erreichten.

Aryanwen hielt den Atem an.

Sie fühlte den Herzschlag ihres Kindes, das sie schützend an sich drückte, während sie die Augen geschlossen hielt, als könnte sie so der Entdeckung entgehen.

Plötzlich begann sich das kleine Wesen in ihren Armen zu regen. »Nein«, hauchte Aryanwen beschwörend, während das Mädchen anfing, mit den winzigen Fäusten um sich zu schlagen. Im nächsten Moment brach es in lautes Geschrei aus.

Ein wütender Aufschrei war von draußen zu hören. Im nächsten Moment brach etwas mit Urgewalt in die morsche Rinde des Stammes und zerfetzte sie. Die obere Hälfte der

Röhre flog davon – und Aryanwen war den Blicken ihrer beiden Häscher schutzlos ausgeliefert.

Für einen Moment erwog sie zu fliehen, aber ihr war klar, dass es sinnlos gewesen wäre, sie wäre keine fünf Schritte weit gekommen.

Mit vor Entsetzen weit aufgerissenen Augen blickte sie an den beiden Orks empor, die in schäbige Kettenrüstungen gekleidet waren und ihre Waffen zum tödlichen Streich erhoben hatten, starrte in ihre hässlich grünen Fratzen, in denen weder Mitleid noch Erbarmen zu erkennen war.

Und in diesem Moment traf Aryanwen die Erkenntnis, dass sie die beiden kannte.

BUCH II

Dunkelheit

I

Es war, als ob eine Stimme aus ferner Vergangenheit zu ihnen spräche. Einer Vergangenheit, die sie so eifrig verdrängt hatten, dass sie sich beinahe nicht mehr daran erinnerten.

Doch in dem Moment, als sie ihre Stimme hörten und ihre bleichen Gesichtszüge wieder vor Augen hatten, kehrte alles zurück. All die Dinge, die Balbok und Rammar, die beiden Orks, am liebsten weit hinter sich gelassen hätten …

»Du?«, fragte Rammar und rollte ungläubig mit den eitrigen Augen, während er auf die blasse, zerbrechlich wirkende Menschenfrau blickte, die zu seinen Füßen kauerte und furchtsam zu ihm aufblickte. An sich sahen die Milchgesichter, wie Orks die Menschen abfällig zu nennen pflegten, für sie alle ziemlich gleich aus, aber dieses Gesicht mit den grünen Augen und dem schwarzen Haar kam ihm tatsächlich bekannt vor – und es weckte keine angenehmen Erinnerungen. »Bist das wirklich du, Menschin?«

»I-ich fürchte ja«, gab sie zurück, und über ihre totenbleichen, ausgemergelten Züge glitt etwas, das wohl ein Lächeln sein sollte. »Es ist viel geschehen.« Sie blickte demonstrativ auf das kleine, in weißen Stoff gewickelte Bündel, das sie in ihren Armen hielt, Rammar verzog vor Abscheu das grüne Gesicht.

Ein Menschenkind!

Und noch dazu ganz frisch.

Das Gesicht war rosarot und völlig schrumpelig, und immerzu grunzte und schniefte das kleine Ding.

»Es ist genauso hässlich wie du«, grunzte der Ork missbilligend.

»Wie kommt ihr beide hierher?«, wollte Aryanwen wissen.

»Dasselbe könnten wir dich fragen«, polterte Rammar.

»Korr«, stimmte Balbok zu, der erst jetzt seine Verblüffung zu überwinden schien. »Dasselbe könnten wir dich fragen!«

»Habe ich dir nicht gesagt, dass du mir nicht alles nachplappern sollst?«, schnauzte Rammar.

»Korr. Entschuldige.«

»Und wie oft muss ich dir noch sagen, dass sich ein Ork aus echtem Tod und Horn sich nicht entschuldigt?«

Aryanwen brachte ein Lächeln zustande, das tatsächlich wie ein Lächeln aussah. »Ihr beide habt euch nicht verändert.«

»Aber du dich ganz offenbar«, stellte Rammar mit einem weiteren argwöhnischen Blick in Richtung des Kindes fest. »Was ist passiert?«

»Ich bin Mutter geworden«, erklärte Aryanwen, als würde das alles erklären.

»Ach, wirklich. Und das Balg ist von ihm. Von dem Erfinder.«

Aryanwen seufzte. »Vieles ist geschehen, seit wir uns das letzte Mal begegneten.«

»Was du nicht sagst.« Rammar schnaubte. »Weißt du, unser Leben ist auch nicht gerade schnurgerade verlaufen, das kannst du mir glauben. Wir hatten alle Klauen voll damit zu tun, am Leben zu bleiben, nachdem wir euch *umbal'hai* geholfen hatten.«

»Korr«, bekräftigte Balbok entschieden – als aus einiger Entfernung ein Ruf auf Orkisch erklang.

Aryanwen und das Kind fuhren erschrocken auf.

»Unser Anführer«, erklärte Rammar.

»Noch ein *umbal*«, fügte Balbok erklärend hinzu.

»Er will wissen, ob wir dich schon eingefangen haben.« Rammar rief seinerseits einige Worte auf Orkisch, die zwischen den Bäumen des Waldes verhallten.

»Was hast du gesagt?«, fragte Aryanwen ängstlich.

»Dass wir kurz davor sind«, erklärte Rammar.

»Nein, bitte nicht!« Flehend blickte sie von einem Ork zum anderen. »Mit mir macht, was ihr wollt, aber bitte tut meinem Kind nichts zuleide.«

»Keine Sorge«, versicherte Balbok, »das haben wir sowieso nicht vor.«

»Was soll das heißen?«

»Mein dämlicher Bruder hat recht«, pflichtete Rammar bei. »Unser Auftrag lautet nicht, das Kind der Menschenfrau zu töten, sondern es mitzunehmen.«

»Es ... es mitzunehmen? Ihr wusstet also von dem Kind?«

»Korr«, bestätigte Rammar. »Alle reden von diesem Kind. Wir haben nur nicht gewusst, dass es deins ist.«

Wieder schrie ihr Anführer, lauter und ungeduldiger diesmal. Und näher.

»Rammar«, drängte Balbok.

»Ja doch, Faulhirn, ich weiß«, zischte sein Bruder. »Ich muss nur einen Augenblick nachdenken, und das kann ich nicht, wenn du die ganze Zeit über schwafelst.«

»Aber ich ...«

»Bitte«, flüsterte Aryanwen. Sie kauerte auf den Knien und blickte flehend zu ihnen auf. »Tut es nicht. Nehmt mir nicht mein Kind, ich bitte euch!«

Die Orks starrten auf sie und auf das Kind in ihrem Arm. Dann wechselten sie einen Blick.

»Shnorsh«, sagte Balbok voller Inbrunst.

»Korr«, stimmte Rammar in seltener Einmütigkeit zu. »Du bleibst hier, Milchgesicht, hast du verstanden?«, fuhr er Aryanwen dann an. »Du versteckst dich und gibst keinen Mucks von dir, kapiert? Wenn das Balg auch nur einen Laut macht, ist es vorbei, verstanden?«

»Verstanden«, hauchte sie.

»Bleib hier und warte«, wies Rammar sie an. »Wir kommen wieder.«

2

Sie näherten sich dem Rand des Waldes.
Dag erkannte es an der Luft, die nicht mehr nach Pilzen und Moder roch, und am sich verändernden Klang seiner Umgebung. Im Dickicht hörte sich alles dumpf und verschwommen an, und es war beinahe unmöglich zu sagen, aus welcher Richtung ein Geräusch drang; je weiter sich die Bäume jedoch lichteten, desto klarer und verschiedenartiger wurden die Geräusche.

Dag war nie zuvor im östlichen Hochland gewesen. Sein Onkel, der mit Leidenschaft der Jagd gefrönt hatte, hatte ihn manchmal mitgenommen, um im Grenzwald auf die Jagd nach Wildschweinen zu gehen. Doch niemals waren sie weiter als in den westlichen Saum des Waldes eingedrungen, und Dag hatte sich immer gefragt, ob dies wegen der bisweilen feindseligen Hügelclans gewesen war oder wegen der Geschichten, die man in Ansun über den Wald erzählte.

Dag hatte nie etwas auf diese Ammenmärchen gegeben, noch nicht einmal, als er noch ein kleiner Junge gewesen war. Seine Vernunft war von jeher stärker gewesen als jeder Aberglaube, und seine Leidenschaft hatte stets der Wissenschaft gehört. Doch nun hatte er feststellen müssen, dass manches von dem, was der Volksmund über den Grenzwald sagte, ganz offenbar doch der Wahrheit entsprach. Zumindest die Wechselbälger, von denen in den alten Geschichten die Rede war, schienen tatsächlich zu existieren. Und da war jene unheimliche, geflügelte Kreatur, von der Dag noch nicht einmal wusste, was genau sie eigentlich gewesen war.

Er hatte Dwethan danach gefragt, aber der alte Prediger hatte nur einsilbig geantwortet. Und wenn Dag inzwischen etwas gelernt hatte, dann dass es unmöglich war, seinem Begleiter etwas zu entlocken, das dieser nicht preisgeben wollte.

Überhaupt sprachen sie unterwegs nur noch wenig: Dag, weil er damit beschäftigt war, einen Fuß so vor den anderen zu setzen, dass er auf dem unebenen und von Wurzelwerk überwucherten Boden nicht stürzte; der Prediger, weil er tief in Gedanken versunken schien, und Dag hatte das untrügliche Gefühl, dass dies mit jener fliegenden Kreatur zu tun hatte. Zwar waren sie dem abscheulichen Wesen bislang nicht wieder begegnet, die Bedrohung jedoch schien noch immer gegenwärtig, und dies umso mehr, als sie den Wald nun bald verlassen und dann ohne Deckung sein würden – und dieser Gedanke gefiel Dag ganz und gar nicht.

»Darf ich Euch etwas fragen?«, erkundigte er sich daher, als sich der Tag einmal mehr dem Ende neigte.

»Hm?«

»Wie weit müssen wir noch marschieren?«

»Das kommt ganz darauf an.«

»Worauf?«

»Wann das geschieht, worauf ich warte.«

»Und worauf wartet Ihr?«

»Hm«, machte der Alte wieder, gleichermaßen nachdenklich wie unheilvoll. »Fragen. Immer nur Fragen.«

Plötzlich blieb er stehen.

»Was ist?« Dag senkte seine Stimme zu einem Flüstern. »Wieder eine dieser Kreaturen?«

»Nein. Wir werden beobachtet. Und falls es dich tröstet – ich kann unsere Beobachter ebenso wenig sehen wie du.«

»Wo-woher wisst Ihr dann, dass …?«

»Ich kann es fühlen, genau wie du.«

»Aber ich fühle nichts«, versicherte Dag.

»Sei kein Narr. Warte nicht darauf, dass das Augenlicht zu dir zurückkehrt, sondern arbeite mit dem, was dir geblieben ist: mit deinem Herzen, deinem Verstand und deinen übrigen Sinnen. Gebrauche sie, und dann sage mir, was du vor deinem inneren Auge siehst.«

Dag wollte energisch protestieren und dem Alten sagen, dass er keine Ahnung hätte, wovon er redete – er war es schließlich nicht, der mit Blindheit geschlagen war und sich wie ein Maulwurf durch das helle Tageslicht wühlen musste. Aber er widerstand der Versuchung und blickte stattdessen in sich hinein: auf das, was sein Gehör und sein Geruchssinn ihm lieferten; auf das Bild, das sein Verstand und seine Vorstellungsgabe daraus formten; und auf das Gefühl, das sich daraus ableitete …

»Und?«, hakte Dwethan nach. »Bemerkst du es auch?«

Dag blieb eine Antwort schuldig, aber da war tatsächlich etwas, das er spürte, so wie er auf dem Weg zurück zur Höhle die Anwesenheit des Alten gefühlt hatte oder die Präsenz jener finsteren Kreatur. Und mit jedem weiteren Augenblick, der verstrich, verstärkte sich das Gefühl, wurde zur Gewissheit.

Sie waren nicht allein auf der Lichtung!

»Es ist gut«, rief Dwethan in diesem Moment, »gebt euch zu erkennen!« – und überall ringsum war ein Knistern und Rascheln zu vernehmen, das davon zeugte, dass sich mindestens ein Dutzend Gestalten in Laub, Gestrüpp und Farnblättern verborgen gehalten hatten. Gestalten, die jetzt aus ihren Verstecken krochen und sich zu ihrer vollen Größe aufrichteten. Und das Knirschen von Leder und das leise Klirren von Metall verrieten Dag, dass sie bewaffnet waren.

»Dwethan!«, rief einer von ihnen – offenbar war der alte Prediger kein Unbekannter in dieser entlegenen Gegend. »Da seid Ihr ja endlich! Und wie ich sehen kann, habt Ihr gefunden, wonach Ihr gesucht habt!«

Dag hielt den Atem an.

Er hatte die eine Überraschung noch nicht verwunden, da brach bereits die nächste über ihn herein – denn die Stimme, die diese Worte sprach, hätte er unter Tausenden herausgekannt.

»A-Alured?«, murmelte er, ungläubig und zaghaft, weil es jeder Vernunft widersprach – wie sollte der Freund, der seinerzeit in den Wirren von Ansun zurückgeblieben war, ausgerechnet hierher gefunden haben?

»Ich wusste, dass Ihr mich erkennen würdet, Herr«, kam die Antwort prompt – und ohne dass ihn jemand dabei geführt hätte, trat Dag vor, breitete die Arme aus und schloss sie um den verloren geglaubten Freund. »Alured! Mein guter Alured!«

»Daghan! Endlich sehe ich Euch wieder!«

Tränen traten Dag in die Augen, und für einen Moment hatte er den Eindruck, den Freund tatsächlich vor sich zu sehen – das schmale Gesicht mit dem blonden Haarschopf und den strahlend blauen Augen, die Narbe, die über seine linke Wange verlief, seit sie als Kinder etwas zu eifrig den Umgang mit dem Schwert geübt hatten – noch ohne zu ahnen, wie überlebensnotwendig diese Fertigkeiten dereinst werden würden. Die Kleidung des Freundes allerdings war in seiner Erinnerung eine andere – denn statt des Waffenrocks der herzoglichen Truppen von Ansun fühlte Dag einen Harnisch aus geflochtenem Leder und darunter ein Gewand aus derber Wolle – die Tracht der Hügelclans.

»Vieles ist geschehen«, sagte Alured, als sie sich wieder voneinander lösten. »So viel, das ich Euch berichten muss,

Herr. Einstweilen aber bin ich nur froh, Euch wiederzusehen.«

»Beinahe wäre es nicht dazu gekommen«, ließ sich nun Dwethan vernehmen. »Der junge Herzog hatte das Leben eines Einsiedlers gewählt. Nicht viel hätte gefehlt, und ...«

»Ihr hättet ihn nicht gefunden?«, ergänzte Alured scherzhaft.

»Nein – nicht viel hätte gefehlt, und ich wäre zu spät gekommen«, verbesserte Dwethan düster.

»Wir haben die Kreatur gesehen«, versicherte Alured. »Sie war auf dem Weg nach Westen.«

»Zu der Höhle, in der Daghan lebte«, war der Prediger überzeugt. »Er hatte einen Wächter bei sich, der jedem seiner Schritte folgte.«

»Es ... ist also wahr?«

»Ich fürchte ja, mein Freund«, entgegnete Dwethan ernst. Die Düsternis in seiner Stimme ließ Dag erschaudern.

»Was ist wahr?«, wollte er wissen. »Wovon sprecht Ihr beiden überh...?«

Er kam nicht dazu, den Satz zu beenden – denn in diesem Augenblick erscholl ein gellender Warnruf.

»Schatten!«

Fast gleichzeitig spürte Dag sie wieder, jene tödliche, gnadenlose Kälte, die er schon einmal wahrgenommen hatte, unlängst, als jene unheimliche Kreatur über sie hinwegzog.

Es war, als hätte man in ein Wespennest gestochen. Die übrigen Krieger, die eben noch kaum zu hören gewesen waren, verfielen in wildes Geschrei.

»Sucht Deckung! Bringt euch in Sicherheit!«, rief Dwethan – doch schon im nächsten Moment erfüllte wieder jenes grässliche Rauschen die Luft, und Dag hatte das Gefühl, dass es auf der Lichtung dunkler würde, so als ob der Tag plötzlich zu Ende und die Nacht hereingebrochen wäre.

»Zu spät!«, hörte er Alured rufen. »Bogenschützen!«

»Zwecklos!«, schrie Dwethan. »Kümmert euch um Dag!«

Dann überstürzten sich die Ereignisse, und obwohl Dag nicht sehen konnte, was um ihn herum vor sich ging, hatte er das Gefühl, dass alles gleichzeitig passierte. Jemand packte ihn und riss ihn zu Boden. Er landete auf weichem Waldboden, den Geruch von Moos in der Nase, und fühlte das Gewicht von jemandem auf sich, der ihn offenbar unter Einsatz seines eigenen Körpers schirmte.

»Alured?«, stieß Dag hervor, aber niemand antwortete.

Dann kam die Dunkelheit, und mit ihr der Gestank der Verwesung, den selbst das frische Moos nicht zu übertünchen vermochte. Kampfgebrüll erklang, Pfeile schnellten von Bogensehnen, und ein fürchterliches Zischen war zu vernehmen – dann ein heiserer, lang gezogener Todesschrei.

»Ihr Narren!«, hörte Dag Dwethan brüllen. »Ihr könnt ihm nichts anhaben! Bringt euch in Sicherheit!«

Noch ein weiterer gellender Schrei erklang, dann einige knappe Befehle in der Sprache des Hügelvolks. Das Gewicht verschwand von Dags Körper, dafür wurde er von mehreren Händen gepackt und in die Höhe gerissen. Unfähig zu erkennen, was um ihn herum vor sich ging, stolperte und strauchelte er in die Richtung, in die die Hände ihn zerrten, während er gleichzeitig das Gefühl hatte, dass ein Teil von ihm auf der Lichtung zurückblieb.

»Dwethan!«, brüllte er den Namen des Alten.

»Flieht!«, hörte er diesen rufen, während noch einmal das schreckliche Fauchen erklang.

»Tarthan!«, rief dann jemand – und Dag wurde grob niedergestoßen. Auch die anderen Krieger schienen sich dicht neben ihm zu Boden zu werfen, und einen Lidschlag später zuckte etwas über sie hinweg, das weder für Dag noch für irgendjemanden sonst auf der Lichtung sichtbar war. Es war

ein Energiestoß, eine Welle unsichtbarer Kraft, die sich nach allen Seiten ausbreitete und den Waldboden erzittern ließ. Dag und seine Beschützer wurden niedergedrückt, die Bäume ringsum erbebten – dann war es vorbei.

So plötzlich, wie sie aufgetreten war, verebbte die Welle – und mit ihr schien auch die Kreatur verschwunden.

Die Geräusche waren verstummt, der schneidende Gestank hatte sich so plötzlich verloren, wie er aufgetaucht war, und auch die grässliche Präsenz des Todes war erloschen.

Zaghaft versuchte Dag, sich aufzurichten, halb erwartend, dass ihn jemand wieder zurück auf den Boden drücken würde. Nichts geschah jedoch, und so raffte er sich wieder auf die Beine, zusammen mit den anderen Kriegern, die sich ebenfalls in Deckung geworfen hatten.

»Habt keine Sorge, es ist fort«, sagte Dwethan. Er klang schwach, entkräftet.

»Das war das zweite Mal, dass uns eine dieser Kreaturen angegriffen hat«, stellte Alured schwer atmend fest. Der überstandene Schrecken war seiner Stimme deutlich anzumerken.

»Sie werden stärker. Anfangs konnten sie sich nur im Schutz der Nacht bewegen, inzwischen auch schon bei Dämmerung. Das ist ein schlechtes Zeichen, meine Freunde.«

»Wieso?«, fragte Dag verwirrt. »Wer sind diese Wesen? Ihr nanntet sie ›Schatten‹ …«

»Und genau das sind sie auch«, erwiderte Dwethan.

3

Aryanwen wartete in ihrem Versteck.
Wartete.

Und wartete.

Mehrmals kam ihr der Gedanke, ihren Schlupfwinkel zu verlassen und zu versuchen, sich mit ihrem Kind nach Tirgaslan durchzuschlagen. Doch wenn sie unterwegs einer Ork-Horde in die Arme lief, dann war es um sie geschehen – ein zweites Mal, davon war sie überzeugt, würde sich das Schicksal nicht als so gnädig erweisen.

Also blieb sie in ihrem Baumloch sitzen, das sie mit Reisig und Farnblättern zugedeckt hatte, um sich und ihr Kind vor neugierigen Blicken zu schützen, und harrte aus. Wann immer das Kind unruhig wurde, gab sie ihm die Brust, und irgendwann schlief es ein. Liebevoll blickte Aryanwen auf das kleine, so hilflose Wesen, das sich an sie klammerte und sein Köpfchen an ihre Brust schmiegte. Die Unschuld, die selbst im Schlaf noch von ihm ausging, beruhigte sie, und die gleichmäßigen Atemzüge des Kindes sorgten dafür, dass auch Aryanwen den Strapazen irgendwann nachgab und einschlief.

Als sie erwachte, dämmerte es bereits.

Die Bäume, die rings um ihr Versteck in die Höhe ragten, waren zu drohenden Silhouetten verblasst, und es war merklich kühler geworden. Plötzlich hörte Aryanwen das Rascheln, und sie erinnerte sich jäh, dass es dieses Geräusch gewesen war, das sie aus dem Schlaf gerissen hatte.

Äste knackten dumpf.

Jemand näherte sich!

Aryanwen sog nach Luft, ihr Gesicht wurde heiß. Obwohl ihre Knochen von der kauernden Haltung schmerzten, bewegte sie sich nicht, aus Sorge, das Kind zu wecken. Solange sie sich ruhig verhielten, hatten sie eine Chance.

Vorsichtig spähte die Königin von Tirgaslan zwischen den Farnblättern hindurch – und konnte im nächsten Moment die beiden Gestalten erkennen.

Orks!

Im ersten Moment erschrak sie, doch dann konnte sie sehen, dass der eine der beiden Unholde von gedrungener Gestalt und ziemlich ausufernder Leibesmasse war, der andere hingegen groß und hager und damit das ziemliche Gegenteil des anderen. Aryanwen fühlte Erleichterung, dennoch verhielt sie sich still. Womöglich, dachte sie, waren die beiden nicht allein gekommen.

»Shnorsh«, hörte sie Rammar dann aber sagen, »wo ist das Menschenweib? Irgendwo hier hatten wir es doch versteckt!«

»Ich bin hier«, gab Aryanwen sich flüsternd zu erkennen. Sie schob die Zweige beiseite und erhob sich, was infolge der langen Zeit, die sie in kauernder Haltung verbracht hatte, gar nicht so einfach war. Ihre Knochen schmerzten, und ihre Knie waren weich wie Schwämme. Dennoch gelang es ihr aufzustehen, ohne dass das Kind erwachte.

»Du bist also noch da«, grunzte Rammar. Es klang enttäuscht.

»Ihr seid zurückgekommen«, stellte Aryanwen dankbar fest. »Wie ihr es versprochen habt.«

»Zufall«, wehrte Balbok ab. »Orks halten ihre Versprechen grundsätzlich nicht.«

»Und die anderen Orks?«, fragte Aryanwen. »Was ist mit eurem Anführer?«

»Der ist in Kuruls Grube gestürzt«, gab Rammar ungerührt zur Antwort und hob den linken Arm. Statt seiner Klaue, die er vor langer Zeit verloren hatte, prangte dort ein stählerner Dreizack, von dem eine zähe Flüssigkeit troff.

»Du – hast ihn im Kampf getötet?«, fragte Aryanwen.

»Natürlich nicht, Dummweib!« Rammar schüttelte heftig den klobigen Schädel. »Ich habe bis zum Einbruch der Dunkelheit gewartet und ihn dann hinterrücks gemeuchelt, wie es bei uns üblich ist. Er war ein *umbal.*«

»Und was für einer«, fügte Balbok grinsend hinzu.

»Und – die übrigen Orks?«

»Haben sich in alle Winde zerstreut, nachdem ich ihnen als ihr neuer Anführer gesagt habe, dass sie sich verziehen sollen«, grunzte Rammar schulterzuckend. »So läuft das unter Orks.«

»Verstehe.« Aryanwen nickte.

Es war eine befremdliche Vorstellung, dass von denselben Orks die Rede war, die Elfenhain überfallen und Mila, Mutter Acha und so viele andere getötet hatten. Bisweilen kamen ihr die Unholde wie Kinder vor – nicht sie selbst waren verwerflich, sondern der dunkle Wille, der sie lenkte. Allerdings gab es unter ihnen auch solche, die schlicht zu eigensinnig waren, um sich einem fremden Willen zu unterwerfen.

»Ich danke euch«, sagte Aryanwen leise, »von ganzem Herzen.«

»Dass du dir nur nichts einbildest«, fuhr Rammar sie an. »Unseren Anführer habe ich nur deshalb gemeuchelt, weil er ein elender Ork-Schinder war und es nicht besser verdient hatte. Außerdem konnte ich seine stinkende Visage nicht mehr ertragen.«

»Aber Rammar«, wandte Balbok ein, »vorhin hast du doch noch gesagt, dass …«

»Schnauze, *umbal*!«

»Korr«, sagte Balbok kleinlaut.

»Dennoch«, beharrte Aryanwen, »wie überaus sonderbar das Leben doch spielt. Zwei Orks haben einer Menschenfrau und ihrem Kind das Leben gerettet.«

Rammar knurrte verdrießlich. »Eine Schande für einen Ork, von der nie jemand erfahren darf. Ich kann es selbst kaum glauben. Und jetzt wirst du uns endlich erzählen, was inzwischen passiert ist, verstanden? Wo ist dein erfinderischer Heißsporn? Warum hast du plötzlich ein Kind? Und was hast du ganz allein im Wald verloren?«

Aryanwen gab bereitwillig Auskunft. So knapp sie es vermochte, berichtete sie, was sich aus ihrer Sicht seit ihrer letzten Begegnung vor der schicksalhaften Schlacht um Ansun zugetragen hatte. Sie erzählte von der furchtbaren Waffe, die die Zwerge zum Einsatz gebracht hatten, von der Kapitulation des vereinten Menschenheeres und von dem Handel, den sie mit König Winmar geschlossen hatte, um das Leben ihres geliebten Daghan zu retten; sie schilderte, wie Dag durch Winmars Rachsucht dennoch sein Augenlicht verloren hatte, und wie sie schließlich nach Tirgaslan zurückgekehrt war, als Königin ohne Land, an der Seite eines Verräters, der seither auf dem Königsthron saß.

»Rührselig wie die Geschichte vom hässlichen Orkling«, schnaubte Rammar, nachdem sie geendet hatte. »Mir kommen gleich die Tränen.«

»Korr«, stimmte Balbok zu und wischte sich mit dem Handrücken flüchtig über das lange grüne Gesicht.

»Was denn? Flennst du etwa wirklich?« Geräuschvoll ließ Rammar einige Körpergase entweichen. »Es war doch klar, dass die Sache so enden würde. Und der Erfinder ist auch früher schon ein *darr malash* gewesen, ein blinder Hund, der sich in seine Träume verkrochen hat.«

»Dag glaubte an eine friedliche Zukunft Erdwelts«, verteidigte Aryanwen ihren Geliebten, »genau wie ich.«

»Korr«, stimmte Rammar zu, »und nun sieh, was aus dir geworden ist. Und das Balg ist also sein Kind.«

Aryanwen nickte zögernd. Sie hatte beinahe vergessen, wie roh und verletzend Unholde sein konnten. »Es ist ein Mädchen.«

»Wie heißt es?«, wollte Balbok wissen.

»Es hat noch keinen Namen.« Aryanwen lächelte matt. »Und wie ist es euch in der Zwischenzeit ergangen?«

»Eins dieser Feuerdinger hatte uns erwischt«, erklärte Balbok schlicht.

»Ihr habt die vernichtende Wirkung von Winmars neuer Waffe also auch zu spüren bekommen?«, fragte Aryanwen.

»Kann man wohl sagen.«

»Und was ist dann geschehen? Wie habt ihr die Schlacht erlebt?«

»Davon haben wir nichts mitbekommen«, behauptete Rammar. »Als wir wieder zu uns kamen, war das Schlachten vorbei und die Zwerge hatten gewonnen. Also beschlossen wir, nach Westen zu gehen und uns in die Modermark durchzuschlagen. Wir wollten unsere Wunden lecken und uns ein wenig Speck anfressen, dann einige Orks um uns scharen und auf unsere Insel zurückkehren.«

»Aber dann wurden wir von einem Kriegstrupp aufgegriffen«, fuhr Balbok fort, »Orks in den Diensten der Zwerge.«

»Sie haben uns vor die Wahl gestellt, uns ihnen anzuschließen oder den *asar* aufgerissen zu kriegen«, ergänzte Rammar. »Danach haben wir getan, was nötig war, um nicht weiter aufzufallen.«

»Was bedeutet, dass ihr geplündert und gemordet habt«, folgerte Aryanwen.

»Wir sind Orks«, brachte Balbok in Erinnerung. »Was sonst sollten wir tun?«

»Ich weiß.« Sie nickte. »Entschuldigt bitte. Ich habe kein Recht, euch Vorwürfe zu machen. Ich habe selbst einige Dinge getan, auf die ich nicht stolz bin. Es war notwendig, um zu überleben.«

»Und wenn du auch weiter überleben willst, sollten wir jetzt sehen, dass wir fortkommen«, stimmte Rammar zu, der sich bereits nervös umblickte.

»Ich muss zurück nach Elfenhain«, verkündete Aryanwen ihren Entschluss, der den Tag über in ihr gereift war. »Wenn es dort Überlebende gibt, muss ich ihnen helfen.«

»Das kannst du vergessen«, blaffte Rammar. »Es sind noch mehr Kriegstrupps im Wald unterwegs. Sie alle sind hinter deinem Kind her – und noch einmal werden wir dir und dem Balg ganz sicher nicht helfen.«

»Sie sind hinter uns her?« Aryanwen blickte auf das Mädchen, das soeben aufwachte. »Aber warum? Und wer hat den Befehl dazu erteilt? Winmar?«

»Glaubst du, das interessiert mich?« Rammar schüttelte den hässlichen Schädel. »Wenn ich eines gelernt habe, dann dass es in diesen Zeiten gefährlich ist, zu viele dämliche Fragen zu stellen. Also entweder kommt du und dein Elfenbalg jetzt mit uns, oder ihr lasst es bleiben und seht, wo ihr bleibt, *korr?* Balbok und ich machen uns jetzt jedenfalls aus dem Staub.«

»Ich komme mit euch«, versicherte Aryanwen ohne Zögern.

»*Shnorsh*«, maulte Rammar. »Ich habe geahnt, dass du das sagen würdest.«

Ohne noch ein weiteres Wort zu verlieren, setzte sich der dicke Unhold in Bewegung und stampfte davon. Aryanwen war klar, dass sie ihm folgen musste, wenn sie am Leben bleiben wollte, dennoch zögerte sie. Das Kind auf dem Arm, ging sie einige Schritte, dann wandte sie sich noch einmal um, blickte in die Richtung, in der sie jenseits des Dickichts und der Bäume die schwelenden Trümmer von Elfenhain wusste.

»Douk«, sagte Balbok und schüttelte den Kopf. »Tu das nicht.«

»Was soll ich nicht tun?«

»Zurückblicken. Orks blicken nie zurück.«

»Ich bin kein Ork«, brachte Aryanwen in Erinnerung, »und mein Kind ebenfalls nicht.«

»Korr«, gab der hagere Unhold zu, »aber in diesen Tagen könnte es helfen, einer zu werden.«

4

Das Zischen hatte aufgehört.

Bertin wartete noch einen Augenblick ab, dann wagte er einen vorsichtigen Blick. Bäuchlings auf dem nackten Felsen liegend, schob er sich vor bis zur Abbruchkante und spähte darüber hinweg in die Tiefe.

Tatsächlich – sie hatten angehalten.

Vier Kaldronen.

Bertin hasste sie, die kugelförmigen Kampfkolosse auf ihren kurzen, stählernen Beinen. Wie kaum etwas sonst in Gorta Ruun standen sie für Winmars Macht und Willkür. Bertin wusste nicht, was die gepanzerten Maschinen antrieb, welcher Stoff es war, der sie dampfen und zischen ließ. Aber er wusste, dass sie der Feind waren, den es zu bekämpfen galt.

»Seid ihr bereit?«, fragte er flüsternd über die Schulter.

Seine Gefährten, allen voran der getreue Dado, nickten entschlossen – ausgemergelte, in Fetzen gekleidete Gestalten, entstellt an Körper und Seele. Sie alle hatten Winmars grausame Macht zu spüren bekommen, waren von seinen Schergen gefoltert worden oder hatten Familienmitglieder verloren, waren ausgestoßen und geächtet. Rechtschaffenheit und Ehre, die Pfeiler, auf denen das Zwergenreich über Jahrhunderte gestanden hatte, schienen nichts mehr zu gelten in Gorta Ruun. Nur noch Winmars Wille zählte, und wer sich ihm widersetzte oder auch nur seinen Unmut äußerte, der wurde hart bestraft.

Lange Zeit hatte Bertin seine Augen vor dieser Wahrheit verschlossen, auch dann noch, als sein Vater durch einen Urteilsspruch Winmars beide Hände verlor und mittellos wurde; der Tod seines Bruders im Kessel jedoch hatte ihm klargemacht, dass er nicht länger untätig bleiben durfte und das Unrecht bekämpfen musste – auch wenn seine Gefährten und er dabei alles riskierten. Ein Widerständler, der gefasst wurde, hatte keine Gnade zu erwarten, der Tod im Kessel war ihm sicher. Bertin konnte nicht behaupten, dass ihm diese Aussicht gefiel, aber sein Hass auf Winmar und seine Kaldronen war stärker als alle Furcht, jedenfalls in diesem Augenblick.

Noch einmal spähte er prüfend hinab.

Die Kaldronen standen noch immer auf der Plattform, die rund fünfzig Klafter unterhalb des Abbruchs aus der ansonsten senkrecht abfallenden Felswand ragte und von der aus eine steinerne Brücke zur anderen Seite der Schlucht führte. Die Decke des gewaltigen Schachts war nicht zu erkennen, ebenso wenig wie sein Grund – die Laternen der Kaldronen reichten bei Weitem nicht aus, um das gesamte Gewölbe zu beleuchten. Aber sie genügten, um das Ziel klar ins Auge zu fassen.

Mit grässlichem Rasseln und Scheppern setzten sich die Kampfkolosse wieder in Bewegung. Ursprünglich waren sie gebaut worden, um auf den Schlachtfeldern gegen Menschen und andere Feinde des Reiches eingesetzt zu werden, doch seit dem Ende des Krieges waren sie verstärkt auch in Gorta Ruun anzutreffen, um die Allmacht des Königs zu demonstrieren. Nicht selten kam es vor, dass wehrlose Bürger von ihnen zu Tode getrampelt wurden. Man pflegte dann von tragischen Unfällen zu sprechen, in Wahrheit jedoch ging es darum, die Bevölkerung einzuschüchtern und davon abzuhalten, sich gegen ihren Herrscher aufzulehnen.

Bertin beobachtete, wie die erste Kaldrone ihren Fuß auf die Brücke setzte, die so schmal war, dass die Kampfmaschinen sie nur im Gänsemarsch überqueren konnten. Die kurzen Greifarme mit den mörderischen Äxten eng an die kugelförmigen Körper gelegt, schickten die Kaldronen sich an, die Schlucht zu überschreiten – und die Widerstandskämpfer warteten auf den geeigneten Augenblick.

Mit zu Schlitzen verengten Augen sah Bertin zu, wie eine Maschine nach der anderen die Brücke betrat. Dabei hob er langsam den Arm.

Es war das erste Mal, dass seine Freunde und er aktiv den Kampf gegen Winmar aufnahmen. In wenigen Augenblicken würde es für sie alle kein Zurück mehr geben.

In diesem Moment bestieg auch der dritte Kampfkoloss die Brücke, stampfte einige Schritte vorwärts – und Bertin rammte seinen Arm nach unten und gab das Zeichen.

»Jetzt!«

Ein Schnaufen und Knirschen war zu vernehmen, als seine Gefährten die lange Stange ansetzten, die ihnen als Hebel diente – und im nächsten Moment kippte der Gesteinsbrocken, den sie in schweißtreibender Arbeit aus dem Fels gelöst hatten, über die Abbruchkante.

Bertin hielt den Atem an, als der riesige Klumpen in die Tiefe stürzte. Bange Augenblicke lang hofften sie nur, dass sie gut gezielt und den richtigen Moment abgewartet hatten – dann schlug der Felsbrocken, der in etwa so groß war wie die Kaldronen selbst, auch schon mit Urgewalt ein.

Es ging so schnell, dass Bertins Augen kaum folgen konnten: Wie ein Geschoss krachte der Fels auf die Stelle, wo die Plattform in die Brücke überging, und durchschlug sie mit entsetzlichem Bersten, trennte die Brücke kurzerhand ab. Der verstümmelte Bogen mit den drei Kaldronen darauf behauptete sich noch einige Augenblicke lang gegen die Gesetze der Natur. Dann bildeten sich Risse im Gestein, und mit lautem Knacken löste sich die Brücke in ihre Bestandteile auf. Rauschend sackten die Trümmer in den bodenlosen Abgrund – und mit ihnen die drei Kaldronen.

Voller Genugtuung sahen die Widerstandskämpfer sie in der Dunkelheit verschwinden. Das Schnauben und Rasseln der Maschinen verlor sich in der Tiefe, ebenso wie das panische Geschrei der Männer, die sie gesteuert hatten. Triumphierend ballte Bertin die Faust, dann sprang er auf – noch war der Kampf nicht vorüber!

»Gut gemacht«, lobte er seine Freunde. »Drei sind hin, einer ist noch übrig.«

»Sollen wir das wirklich tun?«, fragte Dado. Seine knollenförmige Nase zuckte unruhig in seinem fast bartlosen Gesicht.

»Wenn du willst, dann bleib hier – ich werde gehen«, verkündete Bertin entschlossen, während er bereits nach dem Seil griff, »für Dalfin und für meinen Vater.«

»Für Dalfin«, bestätigten auch die anderen Zwerge, von denen viele seinen Bruder gekannt hatten – und Bertin sprang ihnen voran in die Tiefe. Die anderen folgten ihm auf dem Fuß, und schließlich fasste sich auch Dado ein Herz und schwang sich über die Kante.

An Seilen, die aus Höhlenwurmdärmen geflochten und praktisch unzerreißbar waren, glitten sie hinab. Grauer Fels jagte an ihnen vorbei, während sie fünfzig Klafter in die Tiefe glitten, zu der Plattform, auf der die verbliebene Kaldrone noch immer stand, völlig reglos – fast sah es aus, als würde sie den Absturz ihrer Artgenossen betrauern.

Bertin fragte sich, was im Kopf des Mannes vorgehen mochte, der die Kaldrone steuerte. Vermutlich war er vor Entsetzen wie erstarrt und konnte nicht begreifen, was geschehen war. Vielleicht war er auch froh darüber, selbst verschont und am Leben geblieben zu sein. Von langer Dauer würde seine Erleichterung jedoch nicht sein. Dafür würden Bertin und seine Freunde sorgen, noch ehe der Verstand des Mannes wieder Tritt fassen konnte.

Schon erreichten sie die Plattform. Bertins Gefährten ließen ihre Seile los und nahmen die letzten Klafter im Sprung. Geschmeidig landeten sie und nahmen sofort den Kampf gegen die Kaldrone auf, indem sie Steine vom Boden auflasen und auf den Koloss warfen, wissend, dass sie ihm damit keinen Schaden zufügen konnten. Wirkungslos prallten die Geschosse von der Panzerung ab – die Kaldrone fuhr dennoch schnaubend herum, und ihre eisernen Arme, die die Körperkraft ihres Steuermanns um ein Vielfaches verstärkten, bewegten sich und hoben die beiden riesigen Äxte, um damit auf die Angreifer loszugehen.

In diesem Augenblick landeten Bertin und Dado, die an ihren Seilen hängend abgewartet hatten, geradewegs auf dem Koloss. Sich mit der einen Hand weiter festklammernd, fassten sie mit der anderen ihre Hämmer und schlugen damit auf den Mechanismus ein, der beiderseits der kugelförmigen Hülle für das Heben und Senken des Schutzvisiers verantwortlich war.

Es krachte fürchterlich. Heißer Dampf entwich mit hellem Zischen und fügte Dado, der gequält aufschrie, eine Verbrennung am Arm zu. Der Zwerg im Inneren der Kaldrone, der sich wie in einer riesigen Glocke fühlen musste, ließ die Maschine herumfahren und hin und her schwanken, um die Angreifer abzuschütteln, aber es gelang ihm nicht. Mit zusammengebissenen Zähnen droschen Bertin und Dado weiter auf die Vorrichtung ein – bis diese schließlich nachgab. Die Bolzen brachen, und mit hässlichem Quietschen fiel das Visier herab, das den Steuermann der Kaldrone gegen Angriffe von außen schützte – die Vorderseite der stählernen Kugel war nun offen.

Bertins Gefährten zögerten nicht – unter wildem Kampfgeschrei griffen sie erneut an und schleuderten faustgroße Steine ins Innere der Kaldrone. Dass sie trafen, erkannte man daran, dass der Koloss ins Wanken geriet.

Bertin handelte nicht weniger entschlossen. Von wildem Kampfesfieber gepackt, ließ er das Seil los, rutschte seitlich an der Kugelhülle herab bis zur stählernen Schulter und kletterte von dort in den Führerstand der Maschine.

Der Zwerg, der dort kauerte, Arme und Beine in den Vorrichtungen, die die Kaldrone lenkten, blickte ihm mit schreckgeweiteten Augen entgegen. Aus einer Wunde an seiner Schläfe rann Blut und besudelte seinen Bart.

»Du kämpfst gegen dein eigenes Volk?«, herrschte Bertin ihn über das Schnauben der Maschine hinweg an. »Gegen deine eigenen Leute? Dann sieh her – dies ist Martog, der Hammer meines Vaters!«

Und noch ehe der Steuermann etwas erwidern konnte, hieb Bertin mit aller Kraft zu.

Der Hammer, der einst seinem Vater gehört und ihm geholfen hatte, dem Gestein des Berges einzigartige Formen zu entlocken, zerschmetterte nun den Schädel des Steuermanns. Mit einem Ruck riss Bertin die Waffe zurück und betrachtete das furchtbare Mordwerk. Die Kaldrone stand still, hatte in dem Moment aufgehört, sich zu bewegen, da das Leben ihres Meisters erlosch. Ein letztes Mal entwich ihr zischend heißer Dampf, dann kehrte Stille ein.

»Das«, sagte Bertin leise und mit grimmiger Genugtuung, »war für meinen Bruder.«

5

In ihrer Eigenheit, alles mit Bezeichnungen zu versehen, hatten die Sterblichen ihm viele Namen gegeben – so wie es schon in vielen Gestalten erschienen war.

Manche nannten es einen Geist.

Andere einen Schatten.

Für wieder andere war es eine Stimme, die zu ihnen sprach und ihnen seinen Willen aufdrängte.

Doch in welcher Manifestation es sich auch immer zeigte, es war beinahe so alt wie Erdwelt selbst. Solange es sich erinnern konnte, war es bereits da, umfangen von Dunkelheit, und wartete.

Jahrhunderte.

Jahrtausende.

Zeit bedeutete nichts in seinen vielen Augen. Es hatte Königreiche aufsteigen und fallen, hatte Völker kommen und gehen und Kreaturen werden und vergehen sehen. Geduldig hatte es ausgeharrt, hatte nach einer Gelegenheit gesucht – und sie schließlich gefunden.

Voller Zuversicht waren die Sterblichen in dieses neue Zeitalter eingetreten, in eine Ära des Fortschritts und der Hoffnung – doch es hatte nur einer geringen Anstrengung bedurft, um all diese Hoffnungen zunichte zu machen und in einem Strudel von Blut und Zerstörung untergehen zu lassen.

Der Krieg zwischen Menschen und Zwergen hatte die Bühne bereitet, nun sollte der nächste Akt des Dramas folgen, dessen Regeln die Stimme ganz allein festlegte, frei von Skrupeln und moralischen Fesseln, wie die Sterblichen sie sich auferlegten und die es so einfach machten, ihre Denkweisen zu durchschauen und ihr Handeln vorauszuberechnen.

Die Stimme hatte jeden Schritt sorgfältig geplant.

Jahrhunderte hatte sie damit verbracht, Szenarien zu entwickeln und wieder zu verwerfen, hatte Existenzen wie Spielfiguren auf einem Brett hin und her geschoben. Unendlich viele Dinge galt es zu berücksichtigen. Selbst Kleinigkeiten konnten große Pläne zu Fall bringen, Zufälle, winzige Unwägbarkeiten in der Maschinerie eines ansonsten vollkommenen Plans. Sie alle hatte die Stimme vorauszusehen versucht, hatte selbst das unstete Wesen der Sterblichen, ihren Wankelmut, ihren Kleingeist und ihre ständige Furcht vor allem Neuen und Unbekannten in ihre Erwägungen einbezogen – und dann den Stein ins Rollen gebracht.

Es war nur ein kleiner Stein gewesen, nur wenige Worte. Doch der Moment, in dem sie gefallen waren, und der Geist, zu dem sie gesprochen wurden, waren sorgfältig gewählt gewesen, und so hatten sich die Dinge zu ändern begonnen.

Schritt für Schritt.

Zu allmählich, als dass die Sterblichen es bemerkt hätten – im Augenblick eines Lidschlags für jemanden, der seine Existenz in Jahrtausenden maß.

Aus einem unbedeutenden Steinmetz war der Herrscher des größten Reiches geworden, das Erdwelt seit den Tagen der Elfen gesehen hatte, ein anfangs nur beschränkter Konflikt hatte nahezu die ganze Welt erfasst. Und eine auf den ersten Blick unscheinbare Entdeckung hatte die Art, wie Krieg geführt und Schlachten geschlagen wurden, für immer verändert.

All dies hatte die Stimme bewirkt, und stets war alles nach ihrem Plan verlaufen. Die Sterblichen hatten sich als zu schwach herausgestellt, um sich dem Wandel der Zeit entgegenzustellen, und so hatte sich alles zugunsten der Stimme entwickelt, und sie hatte beständig an Macht gewonnen.

Bislang.

Denn nun war eine Veränderung eingetreten.

Etwas Unvorhergesehenes war geschehen, etwas, das die Stimme nicht berücksichtigt hatte. Ein neues Element hatte ins Spiel gefunden – und dieses Element war Chaos.

Woher es kam, wusste die Stimme nicht zu sagen. Menschen waren dazu nicht in der Lage, ebenso wenig wie die Zwerge. Dennoch störte igendetwas, das von außen drang, ihre Pläne – denn die Orks, die die Stimme beauftragt hatte, das Kind zu rauben, waren mit ihrer Mission gescheitert.

Ihr Anführer war tot.

Das Kind war verschwunden.

Und damit war zum ersten Mal eine Entwicklung eingetreten, die die Stimme in dieser Form nicht vorhergesehen hatte. Wie all die Male zuvor hatte sie an den Fäden gezogen, hatte die Gier, den Neid und die Rachsucht der Sterblichen angestachelt und sie für sich arbeiten lassen – doch aus einem unerfindlichen Grund war ihr Plan diesmal nicht aufgegangen.

Sie rief nach den Schatten.

Das Kind musste gefunden werden, je rascher, desto besser, denn es gehörte zu ihren Plänen, war ein Teil davon, so wie sie alle ein Teil davon waren.

Der vom Irrsinn befallene Winmar.

Der von Neid zerfressene Vigor.

Der machtlüsterne Lavan.

Und selbst die widerspenstige Aryanwen.

6

Sie hatten die Hügellande erreicht.

Von den Bergen, die sich im Norden und Westen des rauen, aus gelbgrünen Wiesen und samtgrünen Wäldern bestehenden Landes wie eine gewaltige, schneegekrönte Mauer erhoben, blies den Reitern eisiger Wind entgegen. Was die Männer erblickten, als sie in Jubel und erleichtertes Gelächter verfielen, konnte Dag nur vermuten – er nahm an, dass es ein *cestrog* war –, eine jener Stammesburgen, die das Hochland übersäten und in denen die Clanlords Hof hielten, die mächtigen Oberhäupter der Sippen, die die Hügellande bevölkerten und von jeher ihren eigenen Gesetzen folgten.

Aus Erzählungen wusste Dag, dass diese Burgen nicht mit den steinernen Festungen zu vergleichen waren, die im zivilisierten Südwesten errichtet wurden. Bei den Hügelclans hatte der Fortschritt nur sehr zögerlich Einzug gehalten, und so frönten sie nicht nur weiterhin ihren Jahrhunderte alten Traditionen, sondern lebten auch wie einstmals in ihren Landstädten, von hohen Palisadenmauern umgebenen Siedlungen, deren Häuser zum größten Teil aus Holz bestanden. Mit einer Ausnahme: Der Turm des Häuptlings, der sich in der Mitte der Siedlung erhob und mit den Farben des Clans markiert war, war aus Steinen gemauert, die eigens von den Bergen herangeschafft wurden. In Friedenszeiten diente dieser Turm dem Clansherren als Residenz; in Kriegszeiten – und die Hügelstämme waren berüchtigt dafür, sich untereinander fortwährend blutige Fehden zu liefern –, nutzte der Stamm ihn als Zuflucht.

Die Streitsucht der Clanlords und ihr fast legendärer Starrsinn waren die Gründe dafür, dass ihre Zugehörigkeit zum Reich höchst wechselhafter Natur und meist nur von kurzer Dauer gewesen war. Unter Corwyns Herrschaft hatten sie sich Tirgaslan unterworfen, um sich schon wenig später wieder loszusagen und ihre eigenen Interessen zu verfolgen. Das Verhältnis der Westmenschen zu den Clans war entsprechend zwiespältig, eine beinahe endlose Aneinanderreihung von Zweckbündnissen und Missverständnissen; man ließ einander leben und trieb gelegentlichen Handel. Trotz ihrer Uneinigkeit hatten es die Clanlords auf diese Weise verstanden, sich ihre Unabhängigkeit über die Jahrhunderte zu bewahren. Nun jedoch, da ein Zwerg auf dem Thron von Erdwelt saß, war diese Freiheit bedroht – und dies, dachte Dag, während sie auf die Siedlung zuritten, war wohl auch der Grund dafür, dass er überhaupt hier war.

Ihre Pferde hatten Alured und seine Leute unweit der Lichtung versteckt, auf der Dag und Dwethan mit ihnen zusammengetroffen waren. Pferde galten im Hochland als wertvollster Besitz, sie übertrafen selbst Gold bei Weitem. Jeder Stamm züchtete seine eigenen Tiere, und je mehr ein Clan davon besaß, desto größer war sein Ansehen. Pferde kamen bei der Jagd zum Einsatz, ebenso wie im Krieg; die Reiterkrieger der Clans waren so berühmt wie gefürchtet, und hin und wieder führten sie sogar Streitwagen ins Feld, archaische, zweirädrige Gefährte, die von mehreren Rossen gezogen wurden.

All das hatte Dag bislang nur aus Erzählungen gekannt; in dem Augenblick jedoch, da seine Begleiter und er das Tor des *cestrog* passierten, wurde es Wirklichkeit.

Dag roch den strengen Geruch von Schafen und den bitteren Geschmack von Rauch; er hörte das Schnattern von Gänsen und das Gackern von Hühnern, so wie er den hellen Klang eines Ambosses hörte, der mit wuchtigen Schlägen bearbeitet wurde; er vernahm das aufgeregte Gemurmel der Menge, als der zurückgekehrte Kriegstrupp in den Hof einritt, und obwohl er die eigentümliche Sprache der Hügelbewohner nicht verstand, drang immer wieder ein Name an sein Ohr.

Dwethan.

Dags Vermutungen wurden dadurch in zweifacher Hinsicht bestätigt. Zum einen war nun endgültig klar, dass der Alte in den Hügellanden kein Unbekannter war; und zum anderen sprach alles dafür, dass er sehr viel mehr war als ein einfacher Prediger, denn selbst ohne ihre Worte zu verstehen, konnte Dag hören, dass die Clansleute den Namen mit Respekt und Hochachtung aussprachen. Hier und dort glaubte Dag sogar, ein klein wenig Furcht herauszuhören.

Das Pferd, auf dem er zusammen mit Alured saß, verlangsamte seinen Tritt und kam schließlich zum Stehen. Dag hörte, wie die Krieger aus den Sätteln stiegen und glitt ebenfalls vom Rücken des Tieres, dann tätschelte er es zum Dank. Es war nur eine beiläufige Geste, doch in den Hügellanden, wo Pferde alles zählten, blieb sie nicht unbemerkt.

»Ihr mögt Pferde«, sagte jemand mit beruhigend sanfter Stimme. Es war eine junge Frau, fast noch ein Mädchen, die mit dem Akzent der Hügelbewohner sprach. Vermutlich eine Stallmagd.

»Ich mag jedwede Kreatur, die anderen nichts Übles will«, entgegnete Dag.

»Ich weiß, was Ihr meint«, erwiderte das Mädchen nur, dann hörte er, wie sich ihre Schritte über den gestampften Boden entfernten. Andere näherten sich dafür – feste, schwere

Schritte, die vom Klirren eines Kettenhemdes und Schwertgehänges begleitet wurden.

»Den Pferden«, sagte eine tiefe Stimme, der es weder an Autorität noch an Selbstbewusstsein zu gebrechen schien und die ebenfalls mit dem Akzent der Hochländer sprach, »kommt unter allen Tieren die größte Bedeutung zu. Sie beflügeln den Jäger, sodass er reiche Beute macht, und tragen den Krieger auf donnernden Hufen in die Schlacht.«

»Gewiss«, erwiderte Dag, der die offenkundige Pferdeleidenschaft des anderen zwar nicht teilte, es jedoch als grob unhöflich empfunden hätte zu widersprechen.

»Gut, dass wir uns in dieser Hinsicht einig sind«, sagte der Hochländer mit Donnerstimme. »Viele Westmenschen verstehen nicht, weshalb wir das Pferd mehr als jede andere Kreatur Erdwelts verehren. Du jedoch scheinst anders zu sein, Daghan, Sohn des Osbert.«

»Ihr wisst, wer ich bin?«

»Natürlich.«

»Darf ich auch erfahren, wer Ihr seid?«, fragte Dag in die Richtung, in der er den Besitzer der Stimme vermutete. Ihrem Klang entsprechend, stellte er sich einen kräftigen Mann vor, mit verwildertem Haar und Bart, wettergegerbter Haut und Händen so groß wie Schinken.

»Wie ich sehe, habt ihr euch bereits kennengelernt«, ließ sich in diesem Moment Dwethan vernehmen. »Daghan, darf ich dir Lord Anghas Ca'Dur von Tarnag vorstellen, den Herrn des Clans Ca'Dur, seiner Stammesfarbe wegen auch der ›Rote Clan‹ genannt?«

Dag wusste wahrlich nicht viel über den Osten, aber selbst ihm war klar, dass der Rote Clan einer der ältesten und mächtigsten war. Und ausgerechnet dieser sollte ihm helfen?

»Ihr wart lange unterwegs«, sagte Lord Anghas. »Wenn ich ehrlich bin, muss ich gestehen, dass ich nicht gedacht hätte, dass Ihr den Sohn des Herzogs findet. Aber offenbar habe ich Euch einmal mehr unterschätzt, Druide.«

Druide.

Das Wort hallte wie ein Echo in Dags Bewusstsein nach. Er hatte manches über die Druiden des Hügelvolks gehört. Die einen hielten sie für Scharlatane, die anderen für Zauberer. Die Frage war, was davon auf Dwethan zutraf.

»Ich habe es Euch immer gesagt, nicht wahr?«, fragte der Alte mit hörbarem Lächeln.

»In der Tat.« Anghas Ca'Dur schnaubte geräuschvoll. »Ich hätte Euch von Anfang an vertrauen sollen. Dann hätten wir nicht wertvolle Zeit verloren.«

»Noch ist es nicht zu spät. Habt Ihr Boten an die anderen Clans geschickt?«

»Ja. Sie sind bereit, uns beim nächsten Vollmond am Elfenkreis zu treffen. Jedoch …«

»Ja?«, hakte Dwethan nach.

Der Rote Lord schien einen Moment zu zögern. »Sprechen wir jetzt nicht darüber«, sagte er dann. »Zunächst wollen wir uns über Eure Rückkehr freuen und zusammen speisen. Dann reden wir über alles andere.«

»Wie Ihr wünscht«, entgegnete Dwethan, der zu wissen schien, dass es wenig Sinn hatte, dem Herrn von Tarnag zu widersprechen. Der Lord forderte sie auf, mit ihm zu kommen, und indem er seine Hand auf Dwethans Schulter legte, folgte Dag den beiden über hölzerne Stufen in das Innere des Turmes, der wie bei den meisten *cestrog* das Zentrum der Anlage bildete. Erneut wechselten Geräusche und Gerüche. Das Gemurmel und das Wiehern der Pferde blieben zurück, ebenso wie der helle Klang des Amboss. Dafür stieg eine Mischung aus Ruß und Moder in Dags Nase. Und bei jedem Schritt, den er tat, hatte er das Gefühl, von neugierigen Blicken begleitet zu werden.

7

Einen Teil der Nacht waren sie in nördliche Richtung marschiert, den Schutz der Dunkelheit nutzend und stets auf der Hut vor orkischen Söldnern, die die Gegend durchstreiften. Erst als Aryanwen um eine Pause für sich und ihr Kind bat, bezogen die Orks widerwillig ein behelfsmäßiges Lager, und der sonst so faule Rammar verzichtete sogar darauf, sich aufs Ohr zu legen, sondern hielt zusammen mit Balbok Wache. Wenn es noch eines weiteren Beweises dafür bedurft hatte, in welcher Todesgefahr sie schwebten – hier war er.

Bei Tagesanbruch wurde Aryanwen geweckt. Sie hatte dem Kind noch die Brust gegeben und war darüber vor Erschöpfung selbst eingeschlafen. Als sie das Kind nun erneut stillte, wurde ihr bewusst, wie entkräftet sie trotz des Schlafes war. Seit einem Tag hatte sie keine Nahrung mehr zu sich genommen, und nicht nur der lange Marsch zehrte an ihren Kräften, sondern auch das Mädchen.

»Donnerwetter«, meinte Balbok, der den Kopf schief gelegt hatte und staunend zusah. »Das hat ja ganz schön Hunger. Wie ein kleiner Ork.«

»Nicht wahr?« Aryanwen lächelte.

»Das ist gut«, war Balbok überzeugt. »Man muss essen, wenn man überleben will.«

»Korr«, stimmte Rammar zu, der sich auf einer Wurzel niedergelassen hatte und seinen Proviantsack öffnete. »Und das Balg hat wirklich noch keinen Namen?«

»Nein.« Aryanwen schüttelte den Kopf. »Ich werde wohl damit warten, bis Dag und ich ihn gemeinsam wählen können.«

»So ein *shnorsh*«, machte Rammar. »Das Kind braucht einen Namen, so wie jeder anständige Orkling einen bekommt, wenn er in die Welt gespuckt wird.«

»Tatsächlich? Wie sucht man die Namen bei euch aus?«, wollte Aryanwen wissen.

»Gar nicht.« Rammar schüttelte den Kopf. »Es ist genau umgekehrt, Menschin: Der Name sucht den Orkling aus.«

»Wie darf ich das verstehen?«

»Ganz einfach – Orks heißen so, wie sie sind. Ich wurde zum Beispiel nach dem Wort *rammash* benannt, was in unserer Sprache so viel wie ›groß‹ bedeutet und ›stattlich‹ …«

»Oder auch ›fett‹«, fügte Balbok erklärend hinzu.

»Wer hat dich gefragt, Faulhirn?«, fuhr Rammar ihn an. »Wenn ich nach einem Wort benannt wäre, das übersetzt ›dämlich‹ bedeutet, würde ich lieber die Schnauze halten!«

»Schon gut«, beschwichtigte Aryanwen, »das Prinzip habe ich verstanden. Und wie würdet ihr nun meine Tochter nennen?«

»Vielleicht Luchga«, schlug Balbok vor, »weil sie doch so klein ist.«

»Hirnfurz«, widersprach Rammar, »sie wird doch nicht immer so klein bleiben! Was willst du dann tun? Ihr einen neuen Namen geben?«

Balbok dachte nach. »Dann Gurka«, regte er dann an. »Weil sie so eine kräftige Stimme hat.«

»Ich weiß nicht.« Aryanwen lächelte gequält. »Das scheint mir kein passender Name für eine Prinzessin zu sein.«

»Korr«, stimmte Rammar zu, wobei sich sein fleischiges grünes Gesicht nachdenklich zerknitterte. »Ein Ork-Name ist nichts für so eine garstige kleine Kreatur. Es muss ein

Name sein, der wirklich zu ihr passt. Und eigentlich gibt es da nur einen.«

»Ach ja?«, fragte Balbok.

Aryanwen blickte Rammar skeptisch an.

»Alannah«, grummelte der Ork schließlich.

»Alannah?«, wiederholten Aryanwen und Balbok wie aus einem Munde.

»Korr.« Rammar verzog das Gesicht. »Das kleine Bündel sieht dem Elfenweib so ähnlich, dass es fürs Leben gezeichnet ist. Dann kann es auch gleich seinen Namen tragen.«

»Aber Rammar ...«, wollte Balbok einwenden – doch Aryanwen ließ ihn nicht zu Wort kommen.

»Du ... du hast recht!«, rief sie verblüfft aus. »Alannah war die letzte Königin des Elfenstammes, und sie ist nicht nur meine Ahnin, sondern auch die meines Kindes.« Sie blickte das kleine Mädchen an. »Alannah«, sagte sie ebenso leise wie liebevoll. Das Lächeln, das das Kind ihr schenkte, vertrieb die letzten Zweifel. »Alannah«, wiederholte sie, »wie hätte es anders sein können? Ich danke dir, Rammar!«

Balbok warf Rammar einen verwunderten Blick zu, den der feiste Ork aber nicht erwiderte. Stattdessen hatte er seine Aufmerksamkeit wieder seinem Proviantsack zugewandt und griff hinein. »Mach, was du willst«, knurrte er, »ich werde erst mal ordentlich frühstücken, ehe wir aufbrechen.«

»Willst du auch was?«, fragte Balbok Aryanwen, auf seinen eigenen Brotsack deutend.

»Was ist da drin?«, wollte sie wissen.

»Gnomensülze, selbst gemacht«, verkündete der Ork nicht ohne Stolz – worauf die Königin dankend ablehnte.

»Schön«, grunzte Rammar, »dann bleibt uns dafür mehr. Aber es ist ziemlich dämlich von dir, nichts zu essen. Es wird nicht lange dauern, und das kleine Ding wird dir die Haare vom Kopf gefressen haben.«

Aryanwen schürzte die Lippen. Ihr war klar, dass der Ork nur zu recht hatte. Es stimmte, wenn sie nicht bei Kräften war, konnte sie nicht mehr für Alannah sorgen. Und noch etwas war ihr inzwischen klar geworden, und es war an der Zeit, es auszusprechen.

»Ich kann nicht fortgehen«, sagte sie leise.

»Was?« Rammar, der die Hauer in ein großes, formloses, graubraunes Etwas geschlagen hatte, von dem Aryanwen lieber erst gar nicht wissen wollte, woraus es bestand, schaute auf. Seine grünen Wangen glänzten vor Fett. »Fängst du schon wieder damit an?«, fragte er mit vollem Mund. »Du kannst nicht zurück nach Elfenhain!«

»Ich weiß«, räumte Aryanwen ein. »Aber ich kann auch nicht einfach fliehen.«

»Wieso nicht?«, fragte Balbok. »Wen kümmert's?«

»Den König. Lavan wacht über mich wie über einen Besitz. Er wird mich niemals ziehen lassen. Jedenfalls nicht, ehe ich ihm nicht einen männlichen Erben geschenkt habe«, fügte sie hinzu.

»Na und?«, schmatzte Balbok, der sich nun an seiner Gnomensülze gütlich tat, dem Aussehen nach ein ziemlich bluthaltiges Gericht. »Es könnte doch auch sein, dass du in dem ganzen Durcheinander getötet worden bist. Oder verschleppt.«

»Korr«, stimmte Rammar zu. »Da hat mein faulhirniger Bruder zur Ausnahme mal recht.«

»Ihr kennt Lavan nicht«, erwiderte Aryanwen. »Wenn ich nicht nach Tirgaslan zurückkehre, wird er mich überall suchen lassen, und er wird keine Ruhe geben, ehe er mich nicht gefunden hat – oder meinen Leichnam. Wenn ich bei euch bleibe, bringe ich euch nur in Gefahr.«

»Dann ist es wohl besser, wenn du zurückgehst«, meinte Rammar zwischen zwei Bissen.

»Das muss ich«, war Aryanwen überzeugt, »aber allein.«

»Was soll das nun wieder heißen?«

»Alannah ist in Tirgaslan nicht sicher. Lavan wird ohnehin nicht erfreut sein, dass ich eine Tochter zur Welt gebracht habe. Sollte er dazu jemals erfahren, dass sie nicht sein Kind ist, wird er ihr nach dem Leben trachten.«

»Du redest Unsinn, Weib«, war Rammar überzeugt. »Einerseits sagst du, dass du nicht fliehen, sondern nach Tirgaslan zurückkehren willst – aber dein Kind willst du nicht mit dir nehmen. Wie soll das denn gehen? Hast du vergessen, dass jemand für das Balg sorgen muss?«

»Nein«, versicherte Aryanwen und sah die beiden herausfordernd an, »das habe ich durchaus nicht vergessen.«

Rammar war der Erste, der begriff.

Und er vergaß darüber sogar das Kauen.

»Vergiff ef«, schnauzte er mit vollem Mund.

»Wieso?«, fragte Balbok, der sich seine Sülze schmecken ließ. »Was soll sie vergessen?«

»Ich bitte euch darum«, verbesserte Aryanwen. »Dieses Kind ist das Wertvollste, das ich auf dieser Welt habe – und ich vertraue es euch an.«

»Bist du übergeschnappt?«, fragte Rammar. »Wir sind Orks. Grausame Unholde, die nichts als Tod und Verderben im Sinn haben. Kein Milchgesicht, das bei Verstand ist, würde uns sein Kind anvertrauen.«

»Nun, vielleicht bin ich ja nicht bei Verstand – oder die Zeiten sind so außergewöhnlich, dass sie außergewöhnlicher Maßnahmen bedürfen.«

»Was du da vorhast, ist bloß außergewöhnlich dämlich«, beharrte Rammar. »Wir sind Orks aus echtem Tod und Horn, wir können nicht für dein Kind sorgen.«

»Das sagst du nur, weil du die Verantwortung fürchtest«, war Aryanwen überzeugt. »In dieser Hinsicht seid ihr den Menschen übrigens sehr ähnlich.«

»Pass auf, was du sagst, Weib!«

Aryanwen seufzte. »Wenn es einen anderen Ausweg gäbe, so würde ich ihn wählen«, versicherte sie. »Mich von meinem Kind zu trennen, ist so, als würde mir das Herz aus der Brust gerissen. Aber ich weiß auch, dass es das einzig Richtige ist. Es gibt einen tieferen Grund dafür, dass wir einander erneut begegnet sind – und dieser Grund ist Alannah.«

»Schmarren.«

»Ich weiß, dass es viel ist, um das ich euch bitte, aber ich sehe keine andere Möglichkeit. Ich vertraue euch mein Kind an, damit ihr es zu seinem Vater bringt.«

»Zum Herzogsöhnchen?«, fragte Rammar. »Zu deinem geliebten Erfinder? Sagtest du nicht, dass er geblendet wurde?«

»Dennoch kann er Alannah ein liebevoller Vater sein.«

»Wenn er überhaupt noch am Leben ist.«

»Er lebt«, versicherte Aryanwen ihren eigenen Zweifeln zum Trotz. »Winmar hat ihn aus Ansun verjagen lassen. Das Letzte, was ich von ihm hörte, war, dass er in die Hügellande geflohen ist, in die östlichen Wälder. Dort werdet ihr ihn finden.«

»Und Lavan ganz sicher auch«, schnaubte Rammar.

»Seid unbesorgt. Dem König werde ich berichten, dass sein Kind von Winmars Schergen entführt und nach Norden verschleppt wurde, ins Zwergenreich«, entgegnete Aryanwen, die darüber bereits nachgedacht und sich einen Plan zurechtgelegt hatte. »Vielleicht gelingt es mir auf diese Weise sogar, ihn gegen Winmar aufzubringen. Euch droht also keine Gefahr, wenn ihr nach Osten geht und Dag sucht. Findet ihn und übergebt ihm das Kind. Sobald ihr das getan habt, seid ihr frei zu gehen, wohin es euch beliebt, in die Modermark oder zurück auf eure Insel.«

Balbok drehte den langen Hals und sah Rammar an. »*Korr*«, meinte er, »hört sich gut an.«

»*Douk*, das hört sich nach ausgemachtem Blödsinn an«, widersprach Rammar entschieden. »Das Weib will uns etwas verkaufen, das wir bereits haben. Wir können auch so gehen, wohin wir wollen, warum sollten wir ihr also helfen? Noch dazu, wo sie und der Erfinder streng genommen daran Schuld tragen, dass wir hier sind. Da werde ich mir ganz sicher nicht auch noch ihren Nachwuchs aufbinden.«

»Und wenn ich euch reiche Belohnung verspreche?«, fragte Aryanwen hilflos.

»Versprechen kannst du viel, Weib. Aber wenn ich an die Sache mit dem Buch denke, weiß ich schon jetzt, dass du dein Versprechen nicht halten wirst.«

»Ich habe euch nie belogen, das müsst ihr mir glauben«, versicherte Aryanwen. »Das Buch der Elfenkönigin befand sich tatsächlich in meinem Besitz, aber dann ist es verschwunden.«

»Na klar.«

»Aber selbst wenn ich euch belogen hätte – mein Kind kann nichts dafür«, fuhr Aryanwen fort, »und es braucht eure Hilfe, hier und jetzt.« Verzweiflung ergriff von ihr Besitz. »Bitte Balbok, bitte Rammar – ich weiß, dass wir in der Vergangenheit nicht immer einer Meinung gewesen sind, aber ich hatte geglaubt, dass …«

»Dass was, hä?«, verlangte Rammar zu wissen und fuchtelte mit dem Dreizack, auf den er sein Fleisch gespießt hatte. »Dass wir ein gutes Herz haben? Dass wir keine wahren Unholde sind? Allein für diese Beleidigung gehörst du in den *bru-mill*-Kessel geworfen!«

»Aber Rammar«, wandte Balbok ein und deutete auf die kleine Alannah, die ihre Mahlzeit beendet hatte und wieder friedlich im Arm ihrer Mutter lag. »Wenn wir ihr nicht helfen, wird der garstige König das Kind umbringen.«

»Und?«

Balbok antwortete nicht. Stattdessen beugte er sich herab, streckte einen Klauenfinger nach dem Kind aus – und grinste, als es danach griff.

»Shnorsh.« Rammar verdrehte die Augen. »Du hast schon als Orkling am liebsten mit Würmern und anderem Kleinzeug gespielt. Das heißt aber noch längst nicht, dass du weißt, wie man mit einem Menschenkind umgeht.«

»Ihr braucht nicht viel zu wissen«, versicherte Aryanwen. »Wenn sie danach verlangt, gebt ihr Ziegenmilch zu trinken und haltet sie warm. Bringt sie sicher zu ihrem Vater und haltet euch vom Scharfgebirge fern. Das ist alles.« Sie wandte sich an Balbok. »Willst du sie … einmal halten?«

Das ohnehin schon lange Gesicht des Orks wurde noch länger. »Ich … weiß nicht, ob …«

Sie nickte, und noch ehe er widersprechen oder die Flucht ergreifen konnte, hatte sie sich schon erhoben und war dabei, ihm das Kind auf die langen Arme zu laden.

»Douk!«, rief Rammar, der alarmiert aufgesprungen war, seiner Leibesfülle zum Trotz. »Tu's nicht, *umbal*!«

Aber es war schon zu spät.

Balbok hielt die kleine Alannah im Arm.

Die dunklen Augen des Kindes schauten zu ihm auf, klar und voller Neugier – und als sie das grüne Gesicht mit den von Eiter unterlaufenen Kuhaugen sah, lächelte das Mädchen.

»Huhu«, machte Balbok.

»Umbal!«, wetterte Rammar. »Hör auf zu grinsen wie ein Schwachsinniger und gib das Balg sofort wieder her!«

»Nein, Balbok, hör nicht auf ihn«, wandte Aryanwen ein, die sich langsam entfernte – der Schmerz, den sie dabei in ihrer Brust fühlte, war so überwältigend, dass sie glaubte, vergehen zu müssen. Die Stimme brach ihr, Tränen stürzten ihr in die Augen. Nur eiserner Wille brachte sie dazu, einen

Fuß hinter den anderen zu setzen und sich langsam von ihrem Kind zu entfernen – und die Überzeugung, dass es so besser war.

»Du machst das sehr gut, Balbok«, ermutigte sie den hageren Ork, in dessen Armen sie ihre Tochter zurückließ.

»Weib!«, schrie Rammar. »Bleib hier!«

Aryanwen schüttelte den Kopf, die Tränen liefen jetzt ungehemmt über ihr Gesicht. »Ich muss gehen!«

»Aber wir sind Orks«, wandte Rammar zeternd ein. »Uns ist verdammt noch mal nicht zu trauen!«

»Ich denke, dass ich das besser weiß«, widersprach Aryanwen mit brüchiger Stimme, »und Alannah weiß es auch.« Ein letztes Mal betrachtete sie ihr Kind, das rosige Antlitz, das Lächeln in seinem Gesicht, das Strahlen seiner Augen. »Lebt wohl«, flüsterte sie. »Ich hoffe von Herzen, dass wir uns wiedersehen – wenn nicht, dann richtet Dag aus, dass ich ihn liebe.«

Sie ertrug den Anblick nicht länger. Mit aller Willenskraft, zu der sie noch in der Lage war, riss sie sich los und stürzte in das Dickicht, fort von der Lichtung, fort von den Orks und von ihrem Kind.

»Elendes Weib, garstige Königin!«, hörte sie Rammar hinter sich zetern. »Sieh dich gefälligst vor, hörst du? Auch wenn heller Tag ist – dort draußen in der Welt herrscht finsterste Ork-Nacht!«

8

Im großen Turm des *cestrog*, nach den Farben des Clans Ca'Dur der ›Rote Turm‹ genannt, war man zusammengekommen, in einem Saal, der dem Widerhall der Stimmen nach zu urteilen beträchtliche Höhe haben musste.

Wie Lord Anghas angekündigt hatte, hatte man zunächst gespeist, an einer kreisrunden Tafel, die der Form des Raumes entsprach, und an der die besten und tapfersten Krieger der Sippe versammelt waren. Ein vielfaches Stimmengewirr herrschte in der Halle, hier und dort wurde gelacht, und von unter den Tischen drang das Knurren von Hunden, die sich um die Reste des Hammels balgten. Der Duft des gebratenen Fleisches tränkte noch immer die von Kaminfeuer erwärmte Luft. Ein Getränk wurde gereicht, das die Clansleute *corig* nannten und das aus vergorenen Äpfeln und Honig gewonnen wurde. Es schmeckte süß und hatte eine berauschende Wirkung, die zumindest bei einigen der Anwesenden nicht lange auf sich warten ließ. Die Gespräche an den Tischen wurden lauter, ebenso wie das Gelächter, und hier und dort wurden Lieder angestimmt.

»Mir will scheinen«, raunte Dwethan, der neben Dag an der Tafel saß, »dass wir unser Anliegen vortragen sollten, solange der Lord und seine Krieger noch in der Lage sind, unseren Worten zu folgen.«

Er wandte sich Anghas zu und wechselte mit ihm einige Worte der Ostsprache, die er mühelos zu beherrschen schien. »Folge mir«, forderte er Dag dann auf, und beide erhoben sich und traten in die Mitte der Halle, wo das wärmende Feuer flackerte.

Schlagartig verstummten die Gespräche – Dag wusste nicht, ob auf ein Zeichen Anghas' hin oder einfach nur, weil jemand ins Zentrum des Tafelrunds getreten war. Überhaupt hatte er keine Ahnung, wie viele Blicke auf sie gerichtet waren. Oder ob die Männer und Frauen, die wohl die derben Wollkleider und Haartrachten des Hügelvolks trugen, mit Wohlwollen auf sie blickten. Ihre Neugier jedoch glaubte er deutlich fühlen zu können.

Es war still geworden im Saal. Selbst die Hunde waren verstummt, nur noch das Knacken des Feuers war zu hören. Und in die Stille hinein ergriff Dwethan das Wort.

»Meine Freunde«, begann er, »Ihr alle kennt mich als treuen Verbündeten eures Stammes und eures Volkes. Ihr kennt mich als Heiler und als Seher, weswegen mich manche von euch einen Druiden nennen, und in all den Jahren, die ich bei euch weile, habe ich nie eine Gegenleistung verlangt für das, was ich tat. Heute jedoch, Krieger des Clans Ca'Dur, trete ich mit einem Anliegen vor euch, das diesen jungen Mann betrifft. Sein Name ist Daghan. Er ist der Sohn Herzog Osberts von Ansun.«

Hier und dort gab es Gemurmel, einige erhoben ihre Stimme.

»Er ist ein Krüppel!«, rief jemand. »Blind wie ein Stück Holz!«

In Ansun wäre ein Gefolgsmann, der so sprach, von seinem Herrn zurechtgewiesen worden – Lord Anghas jedoch schwieg. Die Hügelbewohner waren bekannt für ihre schlechten Umgangsformen und ihre Eigenart, stets das auszusprechen, was sie dachten. Einige der Krieger lachten.

»Ein jeder von uns ist das, was er nun einmal ist, mein unbedachter Freund, mit allen Stärken und Schwächen«, konterte Dwethan gelassen. »Deine Schwäche scheint mir ganz offenkundig deine Zunge zu sein.«

Noch mehr Krieger lachten, und die Tatsache, dass der zurechtgewiesene Clansmann nicht widersprach, machte deutlich, welch großen Respekt selbst die gestandenen Krieger dem Druiden entgegenbrachten.

Dag hatte das Gefühl, das Wort ergreifen zu müssen. Dwethan hatte ihn aus seiner Einsiedlerhöhle geholt und ihn hierher gebracht. Nun musste er selbst das Heft des Handelns übernehmen.

»Ich danke Euch für Eure Gastfreundschaft, Lord Anghas«, sagte er laut und mit fester Stimme, »ebenso, wie ich Euch und den Euren dafür danke, dass Ihr die Kämpfer Annuns nach ihrer Niederlage in Eure Burg und Mitte aufgenommen habt. Ihr Anführer Alured ist mein Freund seit Kindertagen und beinahe wie ein Bruder für mich, und ich ...«

Er unterbrach sich, als er die Unruhe bemerkte, die seine Worte auslösten – und ihm dämmerte jäh, dass er einen schwerwiegenden Fehler begangen hatte.

»Still, Junge«, raunte Dwethan ihm zu. »Du bist noch nicht an der Reihe.«

Unter den Kriegern wurden empörte Rufe laut, auch Lord Anghas ließ ein unwilliges Schnauben vernehmen. »Wer ist Euer Begleiter, Druide, dass er glaubt, vor dieser Versammlung sprechen zu dürfen?«, fragte er so, als wäre Dag gar nicht da.

»Ihr wisst, wer er ist«, sagte Dwethan nur.

»Der Sohn eines Herzogs zu sein, bedeutet in den Hügellanden gar nichts«, erwiderte der Clansherr unwirsch. »Ehre ist kein Geburtsrecht, sie wird durch Taten erworben. Welche Taten also hat dieser junge Mann vorzuweisen? Wie viel Ruhm hat er als Krieger erworben? Wie viele Siege hat er errungen?«

Dag wusste, dass Anghas in seine Richtung starrte – und wusste doch nichts zu erwidern. Sein Leben lang hatte er geglaubt, dass in Kriegen kein Ruhm zu erringen sei. Und statt glänzender Siege klaffte eine vernichtende Niederlage in seiner Vergangenheit wie ein großes dunkles Loch. Er ließ den Kopf sinken, was Dwethan zum Anlass nahm, ihn zu verteidigen.

»Verzeiht ihm seine unbedachten Worte, Männer des Roten Clans!«, rief er. »Er ist ein Fremder unter euch und kennt eure Gebräuche nicht.«

»Das ändert nichts daran, dass er mich und meine Krieger beleidigt hat, indem er unerlaubt das Wort ergriff«, beharrte Anghas. »Hier im Hügelland wird der Wert eines Mannes an zwei Dingen bemessen: An der Anzahl der Pferde, die er sein Eigen nennt, und an den Taten, die er vollbringt. Ein guter Name allein ist nutzlos. Wenn du also vor uns sprechen willst, Daghan, Sohn des Osbert, wirst du dir dieses Recht verdienen müssen.«

Dags erste Reaktion war Trotz. Zu gerne hätte er dem Clanslord und seinen Männern vom Kampf um Ansun erzählt, von der blutigen Schlacht, die dort geschlagen, und von den blutigen Opfern, die dort gebracht worden waren. Aber ihm war klar, dass offener Widerspruch das falsche Signal gewesen wäre, also straffte er sich und rief: »Dann sagt mir, wie ich mir dieses Recht erwerben kann!«

Wieder erntete er nur herablassendes Gelächter. Wut packte ihn, und noch ehe Dwethan beschwichtigend dazwischengehen konnte, ergriff er erneut das Wort. »Vermutlich habt Ihr recht!«, schrie er in die Runde. »Ich bin ein Niemand, ein Herzog ohne Land, ein Krüppel, der von Winmar geblendet und erniedrigt wurde. Meinen Willen aber konnte auch der Zwergenkönig mir nicht nehmen, und so stehe ich hier und jetzt vor euch, um mich zu beweisen.«

»Dann stell dich mir zum Kampf!«, rief jemand. »Ich bin bereit, dir dein Recht zu geben!«

Ein dumpfes Poltern erklang von allen Seiten, als die Krieger mit den Fäusten auf die Tischplatte schlugen, wohl, um ihre Zustimmung zu bekunden.

Aber es gab auch Widerspruch.

»Ist das dein Ernst, Onkel Ferghas?«, rief eine andere Stimme, die hell war und klar und offenbar einer jungen Frau gehörte. »Du willst einen Gegner zum Kampf herausfordern, der dir von vornherein nicht gewachsen ist? Welche Ehre versprichst du dir davon?«

»Hier geht es nicht um Ehre«, widersprach Lord Anghas entschieden. »Der Fremde hat eine Herausforderung ausgesprochen, und er hat ein Recht darauf ...«

»Erschlagen zu werden?«

Dag war sicher, die Stimme der jungen Frau bereits einmal gehört zu haben. Kurz nach seiner Ankunft, auf dem Burghof. Sie war das Mädchen gewesen, das ihn angesprochen hatte – aber was hatte eine Stallmagd in der Versammlung der Krieger zu suchen? War sie hier nicht ebenso fehl am Platz wie er selbst?

»... dass seine Herausforderung angenommen wird«, führte Anghas seinen Satz unbeirrt und mit mühsam gebändigtem Zorn zu Ende. »Du tätest gut daran, sowohl dein Temperament als auch deine Zunge zu zügeln, Tochter.«

Tochter!

Die junge Frau war Anghas Ca'Durs eigen Fleisch und Blut!

»Aber Vater, ich ...«

»Es ist entschieden, Catriona!«, donnerte der Clansherr mit einer Stimme, die selbst seine aufsässige Tochter verstummen ließ. »Der Westmensch wollte eine Gelegenheit, sich zu bewähren, und er wird sie bekommen.«

»Was soll er tun?«, fragte Dwethan.

»Er wird gegen meinen Bruder Ferghas antreten – im offenem Kampf mit dem Stab.«

Dag holte tief Luft, um etwas zu erwidern, aber noch ehe er auch nur einen Laut hervorbrachte, meldete Dwethan sich zu Wort. »Er ist einverstanden«, erklärte er schlicht.

Dag glaubte, nicht recht zu hören. »Was?«, zischte er. »Wie soll das gehen, alter Mann? Ich bin blind, schon vergessen?«

»Ich habe dir schon einmal gesagt, dass du dich nicht ausschließlich auf deine Augen verlassen sollst. Gebrauche deine restlichen Sinne – und gebrauche sie weise.«

»Ach so? Na großartig!« Dag schnaubte. »Dann brauche ich also weiter nichts zu tun, als den Stock meines Gegners zu erschnuppern, ehe er mir die Nase zertrümmert.«

»Du brauchst diesen Kampf nicht zu gewinnen, um ihn als Sieger zu verlassen.«

»Was soll das heißen?«

»Dies sind einfache Menschen, Dag, mit einfachen Regeln. Ihnen geht es nicht darum, ob du diesen Kampf gewinnst oder verlierst. Sie wollen wissen, ob du auch im Angesicht der drohenden Niederlage genügend Herz und Mut besitzt, dich deinem Gegner zu stellen.«

»Es geht gar nicht um mein Kampfgeschick«, folgerte Dag. »Es ist ein Willenstest.«

»In der Tat, Junge«, entgegnete Dwethan, »und wenn du Aryanwen und ihrem Kind wirklich helfen willst, dann solltest du ihn bestehen.«

Aus einem unerfindlichen Grund hatte Dag das Gefühl, dass der Alte lächelte, während er sprach, so als ob er nicht im Geringsten überrascht über die jüngsten Entwicklungen wäre. Vermutlich hatte er genau gewusst, was passieren würde, und Dag deshalb nicht vorgewarnt, sondern ihn einfach in die Falle tappen lassen.

»Also schön, alter Mann«, knurrte er grimmig und trat einen Schritt vor, worauf ihm jemand einen hölzernen Stab in die Hand drückte, der etwa fünf Ellen lang sein mochte und so dick, dass Dag Daumen und Zeigefinger darum schließen konnte. Dag suchte die Mitte und balancierte den Stab aus, dann ließ er ihn in seinen Händen kreisen.

Dag war nicht sehr geübt im Stockkampf – zuletzt hatte er ihn als Junge geübt, und auch nur zum Spaß. Vermutlich wäre er für Anghas' Bruder auch dann kein ernst zu nehmender Gegner gewesen, wenn er sein Augenlicht noch gehabt hätte.

»Darf ich an seiner Stelle kämpfen?«, fragte in diesem Augenblick jemand – Dag erkannte Alureds Stimme.

Anghas schien einen Moment nachzudenken. »Willst du das, Daghan?«, fragte er dann.

»Nein«, erwiderte Dag laut und mit fester Stimme, während er sich gleichzeitig einen Narren schalt. »Ich werde selbst für mich kämpfen.«

Hier und dort schlug jemand mit der Faust auf den Tisch, was wohl Anerkennung zum Ausdruck bringen sollte. Zumindest dies, dachte Dag, hatte er also schon erreicht.

Den Stock in den Händen, trat er noch ein paar Schritte vor. Das Feuer, dessen Wärme er deutlich spüren konnte, ließ er zur Rechten hinter sich. Irgendwo dort vor ihm, so nahm er an, stand sein Gegner, der ihn …

In diesem Moment fuhr der Schmerz in seine Eingeweide.

Ohne Vorwarnung.

Ansatzlos.

Das Ende des Stabes traf ihn mit voller Wucht und bohrte sich in seinen Unterleib. Dag rang nach Atem. Der Schmerz war so heftig, dass ihm die Luft wegblieb. Tränen schossen ihm in die Augen, schlagartig wurde ihm speiübel. Seinen eigenen Stock wie eine Balancierstange vor sich haltend, brach er in die Knie und landete auf den schmutzigen, von Stroh bedeckten Dielen.

»Aye, Junge«, hörte er Ferghas sagen, der über ihm stand, und es war offenkundig, dass er dabei grinste, »bist du bereit für eine ordentliche Tracht Prügel?«

Und Dag ahnte, dass es ein langer Kampf werden würde.

9

Verraten.
Verlassen.
Gescheitert.

Die Liste der Eigenschaften, mit denen Vigor sein Schicksal beschrieb, war lang und ebenso düster wie die Zukunft, der er entgegenblickte.

Die Zelle, in die man ihn gesteckt hatte, war feucht und eng und mit einer Tür aus rostigem Eisen verschlossen. Selbst Vigor blieb die Ironie nicht verborgen: Ausgerechnet er, der er schon unzählige Kreaturen in dunkle Verliese gesperrt hatte, saß nun selbst in einer Zelle – und das just in dem Augenblick, da er sich zum ersten Mal in seinem Leben für die Wahrheit entschieden hatte. Aber Vigor konnte nicht darüber lachen, zu unheilvoll waren die Aussichten.

Zwar hatte er noch vor seinem Eintreffen in Tirgaslan das Herz eines Fuchses nach Gorta Ruun schicken lassen, um Winmar vorzugaukeln, dass seine Mission geglückt wäre, und auf diese Weise Zeit zu gewinnen. Doch spätestens, wenn Lavan einen Boten nach Gorta Ruun entsandte – was er vermutlich längst getan hatte –, würde der König vom Verrat seines obersten Folterknechts erfahren. Und man brauchte keiner dieser schleimigen Wahrsager zu sein, um vorauszusehen, was dann geschehen würde.

Anfangs hatte Vigor noch Hoffnung geschöpft.

Der Gedanke an seine getreuen Orks, an Krushak und die anderen, die womöglich versuchen würden, ihn zu befreien, hatte ihn aufrecht erhalten – aber die Köpfe, die draußen im Zellengang wie Trophäen an der Wand hingen und entsetzlichen Gestank verbreiteten, während sie von Fackelschein beleuchtet langsam verwesten, hatten ihn eines Besseren belehrt. Lavan hatte die Orks kurzerhand gefangen nehmen und hinrichten lassen – und so hatte Vigor auch seine letzte Aussicht auf Rettung eingebüßt.

Seither saß er beinahe reglos in seiner Zelle und empfand bittere Reue – nicht der unzähligen Geschöpfe wegen, die er in den Kerker gebracht und unter Qualen zu Tode gefoltert hatte. Sondern weil er versucht hatte, Lavan als Verbündeten zu gewinnen, statt ihn bei der ersten sich bietenden Gelegenheit zu töten. Und weil er nicht schon früher gegen Winmars Alchemistenbrut aufbegehrt und sein Leben stillschweigend in den Dienst eines Wahnsinnigen gestellt hatte.

Er hatte es nicht verdient, hier in dieser Zelle zu sitzen, das war Vigors tiefste Überzeugung – andererseits hatte er schon viele Gefangene erlebt, die dieselbe Überzeugung an den Tag gelegt hatten, und nicht einer von ihnen hatte den Kerker von Gorta Ruun lebend verlassen. Nur etwas gab es, mit dem sich Vigor trösten konnte: Die Folter würde ihm erspart bleiben, da er ja bereits alles gestanden hatte.

Wie lange er schon allein in dem von spärlichem Fackelschein beleuchteten Halbdunkel saß, wusste er nicht zu sagen. Er hatte den Überblick verloren, zumal er nur in unregelmäßigen Abständen mit Wasser und Brot versorgt wurde und er wegen der Eisen, mit denen er an die Zellenwand gekettet war, auch stets nur für kurze Zeit in Schlaf fiel. Ob es draußen Tag war oder Nacht, entzog sich seiner Kenntnis, dafür verspürte Vigor, der oberste Folterknecht von Gorta Ruun, nackte Todesangst. Lautlos wie ein Meuchelmörder hatte sie sich an ihn herangepirscht und ihre kalten Klauen um seine Kehle gelegt, und je länger er in seiner Zelle wartete, desto deutlicher spürte er ihren Druck.

Das Atmen fiel ihm schwerer, und er konnte hören, wie das Blut in seinen Schläfen pochte.

Schneller.

Immer schneller …

Als er auf dem Gang Schritte hörte, waren sie wie ein Signal aus einer anderen Welt. Obwohl er müde und entkräftet war, zwang er sich aufzustehen. Die Ketten klirrten, seine Knochen und Gelenke schmerzten höllisch, aber irgendwie schaffte es Vigor, sich auf die Beine zu raffen. Schon einen Augenblick später war er froh, dass er sich überwunden hatte – denn kein anderer als Lavan erschien vor der Zellentür, in Begleitung eines Kerkerknechts, der eine Fackel trug.

»Ihr?«, krächzte Vigor. Seine Kehle war ausgetrocknet und geschwollen, entsprechend jämmerlich hörte sich seine Stimme an. Dennoch gab er sich alle Mühe, die Fassung zu wahren und seine Furcht nicht zu zeigen. »Seid Ihr gekommen, um mich abzuurteilen? Oder wollt Ihr mich nur verspotten?«

»Weder das eine noch das andere«, entgegnete Lavan, und im Lichtschein der Fackel erkannte Vigor, dass in den feisten Zügen des Herrschers von Tirgaslan weder Genugtuung noch Häme zu erkennen war. Vielmehr waren sie leichenblass.

»Was ist geschehen?«, wollte Vigor wissen.

»Elfenhain wurde angegriffen«, erwiderte Lavan tonlos. »Die Hebammen sind alle tot, Aryanwen ist spurlos verschwunden – und mit ihr auch mein Erbe. Offenbar wurden sie verschleppt …«

Vigors Miene blieb unbewegt, sein Verstand jedoch arbeitete fieberhaft daran, die bruchstückhaften Informationen zusammenzusetzen.

Elfenhain!

Dorthin also hatte sich die Königin zurückgezogen, um ihr Kind zur Welt zu bringen. Vigor hätte seinen roten Bart darauf verwettet, dass Ansgar davon gewusst hatte. Der Alchemist hatte seinen Rivalen ins offene Messer laufen lassen.

»Seid Ihr sicher?«, fragte er, Betroffenheit heuchelnd.

Lavan nickte nur. Ratlosigkeit sprach aus seinen kleinen grauen Augen, während sie durch die Gitterstäbe starrten – und Vigor begriff, dass diese unerwartete Wendung der Schlüssel zu seiner Kerkertür sein konnte!

»Das war Winmars Werk«, knurrte er und gab sich Mühe, dabei möglichst viel Überzeugung in seine Worte zu legen. »Daran besteht nicht der geringste Zweifel!«

Lavan starrte ihn weiter an. Dass er nicht widersprach, deutete darauf hin, dass er ähnliche Gedanken hegte.

»Wir haben zu reden, General«, sagte er dann – und wies den Kerkerknecht an, die Zellentür zu öffnen.

10

Ferghas hatte nicht zu viel versprochen.
Dag bezog fürchterliche Prügel.

Wenn er gehofft hatte, dass der Clansmann Gnade walten lassen oder zumindest ein wenig Rücksicht auf einen hoffnungslos unterlegenen Gegner nehmen würde, so hatte er sich geirrt. Lord Anghas' Bruder ließ seinen Stock derartig kraftvoll tanzen, als gelte es, einen Kampf unter Ebenbürtigen zu gewinnen. Entsprechend gab es kaum eine Stelle an Dags Körper, die noch nicht vom Stock des anderen malträtiert worden war, und Ferghas schien nicht einen Hauch von Mitleid mit dem hilflosen Kontrahenten zu verspüren.

Wieder und wieder ließ er seinen Stab niedergehen, schlug Dag auf die Schultern und auf den Kopf, sodass er benommen wankte, nur um im nächsten Moment wieder einen Stoß in die Magengrube zu erhalten, der ihn nach vorn und in die Knie brechen ließ. Dann erhob er sich schwerfällig, und der ungleiche Kampf begann von Neuem. Dag kam es fast vor, als ob der andere ihn mit dem Stock lenkte, ihn nach Belieben bald hierhin und bald dorthin taumeln ließ, um ihn dann wieder mit gezielten Schlägen in eine andere Richtung zu dirigieren. Entsprechend bizarr musste das Schauspiel sein, das sich den Zuschauern bot.

Anfangs hatten die Clansleute noch jeden einzelnen Treffer Ferghas' bejubelt und mit Beifall bedacht – inzwischen schwiegen sie, was erahnen ließ, wie peinlich berührt sie von dem Anblick waren. Dag merkte, wie etwas warm und feucht an seiner Schläfe herabrann – Blut.

Natürlich hatte er versucht, Gegenwehr zu leisten, und er versuchte es auch jetzt noch. Aber wohin auch immer er seinen Stock führte, war Ferghas' bereits zur Stelle und wehrte den Angriff ab. Und je mehr Treffer der andere landete und je größer der Schmerz wurde, desto langsamer und voraussehbarer wurden Dags Bewegungen. Er hatte keine Ahnung, wie lange dieser Wahnsinn noch andauern sollte. Wann würde es endlich genug der Erniedrigung sein? Wann würden Anghas und seine Leute genug Blut gesehen haben? Wann würde Dwethan sich erbarmen und endlich dazwischengehen?

Noch war es ganz offenbar nicht so weit, denn wieder prasselten fürchterliche Hiebe auf Dag ein, so als hätte er es nicht mit einem, sondern mit fünf Gegnern zu tun – er konnte ihnen nicht entgehen. Zwar riss er seinen eigenen Stab nach oben, um seinen Kopf zu schützen, und der helle Klang von Holz auf Holz sagte ihm, dass er zumindest einen Schlag hatte abwehren können. Aber das Fauchen, das er einen Lidschlag später vernahm, verriet ihm, dass sein Gegner die Waffe herumwirbeln ließ und die Stoßrichtung änderte – und obschon er wusste, dass der nächste Stoß wieder seinem Unterleib gelten würde, brachte er seinen Stab nicht rasch genug in Position, um den Angriff abzuwehren.

Ferghas' Stock traf ihn zwischen die Beine und gab ihm das Gefühl, als wolle sein Unterleib vor Schmerz zerbersten. Bislang hatte er keinen Klagelaut vernehmen lassen, jetzt entfuhr ihm ein heiserer Schmerzensschrei. Die Dunkelheit um ihn herum explodierte in hellen Flecken, und sein Bewusstsein flackerte wie eine Kerze im Wind. Er stürzte und war sicher, dass dies das Ende des Kampfes wäre; nun, da er hilflos am Boden lag, würde sich sein Gegner auf ihn stürzen und ihm den Rest geben, und sosehr Dag den Schmerz fürchtete, so erleichtert war er darüber.

Doch der vernichtende Schlag blieb aus. Als Dag sein Bewusstsein wieder vollends zurückerlangte, fand er sich zwar auf dem Boden liegend, aber jemand war bei ihm und sprach auf ihn ein. Im ersten Moment dachte er, dass es Dwethan wäre, aber dann wurde ihm klar, dass die Stimme weiblich und sehr viel jünger war und mit dem Akzent der Hochländer sprach.

»Gib nicht auf!«, redete sie ihm ein. »Gib nicht auf, hörst du?«

»Catriona!«, hörte er Lord Anghas poltern …

Catriona …

Anghas' Poltern ging in Gebrüll über, das seine Tochter merklich zusammenzucken ließ. Dag wusste nicht, wie sie aussah, aber er konnte sie sich nicht anders vorstellen als in edler Anmut und blühender Schönheit, ein guter Geist, der ihm erschienen war.

»Hör zu«, raunte Catriona ihm ins Ohr. »Ferghas wählt das Ziel seines Angriffs erst kurz bevor er zuschlägt. Wann immer er zum Stoß ansetzt, zögert er für einen Moment!«

»Catriona!«, brüllte Anghas, und Dag spürte, wie sich ihre Aura entfernte und der hilfreiche Geist entschwand.

… erst kurz bevor er zuschlägt …

Ihre Worte wirkten in seinem Schädel ebenso nach wie das Dröhnen von Ferghas' Hieben – und er wurde aus dem einen so wenig schlau wie aus dem anderen. Was, fragte er sich, während er sich schwerfällig wieder auf die Beine raffte, seinen Kampfstab dabei als Krücke missbrauchend, hatte Catriona ihm damit sagen wollen?

Wieder hörte er es fauchen – Ferghas griff erneut an!

Das Geräusch kam von links und war in Höhe seines Kopfes, also duckte Dag sich instinktiv, und tatsächlich verfehlte ihn der Hieb und wischte haarscharf über ihn hinweg. Ein Anlass zum Triumph war es nicht, denn schon der nächste Hieb traf wieder. Hammerhart schlug der Stab gegen Dags Beine und fegte sie unter seinem Körper hinweg. Er stürzte hart und blieb auf dem Boden liegen, zur Erheiterung Anghas' und seiner rauen Gesellen – und im nächsten Moment wusste Dag, dass Ferghas über ihm war.

Weder konnte er seinen Gegner sehen, noch infolge des dröhnenden Gelächters etwas hören – er wusste es ganz einfach, spürte die Gegenwart seines Kontrahenten so wie er den Schmerz spürte, und ihm war klar, dass dieser zum letzten, entscheidenden Schlag ausholte.

Wann immer er zum Stoß ansetzt, zögert er für einen Moment …

Wie ein Echo hallten Catrionas Worte durch sein Bewusstsein, und plötzlich wusste Dag, was zu tun war. Ansatzlos, wissend, dass dies seine allerletzte Chance war, schlug er zu.

Seitlich auf dem Boden liegend, stieß er seinen Stab wie einen Speer nach oben, erwartete fast, dass der Angriff ins Leere gehen würde, wie so viele Male zuvor – doch dieses Mal traf er auf Widerstand!

Offenbar hatte Ferghas, der sich als sicherer Sieger wähnte, nicht mehr mit Gegenwehr gerechnet. Oder er war so darauf bedacht gewesen, sich ein Ziel für seinen letzten Streich auszuwählen, dass er gar nicht mehr auf Dags Bewegungen geachtet hatte. Der Stoß, den Dag mit der Kraft der Verzweiflung führte, traf ihn jedenfalls – und das scharfe Zischen, das der Kehle seines Gegners entfuhr, zeigte Dag an, dass er ihn hart getroffen hatte.

Neue Kraft erfüllte ihn plötzlich, jähe Hoffnung.

Der quälenden Schmerzen ungeachtet, warf er sich auf dem Boden herum, um dem Schlag zu entgehen, der vielleicht noch erfolgen mochte. Ob es so war, bekam Dag nicht mehr mit, denn er sprang auf die Beine, und indem er den Stock beidhändig am untersten Ende packte, holte er nun seinerseits zu einem letzten, verzweifelten Schlag aus.

Dag schrie laut, brüllte seine Wut, den Schmerz und die Frustration laut hinaus, während er den Kampfstab schwang wie ein Ork-Berserker seine Keule – und im nächsten Moment gab es ein trockenes, fast hohles Geräusch, dicht gefolgt von einem Klirren und Plumpsen, wie wenn etwas sehr Schweres zu Boden fällt. Das Gelächter der Zuschauer verstummte augenblicklich, und Schweigen kehrte ein, in dem Dag, der wankend dastand, den Stab noch immer beidhändig erhoben, nur seinen eigenen keuchenden Atem hörte und das Rauschen des Blutes in seinem Kopf.

Dann brandete Beifall auf.

Eine helle Stimme – möglicherweise Catrionas – rief etwas, dann setzte lautstarker Jubel ein, und die Männer droschen mit ihren Fäusten auf den Tisch, dass es in der Halle nur so dröhnte. Und ganz langsam sickerte in Dags schmerzenden Schädel die Erkenntnis ein, dass er den Kampf gewonnen hatte. Vielleicht nicht mit ganz fairen Mitteln und mit einer ungeheuren Portion Glück – aber er hatte gewonnen!

Obschon sein Körper ein einziger Schmerz war und er sich kaum auf den Beinen halten konnte, stieß er den Kampfstab in einer triumphierenden Geste in die Höhe, worauf der Jubel nur noch lauter wurde. Dag versuchte sich vorzustellen, welchen Anblick er bieten musste, wie er da stand, gebeugt, blutüberströmt und mit der Binde über den Augen, und doch übers ganze malträtierte Gesicht grinsend.

Erstmals seit langer, seit undenklich langer Zeit empfand er wieder etwas wie Genugtuung und inneren Triumph, und er genoss das Gefühl, auch wenn er wusste, dass es eitel und der Sieg im Grunde nichtig war. Aber dieser Augenblick, so flüchtig und unbedeutend er sein mochte, gehörte ihm.

»Gut gemacht«, sagte Dwethan plötzlich neben ihm und klopfte ihm anerkennend auf die Schulter, was Dag fast zusammenbrechen ließ.

»Warum habt Ihr mir nicht geholfen, alter Mann?«, fragte Dag in seine Richtung.

»Weil ich zu jedem Zeitpunkt wusste, dass du noch gewinnen kannst.«

Noch ehe Dag darauf eine Antwort einfiel, ergriff Lord Anghas das Wort.

»Daghan, des Osberts Sohn«, sagte er laut. »Du hast tapfer gekämpft und den Sieg errungen.«

»Dann habe ich die Prüfung bestanden?«, fragte Dag. Seine Stimme klang dünn und hohl, wie aus einem tiefen Loch.

»In jeder Hinsicht«, bestätigte der Clansherr. »Du hast alles gegeben – deinen Mut, deine Tapferkeit und wohl noch manches mehr, wenn ich mir dich ansehe.«

Dag grinste freudlos. Selbst das schmerzte.

»Je größer das Unrecht ist, das einem Mann zugefügt wird, desto größer ist die Ehre, wenn er sich dieses Unrechts erwehrt«, folgerte Anghas. »Mein Bruder hat dir einen wertvollen Freundschaftsdienst erwiesen.«

»Einen Freundschaftsdienst?« Die Wunde an Dags Schläfe blutete noch immer.

»Gewiss. Hättest du den Kampf abgebrochen oder dich ihm erst gar nicht gestellt, hätte die Schande nicht nur dich getroffen, sondern auch denjenigen, der dich herausgefordert hat. Indem er erklärte, gegen dich kämpfen zu wollen, hat Ferghas dir also großes Vertrauen und noch größere Zuneigung erwiesen. Aber vermutlich wird noch einige Zeit vergehen, bis dir das tatsächlich klar wird.«

»Vermutlich«, stimmte Dag zu, der eben erst zu begreifen begann, nach welchen ganz eigenen, für Außenstehende nur schwer nachzuvollziehenden Regeln die Clansleute lebten. Begriffe wie Ehre, Freundschaft und Vertrauen, deren Bedeutung in den zivilisierten Westlanden unscharf und verschwommen geworden war, besaßen hier noch absolute Gültigkeit.

»Und bis der gute Ferghas wieder aufwacht, wird vermutlich auch noch einige Zeit vergehen!«, rief jemand, und derbes Gelächter brandete von allen Seiten auf – offenbar war Anghas' Bruder noch immer nicht aus der Ohnmacht erwacht, in die Dags vernichtender Schlag ihn geschickt hatte.

»Dann darf ich jetzt sprechen?«, fragte Dag, nachdem sich die Heiterkeit wieder gelegt hatte.

»Das darfst du«, stimmte Anghas zu. »Du hast dir die Anerkennung und den Respekt des Roten Clans verdient. Was also hast du uns zu sagen?«

»Ich möchte Euch danken«, entgegnete Dag langsam, der Mühe hatte, in seinem durchgeschüttelten Kopf die richtigen Worte zu finden. »Für die Gelegenheit, mich zu bewähren – und dafür, dass Ihr meinen treuen Freund Alured und die Kämpfer Ansuns in den Schutz Eurer Burg aufgenommen habt«, kam Dag wieder auf das zu sprechen, was er eigentlich schon vorhin hatte sagen wollen. »Sie waren auf der Flucht vor den Häschern des Zwergenkönigs und haben bei Euch nicht nur einen Unterschlupf gefunden, sondern eine Heimat. Dafür danke ich Euch von ganzem Herzen.«

»Keine Ursache, junger Freund«, entgegnete Anghas. »Der Rote Clan hat nicht viel übrig für die Zwerge.«

»Dann haben wir etwas gemeinsam«, folgerte Dag. »Und dies ist der Grund, warum ich zu Euch gekommen bin – um Euch um Hilfe zu bitten im Kampf gegen den gemeinsamen Gegner!«

Dag konnte Lord Anghas' Gesicht nicht sehen, aber aus seinem Zögern schloss Dag, dass der Clansherr ziemlich verblüfft dreinblicken musste. »Dein Schützling spricht große Worte aus, Druide«, sagte er zu Dwethan.

»Ich habe Euch gesagt, dass er ein Mann der Tat ist«, stimmte der Alte zu, »wenn auch anders als sein Vater.«

»Ich habe den Herzog von Ansun stets geachtet«, entgegnete Anghas. »Seine Tapferkeit und der Starrsinn, mit dem er sich gegen Tirgaslan behauptet hat, haben mir Respekt und Anerkennung abgerungen.«

»Das ist wahr«, gab Dag unumwunden zu, »mein Vater ist ein Mann von großer Tapferkeit gewesen und von unbeugsamem Stolz. Aber auch seine Macht hatte Grenzen. Deshalb stehe ich hier und heute vor Euch, Lord Anghas, um Euch um Hilfe zu bitten.«

»Und du wählst dafür den kurzen Weg und nicht die weitschweifigen Worte, derer sich die Westmenschen sonst so gerne bedienen«, anerkannte der Häuptling.

»In der Tat«, bekräftigte Dag, beflügelt von seinem Sieg. »Ich habe ohnehin schon zu viel Zeit verschwendet, deshalb sage ich Euch genau, was ich will: Ich will nach Tirgaslan gehen, wo der falsche König Lavan regiert, und ich will mein Weib und mein Kind aus seinen verräterischen Händen befreien – und dazu erbitte ich die Hilfe Eures Clans.«

»Ich verstehe«, sagte Anghas. »Und was bringt dich auf den Gedanken, dass wir dir bei dieser Unternehmung helfen könnten?«

»Zum einen der Ruf, der Euch vorauseilt«, entgegnete Dag mit einer Geistesgegenwart, die ihn nach allem, was er eingesteckt hatte, selbst überraschte. »Es heißt, dass der Rote Clan das Unrecht hasst, und es ist ein schweres Unrecht, das hier geschehen ist. Zum anderen«, fügte er leiser hinzu, »weil ich mir keinen anderen Rat weiß.«

»Wieder bist du ehrlich und wagst ein offenes Wort. Ich weiß das zu schätzen.«

»Und ich will auch weiter ehrlich zu Euch sein«, versicherte Dag. »Die Frau, von der ich sprach, meine Geliebte, ist keine andere als Aryanwen, die Königin von Tirgaslan!«

Die Enthüllung sorgte für lautes Gemurmel an der Tafel. Obwohl Dag nicht verstand, was gesprochen wurde, bekam er mit, dass hier und dort Unmut geäußert wurde. Aber es waren auch ruhigere, zustimmende Töne zu vernehmen.

»Ich beginne zu verstehen, warum du so dringend unsere Hilfe brauchst«, sagte Anghas schließlich, nachdem sich die Stimmung wieder ein wenig beruhigt hatte. »Und das Kind?«, wollte er wissen.

»Ist nicht Lavans, sondern mein eigen Fleisch und Blut«, eröffnete Dag, »ein kleines Mädchen, dessen Leben in Gefahr ist, solange es sich in Reichweite des falschen Königs befindet.«

Wieder gab es Gemurmel. Als Anghas sich wieder zu Wort meldete, klang er zögerlich. »Wir verstehen dein Ansinnen, Daghan«, versicherte er, »jedoch …«

»Begreift Ihr denn nicht? Der Zwergenkönig nahm mir das Augenlicht, damit ich ihm niemals gefährlich werden könnte. In Gestalt meiner Tochter jedoch ist ihm ein neuer Gegner erwachsen, von dem er noch nichts weiß! In ihr lebt die Flamme des Widerstands weiter, und mit ihr die Hoffnung für die Völker Erdwelts auf ein Leben in Freiheit, ohne die Tyrannei der Zwerge!«

Stille trat ein, nicht nur Anghas, auch seine Krieger schienen nachdenklich geworden zu sein. »Unser Freund Dwethan«, sagte der Clansherr dann, »dem es bisweilen gegeben ist, Dinge zu sehen, die kommen werden, hatte angekündigt, dass du ein Anliegen von großer Tragweite vorbringen würdest und dass dein Auftauchen im Roten Turm einen Wendepunkt in der Geschichte des Hügelvolks bedeuten könnte. Nun beginne ich zu verstehen, was er meinte – jedoch kann ich deiner Bitte um Hilfe nicht entsprechen, Daghan.«

»So nennt mir den Grund dafür.«

»Nehmen wir an, wir helfen dir, dein Kind und die Frau, die du liebst, aus Tirgaslan zu befreien – glaubst du, Lavan würde es einfach so hinnehmen, wenn ihm das Weib vor der Nase weggestohlen wird?«

Dag zögerte mit der Antwort.

»Nein«, musste er dann zugeben.

»Nein«, wiederholte Lord Anghas. »Er wird winselnd zu Winmar rennen und ihn um Unterstützung bitten, und der Zwerg wird nur zu gerne bereit sein, ihm ein Heer seiner Orks und Kaldronen zu schicken. Der Anlass mag nichtig sein, aber er vermag einen Sturm auszulösen, der uns alle hinwegzufegen droht. Ein Sturm, der sich bereits angekündigt hat durch die Invasion der Zwerge und durch jene schwarzen Kreaturen am Himmel, von denen Dwethan uns berichtet. Und wenn dieser Sturm einsetzt, so will ich ihm nicht alleine trotzen müssen. Deshalb habe ich auf Anraten des Druiden Vorkehrungen getroffen.«

»Welcher Art?«, wollte Dag wissen.

»Mit deinem Anliegen, Daghan, hast du dich an den tapfersten aller Hügelclans gewandt. Doch der Kampf gegen den Zwergenkönig und seine Schergen ist keine Aufgabe, die ein Clan allein, und wären seine Krieger noch so mutig, bewältigen kann. Deshalb habe ich die Häuptlinge der anderen Clans zu einer Versammlung gebeten, die beim nächsten Vollmond am Elfenkreis stattfinden wird. Diese Versammlung bietet erstmals seit den Tagen des großen Königs Corwyn wieder die Gelegenheit, die Clans des Ostens zu einen – zumindest jene, die noch frei sind und sich der Macht des Zwergenkönigs nicht gebeugt haben.«

»Dann lasst mich auf der Versammlung der Stämme sprechen«, bat Dag. »Ich werde versuchen, sie davon zu überzeugen, dass wir nur gemeinsam …«

»Nein«, wehrte Anghas ab. »Unsere Anerkennung magst du errungen haben, die der anderen Clansherren jedoch noch lange nicht – und einen weiteren Kampf überstehst du nicht. Oder willst du das bezweifeln?«

»Nein«, gab Dag zu.

»Nur einen gibt es, der bei den Stämmen genügend Ansehen genießt und dessen Wort ausreichend Gewicht besäße, um die Clanlords zu einem Bündnis zu bewegen – und das ist dein Vater. Dem Herzog von Ansun würden sie Gehör schenken.«

»Damit mögt Ihr recht haben«, gestand Dag, »doch auf ein Wort meines Vaters werden die Clansherren vergeblich warten, denn er ist tot. Er starb in Winmars dunklen Kerkern, schon vor vielen Monaten.«

»Nein, mein Freund«, widersprach Anghas entschieden, »da irrst du dich. Dein Vater ist noch am Leben.«

»Was?« Dag sog scharf nach Luft. »Woher wisst Ihr …?«

»Der Häuptling hat recht«, ließ sich Dwethan unmittelbar neben ihm vernehmen. »Der Herzog lebt. Wir wissen es aus zuverlässiger Quelle.«

Dags Gedanken rasten.

Gewiss, Winmar hatte versprochen, seinen Vater am Leben zu lassen, jedoch hatte er auch angekündigt, ihn in den dunkelsten Kerker von Gorta Ruun zu werfen. Und da Dag selbst dort gefangen gewesen war und wusste, dass man in den kalten und rattenverseuchten Verliesen der Festung dem Tod näher war als dem Leben, hatte er alle Hoffnung, sein Vater könnte noch am Leben sein, fahren lassen. Zu Unrecht?

»Ich weiß, dass du den kurzen Weg nehmen willst, mein Freund«, versicherte Lord Anghas. »Bisweilen jedoch muss auch der tapferste Krieger einen Umweg in Kauf nehmen, um zu seinem Ziel zu gelangen. Wenn du willst, dass wir dir helfen, Frau und Kind zu befreien, so suche das Bündnis mit den anderen Clans. Doch wenn du dieses Bündnis willst, so gehe zuerst nach Gorta Ruun und befreie deinen Vater – denn nur der Herzog vermag die Clans zu einen.«

11

Erneut saßen sie in dem Saal zusammen, in dem vor undenklich langer Zeit bereits die Elfenkönige Gesandtschaften empfangen und sich mit ihren Kanzlern beraten hatten. Das Feuer im Kamin flackerte und verbreitete unstetes Licht, und einmal mehr hatte Lavan die Wachen nach draußen geschickt, damit das, was zwischen ihm und seinem Gast besprochen wurde, innerhalb dieser Wände blieb. Man hätte den Eindruck gewinnen können, dass sich seit ihrer letzten Begegnung nichts verändert hatte.

Aber das war ein Irrtum.

Das Gespür, das sich Vigor im Lauf unzähliger Vernehmungen und Befragungen erarbeitet hatte, sagte ihm, dass sich die Situation grundlegend geändert hatte.

Alles an Lavans Erscheinung – sein unstetes Augenspiel, seine blutleeren Lippen, sein leicht zwischen die Schultern gezogenes Haupt, seine nervös hantierenden Hände – deutete darauf hin, dass er nicht mehr jener ruchlose Taktierer war, der Vigor noch vor wenigen Tagen in den Kerker geschickt hatte. Allein die Tatsache, dass er ihn zu nächtlicher Stunde aus seiner Zelle hatte holen lassen, sprach Bände. Die jüngsten Ereignisse schienen nicht nur Lavan selbst, sondern auch sein Weltbild in den Grundfesten erschüttert zu haben, und aus Erfahrung wusste Vigor, dass dies die beste Grundlage für einen Neubeginn war.

»Wollt Ihr mir davon erzählen?«, fragte er in jenem Tonfall, den er sich für Fälle wie diesen angewöhnt hatte – dann, wenn ein Gefangener kurz davor war, sein Schweigen zu brechen und man die vorzeigbarsten Ergebnisse erzielte, wenn man als sein bester Freund auftrat. Vigor hatte die Erfahrung gemacht, dass vor allem Menschen dazu neigten, im Angesicht nackter Furcht ihr Vertrauen planlos zu verschenken.

»Da gibt es nicht viel zu erzählen.« Lavans Stimme war trocken und tonlos. »Die Nachricht ist vor wenigen Stunden eingetroffen. Jäger haben gestern eine Rauchsäule über dem Wald gesichtet ... Orks haben Elfenhain überfallen und alle Frauen dort niedergemetzelt.«

»Und – Eure Gemahlin?«, fragte Vigor.

»Ist verschwunden, zusammen mit dem Kind – ich muss davon ausgehen, dass die Orks sie beide verschleppt haben.« Lavan sah auf. Mit einer Mischung aus Überraschung und Befremden stellte Vigor fest, dass der König von Tirgaslan Tränen in den Augen hatte. »Natürlich habe ich sofort Soldaten ausgesandt, aber es gibt wenig Hoffnung. Diese grünen Bastarde verstehen es meisterlich, sich im Wald zu verbergen. Vermutlich sind sie bereits über alle Berge.«

»Woher wisst Ihr, dass es Orks waren?«

»Ich weiß es«, entgegnete der König gepresst, »weil es Dinge gibt, die Menschen ihren Opfern niemals antun würden.«

Vigor hätte widersprechen können, aber er tat es nicht. Überhaupt schwieg er, zumal er das Gefühl hatte, dass Lavan noch nicht alles losgeworden war, was auf ihm lastete.

»Wenn ich es nicht besser wüsste, würde ich sagen, dass das Euer Werk ist, General«, flüsterte der König. »Die Tat trägt Eure Handschrift. Es würde Euch ähnlich sehen, mich mit Lügen von einer Verschwörung gegen den König abzulenken, während Eure Orks die Schmutzarbeit für Euch verrichten.«

»Und was sagt Euch, dass es doch nicht so gewesen ist?«

Ein schwaches Lächeln hob Lavans feiste Wangen. »Ich habe es in Betracht gezogen«, gab er zu. »Aber dann ist mir klargeworden, dass Ihr niemals nur um einer Ablenkung willen Eure Haut riskieren würdet. Und was Eure Ork-Söldner betrifft, so habe ich ja bereits dafür Sorge getragen, dass sie keinen Schaden mehr anrichten können.«

»Das habt Ihr.« Vigor nickte.

Ohne Bedauern.

Ohne Zorn.

Krushak und die anderen Unholde waren Werkzeuge gewesen, nicht mehr und nicht weniger. Nützlich, solange sie in seinen Diensten gestanden hatten, aber auch entbehrlich. Nun galt es, den Blick nach vorn zu richten.

»Was also folgert Ihr aus alledem?«, wollte er wissen.

»Dasselbe, das auch Ihr sofort gefolgert habt.«

»Winmar.« Vigor nickte abermals.

»Aber warum?«, fragte Lavan. »Was bezweckt er damit?«

»Ich habe es Euch gesagt – der König hat den Verstand verloren. Nicht er, sondern seine Giftmischer haben das Sagen in Gorta Ruun, und was ihre Ziele und Absichten betrifft, so sind sie mir ebenso schleierhaft wie ihr ewiges Gerede von Formeln und Naturgesetzen. Die Alchemisten sind es gewesen, die mich zu Euch geschickt haben – vermutlich tatsächlich nur, um Euch abzulenken. In Wahrheit ging es ihnen um die Entführung Eures Weibes und Eures Kindes.«

»Die Frage bleibt bestehen«, erwiderte Lavan, der unruhig auf seinem Stuhl umherrutschte. »Was bezwecken sie damit? Was wollen sie von meinem Erben?«

»Was auch immer es ist«, entgegnete Vigor und gab sich Mühe, dabei so unheilvoll wie nur irgend möglich zu klingen, »es würde Euch sicher nicht gefallen.«

Die Worte verfehlten ihre Wirkung nicht.

Lavans Miene wurde noch blasser, als sie es ohnehin schon war, ein deutlich sichtbarer Kloß wanderte seinen kurzen Hals hinauf und wieder hinab. Den Blick, der sich in seinen Augen formte, hatte Vigor schon oft gesehen – es war der Blick einer Kreatur, die begriff, dass sie sich mit den falschen Mächten eingelassen hatte. Und dem einstigen Anführer der königlichen Geheimpolizei war klar, dass die Zeit reif war für einen weiteren Vorstoß.

»Ich habe es ein Mal gesagt, und ich sage es wieder«, begann er leise. »Winmar ist zur Bedrohung geworden, für Euch ebenso wie für mich. Ihr mögt Euch noch gegen diese Einsicht wehren, Lavan, aber unser beider Ende ist bereits beschlossen. Wenn wir weiter tatenlos abwarten, sind wir verloren – verbünden wir uns jedoch, können wir gegen Winmar bestehen.«

»Können wir das?« Lavans Stimme klang dünn, fast weinerlich.

»Ihr zweifelt? Nach allem, was geschehen ist? Begreift Ihr nicht, dass Ihr keine andere Wahl habt, als Widerstand zu leisten?«

»Und wenn wir uns irren? Wenn es nicht Winmars Söldner waren, die meinen Erben entführt haben, sondern Verlorene Krieger, Söldner, die herrenlos umherirren und nur sich selbst verantwortlich sind?«

»Ausflüchte! Nichts als Ausflüchte!« Vigor schlug mit der geballten Faust auf den Tisch. »Macht endlich die Augen auf, Mann! Was braucht Ihr denn noch?«

»Ehe ich mein Königreich und das alles hier gefährde?«, fragte Lavan mit einer ausholenden Handbewegung. »Das will ich Euch sagen: Ich brauche eindeutige Beweise! Ich brauche Antworten auf meine Fragen!«

»Ihr seid ein Narr! Mit jedem Augenblick, der verstreicht und in dem Ihr zögert, wird Winmar stärker! Wollt Ihr tatenlos dabeistehen, wenn er Euer Weib und Euren Sohn entführt? Sie ihm und seinen dunklen Magiern überlassen?«

»Nein, natürlich nicht«, erklärte Lavan entschieden – doch schon im nächsten Augenblick schien seine Entschlossenheit wieder zu schwinden. »Aber ich weiß auch nicht, was ich Winmar entgegensetzen soll. Ihr sagt, gemeinsam könnten wir gegen ihn bestehen? Das ist doch blanker Unfug! Das Heer Tirgaslans ist geschwächt durch den Krieg, und wir haben kein Geld, um neue Söldner anzuwerben.«

»Das ist mir klar«, versicherte Vigor. »Deshalb müssen wir Winmar dann treffen, wenn er am verwundbarsten ...«

In diesem Moment wurde laut an die Tür der Kammer geklopft.

»Was?«, verlangte Lavan unwirsch zu wissen.

Die Tür wurde geöffnet, ein Diener erschien.

»V-verzeiht, Herr. Aber es gibt Neuigkeiten, und ich dachte, dass Ihr ...«

»Was ist geschehen?«

»Eine Nachricht des Suchtrupps ist soeben eingetroffen, Herr. Königin Aryanwen wurde im Wald aufgefunden.«

Trotz seiner Leibesfülle sprang Lavan auf. »Wie geht es ihr? Ist sie am Leben?«

»Die Königin ist wohlauf, wie es heißt.«

»Und – mein Kind?«

Das Gesicht des Dieners wurde lang. »Davon weiß ich nichts, Herr. Aber es heißt, die Königin befände sich auf dem Weg hierher.«

Lavan und Vigor wechselten einen langen Blick.

Vigor wusste, dass sein Schicksal in diesem Augenblick an einem seidenen Faden hing. Dennoch zeigte er keine Regung. »Nun«, sagte er leise, »werden wir wohl alle unsere Antworten bekommen.«

12

Gorta Ruun.

Dag kannte die Zwergenfestung, deren Eingang am Fuß des Scharfgebirges lag und deren Hallen und Grüfte sich weit in den Berg erstreckten, von den tiefsten Tiefen bis hinauf zu den sieben Türmen über den Gipfeln.

Er selbst war dort gefangen gewesen, zweimal.

Das erste Mal war er noch ein Knabe gewesen. Auf der Jagd hatte er sich verirrt und war im Wald von einer Zwergenpatrouille aufgegriffen worden, die ihn kurzerhand gefangen genommen und verschleppt hatte. Glücklicherweise hatten die Zwerge damals nie begriffen, welch hoher Gefangener ihnen in die Hände gefallen war, und so hatten sie ihn für niedere Arbeiten eingesetzt und nur nachlässig bewacht. Auf geheimen Wegen war es Dag gelungen, aus der Zwergenfestung zu entkommen – nicht ahnend, dass er Jahre später dorthin zurückkehren würde.

Sein zweiter Besuch in Gorta Ruun war aus freien Stücken erfolgt, aber nicht weniger gefährlich gewesen. Um seine Geliebte Aryanwen aus den Klauen des Zwergenkönigs zu befreien, hatte er sich selbst gefangen nehmen lassen. Tatsächlich war es ihm gelungen, Aryanwen aus Winmars Kerker herauszuholen und auf ebenjenen Wegen aus der Zwergenfestung zu fliehen, auf denen er als Knabe bereits einmal entkommen war, jedoch hatte er einen hohen Preis dafür bezahlt.

Die Erinnerung an die dunklen Folterkeller, in denen der finstere Vigor ihm seine Geheimnisse hatte entreißen wollen, jagte ihm noch immer kalte Schauer über den Rücken, und er hatte sich geschworen, niemals wieder nach Gorta Ruun zurückkehren zu wollen. Ebenso, wie er sich geschworen hatte, niemals zuzulassen, dass Aryanwen in Gefahr oder gar erneut in Gefangenschaft geriete. Offenbar hatte er jedoch beide Schwüre gebrochen.

Unruhig schritt Dag in dem Quartier auf und ab, das man ihm zugeteilt hatte. Es handelte sich um eine geräumige Kammer in einem der oberen Stockwerke des Roten Turmes, von deren Fenster aus sich ein weiter Ausblick auf die Hügellande und das Gebirge im Nordosten eröffnete. Vorausgesetzt natürlich, man war in der Lage zu sehen.

Dag überlegte fieberhaft.

Vater oder Geliebte.

Niemals hätte er geglaubt, dass er gezwungen sein würde, zwischen diesen beiden eine Wahl zu treffen.

Die Nachricht, dass sein Vater noch lebte, hatte Dag in einen Zwiespalt gestürzt, dessen er sich fast schämte. Er hatte niemandem davon erzählt, aber abgesehen von aller Freude, die er empfand, nahm er gleichzeitig auch die drückende Last der Verantwortung wahr, die von einem Augenblick zum anderen wieder auf ihm lastete.

Wenn sein Vater noch am Leben war, dann bedeutete das, dass auch die Traditionen von Ansun wirksam und lebendig waren – und damit auch alle Erwartungen, die mit ihnen einhergingen. Dag hatte den größten Teil seines bisherigen Lebens damit zugebracht, diese Erwartungen zu erfüllen, zumeist vergeblich; wie sehr er sich auch bemüht haben mochte, den Anforderungen des Hauses Ansun hatte er nicht genügt. Für seinen Vater war er nichts als eine herbe Enttäuschung gewesen, und daran hatte sicher auch der Kerker nichts geändert.

Niemals in seinem Leben würde Dag den Blick seines Vaters vergessen, als dieser erfuhr, dass die Schlacht um Ansun verloren war – und dass es sein eigener Sohn gewesen war, der die Waffen gestreckt hatte. Angesichts der erdrückenden Übermacht des Feindes und der furchtbaren Zerstörungen, die er angerichtet hatte, hatten Dag und Aryanwen keinen anderen Ausweg gesehen, als zu kapitulieren. Ihnen war es darum gegangen, Menschenleben zu retten – dem Herzog hingegen war es um seine Ehre gegangen, und lieber hätte er sein Volk in den Untergang geführt, als seine Ehre preiszugeben.

Dag und sein Vater waren so unterschiedlich, wie zwei Menschen nur sein konnten, entsprechend hatte sein Herz augenblicklich eine Wahl getroffen, als es darum ging, zwischen ihm und Aryanwen zu entscheiden. Sein Verstand jedoch sagte etwas anderes.

»Ich kann sehen, dass du dich quälst«, sagte Dwethan, der ihm in seiner Kammer Gesellschaft leistete. Ruhig am Fenster stehend, bot der alte Prediger einen eigentümlichen Gegensatz zu Dag, der noch immer auf und ab ging wie ein Tier, das in einen Käfig gesperrt war.

»Unsinn«, wehrte Dag ab. »Ich quäle mich nicht. Ich denke nur ein wenig nach.«

»Ich verstehe. Dann bluten deine Lippen also immer, wenn du ein wenig nachdenkst?«

Dag schürzte die Lippen. In seiner Drangsal hatte er so darauf herumgebissen, dass sie bluteten, und es noch nicht einmal bemerkt.

»Du musst dich deiner Gefühle nicht schämen«, sagte Dwethan leise.

Dag blieb stehen und tat so, als bedenke er den Alten mit einem abschätzigen Blick. »Was wisst Ihr schon über meine Gefühle?«

»Manches. Ich weiß zum Beispiel, dass Osbert dir nie ein richtiger Vater gewesen ist. Dass er lieber einen starken

Kämpfer zum Sohn gehabt hätte als einen Denker wie dich. Dass er deine Ideen und Visionen stets verlacht hat. Und doch bist du etwas Besonderes. Du bist das, was die Elfen der alten Zeit *acayr* nannten.«

»Dieses Wort kenne ich nicht. Was bedeutet es?«

»Wörtlich übersetzt bedeutet es ›Anker‹. Es meint aber auch Wesen, die in der Geschichte einen besonderen Stellenwert einnehmen, weil ihr Geschick mit dem Erdwelts untrennbar verbunden ist. Manche *acayra* sind sich ihrer Bedeutung in vollem Umfang bewusst, so wie Sigwyn und andere Könige der Alten Zeit, die ihr Leben in den Dienst großer Taten gestellt haben. Andere hingegen ahnen Zeit ihres Lebens nichts von der besonderen Rolle, die ihnen das Schicksal zugedacht hat. Und manche verlassen diese Welt sogar, ohne je erfahren zu haben, dass sie sie maßgeblich bestimmt haben. Vor allem Menschen neigen nach meiner Erfahrung zu Letzterem.«

»Ach ja?« Dag war stehen geblieben. Ohne dass er den Grund genau hätte sagen können, machten die Worte des Alten ihn wütend. Womöglich, weil sie ihn an seinen Vater erinnerten. »Vielleicht wollen wir Menschen ja gar nichts Besonderes sein! Vielleicht wollen wir einfach nur unser Leben leben und dabei in Ruhe gelassen werden!«

»Dies zu entscheiden, liegt nicht in deiner Macht«, beschied Dwethan ihm schlicht. »Die Zeiten, in denen wir leben, sind nicht dazu angetan, ein Dasein in Frieden und Beschaulichkeit zu fristen. Dunkle Dinge geschehen dort draußen in der Welt, Junge, gefährliche Dinge – und sosehr du dir einreden magst, dass es nur um dich geht und um die Menschen, die du liebst, ahnst du doch längst die Wahrheit. Das ist der Grund, weshalb du von Unruhe erfüllt bist und hier auf und ab gehst wie ein gefangener *tagyr*.«

»Die Wahrheit«, spottete Dag. »Welche Wahrheit denn?«

»Dass du zu Höherem ausersehen bist als dazu, ein ruhiges, beschauliches Leben zu führen. Wäre es anders, hättest du längst entschieden, dich mit Alured und den anderen Kriegern von Ansun auf den Weg nach Tirgaslan zu begeben und Aryanwen zu befreien. Aber du weißt genau, dass es um mehr geht, und dass du dich deiner Verantwortung nicht entziehen kannst.«

Dag schnaubte. »Meinem Vater gegenüber? Ich habe mein Leben lang versucht, dieser Verantwortung gerecht zu werden, und es ist mir nicht gelungen. Wieso also sollte ich jetzt an den Ort zurückkehren, an den ich niemals wieder zurückkehren wollte, um ausgerechnet den Mann zu befreien, der mich für einen Schwächling und Versager hält?«

»Weil du weißt, dass es das Richtige ist«, entgegnete Dwethan. »Ich weiß, was in dir vorgeht, Junge, ich kenne den Konflikt, der in dir tobt, denn auch ich habe ihn schon mit mir ausgetragen, ungezählte Male. Doch wenn du deinem Herzen gehorchst, wirst du damit womöglich alles zerstören, wofür Aryanwen und du zeit eures Lebens gekämpft habt. Der Weg, den du gehen musst, führt nach Gorta Ruun – denn nur, wenn die freien Clans einig zusammenstehen, haben sie eine Chance, sich in dem Sturm zu behaupten, der über die Welt kommen wird.«

»Ihr sprecht in Rätseln, alter Mann … von Stürmen und von dunklen Dingen, die über die Welt hereinbrechen werden. Ich verstehe das alles nicht.«

»Das kannst du auch nicht, denn da ist zu viel, das du noch nicht weißt. Aber auch dir muss offenbar geworden sein, dass Erdwelt tief gespalten ist, Daghan. Dunkle Kräfte, die über Jahrhunderte geruht haben, erwachen und sind wieder auf dem Vormarsch – und das konnte nur geschehen, weil die Menschen untereinander uneins geworden sind, weil Bruder gegen Bruder kämpft und Sohn gegen Vater. Deshalb muss der Sohn zurückkehren, um den Vater zu befreien, denn genau das ist es, was Erdwelt braucht – Versöhnung.«

»Und dafür soll ich womöglich die Frau opfern, die ich liebe? Und mein Kind, dem ich nie begegnet bin? Das ich noch nie in meinen Armen gehalten habe?«

»Ich weiß, dass ich viel verlange, Junge«, versicherte Dwethan, »aber eine andere Möglichkeit gibt es nicht. Was zerrissen war, muss wieder zueinander finden, was verlorenging, muss wiederhergestellt werden, Ehre und Hoffnung – sonst hat die Menschheit keine Zukunft.«

»Warum kann kein anderer gehen? Warum ausgerechnet ich?«

»Wie ich schon sagte – nur der Sohn kann den Vater befreien. Aber du sollst nicht denken, dass die Krieger Ansuns nicht erwogen hätten, ihren Herzog aus Gorta Ruun herauszuholen. Mehrmals war Alured kurz davor aufzubrechen – ich war es, der ihn zurückgehalten hat, weil das Unternehmen von vornherein zum Scheitern verurteilt gewesen wäre. Nur einen gibt es, der jemals aus Winmars Kerker entkommen konnte, auf dunklen und verschlungenen Pfaden, die nur er kennt – und das, mein Junge, bist du.«

»Und – Aryanwen?«

»Ich kann nicht an deiner Stelle nach Gorta Ruun gehen«, erwiderte Dwethan, »aber ich kann dir anbieten, an deiner statt gen Tirgaslan zu ziehen, um deine Frau und dein Kind vor Lavans Zorn zu bewahren.«

Dag sah ihn überrascht an. »Das würdet Ihr tun? Aber … Ihr seid nur ein alter Mann!«

»Vielen Dank auch. Obwohl du nicht sehen kannst, lässt du dich vom Schein trügen«, tadelte der Alte. »Dabei solltest du inzwischen erkannt haben, dass ich kein gewöhnlicher Greis bin und manche Überraschung in meinen alten Knochen steckt. Ich bin schon früher in der Königsstadt gewesen und darf behaupten, sie gut zu kennen – jedenfalls nicht schlechter als du.«

Dag kaute die Worte wie schweren Wein, während er sie sich durch den Kopf gehen ließ. Es stimmte – Dwethan war fraglos sehr viel mehr als der Prediger, für den Dag ihn zunächst gehalten hatte. Er wusste von Dingen, die kein gewöhnlicher Mensch wissen konnte, und er schien über manch erstaunliche Fähigkeit zu verfügen …

»Einverstanden«, gab Dags Herz die Antwort, noch ehe sein Verstand dazu bereit war. »Aber ich warne Euch, alter Mann: Diese Menschen bedeuten mir mehr als mein eigenes Leben. Wenn ihnen etwas zustößt …«

»Ich verspreche dir, alles zu unternehmen, was nötig ist, um sie vor Lavans Zugriff zu bewahren. Gehe du nach Gorta Ruun und befreie deinen Vater – ich werde in der Zwischenzeit nach Tirgaslan reisen und alles tun, um die Königin und ihr Kind zu retten. Wenn das Schicksal uns wohlgesonnen ist, treffen wir uns in einem Mond an der Pforte von Arun an den Gestaden des *dwaímaras*.«

Dag nickte. *Dwaímarash* war das alte elfische Wort für die Ostsee, und die Pforte von Arun waren zwei riesige Statuen, die hinaus auf das Wasser blickten. In alter Zeit waren diese Standbilder, jedes davon achtundvierzig Klafter hoch, den Elfenkönigen gewidmet gewesen und hatten König Sigwyn und dessen Gemahlin Liadin dargestellt. Später dann waren sie zu Ehren König Corwyns und Königin Alannahs geändert worden; seitdem blickten der erste menschliche Herrscher von Tirgaslan und seine elfische Gemahlin gen Osten in die Ferne, ein steinernes Mahnmal an Zeiten, die sehr viel besser und friedlicher gewesen waren. Denn auf Corwyns Thron saß jetzt der Verräter Lavan, und die beiden letzten Überlebenden von Corwyns Haus mussten um ihr Leben fürchten.

Auf eine gewisse Weise schien es nur konsequent, die Pforte von Arun als Treffpunkt zu wählen. Nicht nur, weil sie von Tirgaslan und Gorta Ruun annähernd gleich weit entfernt war. Sondern auch, weil sich Vergangenheit und Zukunft dort begegneten, und wenn ihr Geschick es gut mit ihnen meinte, würden auch sie dort wieder vereint.

Mehr wollte Dag nicht.

Wenn Aryanwen erst wieder bei ihm war, wenn er ihr gemeinsames Kind in seinen Armen hielt, würde er endlich wieder Trost finden. Seine Schuldigkeit war dann getan, und gemeinsam mit den Menschen, die er liebte, würde er sich aus der Welt zurückziehen, so wie er es schon einmal getan hatte.

13

Weißt du, du hast uns ja schon oft in den *shnorsh* geritten. Aber das ist wirklich der übelste *bru-mill*, den du uns jemals eingebrockt hast!«

Rammar konnte nicht aufhören zu lamentieren.

Die ganze Zeit über, während er vor Balbok hermarschierte und mithilfe seiner Körpermasse eine Schneise durch den dichten Wald bahnte, maulte er vor sich hin.

»Aber Rammar«, wandte Balbok ein, der die kleine Alannah auf den verschränkten Armen trug, »sieh dir das Kind doch wenigstens mal an. Es sieht gar nicht so garstig aus wie ein erwachsener Mensch, eher wie ein Orkling. Und es ist leicht wie eine Feder.«

»Was du nicht sagst.«

»Und jetzt lacht es sogar, sieh nur!«

»Toll«, kommentierte Rammar, ohne sich umzudrehen. »Wirklich ganz toll. Das ist genau, was ich immer wollte. Ein Menschenbalg betütteln.«

»Aber Rammar, es ist doch nicht für immer! Wir bringen das Kind zu Dag und dann …«

»Aber Rammar, es ist doch nicht für immer!«, äffte Rammar ihn nach. »Du solltest dich reden hören! Hast du eine Ahnung, wie weit es bis zu den Hügellanden ist? Außerdem haben wir keine Ahnung, wo sich das Herzogsöhnchen versteckt hält. Und wenn sie ihn längst erschlagen haben, und was dann?«

»Hm«, machte Balbok. Mit einer Klaue hielt er weiter das Kind, während er mit der anderen den ledernen Helm in die

Stirn schob und sich nachdenklich am spärlich behaarten Hinterkopf kratzte. »Daran habe ich noch gar nicht gedacht.«

»Das wundert mich nicht, denn denken war noch nie deine Stärke«, konterte Rammar. »Meine aber schon, und deshalb weiß ich auch, was wir tun werden.«

»Nämlich?«

»Was wohl? Wir werden das Kind aussetzen.«

»Wie meinst du das?«

»Wie werde ich es wohl meinen?« Rammar blieb stehen und wandte sich schnaubend zu seinem Bruder um. »Wir lassen das Balg im Wald zurück, dann sind wir es los.«

»Aber dann … dann wird es ja verhungern!«

»Kaum«, widersprach Rammar. »Die Wölfe werden es wohl vorher holen.«

»Rammar …«, Balbok straffte sich und holte tief Luft, »das geht nicht! Du hast dem Kind doch seinen Namen gegeben!«

Rammar sah ihn finster an. »Na und? Wirst du jetzt rührselig? Wir sind Orks, verdammt noch mal!«

»Eben – und Orks würden einen Orkling niemals aussetzen!«

»Es ist aber kein Orkling, sondern ein hässliches Milchgesicht!«, widersprach Rammar, dessen feistes Gesicht sich vor Zorn noch mehr aufgebläht und dunkel verfärbt hatte. »Und wir sind auch nicht irgendwelche Orks, sondern Könige! Wir müssen zu unserer Insel zurück und können keinen Ballast gebrauchen.«

»Hast du gehört? Ballast hat er gesagt!«, wandte sich Balbok an das Kind auf seinem Arm. »Nimm es ihm nicht übel. Der Rammar meint es nicht so.«

Das Kind lachte.

»Das werden wir ja sehen.« Wütend wandte sich Rammar ab und stampfte weiter durch den Wald. Es ärgerte ihn, dass sich sein Bruder mit dem Kind unterhielt und dazu noch so tat, als wäre er nicht dabei. Überhaupt legte Balbok eine ärgerliche Aufsässigkeit an den Tag, seit das Balg da war, was Rammar nur in seiner Überzeugung bestärkte, dass es weg musste, und das möglichst rasch.

Die Gelegenheit ergab sich, als sie wenig später eine Lichtung erreichten. Einige flache, moosbewachsene Felsen lagen dort im fahlen Sonnenlicht, die wie geschaffen dafür waren, ein Menschenkind darauf zu betten.

»Hier«, schnarrte er nur. »Leg das Balg da hin, da hat es ein weiches Lager.«

»Douk.« Balbok schüttelte den Kopf.

»Willst du ernsthaft Streit anfangen, *umbal*?«

»Douk«, beteuerte Balbok noch einmal. »Aber ich werde das Kind auch nicht aussetzen. Wenn, dann musst du es selbst tun.« Und noch ehe Rammar sich's versah, hatte ihm sein hagerer Bruder das kleine Bündel auch schon in die Arme gedrückt.

»Von mir aus«, schnauzte er, »dann werde ich es eben tun, wenn du elendes Weichhirn nicht Orks genug dazu bist.« Kurzerhand watschelte er auf den nächstbesten Felsen zu und legte das Kind darauf ab. »So, siehst du? Ist nichts dabei.«

Er wandte sich ab und wollte gehen, zurück in den Wald – als das Mädchen zu schreien anfing.

Kein Schreien aus Müdigkeit oder weil es Hunger hatte. Sondern das gellende, markerschütternde Geschrei einer Kreatur, die fürchtete, verlassen zu werden.

»Rammar.«

»Was?«

»Es schreit.«

»Blödkopf, ich höre auch, dass es schreit.«

»Es hat Angst«, war Balbok überzeugt.

»Und wovor bitteschön?« Er wies um sich in den düsteren Wald. »Vor ein paar rauschenden Blättern? Meinst du, das beeindruckt mich? Denkst du, das kocht mich weich?« Rammar lachte triumphierend auf. »Das dämliche Geschrei lässt mich völlig kalt. Je schneller wir weg sind, desto schneller werden wir es los, da kann es krakeelen und zetern, so viel es will!«

Damit drehte er sich um und ging nun tatsächlich, verfolgt von den Schreien, die in seinen spitzen Ohren klingelten.

Räbbäh! Rämmäh! Rammah! Rammar!

Rammar horchte auf.

Irrte er sich, oder hatte das Balg gerade seinen Namen gerufen? Blödsinn, schalt er sich selbst einen *umbal*, das war völlig unmöglich!

Rammar! Rammar!

Er blieb stehen.

»Was ist?«, fragte Balbok, als er das Zögern seines Bruders bemerkte.

»Nichts, nur ...«

Rammar! Rammar!

»Ja?«, hakte Balbok nach.

»Hörst du das auch?«

Rammar! Rammar!

»Klar hör ich das.« Balbok nickte. »Es schreit immer noch.«

»Und was schreit es?«

Balbok legte den Kopf schief und schickte Rammar einen Blick, als würde er an dessen Verstand zweifeln. »Na, was man halt so schreit, wenn man Angst hat.«

»Hm ...«, machte Rammar nur.

Kein Zweifel, das Balg rief nach ihm. Wann je zuvor in seinem tristen Dasein hatte jemand so flehend nach ihm gerufen?

»Gehen wir, Rammar«, schlug Balbok vor, dessen Mundwinkel traurig herabhingen. »Das ist ja nicht auszuhalten.«

»Douk«, erwiderte Rammar und schüttelte das klobige Haupt. »Mir ist gerade eingefallen, dass sich auch Gnomen in diesem Wald herumtreiben. Wenn sie das Balg finden, werden sie es auffressen.«

»Und?«

»Und einen solchen Leckerbissen werde ich ihnen ganz sicher nicht überlassen«, stellte der fette Ork klar und stampfte zurück zum Felsen. »Wenn das Balg einer auffrisst, dann bin ich das, verstanden?«

»Wir nehmen es also mit«, sagte Balbok.

»Vorerst«, knurrte Rammar, während er das kleine Bündel wieder aufnahm und es sich auf den Arm lud. »Und auch nur als Proviant.«

14

Danach«, schloss Aryanwen ihren Bericht, »bin ich weitergelaufen und immer weiter – bis ich endlich im Wald auf unsere Leute stieß. Als ich Stimmen hörte, dachte ich zunächst, dass es die Unholde wären, die mich verfolgten, aber dann wurde mir klar, dass es Menschen waren – und so wurde ich gerettet.«

»Hm«, machte Lavan, der am anderen Ende der Tafel saß und leeren Blickes vor sich hin starrte. Was in seinem kahlen Schädel vor sich ging, war unmöglich zu erraten. Aryanwen konnte nur hoffen, dass er ihren Worten Glauben schenken würde.

Aber sie ahnte zugleich, dass die Gefahr nicht vom König ausging, sondern von der kleinwüchsigen, gedrungenen Gestalt, die mit ihm an der Tafel saß.

Vigor.

Aryanwen wusste nicht, was Winmars oberster Folterknecht in Tirgaslan zu suchen hatte, und sie konnte sich auch nicht erklären, weshalb er plötzlich in solch engem Verhältnis zu ihrem Gemahl zu stehen schien – waren die beiden bei ihrer letzten Begegnung nicht noch erbitterte Rivalen um Winmars Gunst gewesen? Doch die Zeiten schienen sich geändert zu haben. Aus einstigen Feinden waren Verbündete geworden – und Aryanwen sah sich damit gleich zwei Richtern ausgesetzt, die sie überzeugen musste.

»Das Kind«, sagte Lavan. »Wo ist mein Erbe?«

»Noch in der Gewalt der Orks«, entgegnete Aryanwen und musste noch nicht einmal besondere Mühe aufwenden, damit ihr erneut Tränen in die Augen stiegen – der Gedanke an Alannah, die sie zurückgelassen hatte, stimmte sie tieftraurig, auch wenn sie wusste, dass es so am besten war. »Ich hatte keine Möglichkeit, ihn ebenfalls zu befreien, sosehr ich es auch wünschte. Also beschloss ich, mich nach Tirgaslan durchzuschlagen.«

»Ihr müsst erschöpft sein«, bemerkte Vigor.

Aryanwen blickte an sich herab. Ihr Kleid war zerschlissen, ihr Haar in Unordnung, Arme und Beine von Buschwerk zerkratzt, die Augen von Tränen gerötet.

»Wie lange seid Ihr gelaufen, sagt Ihr?«

»Ich vermag es nicht zu sagen. Der Überfall ereignete sich in den Morgenstunden. Danach wurde ich von den Orks gefangen und verschleppt. Wann genau mir die Flucht gelang, weiß ich nicht mehr – nur dass ich bis zum Einbruch der Dunkelheit gerannt bin, weiter und immer weiter.«

»Und die Unholde?«, fragte Lavan. »Wohin sind sie gezogen?«

Aryanwen zögerte einen unmerklichen Augenblick. Nun kam es darauf an. »Nach Norden«, entgegnete sie dann und versuchte, dabei möglichst überzeugend zu klingen. »In Richtung Scharfgebirge.«

Sie konnte sehen, dass der König und Vigor Blicke tauschten – vielsagende Blicke, die sich auf vorangegangene Gespräche zu beziehen schienen, und Aryanwen hätte manches darum gegeben zu erfahren, worum es bei diesen Unterredungen gegangen war.

»Wollt Ihr damit andeuten, Königin, dass unser über alles geliebter Herrscher Winmar hinter dem feigen Angriff steckt?«, fragte der Zwerg spitz. »Dass die Orks, die die Hebammen getötet und Euch und den königlichen Erben verschleppt haben, in seinem Auftrag handelten?«

Aryanwen entging nicht der bedrohliche Unterton in Vigors Stimme. Sie zögerte mit der Antwort, wog kurz ihre Möglichkeiten ab. Zweifellos würde Winmars Speichellecker heftig widersprechen und versuchen, sie vor ihrem Gemahl unglaubwürdig zu machen. Aber die Tatsache, dass sein Sohn entführt worden war, schien Lavan schwer zugesetzt zu haben – gut möglich, dass ihn das gegen Winmar aufbringen würde. Und vielleicht, dachte Aryanwen, gelang es ihr sogar, auf diese Weise einen Keil zwischen ihren Gemahl und Vigor zu treiben, mit dem er sich plötzlich so gut zu verstehen schien.

»Ja«, sagte sie deshalb mit aller Überzeugung, die sie aufzubringen vermochte, »das will ich. Denn der Erbe des Königs von Tirgaslan stellt eine Bedrohung für Winmars Macht dar, die er nicht einfach hinnehmen kann!«

Ihr wütender Blick streifte Vigor, und sie erwartete, dass er heftig widersprechen und zu einer seiner gefürchteten Tiraden ausholen würde, bei denen er Lüge und Wirklichkeit nach seinen Bedürfnissen zu verdrehen pflegte.

Doch es kam anders.

»Da hört Ihr es«, sagte Vigor, an Lavan gewandt. »Ich habe es Euch gesagt, aber Ihr wolltet nicht auf mich hören – nun glaubt wenigstens den Worten Eures Weibes!«

Aryanwen traute ihren Ohren nicht.

Hatte Vigor Ihr gerade recht gegeben?

War er ihr tatsächlich zu Hilfe gekommen?

Oder war auch das wieder nur eine Täuschung?

»Seht Ihr jetzt, dass Winmar Euer Feind ist?«, fuhr der Zwerg fort, als wollte er jeden Verdacht gegen sich im Keim ersticken. »Dass er Euren Untergang will?«

Lavan saß noch immer reglos und starrte vor sich hin. Sein kahler Schädel war puterrot geworden, seine Lippen bebten. »Ja«, ächzte er, »nun sehe ich es.«

»Mein Gemahl, sendet Krieger ins Scharfgebirge aus«, drängte Aryanwen – je mehr Mühe Lavan darauf verwendete, die vermeintlichen Entführer dort zu finden, desto leichter würden Balbok und Rammar es haben, mit Alannah zu entkommen. »Wenn Ihr rasch handelt, könnt Ihr Winmars Schergen noch vor der Grenze abfangen.«

»Ich empfehle den Einsatz mehrerer Trupps«, pflichtete Vigor in geradezu bizarrer Einhelligkeit bei. »Stünden mir meine Orks noch zu Gebote, würde ich Euch ihre Dienste anbieten – ihre Fähigkeiten im Spurenlesen waren bemerkenswert.«

»Aber was immer Ihr unternehmt, tut es rasch«, drängte Aryanwen. »Wenn sie den Wald erst hinter sich gelassen haben, können sie nicht mehr …«

»Schluss jetzt!«, begehrte Lavan auf, sein Kopf schien dabei fast zu platzen. Außer sich vor hilflosem Zorn sprang der Marionettenkönig auf, dabei wild mit den Armen rudernd, so als wäre er tatsächlich eine an Fäden hängende Puppe. »Hört auf, alle beide! Ihr braucht mir nicht zu sagen, was ich zu tun und was ich zu lassen habe, das weiß ich selbst!«

»Aber, mein Gemahl …«

»Mein König …«

»Ruhe! Ich will nichts mehr hören. Es ist mein Erbe, der entführt wurde, und nicht der Eure, und ich allein werde entscheiden, was zu geschehen hat, habt Ihr verstanden? Und jetzt hinaus!«

»Aber ich …«

»Hinaus!«, brüllte Lavan und starrte Aryanwen dabei so wütend an, dass sie vor ihm erschrak. In all den Monaten, die sie nun bei ihm weilte, hatte sie ihn oftmals wütend, aber noch niemals so aufgewühlt erlebt. Die Nachricht, dass sein Sohn entführt worden war, hatte ihn tief getroffen – was, wenn er erfahren hätte, dass er nie einen Sohn gehabt hatte?

Aryanwen war klar, dass es keinen Sinn hatte zu widersprechen, also deutete sie eine Verbeugung an und begab sich zur Tür, gefolgt von Vigor. Während Lavan hinter ihnen am Tisch zusammensank, das Gesicht in den fleischigen Händen vergraben, huschten sie hinaus auf den von Säulen gesäumten und von Feuern beleuchteten Gang.

»Wie erfreulich, Euch wiedergesehen zu haben, Königin«, meinte Vigor mit unverhohlenem Spott.

»Die Freude kann ich nicht teilen«, konterte Aryanwen kühl. Mit aller Gewalt suchte sie die Bilder zu verbannen, die in ihr Bewusstsein drängten. Bilder von Vigor und seinen Schergen, wie sie Dag dazu zwangen, in eine Truhe mit Lichtsteinen zu blicken, und ihn auf diese Weise blendeten.

»Wie bedauerlich«, sagte der Zwerg nur. Dann trat er einen Schritt zur Seite und blieb stehen, sodass er Aryanwen den Weg versperrte, und sah sie durchdringend an. »Und dort draußen im Wald ist alles wirklich so geschehen, wie Ihr es geschildert habt?«, wollte er wissen.

»Warum fragt Ihr? Zweifelt Ihr etwa an meinen Worten?«

»Nicht unbedingt.« Er strich sich über den roten Bart. »Aber manches daran kam mir doch seltsam vor. Seht Ihr, ich weiß nicht viel über Menschenmütter – aber eine Zwergenmutter würde niemals ohne ihr Kind fliehen, selbst wenn es dabei um ihr Leben ginge. Stattdessen würde sie alles daran setzen, bei ihm zu bleiben und für es zu sorgen.«

»Was Ihr nicht sagt.« Aryanwen überspielte ihre Unruhe mit Hochmut. »Dann haben wir nun wohl etwas gefunden, worin sich Menschen von Zwergen unterscheiden.«

»Offenbar – obschon ich stets gedacht hatte, dass zumindest diese Eigenschaft allen Kreaturen Erdwelts gemeinsam wäre.«

»Selbst Ihr könnt Euch irren«, beschied ihm Aryanwen. »So wie ich mich offenbar in Euch geirrt habe.«

»Was meint Ihr?«

Aryanwen brauchte einen tiefen Atemzug, um nicht die Beherrschung zu verlieren. »Das letzte Mal, als wir einander begegneten, seid Ihr noch ein loyaler Untertan Winmars gewesen und wart nur zu gerne bereit, die Drecksarbeit für ihn zu erledigen. Nun finde ich Euch plötzlich an der Seite meines Gemahls als seinen Verbündeten und höre Euch gegen Euren Herrscher Partei ergreifen.«

Das Augenspiel des Zwergs war unmöglich zu deuten. »Wie es aussieht«, sagte er, »sind wir wohl beide in der Lage, Dinge zu tun, die der jeweils andere nicht erwartet hätte.«

»So hat es den Anschein«, stimmte Aryanwen zu. Dann beugte sie sich kurzerhand zu ihm hinab und senkte ihre Stimme. »Aber lasst Euch nicht täuschen, Vigor. Selbst wenn es im Augenblick so aussehen mag, als ob wir denselben Feind hätten – ich habe nichts vergessen. Irgendwann werdet Ihr für die Verbrechen bezahlen, die Ihr begangen habt. Eurer Bestrafung werdet Ihr nicht entgehen.«

Wenn Vigor von ihren Worten beeindruckt war, so ließ er es sich nicht anmerken. »Ganz wie Ihr wollt, meine Königin«, erwiderte er nur.

15

Nur zwei Tage, nachdem Dag Lord Anghas seine Entscheidung mitgeteilt hatte, waren sie aufgebrochen, um seinen Vater aus König Winmars Fängen zu befreien.

Die Gruppe von Kriegern, die dafür ausgewählt worden war, war nur klein und setzte sich im Wesentlichen aus Kämpfern Ansuns zusammen, die Dag seit Kindheitstagen kannte, denen er bedingungslos vertraute und die jederzeit bereit waren, ihr Leben für den Herzog zu wagen. Neben dem getreuen Alured, der stets bei Dag bleiben und sein Auge sein würde, waren es die Brüder Gorwyn und Gladwyn, die den blutigen Kampf um Ansun wie durch ein Wunder beide überlebt hatten; der ungestüme Bogenschütze Terric sowie der Veteran Henquist, dem Dags Vater einst in der Schlacht das Leben gerettet hatte und der diese Schuld begleichen wollte.

Wäre es nach Dag gegangen, hätte er die gefahrvolle Reise gen Westen mit diesen fünfen gewagt – je größer die Gruppe war, desto größer war auch das Risiko der Entdeckung. Lord Anghas hatte jedoch darauf bestanden, dass auch einige Clansleute das Unternehmen begleiten sollten, und hatte dafür die besten und tapfersten Krieger seines Stammes aufgeboten, unter ihnen sein Sohn Cailan, der noch jung an Jahren war, aber angeblich groß an Mut und Tapferkeit, der hünenhafte Dugay und der listige Eidard sowie – zu Dags größtem Erstaunen – des Häuptlings leiblicher Bruder Ferghas.

So waren es zehn Männer, die die Clansburg im Morgengrauen eines düsteren und regnerischen Tages verlassen hatten, und keiner, der den kleinen Tross gebückt in den Sätteln sitzender, mit dunkelgrünen Umhängen gewandeter Reiter sah, hätte vermutet, dass es ihr erklärtes Ziel war, den Verlauf der Geschichte zu verändern.

Jedenfalls, soweit es Dwethan und Lord Anghas betraf – Dag selbst hatte damit aufgehört, in diesen Maßstäben zu denken. Alles, was er wollte, war, dass Aryanwen und ihr Kind sicher waren, und wenn er dafür nach Gorta Ruun gehen und in den Kerker kriechen musste, dann würde er auch das tun. Welche Folgen sein Handeln haben würde oder was er damit heraufbeschwor, war ihm gleichgültig. Einst, vor langer Zeit, mochte er anders gedacht, mochte er Visionen gehabt haben von einer besseren und friedlicheren Welt, in der Kunst und Wissenschaft erblühten und der Fortschritt gedieh. Doch in der Abgeschiedenheit seines Einsiedlerdaseins hatte Dag von diesen Dingen Abschied genommen. Was konnte er schon bewegen, blind, wie er nun einmal war? Im besten Fall gelang es ihm, seine Geliebte und sein Kind zu retten. Dann, so sagte er sich, hatte er zumindest etwas in seinem Leben erreicht – doch bis dahin war es noch ein weiter Weg, und das im wörtlichen Sinn.

Die Route, die die Clansmänner vorschlugen, führte durch die nördlichen Ausläufer der Hügellande, die bewaldet waren und von Schluchten zerklüftet; dort würden sie nur langsam vorankommen, doch konnten sie hoffen, auf diese Weise ungesehen das feindlich besetzte Ansun zu durchqueren und ins Kerngebiet der Zwerge vorzustoßen. Am liebsten hätte Dag tagsüber geruht und wäre nur im Schutz von Dämmerung und Dunkelheit gereist, doch Dwethan hatte ihm ausdrücklich davon abgeraten, der geflügelten Kreatur wegen, der sie bereits begegnet waren und von der Dag noch immer nicht wusste, was sie eigentlich war. Wenn sie, wie Dwethan behauptet hatte, kein Diener Winmars war, was war sie dann? Es war eines von vielen Rätseln, mit denen sich der alte Druide umgab und die sich jedes Mal, wenn er etwas erklärte, noch zu vermehren schienen.

Eigentlich hätte Dag froh sein müssen, den kauzigen Greis los zu sein, aber das Gegenteil war der Fall: Dag vermisste ihn. Dwethan war es gewesen, der ihn in seiner Einsiedlerhöhle besucht und ihn aus seiner Lethargie gerissen hatte, ihm hatte Dag es zu verdanken, dass er von Aryanwen und ihrem … seinem Kind wusste. Und Dwethan war es auch gewesen, der ihm eine neue Chance verschafft hatte.

Vielleicht, so sagte er sich, konnte tatsächlich nur der Sohn den Vater befreien – auch wenn Dag noch keine Ahnung hatte, wie er dies bewerkstelligen sollte. Der Plan, den er sich zurechtgelegt hatte, war nur vage, und er hätte die Hilfe des alten Fuchses gut gebrauchen können. Doch Dwethans Weg war ein anderer, und es beruhigte Dag zu wissen, dass dieser Weg ihn nach Tirgaslan führen würde, zu Aryanwen.

Der Gedanke an die Frau, die er liebte, machte ihn schwermütig. Er suchte ihn rasch zu verdrängen, aber es gelang ihm nur teilweise. Aryanwen war sein Leben. Wie, so fragte er sich jetzt, hatte er sie nur jemals verlassen können?

Dumpfer Hufschlag näherte sich, jemand brachte sein Pferd neben seines. Man hatte Dag ein eigenes Tier gegeben, einen braven Schecken, der es offenbar gewohnt war, seinen Artgenossen in einem Tross zu folgen. Zur Sicherheit ritt dennoch meist jemand an Dags Seite. Häufig war es Alured, sodass Dag auch diesmal dachte, es wäre der Freund aus glücklichen Kindheitstagen, der sein Pferd neben ihm zügelte.

Aber die Geräusche, die den Reiter begleiteten, waren andere, ebenso wie der Geruch. Als der andere schließlich das Wort ergriff, wusste Dag, wen er neben sich hatte.

»Nun?«, hörte er Ferghas mit rauer Stimme und noch rauerem Akzent fragen. »Hast du dich wieder erholt?«

Dag war verblüfft. Es war das erste Mal, dass Ferghas ihn ansprach, seit sie im Kampf aufeinander getroffen waren. Als er gehört hatte, dass Lord Anghas ihn seinem Trupp zugeschlagen hatte, hatte er sich gewundert. Aber ihm war auch klar gewesen, dass er es dem Clansherren nicht würde ausreden können.

»Ja«, bestätigte er deshalb und grinste schief. »Und Ihr?«

Ferghas lachte auf. »Das war ein sauberer Schlag, nicht schlecht für einen *hogyn*, das muss ich schon sagen.«

Dag wollte nicht fragen, was ein *hogyn* war, aber er nahm sich vor, sich gelegentlich bei Alured danach zu erkundigen.

»Ich will etwas klarstellen«, fuhr Ferghas fort. »Ich bin nicht hier, weil mein Bruder es befohlen hat, sondern auf meinen eigenen ausdrücklichen Wunsch.«

»Es war Euer Wunsch, mich zu begleiten?«

»Als wir kämpften, habe ich dir hart zugesetzt. Ich habe dir Stoß um Stoß versetzt, aber du hast alles eingesteckt, hast gar nach mehr verlangt – und dir damit meinen Respekt verdient. Und statt aufzugeben, hast du bis zum Schluss gekämpft und mich – auch wenn ich es nicht gerne zugebe – besiegt. Eine Niederlage ist immer schmerzlich, aber ich empfinde es als Ehre, dass ich es sein durfte, der diese Seite an dir zum Vorschein gebracht hat. Deshalb bin ich hier.«

»Aus Dankbarkeit?«, fragte Dag ungläubig.

»Aye. Genauso ist es.«

Dag biss sich auf die Lippen. Einmal mehr ging ihm auf, dass im Kodex der Clanskrieger manches anders war, als er es gewohnt war. Aber er begann auch zu begreifen, nach welchen einfachen und doch klaren Regeln diese Menschen lebten.

»Nein«, widersprach er deshalb. »Ich bin es, der zu danken hat – dafür, dass Ihr mir gezeigt habt, wozu dieser Körper noch in der Lage ist.«

»Das habe ich!«, versicherte Ferghas. »Mein verdammter Schädel brummt noch immer!«

Er sagte es mit derartiger Inbrunst, dass Dag unwillkürlich lachen musste, zum ersten Mal nach sehr langer Zeit – und der Mann, der noch vor wenigen Tagen alles daran gesetzt hatte, das letzte Quäntchen Mut aus ihm herauszuprügeln, fiel in das Gelächter mit ein.

»Und«, meinte er schließlich prustend, »hör endlich auf mit dem gestelzten Gerede. Du hast bewiesen, dass du ein Krieger bist, und Krieger sollten einander nicht wie Hofschranzen anreden, hast du verstanden?«

»Verstanden«, versicherte Dag.

»Sehr gut, *hogyn*.«

Nun wollte Dag doch fragen, was es mit diesem Wort, das er nicht kannte und für das es in der Sprache der Westmenschen offenbar keine Entsprechung gab, auf sich hatte – aber er kam nicht dazu. Denn in diesem Moment erklang ein gellender Alarmruf.

»Schatten!«

Dwethan hatte sie gewarnt – und er hatte es so eindringlich getan, dass keiner der Gefährten auch nur einen Augenblick zögerte. Selbst Dag, obschon er nichts sehen konnte, dachte nicht lange nach, sondern ließ sich seitlich aus dem Sattel gleiten. Dann packte ihn auch schon jemand an der Schulter und zog ihn mit, drückte ihn zu Boden.

Dag ließ sich nieder, inmitten von raschelndem Gebüsch. Jemand war dicht neben ihm, vermutlich Ferghas oder Alured, er wagte nicht zu fragen.

Augenblicke lang geschah gar nichts.

Dag verharrte wie versteinert, während er angestrengt lauschte. Aber alles, was er hörte, waren die stoßweisen Atemzüge seiner Gefährten, die sich wie er im Gebüsch versteckten. Und aus einiger Entfernung das unruhige Schnauben eines Pferdes.

Dann das Rauschen.

Wie von einem Wasserfall, der aus dem Himmel auf sie herabstürzte, um sie zu ertränken.

Und mit dem Rauschen kam die Kälte.

Klingengleich schnitt sie in Dags Eingeweide, und er hatte das Gefühl, sich übergeben zu müssen. Gleichzeitig fühlte er die Angst; überbordendes, jede Vernunft übersteigendes Entsetzen, das ihn von einem Augenblick zum anderen erfüllte.

Und dann hörten sie den Schrei.

Schrecklich hallte er durch das Gehölz, wie aus der Kehle einer Kreatur, die grausam zu Tode gequält wurde. Dag schnappte nach Atem. Er fühlte, wie sich ihm die Kehle zuschnürte, spürte die Schweißperlen auf seiner Stirn. Panik erfüllte ihn, die so vernichtend war, dass er aufspringen und sein Versteck verlassen, sich lieber der grässlichen Kreatur ausliefern wollte, als auch nur einen Augenblick länger diesen Zustand überwältigender, alles zersetzender Furcht zu ertragen.

»Was … was geschieht hier?«, hauchte er.

»Ruhe«, flüsterte jemand neben ihm. »Sie sind direkt über uns …«

Sie! Es waren mehrere!

Dag hielt den Atem an. Obwohl seine Augen ihm nicht verraten würden, was dort oben war, legte er aus alter Gewohnheit den Kopf in den Nacken, so als wollte er furchtsam zum Himmel spähen. Doch auch wenn er nichts sehen konnte – die Todesangst zeichnete ein deutliches Bild von den furchterregenden, geflügelten Schemen, die dort unter schwerem Flügelschlag ihre Kreise zogen und herabstarrten, genau in diesem Augenblick …

Dag hatte das Gefühl, die bohrenden Blicke beinahe körperlich zu spüren, fürchtete schon, jeden Augenblick von einer Klaue gepackt und davongerissen zu werden. Wieder verspürte er den unsinnigen Drang, aufzuspringen und sich den Kreaturen zu erkennen zu geben, geradeso, als würden sie ihn rufen. Gleichzeitig spürte er, wie sich zu seinen Füßen etwas regte. Durch das Leder der Stiefel nahm er wahr, wie sich etwas um seine Beine wickelte, dazu hörte er ein leises Klicken und Trippeln wie von unzähligen winzig kleinen Beinen. Das Laub ringsum raschelte, und der süßliche Geruch von Fäulnis stieg ihm in die Nase, gepaart mit Moder und dem scheußlichen Gestank der Verwesung.

Was in aller Welt ging hier vor sich?

Dag wagte nicht, seine Kameraden zu fragen, und er verwünschte sich zum ungezählten Mal dafür, dass er blind war. Doch der Zorn über seine eigene Unzulänglichkeit ließ ihn für einen Moment seine Furcht vergessen, und als sie sich schließlich wieder zurückmeldete, war sie nicht mehr ganz so überwältigend wie zuvor. Erneut waren Schreie zu vernehmen, aber sie drangen jetzt aus größerer Entfernung, und auch die schneidende Kälte hatte ein wenig nachgelassen.

Die Kreaturen entfernten sich!

Dag atmete flach und stoßweise, während er weiter lauschte – bis endlich Alureds bebende Stimme erklang.

»Sie sind fort, alle beide«, gab der Freund Entwarnung – und das Rascheln im Gebüsch ringsum zeigte Dag an, dass er sich erheben konnte. Seine Beine waren weich, sein Herz hämmerte in seiner Brust, er war kaum fähig zu sprechen.

»Verdammt, was sind das nur für Kreaturen?«, hörte er den jungen Terric fragen.

»Das weiß niemand«, antwortete Ferghas, »vermutlich nicht einmal der Druide. Aber er hat uns vor diesen Viechern gewarnt. Er sagt, sie seien nicht das, wonach sie aussehen – sondern noch tausendmal schlimmer.«

»Glaubt ihr, sie haben uns gesehen?«, fragte Alured.

»Wohl kaum – sonst wären wir jetzt wohl nicht mehr am Leben«, erwiderte Ferghas rau. »Aber sie sind auf der Suche nach etwas, so viel steht fest.«

»Fragt sich nur, wonach«, überlegte Alured.

»In welche Richtung sind sie geflogen?«, wollte Dag wissen, der die Sprache allmählich wiederfand.

»Nach Südwesten.«

Südwesten, echote es in seinem Kopf.

Im Südwesten lag Tirgaslan, und Dwethan war auf dem Weg dorthin – bestand ein Zusammenhang?

Er wusste, dass er keine Antwort auf seine Frage erhalten würde, also verdrängte er sie rasch wieder. Der alte Mann musste allein zurechtkommen, genau wie sie. Jeder von ihnen hatte eine Aufgabe zu erfüllen, so war es vereinbart.

Er merkte, wie etwas an seinem Hosenbein hinaufkroch und griff unwillkürlich danach – um überrascht zurückzufahren, als seine Hand etwas Kaltes, Weiches berührte.

Maden!

Es mussten Dutzende sein. Nein, Hunderte!

»Warte.« Alured kam zu ihm und half ihm, die Viecher abzuschütteln. »Weiß nicht, woher die Biester plötzlich gekommen sind. Auf einmal waren sie da. Maden, Würmer, Egel und was weiß ich noch alles. Verdammtes Ungeziefer!«

Dag erinnerte sich an den Geruch, den er plötzlich wahrgenommen hatte. »Und das Moos?«, wollte er wissen. »Der Farn? Die Bäume?«

»Alles verfault und verrottet«, meldete Ferghas, »und das innerhalb von Augenblicken. Was immer diese Kreaturen sind, sie stammen nicht aus dieser Welt. Wohin auch immer ihr Schatten fällt, scheint kein Leben mehr zu gedeihen.«

Dag nickte düster.

Zum ersten Mal waren sie zweien dieser Kreaturen begegnet – und wer vermochte zu sagen, ob nicht noch sehr viel mehr existierten? Außerdem hatte die Dämmerung noch kaum eingesetzt. Wenn die Kreaturen sich jetzt schon am hellen Tage bewegen konnten, musste das bedeuten, dass Dwethans Vermutung richtig war und sie allmählich stärker wurden. Dafür sprach auch, dass das Gefühl der Angst und der Bedrohung, das Dag verspürt hatte, sehr viel stärker gewesen war als bei seiner letzten Begegnung mit den Kreaturen. Auch konnte er sich nicht entsinnen, damals jenen Verwesungsgeruch wahrgenommen zu haben. All das beunruhigte Dag, aber er beschloss, den anderen vorerst nichts davon zu sagen.

»Alles in Ordnung, Junge?«, erkundigte sich Ferghas, der ihm anzusehen schien, dass etwas nicht stimmte.

»Alles in Ordnung«, versicherte Dag. »Lasst uns weiterziehen.«

16

»Es ist Zeit, mein König.«

Die Stimme sprach so laut, dass sie von den Wänden des Thronsaals dutzendfach widerhallte. Doch die Worte erreichten Winmar von Ruun dennoch nicht. In Gedanken versunken, stand der Herrscher von Erdwelt in der Halle der Könige, ließ seine Blicke über die ehrwürdigen Säulen schweifen, die das hohe Gewölbe trugen und in die die Gesichter der vergangenen Monarchen eingemeißelt waren. Einmal mehr kam es ihm vor, als starrten sie auf ihn herab, prüfend und streng, und er fühlte sich unwohl unter ihren steinernen Blicken, hatte das Gefühl, sich rechtfertigen zu müssen.

Wofür?

Hätten sie an seiner Stelle nicht dasselbe getan? Musste er nicht alles tun, um seine Macht zu mehren und zu festigen?

Es war ein langer und beschwerlicher Weg gewesen von den Schlachtfeldern der Ork-Kriege bis in den Thronsaal von Gorta Ruun. Viel hatte Winmar auf sich genommen, um sich vom einfachen Bergarbeiter zum Günstling des Königs emporzuarbeiten und von diesem schließlich an Sohnes statt angenommen zu werden, auf dass er eines Tages Herrscher werde. Winmar hatte diesen Vorgang beschleunigt – nicht um seiner selbst willen, sondern weil es notwendig gewesen war.

Notwendig, um an die Macht zu gelangen.

Notwendig, um dem Volk des Berges eine Zukunft zu geben.

Notwendig, weil die Stimme es ihm befohlen hatte.

Winmar wusste noch genau, wann er die Stimme zum ersten Mal gehört hatte. Es war während des letzten Ork-Krieges gewesen, in den Tagen tiefer Verzweiflung. Die Unholde hatten das Feldlager überrannt, das die Zwerge am Rand der Nordsümpfe errichtet hatten, und ein schreckliches Blutbad angerichtet, das Winmar als Einziger überlebt hatte. Verwundet hatte er zwei Tage und zwei Nächte lang in einem Sumpfloch ausgeharrt, umgeben von den Leichen seiner gefallenen Kameraden und den Kadavern erschlagener Orks, die der Sumpf langsam verschlang. Vermutlich hätte er vor Angst den Verstand verloren, wäre da nicht plötzlich eine Stimme in seinem Kopf gewesen. Eine Stimme, die ihm sagte, dass er nicht sterben und elend zugrunde gehen würde, sondern dass er zu Höherem bestimmt sei. Dass das Schicksal es gewollt habe, dass er das Massaker als Einziger überlebte, und dass er dazu ausersehen sei, die Zwergenrasse in eine große Zukunft zu führen.

Danach war Winmar nicht mehr derselbe gewesen.

Bei erster Gelegenheit hatte er sein Sumpfloch verlassen und sich trotz seiner zahlreichen Verwundungen quer durch das Territorium des Feindes zu den eigenen Linien durchgeschlagen. Dort hatte man ihn als Helden gefeiert, und von diesem Augenblick an war sein weiterer Weg vorgezeichnet gewesen – gerade so, als ob die Geschichte bereits geschrieben wäre und er sie nur noch zu erfüllen brauchte. Wie ein Grubenwagen, der auf Schienen fuhr, hallte es in seinem Bewusstsein nach, geradewegs in die Dunkelheit …

»Mein König! Es ist Zeit, Abschied zu nehmen.«

Erst jetzt nahm Winmar wahr, dass er in der Halle nicht mehr allein war. Ansgar war bei ihm, sein oberster Hofalchemist und Berater, seit Vigor nach Tirgaslan gegangen war.

Winmar gestand es sich nicht gerne ein, aber er vermisste den Anführer seiner Geheimpolizei, der ihn ein gutes Stück seines Weges begleitet hatte und ihm dabei stets ein nützlicher Diener gewesen war. Bis er sich entschlossen hatte, sich gegen ihn zu stellen und ihn zu betrügen …

Noch einmal ließ der König seinen Blick durch die Halle schweifen, die völlig leer war und ihrer Einrichtung beraubt. Selbst die scharlachroten Königsbanner mit dem Axtsymbol waren entfernt worden, und nicht einmal mehr der Thron der Äxte stand an seinem Platz unter der Kuppel. Er war abgeholt worden, um an einem anderen Ort errichtet und wiederum bestiegen zu werden, damit ein neues, glorreiches Kapitel der Geschichte des Zwergenvolks aufgeschlagen wurde.

Zunächst war der Gedanke, seinen Herrschersitz in eine andere Stadt zu verlegen, Winmar abwegig erschienen, geradezu absurd. Inzwischen hatte er begriffen, dass die Vorteile die Nachteile bei Weitem überwogen. Gewiss, er brach mit einer Tradition, die Jahrtausende in die Vergangenheit reichte, aber dafür gewann er Größe, Macht und Anerkennung – all die Dinge, die dem Zwergenvolk in den vergangenen Jahrhunderten versagt geblieben waren, weil andere Völker die Herrschaft über Erdwelt beansprucht hatten. Aber damit war es nun vorbei.

Die Zeit der Menschen war zu Ende gegangen, die Ära der Zwerge hatte begonnen. Insofern war es nur konsequent, den Herrschersitz weiter nach Süden zu verlegen, wo das wahre Herz des Reiches schlug. Tirgas Winmar trug nicht nur einen guten Namen, sondern war Gorta Ruun in vieler Hinsicht ähnlich. Es war ebenfalls eine Bergfestung, die sich an den Hängen eines erloschenen Vulkans und teils in dessen Inneres erstreckte, nach Norden hin geschützt durch schroffes Felsgestein. Nach Süden hin jedoch öffnete es sich zur

Ostsee, geschützt durch natürliche Klippen, die man nicht von ungefähr »Pfeiler des Todes« nannte, und doch mit allen Vorteilen, die die Lage am Wasser bot; die Stadt war ein reiches Handelszentrum mit Verbindungen, die sich nach allen Himmelsrichtungen erstreckten, und der Seeweg bot Winmar die Möglichkeit, mit ungewohnter Schnelle selbst in weit entfernte Teile seines Reiches zu gelangen. Von dem Gewinn an Ruhm und Ansehen, den er erfahren würde, wenn er Erdwelt von seiner eigenen Stadt aus regierte, ganz zu schweigen.

Doch obwohl Winmar all dies wusste, hatte er dennoch das Gefühl, dass ein Teil von ihm in Gorta Ruun zurückbleiben würde – und dieses Gefühl störte ihn.

Weshalb empfand er diese Zweifel?

Hatte Vigor womöglich recht gehabt?

War es ein Fehler, diesem Ort den Rücken zu kehren, an dem so viele Könige vor ihm geherrscht hatten?

Der Gedanke an den Weggefährten, der zum Verräter geworden war, versetzte ihm erneut einen Stich. Aber dann sagte er sich, dass Vigor von Neid zerfressen gewesen war und nicht in der Lage, die Größe von Winmars Plänen zu erkennen. Man musste mit den Traditionen brechen, wenn man zu neuen Horizonten aufbrechen wollte. Und was genau waren die Traditionen des Zwergenvolks? Der Glanz der Vergangenheit war schon unter Winmars Vorgängern verblasst. Vorbei die Tage, in denen Bergbau und Schmiedekunst dem Zwergenreich Anerkennung und Wohlstand beschieden hatten. Wie einst die Elfen hatten auch die Menschen dafür gesorgt, dass die Macht der Zwerge klein gehalten wurde, ihrer geringen Körpergröße entsprechend, und während die Menschen immer noch an Einfluss gewannen, verkam jener der Zwerge zur Bedeutungslosigkeit. Die Erträge der Minen nahmen ab, weil niemand es mehr wagte, in den Tiefen zu graben, Zwergenschmiede boten ihre Kunst für einen Bruchteil dessen feil, was sie tatsächlich wert war, und betätigten sich als Waffenschieber und Schmuggler.

Bis Winmar den Thron bestieg!

Mit allem hatte er gebrochen: mit der Trägheit und der Agonie, die das Volk des Berges über Jahrhunderte gelähmt hatten, mit dem Selbstmitleid und der Furcht, die es daran hinderten, sich frei zu entfalten. Vor allem aber mit der schlechten Gewohnheit, sich bei den Menschen anzubiedern und sie als die Beherrscher Erdwelts anzuerkennen. Unter Winmars Herrschaft hatte das Zwergenvolk nicht nur zu seiner alten Größe zurückgefunden, sondern war darüber hinaus mächtiger geworden als je zuvor, beherrschte fast die ganze Welt ...

Und obwohl Winmar dies wusste, obschon er es sich immer wieder vorsagte wie eine Zauberformel, an die er nur voller Überzeugung glauben müsste, damit sie wirkte, ertappte er sich dabei, dass es ihm schwerfiel, sich von diesen Höhlen und Stollen zu verabschieden.

»Majestät, es ist Zeit«, brachte sich Ansgar einmal mehr in Erinnerung.

»Ja doch.« Winmar streifte den Alchemisten in seiner dunklen Robe mit einem wütenden Seitenblick. »Was weißt du schon? Was von den Erinnerungen, die mich mit diesem Ort verbinden? Was von den Gedanken, die ich zurücklasse?«

»Nichts«, gab der Alchemist, der die Arme so vor der Brust verschränkt hatte, dass die Hände in den Ärmeln verschwanden, unumwunden zu. »Aber ich weiß, dass der Tross zum Abmarsch bereitsteht. Und dass Ihr aufbrechen müsst, wenn die erste Etappe noch vor Einbruch der Dunkelheit bewältigt werden soll.«

Winmar sah in das graue Gesicht und die tief vergrabenen Augen. »Was weißt du schon?«, wiederholte er, noch immer nicht gewillt, sich von dem Anblick der leeren Halle und der Sieben Säulen loszureißen.

»Komm!«, erklang plötzlich eine Stimme, laut und mit vielfachem Widerhall, so als wäre sie tatsächlich in der Halle zu hören – doch Winmar war klar, dass nur er allein sie vernahm. Erschrocken zuckte er zusammen.

»Was habt Ihr, mein König?«, wollte Ansgar wissen. »Ist Euch nicht wohl?«

»Komm jetzt, mein Diener«, wiederholte die Stimme. *»Die Zeit ist reif!«*

In einem jähen Entschluss wandte sich Winmar ab, verließ Gorta Ruun, um von seinem neuen Herrschersitz aus sein Weltreich zu regieren. Doch während er durch die Halle zum Ausgang schritt, hatte er das Gefühl, dass die steinernen Blicke der alten Könige ihn verfolgten.

Stumm – und voller Anklage.

BUCH III

Aufbruch

I

Sie waren auf dem Weg zu den Hügellanden.

Den Wald von Trowna hatten sie verlassen und folgten der alten Heeresstraße in nördöstlicher Richtung. Die Wunden, die der Krieg dem Land geschlagen hatte, waren noch immer deutlich zu sehen; Balbok und Rammar marschierten durch ein Niemandsland zerstörter Gehöfte und aufgelassener Äcker, und nur hier und dort fanden sich Anzeichen dafür, dass sich die Milchgesichter jemals wieder von diesem Konflikt erholen würden.

Ihr Proviant war aufgebraucht, die letzte Ration lag einige Stunden zurück, sodass ein beständiges Hungergefühl an Rammar nagte, das ihm ziemlich auf die Laune schlug. Und die Tatsache, dass sein Bruder es sich zur Marotte gemacht hatte, unentwegt mit dem kleinen Menschling zu sprechen, den er auf beiden Armen vor sich hertrug, trug auch nicht gerade zur Besserung seiner Stimmung bei.

»Siehst du?«, hörte er ihn sagen, während sie durch eine karge, topfebene Landschaft stampften, in der nur hin und wieder ein versprengter Busch oder Baum aufragte, »ist doch gar nicht so schlimm, oder? Jetzt ist es gar nicht mehr weit.«

»Musst du eigentlich ständig mit dem Balg quatschen?«, blaffte Rammar über die Schulter zurück.

»Nein, muss ich nicht«, antwortete Balbok schlicht, »aber die Kleine mag es. Nicht wahr? Das magst du, gell?«, fügte er mit albern hoher Stimme hinzu, die in Rammars misstrauischen Ohren verdächtig nach *ochgurash* klang. »Schau nur, jetzt lacht sie sogar!«

»Was du nicht sagst«, schnarrte Rammar. »Vielleicht sollte ich mal meine Faust in deine grüne Fresse hauen, dann hätte ich auch wieder was zu lachen.«

»Hör gar nicht auf ihn, kleines Mädchen. Weißt du, bald haben wir es geschafft. Dann werden wir den Fluss überqueren und ...«

»Bis zum Fluss ist es noch ein gutes Stück«, stellte Rammar klar, »und unterwegs gibt es noch jede Menge Feinde, die nur darauf warten, uns den *asar* aufzureißen!«

In diesem Moment begann das Kind zu weinen.

»Was ist denn jetzt schon wieder?«

»Du hast es erschreckt«, sagte Balbok.

»Das Balg wird noch viel mehr erschrecken, wenn wir von einer Zwergenpatrouille oder einer Meute Ork-Söldner entdeckt werden«, prophezeite Rammar, der sich nervös nach allen Seiten umblickte. »Los, komm weiter! Und sorg dafür, dass das kleine Ding zu schreien aufhört.«

Balbok gab sein Bestes.

So ruhig er es vermochte, redete er auf das Kind ein. Er lächelte es an, was allerdings aussah, als würde er Grimassen schneiden, und versuchte, ihm mit krächzender Stimme etwas vorzusingen.

Erfolglos.

Das Kind schrie immer weiter – und in der ebenen Landschaft war sein Geschrei weithin zu hören.

»Verdammt!« Rammar fuhr herum. »Ist jetzt bald Ruhe? Was, beim kopflosen Hirul, hat es denn?«

»Hunger«, mutmaßte Balbok. »Es hat noch nichts gegessen, seit wir unterwegs sind.«

»Dann gib ihm sein Fressen, worauf wartest du? Aber von deiner Ration, dass das klar ist!«

»Korr.« Kurz entschlossen ließ sich Balbok am Wegesrand nieder, öffnete seinen Proviantsack und nahm ein Stück Gnomensülze heraus, das er dem Kind hinhielt. Doch die kleine Alannah machte keine Anstalten, davon abzubeißen, und schrie einfach weiter. »Komisch«, machte der Ork. »Irgendwie scheint sie keine Gnomensülze zu mögen.«

»Natürlich nicht, Halbhirn!«, maulte Rammar. »Hast du vergessen, was das Menschenweib gesagt hat? Menschlinge bekommen Ziegenmilch zu trinken!«

»Ich hab aber keine Ziege dabei.«

Rammar rollte mit den Augen. »Dann sollten wir wohl eine besorgen, oder nicht?«

»Korr«, sagte der Hagere nur, verstaute das Stück Gnomensülze und erhob sich dann wieder. »Und wo kriegen wir eine Ziege her?«

»Dort drüben habe ich Rauch gesehen«, erwiderte Rammar, nach Osten deutend, »dort scheinen Menschen zu leben. Vielleicht gibt es dort ja auch eins von den Viechern.«

»Korr.«

Ohne noch ein weiteres Wort zu verlieren, setzte sich Balbok in Bewegung, querfeldein über morastigen Boden, der einst ein fruchtbarer Acker gewesen sein mochte. Rammar schloss sich seinem Bruder seufzend an, und so bewegten sie sich querfeldein gen Osten, dem schreienden Kind hinterher, das Balbok voraustrug. Tatsächlich war am Horizont Rauch zu erkennen, und nachdem sie eine Weile marschiert waren, stellte sich heraus, dass er von einem kleinen Gehöft stammte, das in einer von einem Bach durchflossenen Senke lag.

Zumindest hier schienen die Milchgesichter ein wenig von dem Schaden, der im Zuge des Krieges angerichtet worden war, wieder repariert zu haben. Auch wenn ein Ork aus echtem Tod und Horn Chaos und Zerstörung liebte – der

Anblick hatte etwas Beruhigendes, denn er erinnerte Rammar an die gute alte Zeit, der sein Bruder und er entstammten. Und noch etwas besänftigte die schlechte Laune des dicken Orks ein wenig: die Tatsache, dass es unweit des kleinen Fachwerkhauses mit dem strohgedeckten Dach einen Pferch gab, in dem einige Ziegen grasten. Der Anblick genügte, um Rammar das Wasser im Mund zusammenlaufen zu lassen, aber zuerst musste dem schreienden Kind das kleine Maul gestopft werden.

»Worauf wartest du?«, fuhr er Balbok an. »Hol Milch!«

»Korr«, erwiderte der hagere Ork nur. Die kleine Alannah lud er Rammar kurzerhand auf die Arme, dann setzte er sich in Bewegung. Mit grimmiger Miene und entschlossenen Schrittes stampfte er den Hang hinab, so schnell, dass Rammar ihm kaum folgen konnte. Er zückte seinen *saparak* und sprang leichtfüßig über den Zaun. Dann ging die Klinge auch schon nieder und halbierte die nächstbeste Ziege.

»Hm«, machte er, etwas ratlos auf den entstandenen Schaden blickend. »Und wo ist nun die Milch?«

»Du dämlicher *umbal*!«, ereiferte sich Rammar, der nun erst beim Pferch anlangte. »Milch kann man nicht erlegen, die muss man melken!«

Balbok sah ihn verunsichert an.

»Beim Borsh dem Stinkfisch, muss ich denn alles selber machen?« Anstatt über den dürren Holzzaun zu klettern, brach Rammar kurzerhand hindurch und gab Balbok das schreiende Kind zurück. Dann griff er sich die nächstbeste Ziege und riss den Strick ab, mit dem sie angebunden war. »So«, erklärte er, »und jetzt ...«

»Mörder! Diebe! Grünes Lumpenpack!«

Der heisere Schrei, der aus Richtung des Hauses drang, ließ die Orks herumfahren. Ein Mensch stand dort, vierschrötig und mit bärtigem Gesicht, fraglos der Bauer. An seinem Geschrei hätten sich Balbok und Rammar nicht weiter gestört – wohl aber an dem Bogen, den er in seinen Händen hielt und auf dem bereits ein Pfeil lag.

»Reicht es nicht, dass ihr elenden Scheusale uns während des Krieges schon alles genommen habt? Könnt ihr uns nicht einmal jetzt in Ruhe lassen?«

Seine Linke drückte den Bogen nach vorn. Die Sehne spannte sich – und der Pfeil schnellte davon. Rammar stieß einen heiseren Schrei aus und duckte sich – das gefiederte Geschoss verfehlte seinen Schädel nur um Haaresbreite.

Balbok knurrte. Den noch blutigen *saparak* erhoben, wollte er zum Gegenangriff übergehen, doch der Bauer hatte schon den nächsten Pfeil aufgelegt. Ein Ork, der in wütende Raserei verfallen war, pflegte zwar für gewöhnlich nicht an Leib und Leben zu denken. Aber da war das Kind, das er auf dem Arm hatte und das immer noch aus Leibeskräften schrie – und das er nicht in Gefahr bringen wollte.

Sich schützend über Alannah beugend, wandte sich Balbok ab und ergriff die Flucht. Und für Rammar, der die Ziege noch immer unter dem Arm hatte, stand fest, dass er sich ebenfalls nicht mit dem wütenden Milchgesicht anlegen wollte.

»Verdammt, warte auf mich!«, brüllte er und rannte ebenfalls davon, brach auf der anderen Seite des Pferchs erneut durch den Zaun, in den sich einen Lidschlag später der nächste Pfeil bohrte.

Hals über Kopf rannten die Orks davon, während das Kind aus Leibeskräften schrie und die Ziege panisch meckerte. Sie überquerten den Bach und hasteten an ihm entlang durch die Senke, verfolgt von den Pfeilen, die ihnen der zeternde Bauer hinterherschickte und denen sie nur entgingen, weil sie Haken schlugen wie zwei Feldhasen auf der Flucht. Selbst Rammar legte, seiner Leibesfülle zum Trotz, beachtliche Behändigkeit an den Tag. Eine Rast gönnten sich die beiden

Brüder erst, als sie dem Wasserlauf durch einige Biegungen gefolgt waren und ein gutes Stück Weg zwischen sich und dem zornigen Landmann wussten. In einem kleinen Wald, den der Bach durchfloss, hielten sie schließlich inne.

»Und jetzt?«, fragte Balbok.

»Frag nicht so dämlich«, entgegnete Rammar keuchend und stellte die Ziege ab. »Sorg endlich dafür, dass die Kleine was zu futtern kriegt!«

»Korr«, stimmte Balbok zu, wusste jedoch nicht recht, wie er es anfangen sollte. Ein wenig unschlüssig pendelte sein Blick zwischen dem Kind und der Ziege hin und her.

»Trollhirn«, schnauzte Rammar. »Weißt du nicht mal, wie man die Milch aus der Ziege rauskriegt?«

Balbok schüttelte den Kopf.

»Leg das Kind hin«, wies Rammar ihn an und wartete, bis sein Bruder der Aufforderung nachgekommen war. »Jetzt sieh gut zu«, sagte er. Dann packte er die Ziege und hielt sie so über das Kind, dass das Euter genau über dessen vom Schreien weit offenem Mund war. Kaum berührten die Lippen des Kindes jedoch die Zitzen, begann es auch schon zu saugen. Die Ziege, die sich eben noch heftig gegen Rammars beherzten Griff gewehrt hatte, beruhigte sich schlagartig und ließ das Kind gewähren – und so kehrte von einem Augenblick zum anderen Ruhe ein.

»Donnerwetter«, zeigte sich Balbok beeindruckt. »Woher hast du das gewusst?«

»Es hat Orklinge gegeben, die von Wargen gesäugt und aufgezogen wurden«, erklärte Rammar. »Da wird der kleine Menschling es ja wohl schaffen, bei einer Ziege zu trinken. Und wenn das Balg erst satt ist, drehe ich dem Vieh den Kragen um, und es gibt eine schöne Mahlzeit.«

»Lieber nicht«, meinte Balbok.

»So? Und warum nicht?«

»Na ja.« Der hagere Ork zuckte mit den Schultern. »Es wäre doch viel klüger, die Ziege am Leben zu lassen, damit der Menschling immer Futter hat.«

Rammar starrte Balbok an – daran hatte er gar nicht gedacht! Aber sosehr sich auch alles in ihm dagegen sträubte, seinem beschränkten Bruder zuzustimmen, ihm fiel einfach kein Gegenargument ein. Jedenfalls keines, das sich mit Worten vermitteln ließ. Und da er sich nicht sicher war, wer von ihnen bei einer Handgreiflichkeit Oberhand behalten würde, widersprach er nicht. Mit einem abgrundtiefen Seufzen ließ er sich auf den *asar* fallen und schürzte schmollend die wulstigen Lippen.

»Nur weiter so«, schmollte er. »Du und das Balg, ihr werdet schon sehen, was ihr davon habt.«

2

Die Schattenkreaturen kehrten nicht zurück.

Auf ihrem weiteren Weg blieben Dag und seine Gefährten unbehelligt, doch anders als bei einem Albtraum, den man in dunkler Nacht hatte und dessen Schrecken sich im hellen Tageslicht verloren, blieb ihnen das Grauen gegenwärtig.

Den Wald hatten die Gefährten inzwischen hinter sich gelassen und die Überreste dessen erreicht, was einst das stolze Herzogtum von Ansun gewesen war. Hier war Dag aufgewachsen, hier kannte er jeden Fels und jeden Baum – und zum ersten Mal war er regelrecht dankbar dafür, dass er nicht sehen konnte, was aus seiner Heimat geworden war. Die Beschreibungen, die Alured und die anderen ihm lieferten, waren schlimm genug, ebenso wie das, was sie ihm über die Vorgänge in Ansun berichteten. Nach der Niederlage der Menschen in der Schlacht von Ansun hatte Winmar versichert, sich als gnädiger Sieger erweisen zu wollen – doch das war ganz offenkundig eine Lüge gewesen, wie so vieles, das aus dem Mund des Zwergenkönigs kam.

Für ihre Treue während der Schlacht hatte Winmar seine Ork- und Gnomen-Söldner entlohnt, indem er ihnen das Herzogtum zur Plünderung überlassen hatte. Unzählige Dörfer und Gehöfte waren überfallen und niedergebrannt, viele Bauern erschlagen worden. Entsprechend lagen zahllose Äcker verwüstet, die Menschen hungerten, nicht nur auf dem Land, sondern auch in den Städten. Zwar waren Andaril, Sundaril und Taig von der Vernichtung durch Winmars Horden verschont geblieben, jedoch waren sie von Zwergenkriegern besetzt, und Winmars Statthalter herrschten dort mit brutaler Gewalt. Die Spitzel des Zwergenkönigs waren überall. Wer ein falsches Wort gegen den König oder seine Schergen verlor, der wurde sofort hingerichtet.

»Alured«, sagte er leise, »was habe ich nur getan?«

»Was meinst du?«, fragte der Freund, der beinahe lautlos neben ihm herritt.

»Ich hätte das alles voraussehen müssen. Ich hätte wissen müssen, was Winmar vorhat.«

»Das konntest du nicht«, suchte der Freund ihn zu beschwichtigen. »Bei allem, was du tatest, hast du stets im besten Wissen gehandelt.«

»Im besten Wissen.« Dag lachte freudlos auf. »Ich bin ein Narr gewesen, unfähig, die Geschicke unseres Volkes zu lenken. Lord Anghas tut gut daran, mir nicht zu vertrauen.«

»Das ist es nicht«, versicherte Alured. »Aber er glaubt, dass das Wort deines Vaters bei den Stämmen mehr Gewicht haben wird. Herzog Osberts Name ist bei allen Clans bekannt. Wenn es jemandem gelingen kann, sie unter einer Fahne zu vereinen, dann ist er das.«

»Zweifellos«, stimmte Dag ohne Zögern zu. »Wir leben in einer Zeit der Krieger, nicht der Denker. Mein Vater hatte auch in dieser Hinsicht recht.«

»Was nicht bedeutet, dass du unrecht hattest.«

Dag verzog den Mund zu einem freudlosem Lächeln. »Weißt du noch, früher? Als wir Kinder waren und unten am Fluss gespielt haben? Wir haben Schiffe aus Binsen gebaut und Häfen aus Steinen. Wir dachten, dass so die Zukunft aussehen würde.«

»Ich erinnere mich«, erwiderte Alured. »Aber wir haben auch den Umgang mit dem Schwert geübt.«

»Ja, weil mein Vater darauf bestand.« Das Lächeln verschwand von Dags Zügen, ein Kloß saß plötzlich in seiner Kehle. »Ich habe ihn enttäuscht, Alured. So wie ich jeden in Ansun enttäuscht habe. Aber diesmal werde ich alles richtig machen. Ich werde alles geben, um euer Vertrauen zu rechtfertigen und meinen Vater zu befreien. Und danach werde ich gehen.«

»Wohin?«

»Nach Süden, zu Aryanwen.«

»Du willst erneut davonlaufen?«

Nicht Alured hatte das gesagt, sondern Cailan, Lord Anghas' junger und sonst so schweigsamer Sohn. Er ritt dicht hinter ihnen und hatte offenbar alles mitangehört. Nun brachte er sich ungefragt in das Gespräch ein.

»Was willst du damit sagen?«, fragte Dag. An die Art der Hochländer, so ziemlich alles, das ihnen in den Sinn kam, offen auszusprechen, konnte er sich nur schlecht gewöhnen.

»Ganz einfach«, erwiderte Cailan, während er sein Pferd an Dags andere Seite brachte. »Du bist schon einmal geflohen und willst es offenbar wieder tun.«

Dag wandte den Kopf und tat so, als schaue er den jungen Clansmann an, den er sich mit blondem Haar und kantigen, kecken Gesichtszügen vorstellte. »Von einer Flucht war nicht die Rede«, stellte er klar.

»Das war vermutlich auch beim letzten Mal nicht der Fall«, konterte der Junge, dessen Stimme seltsam krächzte, so als ob sie sich noch im Umbruch zum Mannesalter befand. »Dennoch musste der Druide mondelang nach dir suchen, bis er dich endlich aus jenem dunklen Loch gezogen hat.«

Dag hörte, wie Alured neben ihm tief Luft holte. Doch weder widersprach der Freund, noch ergriff er für Dag Partei. War er schon so sehr Hochländer geworden, dass er sich an ihrer dreisten Art nicht störte? Oder war er etwa Cailans Meinung?

»Das eine hat nichts mit dem anderen zu tun«, behauptete er. »Als Sohn des Herzogs habe ich eine hohe Verantwortung übernommen und bin ihr nicht gerecht geworden.«

»Du bist voller Selbstmitleid«, warf Cailan ihm vor. »Dir ist ein schreckliches Unrecht widerfahren, aber denkst du, anderen wäre es besser ergangen? Hat Alured dir jemals gesagt, was die Zwerge ihm angetan haben?«

»Nein«, ließ Alured sich nun doch vernehmen, »tu das bitte nicht!«

»Wieso nicht? Er soll ruhig wissen, dass sie dich gebrandmarkt und deine ganze Familie getötet haben!«

Dags Kopf flog herum. »Ist … das wahr?«

Die Antwort war kaum zu vernehmen. »Ja.«

»Aber du hast es mir nie erzählt.«

»Weil«, erwiderte Alured ebenso schleppend wie leise, »du genug mit dir selbst beschäftigt warst.«

Die Worte waren ein Schlag ins Gesicht. Und Dag hatte das Gefühl, dass er diesen Schlag verdient hatte.

Seine Gefährten hatten recht.

Er hatte Unrecht erlitten, aber er hätte darüber niemals so verbittert werden und in Selbstmitleid versinken dürfen. Nicht nur sich selbst hatte er auf diese Weise verraten, sondern auch seine Freunde …

Beschämt nahm Dag eine Hand vom Zügel und streckte sie zu Alured hinüber. Der Freund schien zu verstehen und drehte sich so im Sattel, dass Dag sein Gesicht befühlen konnte. Dag schauderte, als er die schwielige Haut berührte. Die Zwerge hatten Alured tatsächlich gezeichnet. Mit einem glühenden Eisen hatte sie ihm die Schandrune ins Gesicht gebrannt, wie sie es bei Verrätern und Mördern zu tun pflegten.

»Alured«, flüsterte Dag, während er seine Hand wieder zurückzog. In seinem Kopf formte sich das Bild seines furchtbar entstellten Freundes. »Das tut mir leid.«

»Du kannst nichts dafür«, versicherte Alured.

»Und … deine Familie?«

»Vigor hat sie hinrichten lassen«, berichtete Alured tonlos, »so wie viele andere auch. Er wollte damit ein Exempel statuieren, um allen Menschen in Ansun klarzumachen, dass der Krieg vorüber ist und wir ihn verloren haben.«

»Vigor.« Dag stieß den Namen aus wie einen Fluch. »Wie viele sind auf diese Weise gestorben?«, wollte er wissen.

»Schwer zu sagen. Nicht nur in Andaril hat es Hinrichtungen gegeben, auch in Sundaril und Taig. In den ersten Wochen, nachdem dein Vater und du verschwunden wart, ist es besonders schlimm gewesen. Als die Zwerge sahen, dass von den Menschen kein Widerstand mehr zu erwarten war, wurde es allmählich besser – aber die Furcht regiert noch immer in den Städten.«

Dag nickte.

»Willst du jetzt immer noch nach Süden gehen?«, fragte Cailan leise. »Oder willst du gemeinsam mit uns gegen die Vorherrschaft der Zwerge kämpfen?«

»So wie ich es längst hätte tun sollen, statt mich in einer Höhle zu verkriechen und meine Wunden zu lecken.«

»Warum bist du nicht zurückgekehrt?«, fragte Alured. »Wir glaubten, du wärst tot …«

»Anfangs wollte ich das, aber je mehr Zeit verstrich, desto größer wurde meine Angst.«

»Wovor? Dass sie dich töten?«

»Nein – mich dem Urteil unseres Volkes stellen zu müssen. Ich befürchtete, dass sie mir die Schuld an der Niederlage geben würden, und ich wusste nicht, was ich zu meiner Verteidigung erwidern sollte.«

»Deine Furcht war unbegründet«, versicherte Alured. »Die Menschen von Ansun haben deinen Vater und dich nicht vergessen und halten euer Andenken in Ehren. Zu erfahren, dass du am Leben bist, würde ihnen neuen Mut geben.«

»Auch wenn ich nicht mehr der bin, der ich einst war? Wenn ich ein Krüppel bin?«

»Wir alle haben durch den Krieg Narben davongetragen«, sagte Cailan. »Es lässt dich nur umso menschlicher erscheinen.«

Dag nickte nachdenklich. »Woher hast du all diese Weisheiten?«

»Seltsam, dass du fragst – von dem alten Druiden natürlich. Er ist mein Lehrer gewesen.«

Damit gab Cailan seinem Pferd die Sporen und galoppierte davon.

3

»Nein und nochmals nein! Ein solches Unterfangen wäre Wahnsinn!« Um seinen Worten Nachdruck zu verleihen, hatte Lavan mit der beringten Hand auf den Tisch geschlagen, so heftig, dass sie jetzt schmerzte.

»Es ist ein Wagnis«, räumte Vigor ein, wobei er sich demonstrativ gelassen gab, »aber eines, das ich ohne Zögern eingehen würde. Denn ich weiß von Dingen, von denen Ihr noch nichts wisst.«

Lavan beugte sich weit nach vorn, sodass seine aschfahle Miene über dem Tisch schwebte wie der bleiche Mond. »Dann sagt mir, was Ihr wisst, statt Euch weiter in Geheimniskrämerei zu üben!«, fuhr er den Zwerg an. »Oder muss ich Euch erst wieder in den Kerker stecken, damit Ihr Euer Schweigen brecht?«

»Das wird nicht nötig sein«, versicherte Vigor, der ebenfalls an der Ratstafel saß, wenn auch sehr viel niedriger. Seinem Ersuchen nach einem Kissen, auf das er sich setzen konnte, hatte Lavan nicht stattgegeben – offenbar genoss es der König von Tirgaslan, auf ihn herabzublicken. Vigor war es gleichgültig – solange er in Wahrheit der Überlegene war …

»Wie Ihr Euch vielleicht erinnert, war ich bereits dabei, Euch in meine Pläne einzuweihen, als die Nachricht eintraf, dass Eure Gemahlin im Wald aufgefunden wurde.«

»Und?«, schnappte Lavan. In seinen Zügen lag etwas Getriebenes. Seine Augenwinkel zuckten, die Lippen hatte er sich blutig gebissen. Kein Zweifel, die Entführung seines Sohnes hatte den König tief erschüttert. Selbst einem feigen Speichellecker wie ihm musste inzwischen klar geworden sein, dass er sich nicht weiter um eine Entscheidung drücken konnte und etwas unternehmen musste. Deshalb hatte er erneut nach Vigor schicken lassen, nachdem er ihn zunächst hinausgeworfen hatte – und der Zwerg hatte vor, diese neue Chance nicht ungenutzt verstreichen zu lassen.

»Hört mir gut zu«, begann er und senkte verschwörerisch seine Stimme – Menschen pflegten um vieles aufmerksamer zuzuhören, wenn sie das Gefühl hatten, in ein Geheimnis eingeweiht zu werden. »Die Alchemistenbrut, mit der Winmar sich neuerdings umgibt, hat ihm zugeraten, Gorta Ruun zu verlassen.«

»Es zu verlassen«, echote Lavan. Die kleinen Augen weiteten sich erstaunt.

»Sie haben ihm weisgemacht, dass ein Großreich eines neuen Herrschersitzes bedarf, der weiter im Süden liegt und damit näher am Zentrum seines Machtgebiets. In Wahrheit verfolgen sie fraglos eigennützige Ziele, auch wenn ich nicht genau weiß, was sie im Schilde führen. Winmar jedoch ist zu sehr im Größenwahn gefangen, um dies zu begreifen. Er mag die Alchemisten nicht besonders, aber er denkt, dass sie für ihn von Vorteil sind, deshalb hat er sich von ihnen überreden lassen.«

»Und wohin will er seinen Herrschersitz verlegen?«

»Nach Tirgas Anar, das zu seinen Ehren in Tirgas Winmar umbenannt wurde.« Vigor verzog angewidert das Gesicht. »In einer Stadt zu regieren, die seinen Namen trägt, schmeichelt seiner Eitelkeit – ungeachtet der Tatsache, dass er mit den Traditionen unseres Volkes bricht und das Andenken der großen Zwergenkönige beleidigt.«

»Sieh an«, sagte Lavan nur. »Für einen Mann, der Wert auf Traditionen legt, hätte ich Euch nicht gehalten.«

»Ihr wisst vieles nicht über mich.«

»Damit mögt Ihr recht haben. Aber ich sehe nicht, wie Winmars Entschluss, seinen Thronsitz zu wechseln, mit Euren Plänen zu tun haben sollte.«

»Der Umzug nach Tirgas Winmar wurde in den vergangenen Monaten bereits vorbereitet, ohne mein Wissen und wohl auch ohne das des Königs. Meine Mission hier in Tirgaslan hatte nur zum Ziel, mich am Hof aus dem Weg zu räumen, damit Ansgar und seine Magierbrut vollendete Tatsachen schaffen können – was bedeutet, dass der Umzug in diesen Tagen stattfinden wird. Der Haupttross mit Winmar selbst hat Gorta Ruun womöglich bereits verlassen – und ich brauche Euch nicht zu sagen, was das bedeutet.«

»Nun, fraglos wird es ein Tross mit vielen Hundert Wagen und Tieren sein«, überlegte Lavan, »und vermutlich wird er von Hunderten Kriegern und Dutzenden Kaldronen begleitet.«

»Anzunehmen«, stimmte Vigor zu, »zumal Winmar den größten Teil des Kronschatzes mitführen wird, den er als sein persönliches Eigentum betrachtet. Dennoch wird es aber kein Heereszug sein, der gen Südosten marschiert – und das macht Winmar angreifbar.«

Lavan schüttelte den Kopf, seine fliehende Stirn lag in Sorgenfalten. »Selbst wenn es kein Heereszug ist – in Ansun habe ich gesehen, wozu Kaldronen fähig sind. Und vergesst *Winmars Zorn* nicht, jene furchtbare Waffe, die in Andaril so schreckliche Zerstörung angerichtet hat. Wenn er diese Waffe bei sich führt, bedarf Winmar keines Heeres, um sich seiner Haut zu erwehren. Sie ganz allein würde ausreichen, um das, was von der Streitmacht der Menschen geblieben ist, binnen eines Lidschlags zu zerfetzen.«

Vigor verkniff sich ein Grinsen. Lavan hatte den Köder geschluckt. Die Kunst des Manipulierens bestand nicht darin, anderen seinen Willen aufzuzwingen – sondern sie glauben zu machen, es wären ihre eigenen Ziele, die sie verfolgten …

»Dann«, sagte er langsam, »sollten wir so handeln, dass Winmar seine Waffe nicht zum Einsatz bringen kann.«

Lavan lachte auf. »Ihr redet Unsinn! Wie wollt Ihr das bewerkstelligen?«

»Durch eine kluge Taktik.« Vigor zwirbelte genüsslich den roten Bart. »Da Winmar die Staatskasse mitführt, wird er nicht erpicht darauf sein, lange unterwegs zu sein, zumal der Landweg nach Anar viele Risiken birgt. Nicht nur, dass er durch die Hügellande führt, wo Menschen noch immer Widerstand leisten, sondern auch durch unwegsame Sümpfe und dampfenden Dschungel, in dem kriegerisches Weibsvolk sein Unwesen treibt.«

»Amazonen.« Lavan nickte. »Ich kenne die Geschichten.«

»Das sind mehr als Geschichten. Der Nordosten des Reiches ist wild und unzivilisiert und noch weit davon entfernt, befriedet zu sein – also bleibt Winmar nichts anderes übrig, als den kürzeren und sichereren Weg zu wählen, der über das Ostwasser führt. In Smerada wird er an Bord gehen und mit einer kleinen Flotte nach Tirgas Winmar übersetzen – und wenn er das tut, wird er so verletzlich sein wie nie zuvor und auch später niemals wieder. Denn wenn er seinen neuen Herrschersitz erst erreicht hat, werden mörderische Klippenfelsen und abgrundtiefe Gräben dafür sorgen, dass der König für uns unerreichbar ist.«

Lavan starrte ihn an. Die Überraschung war seinen schwammigen Zügen anzusehen, aber auch das Zögern. »Und das wisst Ihr mit Bestimmtheit?«, fragte er.

Vigor lächelte schwach. »Einst war ich der engste Vertraute des Königs, was bedeutet, dass ich noch immer gute Verbindungen habe, wenn es darum geht, Informationen zu bekommen.«

Lavans Blick war glasig geworden, so als ob er durch seinen Gast hindurch in weite Ferne zu blicken schien. Und offenbar sah er dort Vielversprechendes. »Ich verfüge über eine Flotte kleiner und wendiger Segler, die auf Olfar vor Anker liegen. Wenn es uns gelänge, sie nahe genug an Winmars Schiffe heranzubringen, könnte er seine Waffe nicht mehr zum Einsatz bringen, ohne dabei Gefahr zu laufen, seine eigenen Schiffe zu versenken.«

»Und die Kaldronen«, fügte Vigor hinzu, »sind an Bord eines Schiffes nur von äußerst begrenztem Nutzen. Zum einen werden die Schiffe voll beladen sein, sodass auf Deck kaum Platz für Kampfmaschinen sein wird. Und wenn sie über Bord gehen, sind sie verloren und sinken samt ihrer Steuermänner unrettbar dem Grund der See entgegen.«

In Lavans Augen blitzte es. Vigor konnte sehen, dass sein einstiger Rivale Blut geleckt hatte. Der Gedanke, Winmar beinahe wehrlos anzutreffen, gefiel ihm ganz offensichtlich. Seine Zweifel jedoch schienen noch immer nicht zerstreut.

»Aber wenn es stimmt, was Ihr sagt, und der Umzug bereits vonstatten geht – wie sollen wir uns da auf den Kampf vorbereiten?«

»Es bedarf keiner Vorbereitung«, war Vigor überzeugt. »So wie es kein Heereszug ist, der sich von Gorta Ruun fortbewegt, wird es auch keine Kriegsflotte sein, die in Smerada in See sticht. Zwanzig oder dreißig Eurer Boote sollten ausreichen. Wir greifen Winmars Flaggschiff an und bringen es unter unsere Kontrolle, den König selbst nehmen wir gefangen. Befindet er sich erst in unserer Gewalt, werden die anderen kapitulieren.«

»Möglicherweise«, räumte Lavan ein.

»Also, wie steht es? Werdet Ihr Euch mit mir verbünden, um den Irrsinnigen vom Thron des Zwergenreichs zu stoßen?«

»Aus Eurem Mund hört sich das alles sehr verlockend an«, gab der feiste König zu. »Eines allerdings scheint Ihr dabei übersehen zu haben.«

»Und das wäre?«

»Ich kann mich nicht gegen Winmar erheben, jedenfalls noch nicht – denn er hat mein Fleisch und Blut in seiner Gewalt. Glaubt Ihr, ich würde das Leben meines Erben leichtfertig aufs Spiel setzen?«

Vigor verengte die Augen zu Schlitzen, während er sein Gegenüber taxierte und herauszufinden suchte, ob es Lavan ernst war oder ob er nur nach einer Ausflucht suchte. Es ärgerte Vigor, dass er es nicht eindeutig festzustellen vermochte – doch letztendlich spielte es keine Rolle.

»Das würde ich niemals annehmen«, versicherte er mit nicht weniger undurchschaubarem Lächeln. »Jedoch glaube ich, dass Eure Sorge unbegründet ist.«

»Inwiefern?«

Vigor legte eine Kunstpause ein. »Weil«, sagte er dann feierlich, »ich allen Grund zu der Annahme habe, dass das Kind in Sicherheit ist. Weder ist sein Leben bedroht, noch befindet er sich in Winmars Gewalt.«

»Was?« Lavan starrte ihn an, als hätte er den Verstand verloren. »Was bringt Euch auf diesen Gedanken?«

»Offen gestanden«, erwiderte Vigor, »bin ich mir nicht sicher, ob ich Euch dies anvertrauen sollte. Ihr habt schon Sorgen genug, und ich will Euch nicht noch mehr davon bereiten.«

»Redet, Mann«, knurrte Lavan ihn an, »oder muss ich Euch erst die Nägel von Euren Fingern reißen lassen?«

»Ihr wollt die Wahrheit?«, fragte Vigor.

»Natürlich.«

»Auch wenn sie schmerzt?«

»Redet endlich!«

»Wie Ihr wollt.« Vigor nickte. »Wie nahe steht Ihr der Königin?«, fragte er dann unvermittelt.

»Was soll das nun wieder heißen?«

»Ich weiß nur zu gut, wie sie Eure Gemahlin wurde – nicht aus freien Stücken, sondern nur um ihren Geliebten zu retten, den Sohn des Herzogs von Ansun.«

Lavan starrte ihn nur an, widersprach aber nicht.

»Wie sehr liebt sie Euch also?«, fuhr Vigor fort.

»Was soll das? Wollt Ihr Euch über mich lustig machen? Aryanwen hat sich in ihr Los gefügt, nicht mehr und nicht weniger. Als Tandelors Tochter legitimiert sie meine Herrschaft. Und sie hat mir einen Erben geschenkt.«

»Glaubt Ihr das wirklich? Wie Ihr wisst, ist Aryanwen in Gorta Ruun meine Gefangene gewesen«, erklärte Vigor. »Dort hatte ich ausreichend Zeit, ihr Wesen zu studieren – ihre Unbeugsamkeit, ihre aufrührerische Natur, ihren Starrsinn …«

»Schon gut«, winkte Lavan ab, »ich kenne sie ebenfalls.«

»… aber auch ihre Rechtschaffenheit, ihr Verantwortungsbewusstsein und ihren unbedingten Willen, das Richtige zu tun«, fuhr Vigor unbeirrt fort. »Ihr könnt mir glauben, dass ich einige Übung darin habe, die Gemüter meiner Gefangenen zu ergründen, aber eine so starke Persönlichkeit wie die ihre ist mir nur selten begegnet. Während all der Zeit im Kerker hat sie die Hoffnung niemals aufgegeben. Sie hat Pläne zur Flucht geschmiedet, und schließlich gelang es ihr sogar, einen Hilferuf nach draußen zu schmuggeln.«

»Und?«

Vigor sah Lavan direkt ins Gesicht. »Unvorstellbar, dass eine solche Frau ihr Kind im Stich lässt, um ihr eigenes Leben zu retten«, erklärte er kategorisch.

»Was … was versucht Ihr mir da zu sagen? Dass Aryanwen mich belogen hat?«

»Nicht in jeder Hinsicht«, schränkte Vigor ein. »Der Überfall durch die Orks hat stattgefunden, dafür gibt es eindeutige Beweise. Aber ich denke nicht, dass sie verschleppt wurde, sondern dass ihr mit dem Kind die Flucht gelang und sie es irgendwo verborgen hält.«

Lavan starrte den Zwerg verständnislos an. »Warum sollte sie so etwas tun?«

»Das ist die Frage, nicht wahr?« Vigor nickte. »Welchen Grund könnte die Königin haben, das Kind vor Euch zu verbergen?«

»Dazu hat sie kein Recht!«, ereiferte sich Lavan. »Es ist mein Erbe, mein Fleisch und …« Jäh unterbrach er sich. Der Laut, der seiner Kehle entfuhr, klang wie das Quieken eines verendenden Schweins.

»Wie lange ist es her, dass Ihr der Königin beigewohnt habt?«, hakte Vigor erbarmungslos nach. »Habt Ihr je den Kalender befragt?«

»Was geht Euch das an?«

»Ist das Kind früher zur Welt gekommen, als die Heiler es vorhergesagt haben?«, bohrte der Zwerg unnachgiebig weiter.

»Unfug.« Lavan schnaubte.

»Woher wollt Ihr das wissen? Sagtet Ihr nicht, Eure Gemahlin hätte Tirgaslan auf eigenen Wunsch verlassen, um ihr Kind in Elfenhain zur Welt zu bringen? Allein und fern von Euren prüfenden Augen?«

Lavans Gesicht war zur Maske gefroren. Fast hatte es den Anschein, als hätte sein Geist sich verflüchtigt und lediglich eine leere Hülle zurückgelassen. Nur das Blitzen in den kleinen grauen Augen deutete an, dass da noch ein Verstand war, der fieberhaft arbeitete.

Vigor sagte nichts mehr.

Er hatte getan, was nötig war, hatte die Zutaten in den Kessel gegeben und das Feuer geschürt – alles Weitere würde sich von selbst ergeben.

Vigor wusste nicht, ob der Verdacht, den er geäußert hatte, der Wahrheit entsprach oder nicht, und es spielte auch keine Rolle – um Zweifel in Lavans Herz zu säen, genügte es allemal. In ihrem kurzen Gespräch hatte die Königin ihm unmissverständlich klargemacht, dass es zwischen ihnen auch weiterhin keinen Frieden geben würde und sie seinen Untergang wollte. Die Erfahrung hatte Vigor gelehrt, dass es besser war, den ersten Schlag zu führen, als selbst geschlagen zu werden – und nach Lavans wechselnder Gesichtsfarbe zu urteilen, war seine Taktik aufgegangen.

Die schwammigen Züge des Königs, die zunächst leichenblass geworden waren, färbten sich plötzlich puterrot. Schweißperlen traten ihm auf die Stirn, die Adern an seinem kurzen Hals schwollen an, als wollten sie platzen.

»Ich empfehle«, sagte Vigor leise, »dass Ihr Eurer Gemahlin einige Fragen stellt.«

4

Die Grenze Ansuns hatten Dag und sein Stoßtrupp hinter sich gelassen und befanden sich inzwischen tief im Feindesland.

Nördlich von Andaril, gegenüber einer der alten Grenzfestungen, die das südliche Ufer des Grenzflusses säumten und über Jahrhunderte hinweg das Königreich Tirgaslan gesichert hatten, hatten sie den Fluss überquert und waren im Schutz der Wälder stromaufwärts marschiert. Um den Stausee, den die Zwerge an den Hängen des Scharfgebirges angelegt hatten und der ihre unterirdischen Waffenschmieden mit Wasser versorgte, hatten die Gefährten einen weiten Bogen gemacht, und so war es ihnen gelungen, Kontakte mit dem Feind bislang zu meiden.

»Seltsam«, meinte Cailan, während er Dags Pferd durch einen kleinen Wald von Nadelbäumen führte – Dag erkannte es sowohl am Geruch als auch aufgrund der Tatsache, dass er trotz des Windes, der von den Bergen herabstrich, keine Blätter rascheln hörte. »Inzwischen befinden wir uns schon weit im Gebiet der Zwerge – und sind noch auf keine einzige Patrouille gestoßen.«

»Das klingt fast, als wärst du enttäuscht«, bemerkte Dag mit mattem Lächeln.

»Ich frage mich nur, wo sie alle geblieben sind. Weder haben unsere Späher Zwergenkämpfer gesehen noch Orks oder Gnomen. Und auch von den Kaldronen fehlt bislang jede Spur. Hältst du es für möglich, dass die Zwerge bereits wissen, dass wir hier sind? Dass sie uns eine Falle stellen?«

»Warum sollten sie das tun?«, fragte Dag dagegen. »Wir sind nur eine Handvoll – wenn sie unser Eindringen also bemerkt hätten, hätten sie uns längst angegriffen.«

»Aber wo sind sie dann?«

»Womöglich hat Winmar sie abgezogen, weil sie an anderen Orten dringender gebraucht werden«, vermutete Dag. »Der Krieg ist zu Ende, die Menschen wurden besiegt, einen Angriff auf die Grenzen des Kernlandes muss Winmar also nicht mehr befürchten. Aber er braucht seine Soldaten, um die eroberten Städte der Menschen zu besetzen, sowohl in Ansun als auch in Tirgaslan.«

»Du meinst also, er hat sie dorthin geschickt.«

Dag nickte.

»Dann sollten wir Lord Anghas umgehend Bericht erstatten«, meinte Cailan, dessen Stimme vor Aufregung ein paar Nuancen heller wurde. »Möglicherweise wären wir in der Lage, eine oder zwei Grenzburgen zu erobern.«

»Das glaube ich nicht«, wehrte Dag ab. »Die Wahrheit ist, dass Winmar es sich leisten kann, seine Soldaten auf das gesamte Reichsgebiet zu verteilen, denn er hat eine neue Waffe, die ihm zu Gebote steht.«

»Winmars Zorn«, bestätigte Cailan. »Ist diese Waffe tatsächlich so furchtbar, wie alle sagen? Alured behauptet, er hätte niemals größere Zerstörung gesehen.«

»Ich ebenfalls nicht«, versicherte Dag schaudernd. Unwillkürlich sah er vor seinem inneren Auge Feuerbälle, die lodernd zum Himmel stiegen, lichterloh brennende Häuser, Mauern, die mit Urgewalt zerfetzt, Menschen und Trümmer, die hoch in die Luft geschleudert wurden. Dabei war ihm, als könnte er wieder den bitteren Geschmack von Feuer und Tod auf seiner Zunge spüren. »Obwohl wir alle dazu entschlossen waren, Andaril den Zwergen nicht zu überlassen und bis zum letzten Atemzug zu kämpfen, war der Kampf in dem Augenblick entschieden, da Winmar seine neue Waffe zum Einsatz brachte. Als ich sah, wie unsere Kämpfer zu Dutzenden starben, ohne auch nur die Chance zu haben, sich dem Feind zum Kampf zu stellen, gab ich den Widerstand auf.«

»Dann hast du richtig gehandelt«, meinte Cailan.

»Habe ich das?« Dag schüttelte den Kopf. »Damals war ich davon überzeugt, das Richtige zu tun. Heute bin ich mir nicht mehr ganz so sicher.«

»Was hättest du stattdessen tun sollen? Weiterkämpfen, bis niemand mehr am Leben ist? Obwohl es keine Aussicht auf einen Sieg mehr gab?«

»Mein Vater hätte es ohne Zögern getan«, versicherte Dag mit einem Seufzen.

»Dann ist er ein tapferer Mann. Aber bisweilen müssen die Kinder andere Pfade gehen als ...«

In diesem Moment war der Hufschlag von Pferden zu hören. Alured und Henquist kehrten zurück, die Ferghas als Späher vorausgeschickt hatte. Dag konnte hören, wie sie ihre Tiere zügelten.

»Bericht«, verlangte Ferghas' raue Stimme.

»Wir haben etwas entdeckt, das müsst ihr euch ansehen!«, erwiderte Alured aufgeregt.

»Ich komme ebenfalls mit«, erklärte Cailan und trieb sein eigenes Tier nach vorn, Dags zog er am Zügel mit. Auch Ferghas gesellte sich zu ihnen, während Henquist bei den anderen zurückblieb, die so lange lagerten.

Dag wusste nicht zu sagen, wohin Alured sie führte. Wärme und Kälte wechselten auf seiner Haut in rascher Folge, was vermuten ließ, dass sie unter Bäumen hindurchritten, deren Äste die wärmenden Sonnenstrahlen bald durchließen, bald abhielten. Schließlich zügelten sie ihre Pferde, stiegen ab und gingen zu Fuß weiter.

Seine Hand auf Cailans Schulter, folgte Dag seinen Gefährten zwischen Bäumen hindurch, deren Laub er im Wind rascheln hörte. Dann merkte er, wie das Gelände unter seinen Füßen anstieg – offenbar ging es einen Pfad hinauf.

»In Deckung jetzt!«, zischte Alured, und sie alle gingen zunächst in die Hocke und krochen dann auf allen vieren weiter, über weichen Boden und durch dichtes Gebüsch.

Schließlich merkte Dag, dass die anderen langsamer wurden. Er hielt inne und wartete, bis eine kräftige Hand – vermutlich Ferghas' – ihn packte und emporzog. Seine Hände fassten die Borke eines offenbar umgestürzten Baumes, hinter dem sich die Gefährten verschanzten. Der Brise nach zu urteilen, die über den Stamm hinwegstrich, befanden sie sich auf einer Art Grat, auf dessen anderer Seite das Gelände steil abzufallen schien und sich ein weiter Ausblick öffnete – und dieser Ausblick schien seinen Gefährten für einen Moment die Sprache zu verschlagen.

»Verdammt«, hörte er Ferghas nur knurren.

»Was ist? Was seht ihr?«, verlangte Dag zu wissen, der sich weiter hinter den Stamm duckte – schließlich konnte er nicht wissen, wie weit er sich hinauswagen durfte.

»Die alte Nordstraße«, berichtete Ferghas, der als Erster die Sprache wiedergefunden zu haben schien. »Sie verläuft direkt vor uns, am Fuß eines Abhangs.«

»Und?«, fragte Dag.

»Zwerge«, erwiderte der Clansmann düster. »Hunderte. Ein verdammter Heereszug.«

»Ein Heereszug? Seid ihr sicher?« Dag hob den Kopf ein wenig und lauschte in den Wind. Vereinzelte Rufe waren zu hören, dazu dumpfer Hufschlag und hin und wieder das Wiehern eines Pferdes. Und dazwischen hörte Dag das kalte Rasseln und Stampfen der Kaldronen, jener furchtbaren kugelförmigen Kampfmaschinen, die auf dem Schlachtfeld Angst und Schrecken verbreiteten.

»Da sind mindestens zwei Dutzend Kaldronen«, bestätigte Alured in diesem Moment, »außerdem mehrere Einheiten von Zwergenkämpfern mit geschulterten Äxten. Und eine endlose Reihe gepanzerter Wagen.«

»Was ist mit Ork-Söldnern?«, fragte Dag.

»Keine«, gab Ferghas zur Antwort.

»Gnomen?«

»Ebenfalls nicht.«

»Seltsam«, überlegte Dag. »Während des Krieges hat es nicht einen Feldzug gegeben, den die Zwerge ohne ihre Söldner unternommen hätten.«

»Vielleicht hattest du recht und ihr Heer ist einfach ausgedünnt«, gab Cailan flüsternd zu bedenken.

»Was wohl ihr Ziel sein mag?«, rätselte Alured. »Sie marschieren Richtung Südosten.«

»Vielleicht handelt es sich um Verstärkung für die Grenzbefestigungen«, schlug Dag vor. »Oder für die Garnisonen in Ansun.«

»Vielleicht«, stimmte Ferghas zu. »Aber warum haben sie Schatzwagen dabei?«

»Was bringt dich auf den Gedanken, dass es Schatzwagen sind?«, fragte Alured.

»Zum einen die schwere Panzerung«, erwiderte der Clansmann, »und sieh dir an, welch tiefe Spuren sie hinterlassen – die Dinger sind schwer beladen. Und ist dir nicht aufgefallen, dass sich die Kaldronen um die Wagen herum fast auf die Füße treten? Irgendetwas verdammt Wertvolles scheint sich dort drin zu befinden.«

»Das würde auch erklären, warum keine Söldner dabei sind«, fügte Cailan hinzu.

»Weil Winmar ihnen nicht über den Weg traut«, folgerte Dag.

»Da kommen immer noch mehr Wagen«, berichtete Alured, »es will gar nicht enden. Und sie tragen das Zeichen des Zwergenkönigs!«

»Was? Gib mir das Fernrohr!«, zischte Ferghas. »Tatsächlich«, ließ er sich kurz darauf vernehmen. »Einige der Wagen sind mit dem Axtsymbol versehen.«

»Vielleicht verlegt Winmar den Kronschatz an einen anderen Ort«, überlegte Alured.

»Entweder das«, räumte Dag ein, der den Zug im Tal zwar nicht sehen konnte, ihn aber dennoch klar vor Augen hatte. »Oder er ist es selbst, der an einen anderen Ort gebracht wird.«

»Was? Glaubst du?« Ferghas hob erneut das Fernrohr an. »Möglich wär's immerhin.«

»Dann sollten wir erwägen, den Zug zu überfallen«, schlug Cailan vor. »Wenn es uns gelänge, an Winmar heranzukommen …«

»Du wärst tot, ehe du auch nur in die Nähe der Wagen kommen würdest«, fiel Ferghas ihm barsch ins Wort. »Außerdem sind es mindestens zwei Dutzend Wagen, und wir wissen nicht, in welchem davon sich Winmar befindet. Wenn er überhaupt dabei ist.«

»Zugegeben«, stimmte der Jüngere zu. »Dennoch müssen wir etwas unternehmen.«

»Was meinst du?«

»Wir müssen herausfinden, was es mit diesem Zug auf sich hat«, sagte Cailan mit einer Entschlossenheit, die das Erbe seines Vaters Anghas erkennen ließ. »Und wir müssen den Clan darüber in Kenntnis setzen!«

»Das hast du nicht zu entscheiden«, beschied ihm Ferghas. »Der Sohn des Herzogs entscheidet.«

»Dag?«, fragte Cailan. Er klang unverhohlen besorgt.

Dag biss sich auf die Lippen. Dies war einer der Gründe dafür gewesen, dass er sich in die Einsamkeit der Wälder geflüchtet hatte. Nicht nur der Verlust Aryanwens, nicht nur seine Blindheit und die Schmach, die er erduldet hatte. Sondern auch seine Furcht davor, Entscheidungen treffen zu müssen. Entscheidungen, die richtig oder falsch sein konnten – und über Leben oder Tod entscheiden.

Doch genau das war seine Bestimmung.

Er war Daghan von Ansun.

Des Osberts Sohn.

»In Ordnung«, verkündete er. »Wir werden zwei Späher zurücklassen, die dem Zug in sicherem Abstand folgen und dann in die Westmark zurückkehren und Lord Anghas berichten. Er wird wissen, was weiter zu tun ist.«

»Aye«, bestätigte Ferghas. »Und wer soll gehen?«

»Alured«, entschied Dag.

»Nein«, widersprach der Freund. »Ich will bei dir bleiben, Dag, und weiterhin dein Auge sein!«

»Ich weiß.« Dag lächelte. »Aber ich brauche dich hier, denn ich weiß, dass ich mich auf dein Urteil verlassen kann. Finde heraus, wohin der Zug führt, und kehre dann zum Clan zurück, um zu berichten. Cailan wird dich begleiten.«

»Was?«, zischte Ferghas. »Warum das?«

»Weil er im Hügelland zu Hause ist und sich dort auskennt«, erwiderte Dag. »Außerdem sehen vier Augen mehr als zwei.«

»Das ist wahr«, stimmte Cailan zu.

»Dennoch«, beharrte Ferghas, »es gefällt mir nicht. Wenn du uns verlässt, kann ich nicht mehr auf dich aufpassen! Wenn dir etwas zustößt, wird mir dein Vater das nie verzeihen.«

»Wie lange willst du noch auf mich aufpassen, Onkel?«, fragte der junge Clansmann dagegen. »Es war nur eine Frage der Zeit, bis ich das erste Mal auf mich gestellt sein werde, das weißt du ebenso gut wie ich.«

Schweigen trat ein, und Dag stellte sich vor, dass die beiden einen langen Blick wechselten.

»Also gut«, knurrte Ferghas schließlich.

»Dann ist es entschieden«, bekräftigte Dag. »Wartet hier bis zum Einbruch der Dunkelheit, dann folgt den Zwergen. Aber nehmt Euch vor ihren Kundschaftern in Acht!«

»Verstanden«, bestätigte Alured zögernd, dem die Sache noch immer nicht zu gefallen schien. »Und was wirst du tun? Wie willst du dich ohne mich zurechtfinden?«

»Die Frage scheint mir berechtigt«, pflichtete Ferghas bei.

»Wenn wir Gorta Ruun erst erreicht haben, brauche ich keinen Führer mehr«, versicherte Dag. »Ich kenne den Weg in den Kerker, denn ich bin schon zweimal dort gewesen.«

»Trotzdem – wie willst du dich dort zurechtfinden, wenn du nichts sehen kannst?«, beharrte Ferghas.

Dag setzte ein verwegenes Grinsen auf. »Dort unten«, erwiderte er, »ist es so dunkel, dass niemand etwas sehen kann. Dort, meine Freunde, ist jeder blind.«

5

»Uh-oh.«

Von dem Laut alarmiert, blieb Rammar stehen und wandte sich um. »Was heißt das?«, wollte er von seinem Bruder wissen.

Balbok, der ein Stück hinter ihm ging und das kleine Menschenkind trug, hatte missbilligend das grüne Gesicht verzogen. »Es stinkt«, meldete er.

»Was soll das heißen?«, schnaubte Rammar. »Du bist ein Ork. Natürlich stinkst du.«

»Das meine ich aber nicht.« Der Hagere schüttelte das schmale Haupt und hielt das Kind demonstrativ ein Stück von sich entfernt. »Ich meine den Menschling.«

Rammar kehrte um und kam einige Schritte heran. Schon auf halber Strecke verzog auch er das Gesicht. »Beim großen Stinkfisch«, wetterte er. »Das ist ja kaum auszuhalten! Fängt der Menschling jetzt an zu faulen?«

»Douk.« Balbok drehte das kleine, inzwischen nicht mehr ganz so weiße Bündel in seinen Klauen. »Ich glaube eher, es hat … du weißt schon.«

»Shnorsh«, brachte Rammar es auf den Punkt.

»Und jetzt?«

»Woher soll ich das wissen? Du bist doch neuerdings das Milchgesicht in unserer Sippe.«

Balbok schickte seinem Bruder einen verunsicherten Blick. Dann ließ er sich kurz entschlossen nieder und begann, das kleine Bündel aufzuschnüren.

Schicht für Schicht entrollte er es, was dem Kind ganz und gar nicht zu gefallen schien. Es begann wieder zu schreien, was Rammar mit einem missbilligenden Grunzen quittierte. Und mit jeder Schicht Stoff, die Balbok entfernte, steigerte sich der Gestank – bis der Ork schließlich zur letzten Schicht vorgedrungen war und die Bescherung sah.

»Uh-oh«, machte er wieder.

»Nicht schlecht«, kommentierte Rammar aus sicherer Entfernung. »Da würde sogar mancher Orkling vor Neid erblassen.«

Mit einer Mischung aus Unentschlossenheit und Stolz blickte Balbok auf seinen kleinen Schützling, der ihn erwartungsvoll ansah. Dann griff er nach einem Farnbüschel, riss es aus und begann, den Schaden zu beseitigen. Da die Windeln nicht mehr zu gebrauchen waren, sah er sich anschließend nach einem Ersatz um – und fand ihn in seinem Proviantbeutel. Die Gnomensülze hatte er ohnehin aufgegessen, der lederne Beutel war leer. Also biss er kurzerhand die beiden unteren Ecken ab und steckte das Kind so hinein, dass die kurzen Beine bei den Löchern herausschauten. Den Rest des Sacks krempelte er um und zog ihn dann behutsam um die Hüfte des Kindes zu, sodass etwas entstand, das mit etwas gutem Willen als Hose zu erkennen war.

»Und? Was sagst du?«, fragte er Rammar und hielt das Kind triumphierend hoch, das jetzt zufrieden lächelte.

»Gut so«, anerkannte der dicke Ork grinsend. »Und das Beste dabei ist, dass eine Menge hineinp…«

Es war der Moment, in dem der Schatten auf sie fiel.

Von einem Augenblick zum anderen war er da.

Unvermittelt, düster und bedrohlich.

»Was bei Kuruls Donner …?« Rammar hatte sich umgedreht und sah zum dämmrigen Himmel hinauf, der zwischen den Baumkronen zu sehen war – und was er sah, brachte seine Nackenborsten zum Sträuben.

Es war nur eine Silhouette, ein Umriss, der am Himmel vorüberwischte, doch die Umrisse, die der Ork sah, waren so bedrohlich, dass er instinktiv an Flucht dachte.

Ein schlanker Körper.

Weite Schwingen.

Mörderische Klauen.

Wäre es nur der flüchtige Schemen selbst gewesen, hätte Rammar ihn womöglich für eine Täuschung gehalten, für etwas, das seine erschöpften Sinne ihm vorgaukelten. Aber da war auch die namenlose, tödliche Kälte, die der Ork einen Augenblick lang im Schatten der Kreatur gefühlt hatte – und sie war ganz sicher keine Täuschung gewesen.

»Rammar«, wollte Balbok fragen, »was …?«

Mit einer energischen Geste brachte Rammar ihn zum Verstummen. Den Blick noch immer zum Himmel gerichtet, wo die Kreatur so rasch verschwunden war, wie sie aufgetaucht war, griff er nach seinem *saparak*.

»Keinen Laut«, schärfte er seinem Bruder flüsternd ein. »Nimm das Balg und komm mit!«

Balbok widersprach nicht. So schnell er es vermochte, nahm er das Kind auf, wickelte es in den Stoff, der noch halbwegs brauchbar war, und huschte dann zu Rammar. Gemeinsam zogen sie sich unter die Äste einer Weide zurück, die so dicht und ausladend waren, dass sie eine halbwegs zuverlässige Zuflucht boten. Dort zog auch Balbok seine Klinge – seine Neugier jedoch konnte er nicht beherrschen.

»Was ist?«, fragte er leise. »Hast du was gesehen?«

»Schhh«, brachte Rammar ihn abermals zum Schweigen. »Vielleicht kommt es zurück …«

Wie um seine Befürchtungen wahr zu machen, war plötzlich ein bedrohliches Geräusch zu vernehmen.

Es war ein dumpfes, gleichförmiges Rauschen.

Der schwere Schlag großer Flügel.

Und er näherte sich.

»Kein Ton jetzt«, schärfte Rammar seinem Bruder ein. Unter die Äste der Weide geduckt, starrten sie nach oben, um zwischen den Ästen hindurch einen Blick auf den dunkelnden Himmel zu erheischen.

Was sie sahen, waren nur flüchtige Eindrücke, aber wie zuvor war eine schattenhafte Kreatur zu erkennen, die auf schlanken, ausladenden Schwingen reiste. Und wieder fühlte Rammar die erbarmungslose, tödliche Kälte.

Ihre *saparak'hai* in den Klauen, hielten die beiden Orks den Atem an, und beide hofften inständig, dass das Menschenkind nicht schreien und sie dadurch verraten würde. Augenblicke verstrichen, doch das Rauschen blieb über ihnen, ebenso wie die grässliche Kreatur, die über den Bäumen zu kreisen schien wie ein Aasfresser, gerade so, als würde sie nach etwas suchen …

In diesem Moment begann das Kind zu wimmern.

Es war nur ein leiser Laut, so als spürte Alannah die Kälte ebenfalls – Rammar jedoch kam es vor, als würde sie die Lage ihres Verstecks lauthals hinausposaunen. Der Blick, den er Balbok sandte, war so vernichtend, dass dieser sich unwillkürlich über das Kind beugte, um es zu beschützen. Das Rauschen der Schwingen verstärkte sich und kam näher – und in diesem Moment ließ die Kreatur einen Schrei vernehmen, grässlicher als alles, was die beiden Orks in den vergangenen fünf Jahrhunderten gehört hatten, ein Laut, wie ihn vermutlich selbst Kuruls Kehle nicht zustande gebracht hätte.

Der Herzschlag wollte ihnen aussetzen. Gebannt starrten sie auf das Blätterdach über ihnen, halb erwartend, dass jeden Augenblick ein grässliches Ungeheuer hindurchbrechen und sie packen würde.

Doch der Angriff blieb aus – und im nächsten Moment entfernte sich der Flügelschlag wieder.

Das Rauschen wurde leiser und leiser, bis schließlich nur noch beklommene Stille blieb, einzig das Wimmern des Kindes war noch zu hören, das sich Schutz suchend in Balboks Armbeuge drängte. »Armer Wurmling«, meinte er und schnalzte mitleidig mit der Zunge. »Hat das *uchl-bhuurz* dich erschreckt?«

»Nicht viel hätte gefehlt, und das Balg hätte uns verraten«, maulte Rammar. »Dass mir das ja nie wieder passiert, sonst geht's euch beiden an den Kragen!«

»Was war das gerade?«, fragte Balbok.

Rammar schüttelte den Kopf, noch immer argwöhnisch nach oben blickend. »Ich weiß es nicht, und ich möchte es auch nicht wissen. Aber wenn du mich fragst, dann sah es aus, als ob das Biest nach etwas suchen würde.«

»Aha.« Balbok schaute seinen Bruder fragend an. »Und wonach?«

Das Kind auf seinem Arm ließ einen jauchzenden Laut vernehmen. Balbok und Rammar blickten auf das kleine Menschenkind.

»Das wäre auch das erste Mal gewesen«, knurrte Rammar wütend, »dass wir mit Milchgesichtern zu tun haben und keinen Ärger bekommen. Wir hätten das Balg zurücklassen sollen – du wirst noch an meine Worte denken.«

6

Unter allen Orten auf dieser Welt hatte sich Dag keiner so eingeprägt wie dieser.

Zweimal war er hier gewesen, zweimal hatte er hier seine wiedergewonnene Freiheit begrüßt, und die Umgebung hatte sich ihm so deutlich ins Gedächtnis eingebrannt, dass er eine genaue Beschreibung davon hätte liefern können.

Die tiefe Schlucht, die ein Gebirgsbach im Lauf von Jahrtausenden in das Gestein des Berges geschnitten hatte und deren Grund von Geröll und Buschwerk überzogen war; der sichelförmige Ausschnitt Himmel, der zu sehen war, wenn man den Kopf in den Nacken legte; der Wasserlauf, der in unmittelbarer Nähe herabstürzte; die beiden hohen Tannen, die den Eingang der Schlucht säumten, als wollten sie ein natürliches Tor bilden; und schließlich der Spalt in der Felswand, der in Wahrheit die Mündung eines ebenso langen wie dunklen Tunnels war – eines Tunnels, der geradewegs nach Gorta Ruun führte.

Auch wenn Dag nun nichts mehr davon sehen konnte – seine Erinnerungen waren so intensiv, dass die Geräusche allein genügten, damit sich vor seinem inneren Auge Bilder einstellten. Er hörte das Rauschen der Kaskade, die jetzt im Frühjahr zu einem mächtigen Wasserfall angeschwollen war; das Ächzen der Bäume im Wind und den Schrei der Falken, die entlang der Felswände nach Beute suchten. Und den hämmernden Schlag seines eigenen Herzens.

Von allen Orten auf dieser Welt hatte er hierher am wenigsten zurückkehren wollen, doch ein Schicksal, das er selbst nicht zu begreifen vermochte, hatte es anders gewollt.

Er war wieder hier.

Und er hatte eine Mission zu erfüllen.

»Dag!« Terric kam angerannt, seine leichtfüßigen Schritte waren kaum zu hören. »Wir haben die Felsspalte gefunden, die du uns beschrieben hast. Es scheint sich tatsächlich um einen Tunnel zu handeln.«

Dag nickte. »Führt mich hin.«

Jemand packte ihn am Oberarm und zog ihn mit – dem beherzten Griff nach zu urteilen war es Ferghas, der kaum von seiner Seite wich, seit Alured die Gruppe verlassen hatte. Nachdem sie ein Stück weit durch raschelndes Gras gegangen waren, blieben sie stehen, und Dag streckte die Arme aus. Er fühlte nackten, schroffen Fels, einen scharfen Abbruch – und kühle, nach Moder riechende Luft, die ihm entgegenströmte.

»Das ist es«, bestätigte er. »Der Tunnel, durch den Aryanwen und ich damals entkommen sind. Und er scheint noch immer intakt zu sein.«

»Seltsam«, knurrte Ferghas. »Warum haben die Zwerge ihn nicht verschlossen?«

»Weil sie dazu erst einmal herausgefunden haben müssten, auf welche Weise wir ihnen damals entwischt sind«, beschied ihm Dag feixend. »Aber ganz offensichtlich ist ihnen das nicht gelungen.«

»Und das kommt dir nicht verdächtig vor?«

»Nicht unbedingt. Die Festung Gorta Ruun ist im Lauf von Jahrtausenden gewachsen. Es gibt keinen Zwerg, der von sich behaupten könnte, jeden einzelnen Winkel zu kennen, so weit verzweigt sind ihre Gänge und Stollen. Es gibt zahllose Höhlen und Gewölbe – und noch mehr Tunnel und Schächte, die diese mit Luft versorgen.«

»Na schön.« Ferghas schnaubte. »Versuchen wir also unser Glück. Ich schlage vor, dass ein Mann zurückbleibt, um den Eingang zu bewachen. Ich möchte bei unserer Rückkehr keine Überraschung erleben.«

»Einverstanden«, stimmte Dag zu.

»Dugay«, wies Ferghas seinen hünenhaften Landsmann an, »du hättest ohnehin Mühe, dich durch dieses Loch zu zwängen. Also wirst du hierbleiben und die Augen offen halten.«

»Verstanden«, bestätigte der Hüne.

»Aye, worauf warten wir? Lasst alles überflüssige Gepäck zurück, Männer! Nur eure Waffen nehmt mit.«

»Und euren Mut«, fügte Dag hinzu, der seinen Umhang gelöst hatte und sich bereits anschickte, in die Öffnung zu steigen, die ihm vermutlich wie ein dunkles, drohendes Maul entgegenklaffte – es war ein gewisser Vorteil, sie nicht sehen zu müssen.

Die Geräusche um ihn herum veränderten sich schlagartig. Das Rauschen des Wassers und die Schreie der Vögel verstummten, ein seltsames Brausen erfüllte den Gang – und ein dunkles, unheimliches Stampfen, das grässliche Erinnerungen weckte.

Gorta Ruun, dachte Dag schaudernd.

Er war zurück.

Er ließ sich auf die Knie nieder und kroch ein Stück in die steinerne Röhre. Er wartete, bis auch seine fünf verbliebenen Gefährten in den Tunnel eingedrungen waren, dann kroch er weiter, auf allen vieren über nackten Fels, Stück für Stück.

»Verdammt«, flüsterte Ferghas, der unmittelbar hinter ihm war, nach einer Weile. »Es ist wirklich verdammt dunkel hier drin. Man kann die Hand nicht vor Augen sehen.«

»Was hast du erwartet, Clansmann?« Dag konnte sich ein Grinsen nicht verkneifen. »Ich sagte es doch schon – hier unten sind wir alle blind.«

7

»Wir haben zu sprechen, Weib.«

Aryanwen hatte am Fenster ihres Gemachs gestanden und hinausgeblickt. Die Häuser und Straßen Tirgaslans, die sich in weite Ferne erstreckten, bis der Dunst der Dämmerung sie verschlang, hatte sie nicht wirklich wahrgenommen; ihre Gedanken waren an einem anderen Ort gewesen, bei ihrem Kind, das sie in der Obhut zweier Orks zurückgelassen hatte, und der Schmerz über die Trennung hatte sie dabei fast zerrissen. Lavans barsche Stimme jedoch brachte sie jäh ins Hier und Jetzt zurück.

Erschrocken fuhr die Königin herum – nur um festzustellen, dass ihr Gemahl das Schlafgemach nicht allein betreten hatte. Jemand war bei ihm, dessen Anwesenheit Aryanwen mit derselben Abscheu zur Kenntnis nahm, mit der man eine Schabe entdeckte.

Sie hob eine Braue. »Braucht Ihr neuerdings Verstärkung, um mich in meinem Gemach zu besuchen, mein Gemahl? Solltet Ihr Eurer Manneskraft nicht mehr vertrauen?«

»Du kannst dir deine frechen Reden sparen«, schnaubte Lavan. »Mich beeindruckst du damit nicht.«

»Dann habt bitte die Freundlichkeit, mir zu sagen, was dieses Eindringen zu bedeuten hat«, konterte Aryanwen, der das hämische Grinsen hinter Vigors rotem Bart nicht entgangen war.

»Es gibt einige Dinge zu klären«, erwiderte Lavan bedrohlich.

»Und das können wir nicht unter vier Augen tun?«, fragte sie mit einem geringschätzigen Blick in Vigors Richtung.

»Nein, denn was wir zu klären haben, klären wir am besten vor einem Zeugen.«

»Und dafür ist Euch kein besserer eingefallen? Ihr wart in der Wahl Eurer Freunde nie sehr wählerisch, mein Gemahl.«

»Wie ich schon sagte, du solltest dir deine frechen Reden sparen«, entgegnete Lavan, »sonst lernst du mich womöglich von einer Seite kennen, die dir bislang verborgen blieb.«

»Wohl kaum«, widersprach Aryanwen. »Ich weiß sehr wohl, wozu Ihr in der Lage seid. Habt Ihr die Suchtrupps ausgesandt?«, wechselte sie das Thema.

»In der Tat.«

»Und?«

»Nichts«, eröffnete Vigor an Lavans Stelle. »Und offen gestanden bezweifle ich, dass die königlichen Soldaten noch etwas finden werden – trotz der Tränen, die so überaus wirkungsvoll in Euren Augen glänzen.«

Unwillkürlich wischte Aryanwen sich über das Gesicht. Tatsächlich. Sie hatte nicht bemerkt, dass ihre Augen feucht geworden waren, während sie an Alannah gedacht hatte, und es ärgerte sie, dass ausgerechnet Vigor sie darauf aufmerksam machte. »Und?«, zischte sie. »Darf eine Mutter, die um das Leben ihres Kindes bangt, keine Tränen vergießen? Überhaupt, was gilt es Euch? Warum mischt Ihr Euch ein? Braucht der König von Tiragslan neuerdings einen Lakaien, der für ihn spricht?«

»General Vigor ist ein Freund«, nahm Lavan den verräterischen Zwerg in Schutz, »und als solcher hat er einen Gedanken geäußert, den ich durchaus erwägenswert finde.«

»So? Und was für ein Gedanke mag das sein, Vigor? Ist Euch eine neue Methode eingefallen, wie man eine Kreatur möglichst qualvoll vom Leben zum Tod befördert?«

»Nein, Königin – offen gestanden ging es eher darum, wie eine Kreatur ins Leben gelangt. Und vor allem, wie viel Zeit es dafür bedarf.«

Aryanwen sah auf. »Ich fürchte, ich kann Euch nicht folgen.«

»Bei Zwergen sind es etwas über neun Monde«, fuhr Vigor unbeirrt fort, »und vorausgesetzt, dass Menschen nicht aus Eiern schlüpfen, gehe ich davon aus, dass es bei ihnen ebenso lange dauert.«

»Und?«, fragte Aryanwen. Die Richtung, in die sich das Gespräch entwickelte, gefiel ihr nicht, aber sie hatte keine Möglichkeit, es zu ändern. Jeder Versuch einer Ausflucht wäre ihr zum Nachteil ausgelegt worden. »Ihr verschwendet meine Zeit, Vigor.«

Das Lächeln, das über die bärtigen Züge des Zwergs glitt, war ein Warnsignal. Sie hatte dieses Lächeln schon früher gesehen, im Kerker von Gorta Ruun. Und niemals hatte es etwas Gutes verheißen.

»Nun, Euer Gemahl fragt sich, ob das Kind, das Ihr unter Eurem Herzen getragen habt, ob es – wie soll ich es am besten ausdrücken?«

»Wer ist sein Vater?«, platzte Lavan heraus, der seinen Zorn nicht länger zurückhalten konnte.

»W-was?« Aryanwen war zu entsetzt über die Frage, um ihre Überraschung zu verbergen. »Wie könnt Ihr …?!«

»In meiner Freude auf die Geburt meines Erben war ich mit Blindheit geschlagen«, erwiderte der König. »Vigor jedoch hat mir die Augen geöffnet, und nun will ich die Wahrheit wissen. Wer ist der Vater des Kindes – etwa Daghan von Ansun, dem du beigewohnt hast, ehe du meine Gemahlin wurdest?«

Aryanwen blickte von einem zum anderen. Sie wusste nicht, ob sie in hysterisches Gelächter verfallen, ob sie vor Wut laut schreien oder in Tränen ausbrechen sollte. »Wie … wie könnt Ihr mir diese Frage stellen?«, überwand sie sich schließlich zu einer Antwort, in die sie alle Entrüstung legte, zu der sie noch fähig war.

Vigor übernahm das Wort. »Von Beginn Eurer Schwangerschaft an habt Ihr es abgelehnt, von den Heilern des Königs untersucht zu werden. Stattdessen habt Ihr darauf bestanden, Euer Kind in Elfenhain zur Welt zu bringen, weit von Eurem Gemahl und von Tirgaslan entfernt.«

»Weil ich wollte, dass es in Sicherheit zur Welt kommt!«

»Oder um zu verbergen, dass Euer Kind sehr viel früher das Licht der Welt erblickt, als es der Fall gewesen wäre, wenn König Lavan der Vater wäre«, hielt Vigor dagegen, wobei er weiter grinste.

Aryanwen starrte ihn an. So klein Vigor war, so viel Bosheit und Missgunst ging von ihm aus, und es verwunderte nicht, dass Winmar ihn zu seinem obersten Folterknecht gemacht hatte. Sie wusste nicht, ob ihm klar war, wie nahe seine abenteuerlichen Beschuldigungen der Wahrheit kamen, aber vermutlich kam es ihm gar nicht darauf an. Er wollte sie aus dem Weg räumen, wollte sie beim König in Misskredit bringen – und offenbar war ihm das bereits gelungen. Nur zwei Möglichkeiten blieben Aryanwen: Sie konnte alles zugeben, sich vor Lavan in den Staub werfen und ihn um Vergebung bitten – was vermutlich ziemlich aussichtslos sein würde. Oder sie trat die Flucht nach vorn an.

Ihr Gefühl traf die Entscheidung noch vor ihrem Verstand. »Wie könnt Ihr es wagen?«, fuhr sie Vigor an. »Wie könnt Ihr es wagen, unaufgefordert in mein Gemach zu platzen und einen so gemeinen Verdacht zu äußern?«

»Nicht er hegt diesen Verdacht, sondern ich, Weib«, knurrte Lavan, »und als dein Gemahl und König verlange ich eine Antwort: Wessen Kind war es, das du in Elfenhain zur Welt gebracht hast?«

»Euer Kind!«, rief Aryanwen, und es erschreckte sie fast, mit welcher Überzeugung sie log. Nicht um ihretwillen, sondern um Alannah zu schützen. »Euer Sohn und Erbe, so wie Ihr es Euch gewünscht habt! Ich wollte ihn zu Euch nach Tirgaslan bringen, aber …«

»Aber was?«, fiel Lavan ihr ins Wort. »Was ist dort im Wald geschehen?«

»Das wisst Ihr! Elfenhain wurde überfallen, ein Kriegstrupp von Orks. Sie haben alle bis auf mich und das Kind getötet!«

»Wie viele Orks waren es?«, wollte Vigor wissen. »Von wo kamen sie? Waren sie zu Fuß oder zu Pferd? Welches Feldzeichen trugen sie?«

»Glaubt Ihr, ich hatte Zeit, mich umzusehen? Ich musste das Leben meines Kindes beschützen! Es war dunkel, und alles ging so schnell …«

»Dunkel?«, hakte der Zwerg nach, seine Stimme schneidend wie ein Messer. »Ich dachte, der Überfall hätte sich am frühen Morgen ereignet?«

»Interessant«, kommentierte Lavan nur. Er verschränkte die Arme vor der breiten Brust, wie eine Trutzburg stand er da. »Du beginnst dir bereits zu widersprechen.«

»Aber nein, das tue ich nicht«, beteuerte Aryanwen, obwohl ihr klar war, dass sie sich dadurch nur noch verdächtiger machte. »Wenn Ihr mir doch nur zuhören würdet …«

»Das tun wir«, versicherte Vigor, »aber ich fürchte, Ihr werdet unsere Bereitwilligkeit nur dazu nutzen, uns noch weitere und noch unverschämtere Lügen aufzutischen. Wenn Ihr es wünscht, Majestät, kann ich den Vorgang der Wahrheitsfindung auch beschleunigen. Alles, was ich dazu brauche, ist ein glühendes Eisen und etwas …«

»Das würdet Ihr nicht wagen!«, fuhr Aryanwen ihn an. »Ich bin die Tochter König Tandelors! In meinen Adern fließt das Blut der Elfenkönigin!«

»Und? Wenn Ihr Euren Gemahl auf so schändliche Weise hintergangen habt, seid Ihr nicht besser als irgendeine Dirne aus den Straßen Andarils!«

»Das wird Euch leidtun, Vigor!«, prophezeite Aryanwen, während sie zum Fenster zurückwich. »Es steht Euch nicht zu, so mit mir zu sprechen!«

»Das werden wir sehen«, erwiderte Lavan an Vigors Stelle. »Wachen!«

Trampelnde Schritte waren zu vernehmen und das Klirren von Rüstungen. Gleich ein ganzes Rudel Bewaffneter stürmte in das Schlafgemach, die Speere bedrohlich gesenkt.

»Nehmt die Königin fest und bringt sie in den Kerker«, ordnete Lavan an. »Dort wird sie bleiben, bis sie sich entschließt, mir die Wahrheit zu sagen. Und ich habe so das Gefühl«, fügte er mit einem Blick in Vigors Richtung hinzu, »dass dies schon sehr bald der Fall sein wird.«

»Wehe, wenn Ihr es wagt!«, herrschte Aryanwen die Wachen an, von denen sie die meisten noch aus jener Zeit kannte, da sie ihrem Vater gedient hatten. Prompt konnte sie in einigen Gesichtern Verunsicherung erkennen – aber ihr war klar, dass dieser Zustand nicht lange anhalten würde.

»Das war ein Befehl!«, zeterte Lavan mit geballten Fäusten. »Ich bin Euer König! Tut gefälligst, was ich Euch sage, oder ich werde dafür sorgen, dass Eure Köpfe das Große Tor schmücken, habt Ihr verstanden?«

Die Zweifel in den Gesichtern der Soldaten wichen der Furcht vor ihrem König. Mit gesenkten Speeren traten sie heran – und Aryanwen handelte.

Schneller als einer der verdutzten Männer reagieren konnte, sprang sie auf die hölzerne Fensterbank und stieß das Fenster auf.

»Sie will fliehen!«, hörte sie Vigor hinter sich brüllen. »Das kommt einem Geständnis gleich!«

Kalte Abendluft drang Aryanwen entgegen – und ohne noch einen weiteren Augenblick zu verlieren, fasste sie sich ein Herz und sprang. Sie hörte, wie Lavan hinter ihr einen wütenden Schrei ausstieß, dann kam sie auch schon auf dem Wehrgang auf, der zwei Mannshöhen unter dem Fenster verlief. Sie sackte in die Knie, rollte sich auf den harten Pflastersteinen ab und stand im nächsten Moment wieder auf den Beinen – nur um sich einer weiteren Wache gegenüberzusehen.

Der Mann war so verblüfft darüber, seine Königin vor sich zu sehen, dass er wie angewurzelt verharrte, ungeachtet des lauten Geschreis, das von oben aus dem Schlafgemach drang – und noch ehe er sich von seiner Überraschung erholen konnte, fuhr Aryanwen herum und huschte davon, verschwand im Zwielicht der hereinbrechenden Nacht.

8

Inmitten einiger Ruinen hatten die Orks ihr Nachtlager aufgeschlagen. Einst, vor dem Krieg, mochte die Ansammlung eingebrochener Mauern und fauliger Balken ein blühendes Dorf gewesen sein – jetzt waren es nur noch Trümmer, die wie bleiche Totengerippe dalagen und von Gras und Moos überwuchert wurden.

Die Orks hatten in etwas Zuflucht gesucht, das einmal ein Wohnhaus gewesen sein mochte; nur die Grundmauern waren noch vorhanden, das Dach war eingestürzt, den geschwärzten Ruinen nach war Feuer die Ursache gewesen. Vermutlich hatte ein Söldnertrupp das Dorf überfallen und dem Erdboden gleichgemacht, wie so viele in diesem dämlichen Krieg, den die Milchgesichter und die Hutzelbärte sich geliefert hatten.

Rammar hatte sich in einer Ecke niedergelassen, um das letzte verbliebene Stück Blutwurst zu futtern, während Balbok sich einmal mehr daranmachte, das Kind mit Ziegenmilch zu versorgen. Inzwischen ging dies ganz reibungslos vonstatten, da sich alle Beteiligten – Kind, Orks und Ziege – an den Vorgang gewöhnt hatten.

»So ist es gut«, anerkannte Balbok. »Du musst viel trinken, damit du so groß und kräftig wirst wie ich.«

»Und was ist mit mir?«, fragte Rammar. »Die Blutwurst habe ich vertilgt. Wenn ich nicht bald wieder was zwischen die Hauer kriege, sinke ich entkräftet nieder.«

»Schwer zu glauben.« Balbok bedachte die Körpermassen seines Bruders mit einem zweifelnden Blick.

»Und ob! Aber du hast ja nur Augen für das Menschenbalg!«

Wie um den Vorwurf zu bestätigen, wandte Balbok seine Aufmerksamkeit wieder dem Kind zu. »Hast du fertig getrunken?«, fragte er und schüttelte die Ziege, als gelte es, den letzten Rest aus ihr herauszupressen. »Das hast du gut gemacht.«

»Und hör gefälligst auf, mit dem Kind so dämlich zu reden. Du klingst nicht wie ein Krieger, sondern wie ein verdammter Gemüsefresser.«

»Aber Rammar, das macht man doch so«, verteidigte sich der Hagere. »Hast du Milchgesichter noch nie mit ihren Kindern sprechen gehört?«

»Wir sind keine Milchgesichter, sondern Orks«, wandte Rammar gehässig ein. »Wenn du so weitermachst, wird das Balg am Ende noch genauso dämlich wie du!«

»Douk, das wirst du nicht«, widersprach Balbok, der das Kind hochhielt und unbeirrt weiter in Babysprache parlierte. »Du bist ein kluges Mädchen, nicht wahr?«

Als Antwort fuhr ein tiefer Rülpser aus dem Inneren des kleinen Kindes.

»Nicht schlecht«, musste auch Rammar anerkennen.

»Nicht wahr?« Balboks Kuhaugen blickten voller Stolz.

»Jedenfalls für ein Milchgesicht«, dämpfte Rammar seine Begeisterung.

»Korr.« Balbok nickte versonnen. »Manchmal kommt sie mir wie ein richtiger kleiner Ork vor.«

»So ein Schmarren! Sie ist ein Milchgesicht und wird auch nie etwas anderes sein!«

»Ich weiß. Aber manchmal habe ich den Eindruck, dass sie gern bei uns ist. Guck mal, jetzt lacht sie sogar!«

»Wenn du dich sehen könntest, wie du dasitzt, das Balg im Arm und ein bescheuertes Grinsen im Gesicht, würdest du auch lachen«, versetzte Rammar.

»Douk.« Balbok hob belehrend einen Krallenfinger. »Ich meine damit, dass sie mich mag.«

Rammar kniff kritisch ein Auge zu. »Dann habe ich eine Neuigkeit für dich, Halbhirn: Wir sind Orks! Die Menschen mögen uns nicht, sie hassen uns!«

»Nicht alle«, widersprach Balbok entschieden.

»Was denn? Denkst du, die garstige Königin hat uns das Balg aus Zuneigung aufgehalst? Die hat uns doch nach Strich und Faden vershnorsht!«

Balbok sah seinen Bruder an, und allein schon für den treudoofen Ausdruck in seinen Augen hätte Rammar ihn am liebsten erschlagen. »Dieses Kind ist das Wertvollste, das sie hat«, zitierte er Aryanwens Worte. »Sie vertraut uns, Bruder. Deshalb dürfen wir den Menschling auch nicht aussetzen, sondern müssen ihn zu seinem Vater bringen.«

»Du solltest dich reden hören«, spottete Rammar. »Hast du eine Ahnung, wie weit der Weg ist, der noch vor uns liegt? Bislang sind wir nur durch Niemandsland marschiert, die wirklichen Schwierigkeiten stehen uns erst noch bevor. Wir müssen über die Grenze und den verdammten Fluss überqueren, und wenn wir erst in Ansun sind, geht der Ärger erst los. Nach dem Krieg und allem sind die Menschen nicht gut auf uns Orks zu sprechen, und das kann ich ihnen noch nicht einmal verdenken. Und in all diesem Durcheinander sollen wir den Erfinder finden?«

»Den Erfinder finden«, echote Balbok grinsend. »Das ist gut, wirklich.«

»Schön, wenn wenigstens einer von uns lachen kann«, grunzte Rammar, der in diesem Moment das Gefühl hatte, von unendlicher Müdigkeit befallen zu werden. Er schirmte die Augen mit der verbliebenen Klaue, um seinen Bruder nicht länger sehen zu müssen, andernfalls wäre er vermutlich einem *saobh** gefährlich nahe gekommen.

In diesem Moment vernahm er wieder das Rauschen.

Und gleich darauf spürte er die Kälte.

»Was …?«, wollte Balbok fragen, der es ebenfalls spürte, aber Rammars energischer Blick ließ ihn verstummen.

Rammar sprang von seinem Lager auf und riss den *saparak* heraus. Balbok tat es ihm gleich, wobei er mit der anderen Klaue das Kind schützend an sich presste.

Mit zu schmalen Schlitzen verengten Augen spähte Rammar in den wolkenverhangenen Nachthimmel. Sterne waren nicht zu sehen, der Mond war nur ein verschwommener, schmutzig gelber Fleck, der wie das Auge eines riesigen Zyklopen auf Erdwelt starrte. Vermutlich hätten die beiden Orks das Grauen, das aus der unergründlichen Schwärze stürzte, erst zu spät bemerkt – hätte in diesem Augenblick nicht das Menschenkind auf Balboks Arm laut und grell geschrien. Instinktiv rissen Balbok und Rammar ihre Waffen empor – und so waren sie abwehrbereit, als sich im nächsten Moment die grässliche Kreatur auf sie stürzte, die nur aus Schwärze zu bestehen schien, so als wäre die Nacht selbst zum Leben erwacht.

Zwei Klauen fegten heran, gefolgt von einem mörderischen, zähnestarrenden Maul, über dem sich ein Bogen weiter Schwingen wölbte. Fast hatte es den Anschein, dass die grässliche Kreatur nur ein Schatten wäre – doch die Todesangst, die die bloße Gegenwart der Bestie den beiden Orks einjagte, sagte ihnen, dass sie höchst wirklich war.

Balbok, dem der erste Angriff galt, duckte sich instinktiv, worauf die tödlichen Fänge über ihn hinweg ins Leere zuckten. Rammar unterdessen ging bereits zum Gegenangriff über.

* orkischer Blutrausch

»Verschwinde, Ungeheuer!«, brüllte er aus Leibeskräften und nicht zuletzt, um sich selbst Mut zu machen, und schwang den *saparak* gegen die klauenbewehrten Glieder – nur um zu erleben, wie die Klinge geradewegs hindurchglitt, ohne auf irgendwelchen Widerstand zu treffen. Gerade so, als ob die Kreatur nur aus Schall und Rauch bestünde!

Entsetzen packte Rammar. *»Dhruurz!«*, brüllte er das Wort, das jeder Ork fürchtete, laut hinaus.

Zauberei!

Über den beiden Orks flatternd, griff die Kreatur erneut an. Diesmal schnappte ihr Maul nach Balbok, der blitzschnell zurücksprang und der Attacke auswich, wobei er das Menschenkind fest an sich presste. Dann holte auch er zum Gegenschlag aus.

Wütend und mit gefletschten Zähnen wirbelte er die Klinge seines *saparak* durch die Luft – die jedoch ebenso wenig auf Widerstand traf wie zuvor Rammars Waffe. Sie schnitt wie durch Wasser, die einzige Reaktion der Kreatur war ein entsetzlicher Laut, ein Kreischen, das den Orks durch Mark und Bein ging. Auch das Kind schien es zu hören, denn es begann zu schreien und klammerte sich an Balbok, der sich dadurch nur noch erbitterter zur Wehr setzte und noch wütender auf die Schattenkreatur einschlug – was diese nicht davon abhielt, wieder und wieder anzugreifen.

Das schmale Haupt, von dem nur die Umrisse zu sehen waren, zuckte immer wieder vor, geschleudert von einem dürren Hals, der im Nacken mit Hörnern bewehrt war. Zumindest Rammar war klar, dass sie den Kampf gegen eine solche Kreatur nicht gewinnen konnten. Sie mussten verschwinden!

Panisch sahen sich seine Schweinsäuglein in der Dunkelheit nach einer Zuflucht um – und fanden sie unverhofft im rückwärtigen Teil der Ruine, wo das Dach eingebrochen war und ein heruntergestürzter Balken eine im Boden eingelassene Falltür zertrümmert hatte – vermutlich der Zugang zum Vorratskeller!

»Balbok!«, rief Rammar seinem Bruder auf Orkisch zu. »In das Loch da, los!«

»Korr«, bestätigte Balbok grimmig, der zumindest dieses eine Mal augenblicklich zu begreifen schien, was sein Bruder von ihm wollte. Noch einmal stieß er beherzt mit dem *saparak* zu, dann war er auch schon auf dem Weg.

Rammar deckte seinen Rückzug, wobei er abwechselnd mit seinem *saparak* und dem Dreizack an seinem Arm zustieß, dabei ständig auf der Hut vor den Schattenklauen. Dann zog er sich ebenfalls in Richtung der Öffnung zurück, in der Balbok mit dem Kind bereits verschwunden war. Bäuchlings warf er sich zu Boden, versuchte, kopfüber abzutauchen – doch sein feister Körper blieb in dem Loch stecken.

»Balbok!«, brüllte Rammar panisch in die Dunkelheit unter ihm, während seine Füße hilflos oben im Freien zappelten.

»Rammar?«

»Elendes Trollhirn! Hilf mir doch! Ich stecke fest!«

Wieder war von draußen der grässliche Schrei der Kreatur zu hören, dazu verstärkte sich das Rauschen ihrer Schwingen – sie griff an!

Instinktiv schloss Rammar die Augen, als könnte er so verhindern, dass das Monstrum ihm die Beine abbiss und ihm bei lebendigem Leib den *asar* aufriss. In diesem Moment jedoch packte ihn jemand an den Schultergurten seiner Lederrüstung und riss mit aller Kraft daran – und der dicke Ork platzte durch die Öffnung wie ein Korken aus einem Flaschenhals.

Er fiel kopfüber und stürzte auf seinen Bruder, der unter dem Gewicht prompt zusammenbrach. Benommen blieben beide auf dem Boden liegen, während das Kind, das Balbok in der hintersten Ecke des kleinen Kellerraumes abgelegt hatte, seine Angst und seine Panik lauthals hinausschrie. Mit pochenden Herzen starrten die Orks nach oben, wo sie durch den viereckigen Schacht immer wieder Blicke auf die unheimliche Gestalt erheischten, die dort oben ihre Bahnen zog.

Unvermittelt stieß sie herab, suchte mit ihren Klauen in die Öffnung zu greifen – aber sie waren nicht lang genug, als dass sie die Orks erreicht hätten.

Wütend stieg die Kreatur wieder auf, und nachdem sie noch einige Male über die Ruine hinweggeflattert war, verschwand sie – und mit ihr auch der kalte Hauch des Todes, der sie begleitete.

Das Kind beruhigte sich wieder, ebenso wie seine beiden Beschützer, und Stille kehrte ein.

»Ob ich mal nachsehe?«, fragte Balbok nach einer Weile.

»Untersteh dich«, fuhr Rammar ihn keuchend an. »Womöglich ist das nur eine List und das Biest lauert noch dort oben. Was immer es war – jetzt ist das verdammte Ding schon zum zweiten Mal aufgetaucht. Weißt du, was uns das sagt?«

Balbok überlegte einen Moment. »Dass du neuerdings zählen kannst?«

»Nein.« Rammar schnaubte. »Sondern dass diese Kreatur hinter dem Kind her ist.« Er blickte auf das Mädchen, das ihn erwartungsvoll musterte. »Und dass wir in tödlicher Gefahr sind, solange wir es bei uns haben.«

9

Aus.
Ende.

Als Dag sich den Kopf gestoßen hatte, hatte er zunächst nur eine Unebenheit in der Tunnelwand vermutet. Doch er hatte schnell gemerkt, dass das Hindernis, das ihm den Weg versperrte, nicht nur ein einzelner Vorsprung oder Sintergestein war – sondern eine massive Mauer.

»Verdammt«, stieß Dag hervor und schlug frustriert mit den Fäusten gegen das unsichtbare und doch unüberwindbare Hindernis.

»Was ist?«, fragte Ferghas flüsternd von hinten.

»Der Tunnel ist verschlossen«, antwortete Dag.

»Eingestürzt?«

»Nein.« Unwillkürlich schüttelte Dag den Kopf. Für einen Moment hatte er vergessen, dass die anderen hier unten ebenfalls nichts sehen konnten. »Eine massive Mauer.«

»Dann … haben die Zwerge deinen Fluchtweg doch entdeckt?«

»Sieht ganz so aus.« Frustriert biss sich Dag auf die Lippen. Vigor, Winmars oberster Handlanger, war berüchtigt für seinen messerscharfen Verstand – und er war ein Narr, weil er ihn unterschätzt hatte.

»Und jetzt?«, fragte Terric.

»Hier kommen wir jedenfalls nicht weiter«, stellte Dag fest.

»Können wir die Mauer nicht durchbrechen?«, schlug Henquist vor.

Dag zückte seinen Dolch und benutzte den Knauf dazu, die Mauer abzuklopfen. »Nein«, sagte er dann. »Da ist kein Hohlraum. Der Tunnel wurde aufgefüllt, da ist kein Durchkommen mehr möglich.«

»Gibt es auch noch einen anderen Weg hinein?«, wollte Ferghas wissen.

»Als Gefangener«, erwiderte Dag in Erinnerung an seine vorangegangenen Aufenthalte in Gorta Ruun, »und diesen Weg kann ich nicht empfehlen.«

»Was sollen wird dann tun? Umkehren?«

Dag schnaubte geräuschvoll. Er wollte es sich nicht eingestehen, aber was blieb ihnen anderes übrig? Der Weg, den sie hatten nehmen wollen, hatte sich als Sackgasse erwiesen – und wieder einmal war es ein Fehler seinerseits gewesen, der dazu geführt hatte, seine falsche Einschätzung der Lage.

Er holte tief Luft, um sein Versagen offen einzugestehen und seinen Leuten zu sagen, dass sie den Rückweg antreten mussten, als ihm plötzlich ein Gedanke kam.

»Der Luftzug, den ich am Eingang gespürt habe …«

»Was ist damit?«, wollte Ferghas wissen.

»Ich hätte ihn nicht gespürt, wenn dieser Tunnel nicht irgendwo eine Öffnung besäße. Diese Mauer hier lässt nichts hindurch, also muss es noch eine andere Öffnung geben. Seht euch im Tunnel um!«

Er konnte hören, wie seine Gefährten ein Stück zurückkrochen, dann vernahm er das Knistern einer Fackel – und plötzlich stieß Gorwyn einen heiseren Ruf aus.

»Hier ist etwas!«

»Tatsächlich«, stimmte sein Bruder Gladwyn zu. »Aber …«

»Zeigt es mir«, verlangte Ferghas und kroch ebenfalls ein Stück zurück. Dag folgte ihm auf allen vieren, vielleicht fünfzehn oder sechzehn Schritte weit. Dann hörte er, wie

Ferghas etwas in seiner Sprache sagte, dem Tonfall nach war es eine Verwünschung.

»Was ist es?«, wollte Dag wissen.

»Über dir«, sagte Anghas' Bruder nur, und Dag befühlte vorsichtig die Höhlendecke – um festzustellen, dass sie fehlte.

Ein Loch von vielleicht eineinhalb Ellen Durchmesser klaffte darin, groß genug, um einen Mann hindurchschlüpfen zu lassen – und der Luftzug, den Dag am Eingang gespürt hatte, drang ganz eindeutig aus dieser Öffnung!

Etwas allerdings trübte die Entdeckung.

Die Wände des Schachts waren anders beschaffen als die des Tunnels – nicht schroff und mit Hammer und Meißel bearbeitet, sondern seltsam glatt, so als hätte sie eine giftige Säure in den Fels gefressen. Und sie waren mit einer seltsamen schleimigen Substanz überzogen, die an Dags Fingern haften blieb. Der Geruch, den er dazu wahrnahm, ließ sich schwer einordnen – ein Gemisch aus Moder und Ammoniak, unangenehm, aber nicht stechend.

»Was ist das?«, fragte Gorwyn flüsternd.

»Ich weiß es nicht«, gab Dag zu. »Aber es ist unser einziger Weg in die Festung.«

»Bist du sicher?« Ferghas war nicht überzeugt.

»Nein«, gab Dag zu. »Ich weiß nicht, wohin dieser Schacht führt. Das letzte Mal, als ich hier war, war er noch nicht da.«

»Meinst du? Vielleicht habt ihr ihn nur übersehen.«

»Kaum. Hätte er damals schon existiert, hätten die Zwerge ihn ebenfalls verschlossen«, entgegnete Dag mit entwaffnender Logik.

»Du meinst also, jemand hat diesen Schacht erst später angelegt?«

»Nicht jemand«, verbesserte Dag kopfschüttelnd, während er die Finger aneinanderrieb und die seltsame Masse untersuchte. »Sondern etwas.«

Damit richtete er sich auf und schlüpfte in den Schacht, und im nächsten Moment war er auch schon dabei, senkrecht hinaufzuklettern.

Es war ein mühsames Unterfangen.

Da die Schachtwand keine Vorsprünge aufwies, die sich als Tritte verwenden ließen, konnte man nur nach oben gelangen, indem man versuchte, sich mit Beinen und Rücken im Schacht zu verkeilen und sich so Stück für Stück nach oben zu schieben – eine kräftezehrende Prozedur, die überhaupt nur möglich war wegen der klebrigen Substanz, die den glatten Fels überzog. Vermutlich, dachte Dag, während er sich langsam nach oben arbeitete, war das auch ihr Zweck – wenngleich sie wohl kaum für Menschen gedacht war.

Er konnte hören, wie sich seine Gefährten unter ihm abmühten. Sie schnauften und stöhnten und hatten ihre liebe Not, den Schacht heraufzukommen – immerhin einmal etwas, dachte er, das er besser zu können schien als sie. Überhaupt kam er gut zurecht, seit sie in den Tunnel eingedrungen waren. Ausgerechnet an dem Ort, von dem er am liebsten weit entfernt gewesen wäre, fühlte er sich einmal nicht fehl am Platz.

Seine Beine begannen vor Anstrengung zu zittern, aber er biss die Zähne zusammen und zwang sich dazu, immer noch ein Stück weiter zu klettern. Dabei bemerkte er, dass der strenge Geruch immer weiter zunahm, bis er schließlich kaum noch zu ertragen war – und plötzlich merkte Dag, dass der Schacht nicht weiterging. Offenbar hatten sie das Ende erreicht.

Sich mit dem Rücken an die Schachtwand pressend und mit den Beinen abstützend, tastete er suchend umher. Seine Hände fanden den Rand des Schachts, und er stemmte sich daran hoch, war froh, endlich wieder festen Boden unter den Füßen zu haben. »Gib mir deine Hand, Ferghas«, flüsterte er in die Dunkelheit. Kaum hatte er die schwielige Pranke des Clansmanns gegriffen, half er ihm dabei, aus dem Schacht zu klettern.

»Endlich«, knurrte Ferghas, »ich dachte schon, dieser Schacht würde niemals enden.«

Die anderen Gefährten folgten auf dem Fuß, heftig atmend und Verwünschungen von sich gebend. Gorwyn und Gladwyn, die den Beutel mit den Fackeln trugen, gingen daran, sie zu entzünden. Dag konnte hören, wie die Feuersteine aufeinandergeschlagen wurden, und fast war ihm, als könnte er die Funken in der Dunkelheit aufblitzen sehen. Ein Knistern war zu hören, und Dag roch verbranntes Wachs, als die Fackel Feuer fing.

»Was … was ist das?«, hört er Henquist plötzlich fragen.

»Seltsam«, meinte Terric. »Sieht wie riesige Tropfsteine aus.«

»Das ist kein Gestein«, stellte Eidard fest. »Das Zeug fühlt sich weich an und schwammig …«

Dag brauchte einen Moment, um die Informationen zusammenzufügen. Dann traf ihn die Erkenntnis mit der Wucht eines Hammerschlags.

»Bleib zurück«, zischte er, »das sind keine Tropfsteine, sondern …«

In diesem Moment hörte er die entsetzten Schreie seiner Gefährten.

10

Vier Tage lang waren sie dem Tross der Zwerge gefolgt, der sich als gewaltiger, nicht enden wollender Fluss gen Südosten wand, begleitet von Hunderten Kaldronen und Tausenden Zwergenkriegern. Sie marschierten in geschlossener Formation, um jeden Angriff auf den Zug von vornherein als aussichtsloses Unterfangen erscheinen zu lassen.

Inzwischen hegte Alured keinen Zweifel mehr daran, dass es Winmar selbst war, der mit diesem Tross gen Süden reiste. Zu zahlreich waren die Wagen, die das königliche Siegel trugen, zu gewaltig die Eskorte. Und wenn sich der Tag dem Ende neigte, formten die Panzerwagen eine Art Burg, um die herum die Kaldronen Posten bezogen und über der die Flagge mit dem Axtsymbol gehisst wurde, dem Zeichen des Zwergenkönigs.

Wann immer sie es hatten wagen können, hatten Alured und Cailan sich an den Tross herangewagt, hatten seine Stärke ausgekundschaftet und herauszufinden versucht, wohin die Reise ging. Dabei hatten sie sich stets vorsehen müssen, nicht von den Spähtrupps entdeckt zu werden, die unablässig um den Tross schwirrten wie Fliegen um einen Haufen Dung.

Alured war froh, Anghas' Sohn bei sich zu haben, der unzählige Tricks und Kniffe kannte, wenn es darum ging, sich fremden Blicken zu entziehen. Nicht nur, dass sie jeden Baum und jede Senke als Deckung nutzten, bisweilen tarnten sie sich und ihre Pferde auch mit Grasbüscheln oder Zweigen, und wenn sie sich nachts an das feindliche Lager heranschlichen, schwärzten sie ihre Gesichter mit Ruß. Alured, der in der herzoglichen Armee von Ansun gedient hatte, hatte diese Art zu kämpfen bislang nicht gekannt; und ihm wurde allmählich klar, wie es den Clans über die Jahrhunderte gelungen war, ihre Unabhängigkeit zu behaupten.

Was das endgültige Ziel des Zuges war, hatten Alured und Cailan noch immer nicht herausfinden können, jedoch stand inzwischen fest, dass es offenbar Richtung See ging. Was in aller Welt hatte Winmar dort vor?

Wie schon in den vergangenen Nächten hatten sie auch diesmal nur ein behelfsmäßiges Lager aufgeschlagen, das aus wenig mehr als ausgerollten Decken und ihren Sätteln bestand, die sie als Kopfkissen benutzten; ein Feuer zu entfachen wagten sie nicht aus Furcht vor Entdeckung.

Während Cailan bei den Pferden geblieben war, hatte Alured einen Rundgang unternommen, um sich zu vergewissern, dass ihnen niemand gefolgt war. Die Dunkelheit war bereits hereingebrochen, das Licht des zunehmenden Mondes fiel träge durch die Blätter. Der Lagerplatz, den sie ausgewählt hatten, befand sich unterhalb eines Felsens, der ein wenig Schutz vor dem kühlen Nachtwind bot. An einem kleinen Weiher, der sich ganz in der Nähe befand, hatten sie die Feldflaschen auffüllen und die Pferde saufen lassen können, auch gab es genügend frisches Gras für die Tiere. Alured und Cailan selbst verpflegten sich von dem Proviant, den sie mitführten und den sie streng rationiert hatten.

Froh darüber, sich ausruhen zu können und vielleicht sogar ein wenig Schlaf zu finden, kehrte Alured zum Lagerplatz zurück – doch zu seiner Verblüffung musste er feststellen, dass Cailan nicht da war. Die beiden Pferde, die an einem Wurzelstock angepflockt waren, grasten friedlich, Cailans Decke lag auf dem Boden ausgerollt … doch keine Spur von dem jungen Clansmann.

Alured flüsterte seinen Namen.

Er erhielt keine Antwort.

Unwillkürlich glitt seine Hand zum Schwertgriff.

»Cailan?«

Wieder Schweigen.

Im Mondlicht, das durch das Blätterdach sickerte, sah Alured Spuren. Das Gras war niedergedrückt, ein Pfad führte zum nahen Weiher. In gebückter Haltung folgte Alured der Fährte, bis er die glitzernde Wasserfläche zwischen den Bäumen hindurchblitzen sah – und die Gestalt, die dort im Schein des Mondlichts auf und ab schwamm.

Alured seufzte erleichtert und ließ den Schwertgriff wieder los. Es war heiß gewesen den Tag über, der nahende Sommer kündigte sich an. Cailan hatte die Gelegenheit genutzt, sich ein wenig zu erfrischen, was zwar nachvollziehbar war, aber auch leichtsinnig – Alured nahm sich vor, ihn deshalb zurechtzuweisen.

»Da bist du ja«, zischte er, halb verärgert und halb erleichtert.

Der junge Clansmann, der sein langes Haar wie immer zu einem Schopf hochgesteckt hatte, warf den Kopf herum. »Alured!«, entfuhr es ihm.

»In der Tat. Hast du jemand anderen erwartet?«

»Nein«, versicherte Cailan, der jetzt Richtung Ufer schwamm. »Aber du sollst weggehen!«

»Warum?«, fragte Alured und ließ sich auf einem Uferfelsen nieder. »Ich glaube eher, dass ich hierbleiben und auf dich aufpassen sollte, damit du nicht noch mehr Blödsinn machst.«

»Geh weg!«, wies Cailan ihn noch einmal an. »Als Lord Anghas' Sohn befehle ich es dir!«

»Du befiehlst es mir?« Alured hob eine Braue. Cailan war ein junger Krieger, stolz und vielleicht etwas ungestüm, aber so herablassend hatte er noch nie mit ihm gesprochen. »Was ist los?«, wollte er wissen.

»Verdammt«, schnarrte es wütend zurück, »du wirst keine Ruhe geben, oder? Jetzt nicht mehr. Du wirst weiter Fragen stellen und erst zufrieden sein, wenn du die Wahrheit kennst. Also schön, wie du willst!«

Cailan erhob sich im seichten Wasser, zeigte seine unverhüllte Gestalt – doch was Alured sah, war ganz und gar nicht das, was er erwartet hatte.

»Du … du bist …«, stammelte Alured nur.

»Na, solch ein furchtbarer Anblick wird es auch nicht sein«, erwiderte Cailan verärgert.

»Eine Frau!«, entfuhr es Alured atemlos.

»Sehr scharfsinnig erkannt«, stellte sie fest. »Hast du jetzt genug gesehen? Würdest du dich umdrehen?«

»G-gewiss.« Alured wandte sich ab, während sein sich im Kreis drehender Verstand sich einen Reim auf diese überraschende, ja bestürzende Entdeckung zu machen versuchte.

Sie waren getäuscht worden, die ganze Zeit über – oder war nur er getäuscht worden, und alle anderen hatten es gewusst?

Er hörte, wie sie hinter ihm aus dem Wasser stieg, sich flüchtig abtrocknete und wieder in ihre Kleider schlüpfte.

»Überrascht?«, fragte sie dabei.

»Ein wenig«, gab er zu – und plötzlich begriff er, warum Cailan, der in Wirklichkeit gar nicht zu existieren schien, seiner Schwester Catriona wie aus dem Gesicht geschnitten ähnlich sah. »Du … du bist …«

»Hör auf zu stammeln. Und kein Wort weiter, *hogyn*«, riet sie ihm missmutig, »oder ich schwöre, ich schneide dir die Kehle durch.«

11

Dag hatte einen Augenblick gebraucht, um zu begreifen, wo hinein seine Gefährten und er geraten waren. Die klebrige Substanz, der beißende Gestank, die vermeintlichen Tropfsteine – all das ließ nur einen Schluss zu. Doch in dem Moment, da Dag seine Leute warnen wollte, war es bereits zu spät.

»Was … was ist das?«, brüllte Gladwyn.

»Die Tropfsteine bewegen sich!«, schrie Eidard.

»Das sind Höhlenwürmer!«, rief Dag. »Wir müssen hier raus!«

Reflexhaft hatten sich Bilder in seinem Bewusstsein eingestellt – von aufgedunsenen Körpern, die keine Gliedmaßen besaßen und von weißlicher Haut überzogen wurden. Mit ihren wagenradgroßen und von messerscharfen Zähnen besetzten Mäulern pflegten sie sich an der Felswand festzusaugen und sich mit ihrem Speichel, der hochgiftig und ätzend war, in das Gestein zu fressen. Bislang hatte Dag die sagenhaften Kreaturen aus dem Inneren des Berges nur vom Hörensagen gekannt. Nie hatte er sie zu Gesicht bekommen, nie einen ihrer Tunnel gesehen. Inzwischen jedoch war ihm klar geworden, dass es ein solcher Tunnel gewesen sein musste, durch den seine Gefährten und er gekrochen waren – geradewegs ins Nest der blutrünstigen Kreaturen, die keine Augen hatten, sondern nur je einen Kranz von Fühlern an jedem Ende ihres aus einzelnen Segmenten bestehenden, eigentlich walzenförmigen Körpers, der sich nach Belieben verengen oder verdicken konnte. Und auch von ihren mörderischen, allesfressenden Mäulern besaßen sie an jedem Ende eines …

Ein heiserer Schrei erklang in diesem Augenblick.

»Gorwyn!«, schrie Gladwyn. »Hinter dir!«

Ein reißendes Geräusch war zu hören, dann ein grässliches Heulen.

»Gorwyn! Nein!«

»Die Kreatur hat sich über ihn … gestülpt!«, schrie Eidard entsetzt. »Sie frisst ihn auf!«

»Gorwyn! Nein! Wir müssen ihm helfen!«

»Das kannst du nicht mehr«, machte Ferghas unmissverständlich klar. »Wir müssen hier weg! Sofort!«

»Nein! Nein! Gorwyn …!«

»Die anderen Biester sind ebenfalls erwacht!«, schrie Henquist jetzt.

Dag duckte sich instinktiv. In diesem Moment hätte er so ziemlich alles darum gegeben, sehen zu können, was um ihn herum vor sich ging. So blieb ihm nur, sich auf sein Gehör zu verlassen – und was an seine Ohren drang, war grässlich genug.

Er vernahm die Schreie seiner Gefährten, denen er nicht zu Hilfe kommen konnte, hörte, wie sie die Schwerter zogen und sich gegen die Würmer zur Wehr setzten, von denen jeder groß genug war, sie bei lebendigem Leib zu verschlingen.

»Nimm das, Biest!«, rief Eidard zu seiner Linken – dann ein hässliches, schneidendes Geräusch und ein Plätschern, wie wenn Innereien aus einem aufgeschlitzten Körper auf den nackten Stein pladderten – und fast im selben Augenblick brüllte der Clansmann gequält auf. »Meine Hände!«

»Seht euch vor!«, rief Ferghas. »Sie haben ätzende Säure in ihren Adern!«

Der Kampf tobte ringsum weiter. Dag begriff, dass seine Gefährten einen schützenden Kordon um ihn gebildet hatten, den sie nach allen Seiten verteidigten, während der ebenso lautlose wie gespenstische Feind angriff. Von den grässlichen Kreaturen, die von der Höhlendecke baumelten und sich nun aufbäumten, wild durcheinanderzuckten, während sie ihre Zähne in ihre menschlichen Gegner zu schlagen suchten, war nichts zu hören – alles, was Dag wahrnahm, war das Kampfgebrüll seiner Kameraden, das helle Singen der Klingen, das Flirren von Terrics Bogen und das Pfeifen von Henquists Axt. Eidard schrie immer noch weiter.

»Es werden immer noch mehr von ihnen!«, rief Gladwyn entsetzt. »Sie kriechen aus allen Löchern!«

»Wir müssen fliehen! Zurück!«, brüllte Terric.

»Nein!«, widersprach Ferghas. »Aus dem Tunnel dort drüben dringt Licht! Dort hinein!«

»Was, wenn dort noch mehr von diesen Viechern lauern?«, rief Gladwyn panisch.

»Wenn schon, einen anderen Weg in die Festung gibt es nicht! Los!«

Die Gefährten hieben nach allen Seiten, kämpften sich einen Weg durch die wogenden Leiber. Jemand packte Dag und zerrte ihn durch eine Gasse, deren Wände aus grässlichen Geräuschen bestanden. Dag vernahm ein Fauchen, und etwas streifte ihn am Arm, das kalt war und seltsam trocken, und im nächsten Augenblick fühlte er heißen Schmerz. Dag unterdrückte einen Schrei – etwas von dem ätzenden Sekret, das die Biester in sich hatten, musste ihn getroffen haben.

»Da hinein, los!«, zischte plötzlich jemand neben ihm. Dag wollte sich bücken, als sich bereits eine Hand auf seinen Kopf legte und ihn herunterdrückte. Dag streckte die Arme aus und tastete sich vor, fühlte den Einstieg zu einem weiteren Tunnel mit glatten Wänden. Dann begann er zu kriechen, so schnell er konnte, hinter den Gefährten her, die bereits im Tunnel waren.

»Schneller, los doch!«, trieb Ferghas sie an.

»Die Biester folgen uns!«, stellte Eidard erschrocken fest.

»Ich halte sie auf!«, erklärte Terric, und sein Bogen flirrte gleich mehrmals hintereinander. »Scheusale!«, hörte Dag ihn rufen. Dann ein wütender Aufschrei. »Verdammt, ich spicke sie mit Pfeilen, aber sie sind nicht aufzuhalten!«

»Komm jetzt!«, rief Ferghas ihm zu.

»Verstanden«, bestätigte Terric und schien seinen Gefährten hinterhereilen zu wollen – als er abermals einen gellenden Schrei ausstieß. »Hilfe! Helft mir!«

»Terric!«, schrie Henquist.

»Sie haben mich erwischt! Meine Beine!« Die Verwünschung, die der junge Bogenschütze ausstieß, ging in einen lang gezogenen Schrei über, als der Höhlenwurm seine rasiermesserscharfen, nach innen gewandten Zähne in das Fleisch seines Opfers stieß. »So helft mir doch …!«

Dag konnte nicht anders als innezuhalten. »Wir müssen ihn retten!«, rief er, während Terric weiterschrie – der ätzende Speichel des Untiers tat seine Wirkung.

»Nein«, widersprach Ferghas hinter ihm entschieden. »Wenn sein Opfer einen Sinn gehabt haben soll, dann weiter!«

»Aber …«

»Weiter, verdammt noch mal!«

Widerwillig tat Dag, was der Clansmann verlangte. Sein Verstand sagte ihm, dass es das Richtige war, aber er fühlte sich elend dabei und hilflos wie selten zuvor in seinem Leben. Hätte er sein Augenlicht noch besessen, dann hätte er umkehren, hätte Terric, dessen Schreie in diesem Moment jäh erstarben, wenigstens von seinen Qualen erlösen können – doch so war er ohnehin mehr Hindernis als Hilfe.

Auf allen vieren krabbelte er durch die Röhre, so rasch wie nur irgend möglich, während er hinter sich das heisere Keuchen von Ferghas und Henquist hörte.

»Schneller«, drängte der Mann aus Ansun, der als Letzter durch die Röhre kroch. »Los doch, sonst haben sie mich auch gleich …!«

Dag biss die Zähne zusammen. Dass Handballen und Knie schmerzten, nahm er nur am Rande wahr. Gesenkten Hauptes kroch er weiter, dem Licht entgegen, das Ferghas am Ende des Tunnels gesichtet haben wollte. Plötzlich spürte er, wie ihn jemand an den Oberarmen packte und aus der Tunnelöffnung zog – und im nächsten Moment fand sich Dag aufrecht stehend in einem Stollen wieder, der offenbar zur Anlage von Gorta Ruun gehörte, denn das charakteristische Klirren und Stampfen, das durch die Zwergenfestung dröhnte und von den unzähligen Schmieden und Minen kündete, war deutlich zu hören.

»Das war knapp«, kommentierte Henquist schwer atmend, als Ferghas und er aus der Tunnelöffnung kletterten. »Nicht viel hätte gefehlt, und die verdammte Bestie hätte mir die Beine abgebissen.«

»Was soll nun werden?«, fragte Gladwyn verzagt. »Gorwyn und Terric sind tot, Eidard verwundet …«

»Es geht schon«, gab der Clansmann zähneknirschend bekannt, der noch immer grässliche Schmerzen zu leiden schien, sie jedoch tapfer unterdrückte.

»Wir sind in die Festung des Feindes eingedrungen, nur das zählt«, sagte Ferghas rau. »Wir wussten alle, worauf wir uns einlassen, also fangt mir jetzt nicht an zu flennen wie die Waschweiber! Dag?«

Die feste Stimme des Hochländers riss Dag aus seiner Lethargie. Ferghas hatte recht! Sie waren hier, um eine Mission zu erfüllen, der Angriff der Höhlenwürmer hatte nichts daran geändert. »Wo sind wir?«, wollte er wissen.

»In einem Stollen, etwa sechs Ellen breit und ebenso hoch. Adern von Leuchtgestein durchziehen die Decke, die Wände sind mit Runenzeichen bemalt.«

»Was für Runen?«, fragte Dag. »Sind es drei senkrechte Striche mit einer Art Dach darüber?«

»Verdammt richtig.«

Dag nickte. »Das bedeutet, dass dieser Gang zum Kerker führt. Folgen wir ihm in die Richtung, in die die Rune deutet, müssten wir zu einem der Hauptstollen gelangen. Von dort aus führen Stufen in die Tiefe – und zu meinem Vater.«

»Worauf warten wir dann noch?«, fragte Henquist. »Tun wir, wozu wir hier sind.«

»Wir müssen uns vorsehen«, warnte Dag. »Wir sind jetzt im Schlupfwinkel des Feindes. Wenn wir entdeckt werden oder einer Patrouille in die Arme laufen, sind wir verloren.«

»Ihr habt es gehört, Leute«, knurrte Ferghas.

Und sie gingen weiter.

12

Aryanwen rannte, so schnell sie konnte, auf der verzweifelten Suche nach einem Fluchtweg, während sie hinter sich aufgeregte Rufe hörte. Die Wachen schlugen Alarm – nicht lange, und aus dem Palast würde es kein Entkommen mehr geben!

So dankbar sie dafür war, dass das Kleid, das sie trug, von dunkelblauer Farbe war und sie in der hereinbrechenden Dunkelheit zumindest vor flüchtigen Blicken bewahrte, so sehr verwünschte sie den reich bestickten Brokat, der schwer war und sie am Laufen hinderte. Den Saum mit den Händen raffend, hastete sie den Wehrgang hinab, dem Tor entgegen, das den einzigen Ausgang aus dem Palast bildete. Noch mochte ihre Autorität als Königin genügen, um den Auslass zu erzwingen – schon in wenigen Augenblicken jedoch würde sich dies grundlegend geändert haben.

Aryanwens Gedanken rasten.

Vigor war hinter das Geheimnis gekommen, dessen war sie sicher. Sie kannte Lavan zwar als ruchlosen Machtmenschen und Intriganten, nicht jedoch als Mann von großer Kombinationsgabe. Dass nur die halbe Wahrheit ans Licht gekommen war und weder Lavan noch der Zwerg etwas von der Existenz Alannahs ahnten, tröstete Aryanwen kaum; ihre Hoffnung war es gewesen, die Spuren so weit zu verwischen, dass der König die erfolglose Suche nach seinem vermeintlichen Erben irgendwann aufgeben und ihn für tot halten würde. Doch dieser Plan war kläglich gescheitert! Einmal mehr hatte Vigor ihre Kreise gestört, und sie konnte nicht anders, als den verbrecherischen Zwerg dafür zu hassen. Wo auch immer er auftauchte, säte er nichts als Zwietracht und Verderben.

Sie erreichte das Ende des Wehrgangs. Auf dem Turm, der sich über der Mauer erhob, stand eine Wache, die sie jedoch nicht bemerkt zu haben schien. So leise und rasch sie es vermochte, huschte Aryanwen die Stufen hinab, die sich in enger Drehung in die Tiefe wanden, und gelangte in die Torhalle. Fackeln, die in eisernen Wandhalterungen steckten, erhellten das Gewölbe, in dem ein Trupp Soldaten Wache hielt, allesamt Mitglieder der königlichen Garde.

Aryanwen fasste sich ein Herz. Sie ließ den Saum ihres Kleides los und richtete sich auf, versuchte ihren stoßweisen Atem zu kontrollieren und so würdevoll wie möglich auszusehen, während sie auf die Männer zutrat.

»Wachen!«

»Die Königin!«

Ein Ruck schien durch die Männer zu gehen, die zu beiden Seiten des verschlossenen Tores auf Holzschemeln gesessen und sich miteinander unterhalten oder gespielt hatten. Karten und Würfel fielen zu Boden, als die Soldaten aufsprangen und Haltung annahmen. Das Königswappen von Tirgaslan schimmerte im Fackelschein auf ihren blauen Röcken.

»Zu Diensten, meine Königin«, schnarrte der Hauptmann.

»Öffnet das Tor«, wies Aryanwen die Männer an, ihre innere Unruhe dabei so sorgsam wie möglich verbergend.

»Mei-meine Königin?« Der Hauptmann, ein grimmig aussehender Veteran, der schon an die fünfzig Winter gesehen haben mochte, blickte sie verunsichert an – schließlich kam es nicht alle Tage vor, dass die Königin von Tirgaslan den Palast zu so später Stunde verlassen wollte, noch dazu ganz allein.

»Ihr habt mich gehört«, beharrte Aryanwen, worauf die Unsicherheit im Gesicht des Hauptmanns nur noch zunahm. Aryanwen kannte ihn. Sein Name war Fulk. So lange sie denken konnte, hatte er in den Diensten des Königshauses gestanden, ein Veteran zahlloser Kämpfe, der ihrem Vater stets treu gedient hatte.

Fulks graue Augen verengten sich zu Schlitzen, während er Aryanwen prüfend ansah. Fieberhaft schien er zu überlegen, was er tun sollte. Sein Gefühl sagte ihm wohl, dass etwas hier ganz und gar nicht stimmte – und es wurde im nächsten Moment bestätigt. Heisere Rufe drangen vom Innenhof in die Torhalle.

»Wohin ist sie gelaufen?«

»Dorthin, zum Torhaus!«

»Haltet sie auf, die Königin darf nicht entwischen!«

Aryanwen erschrak – und sie sah das Zucken in Fulks narbenübersäten Zügen.

»Fulk«, sagte sie flüsternd. »Bitte!«

Er rührte sich nicht.

Nun, dachte sie, war alles vorbei. Man würde sie festnehmen und ihrem Gemahl übergeben. Gemeinsam mit Vigor würde er alles daransetzen, die Wahrheit aus ihr herauszupressen, und unter qualvollen Schmerzen würde sie irgendwann gestehen, was sich tatsächlich im Wald von Trowna zugetragen hatte – und dass sie zwei Orks zu den Beschützern ihres Kindes gemacht hatte, das in Wahrheit kein Junge war, sondern ein Mädchen, die Tochter Daghans von Ansun …

In der festen Überzeugung, dass ihr Schicksal besiegelt sei, schloss Aryanwen die Augen, wartete darauf, dass das Unvermeidliche geschehen würde, und die Wachen sie ergreifen würden.

»Ihr habt es gehört, Leute«, sagte Fulk plötzlich. »Die Königin wünscht den Palast zu verlassen!«

»W-was?«, fragte einer seiner Männer. »Aber …«

»Missachtest du meinen Befehl?«, unterbrach ihn Fulk mit eiserner Bestimmtheit.

»N-nein«, versicherte der andere, der noch jung war und vermutlich leicht einzuschüchtern. Und auch die anderen Soldaten widersprachen nicht.

Bereitwillig traten sie an die Winde und betätigten den Öffnungsmechanismus. Mit dumpfem Rumpeln löste sich der Riegel, und ein Torflügel schwang auf, während sich das Fallgitter ratternd hob.

»Danke«, flüsterte Aryanwen den Tränen nahe.

Fulks Haltung straffte sich. »Es war mir eine Ehre, Tandelors Tochter zu dienen.«

Aryanwen bedankte sich mit einem Lächeln. Dann huschte sie an ihm und seinen Leuten vorbei nach draußen, hinaus in die Nacht, während hinter ihr die Rufe der Wachen immer lauter wurden.

Erneut raffte die Königin ihr Kleid und begann zu laufen, quer über den freien Platz, der sich vor dem Tor erstreckte. Aus dem Palast war sie entkommen, in Sicherheit jedoch war sie noch lange nicht! Was sie brauchte, war ein Versteck, in dem sie bis zum Morgengrauen ausharren konnte, und das möglichst rasch. Denn in Kürze würde es nicht nur auf dem Platz, sondern überall in Tirgaslan von Soldaten nur so wimmeln, und nicht alle würden ihrer Königin so wohlgesonnen sein wie Hauptmann Fulk und seine Leute.

Im Laufen lenkte sie ihre Schritte der Hauptstraße entgegen, die vom Großen Tor heraufführte. Einst war dieses Tor der einzige Zugang zur Stadt gewesen, die von einer gewaltigen Mauer umgeben gewesen war – inzwischen war diese Mauer, die noch auf die Elfenkönige zurückgegangen war, abgetragen und zum Bau anderer Gebäude verwendet worden, sodass Carashena, der alte Kern von Tirgaslan, sprunghaft gewachsen war und sich nach allen Himmelsrichtungen ausgedehnt hatte, vor allem nach Süden, wo es schließlich mit der Hafenstadt Tirgasdun zu einer einzigen großen Siedlung verschmolzen war. Inmitten dieses Gewirrs unzähliger, teils namenloser Straßen und Gassen hatte Aryanwen fraglos die besten Chancen, ihren Häschern zu entwischen, doch würde sie überhaupt so weit kommen?

Plötzlich fiel ihr Blick auf das große kuppelförmige Bauwerk, das sich an der Mündung der Hauptstraße erhob. Nur die Umrisse waren in der Dunkelheit zu erkennen, doch sie ließen erahnen, dass dieses Gebäude größer und eindrucksvoller war als alle anderen, die sich entlang der Hauptstraße reihten. In Anlehnung an die hohe Baukunst der Elfen war es errichtet worden, ein letzter Widerhall des Goldenen Zeitalters – dabei war dieses Bauwerk nicht für die Lebenden, sondern für die Toten errichtet worden. Es war das Mausoleum, in dem König Corwyn und seine Gemahlin Alannah ihre letzte Ruhestätte gefunden hatten, und ohne dass sie es zu erklären vermocht hätte, schenkte sein Anblick Aryanwen ein wenig Trost – freilich nicht für lange. Schon konnte sie hören, wie sich jenseits des Vorplatzes das Torgitter hob. Heisere Befehle wurden gebrüllt, Pferde wieherten und stampften unruhig mit den Hufen. Nur noch Augenblicke, und eine ganze Schwadron berittener Soldaten würde aus dem Tor stürmen und die Verfolgung aufnehmen, und wenn Aryanwen bis dahin kein Versteck gefunden hatte, war sie rettungslos verloren!

Von Furcht getrieben, rannte sie weiter, auf der verzweifelten Suche nach einem Versteck – als ihr auffiel, dass das Tor des Grabmals offen stand … Oder war das nur eine Täuschung, etwas, das ihre gehetzten Sinne ihr vorgaukelten?

Nein!

Das eiserne Tor, das aus einem einzigen großen, mit dem Königsemblem verzierten Flügel bestand, stand tatsächlich einen Spalt weit offen. Wie war das möglich? Das Tor war verschlossen seit dem Tag, da das Volk von Tirgaslan seine große Königin zu Grabe getragen hatte, die dem Elfendasein entsagt hatte und ihrem sterblichen Gemahl gefolgt war. Wie es hieß, hatte ein alter Diener, der der Königin treu ergeben war bis in den Tod, das Mausoleum von innen versiegelt, hatte sein Leben geopfert, auf dass niemand die Ruhe Alannahs und ihres Gemahls Corwyn stören könne.

Mehr als vier Jahrhunderte lag dies zurück, und über all diese Zeit war das Tor unzugänglich geblieben – und nun?

Allein der Vorgang war so ungeheuerlich, dass Aryanwen ihre Schritte unwillkürlich auf das Tor zulenkte. Als sie den Hufschlag der Pferde hörte, die durch das Palasttor drängten, beschloss sie kurzerhand, sich in die Obhut ihrer Ahnen zu begeben, die das Reich einst regiert und zu neuer Blüte geführt hatten. Hals über Kopf rannte sie auf die Pforte des Grabmals zu, fürchtete fast, dass sie sich wieder schließen könnte, ehe sie sie erreichte, oder dass es doch nur eine Sinnestäuschung wäre. Doch der dunkle Spalt blieb bestehen, und im selben Augenblick, in dem ihre Verfolger auf den Vorplatz sprengten, erreichte sie das Tor.

»Dort ist sie!«

Ein flüchtiger Blick über die Schulter – sie sah mehrere Reiter ihre Rösser wenden und auf das Mausoleum zu treiben. Kurz entschlossen tauchte Aryanwen in den Spalt.

Sie hielt den Atem an, so als befände sie sich unter Wasser, tastete sich durch abgründige Schwärze. Sie spürte einen kalten Luftzug, dann hörte sie einen dumpfen Knall.

Das Tor!

Aryanwen fuhr herum. Das eiserne Tor war hinter ihr ins Schloss gefallen, scheinbar wie von Geisterhand. Der Spalt war verschwunden, die Rufe der Wachen und der Hufschlag der Pferde jäh verstummt. Doch zu Aryanwens höchstem Erstaunen war es nicht völlig dunkel geworden. Ein fahles Leuchten war geblieben und spendete Licht.

So verwundert wie bestürzt taumelte Aryanwen weiter, sah sich um. Sie wusste nicht, worüber sie mehr erstaunt sein sollte – über die Tatsache, dass sie ihren Häschern im letzten Moment entwischt war oder darüber, dass sie sich tatsächlich im Inneren des Grabmals befand und mit eigenen Augen zu sehen bekam, was sich im Inneren befand.

Der Anblick war überwältigend.

Über ihr erstreckte sich die steinerne Kuppel, eine frei tragende Konstruktion, die so bemalt war, dass sie dem Sternenhimmel in einer klaren Winternacht glich. Die Sterne an jenem künstlichen Himmel, aus Lichtgestein gefertigt, waren es auch, die für die Beleuchtung sorgten.

Unterhalb der Kuppel befand sich ein gewaltiger steinerner Sarkophag, der halb im marmorgepflasterten Boden versenkt war und an die zwanzig Schritte im Quadrat messen mochte. Bildhauer und Steinmetze hatten die Seitenwände mit reliefartigen Darstellungen versehen, die verschiedene Stationen aus dem Leben Alannahs und Corwyns zeigten: ihre Zeit als Hohepriesterin des Tempels von Shakara und sein abenteuerliches Leben als Kopfgeldjäger; ihre gemeinsame Suche nach der Verbotenen Stadt, ihren Kampf gegen den Dragnadh und das Erringen der Elfenkrone; den Krieg gegen Kal Anar und den Kampf gegen den Dunkelelfen; die Geburt ihres Sohnes Iain und noch manches mehr. Der Sarkophag hingegen, in dessen Innerem die sterblichen Überreste des Königs und der Königin aufbewahrt wurden, war so gestaltet, dass seine Oberseite Corwyn und Alannah zeigte, in geradezu riesenhafter Größe und nebeneinander liegend, im Tod auf ewig vereint.

Der Anblick bewegte Aryanwen so sehr, dass sie in Tränen ausbrach. Nicht nur Tränen der Rührung waren es, auch

Tränen der Furcht und der Verzweiflung, sowie Tränen des Bedauerns darüber, dass sie nicht zu einem anderen Zeitpunkt hierhergelangt war, wenn die Situation es ihr gestattet hätte, die Stille und den tiefen Frieden dieses Ortes in sich aufzunehmen.

Doch sie war noch immer auf der Flucht, und ein dumpfer Schlag, der so markerschütternd war, dass er das Mausoleum in seinen Grundfesten erbeben zu lassen schien, machte ihr klar, dass sie ihren Häschern noch längst nicht entkommen war.

»Nein!«, rief Aryanwen entsetzt.

Ihre Stimme hallte von der Kuppeldecke wider.

Erneut ein Schlag, dumpf und dröhnend wie von einer Glocke – etwas stieß von außen mit Wucht gegen das eiserne Tor. Offenbar berannten die Palastwachen das Ewige Tor mit einer Ramme – dass sie damit den Frieden der Könige störten, schien sie nicht zu interessieren, ein entsetzlicher Frevel, den nur Vigor angeordnet haben konnte!

Wieder ein Schlag.

Aryanwen sah, wie das Tor erbebte.

Ihre Trauer schlug erst in Wut um, dann in nackte Furcht. Sie hatte keine Ahnung, welchem günstigen Schicksal sie es zu verdanken hatte, dass sich das Ewige Tor geöffnet hatte, für einen Moment, der gerade lange genug gewesen war, um sie aufzunehmen. Aber ihr war klar, dass, wenn die Wachen weiter mit derartiger Wut gegen das Tor anrannten, es irgendwann nachgeben würde. Und spätestens dann war Aryanwens Flucht zu Ende.

Spontan sank sie vor dem Sarkophag auf die Knie, die Hände ehrerbietig erhoben. »Königin Alannah«, flüsterte sie in ihrer Not, »meine Ahnin … ich weiß nicht, wer Ihr gewesen seid, denn es war mir nicht vergönnt, Euch zu kennen. Aber ich weiß, dass Ihr alles getan habt, um Tirgaslan und das Reich zu schützen. Hier bin ich, Aryanwen, Eure Nachkommin und Mutter eines Kindes, das nach Euch benannt wurde, auf dass es die Traditionen unserer Familie bewahre. Ich weiß, gute Ahnin, dass Ihr dort draußen seid und über uns wacht. So oft seid Ihr mir im Traum erschienen und habt mir den Weg gewiesen, und ich weigere mich zu glauben, dass all dies bloßer Zufall gewesen sein soll. Deshalb knie ich hier vor Euch und bitte Euch, mir beizustehen. Helft mir, wenn Ihr …«

Ihr Gedankenfluss wurde unterbrochen, als ein weiterer Schlag dröhnte, noch lauter und wuchtiger als zuvor. Offenbar hatten sich die Wachen eine noch größere Ramme besorgt, mit der sie das Tor nun endgültig einzubrechen suchten.

Aryanwen schloss die Augen, suchte die Umgebung und die Geräusche auszublenden. »Hört Ihr sie kommen?«, flüsterte sie weiter. »Die alten Traditionen sind nicht mehr. Ein ruchloser Verbrecher hat den Thron von Tirgaslan bestiegen, der gemeinsame Sache mit unseren Feinden macht. Erdwelt ist bedroht, meine Ahnin, wenn Ihr doch nur …«

Ein neuerlicher Stoß erfolgte. Sie schreckte auf und wollte sich umdrehen, um zu sehen, ob das Tor bereits nachgegeben hatte, als ihr etwas auffiel: Unmittelbar vor ihr, zu Füßen der steinernen Figuren, die den Sarkophag schmückten, und unterhalb des Seitenreliefs, das das Begräbnis Königin Alannahs darstellte, war eine der marmornen Bodenplatten beiseitegeglitten!

Darunter schien sich ein Schacht zu befinden, der in die dunkle Tiefe führte …

Aryanwen sprang auf.

War das wirklich möglich?

Hatte sie die Platte zuvor übersehen? Oder hatte ihre Ahnin ihr tatsächlich Hilfe gewährt?

Mit zitternden Beinen trat sie auf die Öffnung zu, um sich zu vergewissern, dass sie nicht doch einer Täuschung erlag.

Aber die Öffnung war tatsächlich vorhanden, ebenso wie der Schacht, in dem eine in den Fels gehauene Treppe in die Tiefe führte.

Wieder ein Stoß – Aryanwen hatte das Gefühl, dass der Boden unter ihren Füßen erzitterte.

Sie dachte nicht lange nach. »Danke, liebe Ahnin«, flüsterte sie – dann raffte sie ihr Kleid und betrat den Schacht. Wohin er führte, wusste sie nicht, sie wollte nur fort. Und so stieg sie hinab, Stufe für Stufe.

Noch einmal blickte sie sich um, als ein markerschütterndes Hämmern erklang, und im Halbdunkel glaubte sie, das Tor wanken zu sehen. Verzweifelt zerrte sie an der Steinplatte, schaffte es tatsächlich, sie zu bewegen. Knirschend fügte sich das Gestein in die Versenkung, die Geräusche über Aryanwen wurden plötzlich dumpfer. Der Weg zurück war ihr damit verschlossen, aber ihre Häscher würden ihr auch nicht folgen können, was noch ungleich wichtiger war.

Wiederum war ihre Umgebung nicht vollständig in Dunkelheit versunken. Lichtsteine, die in regelmäßigen Abständen ins Mauerwerk eingelassen waren, spendeten ein wenig Helligkeit, gerade genug, damit Aryanwen sehen konnte, wohin sie ihre Füße setzte. Am Ende der Treppe verlief ein gemauerter Stollen, von Lichtsteinen beleuchtet und gerade breit genug, um sie passieren zu lassen. Wohin er führte, wusste Aryanwen nicht, aber alles war besser, als hierzubleiben und darauf zu warten, dass Lavans Häscher sie fassten.

Also ging sie weiter, hinein in die Dunkelheit, die sich vor ihr erstreckte, und weg von den dumpfen Stößen, die das Mausoleum erschütterten und die Ruhe der Toten störten.

13

»Dein letztes Wort?«

Ferghas' Stimme war zu einem Knurren geworden, dem eines Raubtiers nicht unähnlich.

»I-ich weiß nicht …«, stammelte der Zwerg, den Henquist und Gladwyn festhielten, während Ferghas ihm die Spitze seines Schwerts an die Kehle presste.

»Du solltest dich rasch entscheiden«, beschied ihm der Clansmann, »denn meine Klinge dürstet bereits nach deinem Blut, Zwerglein.«

Der Zwerg, den die Gefährten überwältigt hatten, war einer von zwei Kerkerknechten. Aufgrund der Beschreibungen, die Ferghas ihm gegeben hatte, hatte Dag keine Probleme gehabt, sich in dem Labyrinth der Stollen und Gänge zurechtzufinden, die Gorta Ruun bildeten, so dauerhaft hatte sich alles in seinem Gedächtnis eingeprägt. Er hatte gewusst, wie viele Stufen es bis zu den Kerkergewölben waren und wie viele Schritte bis zum Portal. Ebenso, wie er gewusst hatte, dass dort stets zwei Zwerge Wache hielten – niedere Vertreter ihrer Art, deren Verstand ebenso spärlich war wie ihre Moral.

Dem einen der beiden Wärter hatte Eidard kurzerhand die Kehle durchgeschnitten und damit gezeigt, dass die Krieger des Roten Clans erbarmungslose Kämpfer waren. Henquist und Gladwyn hatten sich des anderen Zwergs angenommen, den Ferghas nun einer Befragung unterzog.

»Spuck's endlich aus«, verlangte er. »Wo ist der Herzog von Ansun?«

»I-ich weiß von keinem Herzog«, ächzte der Zwerg.

»Rede, Mann, oder ich …«

Der Kerkerknecht begann zu würgen, als er die Spitze des Schwertes fühlte. »Also gut«, röchelte er. »Ihr findet den Menschen auf der achten Ebene. Wendet euch nach links und geht immer geradeaus, dann …«

»Er lügt«, stellte Dag fest. »Dort befindet sich die Folterkammer. Er wollte uns geradewegs ins Verderben schicken.«

»Ist das wahr? Du elender Bastard eines räudigen Höhlentrolls!« Ein satter Schlag war zu hören, der Wärter winselte.

»Das ist deine letzte Chance, Zwerg«, stellte Ferghas klar. »Mach das Maul auf oder schluck den Stahl!«

Der Zwerg versuchte zu antworten. Der Art und Weise, wie er sprach, konnte Dag entnehmen, dass der Clansmann ihm die Schwertklinge tatsächlich in den Mund gesteckt hatte. »Genug!«, bettelte er. »Der Mensch ist hier! Ich führe euch zu ihm!«

»Dann los«, knurrte Ferghas. »Und ich warne dich: Wenn du versuchst, uns reinzulegen, bist du ein toter Zwerg.«

Der kleine Zug setzte sich in Bewegung. Eidard führte Dag, während die anderen sich um den Kerkerknecht kümmerten.

An dem schäbigen Wachlokal vorbei, das den Wärtern als Bleibe diente, gelangten sie in das Verlies – und Dag wurde übel. Der erbärmliche Gestank, der die Luft tränkte, und die heiseren, gequälten Schreie, die durch die Gänge hallten, weckten schreckliche Erinnerungen. Dag hatte lange gebraucht, um über diese Erinnerungen hinwegzukommen, nun waren sie ihm wieder so gegenwärtig, als hätte er Gorta Ruun niemals verlassen.

Sie folgten dem Hauptkorridor ein Stück weit, dann bogen sie in einen Nebengang ab, von dem aus sich eine Treppe steil in die Tiefe wand. Dag hatte angenommen, dass sie seinen Vater in einen entlegenen Teil des Kerkers gesteckt hatten – der lange Weg, den sie zu gehen hatten, schien dies zu bestätigen.

Irgendwann blieb ihr unfreiwilliger Führer stehen.

»Das ist es?«, fragte Ferghas.

»J-ja.«

»Dann schließ die Tür auf, du Ratte!«

Ein Klirren, als der Wärter nach seinem Schlüsselbund griff, dann das metallische Knirschen des Schlosses und das Quietschen der Tür, das erneut hässliche Erinnerungen weckte. In einer solchen Zelle war Dag gefangen gewesen, zusammen mit Aryanwen, die von den Zwergen …

Plötzlich ein heiserer Schrei.

»Jalp!«

Dag kannte nicht viele Wörter der Zwergensprache, aber ihm war klar, dass dieses eine Wort »Hilfe« bedeutete – und dass der Kerkerknecht damit sein Schicksal besiegelt hatte.

Der Schrei des Zwergs ging in ein grässliches Gurgeln über, als Ferghas unbarmherzig zustieß. Mit einem Geräusch wie wenn ein Mehlsack umfiel, kippte der Wärter von den Beinen.

»Verdammter Narr«, fluchte der Clansmann. »Rasch, wir müssen uns beeilen!«

Dag trat vor und senkte in weiser Voraussicht das Haupt – da der Kerker von Zwergen erbaut war, waren die Türen entsprechend niedrig. Henquist betrat zusammen mit ihm die Zelle, in der es entsetzlich stank. Ratten quiekten leise und trippelten auf kleinen Pfoten davon, als der Fackelschein sie erfasste. Und noch etwas schien die Flamme aus der Dunkelheit der Kerkerzelle zu reißen.

»Dort auf der Pritsche sitzt jemand«, hauchte Henquist.

»Vater?«, fragte Dag.

Einige Augenblicke verstrichen, ehe sich in der Stille vor ihm etwas regte. »Dag-Daghan?«, drang es dann zaghaft zurück. Dag erschrak über den brüchigen Klang der Stimme, in der er seinen Vater kaum wiedererkannte. »Bist du das, Sohn?«

»Vater!«

Mit ausgestreckten Armen trat Dag vor – und schloss seinen Vater im nächsten Moment in die Arme. Doch in die Erleichterung darüber, dass sie Herzog Osbert tatsächlich gefunden hatten, schlich sich neuerliches Entsetzen. Erschrocken gewahrte Dag, wie abgemagert und zerbrechlich die in zerlumpte Fetzen gekleidete Gestalt war, die er umarmte. Als er seinem Vater zuletzt begegnet war, war dieser ein Ausbund an Kraft und Entschlossenheit gewesen, ein Kämpfer, wie er im Buche stand. Neun Monate in Winmars Kerker hatten ausgereicht, um einen Schatten seiner selbst aus ihm zu machen.

»Daghan, tatsächlich«, hauchte Osbert. Dag fühlte schmutzverkrustete, knochige Finger in seinem Gesicht. »Mein Junge, ich hätte nicht gedacht, dass wir uns wiedersehen.«

»Ich auch nicht, Vater«, gab Dag zu.

»Doch schließlich bist du heimgekehrt, zurück nach Ansun, wohin du gehörst.«

»Va-Vater?«, fragte Dag verwirrt. Er hatte das Gefühl, dass Osbert ihn durchdringend ansah.

»Ich habe immer gewusst, dass du deine verrückten Pläne irgendwann aufgeben würdest und zurückkehren, um dein Erbe anzutreten«, beschied ihm der Herzog und kicherte leise. »Fliegende Maschinen! Es war nur eine Frage der Zeit, bis du davon lassen und dich auf deine Pflichten besinnen würdest!«

»A-aber Vater!«, wandte Dag ein. »Ich …«

»Aber ich nehme dich wieder bei mir auf«, fiel Osbert ihm ins Wort und tätschelte abermals sein Gesicht. »Nun wird alles wieder gut werden, du wirst sehen.«

Dag wusste nicht, was er darauf erwidern sollte. Er hörte, wie Henquist neben ihm eine leise Verwünschung ausstieß, und merkte, wie ihn eisige Schauer durchrieselten.

Sie waren zu spät gekommen.

Osbert, der einstmals so mächtige Herrscher von Ansun, war nicht mehr der, der er einst gewesen war.

Er hatte den Verstand verloren in den dunklen, alles verschlingenden Tiefen von Gorta Ruun.

14

Aryanwen wusste nicht, wie viele Schritte sie bereits gegangen war. Soweit sie es beurteilen konnte, verlief der Gang schnurgerade, ein unterirdischer Stollen von ungeahnter Länge.

Weder gab es Abzweigungen noch Türen, nur hin und wieder einen schmalen, vergitterten Schacht, der den Gang mit Atemluft versorgte. Wohin der Stollen führte, wusste Aryanwen nicht zu sagen, im schummrigen Halbdunkel hatte sie die Orientierung verloren. Nach ihrer Schätzung hatte sie Carashena inzwischen verlassen und befand sich in einem der Außenbezirke Tirgaslans, wo seit dem Krieg Armut und Elend herrschten – und Lavan hatte in seiner Regierungszeit noch nichts unternommen, um dies zu ändern.

Wohin der Stollen führte und wie weit er sich noch durch die Finsternis erstreckte, wusste Aryanwen nicht. Eines allerdings war ihr inzwischen klar geworden: Dass jener Diener, der die Pforten des Grabmals einst von innen verschlossen und von dem es stets geheißen hatte, er wäre seiner Königin bereitwillig in den Tod gefolgt, sich nicht wirklich geopfert hatte. Vielmehr hatte er diesen geheimen Gang benutzt, um aus dem Mausoleum zu entkommen. Ungesehen war er aus der Geschichte entschwunden und hatte damit einen Mythos begründet, den man in Tirgaslan bis zum heutigen Tag erzählte. Enttäuschung empfand Aryanwen allerdings nicht darüber, nur unendliche Dankbarkeit dafür, dass dieser Stollen existierte.

Seit jener Zeit hatte ihn niemand betreten. Fingerdicker Staub lag auf dem steinernen Boden, in dem keinerlei Spuren zu entdecken waren. Unberührt lag er da, und Aryanwen hatte das Gefühl, mit jedem Schritt, den sie tat, ein Stück weiter in die Vergangenheit einzutreten.

Die Gestalt Königin Alannahs hatte sie von jeher fasziniert, und sie hatte sich manches Mal gewünscht, nicht in dieser von Krieg und Verrat geprägten Zeit zu leben, sondern in jener glorreichen Epoche der Menschheitsgeschichte, in der die Welt voller Zukunft und Möglichkeiten gewesen war. Dass ein geheimer Gang aus dieser Zeit ihr nun das Leben rettete, war eine wunderbare Wendung.

Oder?

Je länger der Weg durch das nur von schwachem, gelbgrünem Leuchten durchbrochene Halbdunkel dauerte, desto mehr kamen Aryanwen Zweifel. Was, wenn es keinen Weg nach draußen gab? Wenn sie sich geirrt hatte und der Stollen nirgendwohin führte? Oder wenn er in seinem weiteren Verlauf eingestürzt war und damit unpassierbar? Soweit sie es im spärlichen Licht beurteilen konnte, war das Stollengewölbe in einem schlechten Zustand. An vielen Stellen wies es Risse auf, an einigen sogar faustgroße Löcher. Und zu ihren Zweifeln gesellten sich Hunger und Durst, da sie den ganzen Tag über kaum etwas gegessen hatte, ihr Körper von den Strapazen jedoch stark entkräftet war. Alles in ihr sehnte sich danach, sich auszuruhen, und nachdem sie eine endlos scheinende Weile lang gegangen war und einen Fuß vor den anderen gesetzt hatte, gönnte sie sich tatsächlich eine Rast.

Keuchend sank sie an der Stollenwand nieder, zog die Beine an sich und bettete ihr müdes Haupt auf die verschränkten Arme. Während sie sich ausruhte, lauschte sie in den Stollen, ob verdächtige Geräusche zu hören waren – Schritte, das

Klirren von Waffen oder die Stimmen ihrer Verfolger. Doch es blieb still, und so fiel Aryanwen in unruhigen Schlaf.

Als sie jäh wieder emporschreckte, wusste sie zunächst nicht, wo sie sich befand. Ein panischer Laut entfuhr ihr angesichts der sie umgebenden Düsternis, dann erst kehrte ihre Erinnerung zurück. Mit noch immer knurrendem Magen und brennender Kehle raffte sie sich auf die Beine und setzte ihren Weg fort. Sie wusste nicht genau, wie lange sie geschlafen hatte, aber die zaghaften Lichtschäfte, die durch die Deckenöffnungen in den Stollen fielen, legten nahe, dass der neue Tag angebrochen war. Gelegentlich blieb Aryanwen stehen und blickte in das Licht, genoss einige Augenblicke lang die Wärme und den fahlen Schein, die die aufgehende Sonne durch die Öffnung schickte, und fand darin ein wenig Trost. Ihre Hoffnung, der Stollen könnte unbeschädigt sein und sie vielleicht doch zu einem Ausgang führen, kehrte zurück.

Bald rastete sie erneut. Was hätte sie inzwischen um ein Stück Brot oder auch nur für einen Schluck Wasser gegeben! Ihre Kehle fühlte sich an wie ausgedörrt, ihre Zunge war angeschwollen, und ihr Magen verkrampfte sich, wann immer sie auch nur an Nahrung dachte.

Was mochte inzwischen an der Oberfläche vor sich gehen? Vermutlich hatten ihre Verfolger die eiserne Pforte längst aufgebrochen, den Zugang zum Stollen aber wohl nicht gefunden. Allerdings gab Aryanwen sich einer Illusion hin. Da man gesehen hatte, wie sie in das Mausoleum flüchtete, würde man nicht aufhören, nach ihr zu suchen, und früher oder später, davon war sie überzeugt, würden Lavans Leute den verborgenen Zugang entdecken. Bis dahin musste Aryanwen den Stollen verlassen haben – vorausgesetzt, er nahm je ein Ende.

Obwohl sie todmüde war und entkräftet, raffte sie sich wieder auf die Beine, stolperte und wankte weiter durch das Halbdunkel, arbeitete sich voran. Irgendwann zeigten die Lichtschäfte an, dass sich der Tag dem Ende neigte – der einfallende Schein verfärbte sich gelblich und wurde schwächer. Aryanwen konnte nicht verhindern, dass sie Panik überkam. Offenbar folgte sie diesem Stollen nun bereits einen ganzen Tag lang – wollte er überhaupt kein Ende nehmen?

Sie zwang sich, weiterzugehen, dachte dabei an Dag und an ihre kleine Tochter, die sie um jeden Preis wiedersehen wollte. Der Gedanke gab ihr Kraft und trieb sie weiter an, bis sie dem Zusammenbruch nahe war und sich kaum noch aufrecht halten konnte. Ihre Beine schmerzten, ebenso wie ihr Magen und ihre ausgedörrte Kehle, und sie war kurz davor, der Versuchung nachzugeben und sich einfach auf den Stollenboden zu legen, um zu schlafen – als sich verschwommene Konturen aus dem Halbdunkel schälten.

Aryanwen traute ihren Augen nicht. Sie wankte noch einige Schritte weiter in der Hoffnung, dass sie keiner Täuschung erlegen war – und atmete erleichtert auf.

Dort vor ihr war eine Treppe.

Das Ende des Stollens – sie hatte es erreicht!

Aryanwen gönnte sich ein Lächeln. Mit zitternden Händen wischte sie sich die Tränen der Erleichterung aus den Augen, dann tastete sie sich an der Stollenwand entlang weiter.

Die Stufen waren ebenso steil wie jene, die in den Geheimgang geführt hatten, und der kühlen Abendluft nach, die von oben herabströmte, stand der Ausgang offen.

Aryanwens Herzschlag beschleunigte sich. Alles in ihr verlangte danach, die letzten Schritte zu tun, die Stufen zu erklimmen und die Enge des Stollens zu verlassen, aber sie hielt sich zurück. Noch war das Licht des Tages nicht vollständig verloschen, und da Aryanwen nicht wusste, was sie dort oben vorfinden würde, hielt sie es für besser, auf die Dunkelheit zu warten.

Obwohl es sie unendliche Überwindung kostete, ließ sie sich noch einmal an der Stollenwand herabsinken und wartete. Die Zeit bis zum Anbruch der Nacht kam ihr wie eine Ewigkeit vor, und die vielen Fragen, die sich in ihrem Kopf jagten und auf die sie keine Antwort wusste, trugen nicht dazu bei, das Warten zu verkürzen.

Wohin hatte der Stollen sie geführt? Was mochte Aryanwen dort oben antreffen? Was, wenn sie auf Wachtposten stieß? Und selbst wenn es ihr gelang, den Stollen ungesehen zu verlassen, was dann? Weder hatte sie Geld bei sich, noch war sie für eine Reise gerüstet – und doch musste Aryanwen versuchen, nach Osten zu gelangen, den beiden Orks hinterher, denen sie ihr Kind anvertraut hatte …

Endlich war es so weit.

Das Licht, das in den Schacht fiel, war verblasst, die Nacht war hereingebrochen.

Aryanwen stand auf, schleppte ihre schmerzenden Glieder die steilen Stufen hinauf, dabei vorsichtig nach oben spähend. Sie sah einen Himmel voller Sterne, davor die Silhouetten entlaubter Bäume. Von Häusern war weit und breit nichts zu sehen, auch waren keine Stimmen zu hören.

Aryanwens Herz klopfte schneller. Sollte sie die Stadtmauern Tirgaslans tatsächlich überwunden, sollte der Stollen sie über die Grenzen der Stadt hinausgeführt haben?

Sie erreichte das Ende der Treppe und blickte vorsichtig hinaus. Tatsächlich – ringsum waren nichts als Büsche, Sträucher und Bäume zu entdecken, die sich schemenhaft in der Dunkelheit abzeichneten!

Mit einem erleichterten Aufatmen stieg Aryanwen aus der Öffnung, die sich in einem hohlen Baum befand, und war unendlich froh darüber, endlich wieder an der Oberfläche zu sein. Sie dankte ihrer Ahnin Alannah dafür, dass sie ihr den Weg in die Freiheit gezeigt hatte, und war einen Augenblick lang einfach nur glücklich.

Bis sie die Gestalt bemerkte.

Sie war so dunkel und schemenhaft, dass Aryanwen sie zunächst für einen Busch gehalten hatte, doch in diesem Moment begann sie sich zu bewegen.

Aryanwen unterdrückte einen Schrei, wich erschrocken zurück, bis sie mit dem Rücken gegen einen Baum stieß – der Schemen jedoch kam unaufhaltsam näher, bis er unmittelbar vor ihr stand.

»Ich grüße dich, Königin«, sagte er leise.

15

Was sollen wir jetzt tun?«, fragte Gladwyn halblaut, der als Erster die Sprache wiederfand. »Der Alte ist ganz offenbar verrückt geworden.«

»Sprich nicht so über den Herzog«, wies Henquist ihn zurecht. »Osbert hat mir einst das Leben gerettet. Ich stehe in seiner Schuld.«

»Aye«, fügte Ferghas hinzu, der ebenfalls in die Zelle gekommen war. »Viele tun das, deshalb sind wir hier. Und der Herzog hätte noch manches bewirken können.«

»In der Tat«, stimmte Dag zu. »Und deshalb werden wir tun, weshalb wir gekommen sind.«

»Du … du willst ihn mitnehmen?«, fragte Gladwyn zweifelnd.

»Was sonst? Glaubst du, ich lasse meinen Vater in diesem Loch zurück?«

»Aber er kann uns nicht mehr helfen! Einem Mann, der den Verstand verloren hat, werden die Clans ganz sicher nicht folgen.«

»Und wenn schon«, knurrte Dag. »Ich habe ein Versprechen gegeben, und ich bin hier, um dieses Versprechen einzulösen.«

»Und wenn wir alle dabei draufgehen? Mein Bruder ist schon tot! Willst du, dass wir alle …?«

»Schluss jetzt«, verschaffte sich Ferghas energisch Gehör. »Wir nehmen den Herzog mit.«

»Aber …«

»Wenn du jetzt nicht das Maul hältst, stopfe ich es dir«, beschied Henquist seinem ungestümen Landsmann, worauf Gladwyn tatsächlich verstummte.

»Vater«, wandte sich Dag darauf sanft an Osbert. »Wir werden diesen Ort jetzt verlassen – gemeinsam.«

»Ich soll gehen?« Unverständnis schwang in der brüchigen Stimme des Herzogs. »Das sieht dir ähnlich, Sohn – du hast stets den einfachen Weg gewählt. Aber ich kann nicht einfach gehen. Es gibt Pflichten, die ich als Oberhaupt von Ansun zu erfüllen habe.«

»Ich weiß«, versicherte Dag beklommen – selbst im Wahn schien sein Vater die alten Vorurteile nicht abgelegt zu haben, und vielleicht hatte er ja sogar recht damit … »Aber du erfüllst diese Pflichten am besten, wenn du uns jetzt folgst.«

»Wohin?«

»Wo du in Sicherheit bist«, versicherte Ferghas.

»Wer bist du?«

»Ein Freund«, antwortete der Clansmann.

»Ein Hochländer, was? Machst du jetzt schon mit diesen Wilden gemeinsame Sache, Sohn?«

Dag seufzte. »Es ist zu deinem Besten, Vater.«

Plötzlich waren von draußen Schritte zu hören. Eidard steckte den Kopf in die Zelle.

»Da kommt jemand – vermutlich eine Patrouille. Der Ruf des Wächters hat sie wohl alarmiert.«

Henquist fluchte herzhaft. Gladwyn wimmerte leise.

»Zwerge«, knurrte Osbert feindselig. »Diese verdammten Bastarde sind hier überall!«

»Deshalb musst du jetzt mit uns kommen, Vater«, beharrte Dag, »oder sie werden uns alle finden und töten.«

»Von mir aus, sollen sie doch.« Osbert spuckte geräuschvoll aus. »Ich werde ihnen zeigen, was es heißt, ein Herzog von …«

Ein satter Schlag war zu hören, Dags Vater verstummte jäh.

»Verzeih mir, *hogyn*«, bat Ferghas, »aber es war die einzige Möglichkeit.«

»Ich weiß.« Dag nickte. »Henquist?«

»Schon dabei«, ächzte der Krieger, während er sich den bewusstlosen Herzog bereits auf die Schultern lud. »Und jetzt?«

»Da entlang«, zischte Eidard, und sie huschten aus der Kerkerzelle, eilten den Gang in die entgegengesetzte Richtung hinab, während sie hinter sich das Klirren von Rüstungen hörten – die Zwergenpatrouille näherte sich!

Dag vertraute auf Ferghas, der ihn am Arm genommen hatte und hinter sich herzog, um eine Biegung und eine Reihe schmaler Stufen hinauf, die in einen weiteren Zellentrakt zu führen schienen. Das Klirren der Rüstungen verlor sich im Stollen hinter ihnen. So schnell sie konnten, hasteten die Gefährten die Stufen hinauf, fanden sich auf einer weiteren Kerkerebene wieder. Von beiden Seiten des Gangs waren verzagte Rufe und panisches Geschrei zu vernehmen.

»Öffnet die Zellentüren«, schlug Dag vor. »Das wird die Zwerge eine Weile beschäftigen.«

»Da gibt es nichts zu öffnen, Junge«, beschied Ferghas ihm düster. »Diese armen Kerle wurden lebendig eingemauert. Winmar hat aus diesem Ort eine verdammte Blutfeste gemacht.«

Schaudernd huschten die Gefährten weiter. Dag wusste, dass es nicht nur einen Ausgang aus dem Kerker gab – eine Folge der Tatsache, dass Gorta Ruun nicht wie andere Festungen geplant und gebaut worden war, sondern sich im Lauf von Jahrtausenden entwickelt hatte. Neue Stollen waren gegraben, andere darüber vergessen worden. Es kam nur darauf an, keiner weiteren Patrouille zu begegnen – und die Gefährten schienen in dieser Hinsicht Glück zu haben.

Mit jeder Ebene, die sie höher gelangten, hätten die Wächter eigentlich zahlreicher werden und die Gefahr der Entdeckung zunehmen müssen, doch die Gänge waren verwaist, gerade so, als hätten die Zwerge die Festung verlassen. Unwillkürlich musste Dag an den Zug denken, den sie beobachtet hatten. Womöglich, dachte er, waren sie nicht nur Zeugen einer Reise gewesen, die der Zwergenkönig unternahm. Vielleicht kam diesem Zug ja noch ungleich größere Bedeutung zu – doch was auch immer es sein mochte, es war Alureds und Cailans Aufgabe, es herauszufinden. Dag und seine Gefährten hatten ihre eigene Aufgabe zu bewältigen.

In der Hoffnung, wieder auf den von Lichtsteinadern beleuchteten Gang zu stoßen, stiegen sie immer weiter hinauf, aber sie gelangten nur in immer neue Bereiche des Kerkers, die von den angstvollen Schreien der Gefangenen widerhallten. Wieder einmal hätte Dag alles darum gegeben, nicht mehr blind zu sein. Wäre er in der Lage gewesen, seine Umgebung zu sehen, hätte er sich womöglich orientieren und einen Weg aus dem Kerker finden können. So jedoch irrte er ebenso planlos umher wie die anderen.

Er konnte nur immer wieder innehalten, seinen Geruchssinn und sein Gehör bemühen, zu riechen und zu lauschen, ob …

»Hört Ihr das auch?«, fragte er flüsternd und mit einem Stirnrunzeln.

Auch die Gefährten waren reglos verharrt und horchten.

»Aye«, kommentierte Ferghas trocken, »ich würde sagen, das ist schwer zu überhören.«

Dag nickte und runzelte die Stirn.

Es war also keine Täuschung gewesen.

Auch die anderen hörten den Gesang.

16

Den ganzen Tag über hatten sie kaum ein Wort gesprochen.

Cailan hatte die erste Nachtwache übernommen und Alured die zweite, am Morgen hatten sie stillschweigend ihr Lager abgebrochen und waren weitergezogen, den Zwergen hinterher, deren Spur deutlich sichtbar nach Südwesten führte, quer durch das Land, einer Herde Ilfantodons gleich.

Wo immer der Zug Dörfer oder Gehöfte passierte, hielt sich Winmars Tross an den Bewohnern schadlos und plünderte deren Scheunen und Vorratskammern, sodass Dags Kundschafter einer Schneise der Verwüstung folgten. Und noch immer kannten sie weder den Zweck noch das Ziel dieses Zuges. Was Alured betraf, waren diese Fragen jedoch beinahe nebensächlich geworden. Seine nächtliche Entdeckung beschäftigte ihn noch ungleich mehr, denn er wusste sich einfach keinen Reim darauf zu machen.

»Catriona«, begann er einen weiteren seiner ungezählten Versuche, das Schweigen zu brechen. Im Schutz einiger Bäume ritten sie, hintereinander, um ihre Spuren zu verwischen.

»Was?«, fragte sie unwirsch über die Schulter. Zum ersten Mal hatte sie ihr flachsblondes Haar nicht nach Kriegerart hochgesteckt, sondern trug es offen. Ihre Züge wirkten dadurch weicher und weiblicher, sodass sich Alured unwillkürlich fragte, wie er sich nur so hatte täuschen lassen können.

»E-es tut mir leid, dass ich dein Geheimnis entdeckt habe«, versicherte er. »Du musst mir glauben, dass ich nicht …«

»Was?«, fragte sie noch einmal, diesmal ohne sich zu ihm umzudrehen.

»Ich hatte keine Ahnung, dass du … dass du bist, was du bist«, versicherte Alured einigermaßen hilflos.

Sie atmete hörbar ein und aus, so als stünde sie kurz vor einem Wutausbruch. Alured wappnete sich innerlich, doch die erwartete Beschimpfung blieb aus. »Du kannst nichts dafür«, sagte sie unerwartet. »Es war mein Fehler.«

»Als ich zum Lager zurückkam, sah ich, dass du verschwunden warst«, erklärte Alured, »also machte ich mich auf die Suche nach dir.«

»Wie ich schon sagte – mein Fehler«, wiederholte sie. »Ich glaubte, ich könnte einen Augenblick lang ungestört sein.«

»Und ich dachte, diese elenden Zwerge hätten dich geschnappt, deshalb war ich besorgt«, fuhr Alured fort, der noch immer das Gefühl hatte, sich rechtfertigen zu müssen. »Und ich …«

»Verdammt, *hogyn*, kannst du nicht hören?« Diesmal blickte sie wieder über die Schulter zurück, und ihre dunklen Augen funkelten. »Ich sagte doch, dass es mein Fehler ist. Ich trage Schuld an dem, was passiert ist, und niemand sonst!«

»Die Täuschung war vollkommen«, sagte er deshalb in einem Versuch, sie zu trösten. »Ich hatte nichts geahnt.«

»Das war der Plan.«

»Ist es erlaubt zu fragen, warum …?« Er unterbrach sich, als sie unwirsch den Kopf schüttelte. Doch erneut war die Erwiderung nicht so harsch, wie er es erwartete.

»Meines Vaters wegen«, erwiderte sie. »Er hätte nicht gewollt, dass ich die Unternehmung begleite.«

»Natürlich nicht – weil er sich um dich gesorgt hätte.«

»Nein – sondern weil er denkt, dass ich zu nichts nütze bin«, widersprach Catriona. »Oder hättest du eine junge Frau mitgenommen?«

»Nun … wohl eher nicht«, musste Alured zugeben.

»Wenigstens bist du ehrlich.« Sie schnaubte. »Ganz gleich, ob ihr aus den Hügellanden kommt, aus Ansun oder sonst woher – in dieser Hinsicht scheint ihr Männer euch einig zu sein. Dabei können auch Frauen gute Kämpferinnen sein.«

»Das bezweifle ich nicht«, versicherte Alured. Er hatte Cailan … Catriona reiten und mit Pfeil und Bogen umgehen sehen und hatte keinen Unterschied zu den anderen Kriegern feststellen können.

»Wirklich nicht?« Sie lachte auf. »Mein Vater ist da ganz anderer Ansicht.«

»Und deshalb hast du dich verkleidet? Um gegen seinen Willen an der Befreiung des Herzogs teilzunehmen?«

Sie nickte, und eine Weile ritten sie weiter, ehe sie diesmal das Schweigen brach. »Cailan war mein Zwillingsbruder«, begann sie. »Er starb, als er noch ein Kind war. Ein verbrecherischer Zwerg hatte ihn entführt, um ihn gegen Lösegeld wieder freizulassen. Mein Vater weigerte sich zu bezahlen, und die Dinge nahmen ihren Lauf.«

Alured verstand – deshalb also war Lord Anghas ein so erbitterter Feind der Zwerge …

»Von diesem Tage an«, fuhr Catriona fort, »habe ich alles daran gesetzt, meinem Vater den Sohn zu ersetzen, den er verloren hatte. Ich lernte reiten und kämpfen und den Umgang mit Pfeil und Bogen und wurde darin besser als viele junge Männer – die Anerkennung meines Vaters jedoch blieb mir versagt. Bis heute darf ich dem Kriegsrat im Turm zwar beiwohnen, das Wort ergreifen darf ich jedoch nicht.«

»Ich erinnere mich«, erwiderte Alured.

»Mein Onkel Ferghas hingegen hat schon früh bemerkt, wo meine Talente liegen und mich alles gelehrt – Bogenschießen, Reiten und sogar den Schwertkampf. Hin und wieder hat er mich auch mitgenommen, auf Patrouille ins Grenzland oder wenn es darum ging, die Krieger des Gelben Clans auszukundschaften.«

»Und dein Vater?«

»Was soll mit ihm sein?«

»Hat er davon gewusst?«

»Natürlich nicht.« Erneut sah sie über die Schulter zurück. »Dein Blick ist genau wie seiner – voller Zweifel.«

»Unsinn, ich zweifle nicht an dir«, versicherte Alured. »Ich frage mich nur …«

»Was?«

»Warum du das Kriegshandwerk unbedingt ausüben willst. Ich meine, wenn ich nicht kämpfen müsste, würde ich mich irgendwo auf dem Land zur Ruhe setzen und das Leben genießen.«

»Weil wir in unfriedlichen Zeiten leben und ich meinen Beitrag leisten will, um meinen Clan und mein Volk zu beschützen«, erwiderte sie. »Ist das so schwer zu verstehen?«

»Nein«, versicherte er und kam sich plötzlich dumm vor. »Das ist überhaupt nicht schwer zu verstehen. Bitte entschuldige.«

»Als nach Freiwilligen gesucht wurde, die Daghan nach Gorta Ruun begleiten sollten, habe ich mich gemeldet, zusammen mit Dugay und Eidard, mit denen ich schon öfter ausgeritten war.«

»Sie wissen also, wer du bist.«

Catriona nickte. »Als Ferghas erfuhr, dass wir uns gemeldet haben, war er zunächst ziemlich wütend und wollte es meinem Vater sagen. Ich bat ihn, es nicht zu tun, weil ich fühlte, dass dies meine Chance wäre … eine Gelegenheit, mich endlich zu beweisen und meinem Vater zu zeigen, was ich vermag und wer ich bin. Daraufhin willigte Ferghas ein – unter der Bedingung, dass er selbst mitkäme, um ein Auge auf mich zu haben und mich zu beschützen.«

Alured begriff – deshalb also hatte sich der alte Haudegen dem Trupp angeschlossen. Und deshalb war er auch so entschieden dagegen gewesen, dass Cailan ausgesandt wurde, um den Tross der Zwerge auszuspionieren …

»Jetzt weißt du alles«, sagte sie niedergeschlagen. »Ich erwarte nicht, dass du mich verstehst, aber so ist es nun einmal geschehen.«

»Ich verstehe dich durchaus«, versicherte er. »Aber ich kann nicht gutheißen, dass du uns alle zum Narren gehalten hast, vor allem Dag.«

»Falls du auf seine Blindheit anspielst – er kann sich damit trösten, dass ihr alle auf meine Tarnung hereingefallen seid, ob sehend oder nicht.«

»Das meine ich nicht«, wehrte Alured ab. »Aber er hat es nicht verdient, getäuscht zu werden. Dag ist jemand, der sich stets um seine Untergebenen sorgt und das Richtige tun will. Du hättest ihm die Wahrheit sagen sollen.«

»Damit er mich zurückschickt?«

»Du solltest nicht den Fehler machen, ihn zu unterschätzen. Dag weiß, was es bedeutet, einen ehrgeizigen Vater zu haben und sich Ansprüchen ausgesetzt zu sehen, die man nicht erfüllen kann, ganz gleich, was man tut.«

»Woher soll er das wissen? Ist es ihm ähnlich ergangen?«

Alured nickte. »Fast sein ganzes Leben lang.«

Cationa zügelte ihr Pferd und drehte es, sodass sie Alured den Weg versperrte. Fragend sah sie ihn an. »Und dennoch ist Osberts Sohn ohne Zögern aufgebrochen, um seinen Vater zu befreien?«

»Weil er weiß, was seine Pflicht ist«, bestätigte Alured. »Genau wie du.«

Sie bedachte ihn mit einem undeutbaren Blick, dann trieb sie ihr Pferd wieder an. Fast lautlos lenkte sie den Braunen unter den Bäumen hindurch, während sie über Alureds Worte nachzudenken schien.

»Vielleicht«, sagte sie nach einer Weile, »habe ich einen Fehler begangen, indem ich … Bei den Pferden von Targas!«, rief sie plötzlich aus.

Sie hatten den Rand des kleinen Waldes erreicht. Alured trieb sein Pferd an und brachte es an ihre Seite. Der Anblick, der sich ihnen bot, war überwältigend.

Vor ihnen fiel das Gelände leicht ab und formte im weiteren Verlauf einen weiten Kessel, der sich nach Osten hin zur See öffnete, deren Oberfläche im Licht des späten Tages orangerot zu glühen schien. Davor, an die sanften Hänge geschmiegt, lag Smerada, die Perle der See, und es war kaum vorstellbar, dass diese Stadt einst ein übles Piratennest gewesen war. Der Handel mit dem Südreich hatte die Stadt erblühen lassen. Ihre unzähligen, kühn geformten Kuppeln, die den Einfluss ferner Kulturen und fremder Baukunst erkennen ließen, schimmerten im roten Licht der Abendsonne, darüber kreisten Schwärme von Möwen, die der Bucht ihren Namen gaben. Und davor, sich durch die Senke windend wie ein dunkler Fluss, zeichnete sich der Zug des Zwergenkönigs ab, der mit all seinen Wagen, seinen Kaldronen und Soldaten dem westlichen Stadttor entgegenhielt.

»Sieh an«, sagte Alured gepresst. »Nun endlich wissen wir, wohin Winmar will.«

»Nach Osten«, bestätigte Catriona. »Über das Meer.«

17

»Dieser Gesang … dieser elende Gesang!«

Dags Vater war wieder zu sich gekommen. Offenbar erkannte er jetzt, dass er nicht mehr in Ansun weilte, doch die Worte, die über seine dünnen Lippen kamen, waren nach wie vor wirr und ohne Zusammenhang.

»Was ist mit dem Gesang, Vater?«, fragte Dag, während sie durch einen weiteren der sich scheinbar endlos aneinanderreihenden Stollen irrten.

»Ich habe ihn schon einmal gehört, vor langer Zeit«, erwiderte der alte Herzog, den Henquist beim Gehen stützte, mit brüchiger Stimme. »Die Geister. Die Geister der Vergangenheit werden beschworen.«

»Er redet wieder irr«, stellte Gladwyn fest.

»Oder auch nicht«, versetzte Ferghas grimmig. »In den Geschichten, die die Alten unseres Clans erzählen, ist von manchen Dingen die Rede, die in Gorta Ruun vor sich gehen. Von dunklen, unheilvollen Dingen.«

»Das hilft uns jetzt auch nicht weiter«, stellte Eidard pragmatisch fest, der der kleinen Gruppe vorausging. »Dieser Stollen hier scheint ebenfalls nicht zu unserem Ausstieg zu führen. Und selbst wenn wir ihn wiederfänden, wären da immer noch die Höhlenwürmer, an denen wir vorbeimüssten!«

»Er hat recht«, pflichtete Gladwyn ihm bei. »Sollten wir nicht lieber umkehren?«

»Und unser Glück mit der Patrouille versuchen?«, fragte Dag dagegen. »Auf keinen Fall – wir gehen weiter bis zum nächsten Hauptschacht. Dort versuchen wir uns zu orientieren.«

»Aber der Gesang scheint genau aus dieser Richtung zu kommen!«

»Ich weiß.« Dag ging unbeirrt weiter.

Sie folgten dem Stollen, der sich in einem weiten Kreisel wand und noch weiter ins Innere des Berges zu führen schien. Und je tiefer sie gelangten, desto lauter und unheimlicher wurde der Gesang, der zwischen den Stollenwänden widerhallte. Es war ein vielstimmiges Gemurmel, eine Wiederholung gleichlautender Worte, ein Singsang, der einem monotonen Muster folgte.

Dag sann noch darüber nach, was die Worte bedeuten mochten, als der Stollen plötzlich endete. Eine gewaltige Höhle musste vor ihnen liegen, wie Dag am sich schlagartig verändernden Schall erkannte.

»Das … ist unvorstellbar«, flüsterte Eidard. »Dieser Schacht durchmisst wenigstens hundert Klafter! Und weder eine Decke noch ein Boden ist zu sehen.«

»Aye«, stimmte Ferghas zu. »Zwerge sind von jeher zu außergewöhnlichen Dingen fähig gewesen, im Guten wie im Schlechten.«

Wie Dag weiter erfuhr, durchzogen in unterschiedlichen Höhen Dutzende von Brücken den Schacht, auf eine davon mündete ihr eigener Stollen. Einige der steinernen Bögen waren von mit Lichtsteinen gefüllten Laternen beleuchtet, andere lagen in Dunkelheit. Und über eine der Brücken, die vielleicht fünfzig Klafter unter der ihren verlief, schritt in bizarrer Langsamkeit eine Prozession von in graue Roben gehüllten Gestalten.

Ihrer gedrungenen Postur nach waren es Zwerge, ihre Häupter allerdings waren in Kapuzen gehüllt. In strenger Ordnung gingen sie einher, wobei sie einen tiefen, monotonen Gesang anstimmten, den die Wände des Schachts verstärkten. Dies also war der Ursprung der unheimlichen Klänge …

»Dieser Gesang!«, ereiferte sich Dags Vater wieder, während sie langsam und in gebückter Haltung auf die Brücke hinausschlichen. »Dieser elende Gesang …!«

»Ruhig, Herr«, mahnte ihn Henquist, der ihn wiederum stützte, »Ihr werdet uns sonst verraten.«

»Was sind das für Kerle?«, wollte Eidard flüsternd wissen.

»Keine Ahnung.« Dag schüttelte den Kopf. »Sie tragen graue Roben, sagt ihr?«

»Und lange Bärte«, stimmte Ferghas zu. »Mehr ist von ihnen nicht zu sehen.«

»Sie sehen wie Priester auf dem Weg zum Opfer aus«, überlegte Gladwyn. »Aber ich dachte immer, bei den Zwergen gäbe es keinen Priesterstand.«

»Den gibt es auch nicht«, versicherte Ferghas. »Das Einzige, woran diese gierigen kleinen Bastarde glauben, ist der Mammon, den sie aus dem Berg buddeln.«

»Was ist das für eine Sprache?«, fragte Dag, der angestrengt gelauscht hatte. »Ich kenne sie nicht.«

»Zwergisch ist es jedenfalls nicht«, stimmte Ferghas zu. »Und auch kein Elfisch. Zwar kann ich einige Brocken davon wiedererkennen, aber es klingt dunkler und unheilvoller.«

»Dunkel und unheilvoll«, stieß der alte Osbert hervor. »Die Zunge des Bösen.«

»Was, Vater?« Dag hielt einen Moment inne.

»Die Sprache des Bösen«, bekräftigte der Herzog. »Lange hat sie niemand mehr in Erdwelt gehört.«

»Er redet doch nur wirres Zeug«, war Gladwyn überzeugt. »Wir sollten lieber zusehen, dass wir von diesem Ort verschwinden und einen Weg nach draußen finden.«

Dag ließ sich nicht beirren. »Woher weißt du das, Vater?«

»Was?«, fragte er und blinzelte.

»Die Sprache? Woher kennst du sie?«

»Ich habe diese Sprache schon einmal gehört. Man vergisst sie niemals wieder.«

»Wann war das, Vater? Wo?«

»Zu Beginn meiner Gefangenschaft.« Osberts Stimme war zu einem Flüstern verblasst. »Sie war plötzlich in meinem Kopf! In meinem Kopf, verstehst du? Und ich konnte sie verstehen, jedes einzelne Wort davon!«

»Was hat sie gesagt?«

»Was sie gesagt hat, ja …« Der Herzog unterbrach sich.

»Das ist doch nur Zeitverschwendung«, ereiferte sich Gladwyn. »Verschwinden wir lieber!«

»Ich fürchte, der Junge hat recht«, pflichtete Ferghas bei. »Sehen wir zu, dass wir weiterkommen.«

»Einen Augenblick noch«, bat Dag. »Vater, was hat diese Stimme zu dir gesagt? Kannst du dich erinnern?«

»Welche Stimme?«

»Die zu dir gesprochen hat, in jener dunklen Sprache.«

»Sie sagte, dass sie meine Gedanken sehen wolle, meine Vergangenheit. Alles, was ich gewesen bin. Und dann war sie plötzlich überall. Überall …« Das traurige Kichern, das Osbert seinen Worten folgen ließ, machte klar, dass sich sein Geist wieder eingetrübt hatte.

Obwohl Dags Verhältnis zu seinem Vater nie besonders innig und von gegenseitigem Misstrauen geprägt gewesen war, tat es ihm in der Seele weh, ihn so zu erleben. Noch vor einem Jahr war der Herzog von Ansun ein Mann in der Blüte seines Lebens gewesen, stark und stolz und von unbeugsamem Willen.

Und jetzt …

Dag musste an Dwethans Worte denken – dass Winmar nicht in der Lage wäre, Wechselbälgern zu gebieten oder

Kreaturen wie die Schattenwesen ins Leben zu rufen, und dass noch eine andere, weit gefährlichere Macht an diesem Konflikt beteiligt sei.

War sein Vater dieser Macht begegnet? War sie es, die seinen Verstand in den Wahnsinn getrieben hatte? Und war es auch diese Macht, der jene Vermummten dort huldigten?

Dag war klar, dass die Antwort auf diese Fragen dort unter ihnen wandelte, rund fünfzig Klafter tiefer. Wenn es ihnen gelang, einen der Vermummten gefangen zu nehmen und zu befragen, dann würde vielleicht …

»Ihr dort! Menschen!«, donnerte es plötzlich von irgendwo über ihnen herab. »Legt die Waffen augenblicklich nieder und ergebt euch! Im Namen seiner Majestät König Winmars – ihr seid alle verhaftet!«

18

Ein erstickter Schrei entfuhr Aryanwens Kehle, so sehr erschrak sie – nicht nur über die bedrohlich aussehende Gestalt, sondern auch über die Tatsache, dass sie sie zu kennen, mehr noch, dass sie auf sie gewartet zu haben schien!

Aryanwens erster Reflex war Flucht.

Blitzschnell fuhr sie herum, wollte zurück in das Loch, aus dem sie eben erst gestiegen war, nur um festzustellen, dass ihr der Rückweg verwehrt war! Der Einstieg musste da sein, in einem der Bäume, die aus dem Gestrüpp hinter ihr wuchsen, doch er war nicht mehr zu entdecken.

Gehetzt wandte Aryanwen sich um, sah, dass die Gestalt ihre rechte Hand halb erhoben hatte, gerade so, als hätte sie die Pforte verschlossen. Aber das war völlig unmöglich! Niemand in Erdwelt vermochte Gegenstände nur kraft seiner Gedanken zu bewegen! Jedenfalls niemand, der unter den Lebenden weilte …

»Wer seid Ihr?«, flüsterte Aryanwen. »Was wollt Ihr von mir?«

Der Schemen, der sich auf einen langen Stab stützte, sah sie nur prüfend an, seine Augen blitzten im Mondlicht. »Das Kind«, verlangte er dann zu wissen. »Wo ist das Kind?«

Tränen stiegen ihr in die Augen. »Welches Kind?«

»Haltet mich nicht zum Narren, Königin«, mahnte die Stimme, die greisenhaft klang, jedoch voller Autorität und Tatkraft war. »Ich spreche von der Tochter, die Ihr zur Welt gebracht habt. Der Tochter Daghans von Ansun.«

»Was?« Aryanwen holte scharf Luft, war zu überrascht, um zu leugnen. »Woher wisst Ihr …?«

»Ich weiß vieles, das geschehen ist, und manches, das geschehen wird«, erwiderte die Gestalt, »aber dies habe ich nicht kommen sehen. Wo ist das Kind? Warum habt Ihr es nicht bei Euch, wie es Euch bestimmt war?«

Aryanwen hatte ihre erste Überraschung überwunden. Ganz offenbar, sagte sie sich, wollte der Alte sie nicht töten, sonst hätte er es bereits getan. Sie musste in Erfahrung bringen, wer er war, musste versuchen, Zeit zu gewinnen …

»Wie es mir bestimmt war?«, fragte sie verwundert. »Was hat das zu bedeuten?«

»Das Kind«, drängte der Alte. »Wo ist es?«

»Warum sollte ich Euch das sagen?«

»Weil es zu Eurem Besten ist – und zu dem Eures Kindes.«

»Ihr … wollt mir helfen?«

»Darum bin ich hier.«

»Wer sagt mir, dass ich Euch trauen kann?«

»Ich könnte Euch meinen Namen nennen, aber er wird Euch nichts sagen«, entgegnete der Alte. »Nehmt stattdessen dies hier als Zeichen, dass ich Euch freundlich gesinnt bin.«

Mit diesen Worten zog er etwas unter dem weiten Kapuzenmantel hervor. Aryanwen zögerte einen Moment, dann nahm sie den Gegenstand entgegen. Er war nicht sehr schwer, in Wildleder gewickelt und von der Form und Größe eines Ziegelsteins.

Mit einem Blick in Richtung des Unbekannten vergewisserte sich Aryanwen, dass sie das Päckchen öffnen sollte, dann löste sie die Verschnürung und warf einen Blick hinein. Ein Schauder durchrieselte sie, als sie sah, was sich darin befand.

»Das ist nicht möglich!«, rief sie aus.

»Nun, offenbar doch.«

»Dieses Buch … hat einst mir gehört!«

»So weit würde ich nicht gehen. Es stammt aus dem Besitz Königin Alannahs, die darin ihre persönlichen Erinnerungen und geheimen Gedanken aufbewahrt hat. Ihr fandet es durch Zufall in der Bibliothek des Palasts von Tirgaslan.«

»Das … das ist wahr«, kam Aryanwen nicht umhin zuzugeben. Sie konnte nicht fassen, dass sie den verloren geglaubten Besitz wieder in ihren Händen hielt. »Dieses Buch hat mir die Augen geöffnet«, hauchte sie. »Aus seinen Seiten habe ich viel erfahren, über die Vergangenheit des Reiches und Erdwelts, Dinge, die nicht in den Geschichtsbüchern stehen.«

»Weil sie daraus getilgt wurden, um die Menschen vor zu viel Wissen zu bewahren«, stimmte der Alte zu. »Alannah jedoch war immer klar, dass dieses Wissen in ferner Zukunft benötigt würde, um Erdwelt zu retten, deshalb hat sie dieses Buch verfasst – und es war kein Zufall, dass Ihr auf dieses Buch gestoßen seid, Königin. Nicht Ihr habt es gefunden – vielmehr hat es Euch gefunden.«

»Woher wisst Ihr das alles? Niemand ist dabei gewesen! Und wie ist das Buch in Euren Besitz gelangt? Warum war es plötzlich verschwunden?«

»Weil diesem Buch ein besonderer Zauber innewohnt, der es vor Missbrauch und Zerstörung schützt«, erklärte der Fremde.

»Ein Zauber.« Aryanwen starrte die Gestalt zweifelnd an. Obwohl sie von seinem Gesicht noch immer nicht mehr erkennen konnte als einen dunklen Umriss und blitzende Augen, war ihr der Alte auf eigenartige Weise vertraut. »Sagt, sind wir einander schon einmal begegnet?«

»Einst, vor langer Zeit«, gab der Alte zu. »Ihr seid noch jung gewesen damals, ein kleines Mädchen. Ich war ein Freund Eures Vaters Tandelor.«

»Ein Freund.« Aryanwen kniff die Augen zusammen. »Aber warum habe ich Euch dann in all den Jahren nicht mehr gesehen? Und wie kommt es, dass Ihr nun ausgerechnet hier seid?«

»Selbst wenn ich es Euch erklärte – Ihr würdet es nicht verstehen, jedenfalls jetzt noch nicht. Es genügt, wenn Ihr wisst, dass in dieser Welt selten etwas aus Zufall geschieht.«

»Das pflegte auch mein Vater zu sagen.«

»Er war ein weiser Mann«, anerkannte der Alte. »Und nun, wie steht es? Wollt Ihr mir endlich verraten, wo das Kind ist, das Ihr in Elfenhain zur Welt gebracht habt? Daghans Kind?«

Aryanwen schluckte hart. Es kam ihr falsch vor, sich einem Fremden anzuvertrauen, aber nach allem, was hinter ihr lag, konnte sie einen Verbündeten wahrlich gut gebrauchen. Zudem drängte sie eine innere Stimme dazu, dem alten Mann ihr Vertrauen zu schenken, auch wenn sie ihn nicht kannte.

»Alannah ist nicht hier«, erklärte sie leise, aber mit fester Stimme.

»Alannah … das ist ihr Name?« Der Alte schien verblüfft.

»So ist es.«

Lange blieb es still.

»Eine weise Wahl«, sagte der Alte dann.

»Ich hatte Angst, sie nach Tirgaslan mitzunehmen, weil ich dort um ihr Leben fürchten musste. Also habe ich sie Freunden übergeben.«

»Freunden? Könnt Ihr ihnen vertrauen?«

»Ich denke ja«, erwiderte sie zögernd.

»Wer ist es?«

»Nun, es …« Aryanwen zögerte, schämte sich fast, es auszusprechen. »Es handelt sich dabei um Orks«, brachte sie schließlich hervor.

»Orks«, echote der Fremde. »Das erklärt manches.«

»Was meint Ihr?«

»Verschlungen und launenhaft sind die Pfade der Unholde«, gab der Alte zur Antwort, »deshalb sind sie nur schwer vorherzusehen. Ihr habt mich getäuscht, Königin – und das ist nicht einfach, denn ich weile schon lange auf dieser Welt und habe schon viel gesehen. Aber wenn Ihr mich täuschen konntet, konntet Ihr womöglich auch die andere Seite täuschen.«

»Die andere Seite?« Aryanwen hob die Brauen. Inzwischen war es so dunkel geworden, dass sie ihr Gegenüber nur noch als verschwommenen Schatten wahrnahm, der sich von der Umgebung kaum noch abhob. »Von wem sprecht Ihr? Von Lavan?«

Der Alte lachte auf. »Lavan ist nur ein Spielzeug, ein Mittel zum Zweck, ebenso wie Winmar, auch wenn sich der beschränkte Geist des kleinen Königs beharrlich weigert, dies zu begreifen. Andere, ungleich dunklere Mächte ziehen im Verborgenen die Fäden, Königin – ihnen darf Euer Kind keinesfalls in die Hände fallen.«

Aryanwens Haare sträubten sich, ihre Hände begannen zu zittern. Plötzlich hatte sie das Gefühl, einen schweren Fehler begangen zu haben … »Warum nicht?«, fragte sie leise. »Von was für Feinden sprecht Ihr?«

»Alles zu seiner Zeit, Königin. Zuerst hat unsere Sorge Eurem Kind zu gelten – wir müssen es finden, um jeden Preis.«

»Wir?«

»Wenn Ihr erlaubt, werde ich Euch begleiten und Euch auf Eurer Suche zur Seite stehen«, bestätigte der Alte.

Aryanwen fühlte Erleichterung. Das Gefühl, dass der Fremde es gut mit ihr meinte und sie ihm tatsächlich vertrauen konnte, gewann nun Oberhand. »Wie ist Euer Name?«, wollte sie wissen.

»Wie ich schon sagte – ich bin alt, entsprechend viele Namen habe ich in meinem Leben getragen.« In diesem Moment begann am oberen Ende des Stabes, den er mit der linken Hand umklammert hielt, ein blaues Licht zu leuchten, das nicht nur die Büsche und Bäume der unmittelbaren Umgebung, sondern auch das Gesicht des Alten jäh aus der Dunkelheit riss.

Aryanwen blickte in ein schmales, faltiges Antlitz, das zum Äußersten entschlossen wirkte und dennoch voller Güte war. Das Augenpaar, das ihr entgegenblickte, schien unendlich viel gesehen zu haben, dennoch wirkte es wach und aufmerksam. Graues Haar umrahmte das von der Kapuze bedeckte Haupt, um das ein aus Schlangenhaut geflochtenes Band verlief. Offenbar war der alte Mann ein Gelehrter, ein Prediger oder Heiler, vielleicht auch ein Druide, wie sie bei den Stämmen des Nordostens anzutreffen waren.

»Einer von ihnen«, fuhr der Alte fort, »lautet Dwethan. Wenn Ihr wollt, könnt Ihr mich gerne so nennen.«

19

Es war eine böse Überraschung.

Auf einer anderen Brücke, die ein Stück weiter oben verlief, stand eine Patrouille bis an die Zähne bewaffneter Zwerge, die mit langen, seltsam aussehenden Waffen auf die Eindringlinge zielten.

»Hört ihr nicht?«, rief ihr Anführer herab, ein kräftiger Bursche in blitzendem Harnisch. »Ich habe gesagt, ihr sollt die Waffen niederlegen und euch ergeben!«

Dag zögerte. Er wusste, dass die Blicke seiner Gefährten auf ihn gerichtet waren, dass sie eine Entscheidung von ihm erwarteten. Er gab sich nicht der Illusion hin, dass ihm die Flucht aus dem Kerker ein weiteres Mal gelingen würde. Wenn sie sich ergaben, so war ihr Schicksal besiegelt. Sie würden der Willkür von Winmars Folterknechten schutzlos ausgeliefert sein und einen ebenso grausamen wie sinnlosen Tod sterben.

Sie mussten also fliehen – aber wohin? Zurück konnten sie nicht, nur weiter, auf die andere Seite der Brücke und in den Schutz des Stollens, der sich dort anschloss.

»Ferghas?«, fragte Dag leise.

»Aye«, stimmte der Clansmann mit bitterer Entschlossenheit zu und fasste ihn am Oberarm. »Wir sind bereit.«

»Gut«, scholl es von oben, »ihr habt es nicht anders gewollt. Männer, gebt diesen Eindringlingen, was sie …«

»Jetzt!«, brüllte Dag.

Und sie begannen zu laufen.

Der anderen Seite der Brücke entgegen.

Nur Gladwyn blieb noch einen Moment zurück, Dag konnte Terrics Bogen flirren hören, den dieser an sich genommen hatte, dicht gefolgt vom heiseren Schrei eines Zwergs.

Der Anführer der Wächter brüllte etwas, und im nächsten Moment erfüllte ein ohrenbetäubendes Krachen den Schacht. Unwillkürlich fühlte sich Dag an Ansun erinnert, an die schreckliche Waffe, die die Zwerge ins Feld geführt hatten, und an ihre furchtbare Zerstörungskraft. Vermochten diese seltsamen Eisenrohre, mit denen die Wächter auf sie zielten, Ähnliches zu bewirken?

Wieder krachte es – und jemand stieß einen Schrei aus.

»Eidard!«, rief Henquist entsetzt, während sich der Schrei des Kameraden in der bodenlosen Tiefe verlor. Offenbar war Eidard von etwas getroffen worden, und das mit derartiger Wucht, dass es ihn von der Brücke und über die kniehohe Brüstung gerissen hatte.

Erneut ein Knall, der dutzendfach widerhallte, und Dag merkte, wie etwas dicht an seinem Kopf vorbeizuckte. Etwas, das schneller war als ein Pfeil und wohl auch ungleich tödlicher – und das im nächsten Moment mit einem hässlichen Geräusch ins Gestein der Brücke schlug.

»Weiter! Weiter!«, hörte er Ferghas rufen, und sie rannten, so schnell sie konnten, der anderen Seite der Brücke entgegen.

Dag wusste nicht, wie weit es noch war. Zwanzig Schritte? Dreißig? Aber er biss die Zähne zusammen, lief so schnell er konnte, während es oben auf der Brücke weiter krachte. Ein hässliches Heulen erfüllte die Luft, die Gefährten rannten weiter, mit zwischen die Schultern gezogenen Köpfen und hoffend, dass keines der Geschosse sein Ziel finden würde.

»Weiter! Wir haben es gleich ge…«, stieß Ferghas hervor. Der Rest seiner Worte ging in einem neuerlichen Krachen unter, und einen Lidschlag später hatte Dag das Gefühl, dass ihn etwas in die linke Hüfte biss.

Der Schmerz war sengend und heiß. Dag ignorierte ihn und rannte weiter, dem rettenden Stolleneingang entgegen – und im nächsten Moment zeigte der sich abermals veränderte Schall ihm an, dass sie die Mündung des Tunnels erreicht hatten. Hals über Kopf flüchteten sich die Gefährten hinein, während der Anführer der Zwerge oben auf der Brücke in wütendes Geschrei verfiel. Für einen kurzen Moment gönnten sich die Gefährten eine Rast. Hastig atmeten sie Luft in ihre brennenden Lungen.

»Wir haben Eidard verloren«, erstattete Ferghas Dag Bericht, »alle anderen sind unverletzt.«

»Verstanden«, bestätigte Dag, der eine Hand auf die Wunde presste. Er konnte das Blut fühlen, das durch die Waldläuferkleidung sickerte, aber er behielt es für sich. »Dann weiter!«

Im Laufschritt setzten sie ihren Weg fort – Ferghas und Dag an der Spitze, gefolgt von Henquist und dem Herzog, während Gladwyn die Nachhut bildete. Wohin sie liefen, wussten sie nicht, und es war im Grunde auch einerlei, nur fort von ihren Verfolgern. Vielleicht, dachte Dag, gelang es ihnen, durch einen anderen Lüftungsschacht zu entkommen, jedoch nur, wenn sie vorher nicht gefasst wurden.

»Wohin gehen wir? Wohin bringt ihr mich?«, ließ Dags Vater sich vernehmen. »Was hat das alles zu bedeuten?«

»Wir sind hier ... um Euch zu befreien ... Herr«, gab Henquist zwischen stoßweisen Atemzügen zurück.

»Befreien? Mich?«

Der Gedanke schien dem alten Osbert völlig abwegig zu sein, aber er widersprach nicht, sondern folgte seinen Befreiern – ein kleines, versprengtes Häufchen von Flüchtlingen, die nach einem Ausweg suchten. Wie Ratten auf einem sinkenden Schiff, dachte Dag unwillkürlich.

Ebenso verzweifelt.

Und womöglich auch ebenso aussichtslos.

Die Wunde, die die fremdartige Waffe gerissen hatte, schmerzte heftig, aber er schluckte es so gut wie möglich herunter. Sie folgten dem Stollen bis an sein Ende und bogen dann in einen Nebengang ab, dessen Beschreibung Dag vielversprechend erschien – nur um schon kurz darauf eine weitere hässliche Überraschung zu erleben.

»Eindringlinge! Fasst sie!«

Ein weiterer Trupp Zwergenkrieger tauchte plötzlich vor ihnen aus dem Halbdunkel des Stollens auf. Bewaffnet waren sie nicht mit jenen donnernden Eisenrohren, sondern traditionell mit Äxten. Doch auch sie schienen nicht gewillt, Menschen in den ehrwürdigen Hallen von Gorta Ruun zu dulden. Unter wildem Gebrüll setzten sie den Gefährten nach, die auf dem Absatz kehrtmachten und in die entgegengesetzte Richtung liefen, zurück zum Hauptstollen.

Im Laufen schickte Gladwyn ihnen einige Pfeile entgegen, die flirrend davonzuckten. Zwei davon fanden ihr Ziel, was die Zwerge auf Distanz hielt, ihren Zorn jedoch nur noch mehr anstachelte. Wenn die Gefährten ihnen in die Hände fielen, hatten sie keine Gnade zu erwarten.

Im Hauptgang bogen sie nach rechts ab – links mochten ihre anderen Verfolger lauern. Im Laufschritt ging es den Stollen hinab, doch die Zwerge blieben ihnen unerbittlich auf den Fersen, folgten ihnen durch eine weitere Reihe von Abzweigungen und sich windenden Tunneln. Die Gefährten rannten, bis ihre Beine schmerzten und ihre Lungen brannten und sie kaum noch weitergehen konnten. Obwohl sie die heiseren Stimmen ihrer Verfolger hinter sich hörten, blieb ihnen nichts anderes übrig, als für einen Moment zu verharren.

»Ich habe keine Pfeile mehr!«, meldete Gladwyn verzweifelt. »Ich kann sie nicht länger aufhalten.«

»Dann werde ich zurückbleiben und mich um sie kümmern«, schlug Ferghas vor. »Geht ohne mich weiter!«

»Nein!«, widersprach Dag. »Wir gehen alle oder keiner!«

»Sei kein Narr, Junge!«

»Ich will nicht noch jemanden verlieren!«, erklärte Dag trotzig, der sich vor Schmerz und Schwäche kaum noch auf den Beinen halten konnte.

»Diese Entscheidung liegt nicht bei dir!« Nicht Ferghas hatte das gesagt, sondern der Herzog selbst, und seine Stimme war dabei von seltener Klarheit.

»Vater?«

»Ich weiß, dass du alles getan hast, was möglich war«, sagte Osbert, und vor seinem geistigen Auge sah Dag ihn in diesem Moment nicht als um Jahre gealterten, dem Wahnsinn verfallenen Greis, sondern so, wie er ihn in Erinnerung hatte: erhaben und stolz, ein Ausbund an Entschlossenheit. »Geht weiter und lasst mich zurück.«

»Nein, Vater, wir …«

»Das ist ein Befehl, Junge«, beharrte der Herzog, in dessen Stimme plötzlich wieder jene unversöhnliche Härte mitschwang, die Dag einst so gefürchtet hatte. Doch zum ersten Mal hatte er das Gefühl, dass es dem Herzog dabei nicht um sich selbst ging, um seine Ehre, seinen Ruhm oder sein Nachleben.

Sondern um ihn.

Seinen Sohn.

»Wir brauchen dich, Vater«, beharrte Dag dennoch. »Ansun braucht dich, und die Hügelclans ebenfalls. Unter deiner Führung wollen sie sich vereinen und gegen die Zwerge kämpfen!«

»Sieh mich an, Sohn«, erwiderte der Herzog in erschreckender Nüchternheit. »In mir ist nichts übrig, das führen könnte. Auf dir … ruht die Hoffnung, Sohn. Mein legitimer Sohn, mein Erbe. Du bist die Zukunft!«

Dag wusste nicht, was er erwidern sollte. Gerne hätte er geglaubt, dass sein Vater bei Sinnen war, denn es waren Worte wie diese, nach denen er in all den Jahren gedürstet und die er doch nie vernommen hatte. »Aber ich bin nicht wie du, Vater …«, wollte er einwenden – doch Osbert ließ ihn nicht zu Wort kommen.

»Ich will, dass du lebst. Gehe nach Ansun zurück und hilf unseren Leuten. Führe sie in die Freiheit! Ich weiß, dass du das kannst!«

Dag gingen hundert Gedanken durch den Kopf.

Aber er schwieg.

»Ich hätte dir das früher sagen sollen, Sohn«, hauchte der Herzog, während die Schreie ihrer Verfolger immer lauter wurden. Jeden Augenblick würden sie hier sein. »Ich habe dich stets bewundert … für deine Visionen … und für deinen Idealismus. Ich bin nur ein Krieger, etwas anderes … kann ich nicht. Lass mich deshalb tun, was ich am besten kann.«

Ein metallisches Geräusch erklang, als ein Schwert aus einer Scheide gerissen wurde. »Herr, nicht!«, rief Henquist überrascht – Osberts Antwort war lautes, sich überschlagendes Gelächter, das den Wahnsinn wieder durchblicken ließ.

»Flieht!«, rief er ihnen mit lauter Stimme zu, dass es von den Felswänden widerhallte. »Und bleibt am Leben!«

»Vater!«, brüllte Dag, während sich die schleppenden Schritte des Herzogs bereits entfernten, dem Gebrüll der Verfolger entgegen.

»Vater!«, schrie er noch einmal, während ihn jemand packte und mitriss, und er stolperte und strauchelte davon, während er hören konnte, wie sich sein Vater den Zwergen entgegenwarf, gerüstet mit nichts als Lumpen und bewaffnet nur mit Henquists Schwert und dem Mut der Verzweiflung.

Metall traf mit hellem Klang auf Metall, und gellende Todesschreie waren zu hören, die sich in der Tiefe des Stollens verloren. Dag wollte nicht weiter, aber ihm war klar, dass er keine Wahl hatte. Er konnte seinem Vater nicht mehr helfen, sondern nur versuchen, sich selbst zu retten, so wie es der alte Osbert in jenem letzten Augenblick von Klarheit aufgegeben hatte.

Dass sein Vater sich geopfert hatte, dass ihre Mission, ihn zu befreien und zu den Clans zu bringen, kläglich gescheitert war, erfüllte Dag mit Bitterkeit. Ein Teil von ihm hätte am liebsten aufgegeben, hätte dem Schmerz und der Erschöpfung nachgegeben und sich den Zwergen ergeben. Doch ein anderer Teil rannte unbeirrt weiter, für seine Gefährten, für Aryanwen und für seine Tochter.

Der Tunnel führte leicht bergab, was ihnen das Laufen erleichterte, und bog dann um eine Kurve. Mehrere Nebengänge zweigten ab, von denen die Flüchtlinge den mittleren wählten – aber schon nach wenigen Schritten endete ihr verzweifelter Sturmlauf. Denn aus der Dunkelheit drang ihnen ein Schnauben entgegen, heiß und dampfend wie der Atem eines Drachen.

Aber es war keine lebende Kreatur, die die Gefährten hörten, sondern eine Maschine.

Unter Tausenden hätte Dag dieses Geräusch herausgekannt. Es war das todbringende Schnauben einer Kaldrone.

20

Den Rest der Nacht hatten sie in dem Kellerloch verbracht.

Bei näherer Betrachtung hatte es sich als sehr viel weniger geräumig erwiesen, als es zunächst erschienen war, und sie vermochten nicht einmal aufrecht darin zu stehen; mit angezogenen Beinen auf dem Boden kauernd, hatten die Orks ausgeharrt und gelauscht, hatten gewartet, dass die tödliche Kälte und das Rauschen der Schwingen zurückkehrten, aber nichts war geschehen. Und irgendwann waren das Menschenkind und Rammar eingeschlafen – das Kind leise vor sich hin gurrend, Rammar lauthals schnarchend, als gelte es, auch noch den Rest des Waldes von Trowna umzusägen. Nur Balbok war wach geblieben und hatte aufgepasst, das Kind in den langen Armen und den *saparak* auf den spitzen Knien.

Als der Morgen heraufdämmerte und ein viereckiges Stück orangefarbener Himmel über dem Kellerschacht zu sehen war, weckte Balbok seinen Bruder.

»Hä? Was ist?«, schreckte der aus dem Schlaf und glotzte Balbok mit großen Augen an. »Ich bin von uns beiden der König, damit du's nur weißt!«

»Morgen«, muhte Balbok. »Du hast wohl geträumt?«

»Geträumt? Ich?« Rammar schaute sich um. Erst jetzt schien ihm bewusst zu werden, wo – und vor allem auch in welcher Zeit – sie sich befanden. »Natürlich nicht, *umbal*. Ich habe ja nicht mal geschlafen!«

»Douk.« Balbok grinste. »Natürlich nicht.«

»Ist das Biest weg?« Rammar spähte misstrauisch nach oben.

»Ich denke schon.«

»Herrje. Das Denken überlass gefälligst mir, hast du verstanden? Und jetzt pack zusammen, ich will endlich raus aus diesem Loch.«

»Alannah auch«, meinte Balbok mit Blick auf das Menschenkind, das gerade erwachte. »Sie hat bestimmt Hunger, und irgendwo dort oben muss noch unsere Ziege stehen.«

»Wenn das Biest sie nicht gefressen hat«, versetzte Rammar schnaubend.

»Was das wohl gewesen ist?«

»Woher soll ich das wissen?«, raunzte Rammar. »Jetzt sieh endlich zu, dass du deinen faulen Hintern hochkriegst und sieh nach, ob die Luft draußen rein ist!«

»Warum ich?«

Rammar holte so scharf und tief Luft, als wollte er platzen. »Du sollst keine dämlichen Fragen stellen, sondern tun, was ich dir sage, *umbal*!«, donnerte er, seine ganze schwergewichtige Autorität in die Waagschale werfend.

»Korr«, erklärte sich Balbok einverstanden, »aber dann musst du den Menschling nehmen.«

»Als ob ich das nicht könnte. Werde ja wohl noch mit so einem kleinen hässlichen Milchgesicht fertig.« Mit gefletschten Zähnen nahm Rammar das zappelnde Bündel entgegen. Verdrießlich schaute er auf das Kind herab, dessen Erwiderung ein helles, entwaffnendes Lächeln war.

»Ich glaube, sie mag dich«, meinte Balbok.

»Pah, wenn schon – ich lege keinen Wert darauf, von Milchgesichtern gemocht zu werden. Schon gar nicht von welchen, die sich noch in die Hosen shnorshen. Und jetzt endlich rauf mit dir, du langes Elend, los!«

Balbok nickte bereitwillig. In gebückter Haltung schlich er zur Deckenöffnung, dann richtete er sich langsam auf und lugte vorsichtig hinaus.

»Und? Was siehst du?«, zischte Rammar.

»Eine Ziege.«

»Sonst nichts?«

»Sonst nichts.«

»Dann raus mit dir!«

Leichtfüßig stemmte sich Balbok hinauf und schlüpfte durch die Öffnung. Dann ließ er sich das Kind hinaufreichen, das er behutsam entgegennahm. Schließlich war Rammar selbst an der Reihe, der wiederum einige Hilfe brauchte, um die Kletterpartie zu bewältigen. Da er jedoch die ganze Nacht über nichts gegessen hatte, passierte er die Öffnung leichter als am Vorabend – was ihn wiederum daran erinnerte, dass er mächtigen Hunger hatte.

Sein begehrlicher Blick ging in Richtung der Ziege, und einen Moment lang fragte er sich, ob er der Versuchung nachgeben sollte. Im Hinblick auf das Kindergeschrei, das er dann wieder zu ertragen haben würde, entschied er sich aber dagegen.

»Nichts zu sehen«, meinte Balbok, den Blick auf den weiten Himmel gewandt, dessen rötliche Färbung allmählich wieder nachließ. Wolken zogen von Osten heran, es würde bald regnen. »Vielleicht kann das Ungeheuer uns ja nur bei Dunkelheit angreifen.«

»Hm«, machte Rammar nachdenklich. »Dann sollten wir uns bis zum Einbruch der Dunkelheit eine neue Zuflucht gesucht haben. Das Problem ist nur, dass es auf dem Weg zu den Hügellanden kaum eine Zuflucht gibt. Das ist schon zu unserer Zeit so gewesen, und durch den Krieg ist es sicher nicht besser geworden. Wir können also nicht so weitermachen.«

»Ich weiß, was du vorhast«, behauptete Balbok mit wütend verkniffener Miene. »Aber das kommt nicht infrage.«

»Wovon redest du?«

»Ich habe es dir schon gesagt«, erklärte der hagere Ork kategorisch, wobei er das Bündel in seinen Armen demonstrativ hochhielt. »Ich lasse den Menschling nicht zurück!«

»Wer hat denn etwas von Zurücklassen gesagt?«, bellte Rammar. »Wobei«, fügte er verdrießlich und etwas leiser hinzu, »es wahrscheinlich am besten wäre.«

»Aber Rammar! Alannah gehört zu uns, verstehst du das nicht? Vergiss nicht, dass wir längst tot wären, wenn sie uns nicht gewarnt hätte, als das Monstrum angriff.«

»Und du vergiss nicht, dass uns das Monstrum vermutlich gar nicht angegriffen hätte, wenn wir sie nicht mitschleppen würden«, konterte Rammar.

»Trotzdem ist sie jetzt eine von uns«, beharrte Balbok, und seiner grimmigen grünen Miene war anzusehen, dass er bereit war, notfalls auch mit der Waffe in der Hand für seine Überzeugung einzutreten.

»Ist ja schon gut, *umbal*«, wehrte Rammar ab, »ich hab ja gar nicht vor, das Balg zurückzulassen. Aber einfach weitermarschieren können wir auch nicht, sonst wird uns das Biest früher oder später schnappen.«

Balbok legte fragend den Kopf schief. »Was hast du vor?«

»Ich sage, gehen wir dorthin, wo es genügend Verstecke und dunkle Löcher gibt, um sich zu verkriechen – und wo wir beide uns so gut auskennen wie nirgendwo sonst.«

»Du meinst …«

»Korr«, knurrte Rammar. »Ich meine die Modermark.«

»Aber … die Modermark liegt in der entgegengesetzten Richtung, weit entfernt von den Hügellanden!«

»Das weiß ich auch, Halbhirn.«

Balbok machte große Augen. »Was wird Dag da sagen? Und was die Königin?«

»Das ist mir gleich«, versicherte Rammar mit einer wegwischenden Bewegung seines Dreizacks. »Offenbar gibt es ein paar Dinge, die sie uns mal wieder verschwiegen haben. Dieses Kind, die Flucht, die Schattenkreatur – das alles stinkt doch wie ein riesiger Haufen Trolldung! Nur weil die Milchgesichter mal wieder in Schwierigkeiten sind, sollen wir für sie die *bull'hai* aus dem Feuer holen. Aber nicht mit uns!« Der dicke Ork grinste breit. »Die wollen ein Spiel spielen? Schön, spielen wir, aber nach unseren Regeln. Wir nehmen das Kind mit in die Modermark, dort ist es einstweilen in Sicherheit.«

»In Sicherheit?« Balbok blickte zweifelnd. »Aber Rammar, die Modermark ist nicht mehr, was sie früher einmal war. Hast du vergessen, dass sie jetzt ›Gnomenmark‹ heißt?«

»Mit wem legst du dich lieber an?«, fragte Rammar dagegen. »Mit ein paar grünen Gnomen oder mit diesem Schattending?«

Balbok brauchte nicht lang zu überlegen.

Mit den Gnomen, zumal, wenn sie in Horden auftraten, war nicht zu spaßen, aber immerhin war keine Zauberei im Spiel. Und außerdem, dachte er bei sich, war die Gnomensülze aufgebraucht.

Unentschlossen, fast fragend blickte Balbok auf das kleine Mädchen – das in diesem Moment übers ganze Gesicht lächelte. Balbok nahm das als Bestätigung.

»Korr«, sagte er voller Überzeugung.

»Dann ist es entschieden«, sagte Rammar und blickte ebenfalls auf das Menschenkind, das noch immer lächelte.

Und für einen kurzen Moment lächelte der dicke Ork zurück.

21

Verdammtes metallenes Monstrum!«, brüllte Ferghas und machte Dag klar, dass sein Gehör ihn nicht getrogen hatte: Eine schwer gepanzerte Kaldrone stand dort vor ihnen im Tunnel und wartete nur darauf, sie mit ihren furchtbaren Äxten zu zerfleischen.

Ihre Flucht war zu Ende!

Hinter ihnen waren ihre Verfolger, vor ihnen die stählerne Mordmaschine – es war vorbei.

Instinktiv wichen die Gefährten vor dem schnaubenden Monstrum zurück, jedoch nur einige Schritte – denn von hinter ihnen drang das wütende Gebrüll der Zwergenkrieger, die im nächsten Moment auch schon um die Biegung kamen, bereit und willens, die Eindringlinge niederzumetzeln.

»Aye«, knurrte Ferghas, »diese Hundesöhne sollen nicht denken, dass sie leichtes Spiel mit uns hätten. Wir werden unsere Haut so teuer wie möglich verkaufen.«

»E-es tut mir leid«, stammelte Dag, der nur daran denken konnte, dass dies seine Schuld war.

Es war sein Vater gewesen, den sie hatten befreien wollen.

Seine Entscheidung, die sie hierher geführt hatte.

Sein Versagen …

»Du musst dich nicht entschuldigen, Junge«, versicherte der Clansmann, »denn du wirst ebenso sterben wie wir. Du hast getan, was du konntest.«

Dag zog seinen Dolch, wissend, dass er damit keine Chance haben würde, gegen welchen Gegner auch immer. Der Sieg über Ferghas war etwas anderes gewesen, ein glücklicher Zufall, bei dem er zudem Hilfe gehabt hatte – in einem tatsächlichen Kampf Mann gegen Mann würde er keine drei Herzschläge lang überleben.

Dag fragte sich, ob es das gewesen war, was Dwethan gewollt hatte. Ob er ihn dafür aus jenem Loch im Wald gezogen hatte, in das er sich so tief verkrochen hatte, und plötzlich war ihm, als könnte er die Stimme des Alten hören. Aus der Vergangenheit drang sie zu ihm, direkt an sein Ohr. *Sieh mit deinem Herzen, deinem Verstand und deinen übrigen Sinnen …*

Dag konzentrierte sich, mehr konnte er nicht tun, es war der einzige Beitrag, den er zu leisten vermochte. In den Schreien der heranstürmenden Zwerge konnte er ihren Hass auf die Menschen hören und ihre unbändige Wut, ihren Willen zur Zerstörung. Und in dem beißenden, nach Feuer und Schwefel riechenden Dampf, der aus den Gelenken der Kaldrone zischte, roch er ihre widernatürliche Herkunft und ihre unbändige, verderbliche Kraft …

Plötzlich glaubte er, etwas wahrzunehmen, das über den bloßen Eindruck seiner Sinne hinausging! Ein Bild, das sich vor seinem inneren Auge formte …

»Nein!«, rief er, einer spontanen Eingebung gehorchend. »Kämpft nicht!«

»Was?«, schrie Ferghas gegen das Geschrei der Zwergenkrieger an.

»Aus dem Weg!«, brüllte Dag, während er zur Stollenwand stürzte. »Bringt euch in Sicherheit!«

Er vermochte nicht zu überprüfen, ob seine Gefährten seiner Aufforderung Folge leisteten. Er hatte die Stollenwand noch nicht ganz erreicht, als sich die Kaldrone bereits schnaubend und mit metallischem Klirren in Bewegung setzte und den herannahenden Zwergen entgegenstampfte. Was dann zu hören war, war reines Grauen.

Kein Kampf.

Sondern ein Massaker.

Die heranstürmenden Zwerge begriffen nicht, was die Stunde geschlagen hatte. Als sie die Kaldrone gewahrten, deren bedrohliche Formen sich vor ihnen aus dem Halbdunkel schälten, ging ihr wütendes Gebrüll in Jubelgeschrei über, weil sie die Flüchtlinge nun sicher in der Falle glaubten. Dass die Kaldrone die Menschen ignorierte und an ihnen vorbeistampfte, bekamen die Zwerge in ihrer Aufregung nicht mit – erst, als eine der beiden riesigen Äxte herabfiel und gleich mehrere von ihnen erschlug, dämmerte ihnen, dass die Dinge nicht so waren, wie es den Anschein gehabt hatte.

Dag konnte nur mutmaßen, was im Stollen vor sich ging. Er hatte Kaldronen in Aktion erlebt und wusste, welch schrecklichen Schaden sie anrichten konnten. Der ungleiche Kampf zwischen dem Kampfkoloss und den Zwergen währte nur Augenblicke. Die Freude der Krieger war purem Entsetzen gewichen, ihre Schreie voller Unverständnis darüber, dass ihre eigene Schöpfung sich ganz offenbar gegen sie gerichtet hatte. Und nach und nach verstummte ihr Geschrei.

Das Letzte, das zu hören war, waren die sich rasch entfernenden Schritte eines Zwergs, der das Massaker überlebt hatte und sein Heil in der Flucht suchen wollte.

Die Kaldrone machte mehrere klirrende Schritte.

Dann war die Flucht des Zwergs zu Ende.

»Bei den Herren der Pferde«, stieß Ferghas hervor, der Dags jähem Rat offenbar gefolgt war und sich rechtzeitig in Sicherheit gebracht hatte, ebenso wie Gladwyn und Henquist. »Was war das gerade?«

»I-ich weiß nicht«, gab Gladwyn verunsichert zurück.

Sie alle standen fassungslos, während die Kaldrone kehrtmachte und zu ihnen zurückstampfte. Dag schauderte bei dem Gedanken, dass der Gang mit den Körpern Dutzender lebloser Zwerge übersät war, die der Koloss unter seinen metallenen Füßen zermalmte. Mit einem heiseren Zischen kam die Kaldrone unmittelbar vor ihnen zum Stehen.

»Aye«, knurrte Ferghas, »und was jetzt? Willst du uns auch erschlagen, du hässliches stählernes Monstrum?«

Ein endlos scheinender Augenblick verging.

»Willkommen in Gorta Ruun, Fremde«, schnarrte es dann metallisch aus dem Inneren des Kolosses.

Und mit hellem Zischen öffnete sich das Visier der Kampfmaschine.

22

Im Schutz der Dunkelheit waren sie nach Smerada gelangt – nicht auf offiziellem Weg durch eines der Stadttore, die sich den von Westen und Norden kommenden Handelsstraßen öffneten, sondern geradewegs über die zinnengekrönte Mauer.

Es war das erste Mal, dass Alured in Smerada weilte, und soweit er es beurteilen konnte, wurde die Stadt nicht von ungefähr die Perle der Ostsee genannt. Die Bauweise der Häuser mit ihren geschwungenen Bögen und kuppelförmigen Dächern ließ den Einfluss des Südreichs erkennen, mit dem Smerada enge Handelsbeziehungen unterhielt; auch die exotischen Düfte, die durch die Straßen und Gassen zogen, ließen an ferne Städte und Länder denken, ebenso wie die Klänge, die aus den Tavernen und Gasthäusern drangen, die immer zahlreicher wurden, je näher man dem Hafenviertel kam.

Den Krieg mit dem Zwergenreich hatte Smerada, das niemals direkt angegriffen worden war, weitgehend unbeschadet überstanden; obschon die Stadt eigentlich zum Reich Tirgaslan gehörte, hatte es der ihr vorstehende Handelsmagistrat verstanden, sie in einem Zustand weitgehender Neutralität zu halten, und da König Tandelor auf das Wohlwollen Smeradas angewiesen war und die Nachschublieferungen aus dem Osten und Süden Erdwelts dringend benötigt hatte, hatte er dagegen auch nichts unternehmen können. Als einzige Stadt des Reiches war Smerada nicht von feindlichen Truppen besetzt und mit einer Zwergengarnison bedacht worden – der Magistrat hatte seine Treue zu Winmar auch so glaubhaft genug belegen können. Wie weit diese Treue jedoch tatsächlich ging, wurde Alured erst ganz allmählich klar.

In einer gewöhnlichen Nacht wäre es schlicht unmöglich gewesen, an einem Seil die Mauer zu überklettern wie ein gemeiner Dieb – Smerada wusste um seinen Reichtum und war entsprechend gut bewacht. Doch die Ankunft der Zwerge hatte die Stadt in einen Ausnahmezustand versetzt. Nicht nur, dass die Stadt aus allen Nähten zu platzen schien, dass die Hauptstraßen zum Hafen verstopft waren und allenthalben vom Wiehern der Pferde und vom Schnauben der Kaldronen widerhallten; die Tavernen quollen auch über vor fremden Besuchern, und Alured nahm an, dass es sich viele Krieger aus Winmars Gefolge auch nicht nehmen lassen würden, in den Bordellen einzukehren, die sich im Hafenviertel beinahe endlos aneinanderreihten.

Was Winmars Schergen in Smerada trieben, war Alured und Catriona jedoch ziemlich gleichgültig – sie hatten nur Augen für den Tross der mit dem Königsemblem versehenen Panzerwagen. Auf der Suche nach einem Weg ins Innere der Stadt hatten sie ihn zunächst aus dem Auge verloren. Jedoch brauchten sie nur in die Richtung zu gehen, in der die Geräusche der Kaldronen am lautesten waren, um die königlichen Wagen rasch wiederzufinden.

Obwohl Alured noch nie in Smerada gewesen war, hatte er keine Schwierigkeiten, sich zurechtzufinden. Anders als viele Städte des Reiches, die im Lauf von Jahrtausenden gewachsen waren, war Smerada erst wenige Hundert Jahre alt und nicht wild gewuchert wie Tirgaslan oder Andaril, sondern von Baumeistern geplant worden. Der Grundriss glich der Form eines halbierten Rades: Der Hafen bildete die Nabe, auf die alle Hauptstraßen wie Speichen zuliefen; die Fahrtrinnen der sanft abfallenden Straßen waren mit großen Steinquadern gepflastert, sodass sie auch den schweren Panzerwagen sicheren Halt boten; dazwischen waren rostige Eisengitter verlegt, durch die ein leises Plätschern nach oben drang. Smerada verfügte über eine eigene Kanalisation, die das Abwasser aus den Straßen entfernte und ins Meer beförderte – auch dies eine Erfindung des Südens, die ihren Weg hierher gefunden hatte und um die viele andere Städte Smerada beneideten. In Andaril zum Beispiel wurde der Unrat wie seit Jahrhunderten auf die Gassen gekippt und sorgte vor allem in den Sommermonaten für unerträglichen Gestank.

Doch die etwa zwei Ellen breiten und fast mannshohen Rinnen, die unter den Straßen Smeradas verliefen, bargen noch einen weiteren Vorteil – man konnte sich auch ungesehen darin fortbewegen.

Als Catriona vorgeschlagen hatte, kurzerhand eines der Gitter anzuheben und hinabzuklettern, hatte Alured zunächst kategorisch den Kopf geschüttelt – der Gedanke, durch ein enges, stinkendes Labyrinth zu schleichen, hatte ihm ganz und gar nicht behagt. Schließlich hatte er jedoch eingewilligt. Die Vorteile überwogen die Nachteile bei Weitem. Jedenfalls solange der Feind nicht auf den Gedanken kam, in der Kanalisation nach Spionen zu suchen.

So lautlos wie möglich bewegten sie sich vorwärts, zusammen mit den Ratten, die in den engen Schächten hausten und von dem, was die Menschen übrig ließen, prächtig und zahlreich zu gedeihen schienen. Oben auf der Straße rumpelten die gepanzerten Wagen, teils von Tieren, teils von Kaldronen gezogen und von bis an die Zähne bewaffneten Zwergenkriegern begleitet. Alured und Catriona folgten ihnen die Straße hinab zum Hafen, und je näher sie dem Ufer kamen, desto unerträglicher wurde der Gestank von Fäulnis und Exkrementen, der sich mit dem von Salzwasser und verwesendem Fisch vermischte.

»Mir wird übel«, flüsterte Alured, während er durch die knietiefe braune Kloake watete, die mit dumpfem Plätschern um seine Beine spülte, während sich zu beiden Seiten auf den Vorsprüngen gelbäugiges Getier mit langen, wurmgleichen Schwänzen drängte.

»Hör auf, dich zu beschweren«, ermahnte Catriona ihn, die die Führung übernommen hatte und einige Schritte vorausging. »Bist du ein Krieger oder ein Kakerlak?«

»Ein Krieger, bedauerlicherweise«, gab Alured zurück. »Eine Kalerlake würde sich an diesem Ort bedeutend wohler fühlen.«

Wieder wälzte sich ein Panzerwagen über sie hinweg. Das fahle, durch die Eisengitter in schmale Streifen geschnittene Mondlicht flackerte, das Rumpeln der Räder und das Stampfen der Kaldrone wurden unerträglich laut.

»Was hat Winmar vor?«, fragte Alured zum ungezählten Mal.

»Wir werden es herausfinden«, war Catriona überzeugt. »Am Ende dieses Kanals wartet die Antwort.«

»Ja«, fügte Alured verdrießlich hinzu, der als herzoglicher Kämpfer schon vieles durchgemacht hatte, sich jedoch nicht erinnern konnte, jemals zuvor so tief gesunken zu sein. »Und hoffentlich auch ein erfrischendes Bad.«

»Für einen Mann bist du ziemlich verweichlicht.«

»Und du ziemlich hart im Nehmen für eine Frau.«

»Danke sehr.«

Sie blickte über die Schulter, ein Grinsen in ihrem schmutzigen Gesicht – und er fragte sich, was Lord Anghas verbrochen haben mochte, dass ihn das Schicksal mit einer Tochter geschlagen hatte, die ebenso schön war wie kratzbürstig.

Seine Lippen formten eine lautlose Verwünschung, während er weiterging, langsam, um nicht noch mehr Ungeziefer aufzuschrecken. Da hörten sie das Rauschen.

»Die Mündung zum Meer«, war Catriona überzeugt. »Es kann nicht mehr weit sein.«

Alured atmete innerlich auf. Es gefiel ihm nicht, wie eine Ratte durch die Kanäle zu kriechen, lieber hätte er sich dem Feind zum offenen Kampf gestellt. Aber natürlich war ihm klar, dass dies ziemlich dämlich gewesen wäre. Was sie brauchten, waren Informationen und kein glorreicher Heldentod, den noch nicht einmal jemand besingen würde, weil kein Schwein es mitbekäme, wenn die Kaldronen ihn in Stücke hackten und an die Ratten verfütterten. So blieb ihm also nur, sich an den Plan zu halten und seiner Gefährtin durch das stinkende Labyrinth zu folgen, in der Hoffnung, dass sie dadurch endlich Antworten erhalten würden.

Catriona hatte sich nicht geirrt.

Der Kanal verflachte zusehends und endete schließlich in einem großen Becken, in dem unter einigem Getöse auch die anderen Abwasserleitungen zusammenflossen. Eine große Röhre führte aus der Kaverne weiter zum Meer, unmittelbar darüber lag der Kai. Und wo immer man durch eiserne Gitter nach oben spähen konnte, waren gepanzerte Wagen zu sehen, die auf ihre Einschiffung warteten.

»Wir müssen wissen, was dort oben los ist«, meine Catriona. Prüfend sah sie sich nach einer geeigneten Stelle um, wählte ein Gitter, das sich unmittelbar unter einem zum Halt gekommenen Wagen befand. »Hier«, flüsterte sie.

Durch das hier fast hüfthohe Wasser watete Alured zu ihr. Seine Beinkleider hatten sich vollgesogen, nun war die stinkende Nässe bereits dabei, seinen Rock hinaufzukriechen. Doch den Gestank und die klamme Kälte nahm Alured kaum noch wahr. Seine ganze Aufmerksamkeit galt jetzt ihrer Mission.

Catriona deutete nach oben. Noch einen Moment lang warteten sie, vergewisserten sich, dass der Wagen nicht weiterfuhr. Dann packte Alured das Gitter und drückte es nach oben.

Einige Kraft war dazu nötig – Regen und Wind hatten Sand in die Fugen gespült, und die Sonne hatte ihn festgebacken, sodass sich das Gitter zunächst nicht lösen wollte. Dann jedoch bewegte es sich plötzlich. Alured hob es ein Stück weit an, richtete sich zu seiner vollen Größe auf und spähte dann vorsichtig nach draußen.

Der Anblick war gespenstisch.

Sie befanden sich tatsächlich am Hafen, inmitten der gepflasterten Fläche, die sich zwischen der Kaimauer und den Gebäuden des Hafenviertels erstreckte. An gewöhnlichen Tagen mochten Händler hier ihre Waren feilbieten, jetzt war der Platz von Bewaffneten umgeben. Jeweils fünf Zwerge standen Axt an Axt, dann eine Kaldrone, die sich wie ein Wachturm in einer Mauer erhob, und so ging es weiter. Lediglich zur See hin, wo sich die Kais mit den vor Anker liegenden Schiffen befanden, war die Reihe unterbrochen – dafür waren hier Hunderte von Arbeitern damit beschäftigt, die Wagen, die Kaldronen und alles andere auf die Schiffe zu verladen. Über breite Laderampen wurden gepanzerte Karren emporgehievt, gelangten unruhig wiehernde Pferde ebenso an Bord wie kalt schnaubende Kaldronen.

Die Betriebsamkeit, die allenthalben herrschte, erinnerte Alured an das Drängen und Wimmeln der Ratten in den Kanälen. Auch die Zwerge erweckten den Eindruck, nicht wirklich Herr ihrer selbst, sondern einem fremden Willen unterworfen zu sein – so wie die Ratten ihrem Drang zum Überleben folgten, folgten die Zwerge ihrem König. Unermüdlich entluden sie ein um das andere Gefährt und verstauten die Ladung an Bord der Schiffe – keine leichten Handelssegler, wie sie normalerweise die Ostsee befuhren, um die starken Küstenwinde zu nutzen, sondern schwere Zwergengaleeren, die von Sklaven – vermutlich Menschen oder desertierte Ork-Söldner – gerudert wurden.

Von seinem Versteck aus konnte Alured erkennen, wie sich die Rümpfe der Schiffe immer tiefer ins Wasser senkten. Offenbar wurden die Galeeren bis zur Grenze ihrer Belastbarkeit beladen, und das nach einem genau festgelegten Plan. Unter den Blicken gestrenger Aufseher wanden sich endlos scheinende Kolonnen von Trägern zu den Schiffen und beluden sie mit Kisten, Fässern und anderem Material, bewacht von schwer bewaffneten Zwergenkriegern. Andere Zwerge unterdessen, die ihren vornehmen Gewändern zufolge dem Hofstaat angehörten, führten mit peinlicher Genauigkeit Buch; mit einer Akribie, wie sie wohl nur Zwerge aufzubringen vermochten, schien jeder einzelne Gegenstand, jeder Karren, jede Kiste und jedes Fass verzeichnet zu werden, fast wie bei einem Handelsschiff – mit dem Unterschied, dass hier schwere Kriegsschiffe beladen wurden und die Ladung ganz sicher nicht zum Verkauf stand.

»Was mag das nur bedeuten?«, fragte Catriona flüsternd, die sich zu Alured gesellt hatte und ebenfalls nach draußen spähte. Solange der Wagen über dem Gitter stand, brauchten sie wohl keine Entdeckung zu fürchten, zu geschäftig war das Treiben ringsumher. »Es stimmt also, Winmar und die Seinen stechen in See – aber mit welchem Ziel?«

»Ich weiß es nicht«, gab Alured grimmig zurück. »Aber wenn ich eines gelernt habe, dann dass Zwerge nie etwas ohne Grund tun. Ihre geringe Körpergröße und ihre Lebensweise unter Tage haben sie gelehrt, bei allem, was sie tun, möglichst effektiv zu sein. Wenn sie also solchen Aufwand betreiben, muss es sich um etwas sehr Wichtiges handeln.«

»Ich habe wenigstens dreißig Galeeren gezählt. Wenn wir nur wüssten, wohin all diese Schiffe fahren.«

»Das werden wir herausfinden, keine Sorge«, versicherte Alured, der insgeheim einen Entschluss gefasst hatte. »Ich werde mich an Bord eines der Schiffe schleichen.«

»Nein!«, stieß Catriona hervor, ihr Entsetzen war ehrlich. »Wenn sie dich finden …«

»Nur so bekommen wir Antworten auf unsere Fragen«, wandte Alured ein.

»Es muss auch noch einen anderen Weg geben! Wir könnten auch einen dieser kleinen Bastarde schnappen und …«

»Und was? Glaubst du, Winmar weiht jeden seiner Schranzen in seine Pläne ein? Diese Zwerge dort draußen sind seine Sklaven, Catriona, so wie wir alle. Wenn wir herausfinden wollen, was er tatsächlich plant, muss ich mich an Bord stehlen und mich mit ihm auf die Reise begeben, wohin auch immer sie führt.«

»Dann begleite ich dich«, entschied die junge Frau.

»Nein«, wehrte Alured ab. »Du musst zurückkehren und deinem Vater berichten, was hier geschehen ist. Wenn ich entdeckt werde und nicht zurückkehre, so muss er dennoch von diesen Dingen erfahren.«

»Aber …«

»Ich sage das nicht, weil du eine Frau bist, Catriona, oder weil ich es dir nicht zutraute. Der Weg zurück zum Roten Turm ist weit und voller Gefahren, und du wirst all dein kriegerisches Geschick benötigen, um zu überleben. Ich wünschte, ich könnte dich begleiten. Aber unsere Wege trennen sich hier. Für den Clan – und für Ansun.«

Sie blickte zu ihm auf, und zum ersten Mal konnte er etwas wie Unsicherheit in ihren dunklen, sonst so entschlossen blickenden Augen erkennen. »Ich war noch nie allein dort draußen«, flüsterte sie.

»Für jeden Krieger kommt der Tag, da er sich bewähren muss«, entgegnete Alured leise. »Und du bist eine Kriegerin,

Catriona, das hast du mehrfach bewiesen. Du hast keinen Grund, an dir zu zweifeln, ebenso wenig wie ich.«

Die Unsicherheit wich, ein Lächeln huschte gar über ihre Züge. »Ich danke dir.«

»Da gibt es nichts zu danken«, erwiderte er. »Kehre auf dem selben Weg zurück, auf dem wir gekommen sind, und dann geh nach Norden. Sollte ich nicht zurückkehren, so richte Dag aus, dass ...« Er zögerte einen Moment. »Dass ich jetzt bei meiner Familie bin und er meinetwegen nicht trauern soll.«

»Das werde ich«, erwiderte sie. Das Lächeln war aus ihrem Gesicht verschwunden. »Viel Glück, Alured.«

»Das wünsche ich dir auch«, erwiderte er. Dann schickte er sich an, das Gitter beiseitezuschieben, um aus dem Schacht zu klettern.

»Einen Moment noch«, bat sie.

»Ja?«

»In jener Nacht im Wald ... Ich weiß nicht, was in mich gefahren war, warum ich dieses Bad genommen habe ... Vielleicht hatte ich das Versteckspiel satt ... vielleicht wollte ein Teil von mir, dass du ... ich meine ...«

Er sah sie an, und ihre Blicke begegneten einander für einen Augenblick, in dem es ringsum keine Bedrohung und keinen Feind zu geben schien. Alured beugte sich zu ihr hinab und küsste sie auf den Mund – und es war nicht die Sorte Kuss, mit der sich gute Freunde voneinander zu verabschieden pflegen.

Ihre Gesichter schwebten voreinander und sahen einander an, und dann begegneten sich ihre Lippen noch einmal, länger und inniger diesmal, ehe die Süße des Augenblicks wieder der bitteren Wirklichkeit wich.

»Leb wohl«, flüsterte Alured.

»Leb wohl«, erwiderte sie. Tränen lösten sich aus ihren Augen und hinterließen gezackte Spuren in ihrem Gesicht.

Alured war klar, dass ihm der Abschied mit jedem Augenblick, den er länger blieb, schwerer fallen würde, also biss er die Zähne zusammen und gab sich einen Ruck. Er stieß das Gitter nach oben und schob es so weit zur Seite, dass die Öffnung groß genug für ihn war. Dann wartete er, bis sich der Wagen über ihm in Bewegung setzte, und griff beherzt zu.

Indem er sich an die hintere Achse klammerte, ließ er sich von dem Wagen aus dem Schacht ziehen. Kaum war er draußen, zog er sich so empor, dass er wie ein Insekt an der Unterseite des Gefährts klebte und zusammen mit ihm in Richtung des nächsten Schiffes rumpelte.

Das Letzte, was er von Catriona sah, waren ihre Hände, die das Gitter wieder in die Vertiefung zogen.

Von nun an waren sie beide wieder allein.

23

Die Engwacht war ein trutziges Bauwerk.

Am südlichsten Punkt von Olfar gelegen, von wo man bei klarer Sicht bis zum Festland sehen konnte, geschützt von den steilen Klippen, die die Insel umliefen, war die Burg in den alten Tagen errichtet worden, um den Angriffen von Piraten zu trotzen. Hoch über den Klippen thronend, gegen die der Ostwind schäumende Wogen warf, war die Burg über Jahrhunderte hinweg ein Symbol der Macht und Größe Tirgaslans gewesen. Der steinerne Mauerring, der die Festung umgab und nach Süden hin nahtlos in den lotrecht abfallenden Fels der Klippen überging, war noch immer erhalten, ebenso wie die Türme, die sich innerhalb der Ummauerung erhoben. Doch der Wind und das Salz hatten dem schwarzgrauen Gestein arg zugesetzt, sodass es sich in ähnlich schäbigem Zustand befand wie das Reich selbst. Dass sich unterhalb der Feste ein von steilen Klippen geschützter Hafen befand, der ungleich besser erhalten war und Schiffen eine sichere Bleibe bot, hätte man dabei leicht übersehen können. Doch genau in diesem Hafen lagen jene Schiffe zum Auslaufen bereit, die dem Lauf der Geschichte Erdwelts eine neue Wendung geben sollten.

Auf dem höchsten Turm der Engwacht stehend, die Kapuze seines Mantels hochgeschlagen, um sich vor dem pfeifenden Ostwind zu schützen, stand Vigor und blickte hinaus auf die weite, schiefergraue Fläche der See, über der weißer Morgennebel lag.

So friedlich und still, wie die Ostsee sich zeigte, war es schwer vorstellbar, dass sie der Schauplatz sein sollte, an dem sich alles entschied. Doch ehe sich dieser Tag dem Ende neigte, würde sie eine der bedeutungsvollsten Schlachten in der Geschichte Erdwelts gesehen haben – und wenn die Sonne unterging, würde Winmar von Ruuns Kopf auf einem Speer stecken und er, Vigor, würde die Zwergenkrone auf seiner Stirn tragen.

Vigor schloss die Augen, berauschte sich für einen Moment an der Vorstellung, König zu sein, so wie er es immer tat, wenn ihn Zweifel oder gar Skrupel zu überkommen drohten.

Gewiss, er hatte sein Leben in den Dienst des Zwergenreichs gestellt und seinem Herrscher Treue geschworen. Aber er war es nicht gewesen, der mit den Traditionen gebrochen und das Volk verraten hatte. Was er tat, tat er nur, um die Ehre der Zwerge wiederherzustellen. Vigor bezweifelte, dass seine Herrschaft milder als jene Winmars sein würde – regieren, so lautete seine Überzeugung, konnte nur, wer gefürchtet wurde. Aber anders als Winmar würde er die Traditionen nicht mit Füßen treten, würde er seinen Herrschersitz nicht in ein fernes Land verlegen, nur weil es seiner Eitelkeit schmeichelte. Und was die Alchemisten betraf, so würde er sie alle verhaften und in den Kerker werfen lassen, und es würde ihm ein Vergnügen sein, Ansgar und seinen verschlagenen Gesellen jedes einzelne ihrer Geheimnisse in der Folterkammer abzupressen …

»Nun?«

Lavan, der ebenfalls auf den Turm gestiegen war, trat zu ihm. Vor wenigen Tagen erst hatten sie Tirgaslan in Begleitung einer kleinen Streitmacht verlassen und waren nach Olfar übergesetzt. Noch bis zum Vortag hatte das Axtsymbol des Zwergenkönigs über dem höchsten Turm der Engwacht geprangt – nun bauschte sich das Königsbanner von Tirgaslan dort im Wind, gleich neben einem hölzernen Spieß, auf dem der Kopf des Burgherren steckte. Lavan selbst hatte ihn seinerzeit mit der Engwacht als Lehen bedacht, doch wie alle Ritter des Reiches hatte auch er seinen Schwur nicht auf die Krone von Tirgaslan, sondern auf die Person König Winmars geleistet. Folgerichtig hatte der Burgherr Lavan den Zugang zum Hafen verwehren wollen – und Lavan hatte ihn kurzerhand seines Amtes enthoben.

»Nun was?«, fragte Vigor dagegen.

»Seid Ihr nervös?«

»Gespannt«, verbesserte der Zwerg und strich sich über den roten Bart. »Tage, die den Beginn eines alten und den Anfang eines neuen Zeitalters markieren, kommen nicht oft vor in der Geschichte. Wir sollten uns glücklich schätzen, sie mitzuerleben.«

»Wenn Ihr es so halten wollt.« Aus dem Augenwinkel nahm Vigor Lavans tadelnden Seitenblick wahr, aber er reagierte nicht darauf. »Ich werde mich erst dann glücklich schätzen, wenn dieser Tag vorüber ist und Winmar und seine Flotte auf dem Grund der See liegen.«

»Keine Sorge«, versicherte Vigor und blickte zu seinem ungleichen Verbündeten auf. Ein wenig befremdet stellte er fest, dass Lavan eine aufwendig gearbeitete Plattenrüstung trug, deren prunkvoller Harnisch im fahlen Licht schimmerte. Den dazugehörigen, nicht weniger aufwendigen Visierhelm trug er unter dem Arm. Der Anblick hatte etwas Lächerliches. Nicht nur, weil sich die Eitelkeit des feisten Königs von Tirgaslan auch auf sein Rüstzeug zu beziehen schien, sondern auch, weil Harnisch und Helm wie eine Verkleidung an ihm wirkten.

»Was habt Ihr?«, fragte Lavan, der das Befremden in Vigors Zügen richtig zu deuten schien. »Habt Ihr noch nie einen König gesehen, der in die Schlacht zieht?«

»Schon manche«, versicherte Vigor. »Aber noch keinen, der dabei so großartig aussah.«

Wenn Lavan die Ironie erfasste, so ließ er es sich nicht anmerken. Ein verlegenes Lächeln wischte über seine bleichen Züge, dann nickte er entschlossen. »Es sei also«, sagte er, wohl in Ermangelung von etwas wirklich Bedeutsamem. »Dies ist der Tag der Entscheidung.«

»Sind die Vorbereitungen abgeschlossen?«, wollte Vigor wissen.

»In Kürze«, bestätigte Lavan.

»Wie viele Schiffe?«

»Fünfundzwanzig leichte Segler, jeder davon mit zehn Seeleuten und vierzig Soldaten bemannt.«

Vigor nickte. Eintausend Kämpfer – die Zahl hörte sich gut an, auch wenn es im Vergleich zu dem, was Winmar aufbieten würde, um seine Person und sein Hab und Gut zu schützen, verschwindend wenig war. Von den Kaldronen ganz zu schweigen. Alles musste rasch vonstatten gehen. Wenn Winmars Leute Gelegenheit erhielten, die Angreifer mit ihren Katapulten unter Beschuss zu nehmen, würde der Kampf zu Ende sein, noch ehe er richtig begonnen hatte.

»Habt Ihr Nachricht von Eurem Weib?«, fragte Vigor nach.

»Noch nicht«, gab Lavan zähneknirschend zurück. »Aber ich werde sie finden, das schwöre ich Euch. Und dann wird diese falsche Schlange sich vor mir verantworten müssen. Alle werden sich vor mir verantworten müssen.«

Vigor lachte in sich hinein. Erst spät war ihm klar geworden, dass die widerspenstige Königin ihm mit ihrer Flucht einen Gefallen getan hatte. Denn zum einen hatte sie dadurch indirekt bestätigt, was Vigor bis dahin nur vermutet hatte – nämlich dass in Wirklichkeit nicht Lavan, sondern ein anderer Mann der Vater ihres Kindes war. Zum anderen hatte ihr gehörnter Ehemann dadurch das Gefühl bekommen, Opfer einer Verschwörung zu sein, in die nicht nur sein Weib, sondern auch König Winmar verwickelt war, und wie ein Tier, das sich in die Enge gedrängt sah und nichts mehr zu verlieren hatte, war er endlich bereit zuzubeißen.

»Habt Ihr Euren Leuten den Schlachtplan eingeschärft?«, wechselte Vigor das Thema.

»Natürlich. Im Schutz des Morgennebels werden wir uns an Winmars Flotte heranpirschen und sie in drei Gruppen angreifen. Jeweils acht Schiffe werden von Norden und Süden attackieren und die Formation der Galeeren sprengen. Der Hauptvorstoß wird jedoch in der Mitte erfolgen, wo wir Winmars Schiff vermuten. Meine Männer werden versuchen, Eure Landsleute in Nahkämpfe zu verwickeln, sodass sie ihre Katapulte nicht einsetzen können, ohne Gefahr zu laufen, sich dabei selbst zu vernichten.«

»Da Eure Schiffe schneller und wendiger sind als Winmars Galeeren, werden wir keine Schwierigkeit haben, sie auszumanövrieren und so an das Flaggschiff heranzukommen«, führte Vigor den Plan, den er selbst entwickelt hatte, weiter aus. »Wir werden längsseits gehen und das Schiff des Königs entern …«

»… und dann werde ich ihm eigenhändig das verräterische Haupt von den Schultern trennen«, fiel Lavan ihm ins Wort.

»Diese Gunst will ich Euch gerne überlassen«, versicherte Vigor grinsend und deutete an der blutigen Stange empor. »Ihr hattet ja bereits Gelegenheit zu üben.«

In diesem Moment erschien ein Offizier im Harnisch der königlichen Seestreitmacht auf der Turmplattform. Zu seiner leichten Rüstung trug er einen Helm, dessen eiserne Krempe an Stirn und Nacken hochgezogen war. Ein blauer Federbusch prangte darauf. »Mein König«, schnarrte er und verbeugte sich. »Die Flotte ist bereit zum Auslaufen. Die Kapitäne erwarten Euren Befehl.«

»Sehr gut.« Lavan nickte herrisch. Dann wandte er sich Vigor zu, und sie tauschten einen langen Blick.

»Seid Ihr bereit?«, fragte der Zwerg. »Für Ruhm, Ehre und mehr Reichtum, als Ihr Euch vorstellen könnt?«

»Das bin ich.« Lavan grinste.

Dann setzten sie beide ihre Helme auf und verließen den höchsten Turm der Engwacht, folgten dem Offizier über die lange Treppe hinab zum Hafen, wo die Segler bereitstanden.

Die Stunde der Entscheidung war gekommen.

24

Der Anblick war ernüchternd.

Wann immer sich das Visier einer Kaldrone hob und einen Blick in das Innere gewährte, verflog der Eindruck einer alles vernichtenden, unbesiegbaren Kampfmaschine. Denn bei aller Mechanik, die in den kugelförmigen Kolossen steckte, und bei all den Dämpfen, die mit furchterregendem Zischen aus ihren Ventilen wichen – im Kern einer jeden Kaldrone saß ein Zwergenkrieger, der die Maschine lenkte.

Seine Körperkräfte waren es, die die Kaldrone antrieben, wenn auch um ein Vielfaches verstärkt. Seine in mechanischen Verlängerungen steckenden Arme schwangen die Äxte, auf seinen Beinen wandelte der Koloss. Als Dag zum ersten Mal in das Innere einer Kaldrone geblickt hatte, war er einerseits enttäuscht gewesen, andererseits erleichtert. Den Erfinder in ihm hatte der Gedanke begeistert, dass es den Zwergen gelungen war, eine künstliche Kreatur zu erbauen, die sich aus eigenem Antrieb bewegte, entsprechend ernüchternd war die Wahrheit gewesen; als Mensch hingegen hatte er Erleichterung darüber empfunden, dass im Inneren dieser erbarmungslosen Kreatur ein Herz aus Fleisch und Blut schlug.

So wie sich das Erscheinen einer Kaldrone änderte, sobald sich das Visier öffnete, änderte sich auch ihre Stimme. Denn ohne die mechanische Verstärkung, die sein Organ auf bedrohliche Weise anschwellen ließ und verzerrte, hörte sich der Lenker der Maschine recht normal und unscheinbar an.

»Willkommen in Gorta Ruun«, wiederholte der Zwerg, nun mit ungleich dünnerer Stimme. Offenbar war er noch sehr jung, was Dag verblüffte. Er hatte immer geglaubt, dass nur erfahrene und besonders verdiente Soldaten zum Steuern der Kaldronen eingesetzt wurden.

»Wer bist du?«, fragte Ferghas, noch immer schwer atmend von ihrer wilden Flucht.

»Wohl derjenige, der euch das Leben gerettet hat«, entgegnete der andere schlicht. »Und wer seid ihr?«

Ferghas antwortete nicht, und Dag hatte den Eindruck, dass er an der Reihe war. Warum er es tat, wusste er später nicht mehr zu sagen. Aber in diesem Moment folgte er seinem Instinkt – und dieser sagte ihm, bei der Wahrheit zu bleiben. »Ich bin Daghan, Sohn Herzog Osberts von Ansun«, verkündete er schlicht.

»Junge«, zischte Ferghas neben ihm. »Nicht!«

»Die anderen sind meine Gefährten«, fuhr Dag unbeirrt fort, »oder vielmehr das, was von ihnen übrig geblieben ist. Wir sind nach Gorta Ruun gekommen, um meinen Vater zu befreien, der im Kerker gefangen gehalten wird.«

»Und? Ist es euch gelungen?«

»Er ist tot«, erklärte Dag bitter. »Unsere Mission ist gescheitert.«

»Wie bedauerlich«, sagte der Zwerg, und so angestrengt Dag auch lauschte, er konnte nicht eine Spur von Sarkasmus in seiner Stimme erkennen. »Wen Winmars Schergen einmal in ihren Fängen haben, den lassen sie nicht wieder los. Glaubt mir, ich weiß, wovon ich spreche.«

»Wer bist du, undurchsichtiger Zwerg?«, wollte Ferghas nun wissen.

»Ich bin Bertin, des Drogos Sohn und Bruder des Dalfin«, erklärte der Zwerg stolz. »Und ihr könnt von Glück sagen, dass wir uns begegnet sind.«

»Das ist uns klar«, versicherte Dag. »Wärst du nicht aufgetaucht, wären wir bereits tot. Aber wieso …?«

»Du willst wissen, warum Zwerg gegen Zwerg kämpft, Bruder gegen Bruder?«, fiel Bertin ihm ins Wort. »Das will ich dir sagen, Mensch – weil wir in dunklen Zeiten leben und die Zwergenkrone auf dem Haupt eines Tyrannen sitzt.«

»Du sprichst von Winmar.«

»Von wem sonst?«

Dags Verwunderung war ehrlich. »Wir wussten nicht, dass es Widerstand gibt«, gestand er. »Wir dachten, das Volk der Zwerge wäre seinem Herrscher treu ergeben.«

»Ihr wisst vieles nicht, wie auch? Ihr seid Menschen!«, konterte der andere. »Aber ihr sollt nicht denken, dass alle Zwerge kriegslüsterne Barbaren wären, die Winmars Taten gutheißen. Es gibt auch welche unter uns, die sich dem Tyrannen widersetzen. Nicht viele, aber es werden mehr, von Tag zu Tag.«

»So ist es auch außerhalb dieser Stollen und Höhlen«, erwiderte Dag.

»Und wir dachten, die Menschen wären geschlagen und für immer besiegt …«

Dag lächelte matt. »Ihr wisst vieles nicht«, konterte er. »Wie auch? Ihr seid Zwerge!«

Warum er das sagte, wusste er selbst nicht. Es war – streng genommen – eine Beleidigung, und sie waren nun wirklich nicht in der Position, jemanden zu verspotten, am allerwenigsten ihren Retter. Aber ein Gefühl sagte ihm, dass es die richtigen Worte waren – und das leise Lachen, das aus der metallenen Höhle des Kaldronengehäuses hallte, schien dies zu bestätigen.

»Das klingt fast, als hätten wir Verbündete gefunden«, sagte Bertin, und Dag konnte hören, wie er die ledernen Gurte löste, mit denen er festgeschnallt war.

»Vorsicht«, raunte Ferghas Dag zu, als der Zwerg aus der Maschine kletterte. »Wir wissen nicht, was er im Schilde führt. Er mag uns gerettet haben, aber er ist immer noch ein Zwerg.«

»Ich weiß«, versicherte Dag. »Keine Sorge.«

Erstmals seit er sein Augenlicht verloren hatte, hatte er das Gefühl, die Dinge völlig klar zu sehen, nicht getrübt von ohnmächtigem Zorn und geblendet von namenlosem Hass, sondern so, wie sie tatsächlich waren. Genau das war geschehen, was Dwethan ihm vorausgesagt hatte: Er hatte aufgehört, mit den Augen sehen zu wollen und sah stattdessen mit dem Herzen.

Die Schritte des Zwergs näherten sich, hielten erst unmittelbar vor ihm inne. Dag konnte hören, wie Ferghas neben ihm ein warnendes Knurren ausstieß.

»Du hast uns gerettet, Bertin, Sohn des Drogo«, stellte er fest. »Hab Dank dafür.«

»Winmars Feinde sind meine Freunde«, entgegnete der Zwerg nur. »Nur eines verstehe ich nicht: Warum habt ihr die Kaldrone nicht angegriffen? Woher wusstest du, dass ich euch verschonen und euch stattdessen zu Hilfe kommen würde?«

»Ich wusste es nicht.« Dag zuckte mit den Schultern. »Ich glaubte wohl, etwas zu fühlen ... nämlich, dass der Tod, der von dieser Kampfmaschine ausging, nicht uns galt. Fragt mich nicht, warum das so war, aber so ist es gewesen.«

»Dann schätze dich glücklich, denn dieses Gefühl, Daghan, des Osberts Sohn, hat dir das Leben gerettet«, erwiderte Bertin. »Deine Augen ...«, sagte er dann.

»Ich kann nicht sehen«, erklärte Dag mit einer Nüchternheit, die ihn selbst überraschte. »Winmars Folterknechte haben mich geblendet.«

»Das tut mir leid«, erwiderte der andere. »Aber du scheinst deine Augen nicht zu brauchen, um die Wahrheit zu erkennen. Ich bin froh, dass wir einander begegnet sind, Daghan.«

»Ich ebenso«, versicherte Dag. »Kannst du uns einen Weg nach draußen zeigen?«

»Das werde ich«, versicherte Bertin, »und mehr als das. Es ist an der Zeit, den Streit zwischen Zwergen und Menschen zu beenden und gemeinsam jene Feinde zu bekämpfen, die Erdwelt zu einem Ort des Todes gemacht haben.«

»Das ist es.« Dag nickte.

»Gibst du mir deine Hand darauf?«

Dag zögerte.

Er wusste, dass die Hand des Zwergs vor ihm schwebte, und er wusste auch, mit welch kritischen Blicken seine Kameraden ihn in diesem Moment beäugten. Sie alle hatten schreckliche Verluste erlitten, hatten unsägliches Leid erfahren durch Zwergenhand – und nun sollte er diese Hand zur Versöhnung ergreifen?

Dag musste an seinen Vater denken, an die Kameraden, die sie zurückgelassen hatten, an sein verlorenes Augenlicht, an Aryanwen und seine Tochter. Die Erinnerung tat weh, und sie steigerte den Schmerz seiner Verwundung um ein Vielfaches, sodass er am liebsten laut geschrien hätte. Aber er beherrschte sich, und im nächsten Moment war der innere Kampf, den er ausgetragen hatte, entschieden.

Dag folgte dem ersten Impuls, den er verspürt hatte – und reichte zum ersten Mal in seinem Leben einem Zwerg die Hand.

25

Am frühen Morgen waren sie in See gestochen. Zweiundvierzig Galeeren, jede davon bis zum Rand beladen.

Schwer lagen die Schiffe in der See, wälzten sich durch die graue Dünung, die sich beständig hob und senkte und weißen Schaum auf den Kronen trug. Nebel lag in der Luft, die rau war und nach Salz und Seetang roch. Dumpf hallte sie von den Trommelschlägen wider, die den Rhythmus für die Ruderer vorgaben. In immergleichem Takt hoben und senkten sich die Ruder, trieben die Schiffe an, deren Laderäume fast überquollen und auf deren Decks Kaldronen und Panzerwagen vertäut waren, die den Kronschatz von Gorta Ruun enthielten.

Wäre es nach Winmar gegangen, so hätte er den Landweg vorgezogen. Obwohl sie während des Krieges auch wiederholt zur See gekämpft hatten, war das nasse Element den Söhnen des Berges verdächtig. Und die Vorstellung, dass viele Hundert Klafter bodenloser Tiefe unter ihm gähnten, trug auch nicht zum Behagen des Zwergenkönigs bei. Allerdings hatte er keine Wahl gehabt. Nicht nur Ansgar und die Alchemisten, auch die Stimme hatte darauf bestanden, dass er den kürzeren Seeweg nahm, und wie so viele Male zuvor hatte er sich gefügt. Der verbliebene Teil des Trosses mit den restlichen Kaldronen und Soldaten würde auf dem Landweg nach Tirgas Winmar marschieren – der König jedoch reiste über die See in seine neue Stadt.

Tirgas Winmar.

Der Name klang wie Musik in Winmars Ohren, und er war Programm. Von dieser Stadt aus, die am Fuß eines Vulkans lag und sowohl von der Land- als auch von der Seeseite her so gut wie uneinnehmbar war, würde er sein Weltreich regieren. Und während andere Herrscher an ihre Nachfolge denken und eine Dynastie begründen mussten, um ihren Thron zu sichern, würde es ihm selbst vergönnt sein zu herrschen, weit über die Lebensspanne eines Sterblichen hinaus. Ewige Macht und Unsterblichkeit – mithilfe der Stimme war dies möglich.

Die Galeere, die Winmar zu seinem Flaggschiff erkoren hatte, war die mit Abstand größte und trutzigste der Flotte. Der Bug war mit Metallplatten verstärkt, auf dem Vordeck waren Katapulte montiert, und auf dem Achterdeck erhob sich ein metallgepanzerter Turm, von dem aus Winmar seinen wachsamen Blick über die See schweifen ließ. Breitbeinig stand der Zwergenkönig da, die Arme vor der Brust verschränkt und den Umhang aus Bärenfell um die breiten Schultern gezogen, um sich vor der klammen Kälte zu schützen, die nicht nur unter seine Kleider, sondern auch unter seine Haut zu kriechen schien und an seinen Knochen nagte.

Winmar verfluchte den Nebel.

Ihm war klar, dass er um diese Jahreszeit ein unumgängliches Übel war und dass von ihm keine Gefahr ausging, solange man in Sichtweite zur Küste manövrierte. Aber die weißen Schwaden, die die umgebenden Schiffe zu bedrohlichen Schemen verblassen ließen, waren ihm dennoch verhasst, und er sehnte die Stunde herbei, da sich die Schleier heben und die Sicht auf den Horizont freigeben würden. Und er konnte es kaum erwarten, seine Stadt endlich mit eigenen Augen zu sehen.

In den alten Tagen war Kal Anar, wie Tirgas Winmar einst geheißen hatte, ein eigenes Königreich gewesen. Die Menschen dort waren von kleinem Wuchs und gelblicher Haut, aus ihren Gesichtern blickten seltsam schmale Augen. Vor rund fünf Jahrhunderten war die Stadt von König Corwyn erobert und dem Reich eingegliedert worden, worauf er sie in Tirgas Anar umbenannt hatte. Unter diesem Namen hatte sich das »Feuer des Ostens«, wie die Stadt auch genannt wurde, zu einer ebenso blühenden wie reichen Metropole entwickelt – bis sie im vorletzten Jahr von Winmars Truppen erobert worden war.

Dabei hatte es zunächst nicht so ausgesehen, als ob dem Unternehmen Erfolg beschieden wäre. Monatelang hatten Zwergenkrieger und Ork-Söldner die Stadt belagert, ohne dass ein Durchbruch gelungen wäre, selbst die Zerstörungskraft der Kaldronen hatte vor den gewaltigen Mauern und den tiefen Gräben der Stadt versagt. Verrat hatte schließlich bewirkt, was die Anstrengungen der Krieger bis dahin nicht vermocht hatten. Ein Tor war geöffnet worden und hatte einer Einheit von Zwergen und Orks Zugang zur Stadt verschafft, und dann war alles ganz schnell gegangen. Schon wenige Tage darauf hatte das Axtbanner über den Dächern geweht.

Die Idee, die Stadt nach ihrem Eroberer zu benennen, war Winmar selbst gekommen – dass sie einst sein Herrschersitz werden würde, hatte er damals freilich noch nicht absehen können. Wohl anders als die Stimme, die ihn zum Angriff auf Tirgas Anar gedrängt hatte. Vermutlich hatte sie auch diese Entwicklung vorausgesehen, wie so vieles, das in den vergangenen Jahrzehnten geschehen war und aus einem einfachen Arbeiter den König von Erdwelt gemacht hatte.

Macht.

Grenzenlose Macht.

Winmar hatte nie verheimlicht, dass dies sein Ziel war, und die Stimme hatte ihm stets gegeben, wonach er verlangte.

Sie würde es auch weiter tun, davon war er überzeugt, denn sie wusste, dass er ihr ergebener Diener war und vor keiner Untat zurückschreckte. Bisweilen fragte sich Winmar sogar, ob es die Stimme war, die ihn lenkte, oder ob es sich nicht in Wahrheit andersherum verhielt – hatte sein fiebernder, nach immer noch mehr Macht dürstender Verstand nicht längst die Kontrolle übernommen? Überwachte er längst das Auge, das ihn beobachtete? Drängte er ihm seinen Willen auf?

Der Gedanke erfüllte ihn mit Befriedigung, überschüttete ihn mit einem Glücksgefühl – das allerdings nur Augenblicke währte, ehe sich wieder die alten Ängste und Befürchtungen meldeten.

Angst davor, seine Macht wieder zu verlieren.

Angst davor, an Grenzen zu stoßen.

Angst vor Verrat.

Und in seine Furcht hinein erklang der Ruf des Ausgucks: »Schiff in Sicht!«

Der Kommandant der Flotte, ein altgedienter Kriegsveteran, der zusammen mit Winmar auf der Turmplattform stand, trat an die Brüstung. Noch vor wenigen Jahrzehnten wäre es keinem Zwerg eingefallen, seinen Fuß an Bord eines Schiffes zu setzen, und der Gedanke, der Zwergenkönig könnte eine Kriegsflotte sein Eigen nennen, wäre geradezu abwegig erschienen. Durch den Krieg jedoch hatten die Söhne des Berges Zugang zum Meer bekommen und damit zu ganz Erdwelt, und inzwischen standen ihre Kenntnisse als Seefahrer denen der anderen Völker in nichts mehr nach. Im Gegenteil – Winmar war davon überzeugt, dass sie auch das im Grunde sehr viel besser konnten als alle anderen, und dass die Rasse der Zwerge auch hier die überlegene war.

»Was für ein Schiff?«, erkundigte sich Kapitän Besso mit lauter Stimme.

»Sieht nach einem Handelssegler aus.«

»Verstanden«, bestätigte der Kapitän.

»Gibt es Probleme?«, wollte Winmar wissen.

»Nein, mein König.« Der Kommandant schüttelte das Haupt mit dem von Sonne und Wetter gebleichten Haar. »Die Olfari unterhalten enge Handelsbeziehungen zu den Garnisonen entlang der Küste. Es ist nicht ungewöhnlich, sie auf See anzutreffen.«

»Meinetwegen«, knurrte Winmar. »Aber sie sollen es nicht wagen, sich mir in den Weg zu stellen. Wir werden weder ausweichen noch unsere Fahrt verlangsamen – wenn uns das Schiff der Menschen im Weg ist, so wird es versenkt.«

»Verstanden, mein König«, bestätigte Besso ohne Zögern und wandte sich zu seinem Maat um, um den Befehl weiterzugeben – als ein erneuter Ruf vom Hauptmast drang.

»Noch ein Schiff voraus! Und noch eines …«

»Wie viele?«, blaffte Besso hinauf.

»Schwer zu sagen, der Nebel … Aber es werden immer mehr! Und sie halten auf uns zu!«

Winmar merkte, wie ihm das Blut in die Adern schoss. Alarmiert fuhr er herum. »Ist das noch immer nicht ungewöhnlich, Kapitän?«, erkundigte er sich scharf.

»Nun, ich …« Bessos buschige Augenbrauen zogen sich zusammen. »Die Olfari sind friedliche Händler«, rätselte er. »Vielleicht handelt es sich um Piraten. Sie müssten allerdings völlig den Verstand verloren haben, wenn sie eine Flotte wie die unsere auf offener See …«

In diesem Moment erbebte die Turmplattform unter schweren Schritten. Ein weiterer Offizier hatte sie erklommen und eilte heran. »Kapitän! Auch die Flanken unseres Verbandes melden, dass sich Schiffe nähern.«

»Was für Schiffe?«

»Nur leichte Segler, vermutlich von Olfar. Aber sie kommen aus mehreren Richtungen gleichzeitig!«

»Dann ist es ein Angriff«, folgerte Besso nervös. »Wie ist das möglich, mein König? Hieß es nicht, die Abreise aus Gorta Ruun wäre in aller Heimlichkeit erfolgt?«

»So heimlich, wie ein schwerer Tross, der sich tagelang durch das Land schleppt, eben sein kann«, versetzte Winmar sarkastisch. »Aber nur leichte Segelschiffe? Meine Katapulte werden sie auf den Grund der See schicken, noch ehe sie auch nur in unsere Richtung spucken können!«

»Das ist wahr«, räumte Besso ein und gab Befehl, die Katapulte zu laden und auszurichten.

»Und bringt Winmars Zorn zum Einsatz«, fügte Winmar hinzu.

»Mein König … haltet Ihr das für notwendig?«

»Allerdings, Kapitän. Ich will diese Maden nicht nur besiegen, ich will sie vernichten, sie zermalmen! Ich will, dass nichts von ihnen übrig bleibt!«

»Wie Ihr wollt, mein König«, entgegnete Besso und gab auch diesen Befehl weiter – als plötzlich laute Rufe durch den Nebel drangen. Woher sie kamen, wusste Winmar nicht zu sagen, aber die Unruhe, die sie auf Deck hervorriefen, war unübersehbar.

»Was ist nun wieder?«, wollte er wissen.

»Im Süden lichtet sich der Nebel«, erklärte Besso, in dessen wettergegerbten Zügen es unruhig zuckte. »Wir können die Angreifer jetzt sehen. Es sind acht Schiffe, und sie kommen rasch näher!«

»Worauf wartet Ihr dann noch?«, bellte Winmar wütend. »Versenkt sie! Sprengt sie in tausend Trümmer! Ich will, dass an ihnen ein Exempel statuiert wird, hier und jetzt – und wehe, ihr lasst auch nur einen von ihnen entkommen! Ich bin der Herrscher von Erdwelt! Dies ist mein Meer!«

»Verstanden, mein König«, bestätigte Besso und wandte sich an seinen Offizier: »Bringt die Galeeren am südlichen

Flügel in Schussposition und vernichtet die Angreifer – und zwar alle!«

»Aber dafür werden unsere Schiffe die Formation verlassen müssen«, wandte der Maat ein.

»Ihr habt den Befehl des Königs gehört. Nun tut gefälligst, was er verlangt!«

»Verstanden.« Der Offizier eilte davon, um den Befehl an die anderen Schiffskommandanten weiterzugeben – in diesem Augenblick ließ sich erneut der Mann im Ausguck vernehmen.

»Schiffe voraus!«, meldete er.

Und diesmal konnte auch Winmar sie sehen.

Wie viele es waren, war noch nicht festzustellen, dafür war der Nebel noch zu dicht, aber eines nach dem anderen schälte sich aus den weißen Schwaden und hielt frontal auf die Flotte des Zwergenkönigs zu. Tatsächlich waren es nur leichte Segler, die über keinerlei erkennbare Bewaffnung oder Panzerung verfügten. Von jeweils einem Groß- und einem Dreieckssegel angetrieben, schnitten ihre schmalen Rümpfe durch die Wellen. Ihre Größe mochte allenfalls ein Fünftel einer Galeere betragen, die Anzahl der Kämpfer, die sich darauf verschanzen konnten, war entsprechend gering. Dennoch brachte der Anblick der herannahenden Boote Winmar in Rage, denn an ihren Mastspitzen flatterte ein blaues Banner im Wind.

Die Königsflagge von Tirgaslan!

Wütend schrie er auf. Dies waren keine Piraten, sondern Kämpfer aus Tirgaslan! Und dieser Angriff erfolgte nicht aus einer Laune heraus, sondern war geplant worden! Man wollte ihn genau dann treffen, wenn er am verwundbarsten war, außerhalb seiner schützenden Mauern – und er brauchte nicht lange nachzudenken, wer diese Information nach Tirgaslan getragen hatte.

»Vigor!«, brüllte er außer sich vor Zorn, wobei ihm Schaum von den Lippen troff und seinen roten Bart benetzte. »Du elender Verräter!«

Seine geballten Fäuste hieben auf die Brüstung des Turmes, während er dem herannahenden Feind eine Kanonade wüster Verwünschungen entgegenschickte. »Ladet die Katapulte!«, schrie er dann. »Zermalmt sie! Zerquetscht sie!«

»Aber mein König«, widersprach Besso, »sie sind bereits sehr nah. Wenn wir jetzt schießen, laufen wir Gefahr, unsere eigenen Schiffe zu treffen!«

»Willst du hängen, du Hund?«, fuhr Winmar ihn an. »Tu gefälligst, was ich dir sage!«

Der Kapitän widersprach nicht mehr. Folgsam gab er den Befehl an den Maat weiter, der die Geschützbesatzungen verständigte. Alarm wurde ausgelöst. Der Rhythmus des Trommelschlags steigerte sich, die Besatzung nahm die Gefechtspositionen ein, die Soldaten griffen zu ihren Waffen – doch da auf dem bis zum Rand mit Wagen, Kisten und Kaldronen beladenen Deck nur schmale Gassen blieben, war plötzlich ein unüberschaubares Schieben und Drängen im Gang. Die Männer hinderten sich gegenseitig daran, auf ihre Posten zu gelangen, was die Unterführer dazu veranlasste, ihre Befehle immer noch lauter zu brüllen, ohne erkennbares Ergebnis.

»Idioten!«, schrie Winmar, der alles fassungslos mitansah. »Unfähige Idioten!«

»Die Geschütze sind bereit zum Feuern!«, meldete Besso.

»Worauf wartet Ihr dann noch!«, keifte der König mit Blick auf die feindlichen Schiffe, die die Flotte jetzt fast erreicht hatten. Winmar zählte neun von ihnen. »Feuer!«

Der Befehl wurde weitergegeben, und von den vier am Bug der Galeere montierten Katapulten stiegen gleißende Feuerbälle in die Höhe, die in weitem Bogen davonschossen, hinein in den sich allmählich lichtenden Nebel und auf die feindlichen Boote zu – die ihnen jedoch mühelos auswichen.

Die Geschosse schlugen ins Wasser, wo einige von ihnen zwar explodierten und dafür sorgten, dass weiße Fontänen aufspritzten, die Angreifer selbst jedoch blieben unbeschadet.

»Feuert weiter!«, schrie Winmar. »Ich will sie auf dem Grund des Meeres haben, jeden Einzelnen von ihnen!«

Die Katapulte schossen noch einmal, wie zuvor mit bescheidenem Ergebnis. Dann hatten die ersten Segler des Feindes die Flotte erreicht. Pfeilschnell schossen sie zwischen die Galeeren – und Chaos brach aus.

»Feuer! Feuer!«, brüllte Winmar.

Wieder stiegen einige Feuerbälle auf, doch die meisten Geschosse gingen fehl. Nur eines der feindlichen Boote wurde getroffen – die Urgewalt, mit der es zerfetzt wurde, besänftigte Winmar ein wenig und bestärkte ihn in der Überzeugung, dass er den Gegner vernichten konnte.

Auch die anderen Galeeren gaben jetzt Feuer und nahmen die feindlichen Segler unter Beschuss. Allenthalben stiegen orangerote Feuerbälle in die Höhe, die dunkle Rauchspuren hinter sich herzogen, um schon kurz darauf mit einem hässlichen Pfeifen niederzugehen. In dichter Folge schlugen sie in die See, warfen einen Wald von Kaskaden auf, durch den die Schiffe Tirgaslans jedoch unbeschadet steuerten – und im nächsten Moment geschah das, wovor Kapitän Besso gewarnt hatte.

Ein Geschoss, das einem der Segelboote gegolten hatte, ging fehl und schlug stattdessen in das Vordeck der Galeere ein, die steuerbord voraus von Winmars Flaggschiff fuhr.

»Nein!«, ächzte der Zwergenkönig entsetzt – aber auch seine Macht reichte nicht aus, um das Unaufhaltsame zu verhindern.

Ein grässlicher, ohrenbetäubender Knall, dann ein gleißender Feuerball, der den Bug der Galeere zerfetzte. Trümmer des Rumpfs flogen nach allen Seiten und versanken im Meer, Besatzungsmitglieder wurden davongeschleudert, lebenden Fackeln gleich – und die Galeere, die Feuer gefangen hatte und in deren aufgerissenen Bug die Wassermassen ungehindert eindrangen, neigte sich und begann zu sinken, bleiern und unaufhaltsam.

»Nein! Nein! Nein!«, brüllte Winmar und schlug mit den behandschuhten Fäusten auf die Turmbrüstung, während das Verhängnis ringsum weiter seinen Lauf nahm.

Auf den Einsatz der Katapulte wurde jetzt verzichtet, dafür kamen die Donnerbüchsen zur Anwendung, die neueste Entwicklung der Alchemisten. Das Prinzip, so hatte Ansgar erklärt, war dasselbe wie bei Winmars Zorn, nur dass die Explosion im Inneren einer Eisenröhre stattfand und ein Geschoss in Form einer Pfeilspitze auf den Weg schickte, das in der Lage war, den Harnisch eines Kriegers auch noch auf weite Entfernung zu durchschlagen.

Es krachte in rascher Folge, Winmar sah die Ladungen im Nebel aufblitzen, in den sich nun auch der beißende Gestank des Feuerpulvers mischte. Doch die feindlichen Segler, deren Besatzungen sich hinter den Bordwänden verschanzten, ließen sich auch davon nicht aufhalten. Längst hatten sie ihren Verband aufgelöst und waren dabei, die Galeeren in Nahkämpfe zu verwickeln, bei denen sowohl ihre Katapulte als auch die Donnerbüchsen nicht mehr von Nutzen sein würden. Die enge Formation, in der die königlichen Kriegsschiffe gefahren waren, hatte sich aufgelöst, jedes war auf sich selbst gestellt – und mit entsetzt geweiteten Augen sah Winmar, wie die Boote des Feindes beidrehten und sich anschickten, längsseits zu den Galeeren zu steuern, um sie zu entern.

»Ihr unfähigen Idioten!«, schalt der König seine eigenen Leute. »Tut gefälligst etwas! Haltet sie auf!«

»Wir können nicht auf sie schießen, ohne unsere eigenen Schiffe zu gefährden!«, hielt Besso dagegen und riss das zur See gebräuchliche Kurzschwert aus der Scheide an seinem Gürtel. »Aber meine Männer und ich werden diesen Seeräubern auch so die passende Antwort geben!«

»Das sind keine gewöhnlichen Seeräuber«, widersprach Winmar zornig. »Hast du die Flaggen nicht gesehen? Das ist kein Überfall, das ist eine Revolte!«

»Dann werden wir sie niederschlagen, mein König«, versicherte Besso dienstbeflissen, »so wahr ich vor Euch …«

Er verstummte jäh. Winmar konnte sehen, wie der Flottenkommandant die Augen auf geradezu groteske Weise verdrehte. Dann brach er zusammen. Ein Pfeil steckte in seinem nur von einer Lederhaube beschirmten Haupt.

»Besso?«, herrschte Winmar ihn an. »Kapitän Besso!«

Der Angesprochene regte sich nicht.

»Steh auf, wenn dein König mit dir redet!«, herrschte Winmar ihn mit hysterisch kreischender Stimme an. »Ich befehle es dir, hörst du? Ich befehle es dir …!«

Der dunkle See, der sich unter Bessos Leichnam ausbreitete und über die Planken der Turmplattform kroch, machte Winmar klar, dass alles Beharren nichts nützen würde. Stattdessen ließ er seinem Zorn und seiner Frustration freien Lauf und brüllte wie ein waidwundes Tier, während rings um ihn her ein wahres Inferno tobte.

Die Galeeren waren in Kämpfe verwickelt, die ihnen die Besatzungen der Segler aufgezwungen hatten. Unfähig zu manövrieren oder ihre überlegenen Waffen zum Einsatz zu bringen, lagen die mächtigen Kriegsschiffe im Wasser. Die Besatzungen versuchten alles, um sich die Angreifer vom Leib zu halten, doch ihre Möglichkeiten an Bord der bis unter den Rand beladenen Schiffe waren eingeschränkt. Immer wieder krachten Donnerbüchsen, jedoch zu vereinzelt, um den Feind aufzuhalten. Brandpfeile stachen von den Seglern zu den Galeeren; viele prallten von den Panzerungen der Schiffe und der Kaldronen ab, doch einige fanden auch ihr Ziel, und so vermischten sich Nebel und Pulverdampf mit grauem Rauch.

Die Trommeln schlugen noch immer. Die Steuerleute der Galeeren versuchten verzweifelt, von der Formation zu wahren, was noch davon übrig war, doch das sinkende Schiff, das bereits bis zur Hälfte in den grauen Wogen verschwunden war, hatte den Verband gesprengt. Jede Galeere schien für sich allein zu stehen und zu kämpfen, und obschon der Feind an Zahl und Kampfkraft weit unterlegen war, zeichnete sich ab, dass er beträchtlichen Schaden anrichten würde.

Wut war alles, was Winmar darüber empfand. Namenloser Zorn, der sich nicht nur gegen den Feind richtete und gegen jene, die ihn verraten hatten, sondern auch gegen seine eigenen Leute, die sich als unfähig erwiesen … und gegen die Stimme.

Warum, so fragte er sich, hatte sie ihn nicht gewarnt?

Wo, bei den alten Königen, war sie?

Was war geschehen?

»Die Mächte des Chaos sind am Werk«, ließ sich die Stimme plötzlich vernehmen. *»Sie haben sich erhoben und kämpfen gegen das Unausweichliche an, gegen die Regeln, die wir ihnen geben wollen, gegen die neue Ordnung der Welt.«*

»Aber … wieso?«, fragte Winmar inmitten von heiserem Kampfgebrüll, von Schwerterklirren und Rauch und Feuer.

»Weil die Menschen nach Freiheit streben – obwohl sie nicht in der Lage sind, damit umzugehen«, lautete die ebenso schlichte wie ernüchternde Antwort.

»Dann müsst Ihr mir beistehen!«, rief der Zwergenkönig, dem ganz und gar nicht nach einem philosophischen Diskurs war.

»Muss ich das?«

»Ihr hättet es voraussehen, es verhindern müssen!«, rief Winmar in seiner Not. Einer der feindlichen Segler war ganz nah an das Flaggschiff herangekommen. Die Donnerbüchsen der Verteidiger krachten, richteten jedoch kaum Schaden an – die Pfeile jedoch, die die Angreifer herüberschickten, fanden infolge der spärlichen Deckung auf der voll beladenen Galeere reichlich Nahrung. Allenthalben sanken Zwergenkrieger auf die Planken oder stürzten getroffen ins Wasser. Panik herrschte ...

»Helft mir!«, rief Winmar außer sich. »Ihr müsst mir helfen!«

»Warum hilfst du dir nicht selbst? Warst du nicht eben noch der Ansicht, dass ich dein Diener wäre und du mein Meister?«

Winmar sog scharf die Luft ein, die nach Brand und Pulver schmeckte. Jäh wurde ihm klar, dass seine Eitelkeit zu weit gegangen war, dass seine Gedanken Wege genommen hatten, die ihm verboten waren – und sein Zorn wandelte sich jäh in Furcht.

»Bitte verzeiht mir, Meister!«, flehte er. »Ich war ein verdammter Narr!«

»Sieh ein, dass du nichts bist ohne mich. Dass du alles, was du bist, mir zu verdanken hast. Dass ich allein dich zum König gemacht habe.«

»Ja, Meister!« Winselnd sank Winmar auf die Knie. »Ich sehe es ein! Ich bin ein nichtswürdiger Wurm ohne Euch! Ich werde mich Eurem Willen unterwerfen und alles tun, was Ihr von mir verlangt!«

»Schwörst du es? Bei deinem unbedeutenden Leben?«

»Bei meinem unbedeutenden Leben«, bestätigte Winmar ohne Zögern. »Aber rettet mich! Rettet Euren ergebenen Diener!«

»Nun gut«, sagte die Stimme nur.

Dann verstummte sie.

»Meister?«, fragte Winmar. Dann, als er keine Antwort erhielt, noch einmal, lauter und mit vor Furcht bebender Stimme: »Meister …?«

In diesem Augenblick ging der feindliche Segler längsseits. Ein grässliches Ächzen und Splittern erklang, als er in die Phalanx der Ruder fuhr, die mit hellem Bersten brachen. Seile mit Enterhaken wurden herübergeworfen, das Boot fest mit der Galeere vertäut – und im nächsten Moment erklommen die Angreifer, die den blauen Rock von Tirgaslans Streitern trugen, auch schon die Bordwand der Galeere, und ein blutiger Kampf entbrannte. Noch einmal krachten die Donnerbüchsen, und Winmar sah, wie einige der Angreifer getroffen wurden – doch es waren zu viele, um sie alle aufzuhalten, und schon im nächsten Moment wurden die Wunderwaffen der Alchemisten nutzlos, standen Kurzschwert und Axt gegen Säbel und Enterhaken, und das Gemetzel, das seinen Lauf nahm, war ebenso heftig wie erbarmungslos. Und mitten unter den Angreifern, auf dem Vordeck des feindlichen Seglers, entdeckte Winmar zwei Gestalten, die er nur zu gut kannte.

Die eine war der Verräter Lavan.

Die andere war Vigor.

26

Gut so! Vorwärts, Männer!«
Vigors Stimme scholl weithin hörbar über das Deck des Seglers. Dass es keine Zwerge oder Ork-Söldner waren, die er befehligte, sondern Menschen, vergaß er dabei beinahe. Es war nicht wichtig. Alles, was zählte, war der Sieg, den er davontragen würde – und dieser Sieg war in greifbarer Nähe.

Der Plan, den das einstige Oberhaupt der königlichen Geheimpolizei sich zurechtgelegt hatte, war aufgegangen: Der gleichzeitige Angriff von drei Seiten hatte den Gegner verwirrt und die Formation seiner Schiffe gesprengt, und der Nahkampf, in den die Angreifer ihn verwickelten, hatte den Einsatz seiner neuen Waffen unterbunden.

An einem anderen Tag, unter normalen Voraussetzungen, wäre es Selbstmord gewesen, eine Galeere mit einem leichten Segler anzugreifen, der weder eine Panzerung noch nennenswerte Bewaffnung besaß – die Ladungen der Katapulte hätten ihn zerfetzt, noch ehe er auch nur in die Nähe des anderen Schiffes gekommen war. Von den Donnerrohren, mit denen die Verteidiger schossen und die wie von Geisterhand auf weite Distanz zu töten vermochten, ganz zu schweigen. Doch in der drückenden Enge, die auf den Decks der schwer beladenen Galeeren herrschte, konnten sie nicht eingesetzt werden, sie waren auf die kurze Distanz ebenso nutzlos wie *Winmars Zorn*, der beinahe ohne Wirkung verpufft war, dem Gebrüll eines zahnlosen Raubtiers gleich.

Das Flaggschiff auszumachen, auf dem der König und sein Gefolge reisten, war nicht weiter schwer gewesen. Vigor hatte nur nach der größten und am besten gepanzerten Galeere der Flotte Ausschau zu halten brauchen – er kannte Winmar gut genug, um zu wissen, dass er sich niemals mit weniger zufriedengegeben hätte. Derselbe Geltungsdrang, der ihn dazu bewogen hatte, Gorta Ruun zu verlassen und sich einen neuen, nach ihm benannten Herrschersitz zu wählen, war dem Zwergenkönig zum Verhängnis geworden.

Vigor konnte Winmar sehen. Auf dem Achterdeck der Galeere stand er, hoch oben auf dem Turm, und verfolgte das Schlachtgeschehen. Vermutlich hatte der König auch ihn bereits erblickt. Die Konfrontation war unausweichlich. Hier und jetzt würde die Entscheidung fallen.

»Seid Ihr bereit?«, erkundigte er sich bei Lavan, der neben ihm hinter der Back des Seglers kauerte, mit eingezogenem Kopf, um sich vor den Geschossen der Donnerbüchsen zu schützen, die auch Helme zu durchschlagen vermochten. Obwohl er in voller Rüstung war, war dem König von Tirgaslan die Furcht deutlich anzumerken. Sie sprach aus seinen Augen, die gehetzt durch den Sehschlitz des Visiers starrten, äußerte sich in jedem seiner keuchenden Atemzüge, die seinen Harnisch erbeben ließen.

»Bereit«, versicherte Lavan dennoch – und Vigor gratulierte sich innerlich. Bisweilen erstaunte es ihn selbst, wie er andere zu steuern vermochte. Ob Mensch, Ork oder Zwerg spielte dabei keine Rolle.

»Zum Angriff!«, rief er und stieß die kurze Streitaxt, mit der er sich bewaffnet hatte, hoch in die Luft – und die dritte Welle von Angreifern brach über die feindliche Galeere herein.

Die erste hatte aus den Matrosen und Leichtbewaffneten bestanden, deren Aufgabe es gewesen war, die beiden Schiffe miteinander zu verzurren und Enterplanken auszubringen. Die zweite Welle waren Soldaten Tirgaslans gewesen, die sich auf der anderen Seite festgebissen hatten und das gewonnene Terrain behaupteten. Nun kamen die schwer gepanzerten Kämpfer zum Einsatz, in deren Schutz Lavan und Vigor zum Achterdeck vorstoßen würden, wo Winmar sich aufhielt.

Die Stunde der Abrechnung war gekommen.

Vigor ließ einigen Kämpen den Vortritt, die ihn an Körpergröße weit überragten und eine zuverlässige Deckung bildeten – prompt wurde einer von ihnen beim Sprung auf das andere Schiff von einer Donnerbüchse getroffen. Es gab einen hässlichen blechernen Klang, als das Geschoss den Harnisch durchschlug, dann spritzte Blut, und der Mann kippte seitlich von der Planke und verschwand in der schmalen Kluft zwischen den Schiffen. Im nächsten Moment jedoch waren sie schon auf der anderen Seite und tauchten in das blutige Hauen und Stechen ein.

Der Kampf tobte überall.

Da sich auf Deck Wagen und Kaldronen reihten und den Kämpfenden nur die schmalen Gassen blieben, waren einige der Angreifer auf den Gedanken verfallen, auf die mit Tauen gesicherte Ladung zu klettern. Die Zwerge reagierten darauf, indem sie die Haltetaue durchschlugen und die gefesselten Kaldronen zu befreien suchten, was infolge der drückenden Enge jedoch für nur noch mehr Chaos sorgte – eine der Kampfmaschinen, die schnaubend zum Leben erwachte, bekam ob des schwankenden Bodens Schlagseite, geriet ins Taumeln und brach durch die Bordwand ins Meer, wo sie wie ein Stein versank. Daraufhin erklommen die Zwerge ebenfalls die Ladung und lieferten sich dort mit den Angreifern ein wildes Gefecht.

Allenthalben sah man zwergwüchsige Kämpfer ihre Klingen mit Gegnern kreuzen, die ihnen an Körpergröße weit überlegen waren, jedoch nicht an Kraft und Schnelligkeit: Hier durchtrennte einer die Beine eines unvorsichtigen Angreifers, dort fiel ein anderer über einen Gegner her, der das Gleichgewicht verloren hatte und dies mit dem Leben bezahlte.

Lautes Geschrei und das Geklirr der Schwerter erfüllten die von Rauch und Feuer durchsetzte Luft. Wohin Vigor auch blickte, sah er Menschen und Zwerge, die in entsetzlichem Hass aufeinander einschlugen, gerade so, als hätte der Kampf um Ansun niemals geendet und fände hier und heute seine Fortsetzung. Und obwohl die Zwerge von dem Angriff überrumpelt worden waren und hohen Blutzoll zahlten, würden sie allein aufgrund ihrer zahlenmäßigen Überlegenheit auch diesmal siegreich bleiben, wenn die Schlacht noch lange andauerte.

Aber genau das würde nicht geschehen.

Vigor selbst würde dafür sorgen.

Ein Zwergenkrieger tauchte vor ihm auf, in der leichten Lederrüstung der Seetruppen und mit einem grimmigen Ausdruck im bärtigen Gesicht. »Verräter!«, spie er Vigor entgegen und schlug mit dem Schwert zu – doch Vigor blockte den Hieb mühelos mit der Axt und ging zum Gegenangriff über.

Den ersten Streich wehrte der andere ab, indem er den Rundschild nach oben riss. Es krachte hell, die Axt verformte das Metall. Der Zwerg schrie wütend auf und wollte seinerseits zum Angriff ausholen, doch Vigor war schneller. Seine kurze Axt ging ein zweites Mal nieder und spaltete seinem Gegner den Schädel, schnitt ohne auf nennenswerten Widerstand zu treffen durch dessen ledernen Helm.

Mit einem Fußtritt stieß Vigor den leblosen Körper zurück. Ein gehetzter Blick nach Achtern – dort stand der Turm, dort war Winmar! »Folgt mir!«, zischte er Lavan zu, der sich stets hinter ihm und seinen Leibwächtern hielt und nur dann mit der Waffe zustieß, wenn ihm selbst dabei keine Gefahr drohte. Das Gift der Intrige schien dem König von Tiragslan die weit vertrautere Waffe zu sein als das Schwert, aber er hielt sich wacker – wohl weil inzwischen auch er begriffen hatte, dass dieser Tag die Geschichte verändern würde.

Nur rund zwanzig Schritte trennten sie vom Achterdeck der Galeere und dem Turm, der sich dort erhob – eine Gasse zwischen verzurrten Wagen und Kaldronen, zwischen denen ein erbitterter Kampf tobte. Klingen und Äxte zuckten herab und forderten Blut um Blut, das bereits die Planken färbte, doch einen anderen Weg gab es nicht. In den angrenzenden Gassen drängten sich ebenfalls die Kämpfenden, auch auf der Ladung, der Bordwand und selbst in den Wanten wurde gefochten. Wenn sie den Turm erreichten wollten, mussten Vigor und seine Verbündeten den direkten Weg nehmen.

Mit einem heiseren Kriegsschrei auf den Lippen stürmte Vigor vor, warf sich in den Rücken der Menschen, die dort kämpften, und schob sie nach vorn, dem Feind entgegen. Lavan folgte ihm, wenn auch nicht allein – die königlichen Leibwachen, schwer gepanzerte, erfahrene Krieger, die ihren Herrscher wie eine Mauer umgaben, begleiteten ihn. Das zahlenmäßige Übergewicht, das die Angreifer in diesem Moment bekamen, brachte Bewegung in das Getümmel.

Die Zwerge, die sich in der Gasse behauptet hatten, wichen zurück. Zuerst waren es nur wenige Schritte, aber als die Kämpfer Tirgaslans nachsetzten und zwei der Verteidiger unter ihren Schwertern fielen, gab es kein Halten mehr. Die Zwerge strauchelten und stürzten übereinander, und sofort waren die Menschen über ihnen, ließen ihre Klingen erbarmungslos niedergehen. Es schmerzte Vigor, das Blut seiner eigenen Rasse so sinnlos vergeudet zu sehen, aber er war es schließlich nicht gewesen, der diesen Konflikt heraufbeschworen hatte. Winmar allein traf die Schuld, und er würde dafür bezahlen!

Obwohl weitere Zwergenkrieger von unter Deck empordrängten, um ihren Kameraden beizustehen, gelang es den Angreifern, bis ans Ende der Gasse vorzudringen. Wild um sich schlagend, hieben sie eine blutige Schneise, über die Toten und Verwundeten, die der Kampf bereits gefordert hatte, stiegen sie kurzerhand hinweg. Stück für Stück näherten sie sich so dem Turm.

Die Mündungen von Donnerbüchsen ragten zwischen den Zinnen hervor und gaben Feuer. Der Mensch, der unmittelbar vor Vigor stand, wurde getroffen und brach zusammen. Seiner Deckung beraubt, stieß Vigor eine Verwünschung aus. Dann stürmte er vor, das behelmte Haupt zwischen die Schultern gezogen und hoffend, dass ihn keines der unsichtbaren Geschosse traf.

Einen Matrosen, der ihm den Weg versperren wollte, fällte er mit einem einzigen Hieb, einen Zwergenkrieger, der wohl eine größere Herausforderung dargestellt hätte, ereilte die Klinge eines königlichen Leibwächters. Im nächsten Moment hatte der Trupp den Turm erreicht. Vigor und seine Mitstreiter pressten sich eng an die mit Metallplatten beschlagene Konstruktion – so konnten sie von oben nicht ins Visier genommen werden.

»Los doch! Hinauf! Worauf wartet ihr?«, rief Lavan – der allerdings nicht daran dachte, selbst den Anfang zu machen. Zwei seiner Leute unternahmen stattdessen den Versuch, die Leiter zur Turmplattform zu erklimmen, doch ihnen war kein Erfolg beschieden.

Die Männer hatten die Hälfte der Leiter noch nicht erklommen, als die Mündungen zweier Donnerbüchsen im Einstieg erschienen und unbarmherzig Feuer gaben. Die blauen

Röcke der Krieger explodierten in grellem Rot, als sie getroffen wurden und zurückstürzten, ihren Kameraden entgegen.

»Bogenschützen!«, schrie Vigor, und einige Pfeile flirrten, stachen fast lotrecht in die Höhe. Ob sie bei der Rückkehr zum Boden ihr Ziel fanden, war nicht festzustellen, aber Vigor war klar, dass nur wenige Augenblicke Zeit blieben, um den Turm zu erklimmen – denn dann würden die Schützen ihre Büchsen nachgeladen haben und erneut feuern.

Mit einem kühnen Satz sprang er auf die unterste Sprosse, die Zähne gefletscht wie ein Raubtier. Sich mit der einen Hand festhaltend, mit der anderen die Axt umklammernd, kletterte er wieselflink nach oben, dicht gefolgt von Lavans Männern.

Was rings um ihn vor sich ging, bekam Vigor nicht mit. Weder achtete er auf das ohrenbetäubende Geschrei noch auf den Rauch, der das Deck verhüllte, noch auf die Pfeile, die kreuz und quer durch die Luft sirrten. Sein Ziel war die Plattform, sie wollte er erreichen, um jeden Preis.

Er erklomm die oberste Stufe, riskierte einen flüchtigen Blick. Einer der Schützen lag von einem Pfeil getroffen auf den Planken, der andere lud seine Waffe nach. Weiter hinten ein Kordon von Zwergenkriegern, die sich um ihr Oberhaupt geschart hatten, um es zu beschützen.

»Winmar!«

Aus Leibeskräften brüllte Vigor den Namen des Mannes, dem er die Arbeit seines ganzen Lebens gewidmet und der ihn am Ende schnöde verraten hatte. Dabei sprang er auf die Plattform und schwang wütend die Axt. Das Blatt erwischte den Schützen, noch ehe er dazu kam, seine Donnerbüchse abzufeuern, und ließ ihn zurücktaumeln. Vigor brachte einen zweiten Hieb an und zerfetzte den Brustkorb des Kriegers, der blutüberströmt niederging. Dann setzte auch auf dem

Turm ein wilder Nahkampf ein. Mit erhobenen Schilden und gezückten Schwertern gingen Lavans Streiter gegen Winmars Leibwache vor. Mit hellem Klang traf Stahl auf Stahl, wurde um jeden Fußbreit Boden gefochten.

Vom Axthieb eines Zwergenkriegers getroffen, taumelte einer der Angreifer zurück, stürzte rücklings über die für ihn zu niedrige Brüstung und verschwand in der Tiefe. Doch mit einer Beharrlichkeit, die Vigor schon fast Respekt abnötigte, setzten die Krieger Tirgaslans weiter nach, obschon von unten bereits neue Zwergenkämpfer heraufdrängten, die ihrem König zu Hilfe kommen wollten.

Wie Schiffbrüchige, die von tosender See umgeben waren, kämpften Lavans Streiter mit dem Mut der Verzweiflung. Zwerg um Zwerg fiel, der Kordon der Verteidiger lichtete sich, bis schließlich nur noch eine Handvoll Kämpfer übrig war – unter ihnen der Mann, dessentwegen Vigor all dies auf sich genommen hatte.

»Winmar!«, rief er laut.

»Vigor!« Die Saphiraugen des Zwergenkönigs drohten aus ihren Höhlen zu treten, sein Mund war so weit aufgerissen, dass die Goldzähne darin blitzten.

Zwei weitere seiner Leibwächter fielen, den letzten tötete Vigor selbst, indem er seine Axt tief in dessen Schulter senkte. »Sei gegrüßt, gestürzter König!«, rief er voller Genugtuung, während er die Waffe aus seinem zusammenbrechenden Gegner riss. »Wer hätte gedacht, dass wir uns noch einmal wiedersehen, noch dazu unter solch denkwürdigen Bedingungen?«

»Vigor!«, ächzte der König noch einmal.

Schlagartig hatte der Ansturm der Verteidiger ausgesetzt. Die Zwergenkrieger, denen klar geworden war, dass sich ihr Herrscher in der Hand des Feindes befand, hörten auf, den Turm zu bestürmen, und auch auf dem übrigen Deck erlahmten die Kämpfe, wo die Krieger von Winmars Gefangennahme erfuhren.

Der König selbst stand wie versteinert, die Geschehnisse schienen sein Fassungsvermögen zu übersteigen. Angst, Verwirrung und maßloser Zorn spiegelten sich gleichermaßen in seinen bärtigen Zügen, seine Stimme war hell und schneidend. »Es stimmt also, was die Alchemisten sagten! Du bist ein elender Verräter!«

»Nein, du Wahnsinniger«, widersprach Vigor und schüttelte die rote Mähne. »Ich war dir treu ergeben und wäre für dich in den Tod gegangen – zum Verräter hast erst du mich gemacht mit deiner Falschheit und Verschlagenheit! Du hast die Werte unseres Volks verkauft und seine Ehre beschmutzt – und nun wirst du den Preis dafür bezahlen!«

»Du machst dich lächerlich, elender Wurm!«, beschied Winmar ihm höhnisch. »Was willst du gegen meine Macht und Herrschaft ausrichten?«

»Ich werde sie beenden, so wie du die deines Vorgängers Reginald beendet hast. Nur dass ich es nicht heimlich und hinterrücks tun werde, sondern vor aller Augen.«

»Das wagst du nicht!«

»Und dann werde ich den Thron des Zwergenreichs besteigen und die Ehre unseres Volkes wiederherstellen!«

»Du Verrückter«, widersprach Winmar kopfschüttelnd, »das wirst du nicht tun! Ich bin dein König, dein Gebieter!«

»Das warst du«, entgegnete Vigor nüchtern. »Bis du dich entschlossen hast, auf Ansgar und seine Speichellecker zu hören. Wo sind sie jetzt, da du ihre Hilfe brauchst? Ich sehe sie nicht an deiner Seite, um dir beizustehen?«

»Sie … sie sind in Gorta Ruun geblieben«, gab Winmar kleinlaut zur Antwort.

»Wer hätte das gedacht?« Vigor grinste.

»Mein … Freund, ich bitte dich«, sagte Winmar und sank auf die Knie, zerstörte damit auch noch das letzte bisschen Respekt, das Vigor vor seinem einstigen Herren gehegt hatte. »Lass mich am Leben! Nimm dir meine Herrschaft und meine Krone, wenn du willst, aber töte mich nicht, hörst du …?«

Vigor verzog das Gesicht. Angewidert spuckte er auf die blutbesudelten Planken. »Und das aus deinem Mund! Nachdem du so viele Kreaturen ohne Zögern in den Tod geschickt hast!«

»Ich habe nur getan, was mir befohlen war, was die Stimme mir aufgab …«

Vigor hielt inne. »Die Stimme?«

»Die Stimme in meinem Kopf! Die mich beobachtet bei Tag und bei Nacht! Die mich zu dem gemacht hat, was ich bin …«

Vigors Mundwinkel fielen nach unten. »Den Verstand verloren hast du, das ist alles. Ein armer Irrer – schlimm genug, dass einer wie du den Thron der Äxte besteigen konnte.«

»Töte mich nicht, ich bitte dich! Ich gebe dir alle Reichtümer, die ich besitze!«

»Alter Fettsack«, knurrte Vigor und trat auf den vor ihm kauernden Potentaten zu, die blutige Axt erhoben. »Du willst mir etwas geben, das mir längst gehört!«

Damit wollte er zuschlagen – doch plötzlich war Lavan neben ihm. »Wisst Ihr noch?«, fragte der König von Tirgaslan spitz. »Diese Gunst habt Ihr mir versprochen.«

Vigor zögerte.

Alles in ihm verlangte danach, der Regentschaft Winmar von Ruuns ein ebenso jähes wie blutiges Ende zu setzen. Dennoch hielt er sich zurück. Trotz aller Rachsucht, die er verspürte, behielt der Taktiker in ihm die Oberhand.

»Wie Ihr wünscht«, sagte er und ließ die Axt wieder sinken. »Dann tut, was Ihr tun müsst. Eure Klinge, so scheint mir, hat ohnehin noch kaum Blut zu schmecken bekommen.«

Lavan antwortete mit einem gleichgültigen Schnauben, dann trat er auf den Zwergenkönig zu, der gesenkten Hauptes vor ihm kauerte. Welch eine Wendung, welch eine Laune des Schicksals, welche Ironie der Geschichte! In Ansun hatte Winmar über die Menschen triumphiert und über ihre Anführer zu Gericht gesessen – nun wurde über ihn gerichtet.

»Auch ich war dir treu ergeben«, sagte Lavan, während er beidhändig sein Schwert hob, mit der Spitze nach unten, um sie in den ungeschützten Nacken des Zwergs fahren zu lassen. »Ich war zufrieden mit dem, was du mir gegeben hattest und hätte dir weiter gedient, hättest du nicht den Fehler begangen, dich an meinem Kind zu vergreifen.«

»Wa-was?« Winmar blickte auf.

»Damit hast du es zu weit getrieben.«

»Aber ich … ich habe nicht …«

»Du leugnest? Das passt zu deiner verschlagenen Natur, Zwergenkönig. Aber damit ist es nun vorbei. Du wirst sterben – und meine Erben werden leben!«

Man konnte sehen, wie sich Winmars Gesichtszüge unter seinem schwarzen Bart vor Entsetzen verzerrten, ein grässlicher Schrei fuhr aus seiner Kehle. Vigor genoss seine Todesangst, sog sie in sich auf wie süßen Nektar und wartete auf den Moment, da die Klinge herabstoßen und den wahnsinnigen König durchbohren würde – als ihm plötzlich klar wurde, dass Winmars entsetzter Blick nicht Lavan galt, sondern im Gegenteil an diesem vorbei ins Leere ging, geradewegs in den Himmel.

In diesem Moment hörte Vigor das grässliche Rauschen.

Alarmiert fuhr er herum und blickte in die Richtung, in die auch Winmar starrte – und nun war der Mensch es, der aus Leibeskräften schrie, aus Zorn, aus Fassungslosigkeit und aus nackter Furcht.

Denn eine Kreatur wie diese hatte er noch nie zuvor gesehen.

Eigentlich war es nur ein Schemen, ein Schattenriss, der sich über ihnen im grauen Nebel abzeichnete, doch gab es keine Kreatur, die diesen Schatten geworfen hätte. Im Gegenteil, das schwarze Ungeheuer, das dort über ihnen schwebte und seine furchterregenden Schwingen über das Schiff gebreitet hatte, schien aus sich selbst heraus Bestand zu haben, allen Gesetzen der Natur zum Trotz. Schon das war an sich schrecklich genug – die Tatsache, dass das Monstrum leuchtende Augen hatte, die drohend auf sie herabstarrten, sorgte dafür, dass auch Vigor von tiefer Furcht ergriffen wurde.

Es war der Schatten eines Drachen!

Das rabenschwarze Haupt war nach vorn gewölbt und mit Reihen mörderischer Zähne versehen; gefährlich aussehende, dolchartige Zacken verliefen über seinen Rücken bis hinab zum langen Schweif, der peitschengleich umherzuckte; und da waren die weiten, in tödlichen Klauen endenden Schwingen, deren schwerer Schlag die Luft über der See geißelte und damit für das unheimliche Rauschen sorgte.

Die Kämpfe hatten ausgesetzt.

Alle, Menschen wie Zwerge, starrten in namenlosem Entsetzen auf die Kreatur, die über dem Flaggschiff schwebte. Der Kampflärm war verstummt, eine entsetzliche Stille herrschte, die Zeit schien stillzustehen.

Dann warf die Schattenbestie das Haupt in den Nacken und stieß einen Schrei aus, entsetzlicher als alles, was Vigor in den Grüften und Folterkellern Gorta Ruuns je aus der Kehle einer sterblichen Kreatur vernommen hatte. Einige Männer hielten sich die Ohren zu, wieder andere sprangen in panischer Furcht über Bord. Vigor konnte sehen, wie sich zu Lavans Füßen eine Lache auf den Decksplanken bildete.

Erneut kehrte Stille ein – ehe der Ruf der Kreatur beantwortet wurde.

Der grässliche Schrei hallte wider, nicht nur vereinzelt, sondern dutzendfach, bald aus dieser, bald aus jener Richtung, im Nebel unmöglich zu verorten.

Plötzlich begannen Krieger auf benachbarten Schiffen in wilder Panik zu schreien und zum Himmel zu deuten. Im nächsten Moment begriff Vigor, wieso. Denn aus dem grauen Gemisch von Dampf und Nebel, das über der See lag, schälten sich plötzlich dunkle, drohende Formen – und noch mehr geflügelte Kreaturen stürzten herab, die Schwingen weit ausgebreitet und die scheußlichen Mäuler aufgerissen.

Wohin Vigor auch blickte, sah er Schattenkreaturen herabstürzen, Dutzende, Hunderte. Plötzlich ging die Kreatur, die über dem Schiff des Zwergenkönigs schwebte, zum Angriff über. Mit Urgewalt warf sie sich auf den Segler, mit dem Vigor und Lavan das Flaggschiff angegriffen hatten. Das Boot war noch immer längsseits der Galeere vertäut, und die Seeleute, die sich darauf befanden, verfielen in gellendes Gebrüll, als sie das Verderben über sich hereinbrechen sahen.

Wie ein Raubvogel stieß der Schattendrache herab, packte den Mast des Seglers und knickte ihn. Holz splitterte und brach mit lautem Bersten, Seeleute wurden unter Trümmern begraben. Das Schiff bekam Schlagseite, und Wasser drang ein, schon sprangen die Ersten über Bord. Nur wenige versuchten, Widerstand zu leisten. Pfeile schnellten von ihren Sehnen, doch sie gingen geradewegs durch die Schattenkreatur hindurch, ohne auch nur den geringsten Schaden anzurichten, so als ob sie aus nichts als geballter Dunkelheit bestünde. Dazu, einen zweiten Pfeil aufzulegen, kamen die Krieger nicht – der Schweif der Bestie fegte sie vom wankenden Deck. Dann wandte sich das Ungeheuer wieder dem Flaggschiff zu und dem Turm, der sich auf dessen Achterdeck erhob.

Im ersten Augenblick war Vigor zu entsetzt gewesen, um einen klaren Gedanken zu fassen. Dann hatte er an einen seltsamen Zufall geglaubt. Nun jedoch, als er sein eigenes Schiff untergehen sah, als er Lavans Krieger schreien hörte und der Blick der kalten Glutaugen ihn erfasste, da wurde ihm klar, dass diese fliegenden Bestien nicht zufällig aufgetaucht waren. Jemand hatte sie gerufen! Jemand, der in höchster Bedrängnis war und um sein Leben fürchtete …

Lavan, der wie versteinert dastand, über dem kauernden Zwergenkönig und das Schwert noch immer in den Händen, schien zu demselben Schluss gekommen zu sein. Sein Mund öffnete sich, aber er begann erst zu schreien, als der Schattendrache auf ihn herabstieß.

Dann ging alles blitzschnell.

Vigor spürte den eisigen, nach Tod und Verwesung stinkenden Atem der Bestie und warf sich Schutz suchend zu Boden. Einige seiner Leute taten es ihm gleich; nicht so Lavan, der noch immer dastand und aus Leibeskräften schrie – und die Kreatur schnappte zu.

Mit furchtbarer Wucht schloss sich das grässliche Maul um Lavans Haupt und Oberkörper, die Zähne durchtrennten den König von Tirgaslan knapp oberhalb der Leibesmitte. Noch einen Augenblick lang hielten sich die herrenlosen Beine aufrecht, während die Kreatur wieder emporschnellte, dann brachen sie zusammen – und machten Vigor unmissverständlich klar, dass ihr Vorhaben, Winmar zu entmachten, gescheitert war.

Diese Bestien, woher sie auch immer kommen mochten, kämpften an Winmars Seite – keine Axt, kein Schwert und kein Pfeil konnte gegen sie bestehen!

»Rückzug!«, schrie einer von Lavans Unterführern, der die Zeichen der Zeit richtig deutete. »Der König ist tot!«

Hals über Kopf sprangen die Männer auf und ergriffen die Flucht. An Gegenwehr dachte niemand mehr, zumal das Monstrum erneut angriff, zusammen mit all den anderen Kreaturen, die so unvermittelt aufgetaucht waren. Während sie die Galeeren der Zwergenflotte unbehelligt ließen, stürzten sie sich auf die Angreifer, was Vigor in seiner Auffassung bestärkte, dass Winmar einen mächtigen Verbündeten bekommen hatte. Allenthalben musste er zusehen, wie Lavans Krieger bei lebendigem Leibe zerfetzt wurden und in die See gefegt, wie Masten dürren Zweigen gleich zerbrachen und Schiffe in die Tiefe sanken – und er begriff, dass er verschwinden musste!

Inmitten der Panik und des Chaos, das allenthalben ausbrach, suchte er vom Turm zu entkommen, doch der Weg war durch die Zwergenkrieger versperrt, die begriffen hatten, dass die Schattenkreaturen an ihrer Seite kämpften. Mit frischem Mut drängten sie jetzt wieder herauf und schlugen auf Lavans Leibwache ein, die sie bis auf den letzten Mann niedermetzelten. Für Winmar, der sich in die andere Ecke der Turmplattform zurückgezogen hatte, mit kreidebleichen Zügen und lauthals wirres Zeug redend, so als würde er sich mit jemandem unterhalten, den nur er sehen konnte, hatte Vigor keine Augen mehr – er wollte nur das nackte Leben retten und wählte den einzigen Ausweg, der ihm blieb.

Rasch erklomm er die Brüstung, spähte in die Tiefe, wo das Wasser zu kochen schien. Wellen schlugen wild umher, Gischt schoss schäumend in die Höhe, während die Luft ringsum erfüllt war von umherschwirrenden Schatten und scheußlichem Geschrei. Wohin Vigor auch blickte, sah er nichts als Feuer und Rauch, Trümmer und Leichen vollführten einen bizarren Tanz auf der wogenden See …

Und er sprang.

Ein banger Augenblick, dann das Eintauchen ins kalte Wasser. Ringsum trübes Grün, ein schreckliches Brausen in der Tiefe – und für einen Moment glaubte der Zwerg, einen schwarzen Körper zu erblicken, der pfeilschnell und lautlos durch das grüne Dunkel glitt.

Panik erfasste ihn, und er begann wie von Sinnen, mit den Armen zu paddeln. Er wollte zurück zur Oberfläche – doch die Rüstung und der Helm, die er trug, zogen ihn unaufhaltsam nach unten. In seiner Not nestelte er am Kinnriemen, schaffte es, den Helm loszuwerden und zerrte dann am Harnisch im verzweifelten Bemühen, auch ihn abzuschütteln. Seine Lungen begannen zu brennen, seine Bewegungen wurden ungenau und fahrig, während er immer weiter sank, der dunklen Tiefe entgegen.

27

Seit Jahrtausenden standen sie am Ufer der Ostsee, oberhalb zerklüfteter Felsen, gegen die rauschend die Brandung schlug, und blickten gen Süden, in die Weite des alten Reiches von Arun, ein steinernes Mahnmal dafür, dass auch die Macht der Elfenkönige nicht grenzenlos gewesen war.

Vergeblich hatten sie versucht, Arun zu unterwerfen und ihrem Reich einzugliedern, das geheimnisvolle Reich im Süden war ihnen verschlossen geblieben – aus diesem Grund hatten die beiden steinernen Kolosse, die einst dem Elfenkönig Sigwyn und seiner Gemahlin Liadin gewidmet worden waren, den Namen »Pforte von Arun« erhalten.

Der Name war geblieben, die Statuen selbst jedoch, von denen jede genau achtundvierzig Klafter maß, einer für jeden Edelstein der Elfenkrone, hatten sich verändert. Denn als mit Corwyn dem Großen der erste Mensch den Elfenthron bestieg und damit eine neue Epoche in der Geschichte Erdwelts begann, waren die steinernen Züge des Elfen Sigwyn in jene des Menschen Corwyn geändert worden, und aus der treulosen Liadin war Alannah geworden, die letzte Elfin, die als Corwyns Gemahlin in Erdwelt geblieben war und das Leben einer Sterblichen gewählt hatte.

Als stumme und ewige Wächter standen sie am Ufer, der König auf sein Schwert gestützt, die Königin auf das Zepter der Macht, und gemahnten an große Zeiten, an eine Epoche der Hoffnung, in der scheinbar alles möglich gewesen und den Menschen eine große Zukunft prophezeit worden war.

Lange vor dem Krieg mit den Zwergen.

Vor der Abspaltung Ansuns.

Vor Armut und Not.

Schon viele schicksalhafte Begegnungen hatten sich am Fuß dieser Statuen ereignet, vermutlich deshalb hatte der weise Dwethan sie als Treffpunkt ausgewählt.

Mithilfe Bertins, jenes Zwergs, der ihnen so unverhofft zu Hilfe gekommen war, war es Dag und seinen verbliebenen Gefährten gelungen, aus Gorta Ruun zu entkommen. Nachdem sie ihre Pferde zurückgeholt hatten, die der getreue Dugay die ganze Zeit über bewacht hatte, waren sie Dwethans Weisung folgend nach Süden aufgebrochen, zur Pforte von Arun.

Während des zehntägigen Ritts war Dag in düstere Gedanken versunken gewesen. Tagsüber hatte er um seinen gefallenen Vater getrauert, nachts hatten ihn Albträume verfolgt und seine Verwundung ihn gequält. Was, so hatte er sich immerzu gefragt, sollte er Dwethan sagen? Wie sollte er ihm erklären, was geschehen war, wie sein Versagen rechtfertigen?

Nichts hatte Dag aufzuheitern vermocht, selbst der Zuspruch seiner Freunde hatte ihn nicht über sein Versagen hinwegtrösten können. Nicht nur, dass sein Vater nicht mehr am Leben war, sie hatten auch Kunde erhalten von neuen und unheilvollen Plänen, die der Feind hegte, von einer dunklen Macht, die im Verborgenen wirkte und sie alle bedrohte – und sie hatten nichts dagegen tun können.

Doch in dem Augenblick, da sie die Pforte von Arun erreichten und Dag erfuhr, wer ihn dort erwartete, fiel alle Last und Mühsal von ihm ab.

»Es … es ist die Königin!«, rief Gladwyn. »Lady Aryanwen ist hier!«

Ungeachtet der Tatsache, dass er nichts sehen konnte, gab Dag seinem Schecken die Sporen, vertraute seinem Gefühl und darauf, dass das brave Tier ihn sicher zu seiner Geliebten trug. Und als er Aryanwen endlich in die Arme schloss, den Duft ihres dunklen Haars roch und ihren warmen Körper spürte, hatte er das Gefühl, sie tatsächlich vor sich zu sehen, in ihrer ganzen Anmut und Schönheit.

Keiner von ihnen vermochte ein Wort zu sprechen.

Es war ein Augenblick, der nur ihnen allein gehörte, der voller Zauber war und Gegenwart und Nähe, und der in einem innigen Kuss gipfelte.

»Caria siwi, athana«, flüsterte Dag schließlich, als sie sich nach einer scheinbaren Ewigkeit wieder voneinander lösten.

»Sha caria siwi, athan«, erwiderte sie.

»Ich will euch nicht stören«, räusperte sich Dwethan, »aber ich habe dir gesagt, dass ich sie finden würde.«

»Das habt Ihr.« Dag nickte lächelnd. »Habt Dank, alter Mann.«

»Danke mir nicht zu früh«, entgegnete der Druide, »denn ich fürchte, ich habe versagt.«

»Was meint Ihr?« Er wartete auf eine Antwort, doch weder Dwethan noch Aryanwen sprachen.

»Wo ist unser Kind?«, begriff Dag schließlich.

»Alannah ist … nicht hier«, erwiderte Aryanwen leise, »aber es geht ihr gut.«

»Alannah? Und was heißt, sie ist nicht hier? Was hat das zu bedeuten?«

»Lasst uns alles berichten«, schlug Dwethan vor.

So erfuhr Dag von den Geschehnissen in Elfenhain, von Alannahs Geburt, vom Überfall der Orks und von Aryanwens unverhoffter Begegnung mit Balbok und Rammar, so wie er auch von Lavans Bündnis mit Vigor und von Aryanwens dramatischer Flucht aus Tirgaslan erfuhr, bei der Dwethan auf geheimnisvolle Weise seine Hände im Spiel gehabt zu haben schien. Und der Druide wurde über die Begegnung mit den Schatten unterrichtet, über den Zug des Zwergenkönigs gen Osten, über die gescheiterte Rettungsmission in Gorta Ruun sowie über den Tod Herzog Osberts.

»Und das ist noch nicht alles«, sagte der Druide. »Ganz offenbar hat es auf dem *dwaímaras* eine Seeschlacht gegeben. Entlang der Südküste wurden Trümmer von Schiffen angeschwemmt. Und menschliche Leichen – oder vielmehr das, was noch von ihnen übrig war.«

»Haie?«, fragte Dag.

»Wohl kaum. In einem der Trümmer fand ich dies hier.«

Er reichte Dag etwas, das dieser entgegennahm und befühlte. Es war von länglicher Form und leicht gebogen, fast wie ein Säbel, und seine Oberfläche war rau und wies scharfe Zacken auf. Allerdings war es ungleich dicker als eine Klinge und auch nicht aus Metall …

»Eine Klaue?«, entfuhr es Dag überrascht.

»In der Tat.«

»Aber was für eine Kreatur …?«

»Keine, von der Menschen je gehört hätten«, fiel Dwethan ihm ins Wort. »Es hat begonnen.«

»Was hat begonnen?«, erkundigte sich Aryanwen. »Wovon sprecht Ihr?«

»Von einem Krieg, der entbrannt ist, ohne dass Ihr oder sonst ein Sterblicher davon Kenntnis genommen hätte. Denn in diesem Krieg geht es nicht um Ländereien oder um Freiheit. Noch nicht einmal um das Überleben eines Volkes.«

»Worum geht es dann, Druide?«, wollte Ferghas wissen.

»Um nicht mehr und nicht weniger als um die Seele der Welt«, gab Dwethan zur Antwort. »Einst, als Erdwelt noch jung war und die Schöpfung neu, lagen Licht und Finsternis im Widerstreit. Aus ihrem Kampf gingen die Meere und Kontinente hervor, entstanden Feuer und Wasser. Am Ende siegte das Licht über die Finsternis und bereitete damit den Boden für den Beginn dessen, was wir als Geschichte kennen – das Böse jedoch wurde im Inneren der Welt eingeschlossen.«

»Das sind doch nur Märchen«, meinte Dag. »Jedes Volk hat seine eigenen Geschichten über die Entstehung der Welt.«

»Das ist wahr«, räumte Dwethan ein, »aber jeder dieser Geschichten wohnt eine tiefere Wahrheit inne.«

»Wenn es so ist, wie Ihr sagt, und das Böse am Anbeginn der Zeit besiegt wurde, warum hat man es dann nicht vernichtet?«, fragte Ferghas grimmig.

»Weil es nicht vernichtet werden kann. Es ist ein Teil des Kosmos, so wie das Gute ein Teil des Kosmos ist. Aber es wurde zurückgedrängt, damit das Leben in Erdwelt sich entfalten konnte. Die Elfen kamen und besiedelten die Welt, und die Geschichte begann – doch durch die Jahrtausende gelang es dem Bösen immer wieder, nach außen zu dringen und einzelne Kreaturen zu verderben – zuletzt den Dunkelelfen Margok, den Eure Ahnin Alannah bekämpfte«, sagte Dwethan, an Aryanwen gewandt.

»Dann … ist der Dunkelelf zurückgekehrt?«, fragte Aryanwen bange.

Dwethan lächelte schwach. »Ich wünschte, es wäre so – denn Margok war nur eine Facette des Bösen, nur ein kleiner Teil von dem, was die Finsternis vermag. All die Zeichen jedoch, die wir gesehen haben – dieser sinnlose Krieg, die zunehmende Gleichgültigkeit der Menschen, das Auftreten des Wechselbalgs und die Angriffe der Schattendrachen –, lassen nur einen Schluss zu: Dass das Böse selbst dabei ist, sich aus seiner jahrtausendelangen Gefangenschaft zu befreien.«

»Das Böse selbst? Aber wie …?«, fragte Dag.

»Mithilfe von Sterblichen, die dumm genug sind, seinen Verlockungen Glauben zu schenken, und so zu seinen willfährigen Dienern werden.«

»So wie Winmar«, folgerte Aryanwen.

»Inzwischen hege ich keinen Zweifel mehr daran, dass der Zwergenkönig die Stimme des Bösen vernommen hat«, stimmte Dwethan düster zu.

»Mein Vater sagte etwas von einer Stimme, die er gehört haben wollte und die in einer fremden, unheilvollen Zunge zu ihm sprach …«

»Ein weiterer Beleg dafür, dass dunkle Mächte in Gorta Ruun Einzug gehalten haben und hinter Winmars Aufstieg stecken. In seiner Eitelkeit und Herrschsucht ahnt der kleine König vermutlich nicht, mit wem er sich eingelassen hat. Vielleicht glaubt er sogar, jene Macht kontrollieren zu können, aber das ist ein Irrtum. Sie bedient sich seiner, um das Angesicht dieser Welt zu verändern, und wenn er seine Schuldigkeit getan hat, wird sie ihn verzehren wie so viele vor ihm – und dann werden Tod und Dunkelheit über die Welt kommen.«

Stille kehrte ein. Nur der Wind war zu hören, der um die Klippen strich, und das Rauschen der Brandung.

»Als wir in Gorta Ruun waren«, berichtete Dag leise, »beobachteten wir einen Zug von Vermummten …«

»Vermutlich *dwarvai taithai*«, nahm Dwethan an.

»Dunkelzwerge?«, fragte Dag.

»In Königin Alannahs Buch stand etwas über sie geschrieben«, erinnerte sich Aryanwen. »Um dem Berg seine Geheimnisse zu entlocken und an verborgenes Wissen zu gelangen, haben sie sich der Finsternis verschrieben.«

»Sie haben einen anderen Namen gewählt, bezeichnen sich selbst als Alchemisten – doch es sind dieselben verbotenen

Künste, die sie betreiben«, stimmte Dwethan zu. »Winmar nutzt ihre Kenntnisse, um neuartige Waffen und Maschinen erbauen zu lassen. Vermutlich denkt er, dass sie in seinen Diensten stehen, aber das ist nicht wahr. Die Alchemisten genügen nur sich selbst und ihrer Gier nach Wissen und Erkenntnis.«

»Aber – ist denn jeder Fortschritt verwerflich?«, fragte Dag. »Ist jede Wissenschaft schlecht? Und ist jede Maschine ein Werkzeug des Bösen?«

»Nicht, wenn sie zum Wohl der Sterblichen genutzt wird«, schränkte Dwethan ein. »Doch Winmars Maschinen dienen nur der Zerstörung. Dem Bösen ist nicht am Fortschritt der Sterblichen gelegen. Es will vernichten.«

»Ich verstehe«, sagte Dag gepresst.

»Dies ist der Krieg, in dem wir tatsächlich kämpfen, meine Freunde, auch wenn bislang nur wenige davon wissen. Wir jedoch kennen jetzt die Wahrheit und wissen, was im Land des Feindes vor sich geht – Eure Reise nach Gorta Ruun war also kein völliger Fehlschlag.«

»Und was jetzt?«, fragte Ferghas.

»Ihr werdet in die Hügellande zurückkehren und Eurem Bruder berichten. Lord Anghas kennt meine Befürchtungen und wird wissen, was zu tun ist. Beim nächsten Vollmond wird er den Häuptlingen der anderen Clans von diesen Dingen berichten – so habe ich es vorausgesehen.«

»Und was werdet Ihr tun?«

»Zusammen mit der Königin werde ich mich auf die Suche nach ihrem Kind begeben – denn nach allem, was ich erfahren habe, fürchte ich, dass die Mächte des Bösen nach seinem noch so kleinen und zerbrechlichen Leben trachten.«

»Aber warum?«, fragte Aryanwen.

»Ja«, fügte Dag hinzu. »Was hat Alannah ihnen getan?«

»Euer Kind«, erwiderte Dwethan, »ist vielleicht nur ein Symbol der Hoffnung in dunkler Zeit – das allein genügt. Ihr habt gut daran getan, es vor Lavans Augen zu verbergen, denn ich fürchte, auch der König von Tirgaslan ist dem Bösen verfallen. Mit diesem Schritt hat niemand gerechnet, noch nicht einmal die Vorsehung selbst.«

»Dann werde ich mit Euch gehen«, verkündete Dag entschieden.

»Nein, Junge«, lehnte der Druide unbarmherzig ab. »Dir ist eine andere Aufgabe bestimmt, und das weißt du. Nachdem dein Vater nicht mehr ist, ist es an dir, Lord Anghas zum Elfenkreis zu begleiten und die Clans zu einen.«

»Das ist ausgeschlossen. Ich werde meine Frau und meine Tochter nicht mehr allein lassen.«

»Du musst, Dag«, bekräftigte der Alte. »Es ist dein Weg.«

»Aber ... habt Ihr nicht gehört, was Lord Anghas gesagt hat? Ich bin ein Nichts, ein Niemand! Die Clansherren werden mir nicht zuhören!«

»Dann musst du sie überzeugen«, erwiderte Dwethan. »Berichte ihnen, was du in Gorta Ruun gesehen und gehört hast. Dann werden sie keine andere Wahl haben, als dir ihre Aufmerksamkeit zu schenken.«

»Habt Ihr das auch vorausgesehen? So wie die Befreiung meines Vaters?«, fragte Dag.

»Visionen sind nicht die Zukunft, Junge. Weder habe ich den Tod des Herzogs vorausgeahnt, noch, dass die Königin ihr Kind zwei Unholden anvertrauen wird. Oft sind es nur einzelne Entscheidungen, die den Ablauf der Dinge stören, winzige Veränderungen, Staubkörner im Räderwerk der Geschichte – sie kann man nicht voraussehen.«

»Aber es gibt noch Hoffnung?«, fragte Dag.

»Es gibt immer Hoffnung. Wäre es nicht so, wäre ich längst an der Welt verzweifelt.«

Dag, der Aryanwens Hand die ganze Zeit über gehalten hatte, im festen Entschluss, sie niemals wieder loszulassen, wandte sich ihr zu. Allein der Gedanke, sich wieder von ihr zu trennen, brachte ihn fast um, aber er fühlte, dass er keine andere Wahl hatte – nicht, wenn er Dwethan vertrauen und den letzten Willen seines Vaters erfüllen wollte.

»*Athana*, ich …«

»Ich weiß«, sagte sie nur, und ihre Stimme war so voller Sanftmut und Liebe, dass es ihn überwältigte. »Dein Volk braucht dich. Erdwelt braucht dich.«

Dag biss sich auf die Lippen. Er wollte widersprechen, wollte sagen, dass ihm all diese Dinge gleichgültig waren, dass er nur mit ihr zusammen sein und sich mit ihr auf die Suche nach ihrem gemeinsamen Kind begeben wollte …

Aber das war nicht die Wahrheit.

Die Wahrheit war, dass Dags Pflichtbewusstsein zurückgekehrt war – im selben Augenblick, in dem er Aryanwen wiederbegegnet war. Wenn sie einander wiedergefunden hatten inmitten all des Chaos, des Hasses und der Zerstörung, konnte das nur bedeuten, dass alles, was auf dieser Welt geschah, auf wunderbare Weise zusammenhing, dass es einen großen, übergeordneten Plan gab, dem alles Leben folgte.

Nach der Schlacht um Ansun, nachdem er geblendet worden war und gedemütigt, als er verbittert gewesen war und verzweifelt, hatte er den Glauben an eine solche Ordnung, an einen solchen Plan verloren. Doch er hatte ihn wiedergefunden, und mit ihm auch seine Ehre – und seine Hoffnung.

»Ich werde gehen«, verkündete er entschlossen. »Ich werde Lord Anghas zum Elfenkreis begleiten und dort zu den Stämmen sprechen. Ich weiß, dass ich nicht mein Vater bin, aber ich werde tun, was ich kann.«

»Ich weiß.« Dwethan nickte.

»Wann muss ich aufbrechen?«

»Nehmt euch zwei Tage Zeit – ihr hattet einander lange nicht und habt euch sicher viel zu erzählen. Am dritten Tag jedoch musst du aufbrechen, des Osberts Sohn, denn die Schattendrachen werden immer zahlreicher, und ihre Stärke nimmt beständig zu. Ihr dürft nur am hellen Tage reisen und müsst den Himmel ständig beobachten.«

»Wer sind diese Kreaturen?«, fragte Dag. »Was sind sie?«

»Das, was von Wesen übrig blieb, die einst in den Diensten des Bösen standen«, entgegnete Dwethan düster.

»Wollt Ihr damit sagen, dass sie ... dass sie eigentlich tot sind?«

»Sie gehören dem Schattenreich an, deshalb können herkömmliche Waffen ihnen nichts anhaben«, stimmte der Druide zu. »Seht euch vor ihnen vor, hört ihr?«

»Das werden wir«, versicherten Ferghas und Dugay an Dags Stelle.

Dag nickte seinen Gefährten dankbar zu. Dann trat er vor und schlang unversehens die Arme um Dwethans hageren Körper. Einen Moment lang schien der Druide überrascht und stand wie versteinert, dann erwiderte er die Umarmung.

»Habt Dank, alter Mann«, flüsterte Dag, »für alles, was Ihr für mich getan habt und noch tun werdet. Und ich bitte Euch, auf Aryanwen zu achten – und auf unser Kind.«

»Das werde ich, Sohn«, versprach der Alte. »Das werde ich.«

Sie lösten sich voneinander, und Dag fühlte die innige Umarmung Aryanwens wie einen wärmenden Sonnenstrahl. Erneut küssten sie sich, versuchten, diesen kurzen Augenblick so lange wie möglich festzuhalten, auch wenn sie wussten, dass es letztlich vergeblich sein würde und sie erneut voneinander lassen mussten, bis zum nächsten Wiedersehen.

Noch mehr Wind kam auf, und über der nördlichen See grollte dumpfer Donner.

Ein Sturm zog auf.

Und er würde die Welt erschüttern.

Epilog

»Komm zu mir …«

Winmar konnte die Stimme wieder hören, so nah und unvermittelt, wie er sie zuletzt nur in Gorta Ruun vernommen hatte, im Stollen Zor.

Ohne Zögern hatte er die gefahrvolle Reise in die Tiefe auf sich genommen, um zum Ursprung der Stimme vorzustoßen und mit ihr eins zu werden. Damals war es ihm nicht vergönnt gewesen, das letzte Geheimnis zu ergründen – diesmal jedoch würde ihn nichts mehr davon abhalten …

»Komm! Es ist nicht mehr weit!«

Winmar beschleunigte seine Schritte. In Gorta Ruun hatte ein tiefer Stollen gegraben werden müssen, und selbst dieser hatte noch nicht ausgereicht, um zum Kern jener Macht vorzustoßen, die zu ihm sprach. Hier in Tirgas Winmar jedoch war diese Macht allgegenwärtig, drang geradewegs aus der Tiefe, zusammen mit den glühenden, brodelnden Massen, die aus dem Inneren der Welt quollen wie faulige Gedärme aus einem Kadaver.

Winmar erinnerte sich, dass sein Vater ihm einst von Karak Nor erzählt hatte, der Alten Welt, die nichts als ein glühender Klumpen gewesen war, die Esse, in deren Feuer die Schöpfung gebrannt worden war. Unzähliger Schmiede Arbeit hatte am Anbeginn der Zeit das Feuer eingedämmt und dafür gesorgt, dass es nicht mehr offen zutage treten konnte, ehe die Steinmetze damit begonnen hatten, das Scharfgebirge zu formen und die Höhlen und Stollen von Gorta

Ruun. Einer der Schmiede jedoch, dessen Namen man dem Vergessen preisgegeben hatte und den man nur den »Hammermann« nannte, hatte seine Zunft verraten und aus Nachlässigkeit eine Lücke in dem Schild gelassen, der die Welt umgab – und aus dieser Lücke quoll bis zum heutigen Tag das flüssige Gestein, als ewiges Mahnmal für alle, die ihren Eigennutz über das Wohl des Zwergenvolks stellen.

Winmar hatte die simple Moral dieser Geschichte schon als Kind belächelt und sich eine eigene Version zurechtgelegt, in der der Hammermann nicht aus Nachlässigkeit, sondern in voller Absicht gehandelt hatte, um sich selbst unsterblich zu machen und etwas Großes, Einzigartiges zu schaffen, das auf der Welt seinesgleichen suchte. Und während andere Zwergenkinder sich vor dem Hammermann fürchteten, von dem es hieß, er käme des Nachts, um alle Faulen und Pflichtvergessenen im Schlaf zu erschlagen, hatte ihn Winmar stets als Verbündeten gesehen, als gleichgesinnten Freund. Und in diesem Augenblick, während er die nicht enden wollende Treppe zu dem Gewölbe hinabstieg, das sich unter seinem neuen Herrschersitz befand, wurde ihm klar, dass er damit nur seiner Bestimmung gefolgt war.

Er konnte nicht anders, als laut zu lachen. Winmars Verstand hatte schon längst aufgehört, den Gesetzen der Logik oder der Vernunft zu folgen, und die Ereignisse während der Überfahrt hatten dafür gesorgt, dass auch noch sein letzter Widerstand gegen die Stimme und ihre Macht verschwunden war.

Im sicheren Glauben, geschlagen und besiegt zu sein, hatte Winmar dem Feind ins Auge geblickt. Bebend vor Angst hatte er darauf gewartet, dass Lavans Klinge niederging, hatte gespürt, wie seine Beinkleider nass wurden, weil er aus Furcht die Kontrolle über seinen Körper verlor. Gedemütigt hatte er vor seinem Feind gekauert und den Todesstoß erwartet – aber dann war alles ganz anders gekommen.

Die Stimme hatte Wort gehalten.

Die Stimme hatte ihn gerettet.

Woher die fliegenden Schattenkreaturen gekommen waren, wusste Winmar nicht, und er wollte es auch nicht wissen. Der Anblick jener Bestien mit ihren dunklen Schwingen und grässlichen Klauen jedoch hatte ihn alle Zweifel vergessen lassen. Atemlos hatte er mitangesehen, wie die Schatten die Schiffe seiner Feinde angegriffen und zerstört hatten, nicht eines von ihnen war übrig geblieben. In wilder Panik hatten die Angreifer die Flucht ergreifen wollen, doch es hatte keinen Ort gegeben, wohin sie fliehen konnten. Wer auf den Galeeren blieb, der wurde von den Bestien zerfetzt oder von Winmars Soldaten niedergemacht, wer über Bord sprang, der ertrank.

Dann, so unvermittelt, wie sie aufgetaucht waren, waren die grässlichen Kreaturen wieder verschwunden. Unbehelligt hatten die verbliebenen Galeeren ihre Fahrt nach Osten fortgesetzt und nur wenige Tage später Tirgas Winmar erreicht, die neue Hauptstadt der Welt.

Für die Stadt, die sich an die Hänge des Vulkans schmiegte, von Mauern aus erkalteter Lava geschützt und von tiefen Erdspalten umgeben, aus denen heißer Dampf emporstieg, hatte Winmar kein Auge gehabt. Sein Interesse hatte nur dem hohen, strahlend weißen Turm gegolten, der sich inmitten fremdartig aussehender Gebäude majestätisch am Hang des Berges erhob und von dem aus er künftig herrschen würde.

Vor rund fünf Jahrhunderten, als der Menschenkönig Corwyn im Krieg mit dem Herrscher von Kal Anar lag, war die Stadt selbst völlig zerstört worden; nur der Turm hatte der Vernichtung getrotzt, so wie er es seit Jahrtausenden tat. Niemand wusste, wer den Turm errichtet hatte – vielleicht, dachte Winmar, war er gar nicht erbaut worden, sondern aus dem Inneren der Welt emporgebrochen, so wie der Dolch, den er einst in den Rücken seines Gönners Reginald gestoßen hatte, mit derartiger Wucht, dass er in dessen Brust wieder ausgetreten war. Jedenfalls hieß es, dass der Turm das älteste Gebäude von ganz Erdwelt sei, das schon Bestand gehabt hätte, als die ersten Elfen unter ihrem König Miron die Bühne der Geschichte betraten. Seiner gewundenen Form wegen, die sich geradewegs in die Wolken zu schrauben schien, hatte man ihm den Namen »Schlangenturm« gegeben, und als solcher hatte er Furcht und Schrecken in Erdwelt verbreitet – eine Tradition, die Winmar wieder aufleben zu lassen gedachte.

Dabei war das, was von dem Turm zu sehen war, nur seine Spitze; seine wahre Größe und seine Ausmaße zeigte der Schlangenturm erst im Inneren des Berges, in den Stollen und Höhlen, die sich in die Tiefe erstreckten wie die Wurzeln eines riesigen steinernen Baumes. Es war eine offenkundige Gemeinsamkeit mit Gorta Ruun, und zugleich wohl die einzige. Einst, so wusste Winmar, hatten die Zwerge eine Expedition nach Kal Anar geschickt – zum einen, um herauszufinden, ob es Verbindungen zum Zwergenreich gab und es womöglich Söhne des Berges gewesen waren, die den Turm einst errichtet hatten; zum anderen, um festzustellen, ob sich die Flamme im Inneren des Berges als Esse eignete, über der die Zwergenschmiede ihre Arbeit verrichten konnten. Doch keiner, der an dieser Expedition teilgenommen hatte, war je zurückgekehrt.

Wie sollten sie auch?

Diese armen Narren hatten nicht gewusst, was ihm, Winmar von Ruun, längst offenbar geworden war: dass diesem Berg unbegreifliche Mächte innewohnten, und dass nur überleben konnte, wer sich ihnen unterwarf.

»Komm zu mir, mein Diener!«

»Das tue ich, Meister«, versicherte Winmar ohne Zögern, während er immer weiter hinabstieg. Mit jeder Stufe, die er zurücklegte, wurde die Luft um ihn stickiger und wärmer, und der orangerote Schein, der den Schacht erhellte, intensivierte sich. Als die Treppe schließlich endete – Winmar wusste nicht, wie viele Hundert Stufen er gegangen war –, fand er sich in einer Höhle wieder.

Die hohen Wände waren von schwarzem Gestein überzogen, das an der Decke bizarre Tropfsteine formte. Vor Winmar jedoch lag ein Pfuhl, in dessen Tiefen glühende Lava brodelte – der Vulkan war also doch nicht erloschen!

»Geh weiter!«, forderte die Stimme ihn auf.

Vorsichtig trat Winmar an den Rand des Pfuhls und spähte hinab, fasziniert von dem Schauspiel feuriger Lohen und glühender Kaskaden, die sich jäh auftürmten, um sofort wieder zusammenzufallen. Wabernde Dämpfe stiegen empor, der Geruch von Teer und Schwefel raubte dem Zwergenkönig fast den Atem.

»Meister«, rief er gegen das Brodeln und Brausen, das aus der Tiefe drang, »seid Ihr das?«

»Du bist gekommen«, stellte die Stimme fest.

»Das bin ich«, bestätigte Winmar und breitete die kurzen Arme aus. »Jetzt kommt Ihr zu mir! Ich bin bereit, Euch zu umarmen, Meister, mit allem, was ich bin!«

Winmars Herzschlag raste, nicht nur aufgrund der Hitze, die ihm den Schweiß auf die Stirn trieb, und der giftigen Luft, sondern auch vor Aufregung und ungestillter Gier. Nun endlich würde er Erfüllung finden, würde er Wahrheit und Unsterblichkeit erlangen, all das, wonach selbst die mächtigsten Könige Erdwelts sich vergeblich gesehnt hatten …

»Es wird dir gehören«, versicherte die Stimme, die einmal mehr in seinen Gedanken zu lesen schien. *»Viele haben nach*

mir gesucht, manche von ihnen erwählte ich zu meinen Dienern – doch am Ende haben sie alle versagt. Du jedoch, Winmar von Ruun, bist zum wahren Kern vorgestoßen, zur Essenz dessen, was ich bin. Nicht nur deine Seele, selbst deinen Verstand hast du dafür gegeben …«

»Zeigt Euch mir, Meister«, rief Winmar, der noch immer mit ausgebreiteten Armen dastand. »Kommt zu mir! Ich erwarte Euch.«

»Ich bin auf dem Weg zu dir, mein Diener, sei unbesorgt«, kam es zurück. *»Sieh in die Tiefe, und du wirst mich erblicken.«*

Mit vor Hitze und Dämpfen brennenden Augen starrte Winmar in den kochenden Pfuhl – und für einen Moment war ihm, als könnte er in den Strömen und Strudeln aus orangeroter Glut und schwarzer Schlacke tatsächlich etwas erkennen – oder war es nur eine Täuschung? Winmar wischte sich über die tränenden Augen, aber das verschwommene Bild blieb bestehen. Es zeigte einen Zwerg, der bucklig war und entstellt und einen großen Hammer über der Schulter trug …

»Nein!«, rief Winmar erschrocken aus. »Das ist nicht möglich …!«

Das Bild verschwand und formierte sich neu, zerfloss wie eine der feurigen Kaskaden, um schon im nächsten Moment wieder zu erstehen, in immer neuer Gestalt. Die Schemen von Elfen und Unholden bildeten sich dort in der Tiefe, sowie von Wesen, wie Winmar sie noch nie zuvor gesehen hatte und die aus einer Zeit stammen mochten, die weit vor der Geschichte lag.

»Dies bin ich gewesen«, sagte die Stimme, *»doch jetzt bin ich hier!«*

Es geschah blitzschnell.

Die Bilder verschwanden, und die Lava dehnte sich. Von einer unheimlichen Kraft aus der Tiefe getrieben, blähte sie sich auf wie eine riesige Eiterblase und schoss an den Wänden des Pfuhls empor, Winmar entgegen.

Der Zwergenkönig spürte die Hitze und schrie entsetzt auf, während er weiter in das orangerot glühende Verderben starrte.

Haar und Bart wurden versengt, die Haut an den Armen und im Gesicht verbrannte, während der König immer weiter schrie, rasend vor Todesangst und Schmerz. Im nächsten Moment hatte die Blase den Rand des Pfuhls erreicht und zerplatzte.

Flüssiges Gestein spritzte auf, das als prasselnder Regen niederging. Glühend heiß klatschte es auf Winmar herab, verbrannte ihm Haar und Kopfhaut und zeichnete ihn für immer. Gequält wollte der Zwergenkönig aufschreien, doch er tat es nicht – denn plötzlich war der Schmerz vorbei.

Und dann begriff er, was geschehen war.

Winmar von Ruun hatte aufgehört zu existieren.

»Wir sind eins«, sagte er.

Die Stimme sprach nicht länger zu ihm.

Der König von Erdwelt *war* die Stimme.

Anhang A

ADYSHAN – DIE GEHEIME SPRACHE

Grammatikalische Anmerkungen

Auch nach dem *farwyla*, dem mythenumrankten Weggang der Elfen aus Erdwelt, hat sich die elfische Sprache in verschiedenen Bereichen der Gesellschaft noch lange erhalten, vor allem in den Kreisen Eingeweihter und Gelehrter, die sie sowohl zu Unterricht und Lehre als auch zur Niederschrift neuer Erkenntnisse nutzten – die Bezeichnung *ádyshan* (alternativ auch *áthysan*) ist daher für diese spezielle Form des Neuelfischen gebräuchlich, deren wichtigste Eigenheiten nachfolgend kurz erläutert werden sollen.

Anders als das klassische Hochelfisch, das in den Gedichten Varsurs oder Noribas überliefert wurde und nach dem grammatischen Standardwerk Bloythans *Tarfuraith* genannt wird, stellt das Neuelfische ein sehr viel weniger geschlossenes Sprachgebilde dar, das zahlreiche Lehnwörter aus anderen Idiomen Erdwelts übernommen hat, so vor allem aus der Sprache der Westmenschen sowie, durch das Wirken alchemistischer Geheimbünde während des Dritten Krieges, auch aus der Zwergensprache. In einigen Gegenden Trownas, wo auch weit über den *farwyla* hinaus noch Elfisch gesprochen wurde – beispielsweise in den Gebieten der alten Elfenhaine –, hat sich das sogenannte Vulgärelfisch entwickelt, das ebenfalls Wörter und Grammatik der Menschensprachen mit denen der Elfensprache mischt, jedoch lediglich mündlich tradiert wurde. Entsprechend verschmolz es im Lauf der Jahrhunderte mit anderen Sprachen, wohingegen sich das in zahlreichen Werken schriftlich überlieferte *Adyshan* nahezu unverändert erhalten hat und noch immer erlernt werden kann.

Gegenüber dem Hochelfischen weist Adyshan einige Lautveränderungen auf, die wohl darauf zurückzuführen sind, dass die den Elfen nachfolgenden Benutzer der Sprache – im Wesentlichen Menschen und Zwerge – nicht über das Geschick elfischer Zungen verfügten und manche Feinheit in der Aussprache daher verloren ging. Einer gewissen Abstumpfung des gesprochenen Wortes folgte daher alsbald deren schriftliche Angleichung, so dass der im Hochelfischen weit verbreitete Laut *–th–* schließlich zu *–d–* wurde und das stimmhafte *–v–* zum stimmlosen *–w–* verallgemeinert. Auch die Unterscheidung der verschiedenen Zischlaute der Elfensprache ging verloren, so wurde das stimmhafte *–s–* bzw. *–ss–* des *Tarfuraith* häufig zu einem stimmlosen *–sh–*. Eine Ausnahme bildet das *–st–* wie z. B. in *cestail* (Burg), das in einigen Worten unverändert erhalten blieb. Obwohl die Schreibung beibehalten wurde, ist außerdem davon auszugehen, dass der elfische Singlaut *c* in späterer Zeit als *k* ausgesprochen wurde, was der Sprache insgesamt einen eher nüchternen und weniger poetischen Klang verlieh als in der Zeit der Hochelfen. Eine weitere Ausnahme sind Eigennamen und Zitate, die häufig unverändert erhalten bleiben.

Substantive

Die natürliche Geschlechtsbestimmung des Elfischen wurde im *Adyshan* weitgehend beibehalten, durch das Anhängen der weiblichen Endung *–a* an die entsprechenden Substantive sogar noch weiter betont. Die Anzahl sinnstiftender Suffixe hat sich gegenüber der Hochsprache reduziert, ebenso wie die grammatikalischen Formen der Deklination und Pluralbildung. So wird die Mehrzahl im *Adyshan* gemeinhin durch Anhängen des Buchstabens *–i* ausgedrückt, unabhängig von der klassischen, nach dem Wortstamm unterschiedenen Pluralbildung:

Hochelfisch / Tarfuraith:

codan – der Baum	*codana* – die Bäume
fahila – das Blatt	*fahilai* – die Blätter
tirgas – die Stadt	*tirgai* – die Städte

Neuelfisch / Adyshan:

codan – der Baum	*codani* – die Bäume
fahila – das Blatt	*fahili* – die Blätter
tirgasha – die Stadt	*tirgashai* – die Städte

Die Deklination der Substantive erfolgt nach folgendem, gegenüber der Hochsprache leicht vereinfachtem Prinzip, das gleichlautend auch für die Pluralform gilt:

Nominativ	*reghash*	die Gabe
Genitiv	*reghashy*	der Gabe
Dativ	*reghashta*	der Gabe
Akkusativ	*reghashtan*	die Gabe

Der im Hochelfischen anzutreffende Lokativ wird im Neuelfischen nicht mehr verwendet. Ortsbezeichnungen werden hier durch einfache Voranstellung der Präposition gebildet, z. B. *dai tandaiar* – »in der Tiefe«.

Verben

Die tradierte Infinitiv-Endung *–u* blieb auch im *Adyshan* erhalten, ebenso wie die Konjugation einzelner Tätigkeitswörter:

1. Person Singular	*far-a*	ich mache
2. Person Singular	*far-ain*	du machst
3. Person Singular	*far-an*	er macht
1. Person Plural	*far-awen*	wir machen

2. Person Plural	*far-anai*	ihr macht
3. Person Plural	*far-anor*	sie machen

Infolge zunehmender grammatikalischer Verwässerung werden in der Spätzeit allerdings auch eigentlich unregelmäßige Verben wie *bodu* (»sein«) regelkonform konjugiert:

1. Person Singular	*dwa*	Ich bin
2. Person Singular	*dwain*	du bist
3. Person Singular	*dwan*	er ist
1. Person Plural	*dwawen*	wir sind
2. Person Plural	*dwanai*	ihr seid
3. Person Plural	*dwanor*	sie sind

Das Partizip Präsens wird im *Adyshan* durch Anfügen der Silbe *–ash* an den Stamm gebildet, das Partizip Perfekt Passiv durch Anhängen der Silbe *–un*. Die im Hochelfischen beliebte substantivische oder adjektivische Verwendung des Partizips ist auch in der Gelehrtensprache gebräuchlich.

Die vielen verschiedenen Vergangenheitsformen, die die Hochsprache Lindragels kannte und die gemeinhin als Spiegel des differenzierten elfischen Zeitbegriffs gedeutet wurden, haben sich nicht bis in die Spätzeit erhalten; lediglich die einfachste Form der Vergangenheitsbildung, nämlich die Verbindung des Verbs *wandu* »haben« mit dem Partizip Perfekt Passiv findet sich in den Werken des *Adyshan*, ein deutliches Zeichen für den sprachlichen Niedergang jener Tage, z. B. *wanda cinun* »ich habe gesungen«.

Adjektive

Bei den Eigenschaftswörtern haben sich die Regeln der Hochsprache weitgehend erhalten, wohl weil sie einfach sind und einem klaren Prinzip folgen: Sowohl reine Adjektive als auch solche, die als Partizipien aus Verben gebildet werden, enden auf –a und werden dem dazugehörigen Substantiv entsprechend mitdekliniert. Die Steigerungsform wird oft auch durch eine mehrfache Wiederholung des Adjektivs ausgedrückt: Das Hochelfische *mavurálara* »größer« z. B. wird im *Adyshan* häufig durch die Wendung *marwur-marwura* ersetzt.

Zahlwörter
Die vielfältigen Bedeutungsebenen, die Zahlwörter in der Hochsprache einnehmen konnten, sind in der Spätzeit fast alle verloren gegangen, lediglich die Alchemisten können für sich in Anspruch nehmen, noch einige der alten Zahlenrätsel zu kennen. Weniger Eingeweihte benutzen die Zahlwörter nur im wörtlichen Sinn ihrer Bedeutung:

dim	null	*dwaideg*	zwanzig
yn	eins	*tirdeg*	dreißig
dwai	zwei	*pandeg*	vierzig
tir	drei	*pumdeg*	fünfzig
panwar	vier	*shideg*	sechzig
pum	fünf	*shaideg*	siebzig
shiw	sechs	*waideg*	achtzig
shaid	sieben	*nadeg*	neunzig
waid	acht	*(yn)cynt*	hundert
narn	neun	*(yn)myl*	tausend
(yn)deg	zehn		

Adyshan, die Elfensprache aus der Zeit des Dritten Krieges, unterscheidet sich in vielerlei Hinsicht von der alten Hochsprache. Der wesentlichste Unterschied sind jedoch weder die lautlichen Veränderungen noch die grammatikalischen Vereinfachungen, sondern ist im Wesen der Sprache selbst zu suchen: Während die Elfen des Goldenen Zeitalters den

Dingen nicht einfach Namen gaben, sondern sie ihrem ursprünglichen Wesen nach benannten, wurden die Worte später nur noch als Bezeichnungen betrachtet: Einen Baum nannte man *codan* und einen Berg *mainidan* – für die Hochelfen w a r der Baum *codan* und der Berg *mainidan*. Diesen wohl wichtigsten Unterschied erkannt und seine Bedeutung in vollem Umfang erfasst zu haben, können selbst unter den Gelehrten und Alchemisten der Spätzeit nur sehr wenige behaupten.

Anhang B

ATHYSAN – DIE ALTE SPRACHE

Wörterverzeichnis

acayr	Anker
adan	Flügel
adan	Verlobter/ Versprochener
adana	Verlobte/ Versprochene
ádana	geflügelt
aderyn	Vogel
adro	Meister, Lehrer
ádrodan	Lehre
adu	versprechen
ádyshdan	Ausbildung, Erziehung
ádyshu	lehren, unterrichten
ádyshyr	Lehrer
afon	Fluss
agarash	Schnitt, Einschnitt
ai	nach
ai'…'ma	dieser
aid	Elfisch (Sprache)
aimladu	kämpfen
alaric	Schwan
am	über, (einen Sachverhalt) betreffend
amber	Erdwelt
amweldu	besuchen
amweldyr	Besucher

an	nein, nicht
anádalu	atmen
angan	Mangel, Not
anghénwil	Unhold
angóvoru	vergessen
ángowor	Vergessen (Bann)
anmarwa	unsterblich
anmarwor	untoter Krieger
anmarwura	untot
anmeltid	verbotener Bannspruch
anrydan	Ehre, auch: Ehrerweisung
anturaid	Abenteuer
anwyla	schön
ar-aderyn	Silbervogel (Elster)
ar-aragu	öffnen (Pforten)
ar-aragyr	Öffner
arf	Waffe
arfordir	Küste
argaifysh	Krise, Gefahr
argura	verloren
arian	Silber, Geld
arshwyd	Schrecken
Arwen	fertig, auch: Genug!
Arwen-hun	allein
arwidan	Zeichen
arwynidan	Anführer
ashbryd	Geist
ashgafana	leicht
ashgur	Schule, Ausbildung
ashguran	Schüler
atgyf	Erinnerung
awyr	Luft
baigwidan	Bedrohung
baigwidu	(be)drohen
baiwu	leben
baiwudan	Leben
barn	Schmutz, Dreck
barwydor	Schlacht
bashgan	Junge, auch: Diener
blain	vor (Ort)
blodyn	Blume, Blüte
bodu	sein
bór	Bär
bóriash	Eisbär
bradan	Verrat
bradu	verraten
bradyr	Verräter
breudan	Traum
breudu	träumen
breudyr	Träumer
brunta	schmutzig
budúgolaid	Sieg
budúgolu	siegreich
bur	Magen
byshgédena	Gebäck
cacena	Kuchen
calo	Schloss, Riegel
calón	Herz
calu	(ab)schließen
carash	Kern
cariad	Liebe
cariu	lieben
caron	Krone
carryg	Stein

carryg-fin	Grenzstein
cartral	Heim, Hort
cashnog	Hass
cedad	Wand, Mauer
cefail	Pferd
cefanor	hinter
celfaídyd	Kunst
celfaídydian	Künstler
cenfígena	Neid
cerac	Wut, Zorn
cerasha	wütend, zornig
cerwyd'rash	Wanderer
cerwydru	wandern
cestail	Burg
cimad	Hilfe
cimadu	helfen
Cinu	singen
Cinu'rash/ cinu‘ra	Sänger/ Sängerin
cinudan	Lied, Gesang
cnawyd	Fleisch
codan	Baum
codana	Wald
codíalash	Sonnen-aufgang
coracda	Krokodil
cranu	beben
cranudan	Beben, Erschütterung
Crēu	erschaffen
crēudan	Erschaffung, Schöpfung
crēun	Geschöpf, Kreatur
crēuna	Kreatur
crēuna'y'mar-gok	Ork (wörtl. »Margoks Kreatur«)

cryshalon	Kristall
cudíu	verbergen
cuduna	das Verborgene
cwyshta	Suche, Frage
cwyshta'rash	Suchender
cwyshtu	suchen
cyfail	Freund
cyfárshaid	Begrüßung
cylell	Messer
cyn	(be)vor
cyngarash	Rat, Ratsrunde
cynlun	Plan, Vorhaben
cynta	erster, erste
cyrraid	Ankunft
cyrru	ankommen, eintreffen
cyshgur	Schatten
cyshyltaid	Verbindung
dacdan	Flucht
dai	in
daifarníalash	Urteilsspruch
daifodur	Zukunft
dail	Rache, Rachsucht
dailánwad	Einfluss, Beeinflussung
daínacu	fliehen
dainysh	nachts
daiórgryn	Erdbeben
daishaimyg	Vorstellungs-kraft, Einbildung
daishwelu	zurückkehren
dalu	fangen, gefangen nehmen

daludan	Gefangennahme, Haft
damwan	Unfall
dand	Zahn
dardan	Anfang, Beginn
darganfaidan	Entdeckung
darganfodu	entdecken
daru	anfangen, beginnen
derwyn	Eiche
deshru	beginnen
dgelan	Feind
díffroa	ernst, ernsthaft
diffrofur	Ernst
dígydaid	Zufall
dim	nichts
dinash	Stadt
dinishtrio	Zerstörung
diogala	wohlbehalten, sicher
diwed	Ende (zeitlich, auch im übertragenen Sinn)
dodainur	Rückkehr
dorwa	böse
dorwadan	Bosheit, das Böse
dorwy	durch
dorwysh	Tür, Zugang
dorysh	über (örtlich)
dragda	Drache
dragnadh	untoter Drache
du	Schwarz, Schwärze
dufanor	Tiefe, auch: tiefe Schlucht, Abgrund
dugyash	Düsterland
dun	Besitz
dun'rash	Besitzer
dur	Stahl
dwa	schwarz
dwaímarash	Ostsee
dwaira	östlich, ost-
dwáirafon	Ostfluss
dwairan	Osten
dwar	Wasser
dwarwa	Zwerg
dwed	weise
dweda	Weisheit
dwedan	Weiser, Zauberer
dwedana	Zauberin
dyd	Tag
dyna	Elf
dynia	Eisblume
dynu	blühen
Dyr	Süden
dyrfraida	vollendet, vollkommen
dysbardan	Übertragung
dyshbard	(Unterrichts) Klasse
dyshbardu	übergeben, übertragen
dyshgu	lernen
effru	erwachen
effrudan	Erwachen, Erweckung
eiliálash	Augenblick, Moment

eriod	immer
eriod	niemals
érshaila	schrecklich
esha	geheim
eshadan	Geheimnis
eshamuin	Geheimname (unter Vertrauten)
ewailysh	Wille
fad	Weg
fahila	Blatt
fal	wie (Vergleich)
faru	geben, machen
farun	(bestehend, gemacht) aus
Farwyl!	Lebe wohl!
farwyla	Abschied
farwylu	sich verabschieden, Lebewohl sagen
fendu	finden
filu	können
fin	Grenze
flash	Blitz
flashfyn	Zauberstab
fyn	Stab
gaer	Wort
gaffro	Bock
gaida	mit
galar	Trauer
galaru	trauern
galwalash	Ruf, Berufung
ganed	Mädchen
garu	gehen
garudan	(Fort)Gang
gem	Spiel
genu	gebären

genyra	Gebärende
gladan	Schwert
gladian	Schwertkämpfer
gladu	fechten
glain	Tal
glan	Ufer, Küste
glarn	Regen
glian	Gestade
gobaid	Hoffnung
gorfénnur	Vergangenheit
gorwal	Horizont
graim	Gewalt, (zerstörerische) Kraft
graima	gewalttätig, zerstörerisch
gwahard	Verbot
gwahárdana	verbotenes (magisches) Wissen
gwahardu	verbieten
gwaid	Arbeit
gwaid	Blut
gwaila	schlecht, schäbig
gwair	Heu
gwal	Irrtum, Fehler
gwarshu	wachen, hüten
gwarshura	Hüterin
gwashanaid	Diener
gwashanaidu	dienen
gwawur	Dämmerung
gwyr	Wahrheit
gwyra	wahr
gyalash	Land
gyburdaid	Wissen
gydian	Seher

gydu	sehen
gyla	westlich, west-
gylafon	Westfluss
gylan	Möwe
gylan	Westen
gynt	Wind
gyrdaro	Kampf, Scharmützel
gystash	Gast
gyta	wild
gytai	Wildmenschen
gywar	Mensch
gywara	menschlich
gywardan	Menschlichkeit
ha’ur	Sonne
halash	Vater
hanash	Geschichte, Erzählung
hanashu	(zur Unterhaltung) erzählen
hanasu‘rash	Geschichtenerzähler
haul	Recht
hedfanu	fliegen
hedfánudan	Flug
hedwalash	Frieden
hena	alt
holt‘ras	Splitter
holtu	spalten, splittern
hud	Zauber, Magie
hunlef	Albtraum
ías	Eis
ilaish	Stimme
ilfantodon	Elefant
ilfúldur	Elfenbein
kaldron	Kessel
labhur	(Fremd) Sprache
lafanor	Klinge
laiffro	Buch
laigalash	Auge
laigurena	Ratte
laima	schwerwiegend, weitreichend
larn	Hand
larwun	Alarm, Notsignal
larwunu	alarmieren
leidor	Dieb
lewalash	Mond
lhur	Zeit
lidairt	Pforte, Tor
lofrudaied	Mord
long	Schiff
lu	(positive) Kraft, Energie
lyn	Eid, Schwur
lynca	glücklich, vom Glück gelenkt
lyshgu	brennen
lysgudan	Brand
machlud	Sonnenuntergang
madau	vergeben
madaudan	Vergebung
maewa	Empfindung, Gefühl
mainidan	Berg
mainídian	Gebirge
mainidian minogai	Scharfgebirge
mainídian’y‘codíalas	Ostgebirge

maiwu fühlen
maiwudan Gefühl
manam Mutter
maras Meer
mardwail Hammer
marwent Friedhof
marwu sterben
marwura tot
marwuraid Tod
marwuraida tödlich
mawura groß
mélin Mühle
meltid Fluch
menter Handel
menterian Händler
métel Metall
milwar Soldat, auch: Legionär
minoga scharf, spitz
moir derart, so
mola kahl
muin Name
nadh nicht mehr
nahad mein Vater (respektvolle Anrede)
negéshidan Bote
negysh Botschaft
neidor Reptil
new'rash Gestaltwandler, Wechselbalg
newida neu
newidu ändern, wechseln
niwur Nebel
nodu nackt
nysh Nacht
nysha nächtlich
odan unter (Ort)
ogyf Höhle
ou aus, von … her, von
paisgodyn Fisch
paisgodyn'rash Fischer
pal Kugel, Ball
parádan Vorbereitung
parádu vorbereiten
parur bereit
parura Bereitschaft
pawyshal Gewicht
pêl Ball
pela weit (entfernt), fern
pelai glian die Fernen Gestade
pelaidryn Strahl
pena Ende (örtlich)
penambar Ende der Welt
penderfad Entscheidung
penderfadu entscheiden
penderu nachdenken, erwägen
peraig Gefahr
peraiga gefährlich
peshur Sünde
plaigu biegen
pon Schmerz
prayf Prüfung
prysh Preis
rain Netz
reghash Geschenk, Gabe
rhiw Geschlechtsakt
rhulan Herrscher

rhulu	herrschen, befehlen
rhuludan	Herrschaft
rhyfal	Krieg
rhyfal'rash	Krieger
rhyfan'rash	Fremder
rhyfana	fremd(artig)
rodgash	Feuersbrunst, Feuer
ryd	Freiheit
rydan	Befreiung
rydu	befreien
sha	und
shafailu	(still) stehen
shafailudan	Stand
shaiaralu	sprechen
shaiaraludan	Gespräch
shaid	Pfeil
shaidyr	Bogen-schütze
shairalash	Sprache
sherena	Stern
sherentir	Dreistern
shgrud	Sturm(wind)
shimu	wissen, lernen
shiwerwa	bitter
Shumai!	Guten Tag!
shun	Ton, Klang
shunu	klingen
shwaidog	Offizier
shyndod	Überraschung
shiwi	dich
shwaraiu	spielen
ta	oder
tafur	Zunge
tagyr	Tiger
taid	Dunkelheit
taida	dunkel
tailu	schinden, quälen, auch milit. drillen, schleifen
tailyr	Schleifer
taingu	schwören
tampyla	Tempel
tandaiar	Untergrund, Tiefe
tarash	Donner
tardan	Schlag, Stoß
taríalash	Bruch, Zerwürfnis
tarian	Schild
taru	schlagen, treffen
tawalian	Heiler
tawalu	beruhigen, auch: heilen
tawálwalash	Stille
tingan	Schicksal
tirdand	Dreizack, sagenumwobene Waffe Norguds
tirgash	Festung, befestigte Stadt
trafodu	verhandeln
trafodúdan	Verhandlung
tragwyda	ewig
tragwydur	Ewigkeit
tro	Biegung
trobwyn	Wendepunkt, (unerwartete) Wendung
trowna	geschützt, sicher

tryashal	Versuchung
tu	dick, fett
tubur	Fettwanst
tur	Turm
twailu	täuschen, betrügen
twailudan	Täuschung
twar	König
ucyngarash	Ältestenrat
una	einig
unu	einigen
unu	vereinen
unudan	Bündnis, Einheit
unudan	Vereinigung
ur	Spur, Fährte
ura	letzter, letzte
usha	hoch
wandu	haben
ymadawaid	Aufbruch
ymadu	aufbrechen, abreisen
ymarfa	Übung
ymarfu	üben
ymgaingaru	beraten
ymgaingarudan	Beratung
ymlain	voraus
ymlid	unter (Menge)
ymoshuriad	Angriff
yna	auf, bei, an
yngaia	»Nurwinter«, Ewiges Eis
ynig	einzig, nur
ynur	zurück
ysh	wenn, falls

EISWÜSTE
NORDWALL
FALKENJOCH
NORD SÜMPFE
SCHARFA GEBIRGE
ORGAS EINGEWEIDE
GORTA RUUN
SUNDARIL
TAIK
GIRNAG
SULN
HOCHLAND
REICH
GRENZFORTS
BLUTSEE
FURT
ANDARIL
HAMMERMOOR
SMARAGDSEE
BASTION DER ZWERGE
URQUAT
SUQAT
SMARAGDWALD
ÖDNIS
MÖWEN BUCHT
SMARADA
OLFAR
FUR
SCHWARZGEBIRGE
GRENZFLUSS
TIGRAS WINMAR
WINMARS
OSTFLUSS
OSTSEE
PFEILER DES TODES
RUINENSTADT
GRENZE